文學批評術語
Critical Terms for Literary Study

文學批評術語

Critical Terms for Literary Study

Frank Lentricchia &
Thomas McLaughlin 編

張京媛等譯

牛津大學出版社
Oxford University Press
1994

Oxford University Press
Oxford   New York   Toronto
Kuala Lumpur Singapore   Hong Kong   Tokyo
Delhi   Bombay   Calcutta   Madras   Karachi
Nairobi   Dar es Salaam   Cape Town
Melbourne   Auckland   Madrid

and associated companies in
Berlin Ibadan
Oxford is a trade mark of Oxford University Press

First published 1994

English text orginally published as *Critical Terms for Literary Study*
by The University of Chicago Press
©The University of Chicago Press, 1990

文學批評術語
Frank Lentricchia &
Thomas McLaughlin 編
張京媛等譯

©牛津大學出版社   1994
Oxford University Press 1994
香港鰂魚涌英皇道979號太古坊和域大厦十八樓
ISBN 0 19 585570 1

Printed in Hong Kong
Published by Oxford University Press (Hong Kong) Ltd.
18/F Warwick House, Taikoo Place, 979 King's Road, Quarry Bay, Hong Kong.

目 錄

緒論 INTRODUCTION
麥克列林（Thomas McLaughlin）

　　以困難的文體和概念出名的文學理論走出了學術界，成爲
通俗文化的一部分。《新聞週刊》使用了「解構主義」這個詞。最
近，一個名爲「斯克利迪·波里狄」（Scritti Pollitti）的英國流
行樂隊以「愉悅音樂」（Jouissance Music）註册了他們自己譜
寫的曲詞，他們出於自己的目的而採用了法國批評家維蘭·巴
爾特（Roland Barthes）形容閱讀時使用的術語。「愉悅」
（Jouissance）這個法語詞相當於英文的coming，很受巴特的
欣賞，巴特提出一種不受阻礙、相當於創作行爲的閱讀法，這
種閱讀同寫作一樣令人振奮。文學術語進入通俗文化這一事實
説明在我們的時代裏文學理論的觀點是十分深入人心的。我甚
至聽到一位籃球教練説他的球隊學會了如何「解構」對方的後衞
防守。文學理論滲透了我們的思維，它爲我們的時代界定了文
學和普通文化的話語應該如何進展的方向。文學理論已經來到
我們的中間，任何研究文學的學生都必須理解和掌握文學理論。
　　「文學理論」指自結構主義語言學和文化分析以來的關於閱
讀和寫作的性質和功能的辯論。人們從各種不同的角度——例
如女性主義、解構主義、馬克思主義、心理分析學、符號學、
讀者反應理論——對批評的基本前提一次又一次地進行審查。
以理論的標題把這些不同的、時常是相互競爭的思想派別聯合
在一起的因素是一種渴望，渴望理解語言和其它符號系統如何
提供一個框架，這個框架決定我們如何去閱讀，或者更爲廣泛

1

地說，我們如何理解經驗、如何確立我們自己的身份、如何使這個世界具有意義。這樣，理論便涉及了每個嚴肅的讀者都必須面臨的最基本的問題。

然而許多嚴肅的讀者抵制理論。他們對理論感到困惑，而不是感覺受到理論的挑戰。理論質疑讀者閱讀時所帶有的假設（assumptions），使一些讀者感到理論對本該是本能和感覺的閱讀過程賦予不必要的關注。如同一個長跑運動員在受到他的教練分析他的步法之後發現自己突然跟蹌跌絆起來一樣，一個讀者也許會感到自己受到理論的勾引。一切變得不自然起來。甚麼是作者？我們該不該理會作者的意圖？甚麼是寫作？讀者如何（或者應該怎樣）開始閱讀？當我們解釋文學時，利害攸關的是甚麼？甚麼算文學，甚麼不算文學？我們如何衡量一部文學著作的價值？這確都是問題。太多的問題。

這些問題的答案也不少。理論是辯論的疆域。我前面提到過的每一個問題，再加上一百萬個問題，引發出修辭論戰中的一連串複雜的答案。理論當然不是讓讀者找到容易答案和指導最佳閱讀的場所。雖然每個理論家都對這些問題提供這一種或那一種的答案，這些答案的積累效應是使讀者面臨更複雜的、更令人不安的問題。許多讀者——學生、教師、學術研究人員和其他細心的讀者——感到這些問題取代了他們自己的閱讀反應。理論是理智的。儘管它的宣言是酒神狄俄尼索斯式的，但是它的表演卻是太陽神阿波羅式的。理論不允許你只依賴自己的情感反應或者直覺。理論探索和詢問：你是如何做的？你如何對這個文本得出那個結論的？你的意見從哪裏來的？

所以，理論的任務就是擾亂人心、使人不得安寧。它質疑人們的假定條件。它製造更多的問題，而不是解決問題。更有甚者，理論經常是用一種讓人望而生畏的詭秘的風格寫下來的。

許多讀者被理論的艱澀風格所嚇倒，認爲理論以一種人爲的艱澀風格來掩蓋它無話可說的事實，因此他們把理論一筆勾銷。我認爲，這種反應針對閱讀理論經常遇到的令人惱怒的困難，它是情感上的反應，然而這種反應最終只是防衞性的。當然，理論是困難的——有時出於必要，有時出於冒犯性的自我放縱——但是由此而斷定理論全是空洞的修辭手段，最終會使你不去直接面對理論提出來的真正的問題。

理論並不是出於惡意而成心與人爲難的。理論之所以艱澀是因爲它的前提是：一. 語言應該成爲理論注意的焦點；二. 日常用語包含了極強大和很少受到質疑的價值觀和信仰的體系；三. 使用普通語言往往容易使人陷入那個體系之中。任何想揭露和詰疑那個體系的話語都必須要找到打破常規和普通語言制約的一種語言和風格。理論試圖製造出一些不被普通語言固有的常識性假設所容納的文本。一些理論文本頑強地抵制意義——諸如拉康（Lacan）和克里斯蒂娃（Kristeva）的文本——說明理解文本的失敗過程本身就是理論文本想要達到的目的。

儘管艱澀的理論有其合法性，但是理論所採取的語言風格的一個後果是它孤立了自己，把自己界定爲精英機構裏前衞批評家的高深奧秘的專業。因此，理論所允許的批評策略只具有有限的政治影響力。正如我前面所講，我們時代的通俗文化表明，學生和一般讀者也許已經可以接受理論了，但是直到近期，理論才剛剛開始接受一般讀者。在過去的五年裏，有迹象表明理論可能會在教育和文化上產生更大的影響。一些大學根據理論修改了課程表；一些課本開始試圖向普通人介紹理論。本書就是這樣的嘗試。我們的目標是向希望掌握理論的學生和讀者展示理論家進行實踐的一些例子。我們試圖抵制某些理論入門

書籍所常用的歸納總結出「批評學派」或「批評方法論」的傾向。這樣的理論入門也許可以為初學者提供一個抽象的概念框架，但是它們並不提供理論的體驗，理論的體驗應該使讀者置身於以語言同語言進行的搏鬥之中。在本書裏，我們要求理論家考察批評的語言——換句話說，去運用理論（to do theory）每一位理論家思考文學話語中流行的一個術語，檢驗這個術語的歷史、它引發出的爭議、它提出的問題、它所允許的閱讀策略。我們也要求這些理論家為那些並不了解當前理論的讀者而寫作。這樣做的結果是，我們提供了理論文章，這些文章不僅展示而且也指出了理論的基本問題。

我們強調重視批評術語是因為我們堅信，我們用來談論文學和文學寫作的語言劃分了我們閱讀的疆域。如果我們想要探討構成我們閱讀實踐的假定條件的話，我們就應該注意我們作為批評者所使用的語言。在批評話語中，特別是在批評的「普通語言」裏，我們可以看到，我們自己的常識框架和結構權力在運作。這本書所選擇的術語幾乎全部都是普通和平常的語言，不是技術術語或新生詞滙。隨着習慣的用法，這些術語的含義很容易被忘記。人們把它們當做中性詞，它們沒有特別的壓力，易於理解，不成問題。我們是如此常常使用這些詞，以至對它們熟視無睹了。

本書中的文章對輕而易舉的閱讀過程提出疑問。這些文章認為，術語具有自己的歷史，術語影響我們的閱讀，術語涉及到更廣泛的社會和政治問題。這些文章同時也假定一個術語的意義界定是有爭議的，這在今天的理論環境中已成為現實。這些文章試圖醒目地突出那些在幕後有效運作的術語。從某種程度上說，我們對術語歷史的興趣受惠於雷蒙·威廉斯（Raymond Williams）的著作，例如《關鍵詞》（Keywords）和

《馬克思主義與文學》（ *Marxism and Literature* ）。威廉斯認爲，不僅是術語的意思發生變化，而且術語本身的歷史也影響着術語的現代用法。術語所經歷的劇烈變化説明所有術語都不具有穩定可靠的意義。我們不能把術語看成是中立的工具。像「文化」和「種族」一類的術語在許多不同的社會和闡釋系統中被賦予許多不同的用法，所有的用法都不是憑白無故的。選用一個術語，使你置身於在該術語應用史上發展起來的一整套價值觀和策略之中。我們可以採取新的方法來運用一個術語，但是我們逃脱不了這個術語的歷史。

以「統一」（ unity ）這個術語的歷史爲例：批評話語中經常使用「統一」這個術語，用以形容藝術裏的一種永恒的和不容置疑的價值。理論認爲，偉大的藝術是統一的，藝術越具有多樣性就越是偉大的藝術。但是只要我們簡短地審閲一下「統一」這個術語的歷史，我們就會看到，人們對「統一」一詞的性質和需求沒有任何相同見解。我們只需要比較一下某些新古典主義批評家——例如波列（ Boileau ）和康那利（ Corneille ）——所持的頗爲僵硬呆板的「統一」觀和浪漫主義者所持的更爲易變和有機的「統一」觀之間的差異，就可以看到「統一」一詞的意思是多麼地不一致。新古典主義批評家認爲統一是指一部戲劇遵循一整套時間、地點、行動的安排規則；浪漫主義者卻認爲統一的獲取，不在於遵循規則，而在於往作品中傾注作者本人的個性。在二十世紀裏，美國的新批評學派把「統一」轉換成一種步驟原則，這種步驟原則規定對作品的解釋必須説明作品的所有細節都是某一個主題或形式整體的相關聯的成分。當代理論家批判這種步驟原則，認爲「統一」是一種强制性的閲讀策略，它要求讀者把統一强加給諸如布雷克（ Blake ）的《天堂與地獄的姻緣》（ *Marriage of Heaven and Hell* ）一類的分崩離析的文本。

從這一角度來看，「統一」可以強迫作爲讀者的我們在其保護之下接受特定的「統一」一詞，而不去質疑「統一」是否是藝術的必需和必然的特性。

除了強調術語的歷史性之外，本書收錄的論文還體現出批評術語參與了更廣泛的社會和文化的辯論。術語不能用完就扔掉——使用它們使你置身於一種辯論之中，也許別人會否認你所使用的術語的重要性，也許他們不同意你對術語所作的定義或用法。更有甚者，這樣的辯論不是純粹文學上的辯論；使用一個術語讓你自覺不自覺地介入具體的文化和政治的辯論。如果你從「性別」（gender）的角度去閱讀和解釋文學，那麼你便會激怒一些認爲「性別」與文學研究無關的批評家（他們認爲文學超越了性別）。你得清楚地解釋你認爲這個術語的功能是甚麼，這麼一來，你又不得不與另外一些對「性別」一詞採取不同用法的批評家進行辯論。結果是，你對術語的用法必須是自覺的和有意識的，必須考慮到術語可能爲你帶來甚麼，因爲即使你不自覺地使用了某個術語，它也會讓你承擔義務——不論你願意與否。術語施加權力。不自覺地使用術語只能令你感到術語的權力是束縛性的，是一種察覺不到的盲點。批判性地使用術語可以使你較爲清楚地看到這個術語的能動性和局限性，這樣便爲讀者提供了某種控制力量。當然，我們不可能完全控制術語。只要我們使用語言，我們便承擔義務，這些義務繁多而複雜，以至使我們不可能完全掌握。然而批判地使用術語起碼可以增強我們對所承擔的義務的意識。

本書不試圖涵括當代批評術語的全部範疇。新理論製造出許多新術語，這些新術語正在處於篩選過濾的過程，逐步被容納進傳統術語的廣闊範圍裏。由於我們希望我們的論文對一些術語進行深入地審查，因此我們不可能涉及所有的術語。我們

決定不討論具體理論中的專用術語——例如德里達（Derrida）的「踪迹」（trace）或者福柯（Foucault）的「考古學」（archaeology）。與之相反，我們把注意力集中在批評話語內的當用詞。一些術語，例如「寫作」和「作者」，是普通語言裏的詞滙，後來成爲理論探討和爭論的中心。其它術語，例如「文化」和「話語」，在當代理論中改變了與文學研究的關係。本書一般沒有收錄文學分析的傳統術語——那些列入文學手册的術語，例如「象徵」或者「觀點」——僅僅是因爲篇幅的限制。傳統的文學批評術語現在幾乎成爲批評的通俗用語，它們本身就值得注意。這些術語是有效的啓發式裝置，但是它們與我們所分析的術語一樣帶有複雜的含義。像「人物」和「情節」一類的術語不會被取代，然而我們必須認真思考它們的含義——事實上我們正在這樣做——以便使我們理解這些術語的假設所起的作用。

我們認爲，本書裏的術語值得我們特別地注意。這些術語被廣泛地使用，沒有統一的意義界定。人們常常不自覺地把它們當做普通用語來使用。然而，我們對術語的選擇並不出於對當前環境需要的考慮。我們所選擇的術語表明我們認爲這些術語應該成爲當代理論研究的問題。雖然本書的作者在自己的文章中表達了十分不同的原則和實踐，但是我們可以從他們的文章中找到一些共同的——如果不是一致同意的——主題。

我想提議，這些術語有三個重要的關注。第一套術語，例如「話語」、「結構」、「叙事」，表明最好不要把文學理解爲是一個自足的整體，應該把文學看作是寫作實踐，看作是話語世界裏的一個特殊的形式。第二套術語，例如「確定」與「意圖」，直接涉及闡釋的問題，反應出文學批評領域中許多人認爲是當前對意義是如何產生的理解上的危機。第三套術語，例如「種族」、「性別」和「意識形態」，把文學和文學闡釋置放進更廣泛的文化

語境裏，指出閱讀過程涉及政治問題。我們認爲，本書所選擇的術語大致反應出當前文學批評和文學理論主要關注的問題。它們提出十分强有力的闡釋問題，因此，我們需要理解這些術語，以便弄清楚這些術語的效益和局限性。

第一套術語使我們可以把文學當成寫作來考察，而不把文學上升到純粹藝術的範疇，文學與所有寫作一樣介入社會和受到社會的束縛。這種立場與新批評派或形式主義的立場正相反，新批評派和形式主義用純美學的方式强調對文學的欣賞，似乎寫作把我們拔高，使我們脫離了歷史——最終脫離了我們自己——而進入一個無限和普遍的真與美的範圍。本書裏關於「寫作」、「修辭語言」、「敍事」的論文提出的問題，不僅涉及文學而且也涉及到寫作的其它形式，說明文學寫作在話語中並不僅涉及文學而且也涉及到寫作的其他形式，說明文學寫作在話語中並不享有特別的待遇。比喻不僅僅只出現在詩歌中，叙述也不是小說獨有的。哲學文本可以由叙事結構組成；政治本文可以依賴强有力的修辭學。如果說，話語的這些特徵不尊重文學和其它形式的寫作之間的假定界限，那麼，寫作的政治和世俗的關注也不在乎這兩者之間的界限。把文學當做寫作，就是强調文本作爲價值體系在語言裏的作用：文學是文化價值交流過程中的一部分。當我們閱讀時，我們在熟悉的形式中遇到這些價值觀，它們似乎是自然可信的，它們具有使我們的經驗產生意義的力量。

許多批評家認爲，文學的價值破壞了文學的形式。他們認爲，衆所周知，文學是虛構，因而它只揭示自身的生產力。文學使人們注意到價值體系，在運作中展示價值體系。只要我們注意到我們的指涉框架是由社會而來的，我們就可以開始考慮改變社會的可能性。但是這種批判的自我意識並不能讓讀者從

文化中解脫出來；而是使讀者更牢固地附屬於文化。讀者總是站在一定的立場上來閱讀。

把文學看作是寫作，這樣便使闡釋產生積極和富有成效的作用。作爲寫作，文學在使它成爲閱讀對象的語言和文化體系中體現出來。當代理論強調讀者的作用，讀者把文本所帶有的意義同讀者所依賴的闡釋實踐結合起來。本書中的諸如「評價」和「解釋」一類的術語使我們意識到，價值和意義是一個活躍過程的結果，這個過程總是處於特定的文化和政治語境之中。只有讀者才能製造意義，但他必須參與社會建構的實踐才能製造意義。價值和意義不能超越歷史和文化，文學本身也不能超越歷史和文化。因此，詮釋——製造文本意義的過程——是修辭學的。詮釋不屬於某種真理的範疇；在詮釋所處於的世界裏，只有真理的建構才是可能的，在那裏，許多種詮釋相互競爭主宰之權。在詮釋裏，術語起碼有兩種功能：它建立使詮釋得以進行的界限，它以確立辯論術語的方式來加強詮釋的修辭學。在以沒有唯一「正確的」詮釋爲前提的語境裏，詮釋永遠是修辭學的，這樣，我們發現術語影響着我們的閱讀過程，術語也強化由這種閱讀而產生的寫作修辭力量。因此，術語在開放性的詮釋領域中發揮着作用。

正如我已經強調過的那樣，本書裏的術語說明文學介入文化和政治。文學是語言的一種形式，語言是文化體系的主要支柱。文學的生產永遠處於複雜的文化境遇裏，對文學的接受也同樣如此。作者和讀者是由他們的文化位置所決定的，他們在性別、階級、種族的體系裏得到界定。他們在主宰他們實踐的具體機構中運作。他們在強大的價值體系中長大成人，這些價值體系特別強大有力是因爲它們把價值表現也不可避免的，而不是意識形態的。其結果是，閱讀的行爲總是置身於文化，從

一個特定的觀點和角度來看待文本。讀者不能合法地聲稱自己可以站在某個抽象和客觀的立場（這種立場使人通向隱蔽的然而又是純正的真理），處於文化之外或文化之上來講話。閱讀過分依賴價值觀和思維習慣，這些價值觀和思維習慣是文化所認可的，並被人類學命名爲客觀性。

　　本書的目的是檢驗術語，找出術語爲我們作爲讀者而提供的立場。這些術語使我們採納具體的價值觀，如果我們意識到這一點，我們便可以合法地堅持我們的立場。每一次閱讀都涉及到價值問題。閱讀是在文化辯論中的一個修辭行爲；它必須選擇立場。選擇立場並不意味着在兩個相敵對的思想派別之間選擇其中的一個——不是社會主義便是個人主義、不是父權制便是女性主義、不是封閉的闡釋模式便是開放的闡釋模式。相反，立場的選擇隨着時間而發展，通過在具體閱讀境遇中採取的一系列的抉擇和承諾，發展爲文化風格和調節經驗的方法。術語使我們意識到，閱讀是社會性的也是政治性的。讀者需要理解，術語的使用是怎樣讓讀者進入文化論戰的。

　　富蘭克·蘭特利奇（Frank Lentricchia）的文章，正如其標題所點明的，作爲結束語放在最後。傳統的結束語一般是對全書內容作個總結，給人一種完結的感覺。但是蘭特利奇的文章却以對華萊士·史蒂文斯的一首詩（Wallace Stevens, "Anecdote of the Jar"）的閱讀來戲劇化和展示本書所提出的問題。與我們在本書中不願對理論進行綜述而只列舉了理論事例一樣，蘭特利奇提供了一種受到當代理論影響的閱讀。他的文章以「某人閱讀」的方式體現出各種理論學派和理論方法論所涉及到的問題和選擇。他指出，所有的閱讀都避免不了涉嫌政治。「罈子的軼事」並不是另一個世界的虛構，雖然這首詩是這樣宣稱的；它引起我們對權力結構的注意，權力結構使得這首

詩成爲可能，也使得我們對這首詩的閱讀成爲可能。

本論文集試圖揭示權力結構。閱讀過程所借助的術語是這些巨大結構的工具，它們劃分了閱讀的範圍。「術語」（terminology）一詞的詞源是指對界限的研究，注意到這一點是很有意思的。一個「術語」是一個界限、一條分界的綫。它在術語的局限之內界定研究的範圍。但是像所有的分界綫一樣，術語（甚至包括那些在本書中被細緻地描述了的術語）是社會性的和隨意而定的，不是自然形成不可避免的。把我的財產與我的鄰居的財產區別開來的不是自然的分界綫，而是界定何謂財產的某種社會體系。術語的作用也是如此。術語界定和調節我們的閱讀實踐，但是它們之所以可以這樣做並不是由於神聖的法則。我們可以認識到術語的局限性，可以克服術語的束縛，正如蘭特利奇的文章所指出的那樣。本書的任務不是仔細地制定這些分界綫，而是要揭示，我們的批評體系所强加的這些局限性是人爲的和不自然的。

如果説界定即是封閉問題和意義的話，那麼我們的文章便不是對術語的界定。我們的文章質疑術語、尋找它們的優點和缺陷。術語是不可避免的——所有的話語都依賴它們。但是我們可以不自覺地以各種方式來使用術語，似乎它們的意義是自明的；我們也可以有意識地使用術語，認識到術語影響我們的閱讀和闡釋。意識到這一點並不能使人獲得自由，況且我們的目的也不是要擺脫術語。我們的目的並不過分，也可以達到，即：學會在語言中與生活的複雜性進行談判。理解術語的運作是理解意義如何產生的一部分，也是進入那個生產活動過程的一部分。

張京媛譯

第一部分

作爲寫作的文學
LITERATURE AS WRITING

1 表述 REPRESENTATION

米切爾(W.J.T. Mitchell)

　　也許，對文學最爲普遍和素樸的直覺把握就是稱之爲一種「生活的再現」。不像本書裏的其它許多術語，「表達」在對文學的理解中一直扮演着中心角色。事實上，人們可以說，它扮演着一個決定性的角色，因爲作爲文學理論的奠基人，柏拉圖和亞里士多德都僅僅視文學爲一種再現的形式。亞里士多德將所有的藝術——文學的、圖象的、音樂的——都界定爲種種不同的表述模式，甚至更進一步視表述爲決定性的人類活動。

　　自兒童時代起，人類就有一種再現的本能，就此而論，人區別於其它動物在於他更善於模仿，並通過表述事物來獲得他的最初知識。

　　對古往今來的許多哲學家來說，人是一種「能表述的動物」（homo symbolicum），其顯著特徵是能創造和操縱符號——以此來代表或取代其它別的事物。

　　因此，自古代起，在美學（藝術的基本原理）和符號學（符號的基本原理）中，表述一直是個基本概念。在現代（即近三百年來），它也成爲政治學理論的關鍵概念，構成關於政權、立法和個人與國家關係的代議理論的基石。現在我們都認爲，「代議政治」和代表有義務向他們的選民作出說明是現代政治的基本原則。結果，當代表述理論中出現的一個顯著問題是

美學或符號學的表述（某事物「代表」他物）和政治學的表述（一些人「代表了」其他人）之間的關係。這兩種表述形式鮮明地結合起來的一個地方是在劇院，在那裏，某些人（演員）代表或「扮演」其他（通常是想像性的）人。當然，在奧列佛（Laurence Olivier）扮演哈姆萊特和里根（Ronald Reagan）扮演總統之間還是存在着巨大差異，也就是說，這種差別存在於演戲與現實生活之間，或者說是一部美學作品與一種法律行為之間。但這並不妨礙我們發現兩種表述形式間的結構性相似，或者說是所有的表述形式中戲劇化想像和嚴肅的現實間複雜的相互滲透。里根，以一個演員開始其職業生涯，並不斷地利用總統的象徵化、戲劇化的性格特徵，這一事實只能使得美學／符號學與政治的表述形式之間的關聯顯得更加不可避免。

甚麼是政治與符號學的表述形式的共同結構？這一問題可用一個三角關係來考慮：表述總是關於某物或某人的，由某物某人顯示出的、傳述給某人的。似乎只是表述中的第三隻角需要人來充當：我可以用一幅彩畫或文學或聲音來表現一塊石頭，但我只能將事物表現給人看。其他兩隻角可以但不必要由人來充當，我可用一塊石頭來表現一個人，或以一個人表現一塊石頭，但是如果向一塊石頭來表現一塊石頭或一個人，這種說法就太怪誕了。關於表述，還有我們這一三角圖形未能包括的第四個層面，即某一表述的主人或發出者，說「以這幅畫來表現這塊石頭給某人看」的那個人。這一關於表述的更為完整的圖示可以畫成一個四邊形，其中有兩條對角線，一條連接着表現性客體和它所表現的事物，另一條則連接着表述的發出者和接受者。

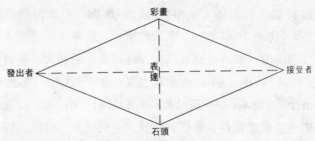

我們可以分別將這兩條綫稱爲「表達軸」（連接彩畫與石頭，與「交流軸」（連接着明白畫面關係的人們）。我希望這兩條交叉綫能夠顯示出表述中產生的潛在問題之一：他們也表示着一種障礙，事實上阻斷了我們與他人的交流，使得誤解、錯誤或完全的虛假成爲可能。一旦我們在任何一種社會情景中使用表述——例如聲稱這幅彩畫表現這樣一個事實。石頭在那裏，並且看起來像這樣——這時表述就開始扮演着一個雙重角色，它既是一種交流手段，也同樣是對這一交流的潛在阻礙。

到目前爲止，我所談的還只是表述的簡單的、最基本的模式，即以某物代表另一物。但很顯然，表述這一活動比這要複雜得多。表述是一個極富彈性的概念，可以從一塊石頭來表現一個人到用一部小說表現幾個都柏林人一生中的某一天。有時一個事物能代表一大堆事物，就像「樹」這個字代表一個泛指許多個別事物的概念，或者一個政客代表一羣人，或是一根棍子的形象代表關於人的基本概念，或是一則故事代表一連串事件。而且表現符號是存在於一個與其它符號相聯繫的整體網絡中的：一塊油彩能表現一塊石頭只有在許多色彩組成的整體語境中才有可能，這一語境還表現着鄰近石頭的其它事物——草、土、樹、天空和其它石頭。如果將這油彩從這語境中拿出來，它也就中止了表現功能，只能僅僅是一幅畫面而已。同樣地，「樹」這一詞只有在一種語境中才能表現某一類客體。就像一種

調式或音樂段落，只有與一大段熟悉的音調系統聯繫起來才有意義一樣。這些「系統」（音調、語言、繪畫中的表現構架）可稱爲「符碼」，我以之來意指一整套連接和解釋表現符號的規則。當某物對某人來說用來表現某物時，它能夠這樣做是基於一種社會的約定——讓我們同意以這個來代表那個——一旦了解了這一點，就不必在每個場合再作說明了。事實上，讓A代表B這一決斷會（通常也確實如此）開啓一個新的表述可能性的領域，B會成爲用來代表C的最佳選擇，如此連接下去。

亞里士多德認爲，不同表述間的差異表現在三個方面：對象、方式和媒介。「對象」是指被表述的事物，「方式」是指事物以甚麼方式得以被表現，「媒介」是指使用的質料。找前面所說的「符號」基本等同於亞里士多德的「媒介」——即指語言、音樂形式、繪畫。但「方式」指的是表述的另一個特徵，即一種表述符碼的特殊使用方式。文學表述的「媒介」是語言，但這裏有許多種使用方式（戲劇化的列舉、叙述、描寫）以取得各種效果（憐憫、崇敬，嘲笑、諷刺）並得以表述不同事物。同樣地，所有的繪畫都在二維空間（這被稱爲畫家的「符碼」）中使用形體、明暗和色彩。但這裏有許多種方式描畫一棵樹或將畫展示於一個平面上。其中一些在理論上被稱作風格或文類，像符碼一樣，它們都是被社會約定俗成了的（「讓我們認可以這種方式來表示這個」），不過是更爲具體些罷了。這些與表述類型聯繫在一起的「縮小密碼」通常被稱作「成規」。符碼與成規間的區別可以用媒介與文類的區別來說明。電影是一種媒介，以一整套複雜的組織和解釋其符號的規則，來進行的一種具體化的表達方式；而好來塢西部片是一種特殊的電影類型，一種通常被認爲是從某一範例到另一影片不斷沿用某些成規化元素（槍戰、開闊的曠野、牛仔、印第安人）的風格。同樣地，我們視

15

語言爲一種表述的媒介，「文學」則是指這種媒介的美學使用方式，包括運用這一媒介的幾個大的文類，即詩歌、小說和戲劇。

表述分析中的一個關鍵問題是，表現化客體和被表現事物的關係如何？一塊石頭可以代表一個人？可它是怎樣產生的？根據甚麼樣的「約定」或理解，這種表述才得以產生？符號學家一般將表述關係分成三種類型，圖象、象徵和索引。關於「石代表人」關係的圖象化說明會強調「像似性」。一塊石頭能代表一個人是因爲它是直立的，或因爲它是堅硬的，或者是因爲它的形狀像一個人（「摹仿」mimesis 和「摹擬 imitation 是超越不同媒介的圖像化表述方式」例如，我能模仿——摹擬或製造一個關於聲音話語行爲、姿勢或面部表情的像似物，因而一旦用圖象製造出來，圖象就不只是圖畫了）。與此相對照，象徵化表述並不是基於符號和它所指示的事物的相像，而是一種無根據的約定：石頭代表人是因爲「我們這樣說」，因爲我們都認可這一看法。語言的表述就是「象徵性」的，因字母、詞語和整篇文章去表現事物的聲響和存在狀態，而不只是謀求與所表現物的像似。最後，索引性的表述以因果律或一些「存在着的」聯繫，像物質上的接近或聯結來解釋其「代表」功能：石頭表現一個人是因爲他將它豎起作爲標誌，以表示（像足印一樣）他在這裏這個事實；一隻手套、一縷髮絲或一個指印，對老練的偵探來說都是「指示」留下它們的那個人的表述。當然，一種特別的表述會使用這些不同關係中的某幾種：一部書面文本可以象徵性地展示（描述、敍寫或戲劇化地呈現）一個行動，它也可以是索引性的表述（指示作者的在場），作者爲「因」，書爲「果」。攝影就被普遍認爲揉合了圖象和索引兩種表述方式，同時以像似和因果律來代表圖象化的對象。

現在，明白這一點很重要：即伴隨着以表述來解釋文學和

其它藝術的悠久傳統，人們不安於這一概念的傳統也同樣悠久。柏拉圖接受了這樣一種普遍的看法，即文學是生活的再現，但是正因爲這一點，他認爲它應該被逐出理想國。柏拉圖所質問的是表述僅僅是事物本身的替代品，更糟的是，它們可能是虛假的替代品，從而誘發反社會情緒（暴力或懦弱），它們可表現壞人壞事，從而鼓勵對罪惡的仿效。只有當某種表述被國家小心管制時，它才能被允許進入柏拉圖的理性國家。

雖然柏拉圖對表述的敵視看來過於極端，我們應該認識到對表述的某些限制和禁止一直在每一個產生它們的社會裏被實施。某些禁忌，如關於偶像、書寫或言說上帝之名，人體表現、罪惡醜陋事物的表現，性和暴力等，同樣是構成表述的「社會約定」中的一個重要組成部分。「讓這對他們來說代表那」的約定有規則地從屬於對客觀事物的限制（「讓這代表除那以外的任何東西」）或者對觀眾／旁觀者的限制（「讓這代表那，但不是給他們看」）。有時，這種限制會被運用在某種特別的表述關係類型中，圖象化表述，特別是繪畫和雕塑，一般比起象徵或文學表述易受到更嚴格的限制。希臘戲劇的成規允許對暴力進行敍述的描寫的表現，但不能是在舞台上的直接的圖象展現。對於限制表述的三角關係的這些企圖，色情文學提供了一個最生動的例子。或者限制哪些人可以觀看這種表述（「成人」、「18歲以上」、「男人」），或制定哪些事物可以表現（沒有正面裸體、性器和性行爲），或者限制可使用的表述符號（比起淫穢書刊，色情圖片和電影易受到更嚴厲的禁止）。

顯然，表述，甚至是對想像的人或事的純美學表述，也從來不是和政治、意識形態問題完全分開的。事實上，人們可以說，表述正是這些問題最可能進入文學作品的交接點。如果文學是「生活的再現」，那麼表述恰好是「生活」以其所有的社會的

和主體複雜性進入文學作品的滙合處。

文學表述這一概念，還存在許多其它的挑戰，它們中的大多數，像偶像禁忌或色情文學禁忌一樣，接受了表述的三角關係這一基本模式，但試圖在服務於某種價值體系的前提下作出限制和修正。因此，「理想主義」的藝術原理常常提出一些「更高的本質」作爲表述的對象，而將日常生活的表述交給「更低級的」文類，像諷刺體或漫畫，或者某些非美學文類，像「檔案」或「歷史」。現實主義的藝術原理趨向於視理想主義的文類爲「羅曼司」，僅僅是想像的不真實的表述。兩種理論都採用了藝術的表述模式：僅僅在表述甚麼（亞里士多德稱爲「對象」）這一點上，他們存在分歧。

對於表述，更嚴酷的挑戰來自表現主義和形式主義。表現主義通常認爲存在一種無法表述的本質（上帝、靈魂、作者的本意），它們只能被微妙地表現於作品中。這裏「微妙」一詞是關鍵所在，不可表述的東西常被理解成是不可見的，不可描繪的，甚至是不可言説的——但一般不是不可寫的。寫作，隨意的記號，象形文字和寓言都是以一種秘密符號作出的「隱秘」的表述。因此表現美學經常與對藝術天才和神秘氛圍籠罩的作品的崇拜聯繫在一起。美學客體並不「表述」某物，除非是在偶然情況下。它「是」某種東西，一種與存在於心中的精神有關的客體，一種以非物質活動形式表現的痕跡。表現美學的人類學模式是崇拜主義，它不再視神怪客體爲圖象（例如，像似化的表述、圖畫），或者説，在某種意義上，根本就不是表述（雖然它們常被認爲是索引）。相對照的，是摹仿美學，從偶像崇拜的觀點中發現了它的人類學對應物，即根據像似而表現出的對雕像的崇拜。

在現代，針對表述模式，形式主義或藝術的抽象原理提出

了最根本的挑戰。其中的許多理論像以音樂（因爲很顯然，它很難用表述的術語加以描述）爲所有藝術的範例。形式主義强調表述媒介和方式——「能指」的物質性和組織或表現客體——而冷落了表述三角關係中的其它兩角。當媒介轉而注意符碼自身，進入一種自我反省的遊戲，被表現的客體甚至也就消失了。表述行爲的潛在見證人最後被局限在那些讚賞表面上非表述客體的高級技術專家和行家。現代主義常認爲自己是從藝術、語言和思想的表述模式中產生出來的，在現代，談論文學或其它藝術是生活的再現太不時髦了。對形式主義者來説，文學是關涉自身的，小説產生於其它小説，所有詩歌是關於語言的。如果表述再向後潛行，很可能就得被顛倒過來，生活摹仿藝術，現實（自然、社會、無意識）是一個本文，本文之外別無他物。

一旦這種倒轉得以實現，賦予文學表述這一傳統概念以生命的所謂「生活」與「文學」的對立也就開始解體了。但是，作爲一種關於代表關係的術語，表述自身的結構似乎回過頭來激烈的報復。後現代主義文化階段常被認爲以「超級表述」爲其特徵，在這種情況下，抽象的形式主義的繪畫，被像圖象現實主義這種實驗的取代，現實本身開始被體驗爲一種無窮的表述網絡。藝術的範例從抽象繪畫和音樂的完全非表述的形式主義，轉變爲大衆傳媒和廣告，在其中每一個事物都可以作爲商品被無限複製和表述。某些範疇像「物自體」、「真誠」和「現實」曾一度被認爲是表述的對象（或者作爲是能通過純形式取得的存在），現在則成了表述自身，它們可以被無限複製和傳播。

對文學表述中後現代主義實驗的考察，已超越了這篇文章的範圍，不管怎樣，本文還是試圖將表述作爲一個貫穿於文學生產史的問題提出來。應該説，像文體身份、意義的確定性、作者的整一性和注釋的有效性這些觀念，在文學本文的表述

（或反表述）特徵中都扮演了一個角色。博爾赫斯（Jorge
Luis Borges）的高度自覺的想像物「迷離」，以及那些學者和歷
史文件式的模仿作品，冷酷現實主義和怪異的幻想，經常被拿
來作爲後現代主義文學表述的範例。

　　但是以一個更佳傳統的文體，作爲文學表述的例子來分析
或許更有用。這一文本開始了文學表述成規的一個歷史轉變，
並且視表述活動本身爲基本主題。勃朗寧（Robert Browning）
的《我過去的女公爵》（*My Last Duchess*）提供了一個極爲有
趣的研究個案，因爲它聚集如此多不同的文學表述成規（抒情
詩、戲劇和叙事）於一體，而且它揉進了其它表述模式，包括
圖畫的和政治的。布朗寧的文本，一開始是一個話語行爲的表
述，因此也是關於一個説者、聽者和一個特定場景的。斐拉拉
公爵被「展現」給我們（被再現，也就是説似乎他直接呈現在我
們面前），向某一位伯爵的代理人描述他前妻的一幅畫像，而
這位伯爵的女兒已與公爵訂婚。

我的前公爵夫人
斐拉拉

墙上的這幅畫是我的公爵夫人，
看起來她就像活着一樣，如今
我稱它爲奇迹，潘道夫的毛筆
經一日的記錄，從此她就在此站立。
你願坐下看看她嗎？我有意提起
潘道夫，因爲外來的生客（例如你）
凡是見了畫中描繪的面容，
那真摯的眼神的深邃和熱情，
沒有一個不轉向我（因爲除我外
再沒有別人把畫上的帘幕拉開），
似乎想問我可是又不大敢問：

是從哪兒來的——這樣的眼神？
你並非第一個人回頭這樣問我。
先生，不僅僅是她丈夫的在場
使公爵夫人面帶歡容；可能
潘道夫偶然說：「夫人的披風
蓋住她的手腕太多」，或者說：
「隱約的紅暈向頭部漸漸隱沒，
這絕非任何顏料所能複製。」
這種無聊話，卻被她當成好意，
也足以喚起她的歡心。她那顆心——
怎麼說好呢？——要取悅容易得很，
也太易感動。她看到甚麼都喜歡，
而她的目光又偏愛到處觀看，
先生，她對甚麼都一樣！她胸口上
佩戴的我的贈品，或落日的餘光，
過分殷勤的傻子在園中攀折
給她的一枝嬰枝，或她騎着
繞行在花圃的白騾——所有這一切
都會使她同樣地讚羨不絕，
或至少泛起紅暈。她感激人，好的！
但她的感激（我說不上怎麼搞的）
仿佛把我賜她的九百年的門第
與任何人的贈品並列。誰願意
屈尊於譴責這種輕浮舉止？即使
你有口才（我却沒有）能把你的意志
給這樣的人兒充分說明：「你這點
或那點令我討厭。這兒你差得遠，
而那兒你超越了界限。」即使她肯聽
你這樣訓誡她而毫不爭論，
毫不爲自己辯解，——我也覺得
這會有失身份，所以我選擇
絕不屈尊。哦，先生，她總是在微笑，
每逢我走過；但是誰人走過得不到

21

同樣慷慨的微笑？發展至此，
我下了令；於是一切微笑都以此中止。
她站在那裏，像活着一樣。請你起身，
客人們在樓下等。我再重複一聲：
你的主人——伯爵先生聞名的大方
足以充分保證，我對嫁粧
提出任何合理要求都不會遭拒絕；
當然，如我開頭聲明的，他美貌的小姐
才是我追求的目標。別客氣，讓咱們
一同下樓吧。但請看這海神尼普頓
在馴服海馬，這是件珍貴的收藏，
是克勞斯爲我特製的青銅鑄像。【註】

　　這首詩首先吸引我們的是勃朗寧廢除了任何對他自己觀點的直接表述：詩歌沒有抒情般地描述畫像，或以他自己的聲音敍述任何事件，他讓他杜撰出的人物，公爵，去說話，好像他是戲劇中的一個人物。吸引我們的第二件事是這不是一部戲劇但又像一個斷片或概要——一段單方面的說話或「獨白」——但用一首詩表現出來。換句話說，勃朗寧有意摧毀了兩種文學表述間的區分——詩歌的簡潔、自足的抒情言說，和成規上屬於一種更廣大的表述的戲劇說白——爲的是製造一種新的混合文類：戲劇化獨白。對抒情詩和戲劇成規的「摧毀」本身就是一種表述行爲，其中某個部分或斷片（一段戲劇說白）被用來「代表」或取代了整體。事實上，閱讀這段簡潔獨白的樂趣是去發現以一個小型畫像展現的整部戲劇。我們很快猜到公爵是位妒意十足的丈夫，他殺死了他的前公爵夫人，因爲她毫無顧忌地表露她的情感和喜好——「她甚麽都喜歡／而她的目光又偏愛到

【註】　飛白譯。

處觀看。」

　　但真正引起神秘感的是這段説白中隱隱表露出的戲劇意味。爲甚麼公爵要告訴他未來新娘的父親的代理人這個故事？是他試圖向這位使者暗示他的權力和殘忍嗎？他不直接做他不能對付其前公爵夫人的事，是爲了「屈尊」去警告他未來的夫人，她最好應該更謹慎於自己的行爲嗎？是否這段説白最好理解爲一種精心策劃的威脅，其自發性符號是一段深藏着的故事的僞飾，還是公爵不能控制女人情感的一種不明智的共識？甚麼樣的事物狀態（包括「思想狀態」）使得公爵的言語得以真實的表現？勃朗寧以這種方式來表現公爵想傳達怎樣的作者意圖或意味？對於這裏的説話人及其言辭，我們可以作出怎樣的評判？顯然我們會不欣賞他的言辭，可是甚麼樣的特別形式使得這種情感賴以產生？

　　弄清這些問題的一個辦法是去參照詩歌中的另一個人物角色，他的反應通過公爵表現在我們面前。當然，聽者是他的「主人」伯爵的一個代表，可能是一個擬定嫁粧細節問題的中間人（公爵顯然很自信，伯爵「聞名的慷慨大方」保證了他將花錢在婚禮上：「我對嫁粧提出任何合理的要求/都不會遭到拒絕」）。雖然公爵證明自己真是爲了愛情才結婚（「他漂亮的女兒，正如我一開始所宣誓的/才是我所追求的」）。但是，如果説在勃朗寧詩歌隱含的戲劇中這位使者在公爵面前是代表伯爵的話，他在這段暗告的抒情言説中也代表着讀者：像我們一樣，他是這席話的聽衆。這意味着甚麼？作爲讀者，我們被表現於詩歌中，被迫充當甚麼樣的角色？

　　一種可能就是勃朗寧想把他的讀者置於一個弱小的臣服的位置上，被迫去聽一段討厭的恫嚇性的言説但又剝奪了任何與之反抗的聲音或權力。伯爵的代表，假定有責任看到潛在於婚

姻下的討價還價，因爲這椿婚姻將提高伯爵女兒在社會政治秩序中的地位（這裏，公爵與伯爵間的差別，是關於封建等級制度的典型表述，正是最關鍵的）。他會警告伯爵他正在將女兒嫁給一個惡魔般的丈夫嗎？他會警告那個女孩小心行事嗎？所有這些行爲並沒有違背伯爵的意志，恰恰相反，它們正是實現他意願的種種方式，即爲了公爵的利益去「屈從」於傳達這樣一個警告：公爵將從不「屈尊」自己來干涉他人。如果說公爵代表着貴族統治的封建社會秩序，這裏原則上可理解爲一種給某些人對其他人擁有極端權力的一種制度，尤其是對那些存在於一個交換體制的婦女，媒人則代表着一個臣僕階層，（作爲讀者的一個代表）或者是十九世紀的新興資產階級，讀者可將這段話視爲一個過去的時代，絕對專制下的腐敗古老時期的回聲。這種專權是該被指責的，但又有誘惑力，並且獨立於我們的干預能力之外。

　　這首詩中，看來有干預權的唯一表述是伯爵夫人的畫像，似乎還是以其從墻上向四處的肆意張望嘲諷着這位公爵。他可以將它撇在一邊或拉上遮蓋畫像的窗簾來控制那些想看她的觀者，但他控制不了畫像的觀察方式。當然，他能毀掉它，就像毀掉原先的公爵夫人本人一樣，但他不會去這樣做。是因爲他想使之成爲一種記憶物，表示他現在依舊掌管他於權力之下？還是因爲在某種意義上，他能夠毀掉女公爵夫人微笑的面容，却毀不掉他對使者和盤托出的那些關於她行爲習慣的惱人和傷心的回憶？如果說畫像是作爲公爵權力的表述起作用，似乎它也是不斷地喚醒他的軟弱、不能「使他的意願／清晰地表述」給他的妻子的記憶。同樣地，公爵的整個出場，他對使者的誇大言辭，是一種對絕對權力的渴求，但恰恰收到相反的效果，並揭示出公爵就像某些人那樣，對他需要不斷保證的權力缺乏自

信。他最後吸引使者去「注意」他的那幅尼普頓「馴服一匹海馬」的雕像是一個鮮明的提示，即希望視公爵像一個「馴服」自然的神一樣。他將公爵夫人的畫像掛在牆上來「馴服」她。公爵視權力爲某種被他對這一表述的管制所證明出的東西一樣——通過這幅隱藏在窗帘後面只有他能拉開的公爵夫人畫像，通過尼普頓「爲我鑄造」的這座雕像，通過對使者（和那些使者所代表的人們）的注意力的控制，並且對他的表述的畫像以一種策略性的賞玩顯示了出來。但是，勃朗寧顯示給我們的，却正是表述的不可控制性，它們以自己的方式呈現生活而逃避和否定對其意義作出決斷的人爲意志。如果公爵真的能使他的前公爵夫人（或他自己）置於掌握之下，爲甚麼他還要用一幕窗帘來遮蓋着她的畫像？如果他能如此確信自己會「從不屈尊」去說清楚他的意志，爲甚麼他又如此鮮明地「屈從」於一種反覆強調的、誘人的表述，其中又奇怪地滲染着自我誇耀和自我暴露。

總之，考慮到組成該詩的微型戲劇中公爵對表述的控制，很多問題就出來了。但是，如果我們對本身就是一種表述的詩歌提出同樣的一些問題，那又怎樣呢？例如，假設我們認爲這首詩本身就是一種戲劇化的表現，是在勃朗寧的詩歌畫廊中的一種「說話」的圖畫，在多大程度上，勃朗寧自身——或者聲稱在陳述勃朗寧本意的評論家——充當着類似伯爵的角色，通過置主人權力於表述之上來誇耀他自身的權力呢？我們可以將勃朗寧的詩歌和它召喚讀者，視作我們或許可稱爲「我的前公爵」的東西呢？這首詩的大多數讀者都接受了勃朗寧的某種洞見：即「譴責」是對公爵的惱怒的魔鬼般表演的最沒趣的反應。正像公爵似乎要施催眠於使者一樣，勃朗寧似乎想以他對邪惡的精湛表現來麻痹讀者正常的道德判斷力。他的詩緊緊置我們於它的掌管之下，事先譴責了我們僅僅重複公爵控制其畫廊的表述

來進行註釋、從而控制本文的任何企圖。

　　勃朗寧的詩清楚地說明了這一點，即在文學和文學批評中，為甚麼總有一種逃離表述的強烈衝動，而且為甚麼這種逃逸從來都未成功過。表述正是這樣一種東西，通過它我們的意圖才得以清楚地表現出來，同時，它又使得我們的意圖在美學和政治領域與我們自身隔離開來，表述的問題可以因顛倒美國大革命時期的一句傳統口號加以總結，不是「沒有一種課稅找不到理由的」，而是沒有一種表述不被「徵稅的」。每一個表述都必須付出代價，以其失去直接性、存在或真理的形式，以其在意圖和實現，原本和複製之間建立一種鴻溝的方式。（「隱約的紅暈向頸部漸漸隱沒，/這絕非任何顏料所能複製。」）有時候，表述課加的稅是如此微薄，以致我們難以察覺到，就像用激光唱盤錄製的完美複製品所表現出的一樣（「它是真的還是複製的」）。有時它像生與死之間的一條巨大鴻溝：「墻上的這幅畫是我的前公爵夫人，/看上去就像她活着一樣。」但是反過來，作為稅收的補償，表述也給我們帶來某些東西，其中之一便是文學。

馬向陽譯

參考書目

Aristotle .*Poetics*.

Auerbach, Erich. [1946]. 1953. *Mimesis: The Representation of Reality in Western Literature.*

Baudrillard, Jean. 1981. *For a Critique of the Political Economy of the Sign.*

Cavell, Stanley. 1979. The World Viewed: Reflections on the Ontology of Film.

Derrida, Jacques. 1978. "The Theater of Cruelty and the Closure of Representation." In *Writing and Difference.*

Eco, Umberto. 1976. *A Theory of Semiotics.*

Goodman, Nelson. 1976. *The Languages of Art.*

Langbaum, Robert. 1957. *The Poetry of Experience.*

Meltzer, Françoise. 1987. *Salome and the Dance of Writing.*

Mitchell, W.J.T.1986. *Iconology: Image, Text, Ideology.*

Peirce, Charles Sanders. 1931-58. "The Icon, Index, and Symbol." In *Collected Works.*

Pitkin, Hanna. 1967. *The Concept of Representation.*

Plato. *Republic,* Book 10.

2 結構 STRUCTURE

羅歐（John Carlos Rowe）

「結構」（Structure）來源於拉丁文的 structura，是動詞 struere 過去分詞 structus 的名詞形式，意思是「堆聚，排列」，其英語同源詞爲 strew（意爲散播）。就詞源學角度而言，「排列」、「建構」、「構造」的普通含義與「散播」的普通含義有相互抵觸之處。在其現代用法中，「結構」更多地是指「建造」而非「分散，灑，撒」，而後者正是動詞散播的傳統意義。結構的科學內涵與散播並不怎麼具有系統性的意義之間在現代用法中的差異並不足以證明弗洛伊德，在阿貝爾（Karl Abel）之後，所說的「原始詞語的意義對立」，但却可以用來說明現代批評理論在「結構」這一術語的使用中所存在的一些重要問題。

結構與散播並不是拉丁文 struere 所派生出來的兩個相互對立的概念，因爲二者有共通之處：都與空間上的延伸（spatial extension）有關。在康德和愛因斯坦之後的現代思維中，離開時間性（temporality）去思考空間（space）是不可能的。幾乎每一位把「結構」作爲關鍵術語使用的二十世紀理論家都認識到，對於結構性（structurality）這一概念而言，時空間的相互關係至關重要。實際上，認爲時間乃由空間所支配的這種觀念可以說構成了「結構」這一術語在大多數現代用法中的重要特徵。

不論是任意點灑，還是以某種特定的方式將事物「堆聚」和「排列」起來，這兩種歷時的行爲（acts）都取決於空間的佔據

28

或者延伸。但兩種行爲所牽涉到的空間的性質却迥異。「散播」暗示着將元素「隨意」地撒在某個早已存在的空間，例如地面，不管怎麼説，某個先在的空間内。這些元素通過先在空間與被灑之物二者所構成的關係而獲得其特定的意義，正如宗教儀式中把谷物或酒（被灑之物）灑在地面上（先在空間）一樣。而以堆聚的方式將元素「結構」起來則暗示着這些相互關聯的元素構成一個自我存在的空間。比如，「結構」建立在「基礎」之上，「基礎」是結構必不可少的組成部分，它與其它部分密不可分，即使當「基礎」完全是一種自然形態（比如以地面爲基，没有經過其它任何人工改造）時，也同樣如此。

散播與結構這兩種行爲的抽象的、基本的空間上的差別可以幫助我們辨別二者在時間上的差別。被散播之物的「形式」與散播這個行爲本身緊密相關，取決於對行爲具有至關重要意義的先在空間的存在。即使在一個比喻性的説法中，例如「我把我的思想撒給風」，撒這個行爲本身也是得到了强調的，而且它決定着「思想」與「風」之間的關係。而被「結構」之物的形式則由結構中的元素所決定。雖然「思想」與「風」屬於不同的系統（精神與自然），但「結構」中所有的元素則被認爲屬於同一系統，正如「這個建築物中的石頭」這個説法所顯示的那樣。因此我們可以説，結構這一行爲的時間性存在於一種顯而易見的形式之中。比如，使沙特爾大教堂（Chartres Cathedral）這個結構物得以產生的結構性行爲被認爲總是——永遠——可以辨認的，因爲它就體現在那個被稱之爲「沙特爾大教堂」的顯而易見的形式之中，——儘管這個行爲本身從歷史角度而言是特定的、具體的。同樣我們可以説，即使是對於經久耐用的材料，比如石頭，散播這個行爲也並非顯而易見，並不是單從這些石頭的相互關係中就足以辨認出來。這個差別使我進一步提出一個假

29

設：雖然也能適用於非常具體的歷史環境，「結構」暗示的是一種抽象的時間性概念；而「散播」則取決於某個特定而具體的時間行為，它可被模仿，但無法重覆。

從拉丁詞根 struere 派生出來的這兩個現代詞語在時空關係上這些假定性的區別有助於我們理解，為什麼「結構」通常被用來（既可用作名詞又可用作動詞）描述一種可被複製、經得起科學分析的系統性活動而「散播」則通常用來（只用作動詞）描述一種難以精確複製、在具體歷史語境中才能理解的更為粗率的活動。既然已經提到「系統」（ system ）這個詞，我想補充一點說，系統和結構對於二十世紀的理論家而言，無論是其意義還是其用法都是複雜地聯繫在一起的，正如威廉斯（ Raymond Williams ）在其《關鍵詞》（ *Keywords*, 1983 ）一書中所論述的：

> 在像系統分析這樣的用法中，系統的含義……與結構的含義部分地疊合在一起，二者關係非常緊密，就是在構成的細節上也是如此。但系統還有另一種意義：一個結構整體，一套原則；一套被組織起來的觀念體系；一種理論。於是「系統的」一詞就可以意指井然有序的整體探索和剖析，像或者是指與某個組織的重要「構成」特徵有關的那種結構性特質。顯然，這些含義間的細微區別是非常難以辨認的。使用這樣複雜多變的術語要想把一種過程或性質的定義與另一種區別開來，決不像通常所認為的那麼容易。

作為一個「結構整體」，系統暗示着整體理解或解釋的可能性。在結構主義者那裏，「結構」指的是由歷史情境所決定的各元素之間的種種關係。於是，必然的結論就是，沒有任何結構可以被整體化或者從整體或本質上加以理解。歷史變化，其構成元素以及／或者它們之間的關係的變化，都會改變詮釋的結構。雖然在理論上大多數結構主義者都承認結構的這種具體歷

史性特徵，但在實際操作中許多人並沒有堅持這種理論。因此對結構主義最常見的批評是，他們忽視了其詮釋模式的歷史語境。就以上所論的「結構」與「系統」之間的差別而言，我們可以得出這樣的結論：在理解複雜的歷史關係時，這些結構主義者使用的是系統這一概念，而不是結構。

在許多現代理論中，「結構」一詞已經取代了相沿已久的「形式」（form）。雖然卡西爾（Ernst Cassirer）的《符號形式哲學》（*Philosophy of Symbolic Forms*）直到五十年代才譯成英文在美國出版，但此書的第三也就是最後一卷——譯作《知識現象學》（*The Phenomenology of Knowledge*）——却早在一九二九年即已完成。卡西爾認爲現實乃由心靈的符號形式所塑造，這種新康德主義（neo-Kantian）的觀念通常被視爲歐洲結構主義的先聲。卡西爾對德國唯心主義哲學的依賴性也在結構主義中得到反映；結構主義經常吸收唯心主義哲學的一些概念，儘管它會排斥唯心主義的基本觀點及其哲學基礎。在二十世紀最初的幾十年中，哲學家、語言學家和文學批評家更通常地採用「形式」這一術語來表述後來被稱之爲「結構」的東西。

在哲學中，形式主要是指心智的能力和過程。結構主義者排斥形式這一術語，以便把他們自己的作品與哲學家，特別是唯心主義哲學家的作品區別開來。結構主義者發現，「形式」一詞有兩種含義特別令人難以接受。「形式」首先隱含一種超驗的本質，如柏拉圖的nous（希臘文，意爲「理性，心智」），通常被定義爲對象起支配作用的「首要」或「主要」形式。我們將會看到，歐洲結構主義者煞費苦心地欲將心智過程與物質——知識的獲取以及知識客體本身（思想）——置於語言過程與物質（語法和符號）的支配之下。結構主義者發現，「形式」這個詞還與自柏拉圖以降直至康德的某些形而上的和本體論的意義令

人不快地聯繫在一起。他們還發現，形式最近又帶有唯心主義哲學（自康德至卡西爾）的印迹，這些唯心主義哲學把知識理解爲内在心靈過程與能力的一種功能。對於這樣的「形式主義者」來説，心靈先於語言，語言成爲心靈的簡單工具。基於這種顯然是常識性的假設，形式主義者和唯心主義者可以全神貫注於個人的主體性（subjectivity）之中，因爲「心靈」的特性在此應該説是一覽無遺。於是從胡塞爾（Edmund Husserl）到梅洛—龐蒂（Maurice Merleau-Ponty）的二十世紀的現象學者就可以聲稱，他們從把哲學家的心靈自身作爲思考與研究的對象出發，進而可以演繹出人類認知能力的一般特徵。

從重「心靈」（以及哲學上的主體）到重「語言」這個戰略性轉折的結果是，哲學主體僅僅只是語言的某些潛在可能性的必然結果，這些可能性可以超越任何個體的語言使用者甚至超越具體的歷史語境而顯示出來。一般認爲，歷史發展的直接綫索是從俄國形式主義（Russian Formalism）走向結構主義（Structuralism）。前者是俄國的一個文學批評流派，在二十世紀的頭十年聲譽鵲起，到二十年代仍然是個轟轟烈烈的「運動」，一直到二十年代末蘇維埃的政治高壓才迫使其分崩離析。雖然有些形式主義的成員如巴赫金（Mikhail Bakhtin）直到四十年代依舊堅持寫作（經常得用假名，類似於某種地下活動），但俄國形式主義的終結通常被認爲是在托洛茨基發表《形式主義詩派與馬克思主義》（收入《文學與革命》）的同一年，即一九二四年。俄國形式主義理論向歐洲結構主義的譯介常被歸功於俄國形式主義的年青成員雅各布森（Roman Jakobson），雅各布森幫助建立了結構主義語言學的布拉格學派（Prague School），而布拉格學派的理論主要立足於結構主義語言學家如索緒爾（Ferdinand de Saussure）著作的基礎之上。布拉格

學派主要是以其三十年代和四十年代的語言學理論著稱，但它也發展了一些頗具影響的文學和美學理論，主要體現在雅各布森本人以及穆卡洛夫斯基（Jan Mukařovský）的著作之中。

　　雖然習慣上結構主義語言學一直被追溯到索緒爾一九〇六到一九一一年日内瓦所舉行的具有歷史性開拓意義的講座，但「結構」這一術語要到三四十年代才開始獲得那種跨學科的意義（這種意義直到今天它仍然具有），這部分是由於索緒爾理論在語言學家如布拉格學派的著作中具有着不可動搖的中心地位所致。雖然索氏講座在其生前並沒有發表，乃由其學生所做筆記整理而成其《普通語言學教程》（*Course in General Linguistics* 1915年以法文初版），但它迪常被認爲引起了现代思維的一次革命，其意義之深遠堪與伽利略的太陽系理論與牛頓的萬有引力理論相提並論。索緒爾把「結構語言學」（structural linguistics）確立爲一個研究領域，他的理論實際上將被隨後五十多年衆多結構主義理論流派的每一位理論家所徵引。索緒爾本人並沒有特別強調「結構」這個術語，但他所命名的「共時語言學」（synchronic linguistics）實際上成爲每一人文學科所進行的結構主義研究的基礎。直到七十年代中期，索緒爾理論依然是大多數文學批評家的基本觀念，特別是有關於符號武斷性的理論以及把符號區分爲「能指」和「所指」兩大部分的理論。

　　共時語言學研究語言在一個相對穩定的歷史時期所具有的規則性（regularities）。進行共時研究的語言學家專注於索緒爾所稱的歷史「切片」，在此歷史切片中語言的使用被認爲不發生重大的變化。在索緒爾之前，大多數語言學家充其量不過一些「語文學家」，關注着詞源學以及詞滙和語法結構的歷史發展變化。這種被索緒爾稱之爲「歷時語言學」（diachronic linguis-

tics）的歷史研究在其語言學體系中仍然起着重要作用——的
確，這種作用常常爲隨後的結構主義者所忽視——但索緒爾論
證說它再不能成爲語言科學的基礎。語文學主要關注的是意義，
儘管這種對同一詞語在歷史發展中的不同意義〔比如《牛津英語
詞典》（*Oxford English Dictionary*）中的詞條〕的研究使得詞源
學最多只是成爲一種投機性的冒險活動。而像索緒爾這樣的結
構語言學家却較少關注於詞語的意義而較多關注於意義是怎樣
產生的過程。

選擇好一個相對穩定的歷史時期或歷史切片之後，語言學
家——除了語言的其它區別性特徵之外——就可以研究語音學
（語音的結構規則），音位學（語音的標寫規則），句法學
（句子結構），以及詞法學（較大語言單位的修辭構造）了。
這些語言學範疇之間的關係不能孤立地去看，而必須在與其它
範疇的相互聯繫之中進行考察。例如，對嘶擦音（sibilants）
與摩擦音（fricatives）之間相互關係的語音分析，就必須將其
與這些語音在某個特定語言系統中的書寫形式以及像句法學與
同義性這樣的決定性因素聯繫起來。在對語言在某一特定時刻
的這些複雜的相互聯繫研究的基礎上，語言學家在確認有意義
的信息的過程中就可以發現語音、書寫、句法和措辭等的相互
關係之間的規則。這些規則的有效性將在與從另一相對穩定的
語言歷史發展時期中搜集到的數據的相互對照中得到檢驗。也
就是說，共時語言學的證據總是接受歷時語言學證據的檢驗。
於是，在此基礎上形成的這些相互關聯的規則就可以被編織進
這個特定語言的基本「語法」之中。這樣的語法，不同於學校裏
用來指導學生正確造句的語法，它將描述出語言產生意義和達
成理解的基本過程。

這樣的語法將描述某個特定語言的「結構」。從語言的具體

運用（parole）出發，找到語言賴以運行的必不可少的規則（langue）之後，語言學家就可以爲這種語言提供某種「結構模式」（structural model）。索緒爾的語言學規劃雖然充滿雄心，但由它所引發的許多語言學構想却更爲野心勃勃，有的甚至可以説幾近離奇怪誕。隨後的結構主義語言學家如本維尼斯特（Emile Benveniste），布盧姆菲爾德（Leonard Bloomfield）和喬姆斯基（Noam Chomsky）都試圖從不同的角度表達超越具體語言，能夠描述人的語言能力的語言結構模式。喬姆斯基的「轉換語法」試圖尋找到一種基本的結構，這種結構能夠生成世界上所有不同語言中的任何實際交際行爲，儘管這在現在已被視爲只不過是一種不可能實現的語言學埋想。試圖解釋人的基本語言能力這個古老語言學夢想的二十世紀的所有表述形式都立足於索緒爾結構主義語言學的基礎之上。從拉康（Jacques Lacan）對弗洛伊德的修正開始，一直到貝托海姆（Bruno Bettelheim）把民間故事和神話闡釋爲人類内心基本焦慮的言語表現，精神分析學這個語言結構模式的變體同樣立足於結構主義語言學理論的基礎之上，並將其視爲人類本質的基礎。拉康有個非常著名的觀點認爲，「潛意識與語言同構」；實際上，拉康是把潛意識與意識之間的關係對等於語言與言語之間的關係的。與對人類思維賴以發生的先驗範疇進行邏輯推演這種做法相反，結構主義語言學家試圖對那些交際和表述賴以進行的語言結構進行描述和分類。

在一般用法中，不管是精神性還是物質性的，我們認爲「結構」是一種具有「物」或「體」的狀態的存在物。然而，任何建築師或工程師都會告訴我們，「結構」是通過其組成部分之間的關係而不是通過這些組成部分本身來定義的。在物質結構中，這些關係可能包括一個拱壁或一個橫樑所承受的各種「力」的關

係。對建築材料的選用總是必須考慮到這些材料在其特定的空間位置所涉及到的各種力的關係。同樣地，結構語言學也強調關係——語言所必需的各種「力」。傳統的語文學家把語言的主要變化看作歷史性的，而結構語言學家即使是在語言歷史發展的某一特定的共時穩定狀態中，也能揭示出一種複雜得多的關係體系。因此，自二十世紀早期結構主義語言學發軔之初，「結構」一詞就是被用來描述語言元素之間的關係，而不是單個的語言元素本身。

儘管從索緒爾直到今天的結構主義語言學家日益把其著作看作是「科學的」，力圖能從「本體論」和「形而上學」的哲學觀念中解脫出來，但是這種努力却不很成功，結構主義語言學同樣免不了要立足於一些基本的本體論前提的基礎之上。索緒爾聲稱，語言科學將廢黜哲學作爲「科學女王」的地位。他的意思是，語言學應該成爲二十世紀人類的基本學科，正如哲學自柏拉圖和亞里士多德以來一直被視爲人類的基本學科一樣。就此而言，「結構」取代背着哲學重負的「形式」一詞，這個具有戰略意義的轉折就再次顯示出其特殊的重要性。傳統上，「形式」把人（其精神形式）與某個超人的「自然」或「存在」相聯（比如柏拉圖的「理念」），而「語言結構」則强調人對於一個複雜的「工具」的建造，結構主義語言學家曾不遺餘力地力圖消除這個工具身上任何自然或超人的痕迹。因而從一開始，「結構」一詞在現代用法中就令人困擾地與技術的觀念聯繫在一起。

索緒爾有兩個著名論點常被人稱之爲他的兩大「學說」：符號的「武斷性」（arbitrariness）以及語言對思想的先驗決定作用。「詞」（word）不再是通常所認爲的那種明顯而堅固的實體，通過把詞重新定義爲由兩種基本功能——能指（signifier），或者「聽覺表象」，藉此聲音由説話者傳遞給聽話者；和所指

（signified），或者「概念表象」，藉此聽覺表象被轉換爲一種
抽象概念——組合而成的符號，索緒爾強調指出，從世界上不
同的語言中可以得出這樣的結論：能指與所指之間並沒有必然
的聯繫（或「根據」，motivation）。聲音與概念之間的關係
僅僅只是「約定俗成」的，建立在歷史發展過程中所形成的大家
都接受的用法和達成的默契的基礎之上，二者都沒有明顯的自
然基礎。在發出的聲音和聲音所暗示的概念或所表述的事物之
間沒有什麼內在聯繫。比較語言學告訴我們，拉丁文的arbor,
德文的Baum，法文的arbre，以及英文的tree大致指的是同一
概念，在其所採用的能指中並不存在什麼自然的「規則」或「結
構」。強調聲音和概念，能指和所指之間的關係，索緒爾實際
上是借助於康德的一個基本觀念：「自然」完全是不可知的，除
非通過人類的思維和語言這個中介。像康德一樣，索緒爾並不
排斥詞和語言具有某種自然起源的可能性，但他宣稱這種起源
是完全不可知的。然而，索緒爾極大地修正了康德的唯心主義，
他認爲語言並非表達思想的簡單工具，而是先於思想而存在。
如果人類確實具有某些先驗範疇的話，那麼對索緒爾而言，這
些範疇肯定會被理解爲語言學的先驗範疇（語言範疇）。

　　從使用「形式」到使用「結構」的轉變的歷史——儘管如同任
何這樣的「歷史」一樣，曲折而不乏特例——顯示了另一種範圍
更大的歷史轉變，即從工業經濟和物質經濟到現在支配着西方
發達資本主義國家生產關係和人際關係的以「信息」和「服務」爲
其特徵的後現代經濟（postmodern economy）的轉變。在物質
經濟比如馬克思所批評和剖析過的資本主義經濟中，「自然」依
舊是獨立於「文化」而存在的一個重要的「王國」。人們的物質生
產經常受某種與自然非常貼近的方式所引導，按照產品的「使
用價值」（use value）來進行（產品有用是因其滿足了某種不

可否認的自然「需要」，諸如飢渴、生殖）。十九世紀資本主義
所產生的「交換價值」（exchange value）雖然一般說來也受到
某種自然「使用」價值的制約，但這種制約已日漸模糊，經常是
似是而非，表裏不一。「使用價值」與「交換價值」的逐漸融而爲
一，最終導致到如波德利亞爾（Jean Baudrillard）所說的「後
現代主義迫使所有使用價值向交換價值俯首稱臣」的現象，而
正是通過這種融合，工業資本主義產生出了它自己最好的繼承
人——我們所處的以信息和表述爲其特徵的後現代經濟。在後
現代經濟中，「自然」不再被視爲判斷產品價值的基礎：「價值」
完全成爲衡量交換的手段，成爲由市場情況決定的產品之間的
「關係」。巴黎高級女裝店中由設計師親手製作的「原真」時裝的
價值與其說來自於面料和製作工藝，倒不如說來自於設計師的
「機智」和「創造力」，或者更簡單地說，來自於他或她對於市場
行情的豐富知識。這並非憤世嫉俗。那些對古老的物質世界有
着深深眷戀之情的人們，也許會指責我們的後現代經濟對一些
顯而易見的自然「價值」視而不見。然而，我們必須面對現實：
我們已經進入了這樣一個時代，在這個時代裏，「自然」顯然已
經不存在，它只是一個人工「創造物」，總是某些人文興趣和社
會目的的「結果」。對我們而言，即使是地震和別的一些無法預
言的自然災害，也只存在於與社會生活的關係中，就像我們手
捧着旅遊手册「走向大自然」一樣，二者所採用的方式大致是相
同的。

　　從「形式」到「結構」的轉變不僅反映出這種從物質經濟到非
物質經濟的轉變，而且它實際上幫助了這種轉變的實現。柏拉
圖的「形式」只有通過最爲艱苦的哲學思考與分析才能接近；索
緒爾的「結構」同樣難以理解——但並非因其屬於一個與我們的
經驗和現象世界不同的本體秩序。語言「結構」本身是人類的創

造物，是語言學家建構的、用以理解對我們經驗的每一方面都起着支配作用的、語言現象之運作的一個富於啟發性的模式。這種把「結構」視爲理解社會歷史現象的人工建造的、抽象的，甚至虛構的（fictional）模式的觀念，實際上存在於這個術語的每一種結構主義的用法之中。即使是那些試圖對語言的「深層結構」或「內在結構」進行嚴格的科學描述的結構語言學家也承認，這樣的潛在結構在現實和自然狀態中是不存在的。没有哪位結構主義語言學家認爲語言的「深層結構」（比如 langue）能取代語言的具體運用（比如 parole），從根本上説，這種運用總是社會的，歷史的。

因此，結構主義語言學成爲二十世紀對人類礼會的「基本」結構所進行的廣泛研究的基礎，根本不足爲奇。緊隨索緒爾之後，語言人類學家，像馬林諾斯基（Bronislaw Malinowski），以及後來的結構主義人類學家，像列維-施特勞斯（Claude Lévi-Strauss），都試圖發展出能夠描述社會相互作用規則的模式來。像索緒爾一樣，他們把系統内的基本元素視爲相互關聯在一起，並且也把這些基本關係歸結爲相似和差異。實際上，結構主義人類學家強調的是自然與文化的關係。用純理論術語來説，自然與文化的關係是一個名義上的、雙重的同義反覆（binary and nominal tautology）：文化的「他者」（other）是自然；自然的「他者」是文化。與特定的歷史内涵分開來考察，結構主義模式不言自明的性質可以對二十世紀結構主義思維的一些重要方面作出解釋。首先，對大多數結構主義者而言，「深層」、「内在」或「基本」結構本身只是一些抽象的模式，一些頗具啟發意義的模式，没有任何經驗實在的意義。比這些模式更爲重要的是，把紛亂的現象組織起來的語言的、行爲的、社會學的歷時運作系統。準確地説，「結構」並非一種假定的、公然

虛構的模式，而是一種系統的構造，只不過正是這種模式才使得對系統構造的研究成爲可能。因此，索緒爾對能指和所指這種基本的語言關係的「發現」（對索緒爾而言，這是一種差異關係，不是二元對立），或者列維-施特勞斯對諸如「生」與「熟」這種基本社會關係的「發現」，準確地説，根本上不是什麼發現。實際上，它們只是一些方法論假設，這些假設只有通過它們所產生的那些語言學或人類學著作才能得到檢驗和評價。

因此，對結構主義人類學家來説，構成「自然」的東西從來就沒有什麼超歷史或泛文化的有效性。在列維─施特勞斯那裏，一件可食之物被烹調的時間和方式確立了一種社會空間（一種結構主義的「場所」），其四周爲那些未被烹調的東西──也就是説，那些「生」的東西──包圍。人類製作食物或意義的行爲具有雙重内涵：建構自己的世界（文化），通過對「他性」領域──自然的，原始的，非人的──的確認來建構自己的世界（文化）。對他性領域的「命名」決非偶然，這個「命名」牽涉到一個複雜的概念體系，這個體系一旦被覺察到，能夠揭示出支配着社會現實的整個觀念系統。於是，基本的二元對立，比如人類學家的自然和文化，語言學家的聲音和意義，社會學家的個人和大衆，就沒有「結構」的歷時運行──也就是説，其系統──以及有關二元對立本身的理論觀念那麼重要了。後結構主義者把索緒爾置於結構主義者的對立位置，並且提醒我們説，對索緒爾而言，「在語言中只有未曾明確表達出來的差異」。這種對「差異」的理解──差異支配着能指與所指之間的關係──決不同於結構主義者所説的「二元對立的差異」（binary difference），例如計算機中所使用的「開與關」，「0 與 1」，「正與負」等。作爲結構主義的分類工具，二元對立把語言的各個方面如語音、音位、節奏、橫組合段、縱聚合段等組織起來。然而在

每一種情況下，這些二元對立的結構更多地是指一種模式而不是一種系統。德里達（Jacques Derrida）等後結構主義者（poststructuralists）發現結構主義所存在的最大問題在於：有一種把文化符號的調節功能轉變爲整體化的詮釋系統的傾向，例如那些與符號學（semiotics）有關的文化表述的綜合性方式。

在二十世紀，「結構」這一術語的使用助長了兩大學科中結構主義思潮的產生。對人類結構的更爲系統化的研究不僅幫助了符號學而幫助了新的科學的滋生，這些新的科學主要是建立在解釋性以及完全是生成性（或生產性）的模式的基礎之上。心理生物學，控制論（cybernetics），信息論和系統分析都依賴於「人工智能」與某種關於人類認知能力的理論二者之間的關係。舉例來說，控制論把計算機功能與中樞神經系統的過程進行比較，其目的顯然是爲了「理解」人類大腦，因而它是立足於人類知識的最基本的比較和類比模式的基礎之上。威爾頓（Anthony Wilden）曾這樣令人信服地描述控制論的方法論：

> 表徵，意識形態，超結構，或任何相應的「元陳述」都是某些其它命題或信息的「複製」（mapping）或「轉換」。作爲溝通的手段，行爲暗示着一個信息處理網絡，在此網絡裏，能量所產生的信息在有中介的渠道或者被「噪音」所干擾而沒有中介的渠道中通過。從這種技術的角度說，信息可以與意義和表意過程區別開來；我們可以把它定義爲「不同結構體間的相互複製」。（Wilden 1972, 131）

就意義和表意過程沒有確立衆多結構體之間的關係的信息功能那麼重要這個角度而言，威爾頓的描述與結構主義對結構的界定基本上吻合。這些「關係」能夠按照某些模式以實驗的方式進行複製——從電子計算機到電子人——很顯然，這是一種

方法論上的優勢，這種優勢來自於某些獲取知識的方法，比如「溝通」或「表述」。

　　如果說結構主義對科學如生物學和信息理論的影響傾向於對傳統科學所聲稱的知識的絕對性提出挑戰的話，那麼結構主義對文學和藝術的影響則傾向於使美學研究方法「系統化」。到目前為止，我一直很少談論「結構」這一術語在文學中的使用，這正因為結構主義的這個術語在二十世紀是相當晚才被引進到文學和美學研究領域的緣故。當然，早在歐洲結構主義產生之前，「結構」一詞就頻繁地被用來描述敘事作品或繪畫各個組成部分之間形式上的關係。在三十和四十年代的英美新批評理論家（New Critics）那裏，「結構」與「形式」，二者經常可以換用，是用來描述藝術品的本質特徵，特別是其審美體驗的實質。當他們在一種更為精確的意義上使用「結構」這個詞時，其用法幾與俄國形式主義批評家的用法相同。布魯克斯（Cleanth Brooks）在其著名的論文《作為結構原則的反諷》（"Irony as a Principle of Structure"）中，認為反諷這種修辭格乃文學之基礎，文學使用這種修辭格以把它所特有的語言與日常生活語言區別開來。於是，作為一種「結構」原則的反諷就非常類似於 ostranenie，或者說俄國形式主義者視為文學語言之本質的「陌生化」策略。對大多數新批評理論家而言，文學的「結構」是通過對經驗領域進行系統的否定而實現的。按照同樣的說法，這種對日常生活的普遍經驗的否定使藝術可以把注意力集中於思維中純心理的方面。新批評著名的「自為目的」（autotelicism）或「自我指射」（self-reflexivity）理論基於這樣一種觀念：文學建構一個特殊的語言「模式」，在此模式中思維本身成為思考的對象。像符號化、模式化、秩序化和想像性複製或模仿之類的基本活動，在從事不同門類的藝術創作的藝術家的「虛構」過程

（fiction-making）中，都佔據着中心的地位。

　　即使如此，對新批評而言，文學藝術中的「結構」則暗示着某種超歷史心理的具有普遍價值的東西。因此，就此而言，嚴格說來新批評家是一些「新康德主義者」（他們確實得到過這樣的稱呼），因爲他們所分析的「審美結構」被認爲脫離了決定着語言學和人類學結構的具體條件。文姆薩特（W.K. Wimsatt）和比爾茲利（Monroe C. Beardsley）的「感受謬誤」（affective fallacy）理論雖然是新批評理論的極端表述形式，但它却簡明扼要地發表出許多新批評理論家對於偉大的文學作品所具有的超驗的審美「結構」的永恒信念：「如此複雜，如此可靠，以致於在以往任何時代都被不朽之作的情感客體的結構，我們可以安全地說，並不會隨着人類文化的衰微而衰微；至少，只要他願意，任何研究者都可以將這種成功的詩作辨認出來……。簡而言之，文化雖歷經滄桑，而且不可避免地將發生變化，詩却魅力獨存。」（Adams, 1971, 1031）

　　對大多數歐洲結構主義者而言，文學藝術相對於語言學和人類學這樣的中心學科來說只是第二位的、邊緣性的學科。列維-施特勞斯和雅各布森都寫過頗具影響的文學論文，包括兩人合作的那篇著名的《夏爾・波德萊爾的〈貓〉》（Charles Baude-laire's *Les Chats*）（1962）；布拉格學派的語言學家如穆卡洛夫斯基也曾把注意力轉向文學及其審美功能，把它看作是一個更爲廣大的文化表述理論的組成部分。然而，雅各布森和施特勞斯分析波德萊爾十四行詩《貓》的論文却是發表在法國的一個人類學雜誌《人》（*L'Homme*）上，而且主要是面向人類學的專門研究者。歐洲結構主義與英美新批評專注於作品本文這個審美客體的做法並不相容，儘管在這兩個運動中「結構」一詞的頻繁使用使許多人誤以爲二者在理論上具有許多共通之處。

　　另一方面，結構主義確實強調了一個文化爲了表達其需求、其理想與問題而發展一整套風格與形式系統時所採用的方式。如果要説歐洲結構主義與二十世紀文學批評的某個運動果真存在着密切聯繫的話，那麼唯一的可能性是「神話批評」（myth criticism），其實踐者有巴貝爾（C.L. Barber），路易斯（R.W.B. Lewis），曼弗德（Lewis Mumford），史密斯（Henry Nash Smith）以及馬克思（Leo Marx）等。這種對神話的具體歷史研究往往集中於某一特定的時期——如巴貝爾的英格蘭文藝復興研究，曼弗德的現代研究——而這種研究與英美新批評相比更接近歐洲結構主義。

　　對結構主義者和神話批評家二者而言，文學或藝術的結構可以用來理解某一特定文化體系中語言的界限，正如列維-施特勞斯用基本的親緣關係來描述亞馬遜河流域部落社會的構成「規則」一樣。由於文學把普通語言的用途發展到了極致，結構主義者可以在現存的文學作品中發現他所研究的特定時期文化語言的某些相對靈活性或傳統性。即使如此，結構主義者所理解的「文學」也僅僅只是諸多「人文學科」中之一種，這種觀點與俄國形式主義和英美新批評對於文學的獨特形式和獨特結構的評價根本上難以相容。

　　弗萊（Northrop Frye）《批評的解剖》（*Anatomy of Criticism*, 1957）在歐洲結構主義在英美產生任何重大影響之前即已完成，正因爲如此，它可能是我們具有的「本土」形式的結構主義的唯一例子（儘管弗萊的加拿大國籍使我們不便於視其理論爲純美國本土的結構主義形式！）。弗萊的《解剖》是神話批評的勝利，或至少可以説是英語世界對這種理論方法最爲系統的論述。正如蘭特利奇（Frank Lentricchia）在其《新批評之後》（*After the New Criticism*, 1980）中所言，弗萊對基本

的文學神話（或樣式）進行了「具有里程碑意義」的結構主義分類，並且得出結論説，心理學、人類學、神學、歷史、法律，以及「其它一切由語言表述出來的東西都是由我們在文學中所發現的、以原初的假定性形式存在着的同一神話和隱喻類型所充實或建構起來的」（Frye，1957，352）。這句話引自弗萊書的最末一章，對蘭特利奇來説，它暗示着弗萊誤把「結構主義語言學」當作「文學」；雖然前者爲弗萊及其讀者顯示回歸文學的途徑，他却給予了後者以優先權。正如蘭特利奇所揭示的，弗萊的《解剖》對英美新批評賴以立足的理論根基提出了挑戰，儘管它自己也試圖獲得文學的中心權威位置。《批評的解剖》無意之中倒起了連接文學結構——這個術語被狹義地用來區別文學語言（或形式）的獨特性——和語言結構的橋樑作用。「結構」一詞的後一種用法將要求文學批評家放棄視文學研究爲獨立「學科」的想法，而去從事結構主義者所稱爲的「人文學科」研究的某個更大的冒險活動。

　　由於這些緣故，結構主義者所使用的「結構」這一術語向文學批評和美學領域的引進從來沒有在「適當的」時刻發生過。英美文學批評史中沒有真正的「結構主義」流派，儘管「後結構主義」和「解構主義」方法——全部建立在反對歐洲結構主義狹隘的科學主義這個前提之上——深受人們的青睞。結構主義純符號學式的抽象目標與「文學」「藝術」這樣的具體可分的學科的研究是根本對立的，從這個角度考慮，結構主義在影響文學藝術研究時所遭受的失敗就完全可以理解了。然而應該指出的是，結構主義通過把結構界定爲對一個全然不可知的外在現實的「模擬」和「模仿」，把由它自己最好的術語「結構」一詞所傳達出來的「科學」意義編織進了一個與藝術及其想像相聯繫的非穩定性的關係網絡之中。

　　把知識建立在語言的基礎上，按照人的語言能力（langue）來界定人，堅持符號的「武斷性」（即歷史的而非自然的）特徵——通過這些途徑，結構主義幫助實現了後現代社會中純「人工」特性的合法化（legitimation）。「結構」這一術語的現代用法中確定無疑的虛構性特徵爲此作了最好的說明。六十年代，巴爾特（Roland Barthes）寫過許多文章以解釋結構主義這一運動的基本原則。在其中之一的《結構的活動》（*The Structural Activity*）一文中，巴爾特把結構定義爲：

> 對對象的模擬（simulacrum），但却是一個有指向性和偏向性的模擬，因爲它使被模擬物的某種在自然狀態中不可見，或者可以說，不可理解的東西顯現出來。結構主義者以現實爲其研究對象，分解之，而後重組之。

這種活動的結果是：

> 某種新的東西出現了。而所謂的新東西只不過是在一般情況下無法理解的東西：模擬把知性添加到被模擬的對象上去；這種添加具有人類學的價值，因爲自然賜予人類知性的正是人類自身，他的歷史，他的處境，他的自由，以及他所特有的對自然積極的反抗力。

巴爾特對「結構」的表述實際上濃縮和概括了我對於結構的現代用法所隱含着的意識形態內涵的所有看法。結構是模擬；它模仿一個自然客體，其目的是爲了改變它。而這種轉變的目的則是爲了明確地理解它（intelligibility），不過採用的是一種有偏向性的、對人類有用的方式。巴爾特的結論非常玄奧，但却沒有玄奧到那些一味偏重技術性的狹隘的結構主義者的地步：人類的「自由」體現在對自然的結構主義的「轉變」之

中，而自然正是在顯示自己對「人類知識」的「反抗」中肯定了人類的自由。

「結構主義活動」，巴爾特接着説，「牽涉到兩種典型行動：拆散和重組（dissection and articulation）。」這非常清晰地表達出了我對於結構主義的意識形態目的性的看法。「結構」這個術語日益被用來指一種模式建構（model building）的活動，這種活動先「拆散」其對象，然後用「人」的方式將其重新組合起來。這既是不同學科中大多數結構主義著作所採用的方法，也是其主題。列維-施特勞斯拆散亞馬遜河流域部落社會的組織是爲將其重建，而這種活動本身又揭示出另一個層次的拆散—重建行爲：這些部落是如此「拆散」自然客體，而後又以文化的方式將其重新建構起來。

這樣來理解的話，「結構」牽涉到一個基本的時間過程，這個時間過程既體現在模式的建構又體現在被研究的結構體系之中。在「拆散和重組」的行爲中，結構主義者專注的是某個特定的歷史時刻，巴爾特清晰地揭示了這個時刻所具有的人類學意義：「自然賜予人類知性的正是人類自身，他的歷史，他的處境，他的自由，以及他所特有的對自然積極的反抗力。」一方面，「結構」似乎要求人類必須根據其所處的特定歷史時刻以及這個時刻與過去時刻的關係來理解自己。這一般被稱爲歷史主義（historicism）。另一方面，「結構」似乎又依賴於對某種歷史必然性的假定，通過這種假定人類將把一個異己的經驗世界轉變爲他的私有財產。樂觀地説，這種必然性描述了人類人化自然的過程，並因而通過拆散與重組的行爲給世界增添了某種明晰性和可理解性。悲觀一點説，我們可以認爲這種歷史必然性表明了人類征服異己並盡量使之與人的狹隘理解力相符合的慾望。

　　總而言之，「結構」一詞反映了二十世紀西方由物質經濟向非物質經濟，由工業社會向後工業社會的轉變。波德利亞爾論述說，後工業社會只是進行simulacrum生產和交換的機器，而這些simulacrum只不過是一些海市蜃樓式的幻象。模仿的經濟建立在一些抽象模式的基礎上，這些模式成爲生產其它模式的機器。曾信誓旦旦地要把各個不同的「人文學科」連接起來的結構主義運動，實際上爲這種新的致力於再現（representation）的生產和分配的經濟的產生助了一臂之力。結構主義完成了這種改造，部分地是通過道德承諾的方式。列維－施特勞斯人類學的矛頭直指一切形式的種族中心主義（ethnocentrism），他對於西方必定「文明」，而所謂的「原始」民族必定落後的這種二元對立的思維模式一直持批評態度。列維—施特勞斯論述時，儘管「原始」民族所賴以建立其社會體系的模式與「西方的」、文明的、理性的民族類似，但是「原始」思維是以很不相同的方式進行的，因而不能以西方的標準去衡量。索緒爾語言學對那些強調語言「規範」用法的理論提出了強烈的挑戰，他認爲語言規則及特性乃約定俗成，只不過是以社會契約的方式所形成的某種默契。弗萊「語言神話」的概念大大地拓展了傳統文學批評的狹隘視野，他要求我們注意日常生活中潛藏着的文學資源，雖然在《批評的解剖》中弗萊本人並沒有提供這方面的分析例證（或理論）。在《解剖》中，弗萊一方面警告我們神話會披着文學的外衣控制和支配我們的頭腦，一方面又爲我們提供了救贖神話（redeeming myths）的可能性。巴爾特的「結構主義活動」似乎與人類的想像力與創造力緊密相聯，其「拆散與重組」的過程與柯勒律治所說的想像的力量有着驚人的相似。人類一切知識在本質上所具有的相互關聯的特徵似乎倡導一種更爲開放的社會與政治體系，這種體系建立在相互忍耐甚至想互鼓勵差異

的基礎上，而不是建立在相互排斥或壓制差異的基礎上。

　　但我們認爲「結構」這一術語最終實現的足以確認的人文目標違背了其初衷。「結構」成了純人文產品的能指符號——一種與任何自然用途截然分開的表徵物。這種能夠用來解釋其它構造體系的表述或者「結構」能力成爲它存在的唯一根據，它唯一的「用途」是使由它所助生的信息系統之間的交換得以進行。在一個不再關注「自然用途」的經濟裏，「結構」於是成爲這種交換的媒介。結構的意義發生這種轉變的最佳場所是語言，因爲詞的「用途」正在於交流或交換。前面已經說過，「結構」一詞在現代批評理論中的這種流行用法反映了所謂的西方「發達」國家從十九世紀工業經濟向我們現代所處的後工業經濟的歷史轉變。在工業經濟中，一個天然或人工產品的交換價值可以根據這個產品最終的用途來衡量。而在我們這個建立在信息和服務的生產和分配的基礎之上的後工業經濟中，產品的用途已與其流通或交換價值混而難分。因此，我們面臨着這樣的可能性：我們的智力模式，比如計算機程序和媒介技術，也許比它們所試圖模擬或「表述」的「對象」具有更多的現實性。

　　「結構」是後現代性（postmodernity）的關鍵術語之一，因爲它不僅公開承認其人工建構的特徵，而且公開聲稱科學的嚴格性。科學與藝術在此發現了某些共同的興趣，正是在此歷史時刻，人們需要科學與藝術來幫助實現那個現在看來是非常成功的社會與經濟的轉變。然而，後現代革命的成功却並没有伴隨着在階級、性別和少數民族關係等方面出現像許多具有政治傾向性的結構主義者所致力尋求、所企盼的那些基本變化。也許這正是解構理論（deconstruction）以及其它「後結構主義」理論（poststructuralist theories）在二十世紀最後二十幾年裏之所以聲譽鵲起，備受青睞的原因。　　　　王宇根譯

參考書目

Barthes, Roland. 1972. *Critical Essays*.

De George, Richard and Fernande, eds. 1972. *The Structuralists: From Marx to Lévi-Strauss*.

Jameson, Fredric. 1972. *The Prison-House of Language: A Critical Account of Structuralism and Russian Formalism*.

Lentricchia, Frank. 1980. *After the New Criticism*.

Saussure, Ferdinand de. 1966. *Course in General Linguistics*.

Wilden, Anthony. 1972. *System and Structure: Essays in Communication and Exchange*.

Williams, Raymond. 1983. "Structural." In *Keywords: A Vocabulary of Culture and Society*.

Culler, Jonathan. 1975. *Structuralist Poetics: Structuralism, Linguistics, and Literary Study*.

3 寫作 WRITING

約翰遜（Barbara Johnson）

「寫作」一詞是如何開始被當作一個批評術語的？「寫作」不簡單地就是文學被視爲理所當然的那些方面之一嗎？它是一種媒介，通過它，一名讀者遇到書頁上的詞語——例如，現在這些文字，難道不是這樣嗎？

本書中每篇文章在某種程度上都是通過它所談及的那個術語進行交流，而這一點沒有比在寫作的情形中更爲明顯的。於是，關於寫作的文章是一個非封閉的環：它嘗試去理解寫作，而寫作正是通過寫作加以理解的。這種相互包含的非歐幾里德式邏輯，時常其本身就已經成爲近期關於寫作的理論商討所關注的客體。這僅僅是研究寫作的結果之一。

然而，關於寫作的寫作並不是一個新現象。從海亞姆（Omar Khayyám）移動的手指到盧梭（Rousseau）顫抖的手，從摩西（Moses）破敝的書桌到愛倫·坡（Poe）與沃克（Alice Walker）的失竊的信件，從博爾赫斯（Borges）的大百科全書到華茲華斯（Wordsworth）遺留在紫杉木椅子上的短簡，寫作中的寫作意象證明了人們對書面語詞的構成法和物質性所持的經久不衰的迷戀。顯然，對寫作問題的全面處理超出本篇文章的範圍。於是我將集中考察近期思考寫作的一個特殊時刻——法國一九六七年的理論「革命」——它對於今天的文學研究的形成已經產生了決定性影響。

寫作（l'écriture）在二十世紀六十年代的法國成爲哲學、

心理分析學和文學的重鎮，主要是通過德里達（Jacques Derrida）、巴爾特（Roland Barthes）和其他作家的作品，他們在當時與一家雜誌《太凱爾》（*Tel Quel*）有密切聯繫。索勒斯（Philippe Sollers）在主持該團體理論選集的「項目」中，於一九六七年宣佈：「從對寫作實踐的思考中產生的一種全面理論要求（我們做）詳盡闡述。」寫作似乎成爲解答所有神話的關鍵。對寫作所持的突如其來、蔚爲壯觀的興趣來自許多不同的根據，其中的一部分我將在這裏迅速勾勒一下。

早在一九五三年，羅蘭·巴爾特在《寫作的零度》（*Writing Degree Zero*）一書裏就已經研究了存在於十九世紀的法國，在文學（用大寫字母L）概念的發展與日益疲乏的語言表述能力二者之間的某種悖論關係。雖然文學在某些方面被提升爲一種替代的宗教，但它是這樣一種宗教，其大祭司們似乎只去宣佈他們自己宗教的曖昧、不完善、或者不可靠。福樓拜（Flaubert）和馬拉美（Mallarmé）詳盡地闡述了這一現象的兩個方面。巴爾特說，這些作家恰恰在宣佈文學已經死亡的行爲中建構了文學。在後期的文章中，巴爾特設想了一種文學理論，這種理論基於經典的作品（oeuvre）概念與現代的文本概念二者之間的分裂，前者指某種封閉的、完成的、可靠的表述客體，後者指某種既是意義產生又是意義消亡的開放的、無限的過程。於是，「作品」和「文本」並不是兩種不同的客體，而是看待書面文字的兩種不同方式。使巴爾特感興趣的是文學概念與文本性概念之間的張力。在文學被視爲一系列抽象的、極富意義的偉大作品的同時，文本性則是超越所有封閉的意指和塗抹處的某種開放、異質、破壞力量的表現形式——是一種甚至在偉大作品本身之內也要起作用的力量。

封閉與顛覆、成品與實踐、包含意義的客體與分散意義的

過程：正如我們將會看到的，巴爾特的寫作理論受益匪淺於馬克思主義和心理分析學。但是《太凱爾》作家們捲入馬克思主義和心理分析學時帶有特殊的色彩，他們摻和進了索緒爾的語言學。這是怎樣發生的？

在《普通語言學教程》中（ *Course in General Linguistics* ）（由他的學生首次出版於一九一六年，新版本是在一九四八年和一九六六年），索緒爾（Ferdinand de Saussure）制訂了一套語言學的科學，它不是基於語言家族的歷史（歷時）發展，而是基於語言「本身」（作爲一個系統凍結在時間內）的結構（共時）特性。這種「結構主義的」觀點，在二十世紀五十年代的人類學中由列維-施特勞斯（Claude Levi-Strauss）同樣加以發展，把系統視爲由規則所控制的各種因素之間的一組聯繫。諸如此類的系統令人喜愛的類似之物是國際象棋：無論一個「棋子」是由甚麼材料製成的（象牙、木頭、塑料），該「棋子」都包含在某一運動和聯繫（能夠在自身之內得以理解和操作）的系統之內。從結構的觀點出發，象牙和塑料之間沒有差別。差別存在於王、后、馬之間，或是白與黑之間。

索緒爾最經久不衰的貢獻是他把符號描述成語言系統的單位。符號由兩部分組成：一個是精神意象或概念（所指），另一個是語音或文字的工具（能指）。因此，符號同時是概念的也是物質的，是意念也是聲音，是精神也是字母。大量語言的存在表明任何特定符號內能指與所指的關係是任意的（在聲音與思想之間沒有自然的相似關係），然而一旦固定，那種關係就成爲一種成規，任何個別的說話者都不能隨意加以修改。因此，通過決定與語言的結構研究相關的內容既不是歷史（「歷時」），也不是現實（「語詞所指物」），而是符號之間具有差別關係的系統，索緒爾提出一種包羅萬象（也帶有局限性）的

啟發性分析視角。而且通過斷言符號進行意指時，並非作爲與永恒客體相關的獨立意義單位，而是作爲某些因素，這些因素的價值通過與系統內鄰近因素的差異而得以產生，由此索緒爾提出一種差異（並不是認同）的概念作爲意義的起源。

索緒爾懸置了對歷史與外在世界的興趣，這似乎與馬克思主義風馬牛不相及。但是寫作的理論家看到了能指/所指關係與唯物主義/唯心主義關係的某種聯繫。如果能指是觀念存在的物質條件，那麼所指的特權地位就相似於商品崇拜，這種商品崇拜源於資產階級的唯心主義視而不見勞動和經濟存在的物質條件。能指的解放，對唯心主義壓抑的反抗，發動差異和慾望的力量來對抗認同的法律和秩序，這些全都是二十世紀六十年代在法國得以發展的變革活動的一部分。不管語言的物質性與經濟的物質性只是通過類推相互聯繫，還是二者之間具有某種深刻的相互關係，這在今天仍舊是爭論不休的主題。然而無論情況怎樣，緊隨法國一九六八年五月的罷工與宣言之後令人壓抑的恢復秩序，粉碎了某些人的樂觀主義，那些人或許簡單地相信解放能指就能夠改變社會的階級結構。

如何理解釋放能指也根植於拉康（Jacques Lacan）的心理分析理論。早在一九六六年出版 *Ecrits*（《寫作》）許多年以前，拉康就主持了一次討論會，試圖用一種全新的方式解讀弗洛伊德。在弗洛伊德的寫作中拉康所強調的內容是「潛意識的建構像語言一樣」這一發現。即潛意識是建構的。它並不是模糊的慾望與能量的儲藏庫，而是一種表達系統，通過該系統受到壓抑的觀念以錯位的形式得以回歸。弗洛伊德對夢與謎的比照，擴展爲對潛意識所有效果的一種代替：就像一個謎裏面的每一要素必須分別翻譯以便破譯全部信息一樣，於是一個夢裏面的每一要素也都是一個聯繫的環節，必須在不考慮夢的表面

一致的情況下加以探討。夢、口誤、動作倒錯、歇斯底里症候、以及潛意識的其它表達，對於拉康來説都是某種「意指鏈」的表現形式，是某種類似於潛意識陌生語言的聯想結構。意識企圖漠視這種語言，以便控制和定義自我的身份，然而心理分析家的任務就是試圖聽到這種語言，儘管自我力圖抹煞它。拉康使用了索緒爾的術語，稱潛意識的表達單位是「能指」，與受壓抑的「所指」有關。但是對所指的尋找只能採用沿着能指鏈滑動的方式。換言之，能指與所指之間没有一一對應的關係，而是某種「所指效果」，它產生於一個能指到另一個能指的運動。弗洛伊德從來没有到達他夢之解析的終點，從來没有「解決」那些解析中的謎團，但是他好像通過追踪做夢者的聯想鏈，獲得了某些洞見。

拉康不安於索緒爾能指與所指間一一對應的聯繫，這種不安實際上在索緒爾自己的著作裏也有所對應。始於一九六四年，斯塔洛賓斯基（Jean Starobinski）開始出版一些奇特的筆記本，索緒爾在裏面試圖證明，某些晚期的拉丁詩篇中潛藏的名詞字謎式地瀰漫在文本之中。換言之，這些詩篇包含着額外的能指，只有對知情者才具有可讀性。不管這些字謎是否是一把打開晚期拉丁詩學的秘密鎖匙，能指會在創造詩歌效果裏面佔主要地位的觀念則提請詩歌研究者注意。索緒爾的字謎就促使克里斯蒂娃（Julia Kristeva）（同其他人一樣）在詩歌語言本身之内理論化了某種字謎式的（或實用的）功能。

宣稱能指甚至會在所指未知的情況下產生效果，這爲拉康對愛倫·坡的小説《失竊的信件》的著名解讀提供了基礎。在那個故事中，一名寡廉鮮恥的大臣在國王毫不懷疑的眼皮底下，從皇后那裏竊走一封會有損她名譽的信。一名業餘偵探杜邦（Dupin）受命於從中作梗的警察局長把那封信收回。杜邦懷

疑大臣已經在光天化日之下藏起了那封信，就像他當初在光天化日之下把它偷走一樣。於是杜邦重覆了大臣的舉動，爲皇后把那封信偷回。拉康強調人物的行動由那封信在人物之間的位置來決定。既不是信件的內容（從未揭示的「所指」），也不是人物各自的身份（索緒爾象牙和木頭棋子的心理對應物）決定情節的過程，是信件本身的運動決定了人物的行動。

謎團、字謎和信件顯然都是寫作的表現形式。它們是使意義含糊同時又表達意義的符號系統的書面的、言說的、物質的例子。它們也不同於談話的純文字記錄。換言之，它們不是語音寫作的例證。這種「不同之物」在我們轉向寫作的最重要的法國理論家——德里達的寫作時必須牢記在心。

一九六七年，德里達出版了致力於寫作問題的三本主要著作：《寫作與差異》（ *Writing and Difference* ）、《語法學》（ *Of Grammatology* ）、和《言語和現象》（ *Speech and Phenomena* ）。德里達這三本書的主要規劃是重新評價西方形而上學的結構原則。德里達寫道，西方哲學用二元對立來分析世界：精神與肉體、善與惡、男人與女人，在場與缺席。這些對立的每一元按照等級制度加以組織：第一個術語比第二個要高要好。按照德里達的觀點，言語和寫作之間的對立也類似結構着：言語是即時、在場、生命與認同，而寫作是延遲、缺席、死亡與差異。言語是首要的；寫作是次要的。德里達稱這種言語的特權爲自我呈現意義的「邏各斯中心主義」。

在一九六七年出版的三本書中，德里達縝密地注意到一種悖論：寫作反而優先於言語充滿了西方傳統（「大書」）。通過細緻分析這些作品，德里達試圖揭示那些大書背叛了它們自己認爲言語比寫作好的陳述意向。他的分析所揭示的是，甚至當某一文本試圖賦予作爲即時性的言語以特權地位，它也無法排

除這一事實：即言語像寫作一樣，都是基於符號內部能指與所指的某種分延（différance，一個德里達的新詞，既指「延遲」，也指「區分」）。説話者並不相互直接傳達意義。即時性是一種幻覺。與寫作正式相關的特性不可避免地進入了爲賦予言語以特權地位而進行的討論之中。因此，例如，儘管索緒爾爲了理解語言願意把言語看作首要的，把寫作視爲次要的，但他却把語言描述爲「頭腦中的字典」或「綫性的」——一個更適用於寫作而不是言語的空間術語。或者舉另一個例子，當蘇格拉底（Socrates）告訴費德魯斯（Phaedrus），正確的教育是在口述中而不是在寫作裏發生的，然而他最終仍舊把這種教育所試圖達到的真理描述爲「刻進靈魂裏的」存在。因爲異質性與距離之間的差別對語言的結構是不可或缺的，於是德里達認爲「言語」最終像「寫作」一樣建構。這種把寫作强調爲更加原始的範疇，是用來對抗邏各斯中心主義的歷史，並追溯意義的結構裏面分延的功能。

許多文學文本似乎實際上都以某種方式既要尋找言談的即時性或認同性，也要求助於寫作和差異。例如下面泰勒（Edward Taylor約1642-1729，美國詩人）所作的詩歌似乎並未料到最終竟談到了寫作：

沉思　6

我是您的黃金？這是錢袋，主啊，爲了您的財富，
　　是在礦藏中還是在鑄幣廠爲您而煉熔？
人們這樣看待我，但是請您把我評估，
　　我唯恐臉上是黃金，心裏却是黃銅。
　　我害怕當我嘗試，我的試金石就去接觸
　　我和我數好的黃金都太過度。

　　我真的新近鑄造，用您的印模？
　　　　我雙眼昏花；目不能審。
　　借助您的視力我可以閱讀
　　　　您的形象和銘文都烙刻我身。
　　　　如果您明亮的形象落於我的身體，
　　　　我就是您手中一個黃金天使。

　　主啊，使我的靈魂在同樣的圓環的周緣裏
　　　　成爲您的杯盤，您的明亮形象。
　　而且在它的邊緣用金字
　　　　用神聖的風格書寫您的銘文。
　　　　那時我會是您的錢幣，您加入我的羣體：
　　　　讓我成爲您的天使，成爲您——我的主。

這首詩用一種擴展的隱喻（作爲形而上學的欺騙）風格寫成，
試圖用物質的價值（黃金）來表達精神的價值。精神與物質之
間最明顯的特徵是詞語「天使」（"angel"），它既指某種天國的
存在，也指某種古老的英國硬幣。通過這種精神的/物質的融合，
這首詩試圖使人的價值既從神的價值中派生出來，又與神的價
值相一致，以便消除人與神之間差異與距離的空間。

　　這首詩由與上帝相關的一系列問題和需要（imperatives）
組成。當這些問題和需要力圖緩解懷疑、差異和距離時，它們
似乎只是擴大了它們試圖縮小的差別。我是黃金還是錢袋？是
價值客體還是承載者？詩人問道。於是他尋求第一種可能性，
只去偶然發現一種新的内/外對立：「我唯恐臉上是黃金，心裏
却是黃銅。」黃金開始相似於某一符號，運用了臉（能指）和心
（所指）之間沒有保證的相互關係。成爲符號的過程在第二節
仍舊繼續，在那裏說話者被「烙刻」某種形象和銘文。說話者現
在是一個讀者，而他所解讀的正是他自己。上帝已經成爲一個

形象，而且是一個矯正鏡片。最後一節裏，第二節中模糊解釋的文本（「銘文」）結果還沒有寫完。就在詩歌還在渴求完美相等的包含者/被包含關係的時候（「我成爲您的錢幣，您加入我的羣體」），這種關係現在要求積極的寫作干涉（「用金字書寫/您的銘文」）。在說話者逐漸增長的侵略性順從裏面，他試圖命令上帝作爲作家來就座。

從金屬到圖象再到字母，從觸摸到閱讀再到寫作，從計數到幾乎解讀再到尚未寫就，說話者似乎在結尾比在開端更加遠離了與上帝的和諧一致。調節的因素只是增加了分延。然而這種分延也是詩歌存在的空間。說話者無法把他的方式（way）寫入消除寫作的即時性裏面。他也不能把自己寫入一種順從之內，那種順從偉大到可以取代這一事實——即，是他，而不是上帝，在寫作。他的欺騙永遠不會成功地抹除寫作本身的「欺騙」。

因此寫作的邏輯是一種雙重的邏輯：寫作被稱爲對分延的必要救治，但與此同時它正是需要尋找救治的分延。在德里達對寫作的分析裏面，這種邏輯稱爲剩餘（supplément）邏輯。法語中 supplément 一詞既指「附加」，也指「替代」。因此，說「A 是 B 的剩餘」是說着曖昧之詞。附加與替代並非完全矛盾，但是二者都不能在傳統的同一邏輯中加以融合。在那首詩裏，銘文、形象、甚至視力都是剩餘：這種附加與替代同時彌合又擴大了上帝與說話者之間的鴻溝。我們從下表可以得到對這種方式——剩餘邏輯不同於相等（A＝A）和不矛盾（A≠非A）的二元邏輯——的某種認識。在這一表格中，所有的陳述都同時相當於「A是B的剩餘」這一陳述（在泰勒的詩歌裏，說B＝上帝的在場或與上帝一致；而A＝寫作）。

A附加於B。

A替代B。

A是B多餘的附加。

A補充B的缺席。

A侵佔B的位置。

A彌補B的缺陷。

A擾亂B的純潔。

A是必需的以致B能得以恢復。

A是使B不同於自己的偶然因素。

A是某物，没有A，B就會丢失。

A是某物，通過A，B被丢失。

A是B的一種危險。

A是B的一種救治。

A的靠不住的魅力唆使人們遠離B。

A永遠不能滿足B的慾望。

A防止與B直接遭遇。

剩餘邏輯不僅是寫作的邏輯──它還是唯一真正存在於寫作中的某種邏輯。即，它是作爲某種語迹系統内在於（拉康會説，『被放置在』（in-sists））文本的一種非直覺邏輯。就像一個代數方程具有不只一個未知數那樣，剩餘邏輯不能被約束在頭腦中，而必須從外在形式中確定。詞語「差別」對於計算以及德里達的寫作理論都至關重要，這絕非偶然。

實際上，德里達的寫作理論結果已經成爲某種閱讀理論。他的《寫作與差異》一書的引語出自馬拉美（Mallarmé）：「完全没有新意，除了閱讀空間的擴大」Le tout sans nouveauté qu'un espacement de la lecture。把「空間」引入閱讀指的是甚

麼？對馬拉美來說，它有兩層涵義。它指的是給寫作物質性
（空白、字體、書頁上的佈局、頓號）某種意指功能。它也指
用這種方式跟踪句法的、語義的含混，以便在某種單一言談之
外創造出多元的、通常是衝突的意義。馬拉美文本的意義，就
像某個夢的意義一樣，不能從整體上直覺把握，而是必須通過
跟踪關係網絡中的每一股來加以嚴格界定。德里達在其它寫作
中概括與分析的，正是馬拉美試圖極為重視的這種「空間」。例
如，德里達在解讀柏拉圖的《費德魯斯》時，跟踪了 pharmakon
（藥）一詞的曖昧性，柏拉圖用這個詞來描述寫作本身。如果
pharmakon 既指「毒藥」也指「解藥」，那麼稱寫作是一種
pharmakon 是甚麼意思？正如德里達指出的，柏拉圖的翻譯者
按照語境選取那種曖昧性的一個方面或另一方面，這已經歪曲
了該詞的意義。他們已經使這個詞的曖昧含義服從於最講得通
這種觀念。於是他們使作為空間與曖昧的「寫作」服從於作為單
一意向的「言語」。毒藥/解藥關係的曖昧性由此被控制在某種
極為穩定的關係之內。然而「理解」是在付出代價的條件下獲得
的。瞭解毒藥和解藥的區別或許是令人欣慰的，但是那種欣慰
可能使人難於理解蘇格拉底之死的意義。

　　因此對德里達來說，「閱讀」包括遵循意義結構的「其他」邏
輯，這些邏輯銘刻在寫作中，可以也可以不與意義、認同、意
識或意圖的傳統邏輯保持一致。它包括嚴肅對待某種標準的閱
讀所輕視、忽視或删除的因素。正如弗洛伊德使夢與口誤具有
可讀性而不是把它們僅僅作為荒謬和錯誤加以驅逐那樣，於是
德里達也在某一文本的鴻溝、邊緣、修辭格、回聲、枝節、斷
裂、矛盾、和曖昧之中看到意指的力量。當一個人寫作時，他
寫的多於（或少於，或異於）他想的。讀者的任務是去閱讀所
寫的內容，而不僅僅是企圖憑直覺把握大概所指的內容。

　　在文本之內解讀物質性、沉默、空間和衝突，這種可能性已經提供了研究語言政治性非常有效的方式。如果每一個文本都被看作表達某種試圖支配、删除或扭曲形形色色「其他」要求的主要要求（這些「其他」要求的語迹對於那些同支配要求格格不入的讀者來說，仍舊是可以查明的），那麼「閱讀」就其廣義而言，便深深陷入權威和權力的問題之中。話語裏面某種衝突與統治的領域（就此而言的研究已經碩果纍纍）就是性政治的領域。嘉丁（Alice Jardine）在《女性創世篇》（Gynesis, 1985）中指出，自從邏各斯中心邏輯符號化爲「男人」以降，空白、曖昧、修辭感和間接就常常被符碼化爲「女人」，於是對邏各斯中心主義的批評就能促成對「菲勒斯中心主義」的批評。女性寫作（écriture féminine）的某種理論與實踐已經在法國由西蘇（Hélène Cixous）和伊麗嘉瑞（Luce Irigaray）所發展，她們試圖寫作女性生物學差異和意識形態差異的特定性。就在西蘇、伊麗嘉瑞和別的作家思索寫作與身體之間的關係時，大西洋兩岸的許多女性主義者已經感興趣於寫作與沉默之間關係的性別含義。在《閣樓上的瘋女人》（The Madwoman in the Attic, 1929）中，吉爾伯特（Sandra Gilbert）和古芭（Susan Gubar）指明十九世紀的女作家如何爲了反抗沉默、爭取著作權而鬥爭，而那種沉默通過她們必須既使用又轉換的父權制語言，已經爲她們規定好了。里奇（Adrienne Rich）也在題爲《論謊言、秘密和沉默》（On Lies, Secrets and Silence, 1979）的論文集中探討了婦女沉默的語迹。這些作品以及其它著作作爲她們的規劃，試圖解讀婦女寫作已經譯成符碼的那些受壓抑的、扭曲的、或掩飾的信息。她們要求某種能超越明顯的意向或表面意義的閱讀策略，要求某種閱讀能充分發揮寫作的能力，以便保存也許尚未解析的內容。

　　西方男性權威的寫作時常符碼化不僅是婦女的，也是其他「作者」的沉默、貶斥或理想化。賽伊德（Edward Said）在《東方主義》（*Orientalism, 1978*）中分析了學術、藝術、和政治（其中「東方」被規劃爲歐洲的「他者」）的話語領域。通過不按作家的意圖進行解讀，他指出歐洲理智和慈善的男人能夠怎樣恰恰在他們的啓蒙話語之內爲壓迫與剝削銘寫了一種基本理論。

　　由德里達所進行的對邏各斯中心主義的批判，暗示出西方父權制文化總是在寫作的距離和物質性之上優先倡導言語的在場、直接性和觀念性，這種優先地位實際上從來不是清晰可辨的。某種相似的但是更多反轉的寫作特權也是操作性的。殖民權力成功地把他們的統治施加於其它民族之上的方式之一，嚴格說來正是通過寫作。歐洲文明通過遙控具有巨大影響力。而且事實不容否認，歐洲文化將自身文化與其他文化相比較時，總是把自己的閱讀和寫作方式視作某種優越符號。德里達在他解讀邏各斯中心主義的文本時所揭示的潛在但也是根深蒂固的寫作的重要性，思考了某種未被承認或「壓抑着的」書寫中心主義。也許只有在某種文本中心的文化中，人們才能夠用邏各斯中心主義的方式使言語具有特權。「言語」在邏各斯中心主義中被賦予特權並不是實際的，而是一個修辭：一個形象，最終是上帝的形象。

　　蓋茨（Henry Louis Gates, Jr.）和其他人最近的著作試圖結合兩種批判，一種是德里達對邏各斯中心主義的批判，另一種則批判歐洲的書寫中心主義在歷史上對非歐洲人民的壓迫與剝削。如果歐洲文化曾經並不含糊地賦予言語和稍次之的寫作以特權地位，那麼有例爲證，就不該理直氣壯地禁止美國的奴隸們去閱讀和寫作。下文選自《弗雷德里克・道格拉斯，一名

美國奴隸，由本人寫作的生活故事》，這段文字與列維-施特勞斯《憂傷的回歸綫》（*Tristes Tropiques*）中的意見並行不悖，後者認爲寫作的功能就是奴役。在某種意義上，道格拉斯同意列維-施特勞斯的觀點，但他並未就此止步：

> 在我與奧德（Auld）先生和夫人住在一起没幾天，奧德夫人很友好地開始教我A、B、C。當我學會之後，她又幫助我學習有三個或四個字母的單詞。奧德先生發現事態的進展後，立刻禁止奧德夫人進一步教我，並告訴她（當然還有別的話），教一名奴隸去閱讀是不合法的，也是不安全的。進而他用自己的話說，「黑鬼會得寸進尺的。一個黑鬼除了知道效忠主人——告訴他怎麼做就怎麼做，他不必再知道任何事情。學問會慣壞世界上最好的黑鬼。現在，」他接着說，「如果你教那個黑鬼（指的是我）如何去閱讀，那麼就没有甚麼能看住他，作爲一名奴隸就永遠不再適合他。他會立刻成爲無法無天的，而且對他的主人就再也没有價值。至於他自己，這樣對他並没有好處，而是遺害無窮。這會使他不滿意，不快樂。」這些話深深沉入我的心靈，攪動了我沉睡的情感，並帶來了一系列全新的思想。這是一個新的特殊的發現，可以解釋黑暗與神秘的事物，憑着它們我那幼稚的理解已經鬥爭過，但毫無結果。現在我明白了對我來說最迷惑不解的困難是甚麼——它是白人使黑人成爲奴隸的權力。這是一個巨大的發現，。我對它難以忘懷。從那一刻起，我明白了從受奴役走向自由的道路。（道格拉斯，1845，49）

能夠進行奴役的不是寫作本身，而是對寫作的控制，以及作爲控制的寫作。所需要的不是減少寫作，而是更多地意識到它如何運作。正如德里達所言，如果寫作的重要性已經被西方傳統的主流文化所「壓抑」，那是因爲寫作總是能夠落入「他者」的手中。「他者」總是能夠學會閱讀他或她本人受壓迫的機制。因此，壓制寫作的慾

望就是這樣一種慾望，它要壓制對「他者」進行壓抑的事實。

在寫作中至關重要的恰恰是權威本身的結構。不管寫作是法律的訴訟過程，是即時性的缺失，還是大師的消亡；也不管它是擺出某種支配姿態，展開一塊放逐的空間，還是打開通往自由的道路，至少有一點顯而易見：西方文化裏寫作的角色與性質的故事仍舊處於被書寫的過程中。而且那一故事的未來可能完全不可預測，就像我們從書本時代走向電腦時代一樣。

宋偉傑譯

參考書目

Abel, Elizabeth, ed. 1982. *Writing and Sexual Difference*.
Barthes, Roland. [1953] 1967. *Writing Degree Zero*.
Derrida, Jacques. [1967a] 1978. *Of Grammatology*.
——. [1967b] 1973. *Speech and Phenomena*.
——. [1967c] 1973. *Writing and Difference*.
Gates, Henry Louis, Jr., ed. 1986. *"Race," Writing, and Difference*.
Ong, Walter. 1982. *Orality and Literary*.

4 話語 DISCOURSE

波維（Paul A. Bové）

一

「話語」已成爲當代文學批評的一個重要術語。例如，新批評派將「小説話語」和「詩歌話語」對照來談，作爲鑒定和區分文類的一種方法。當然，就新批評派而言，這種劃分暗含着一種等級制：詩歌總是高於散文，儘管艾略特（T.S. Eliot）曾將後者稱爲「難以名狀的困難的藝術」。那些寫作小説和詩歌的新批評學者自稱首先是「詩歌批評家」，比如台特（Allen Tate）認爲他最好的小説《父親》不過是一次消遣，一個試驗，而認爲自己是一個詩人。

考察新批評派對「話語」的使用，是把握這個重要批評術語近來所發生的轉變的良好開端。新批評派認爲：「話語」顯示差異並建立鑒別。比如，它有助於限定某種語言的運用；同時，新批評派和他們的後繼者〔這種情況下還包括弗萊（Northrop Frye）〕試圖發現：究竟是甚麼使得一種用語的特徵與另一種用語相反。其間的區別即批評家着手探討的「文類差異」。換言之，從此觀念來看，每一「話語」自身內部存在着某種可被發現、界定、理解的特性；此外，每一話語還限定了一種特定文類。比如，台特會讚賞《芬尼根守靈》（*Finnegans Wake*）的氣氛，因爲具有「詩意」；但他並不稱許整個小説，恰恰因爲它超越了任何文類的界限——也就是説，它既非此文類又非彼文類，既非

純詩又非純散文。台特認為，喬伊斯（James Joyce）的書偏離了由話語範疇構成的柵欄，在他和許多其它當代批評家看來，這些話語範疇確立了文類特徵並標明了一文類和另一文類的差異。並非偶然的是：這種「文類」劃分本質上是反歷史的，它導致文學研究遠離具體的歷史文化。事實上，可以說新批評派的政治文化保守特性在其文類觀念中得到了最充分的體現：爲反對他們眼中資本主義的泛濫及科技專制文化的永遠不變的「此在」，他們提出關於同樣不變的農業田園式過去作爲「回憶」或「神話」來與之相對照。他們認爲：只有在這樣穩定的階級集團中，才能重塑已被資本主義破壞的、並通過現代文學和批評卓有成效地修正、更新、恢復的那種相對固定的、寬容的傳統模式。

因此，新批評派（尤其是那些在發展中經過農業主義和地域主義階段的南部批評家）十分自覺地將這些本質的、不受時限的「文類」聯繫起來定義社會存在形式，並視此「文類」爲對某種特殊的鄉村式、經典式社會集團之穩定關係的表述。但自相矛盾的是，新批評派認爲這些「文類」依然存在，它們的重現和運用將有助於在當今世界重建其所屬的那個舊有社會的文化價值。不過，我們不應忘記，這種唯心主義的反歷史觀念產生於被高度控制和限定的政治環境中。按某些當代後結構主義者如福柯（Michel Foucault）和德魯兹（Gilles Deleuze）的說法——新批評派的文類觀遮蔽了與權力慾望的特定聯繫。它模糊了新批評派自身的歷史需求。它使他們的作爲固定的政治文化派生物的真正的歷史經驗，轉換爲一種對神秘慾望的保守表述，此神秘慾望旨在恢復一個失落的起源，恢復一個假定的渾沌未開的前現代狀態。艾略特給這種渾沌狀態一個絕好的命名：「未分裂情感」。

　　實際上，必須指出，新批評派已着手使用「話語」這一術語。此事實恰恰表明，重要術語在效用方面，在知性實踐中的位置方面的重要性，最終超過了它在抽象「意義」方面的重要性。換言之，我們必須密切注意，當新批評派將後文藝復興時期那種制定區分和標明特徵的手法應用於諸如「文類」等範疇時，他們對「話語」這一術語的使用便强有力地劃定了文學批評理解領域，包括全部審美、道德、價值判斷的範圍。這些價值判斷我們通常並不這樣理解——當然有時也能很清楚地理解。

　　再具體一些，可以說，新批評觀念下使用的「話語」自身就是一個關於我們當今怎樣來描述「話語」功能性的實例，此「話語」功能性是當代批評實踐的一個範疇：它協助組建關於語言的整個知識領域；它協助規範學生和教師的判斷和反應；這樣做的同時，它暴露了自身與權力形式——諸如教學——的聯繫，此權力形式即對他人行爲施加影響。就新批評派而言，如果我們願意，我們能輕易追溯出這種模式，通過此模式，一種職業化的專業用語被組建起來並發揮了作用。此模式在更廣泛的意義上，與其它領域的其它話語及話語建構方式之間保持和諧一致。一旦關於語言和批評的「話語」制度化，它便有效地製造出職業文學批評語言，同時相應地，它提供早已被職業化組建的其它思想領域的一些特徵，以協助建立理論專業。因此，批評便加入到一般專業規劃之中，此規劃製造並規範着知識的運轉、語言的形成，以及身心的訓練。職業化的學院式的文學批評由此產生。

　　但是讀者會問：怎麼會得出這一套不着邊際的結論？比如，他或她可能指出，台特僅僅因襲了「詩」和「散文」之間顯而易見的自明的區別。作爲文人、文學和批評家和詩歌——小說家，這是「他的話語」的一部分；因爲有這種詩歌與散文的傳統

對立作爲前提，台特關於福克納（Faulkner）和艾略特的出色評論便順理成章。換言之，持此觀點的讀者認爲，這種對立觀念僅僅是一個公認的批評「工具」，台特據此寫作，而圍繞論著的論爭也因此得以展開。

對這個值得尊敬的觀點，我們最好這樣回答：具有功能性和規範性的，恰恰正是話語的這種用途。它不僅將詩歌和散文等級化，還不容分說地劃定了同與異、權力與服從、雅與俗，以及連貫性和非連貫性——此即，它參與了我們社會綜合話語的運作，此運作構建了有關理解和運思的最基本的社會範疇。

我們來進一步解釋這個問題，這種「文類話語」當然是出自台特之口，確切說來，我們認爲這一事實恰好説明，他本人在這些術語中也成爲一種「功能」，因爲他通過工作協助維護並延續了我們早已提到過的等級和原則。徹底的後結構主義者試圖使疑問者相信，這些結論的合法性是簡單明瞭的：最重要的是「話語」在新批評理論中發揮作用的顯著方式——它將注意力從自身轉移開去，從它的專業運作和影響轉移開去，而將注意力集中於對新批評派學徒「進行工作」，理解文體「意義」並製造「新的閱讀方式」的要求之上。換言之，像所有成功的話語範疇一樣，新批評理論一度是明晰的、自圓其説的。它在其所屬的知識領域內的影響和運作方式沒有得到關注和考察。

二

在當代思想與政治分析中，福柯的工作賦予「話語」概念以特別的優越地位。他大多數著名著作使用此術語。不過從他在法蘭西學院的就職演説 *L' ordre du discours* 以及他的神話學著作《知識的考古學》（*The Archaeology of Knowledge*）來看，

這個概念被賦予了新的嚴謹含義，可以說，它已經有效地改變了我們對語言本身，對語言與社會環境、權力系統、社會理性運轉之間的關係的思考方式。

必須指出，按照有關「話語」的新觀念，我們不再輕易發問：甚麼是話語？話語的含義是甚麼？換言之，今天的論著沒有、而且無法提供定義，更無法回答那些有關「話語」這一「概念」之「意義」和「特徵」的本質性問題。如果試圖回答，便將陷入思維結構的邏輯矛盾，在思維結構中「話語」概念現在已具強大的批評功能。

當然，讀者可能疑惑不解：爲甚麼有「意義」的這些問題無法作答甚或根本不能發問？我是否言過其實了？我的真實意圖是否指後結構主義者不能解釋清楚這些常識性問題，所以無法作答？針對這些疑問，我的回答是：準確說來，有關「話語」的本質性、界定性問題根本不能被提出。爲甚麼？因爲提問和勉強作答首先意味着一種偏見，此偏見不利於在後結構主義語境之中，在規範化語言下知識生產的制度化系統中來理解「話語」的功能。更準確地說，後結構主義者堅持認爲：這些本質性問題是有關詮釋的思維模式的產物，而對「話語」的新研究旨在考察和追溯思維模式本身。

然而，毫無疑問，我所認爲不合法的這些問題在我們的知識研究專業系統中是絕對「常識性」和「正規化」的；而後結構主義者指出，正是這種「正規性」使它們具有可怕的權力來控制思維，並妨礙其它問題的提出。確言之，後結構主義者贊同葛蘭西（Gramsci）的觀點，即這些問題在「普通常識」領域中的地位恰恰最值得質疑，而其影響——即其所謂的「價值」和「意識形態」應受到關注。換言之，這些問題暗含着一個判斷標準：對意義和本質的討論，要比關於「怎樣運作」和「來自哪裏」的討

論更好、更重要。也即，在由此問題所建構的知識生產系統及我們的專業的標準製作程序中，這些「常識性」問題比那些系譜問題和功能問題更加重要。這些問題是「自明」的，因爲它們是理性權威和專業預期這一特殊網絡中的一部分。問題的提出十分簡單自然，但它們的「匿名的」影響却是直接的，並充滿着權力作用；而「選擇」不回答這些問題的理論往往顯得幼稚、糊塗，充滿不必要的困難，甚或簡直是錯誤的、令人困惑的。通過迫使所有人來回答這「同一」問題這一手法，有關此問題所屬的「真實」和「定義」、「理解」和「意義」的那個「話語」使批評實踐均一化，並宣佈任何不是也不能在其政治和知性領域內運作的一切爲「無效」。換言之，對「話語」的新認識表明：那種「自明性」和「常識性」即未被意識到的權力優勢，此權力製造出控制工具。這種控制手段是更爲複雜的，它並非像一般弗洛伊德主義和馬克思主義理論所說的那樣，通過壓制和排斥來控制，它通過獨斷性生產的權力來控制，此乃一種製造上述本質性問題、將問題置於使其合法化、並維護和回答它們的系統內部的權力；在此過程中，其系統內部所擁有的、被權力作爲代理而製造的那些問題得以在系統中運作。例如，它製造出精神病專家使人們談論——「情結」——並因此將人們作爲某種相信僅由性別就可界定他或她的特徵的主體而建構他們自身。甚而有之，有福柯看來，所有在此專業內的知識分子，所有老師和學生，在某種程度上都參與了這些控制系統的運作。這些系統建立在界定我們社會的知識模式和真理製作模式的基礎之上。換言之，我們中的任何一個都無法置身局外。

因此，我們應該提出另一系列問題：語言是怎樣發揮作用的？從哪裏可以發現？話語功能是怎樣被製作和被駕馭的？它有甚麼社會效果？它是怎樣存在的——是作爲一系列等級不同

的獨立事件而存在，還是作爲有關語言學的、制度化的、看起來是源源不斷的周轉過程而存在？確言之，爲理解「話語」的新含義，我們必須盡力將它放在適當位置，在它自身的概念系統中來理解，在那種作爲「武器」與當代社會及其歷史進行鬥爭的其它理論概念的網絡之中，來描述它的位置。例如，福柯對「專業」之系譜的研究，便是視其爲一系列互相轉化的事件，從而使我們深刻認識到，話語是一種源源不斷的周轉過程。

「話語」爲我們進入後結構主義者的分析模式開了方便之門，主要因爲它既是被組織和被規範者，也是組織者和規範者，它對語言的功用的研究旨在描述權力、知識、制度、理性之間的表面聯繫，並描述思維系統之功能縱橫交錯的當代狀態。

這一方案有一種明顯的政治目的，它乃從對「真實」、事實與概念的一致性的強烈的懷疑發展而來。然而必須指出，這種懷疑主義並不是出於懷舊，它並不爲已成過去的唯心主義哲學或經驗的科學確定性惋惜。相反，它使任何維護「真實」的形而上學方法變得越來越行不通，它提示人們，「真實」不過是作爲專業生產產品製造出來，並因而具有內部自我決定的政治可能性。這種觀念一般來源於維柯（Giambattista Vico）的論著，他堅持認爲應將歷史和社會視作人類製作的產品。不過，就那些不是歷史學家的後結構主義者而言，這種觀念更爲重要和更爲直接的來源是法國科學哲學和科學歷史的發展，這顯然主要歸功於巴歇拉（Gaston Bachelard）和甘格蘭姆（Georges Canguilhem）——他們對福柯有重大影響。〔其次還有杜馬西爾（Georges Dumézil）對風俗的研究，第四位當推考奇維（Kojève）、考伊利（Koyré），以及海波利特（Jean Hyppolite）對黑格爾的批評。〕

甘格蘭姆的影響尤值一提。他的研究表明，思維、學科、

科學系統的歷史不僅僅是有關概念、觀點以及個人發現的年表。他起碼做了兩件事，使典型的後結構主義者得以盡力反思知識的功用、反思現代及後現代社會中的真實。在某種意義上，他將科學非個人化，認爲不必從個人天才方面來理解科學，甚至不必從個人提問並作答這一方面來理解科學；他認爲科學的歷史只是組成社會的一些物質實踐的產物。他追溯了這樣一些科學實踐——比如「傳病媒介」——在一種文化中是怎樣發展的，是怎樣爲知識生產新方式打開新局面的。通過上述研究，甘格蘭姆還闡明科學是「協調一致」的；這是一個不好理解的觀點。他認爲不同學科和思維系統是「協調一致」的，它們參與了賽義德（Edward W. Said）所謂的「鄰接」，而按維特根斯坦（Wittgenstein）和喬姆斯基（Chomsky）不那麼嚴格的說法則是「家族相似性」。科學的歷史和哲學制度，已變爲整個「思維系統」的歷史與哲學。這個方式帶來了獨一無二的契機，也產生了獨一無二的問題。最重要的是，它迫使甘格蘭姆及其後繼者來考慮，在他們所建構的「思維系統」內部，多種「科學」是怎樣出現概念化和制度化的不連貫性的；它們是怎樣被一種文化內部的不同觀點所操作的，以及考慮到它們的「鄰接性」，它們是怎樣組成協調一致的思維系統的，此系統包括制度和話語，系統學家在探索此二者的家族相似性，他們對學科的多種源頭及其轉型和現存價值感興趣。（文學批評中一個類似的問題，即對現實主義小説的發展與人類或心理學等相應話語之間的鄰接的研究。）

　　這三列問題充塞於後結構主義之中，並通過對尼采（Nietzsche）的理解結合起來，使對科學領域，實際上是對整個人類話語的權力的、懷疑論的、相對論的整體考察成爲可能。事實上，在後結構主義看來，所有「真實」都是相對那個包容它

們的參考系統而言的；甚而有之，「真實」成爲這些參考系的一種功用；再激進一點説，那些話語「組建」了它們所需要發現並傳播的那個真實。因此，後結構主義者對話語的這種思考爲我們提供了一種唯名論：所有的存在都是不連貫的歷史事件，被要求表達其真實的命題或概念，除了通過協調一致的邏輯系統使它們成爲可能而且得到承認之外，別無真實性可言。這看來是比較偏激的觀點，它不含心理學因素；沒有依照任何實際存在着的人或人羣的先入之見。話語的功用和它所組建的真實基本上是匿名的。這並不意味着没有人堅持這一觀點或無人採用它們。此觀點意味着，話語的有效的真實性並不依賴於歷史上的特定主體。比如，和一般的馬克思主義觀念相反，這種對話語的理解並不將話語當成某種特定階級或階級集團互相衝突和聯結的產物。話語那種散漫的一致性並不具有某種自然或必然的本質；那些歷史事件只是隨機地構成某種一致性。

但是，這種懷疑態度如何具有政治性？一個後結構主義者也許這樣回答：話語製造了人類知識和他們的社會，而既然這些話語的「真實性」是相對於使其制度化的專業結構和邏輯體系而言的，所以除了從上述制度化話語所承認和接納的權威、合法性以及權力派生的「真實性」以外，對我們不具效力。這一巨大事實使得我們轉而分析話語的歷史，確言之，是它們的家譜。

「系譜學」爲後結構主義激進的懷疑論補充了批評尺度。它的目的在於把握那種形成話語和學科的權力。這包括一種雙重分析，不過二者事實上密不可分。首先，系譜學追溯了話語建構那種可供研究的「客體」和「客體階層」的途徑。其次更重要的是，系譜學追溯了話語將這些客體建構爲敍述主體的途徑，這些敍述主體可根據被授權的話語的邏輯、句法和語意學來自我判定「對」或「錯」。一個陳述除非它是有關「客體」的，且其真實

性是可判斷的，它才能進入話語；而它一旦進入了話語，它便延展了話語的分散性，並擴大了客體以及陳述的領域，此客體和陳述製作着可被判明合法性或非合法性的知識。在任一話語的「客體」和「陳述」之間，存在着一種基本的相互作用的關係，如果不考慮其中一者與另一者的關係，便無法研究這二者。

例如，有關人類主體的所有的心理學陳述是怎樣像一般命題那樣，可以被提出並被依次判明對錯？實際上這即是說，即使專業研究的客體是精神主體，則此精神主體和製作有關客體可被確證的表述的那個專業一樣，也都是話語「關於」它所建構的那個主體的功能：因爲只有在這些話語範圍內、在依賴並來源於這些話語的實踐的範圍內，「精神」才能作爲某個確定種類的知識而存在。（依照福柯《性史》之第二、三册的觀點，「某個確定種類」是此明確表述的必要部分；他認爲「性」早已成爲許多不同種類的知識和實踐的「客體」）。系譜學試圖掌握出現在話語中的這一權力，並表明在其它事物中，只有權力使各種問題和表述具有可能性和合法性。換言之，只有在知識權力系統範圍內製作出可被獨自判明「對」或「錯」的表述的這一權力，才能在一種文化中製作出「真實」及其標準。事實上這即是認識到，那「真實」是作爲服務於決斷權威的某個適當系統的「效用」而製作的。系譜學正是在認識到這種權力效用的基礎上進行運作的。確實，系譜學使我們認識到權力是怎樣建構真理製作系統的，在系統中，命題、概念以及表述通常指定了與其相關的多種學科之客體的價值和意義。價值環繞這些專業概述的路標循環往復。比如，在文學研究中，此權力左右着語言，以使我們談論某種專業術語——比如說「作者」——却不輕易讓我們發現，在我們以寫作和文學爲「話語」時，通過我們並且是爲我們而建構出「作者」的這一運作過程。

　　但是「話語」是怎樣變得比抽象語言遊戲更具政治性的呢？答案在話語的物質材料方面。此即，「話語」使得專業和制度有可能相應證實和分擔自身話語。（福柯已經闡明，在監獄和診所中，這是如何運作的。）換言之，這些話語與社會制度相聯結，而社會制度對我們使用那一話語時所涉指的普通常識「施加了權力」；此制度能夠控制我們的身體和行為。此控制要更甚於「施加權力」左右他者。雖然這個觀點顯得不甚可靠有些奇怪，但它對於我們從政治理性分析中來把握話語用途十分重要。

　　話語及其相關的專業和制度是權力的功能：它們分載了權力效用。福柯最近的思考很好地表達了這個觀點：

> 事實上，對權力關係可以這樣來界定：它是一種不直接、立刻作用於他者的行為模式。它只作用於他者的行為：一種行為作用於另一種行為，作用於正在發生的行為或現在和將來可能發生的行為……一種權力關係只有在具備兩個因素的基礎上才能被表達清楚，如果它是真正的權力關係，則兩個因素必不可少：其一，「他者」[權力作用的對象]被作為行動着的人得到徹底的認識和維護；其二，整個針對某種權力關係作出回應、反響，產生效用及可能的發明的領域打開了。
> （Foucault, 1983, 220）

　　權力不應被看成否定、壓抑、控制或禁令。相反，它應總被視為「一種可能性」，一種能產生特定行為和產品的開放性領域。由於權力自我分散，它打開了可能性特定的領域；通過對那些絕大部分是由我們自己製造的制度和學科的駕馭，它建構了有關行為、知識及社會存在的全部範疇。在這些範疇內我們成為個人、主體，它們組成了「我們」。當然，這一措辭使得事物聽起來比其實際更具有宿命論性質，因為不存在預先設定的被決定的主體：主體是僅能處於這一系列散漫及不散漫範疇內

的任何東西或任何人。福柯所説權力作用於行爲的觀點準確説來，是指權力規定了我們構成自身的方式。「個人性」是我們所處的爲語言、性別、經濟、文化和心理學的統治原則所牢牢管制的那一位置。

「話語」是現代和後現代社會將人作爲「主體」來進行組構和規定的一條最具特權的途徑。用當今流行的話來説，「權力」通過它分散的制度化中介使我們「主體化」：此即，它使我們成爲「主體」，並使我們服從於控制性法則的統治，此法則爲我們社會所授權、並給人類自由劃定了可能的、允許的範圍——這就是説，它「擺佈」着我們。（法語中有一系列含雙關義的詞滙形容這一事實，後結構主義者經常使用assujettir一詞，它意味着服從，也意味着擺佈。）實際上，我們甚至可以假定，權力影響着我們反抗它所採取的形式。換言之，根據這個觀念，權力之外並不存在本質的自我；相應地，對權力任何特定形式的反抗——即對任何散佈的「真理」的反抗——依賴於權力而非某些有關自由或自我的抽象範疇。

怎麼會是這樣；請回想，「真實陳述」總是與被授權話語的權威性相聯繫的；請再回想，被當作「真實」而建構的僅僅是那些其陳述可被判明對或錯的客體。作爲人，我們是這些話語及其交滙的「主體」；如果我們是專業批評家，文學批評則是那些話語之中顯著的部分。但在接受職業訓練之前，我們早已是其它領域的控制對象。（文學批評可能加固或者部分地擾亂這些領域。）置入基本制度和基本話語下的性別、法律和精神必然會成爲一種文化之中「主導」我們的最早的方式。因此，在很大程度上，我們是以使用這些（我們自己的）話語的主體身份而成爲客體的：讀者和作者，是可由統計來估價的主體；身體可能會受到由社會輔助服務設施所規定的懲罰；靈魂可能被規範

化；肉身可以被「合成」，如此等等。「話語」的系譜學研究，便是對這些情況是怎樣發生的一種研究；甚而有之，考慮到那個製作這些法則來安排社會和個人生活的權力在日益擴張，此研究將是追溯現狀之形成過程的一部歷史。

因此「話語」研究不可避免地走向對制度、法則、理性的研究：後結構主義者如福柯認為，被「話語」概念打開的研究領域會存在地域條件的天然局限；其它思想家，特別是那些試圖將後結構主義某些觀念與新馬克思主義的某些範疇——其中許多出自葛蘭西——聯結起來的學者認為，此研究雖有可能停留於地方水準，但必須拓展，以便為最大的權力形式——文明社會和國家——來概括這些分散的制度之間的關係。以上二者看來都同樣關注這些分散的現實材料是怎樣作用於他者的行為的，也即，我們所有人，無論居住在甚麼不同的地方，都處於為此現實所建構的特性和特權的柵欄之中。

福柯認為，權力深深繫根於社會關係，但我們不應持宿命觀點看待這一事實：

> 可以說沒有權力關係就不存在社會，不過這並不意味着已經建立的就是必然的，也不意味着，在任何情況下，權力都會在社會的中心樹立定論，而此定論不可動搖。反之，我認為，對權力關係進行分析、詳細闡述和質詢，以及權力關係與自由不合作性之間的「對抗」，是所有社會關係中必然的持久的政治任務。（Foucault, 1983, 223）

「系譜學」為這些關係及鬥爭提供了獨一無二的途徑：與它所反對的馬克思主義和維新黨主義這兩種主要的歷史詮釋方式不同，系譜學試圖揭露話語與權力和物質之間的聯繫，它通過這種方式使自身區別於「真理之慾望」；它也不是縮減性的，此

即，它獨自應允對它所研究的爲複雜因素所決定的分散的實踐作充分的描述；而最終，它是以揭露此實踐對現存事物的「控制性」效用的觀念進行表述和批評的——這意味着它總是反抗規範，並關注他者自身的鬥爭。（我還想提及系譜學和哲學實用主義之間的關係。實用主義試圖以其自身的方式承認真理和權力之間的某種共謀。不過這問題太複雜，三言兩語說不清，有關這方面的論述可參考（Rorty, 1982, 136-37, 203-8；1986, 48. ）

「系譜學」之目的不在於探索事件之間的偶然影響，也不在於追溯「歷史精神」的演變；它並不堅持嚴格的歷史法則，也不相信主體的權力會或多或少「本原地」作用於「改變歷史」。它只是將一事件作爲另一事件的轉型來表述，從當今佔優勢的觀點及系譜學的要求來看，各事件通過家族相似性互相聯結。系譜學說明這些轉型如何不具有偶然性或歷史必然性；說明它們不是「自然的」。它說明這些事件的聯結，即其在表面不同的領域內的聯結，是怎樣替換知識生產的整個領域的：通過它所修復的理性，統計的產生、武裝力量下法規的發展有助於將刑罰由嚴刑拷打轉換爲監禁。它還表明，這種新的刑事法規使刑罰成爲一種使現代精神和靈魂、心理得以形成的空間，此空間有助於社會工作、教育和醫學的職業規範化。

在表述和批評過程中，系譜學還同現代詮釋話語的主要方式，同有時是完全敵對的話語——比如精神分析學和馬克思主義——作鬥爭，按後結構主義的觀點，這些話語無疑跟刑事學、醫學和法學一樣處於同一規範信息的控制之下。這並不是說系譜學研究即簡單的「反馬克思主義」或「反弗洛伊德主義」；它致力於闡明，在界定現代性的巨大的人文話語領域內，這些宏大的敵對話語是怎樣變得具有權威性和創造性的——它還試圖揭示其它問題，例如，福柯認爲，每個人都是馬克思主義者：怎

麼會不是？這當然並不是指，關於階級控制和鬥爭的基本的馬克思主義分析同其它基本馬克思主義概念一樣是不容置疑的；但是，我們都處於主觀性話語及其鬥爭的巨大領域之中，在鬥爭中，對一般知識分子而言，馬克思主義是一個佔優勢的組成部分。然而，就後結構主義而言，對話語本質的詮釋應不止於它與馬克思主義之間的關係，特別是在法國。在法國，後結構主義對馬克思主義的懷疑與一九六八年五月的學生造反運動及由此產生的所謂的新政治有很大關係。此懷疑還來自對社會主義弊端的關注，來自與戈爾巴喬夫開明政策廣泛的（也許是錯誤的）結盟。理性地來看，這種關注在某些持不同意見者對所謂「實際存在着的社會主義」的反對意見中有最好的表達。它暗示着與馬克思主義辯證唯物論及其指導下的傑出的政治領導原則的一種衝突；比如，福柯在一九六八年巴黎事件中的經歷，導致了他對已建立的政治領導形式及代表制度的批評。正如系譜學產生出有關自由主義法則是如何創造被控制的異化主體的這一批評一樣，在話語被控制的領域內，馬克思主義及其對作品歷史主體的無產階級的理解，表現爲一種權力置換，此權力作用於它所「建構」的階級的行爲，以及被其制度所控制的個體。

福柯更感興趣的是，現代法規的產生與現代國家權力有何關係——即與他所謂的「統治權力」有何關係——以及它是怎樣以權力和權威的支配者形象來替代統治權的。對此替換所作的有關話語及實踐的系譜學分析並不意味着辯證法與其無關。例如，對在一個本質規範原則的時代的統治權力的研究表明，行爲總是相隔一定距離接連施加於作用對象之上：自由主義和馬克思主義話語相形之下總是將行爲看作被抽象建構的主體。[有關這個複雜觀念的實例，請看盧卡奇（Georg Lukács）關於「被公認的階級自覺」的討論。]

　　從政治上來看，政治和民主是後結構主義試圖用來分析權力、行爲、作用以及反抗的論題。在規範化的社會中，自我決定幾乎不可能，政治上的反對意見必須採取反抗知識系統及其制度的形式，因爲此制度將民衆規定爲「個體」以使其得以接受更多的規則，成爲被作用的行動者。從對統治權力的這種理解來看，這些知識系統製造的真理杜絕了削弱權力的可能性；它爲作者代言——或如我們西方社會所説，它「代表」作者。但就後結構主義而言，此知識系統不是自明的，例如，那種反領導權的觀念，像葛蘭西的「有機知識分子」概念（organic intellectual），與「代言」的規範性觀念是明顯對立的。從一九六八年事件發端以後，後結構主義一直保持對所有領導修辭學及所有制度的政治性懷疑。它爲那種反對權力界定方式並保持邊緣化特性的地方政治鬥爭提供了有利條件；它爲人類在系列權力關係範圍內努力爭取他們自身的「主體性」所面臨的困難（但不是不可能性）代言。

　　因而，在當今，對話語的系譜學分析爲着批評並探索建構我們世界的人性的權力系統這一目的而着手運作。通過這種運作，它與權力系統保持對立，並爲與其所要反對的權力形式進行鬥爭的任何人提供其研究成果。

三

　　當代對「話語」的使用將文學批評從對意義的追問轉移開去；它還將我們從對有關功能之表述「方法」的追問中引開去。它指出，應該用一系列新問題來取代建構批評及建構教師與學者之正規實踐的那些詮釋性問題。我們可以追問，語言是怎樣製造知識的？學科是怎樣組建語言的？哪種制度實施了這種組

建？哪種控制原則主導了這種組建？伴隨着這些問題，在對有
關「意義」的話語、對釋義學或對作為宏大的人文主義實踐的詮
釋性批評進行置換之後，我們轉向有關主體性的問題。我們尤
其關注這一問題：在社會話語和社會制度範圍內，主體是怎樣
被製造出來的，以及是怎樣變成「主體效用」的。在文學批評研
究中，這要求我們從批評話語裏、從現代、後現代世界裏有關
主體的話語的大量信息中，來考慮「作者」的功用。

　　帶着有關作者的問題，我們進入了一個近來批評中論爭激
烈、誤解良多的領域。巴爾特（Roland Barthes）、德里達
（Jacques Derrida）和福柯給出了形形色色、顯然「不像話」的
觀點：作者「死亡」了；是語言言說而非詩人言說；作者是不相
干因素。按照那種從純文學或美國普通常識之傳統中產生、並
在維護「傳統價值」中獲益的人文主義批評觀點來看，這種觀念
純屬胡說八道、簡直是神經病，僅視其為一種「文明之探討」，
因難於理解而輕易棄置了。

　　福柯斷言：沒有人對於否認作者作為文學產品之起源、或
作為寫作話語之其它任何形式之起源這一情況感興趣。有人試
圖清理此斷言帶來的一些困惑。不過，福柯和其它人對寫作的
實際影響方面感興趣的是，可以有不同的方法來組織我們對寫
作的看法——事實上，如果我們想要找到那種規則，即那種操
縱着組織行為、並使得我們的寫作觀念及寫作（和話語）本身
成為可能的規則的話，我們首先需要闡明並批評那種使寫作概
念化、且自身早已制度化的方法。換言之，如果從制度化話語
之歷史系統中某個因素的角度來考慮，則有關「作者」的傳統觀
念，以及文學學術批評中作者的優越價值，是兩三個關鍵術語
之一。據此，批評專業圍繞着主體性問題而建構。

　　關於話語的福柯式的觀念要求我們以懷疑態度追問，「作

者」範疇在文學批評思維中爲何變得如此重要的？這裏「重要」
不僅指在理論方面而且指在實踐方面：在純形象研究支配的批
評方式中；在對「完全的版本」的文本組織中；在傳記中；最重
要是在風格觀念上，即著名作品顯然是某人「意圖」或「心靈」的
「表現」，其根本特徵表現在每一頁上並宣告了對這些自我建構
的字句的假想中的「擁有權」。（畢竟，甚至連批評都渴望有其
自身的「風格」。）這種系譜學分析不在本文討論的範圍。不過
這種嘗試就其自身而言，會將批評轉入不同的領域——即如果
堅持不懈進行嘗試，如果不簡化話語的複雜性，也不將「系譜學」
範疇以新方法具體化的話——它將爲文學批評確立有價值的新
方向。在此過程中，它暗示某種「照亮批評」的特權一直居於對
現代主體性的建構之中——雖然迄今爲止這已是一種迅速退却
的特權。它還指出，文學批評應在我們社會內假定一種强大的
政治對立位置，應爲某些人在體系之外別處以其自身方式進行
的鬥爭提供協助。如果這是可能的話，系譜學將是十分重要的。
既然我們的社會是一個通過規範着語言和文化的各種體系來不
斷加强其政治秩序的社會，則任何對此秩序的成功的反抗，爲
了削弱那種規範，需要强大的武器。因此，後結構主義者有關
系譜學和解構分析的觀點之價值在於，它對於開展鬥爭反對無
論存在於何處的已有權力形式的他者而言，具有政治價值。

　　換言之，文學批評也許一直對語言的效用特別敏感，近來
它對語言效用與制度化原則所體現的權力之間的關係尤感興
趣，它會運用其批評工具轉而考查國家及其龐大制度的有關權
力，是怎樣在話語中運作的，以及話語是怎樣規範民眾的。特
別是，話語是怎樣使人們成爲一直服從規範的行動者，其行爲
即他們對權力在社會中所分配效用作出反應（甚或是反抗）的
結果。

　　因此，總而言之，話語可將文學研究轉變爲全面的批評，它是懷疑性的、批判性的、對抗性的，以及——恰當説來——是整體性的。它能幫助我們避免簡單化，無論是將某事件的歷史語境簡單化，還是對文本化話語或制度化法則範圍内的權力的誇張複雜的展示的簡單化。

　　當然，就其自身而言，系譜學並非對抗性批評的萬靈藥；它並非法寶——雖然許多更新的批評家稱頌其術語似乎它們具有不可思議的魔力。它也可能成爲一種新的專業技術——有人認爲它早已如此——在我們規範化的社會裏，某種批評一旦製造出新的文本和新的話語，雖然其「内容」可能是特異的，其政治態度也可能是對抗性的，但它在既定權力關係中的效用卻同樣是大同小異、所料不及、令人失望的。批評總是警惕地提防着將其定位的專業化話語的主導權力。批評能揭發那種話語的可能性以製作福柯所謂的「反記憶」，但它必須小心，在形成那個記憶時不要承擔爲他者發言的權利。最重要的是，它必須避免成爲布萊克默爾（R.P. Blackmur）所謂的「新正統」。

　　布萊克默離開了他曾協助建立的新批評主義，爲此他解釋，他是爲一種批評的責任，一種想保持賽伊德（Edward Said）所歸納的「批評的否定性」及我在此所説的「懷疑主義」立場之責任而推動。當反抗的工具，對反對權力特定形式的特定具體鬥爭而言，是中肯有用的，那麼放棄它們的否定界限——即當它們的批評效果毫無區別，且它們僅僅允認了新文本的產生，允認了有關制度化結構中，根本未變的、成功佈置的、先設的、「對立性」的新文獻的產生——那麼在這種情況下，批評必須再度回到懷疑立場並作系譜反思：異端是怎樣變成正統的〔或許這種改變最強有力的例子是布萊克默爾對伯克（Kenneth Burke）的批評〕。這是有關批評之復興的一個艱難的工作：根

據社會衡量批評的一個固有尺度，批評家必須超越專業的誘惑、超越批評的自負。正如福柯提到的黑格爾（即哲學）與其二十世紀讀者的遭遇：它交給我們一個任務：

> 「必須不斷重新起步，以克服重複的形式和重現的矛盾。」

（Foucault, 1976, 236）

張洪波譯

參考書目

Arac, Jonathan. 1979. *Commissioned Spirits.*
——. 1987. *Critical Genealogies.*
——, ed. 1988. *After Foucault.*
Auerbach, Erich. 1953. *Mimesis.*
Bahro, Rudolph. 1978. *The Alternative in Eastern Europe.*
Bakhtin, M.M. 1981. *The Dialogic Imagination.*
Benjamin, Walter, 1977. *The Origin of German Tragic Drama.*
Blackmur, R.P. 1955. *The Lion and the Honeycomb.*
——. 1952. *Language as Gesture.*
Bové, Paul A. 1986. *Intellectuals in Power.*
——. 1986. "Agriculture and Academe: America's Southern Question."
——. 1988. "The Foucault Phenomenon."
Canguilhem, Georges. 1978. *On the Normal and the Pathological.*
Deleuze, Gilles. 1983. *Nietzsche and Philosophy.*
——. 1988. *Foucault.*
de Man, Paul. 1979. *Allegories of Reading.*
Dreyfus, Hubert L., and Paul Rabinow. 1983. *Michel Foucault.*
Foucault, Michel. 1976. "The Discourse on Language."
——. 1977a. *Discipline and Punish.*
——. 1977b. *Language, Counter-Memory, Practice.*
——. 1978. *The History of Sexuality.* Vol. 1.
——. 1980. *Power/ Knowlege.*
——. 1983. "The Subject and Power."
——. 1985. *The Use of Pleasure.*
——. 1986. *The Care of the Self.*

——. 1988a. *Politics, Philosophy, Culture*.

——. 1988b. *Technologies of the Self: A Seminar with Michel Foucault*.

Gramsci, Antonio. 1971. *Selections from the Prison Notebooks*.

——. 1973. *Letters from Prison*.

Hoy, David Couzens, ed. 1986. *Foucault: A Critical Reader*.

Jameson, Fredric. 1981. *The Political Unconscious*.

Lentricchia, Frank. 1987. *Ariel and the Police*.

Lukács, George. 1971. *History and Class Consciousness*.

O' Hara, Daniel T. 1985. *The Romance of Interpretation*.

Robbins, Bruce. 1986. *The Servant's Hand*.

Rorty, Richard. 1982. *Consequences of Pragmatism*.

——. 1986. "Foucault and Epistemology."

Said, Edward W. 1975. *Beginnings*.

——. 1978. *Orientalism*.

——. 1973. *The World, the Text, and the Critic*.

Smart, Barry. 1983. *Foucault, Marxism, and Critique*.

Spivak, Gayatri. 1987. *In Other Worlds*.

Williams, Raymond. 1979. *Politics and Letters*.

5 敍事 NARRATIVE
米勒（J. Hillis Miller）

對人來說，講故事是最自然、最普遍不過的事了。的確，沒有一種人類文化會沒有自己的故事和講故事的習慣，沒有自己的世界起源神話，沒有自己的種族或團體的傳說和沒有自己的民間英雄的故事，不管這種文化有多麼原始。語言學家把敍述能力作爲衡量發達語言的運作能力的一個尺度。從襁褓階段起我們就聽故事和學着重複故事。例如我的兩歲孫女兒向她媽媽模仿來的一個故事，故事用第三人稱講到她自己，仿佛她成了自己故事的女主人公：「媽媽抱着小寶貝來回地走，然後小寶貝覺得好受多了。」作爲成年人，我們整天都在聽故事、讀故事、看故事和講故事——例如，在報紙上，在電視中，在和同事碰面、和家人相聚的時候。在連續不斷的靜思默想中，我們也整天對自己講故事。笑話是一種敍述形式，廣告是另一種敍述形式：「使用這種產品，然後你就會覺得好受多了。」晚上睡覺時，我們的潛意識在夢中告訴我們更多的故事，這些故事通常十分怪異。甚至在「純文學」（literature proper）中，敍述的範圍也是廣而又種類各異的。它不僅包括短篇故事和小說，還包括戲劇、史詩、柏拉圖式對話和敍事詩等等。如果不是全部，但至少有很多抒情詩也有敍事的一面。如果一個人把濟慈（Keats）的《夜鶯頌》（"Ode to a Nightingale"）當作一個微型的敍述看待，而不視之爲一個有機統一的形象總體，他就會得出完全不同的結論。

　　另一方面，敍述是如此自然，如此普遍，如此容易被把握以至人們很難把它看作文學理論的疑難區。正如從前亞里士多德在《詩學》中說的，情節是敍事的最重要的特徵。一個完整的故事有開頭、中間和結尾，構成一個沒有多餘因素的勻稱的整體。故事的其他特徵——人物、環境和措辭等等，都從屬於情節這個主要因素。關於敍事似乎這就是全部可說的了。不同種類的故事的巨大差異似乎被這些關於整體和秩序的法則以這種或那種方式控制住了。

　　但是，稍作考慮，我們就會發現事情並非如此簡單。例如，為甚麼在多個地方的人羣中敍述都出現得如此普遍？敍述如此普遍、如此「自然」這個事實也許正隱藏着它的未知和疑難之處。確切地說，故事能提供甚麼心理和社會功能？也就是說，我們為甚麼需要故事，還需要很多，並且永遠需要？這些答案並不容易得出。

　　亞里士多德的答案，又是在他的《詩學》中，認為敍事——例如悲劇，希臘亞里士多德時代一種主要的敍述形式——就發揮着基本的社會和心理的作用。他把悲劇的效果，用一個醫學術語，稱之為對不良的哀憐情緒和恐懼情緒的「淨化」（catharsis）。悲劇首先激發這些情緒然後清除它們。這就像醫學上的一種順勢療法一樣起作用：悲劇通過以毒攻毒從而治愈疾病。自亞里士多德以降的世紀中，關於敍事的性質和功能又有各種各樣其他的解釋提出來。況且，本世紀的最近九十年就目睹了不同的敍事理論的驚人發展，這些理論是如此眾多如此不同，對它們都加以考慮實在令人頭痛。

　　在這些理論中有俄國形式主義敍事理論、巴赫金的對話理論、新批評理論、芝加哥學派或曰新亞里士多德理論、心理分析學理論、闡釋學和現象學理論、結構主義、符號學和轉義學

理論、馬克思主義和社會學的理論、讀者反應理論，以及後結構主義和解構主義的理論。讀者可以看出，每一個關於敘事的解釋，都有一個不規範的或者難懂的名稱，而這個名稱卻並不怎麼能說明這個理論自身。圍繞每一種研究敘事的方法，都逐漸形成了數量龐大的第二手文獻。要詳細地解釋其中任一理論，都要花一本書的篇幅來探討。但是，根據每種理論所提出的有特色的敘事假說，人們可以將它與其他理論區別開來。

此外，在實際的教學和批評實踐中，儘管一種理論和其鄰近理論有很多重疊與錯合，每一個理論還是傾向於同一兩個主要實踐者相聯繫，他們既創建了該理論又是該理論的典範性的實踐者，例如普羅普（Vladimir Propp）什克洛夫斯基（Viktor Sklovskij）和艾肯鮑姆（Boris Eichenbaum）之於斯拉夫語的形式主義敘事理論；巴赫金（Mikhail Bakhtin）之於他所創建的對話敘事理論；布萊克默爾（P. P. Blackmur）屬美國新批評的眾多理論家之一，例如克蘭（R. S. Crane）和布斯（Wayne Booth）之於芝加哥亞里士多德學派；弗洛伊德（Sigmund Freud）本人、伯克（Kenneth Burke）和拉康（Jacques Lacan）以及亞伯拉罕（Nicholas Abraham）之於精神分析的敘事理論；英伽登（Roman Ingarden）、利科（Paul Ricoeur）和波利特（Georges Poulet）之於闡釋學和現象學的敘事理論；列維-施特勞斯（Claude Lévi-Strauss）、巴爾特（Roland Barthes），托多洛夫（Tzvetan Todorov）、格雷瑪斯（A. J. Greimas）、熱奈特（Gérard Genette）和懷特（Hayden White）之於結構主義、符號學和轉義學的敘事理論；盧卡契（Georg Lukács）和詹姆遜（Fredric Jameson）之於馬克思主義和社會學的敘事理論；依塞（Wolfgang Iser）和堯斯（Hans Robert Jauss）之於讀者反應理論；德里達

（Jacques Derrida）和德曼（Paul de Man）之於解構主義敍事理論。

我的名單將懷特和利科包含在內就表明了這樣一個事實，近年來歷史寫作也像虛構的敍事一樣爲敍事理論家所關注。我的中心將主要在虛構的敍事上，但是，講述在歷史的舞台上「實際發生」的事件當然也是一種敍事形式。這兩種敍事形式同「發生指令」和「尋找指令」的方式緊密相關，而不管虛構的敍事只是以一種迥異於歷史故事之服從歷史的方式受制於與其相關的約束，也不管虛構的敍事稱它們準確地再現真實就如同真實本身一樣。

感興趣的讀者會自己根據這些作者和他們的追隨者去查閱大量的著作。但我的任務卻不是試圖去概括所有這些理論。就我的論題而言，最重要的是它們的豐富性和多樣性。敍事理論中雲集的多樣性證明，敍事的特徵和功能的問題在今天已是有挑戰性的智力難題：我們決不能視敍事爲理所當然了。

爲甚麼這樣呢？難題又是甚麼？通過推敲我開頭的一個小問題也許可以得出解決這個問題的方法。我問：爲甚麼我們需要故事？再給它加兩個問題：爲甚麼我們一再需要「同樣」的故事？爲甚麼我們總是不知足地需要更多的故事？

爲甚麼我們總是需要故事？爲甚麼孩子那樣貪婪地聽故事？爲甚麼我們從未隨着年齡增長而不再需要故事？卻進而去讀小說、讀偵探故事、看電影，甚至成年了還看電視中的肥皂劇？試想一想，閱讀或觀看虛構的故事其實是一種奇怪的行爲。一部小說的讀者會將他／她自己從緊密環繞自己的充滿現實生活的各種責任的世界中分離出來。在書頁上的黑色記號或在電視屏幕上的形象的幫助下，讀者或觀者逐漸沉浸到一個想像的世界中，這個世界與現實世界的聯繫或多或少更間接。有人也

許會認爲既然隨着文明的發展；真實的原則變得越來越重要，那麼講故事應該早已過時了。但這種事情並未發生。正如佩特·布魯克斯所見，如果人是使用工具的動物（homo faber），那麼他也就根深蒂固地是使用符號的動物（homo significans），創造意義的動物——並且，作爲後者的本質成分，是進行虛構的動物。「故事」（fiction）、詞源於拉丁語fingere，即創造和虛構。正如布魯克斯（Brooks）所説，一部小説是在建造（fabricated）和虛構（feigned）的雙重意義上構成的。這種裝假是一種基本的人類行爲。它不僅包括純文學，還包括玩遊戲、扮演角色、做白日夢和許多別的類似行爲。

爲甚麼我們需要故事而且還那麼欣賞它們呢？亞里士多德在《詩學》的開頭給出的答案是雙重的。我們之所以欣賞模仿，mimesis（他的這個詞大致相當於我所説的「虛構」），有兩個原因。其一，模仿是有節奏有秩序的，而人們能自然而然地從有節奏的形式中獲得愉悅。其二，人類可以通過模仿學習，而人類從學習中獲得愉悅也是自然而然的。我們從故事中學習甚麼呢？我們（以之）弄清楚事物的屬性。我們需要故事以檢驗不同的自我和學會在現實世界中找到我們的位置，並且在那個位置上演好我們的角色。想一想有多少小説是啟悟、成長故事——例如童話，甚至像《遠大前程》（*Great Expectations*）和《哈克貝利·芬》（*Huckleberry Finn*）這樣的偉大小説也是一樣。將亞里斯多德的斷言用一種更現代的表述來説也許就是：在故事中我們整理或重新整理現有的經驗，我們賦予經驗一個形式和一個意義，一個具有勻稱的開頭、中間、結尾和中心主旨的綫性秩序。人類講故事的能力是男人和女人在其周圍共同建立一個有意義有秩序的世界的一個方面，我們用小説研究、創造出人類生活的意義。

那麼，是創造意義還是揭示意義呢？選擇哪一個是大不一樣的。如果說是「揭示」，那就預示這個世界有這種或那種先在的秩序，而故事的任務就是以這種或那種方式去模仿，複製或者準確地再現那種秩序。若是這樣的話，對一個好故事的最高檢驗就是看它是否符合事物的情形。另一方面，如果說是「創造」，那就預示着世界自身並不能有序化，或者，無論如何，故事的社會和心理功能如行爲語言學的理論家所稱是「述行性」的（performative）。故事乃是用語言表達的，它使一些事情在現實世界中發生；譬如，它能建議人格模式或行爲模式，然後它們就在現實世界中被模仿。據說，順着這些思路，早已有人說過，如果沒有閱讀小說，我們就不知道我們是否在戀愛。照此看來，可以說故事具有驚人的重要性。這種重要性不在於它是文化的準確的反映，而在於它是文化的創造者和謙遜的因而也更有效力的監察者。故事使我們循規蹈矩，還想使我們千人一面。如果這是實情，那麼歷史上不同的文類在流行量上的升降變化或主要媒介的變化——先是從口述故事到印刷，然後從印制的書本到電影電視——這些將會對那種文化的形態具有不可估量的重要性。

可是，敍事還有另一種文化的功能，與我剛才提到的「監察」功能相反。敍事是一個相對安全和無關痛癢的區域，在此可以批評一種既定文化的權威假說。在一部小說中，不同的假說都能夠被接納和實驗，這不同於在現實世界中，這樣的實驗可能產生危險的後果。但是在想象的世界中，可以隨意地假設，「沒有甚麼會真的發生」，因爲它只是發生在一個虛構的小說世界中。如果小說教我們相信有「戀愛」這麼一回事，它們也就同時有效地使之非神秘化，同時還可能超越或不管它的非神秘化，而在結尾顯示愛的勝利。莎士比亞的《皆大歡喜》（*As You*

Like It）就是一個極佳的例子，但是很多傑出的小說，諸如梅瑞狄斯（George Meredith）的《利己主義者》（*The Egoist*）都採用了這同一形式。那麼，有理由相信，敍事既加強主流文化又對之置疑，二者同時進行，置疑也具有間接的肯定功能，因爲在安全的小說領域內，通過表達我們對權威的假説和對意識形態的脆弱性和鬆懈性的擔憂，我們可以保護權威的設想或意識形態免遭危險。加之多年來一直在審查或壓制有危險的小說的專制官僚，對小說所具有的政治力量有更敏銳的感覺。當有人説，瓦爾特・司各特爵士（Sir Walter Scott）的小説引發了美國國內戰爭並且把所有那些羅曼蒂克的糊塗的大莊園主都送進了墳墓，這其實並不完全是謬論。

第二個問題：爲甚麼我們一再需要「相同」的故事？問題的答案更多地同叙事的肯定功能和文化創造功能相聯繫，而同叙事的批評功能或顛覆功能則較少聯繫。如果我們需要故事來賦予世界以意義，故事的意義形式就是這種意義的基本的載體。當孩子堅持要大人一字不易地給他們講述同樣的故事時，他們是很懂這一點的。如果我們需要故事來理解我們的經歷的含義，我們就一再地需要同樣的故事來鞏固那種理解。這種重複可能重新遇到故事所賦予的生命的形式而得到證實。也許有節奏的重複方式具有內在的娛樂性，不論那種方式究竟是甚麼。同一類型中的重複本身就令人愉快。

引號內的「相同」一詞暗示了同樣的故事的同一性的另一種含義。如果説我們像小孩一樣，一再地想要以嚴格相同的方式講述同樣的故事，仿佛這是一件神秘樂事，一字之易就會使效果盡失，那我們仍然需要另一個意義上的同樣的故事。我們需要以相同的方法覆述很多故事，這些故事可以在套語相同的基礎上見出變異。如孩子們一而再，再而三地需要逐字逐句的搖

籃曲和催眠故事，他們很快就能學會，甚至在五、六歲以前就
能學會正確地講故事。他們懂得正確表達開頭和結尾的慣用
語：「很久很久以前」和「從此他們就過着幸福的生活」。他們懂
得遵守有用的故事規則。很多種類的故事都可由約定俗成的形
式或套語辨明其亞類。希臘悲劇、搖籃曲、童話、口耳相傳的
民歌，福爾摩斯（Sherlock Holmes）式的偵探小説，占士邦
（James Bond）式的小説、五行體打油詩，甚至象「維多利亞
式的小説」這樣一個大類或者其中安東尼‧特羅洛普
（Anthony Trollope）的四十四部小説，都是同一家族中的可
識別的成員。這種可重複性是許多叙事形式的内在特徵。這也
就是五行體打油詩的意義所在，神秘小説也是如此。一個標準
的亞類從它們對標準的偏離中產生其大部分離義。叙述者就是
兇手的偵探故事就可作爲例子，如克里斯蒂（Agatha Christie）
的《羅耶‧阿克羅依德的兇殺案（*The Murder of Roager
Ackroyd*）》，或者一部維多利亞時期的小説，如梅瑞狄斯的《理
查得‧費維熱爾的磨難》，（*The Ordeal of Richard Feverel*）
出人意料地有一個不幸的結尾。

　　叙事中的這種（異中存同的）形式的普遍性有兩個含義。
一方面，它意指我們需要故事是由於故事能爲我們所用，而我
們對其用也需求無厭。另一方面，它又暗示這種功能並不是主
要地由人物、逼真的環境甚至「主題」或「要旨」、「道德寓意」來
履行，而是由事件的順時結構及情節來履行。看來亞里士多德
在叙事中給予情節以首要地位是正確的。一部已知叙事作品的
情節結構似乎可以從一個故事轉移到另一個可能具有與之迥異
的人物和環境的故事中。情節是可分開、可轉化的，這是斯拉
夫形式主義者、法國結構主義者、符號學家和「叙事學家」所做
的當代衆多的叙事分析的主要基礎。這些理論家已試圖用這種

或那種方法找出敍事形式的秘密，即它的「深層結構」。例如，斯拉夫形式主義的典範著作之一，普羅普的頗有影響的《民間故事形態學》（*Morphology of the Folk Tale*）就試圖證明一百個俄國民間故事是同一結構形式的變體。功能性原素的數目是有限的。雖然並非所有的原素在每個故事中都出現，但這些原素的序例（諸如「禁止」、「詢問」、「離開」、「回來」等情節原素）總是可以辨認的。敍事學家認爲敍事的規則類似一種如符碼或自具語法的語言一樣的東西，或許就是在更大規模上的句法。在西方敍事理論的第一本偉大著作《詩學》中，亞里士多德已是一個結構主義者，因爲事實明擺着，亞里士多德不僅肯定了情節的首要性，而且相信他能辨別出使一部悲劇成其爲悲劇的結構特徵。

從結構主義或符號學的角度看來，敍事就是對已發生的事情或已經開始發生的事情進行整理或重新整理、陳述或重新講述的過程。進行這種陳述所根據的明確規則，類似於形成句子所根據的那些規則。它意味着講故事的秘密受觀察或科學的研究是可以弄請楚的。這就使敍事理論成爲「人文科學」的一部分。所以普羅普使用了一個既來自語言學又來自生物學的術語：「形態學」。對於在已知的文化中，或於特定的地點、時間在一種已知的類型中講故事的過程，我們可以用一種不成文的、但可以鑒別的規律來界定它，所以好故事可以同壞故事區別開來，故事可以同非故事區別開來。

應當強調的是，根據一定的連接它們的常規軌道設計的事件結構決非一派天真，因爲它並不按事件的原樣處理事物。敍事所做的重新整理也就可以有它的功能，就像我已提到的，對一種文化中關於人類存在，關於時間、命運、自我，關於我們的過去、現在和將來等等人類生活的最基本的假說進行肯定、

鞏固、甚至創造的功能。我們之所以一再地需要「相同」的故事，是因爲我們把它作爲最有力的方法之一，甚至就是最有力的方法，去維護文化的基本的意識形態。

第三個問題：爲甚麼我們總是需要更多的故事？這是我的問題中最難的一個。似乎一旦一個男人或女人達到成年階段，他／她就不再需要故事，因爲在伴隨其成長的青少年時期的那些故事的幫助下，他/她已經被文化充分地同化，在社會中有了一個明確的自我和一個明確的角色。但事實顯然並非如此。對此我僅僅能暗示一個可能的解釋。但是我在這個例子之後的討論可以使這個問題更清晰。也許我們總是需要更多的故事是因爲在某種意義上故事從未令我們滿意。一個故事，無論寫得多麼可信和有力，無論多麼令人感動，也不能十全十美地完成它們應盡的功能。一個故事和每一次重講或其變化形式總會留下某種不確定性或包含一個尚未闡明旨意的散漫的結尾，根據無情的原則，這並不像語言學一樣具有那麼多的心理或社會作用。這種必然的不完美意味着沒有故事能一次或一直完美地履行其整理和鞏固的功能。所以我們需要另一個故事，又一個故事，再加一個故事，我們對故事的需求不會到頂，我們尋求滿足的願望不會緩和。

以這樣一種叙述形式爲例：它幾乎總是體現在任何文化的神話、傳說和童話中，且把解釋人類的起源，我們從何而來作爲己任，人類學家稱之爲「究原神話」（etiological myths）。基普林（Rudyard Kipling）的《叢林之書》（Jungle Book）其中有「大家如何獲得它的鼻子」之類的事，這是一部究原神話的總集。《詩學》中亞里士多德的完美悲劇的典型、索福克勒斯（Sophocles）的《俄狄甫斯王》（Oedipus the King），已被現代結構主意的人類學家解釋爲這一類故事。一個神話，也就是

說，一個寓言性的故事在沒有具有邏輯形式的解釋可能時是必要的，但是非邏輯的前提將一直保留在故事中。人的起源和他將自己從動物及未開化的自然中分離出來，這是一個小雞／雞蛋式的問題。當人第一次出現時，無論選擇哪一個爲起因階段，它總預示着某個更早的階段。

《俄狄甫斯王》中被賜予了無上權力的故事，解決了這個顯然不可解的難題。在這個故事中，亂倫和反亂倫的禁忌被認爲同時是自然的和文化的，俄狄甫斯王既有罪又無罪。他謀殺了他的父親並同他的母親睡覺了嗎？那時候他還不知道他們就是他的父母，所以他並沒有有意識地犯下弒父和亂倫的俄狄甫斯式罪行。像動物一樣，他是無辜的，因爲他不知道自己在做甚麼。動物不能對亂倫負責，因爲它們不能理解反亂倫的禁令。亂倫只有作爲對反亂倫的禁忌的冒犯時才存在。

反亂倫的禁忌，正如偉大的結構主義人類學家列維-施特勞斯所論證的，是將人類同所有其他生命的種類區別開來的基本特性。對於一隻貓、一隻狗或一隻熊，母女父子都可以成爲性對象，但是無論何時何地人類都禁止亂倫。這意味着亂倫的禁忌在人類文化中佔據一個獨特的位置。它破壞和冒犯了人類生活的自然特徵和文化特徵的二元劃分。由於反亂倫的禁忌極爲普遍，沒有任何人類文化中沒有它，在這個意義上它對人類來說又是自然的而非文化的。另一方面，它是人類社會與動物社會相區別的特徵，所以它必定被定義爲文化的。反亂倫的禁忌要麼既不是文化的也不是自然的，要麼二者都是，踰越了二者之間的藩籬，或者我們可以說，它盤旋在二者之間的邊界上空。可以說，俄狄甫斯也是這麼一回事，他就像動物一樣不能認識到他的母親就是他的母親因而也就是一個他被禁止與之結婚的人。只有當他認識到她是他母親時，他才認識到他已犯了

一個可惡的罪行。換而言之就是，反亂倫的禁忌依賴親屬關係的姓名；也就是説，它依賴於人類對語言的獨特的擁有。不知情的俄狄甫斯不能將他的母親稱呼他的母親，因而他就像象動物一樣，人們不能説他犯了亂倫之罪。當他能稱呼她爲他的母親時他才知道他已經犯了亂倫的罪行。

另一方面，俄狄甫斯確實已經犯下了可怕的弒父和亂倫的罪行，不管他那時是否知道。同樣，在此也許對戒律的無知不能成爲藉口。當然，戲劇的力量依賴於給出一個驚人的實例，這個實例激發起對俄狄甫斯的同情和對同樣的事也可能發生在我們身上的恐懼。俄狄甫斯承認了他的罪行，通過弄瞎自己（象徵性的閹割），通過將自己放逐出人羣沿途流浪，直到死亡，以懲罰自己。再從另一方面來説，俄狄甫斯又如何能對他原非有意犯下的事負責任呢？

按照當代批評者所説的，甚至不能完全肯定俄狄甫斯確實殺死了他的父親。關於俄狄甫斯的父親拉俄斯（Laius）在路口被殺害的證據中，有一個矛盾。在一次報告中，兇手據説只有一個人。在另一次報告中，卻有三個兇手。正如克瑞恩（Creon）所評論的，「一個和三個可不是鬧着玩的。」俄狄甫斯以犧牲自己的方式把這些頗爲含糊的證據放在一起，從而宣判自己。他在這個原來的偵探故事中擔任了偵探和兇手兩個角色。

但是也許是這種敘述行爲本身發明了這罪行並指出俄狄甫斯犯了罪。如辛西婭·蔡斯（Cynthia Chase）在一篇精彩的文章中所評論的，在俄狄甫斯不知道他正在弒父或正在同他母親發生性關係這個意義上，罪行不存在於最初的無辜行爲中；罪行也不在存於「現在」的戲劇中，在戲劇中，俄狄甫斯一點一點拼合了給他的材料並且用它們講出了一個故事。罪行存在於某個中間地帶，存在於過去的事件同現在的發現以及對它們的高

度意向化的整理這三者的關係之中。

也許可以論證，與其説《俄狄甫斯王》講述了一個故事，不如説它戲劇化了一個關於故事講述方法的驚人實例，把材料放在一起變成一個首尾一致的傳説，是行爲性的。「俄狄甫斯王」是一個關於講故事的可怕危險的故事。在這個故事中，講故事使某些事情激烈地發生了。它導致故事講述者宣判，弄瞎和放逐了他自己，它導致他的母親-妻子伊俄卡斯忒（Jocasta）自殺。

《俄狄甫斯王》決没有對人類起源問題給出一個清楚的答案，它是一個輩分混亂的故事，在故事中，兒子是他母親的丈夫，母親是他兒子的妻子，俄狄甫斯是他兒子的兄弟，諸如此類。因此爲了弄懂一個男人或一個女人是誰或來自何方，清楚的親屬名稱和身份的確認是必要的，《俄狄甫斯王》提供了一個在其中這種明晰的可能性被置疑和擱置的故事。千真萬確，這部戲劇給了邏輯上不可解的人類起源的難題一個叙事的形式。有人試圖説，當有甚麼不能符合邏輯地表達出來時，我們就用故事講它。自從成書以來，多少個世紀中《俄狄甫斯王》的力量證明了它作爲一個故事的成功。例如，這部戲劇給了弗洛伊德心理分析學的基本發現一個名稱：普遍性的「俄狄甫斯情結」。所有的男人，弗洛伊德宣稱，都想殺死他們的父親，並同他們的母親發生性關係，弗洛伊德的表述遺漏了人類的另一半即所有婦女，當代女性主義者對此進行了嚴厲的批評。換一個説法，就是説一個特定的故事對一個女性讀者或觀眾而言，可以具有它之與男性讀者或觀眾的非常不同的功能。

但是，即把這個難題撇開，我們仍然要説俄狄甫斯故事的持續的成功，可能更多地在於它對叙事難題的有力的叙事性表達，而不在於它就人類起源和人類特徵這個問題提供了甚麼解

答。到結尾叙述難題依然存在，雖然觀衆毫無疑問能更好地理解這個難題究竟是甚麼。不斷地挑剔故事的混亂之處，就像我已辨別的那些，會阻止故事達到最終的明晰性，使結尾仍保留了一個基本的謎，即俄狄甫斯何以要爲並非他故意犯下的罪行而遭到懲罰。這樣我們就需要另一個將用不同的方法來解決這些難題的故事，例如，莎士比亞的《哈姆雷特》，其又需要另一個故事，例如福克納（William Faulkner）的「押沙龍，押沙龍！」（*Absalom Absalom !*）然後再下一個故事，我們對更多的故事的需要從來不會終止。

更進一步地回答我的問題的方法，也許是來看兩個極短的故事，以鑒定故事的基本原素。如果我們同意說，對，這是一個故事而非別物，那就必定存在着一些原素。那些原素是甚麼呢？我把豪斯曼（A. E. Housman）的《大灰熊》 "The Grizzly Bear"）和華滋華斯（William Wordsworth）的《昏睡蒙蔽了我的心》（ "A Slumber Did My Spirit Seal"）作爲我的微型例證。儘管它們是「詩篇」，它們當然也是故事。請看：

大灰熊

大灰熊龐大而又狂暴
　　他已吞下了那幼小的嬰孩
那嬰孩卻還未發覺
他已被大灰熊吃掉

昏睡蒙蔽了我的心

昏睡蒙蔽了我的心；
以致我對人世的恐懼毫無擔驚：
　　她似乎不願感受人世的歲月。

她已全無生息，一動不動；

　　既不去諦聽，也不去觀望；
　但她跟着大地在晝夜滾轉，
　　　連同岩石、石碑和樹林。【註】

　　這兩個微型故事包含我所提到的任何故事的基本原素，即使是卷帙浩繁、叙述詳盡之作如托爾斯泰的的《戰爭與和平》（*War and Peace*）或艾略特（George Eliot）的《行軍半途》（*Middlemarch*）；也必定有，首先，一個初始情景，導致這個情景反轉的情節發展，和可能是由這個情景反轉所造成的意外發現。第二，必須通過應用一些擬人修辭的方法，用符號——如成文的故事書頁上的詞語，口述形態的故事的抑揚頓挫的聲音——創造出角色。無論情節如何重要，不用擬人修辭就無所謂講故事。一個故事至少要有三個角色：一個主角、一個對手和一個知情的證人。有時候主角、對手或讀者可以做證人。第三，必須有形式獨特或反覆出現的主要原素，例如一個比喻或比喻體系，或一個複雜詞（a complex word）。用另一個方法來説明這第三個要素，就是必須有某種形式的叙事規律的重視來調節那個比喻或詞語。我認爲，任何故事，爲了成其爲故事，就必須具有這些原素的某種變形：開頭、發展、反轉；擬人修辭，或者，更精確嚴密地説，寓言法（prosopoeia），使主角、對手或見證人「栩栩如生」；使形式獨特或反覆出現的原素圍繞一個核心形象或覆雜詞。甚至不符合這種範式的故事也通過冷嘲熱諷地反對所有的故事都想實現的這種根深蒂固的期望而獲得其意義。

【註】　此詩譯文錄自赫希：《解釋的有效性》（E.D. Hirsch, *Validity in Interpretation*）（北京：三聯, 1991），頁261。王才勇譯，略有改動。

例如《大灰熊》就冷嘲熱諷地反對了從經歷獲得學識這種假說。那個嬰孩從經歷中一無所獲，這個小故事是叙事形式的變形的一個範例，在這個變形中，目睹其事的叙述者知道得比主角多。實際上，這是一個誇張的例子，有點像玩笑。沒有俄狄甫斯就沒有這個嬰孩；「好家伙」嬰孩也就根本沒有機會去反對大灰熊那種形式的「壞傢伙」。

以重複應用相同的語法形式這種方式出現的有變化有節奏的重複貫穿了這首詩。這個故事用平易好懂的句子講述，兩個句子用一般現在式，兩個句子用現在完成式，最後兩行既可作兩句來讀，也可作一句來讀。實際上最前面的兩行是單個的完整句子，使讀者預備期望第三行也會如此，但接着他就發現第四行實際是第三行的延續。這種形式被稱爲chiasmus，即十字交叉式的反轉因素。大灰熊最早出現在一個句子的開頭，然後出現在一個句子的結尾。嬰孩首先出現在一個句子的結尾，然後出現在一個句子的開頭。這個故事以熊開頭又以熊結尾。小孩被包裹在本文内部，他是在被本文吃掉的同時被熊吃掉的。

這個微型故事的基本比喻也是一個以物托人的修辭，把熊擬人化地稱爲「他」。當嬰孩也被稱爲「他」時，熊的「他」也得到了重複，雖然無論是這個孩子還是熊，都沒有自我意識和對語言的最低限度的掌握可以證明應用這個人稱代詞的合理性。

《昏睡蒙蔽了我的心》是一個比《大灰熊》複雜的故事，但是，像《大灰熊》一樣，它講的是關於一個無知無覺的主角，詩中的「她」和一個知情的叙述見證人，詩中的「我」的雙重故事。在這裏叙述者現身説話了，而不是像在豪斯曼的詩中，只是作爲一種反諷的、簡潔的事實講述的暗示而出現。現在詩中的「她」（在華滋華斯的露茜組詩中，「她」通常被假定爲露茜，這首詩是露茜詩之一）「不再耳聞目睹」，但華滋華斯的叙述者能説，

實際上，「過去我一無所知，現在我明白了。我不像露茜，我是那有眼能看，有耳能聽，能夠理解的人中間的一個。」它暗指《馬太福音》13：12—13，耶穌解釋關於播種者的寓言時，他正是這樣說的：「凡有的，還要加給他，叫他有餘。凡沒有的，連他所有的也要奪去。所以我用比喻對他們講，是因爲他們看了看不見，聽也聽不見，也不明白。」

根據德曼（Paul de Man）的説法：「所有本文的範式是由一個形象（或一系列形象）和對該形象的解構組成。但由於這個模式不能由一次最終的閱讀固定，因此就造成了剩餘形象的重疊。這種重疊叙述了其前故事的不可讀性。」（de Man, 1979, 205）德曼的「叙述」和「故事」的用法在此表明，對他而言，所有的本文都是「叙事」。如果説所有的叙事：從《昏睡蒙蔽了我的心》到特羅洛普（Anthony Frollope）的《他知道自己正確》（*He Knew He Was Right*）或詹姆遜（Henry James）的《卡薩瑪西瑪公主》（*The Princess Casamassima*）這樣的大部頭小説，也不過是一個單個的形象或系列形象的探索。無論如何，人們想説就可以説，特羅洛普的大部頭小説基本上是根據如何形象地表達《我知道我正確》這個問題安排結構的，而《卡薩瑪西瑪公主》則是根據如何形象地表達「我發誓」這個問題而設計的。

在德曼的模式中，「解構」指的是從經驗獲得知識，「不可讀性」指的是不可能一次就一勞永逸地讀完一部作品。「不可讀性」通過反覆應用一個形象或其某種新變形而體現出來，哪怕這種反覆應用已經顯得虛幻和不可信。

換而言之可以説，一個故事，甚至一個像《他知道自己正確》這樣的具有生動而典型的人物、事件和真實細節的篇幅長而情節複雜的小説，也可能是一個「複雜詞」的探索。在特定的意義上，一個複雜詞也就是一個形象。它是一組也許矛盾的含義的

焦點。這些也許矛盾的含義由修辭置換而連在一起，如 worth 可以有經濟的和倫理的意義；right 可以指「有權力」（have the right）、「正確」（to be right），或者只指「直線」（straight），如「直角」（right angle）。在故事中，這種詞由於處在一個適當地使用了它的特定語境或情景中而被確定。這就像語言課上的練習，「用下列詞語造句」，或更復雜的陳述，「用下列詞語講一個故事」。對燕卜蓀（Empson）來說，一個複雜詞可以是諸般不確定性的所在，無論這些不確定性如何複雜，它們都被結合在一起放進一個統一結構之中。相反，我認為一個複雜詞也可能是基本上不一致的含義的交叉路口。這個真相可以由決不能還原到統一體中去的敘事殘片來揭示、披露和展示。

　　這種有點隱晦的表述的含義，「具體」地說，可以通過回到《昏睡蒙蔽了我的心》而弄得更清楚一些。在這首詩中所發生的，敘事創造的修辭手段，是一個將青年女子稱為「東西」（thing）的比喻。這個比喻正好與將一隻熊稱為「他」的比喻成為對稱的鏡象。華滋華斯的修辭手段有日常說話的特點，就像民間歌謠的重疊句一樣。「她是一個小東西，還不能離開她的媽媽。」「起先我認為她是一個東西，」實際上，華滋華斯的這個小故事的敘述者是在說，「因而能夠不朽，但是現在我知道我大錯了。現在我知道她是短暫的，因為她已真正變成了一個東西，就像岩石、石碑和樹木一樣，雖然在另一個意義上她也就分享了地球的不朽，這表現在它的永無休止的旋轉中。地球不停地轉圈、轉圈、轉圈，她也隨之運動。她不再能聽和觀望，而我卻屬於那有眼能看，有耳能聽，還能理解的人們中間的一個。」

　　不管怎麼說，詩的第二節又犯了語言學錯誤，兩節詩中間的間隔作為露茜之死的所在，又消除了這個錯誤。死亡發生在間隔中，外在於語言。在第二節詩中，語言作為對死亡的勝利

的宣言又開始了，並且具有説出真相的能力：「從前我認爲她是不朽的。現在我知道所有的人都是短暫的，甚至露茜。所有的人終將變爲東西（things）。」但是具有反諷意義的是，這個關於認識與説出真相的權力的宣言，與最初對「她看起來像不死之物（a thing that could not die）」這種認識的虛幻維護，並没有多大不同。讓我來解釋爲甚麼會這樣。

「物」（thing）的比喻和「接觸／影響」（touch）的擬人化比喻是對稱對應物，二者共同形成德曼所斷言爲叙事核心的「形象體系」的一個微型例子。如果露茜僅僅是一個物，那麼時間，更確切地説，「人世的歲月」被比擬爲一個有生命的存在，這個存在試圖去「影響」露茜但卻不能夠，因爲露茜是一個「物」。同樣，叙述者也被天真的「昏睡」「蒙蔽」在死亡的常識之外。在這裏，touch一詞具有很強的性暗示意味。當叙述者瞭解了死亡的普遍性之後，擬人修辭不僅没有消失，還毫釐未損地回到了第二節詩中，雖然是以沉默或隱蔽的形式。它在「滾轉」一詞中回來了。「人世的歲月」被比擬爲一個貪婪的存在，某種與豪斯曼詩中的大灰熊相類似的東西，一個想接觸露茜，抓住她，擁有她的人。詩中的主角不是地球而是「人世的歲月」。在這最後一節詩中，這種形象的擬人修辭仍然毫釐未損地留在變遷母題的意象中，人世歲月的尺度，「滾轉」了露茜。在説到她現在已全無聲息，一動也不動／運動時（運動和力量是牛頓物理學的兩個基本因素），叙述者陳明自己的觀點，其表述也是矛盾的。作爲地球的一部分，就像豪斯曼的詩中嬰孩被大灰熊吞噬了一樣，露茜也被岩石、石碑和樹木所吞併，參與了「滾轉」，分享地球的朦朧的生機、運動和力量，甚至當她自己不再能孕育主動的動機和力量時。

叙述見證人的過失和錯誤，並不僅僅在於宣稱他承認他反

覆地應用了他第一次就用錯了的同樣的修辭方式的另一變形，他的話具有諷刺意味地給人以錯誤的印象。就像敘事的認識論層面一樣，行爲性（performative）也舉足輕重。我用「行爲性」指能使某事發生的敘事力量，它與傳播或似乎要傳播知識的敘事力量相反。從敘事是由知識組成的方面去看，就可以看到詩中説「從前他像小孩一樣無知。現在他認爲他懂得很多，但他的話顯出他仍像孩子一樣無知。」從敘事是圍繞敘事的行爲力量構成的方面去看，就可看出這個小故事將一種可怕的可能性戲劇化了，這種可能性即話語的形象通過一種語言魔力也許能認識自我。他認爲她是一個東西／物（a thing）。在方生方死的人世歲月的擬人化形式中，死亡被迫把她變成一個物。這就好像如果我説「你是火雞肉」，我就是要强制性地把某人變成火雞肉；或者好像在卡夫卡（Franz Kafka）的《變形記》（*The Metamorphosis*）中，格里高里·薩姆薩由於被他的家庭和社會當作甲殼蟲一樣對待，他就真地變成了一隻可怕的甲殼蟲。在《昏睡蒙蔽了我的心》中，也許是詩人的語言的接觸／影響將露茜變成了一個物（a thing）。另一首露茜詩可以證明這一點：「可憐可憐我自己吧，如果我説／露茜將會死去。」然後她就真的死去了。

《昏睡蒙蔽了我的心》證明即使在這樣一個短故事中，我所界定的那些基本原素也要出現。它還證明一方面敘事依賴比喻化的擬人修辭法，另一方面，叙事可能是先被解構然後又被盲目肯定的形象的體系。在這個例子中，似乎叙述者並不知道他所宣稱知道的。換而言之，擬人修辭作爲基本的叙事修辭，是語言的必要的組成部分，即使我們清楚地認識到它是虛幻的。

申潔玲譯

參考書目

Aristotle. 1907. *Theory of Poetry and Fine Art,*translated by S.H.Butcher.

Bakhtin, M. M. 1981. *The Dialogic Imagination,* translated by Caryl Emerson and Michael Holquist.

Barthes, Roland.1974. *S/Z,* translated by Richard Miller.

Booth, Wayne. 1961. *The Rhetoric of Fiction.*

Brooks, Peter. 1984. *Reading for the Plot.*

de Man,Paul. 1979. *Allegories of Reading.*

Empson, William. n.d. *The Structure of Complex Words.*

Freud, Sigmund. 1957. *The Interpretation of Dreams.*

Iser, Wolfgang. 1974.*The Implied Reader.*

Jameson,Fredric. 1981. *The Political Unconscious : Narrative as a Socially Symbolic Act.*

Propp, Vladimir. 1970. *The Morphology of the Folktale,* translated by Laurence Scott.

Ricoeur, Paul. 1984-88. *Time and Narrative,* Vols. 1-3, translated by Kathleen McLaughlin and David Pellauer.

6 修辭語言
FIGURATIVE LANGUAGE
麥克列林（Thomas McLaughlin）

文學研究要求我們密切注意語言。對詩歌而言，尤其如此。我們的詮釋活動乃基於這樣一種觀念：對詩的語言研究得越細緻，對詩的理解也就越透徹。更進一步而言，許多詮釋的焦點集中於修辭手段（figures of speech）之上，比如明喻（simile）與隱喻（metaphor），轉喻（metonymy）與擬人（personification）等。理解了這些修辭方法是如何發揮作用的，也就使詩所蘊含的微言大義昭示於眾了。通過這種或他種方式，我們涉足於詩歌意義的產生過程之中。言種修辭過程（figurative progress）──即理解修辭所要求的腦力活動──非常複雜，而且不僅局限於詩歌；所以對這種修辭過程的分析將把我們帶入一個正在形成的、廣闊的語言理論和文化理論之中。但首先還是讓我們從一首非常熟悉的詩歌──威廉·布萊克的《羔羊》（William Blake's *The Lamb*）──談起，來看一看它所使用的修辭手段。

羔羊

小羔羊，誰創造了你？
　　你知道嗎，誰創造了你？
給你生命，叫你去尋找
河邊和草地的食料；
誰給你可愛的衣裳，

柔軟，毛茸茸又亮堂堂；
誰給你這般柔和的聲音
使滿山滿谷歡欣？
　　小羔羊，誰創造了你？
　　你知道嗎，誰創造了你？

　　小羔羊，我來告訴你
　　小羔羊，我來告訴你
他的名字跟你一樣，
他管自己叫羔羊。
他又溫柔，又和藹；
他變成一個小孩。
我是小孩，你是羔羊，
咱們的名字跟他一樣。
　　小羔羊，上帝保佑你！
　　小羔羊，上帝保佑你！【註】

　　表面上看，這首詩極為簡單。作為布萊克天真之歌
（*Songs of Innocence*）中的一首，它既是對清澈、純樸的童真
思維方式的讚美，又是對這種思維方式的批評。詩的説話者
（speaker）是個小孩，他正在與一隻小羔羊娓娓細語，對它
進行宗教啟蒙。説話者解釋説，小羔羊和小孩都是基督——天
真純潔的原初象徵——所創造的產物。基督，羔羊和小孩享有
某種共同的道德品質；他們都是某種意義結構（structure of
meaning）的組成部分，基督通過變成小孩以及採用羔羊的名
字這種方式確證了這種意義結構。詩歌簡樸的語言進一
步強化了小孩的天真無邪。詩只用了一些基本的句型和普通的

【註】　譯詩採自袁可嘉譯《布萊克詩選》（北京：人民文學出版社 1957）。

詞，與説話者的年齡與見識相合。實際上，詩的語言是如此簡單以致於它經常被選入兒童詩的選集之中。我甚至曾在一個宗教禮品店裏見過這首詩，印在一張卡片上，用絲帶繫於一個小玩具羔羊身上。由此看來，《羔羊》一詩成爲了撫慰人們心靈的物品，它使人想起上帝的慈愛以及上帝賦予孩子的純潔與天真。然而，如果我們透過表面而看其本質的話，這首詩卻並不簡單，其中值得注意的一點便是它的修辭語言。詩所用的簡單詞匯被嵌置於複雜的修辭體系之中，其複雜化，暗含着一些詩中那個小孩並不明白的意義。但在我仔細分析詩中的修辭方法之前，我想簡要地考察一下我們理解修辭語言的一過程。

「修辭」（figurative）的傳統意義總是與一個詞的「本」義（"proper"meaning）——它的基本義，使用一個詞時首先想到的意義——相對而言的。譬如，tiger（老虎）一詞會令説英語的人頭腦中出現與貓類似的龐大的食肉動物的熟悉意象。但人們並不總是使用這個詞的本義。體育比賽的解説員可能會稱一個足球場上的後衞爲a tigeron defense（一隻防守之虎）。聽到樣一個短語，任何英語使用者立即就會明白這個詞的本義並不管用——賽上並没有獠牙利爪的真老虎，相反地，我們明白這只是一修辭的用法，以强調運動員的攻擊性和速度。刹那間我們即已明白，老虎和運動員是某個範疇——「具有攻擊性的事物」——中的兩個元素，所以我們可以通過修辭語言把老虎的某個特徵轉移到運動員身上。這種分析似乎過於淺顯，那是因爲我在努力把瞬間直覺到的東西用邏輯可解的步驟表達出來。修辭是對一個詞意義的扭曲——修辭一詞在希臘語中是trope（轉義），意爲「轉，扭」——但它在日常生活語言中使用得如此普遍，以致於對它的理解過程幾乎是無意識地發生的，正如任何經常重複使用的技藝一樣。

在閱讀羔羊這首詩的第一節時，我們必須不斷重複這一過程。最明顯的例子或許是說話者把羔羊身上的毛描述爲它的「衣裳」。顯然，「衣裳」一詞的本義並不適用於羔羊。羊毛是羊身體的組成部分，而衣服則是爲禦寒和美的需要而另外添加上去的東西。由於「衣服」意義的這個層面顯然不適用，我們不禁要問：它的意義的哪個層面適用於羔羊？它使羔羊身子暖和；它給他以美。它使羔羊看起來像人，正如小孩所認爲的那樣，他並沒有想到他與羔羊之間的區別，相反地，他只想到他們作爲上帝的創造物而共同享有的東西。由於他們二者是天真純潔的，他們共同的上帝也就是天真純潔的，耶穌即是「上帝的羔羊」。不過有一點小孩並沒有認識到：是他自己所使用的修辭手段才使得羔羊像人。他與羔羊所共享的範疇是他自己創造出來的。相同的過程也存在於「誰給你這般柔和的聲音，／使滿山滿谷歡欣」這兩行詩中。在此，羔羊叫聲的回響被說成使滿山滿谷並進而使整個大自然「歡欣」，似乎山谷與大自然真的能像人那樣作出反應。說話者生活在一個大自然的世界之中，他的修辭給予這個世界以人文的的內涵，它似乎反映出說話者的純真。

這一詩節還包含一些不那麼明顯的修辭手段，用來描述創造了這個純真世界的上帝。這個上帝給羔羊以生命、衣裳，以及「柔和的聲音」。他叫他的羔羊去尋找他爲他的創造物準備好的食料。把羊毛想作是上帝所賜予的禮物或者把食物想作是上帝爲客人準備的宴會，實際上是對這些詞的「本義」的扭曲和引申。但說話者實際想暗示的是，上帝是主人，是這些禮物的施與者，因此羔羊和說話者都掌握在上帝仁慈的手中。說話者使用這些修辭手段，以創造一個與詩歌中慈愛的自然相吻合的上帝形象。

但是這些修辭手段所揭示出的神學觀念遠較說話者頭腦中

的複雜。與他似乎想描述的天真純樸的上帝相反，這些修辭手段描述出一個仁慈但非常強大的上帝形象，是他准許小孩與羔羊繼續以天真純朴的面目存在。這樣一個上帝並沒有小孩所認為的那麼純潔天真；小孩對上帝的認識與神的複雜性並不相匹。說話者語言似乎把自己給解構掉了，創造出一個遠為造雜的非小孩的純真所能把握的神的形象。布萊克使我們超越於說話者的意識，從而把我們帶入這樣一種認識之中：上帝的形象是我們自己創造的。詩歌通過誘使讀者參與詩歌意義創造過程似乎創造出一個強大的上帝，與說話者所期望的那種天真純潔的形象並不相符。對我來說，任何行使權力的生物皆無天真純潔可言，因此說話者感受上帝的能力也就受到了限制。我對詩歌意義的理解大於語詞的本義以及說話者的意圖。任何進行這種修辭過程的讀者都會如此。修辭的意義並沒有範圍的界限：其隱含的意義隨着讀者的閱讀活動不斷增生。

修辭在詩歌以及所有其他的話語形式中，具有至關重要的作用，在整個文化史中，它們不斷受到研究者的青睞和歸類。「修辭學」（rhetoric）的意義之一即是對辭格（figures）的研究。（修辭學的另一常用意義是對論辯術的研究，這一點我們以後會涉及。）人們經常建立起某種修辭體系，對我們可能給予詞語「本義」的多種多樣的「轉向」（turns）進行命名。這裏我只是指出並簡要地解釋一下這首詩中所用的最為要的幾種修辭格。

與我所指出的修辭的一般定義最為接近的辭格是隱喻（metaphor），許多批評家把它看作是主辭格，或核心辭格。隱喻，比如羔羊裏面的「快樂的衣裳」，牽涉到意義的轉移：從本義轉到與本義享有某種共同意義範疇的另一詞義身上。因此隱喻是類比（analogy）的壓縮形式。「衣裳」於人正如羊毛於

羊。由於這裏存在着一個我們可以接受的類比，「衣裳」的某些意義就可以轉移到羊毛上面。

這一詩節所顯示的另一重要辭格是擬人（personification）。在這一辭格中，人的特徵被轉移到一個非人的事物身上。詩把回聲描述爲山谷的歡歌就是明顯的例子。對詩中的孩子這個説話者而言，這是一個關鍵的辭格，因爲它爲他創造出一個和諧而寧靜的自然世界，可愛的上帝爲他創造出這一世界，以便他能在其中保持其純真。

實際上，整首詩乃建立在一個辭格的基礎之上：直呼（apostrophe）。直呼語是對説話時不在場或無法回答甚至無法聽到説話的人或物所説的話。它與我們對「修辭」的一般定義相符合，因爲它創造出一種非真實的語言情境，於是言語行爲便受到扭曲，失去了其「原有的」功能，直呼是擬人的一種形式。它假定在某個想像性的時刻，受話對象能像人那樣對説話作出反應。當小孩對羔羊説話是，其隱含的前提是羔羊能聽懂他的話。

當然，並不是批評家所確認的所有辭格在這首詩中都出現了。其他著名的辭格有明喻和轉喻。明喻（simile）是詞語的比較。與要求讀者去完成範疇與類比之間邏輯聯繫的隱喻不同，明喻明確地指出把某某比作某某，並且經常點明供比較的基礎。「她的嘴唇紅似酒」並不要求讀者像在隱喻中那樣去尋找兩個事物之間的聯繫。因此，一般説來，明喻比隱喻所受的限制要多，而供讀者進行創造的意義空間比隱喻要小。轉喻（metonymy）所賴以完成其意義轉移的基礎是在具體語境中產生的聯繫，而不是對意義結構的參與。比如用「皇冠」指稱國王這個轉喻，是用與國王經常聯繫在一起的某個事物（皇冠）來稱國王的。它並不要求隱喻所暗含的那種神奇的意義共享；相反地，它依賴

113

的是長期使用的過程中所建立的聯繫。因此這首詩中沒有轉喻並不足爲奇。説話者並不認爲羔羊、小孩與基督三者之間的聯繫是由於傳統或習慣而形成的，相反地，他旨在説明三者具有某種深刻的同一性（identity）。轉喻把我們置於事件和情境的歷史世界中，而隱喻則强調的是詞所具有的建立在邏輯之上的深刻聯繫。

　　現在回到《羔羊》這首詩。我們會看到，如果説詩的第一節充滿了生動的「修辭格」的話，第二節的意義則似乎完全可以從字面來理解——所有的詞用的都是其本義。彷彿第一節中那個愛想像的小孩已經長大成爲一個直截了當地説真話的預言者，以上帝的名義説出事物的「真相」。不管怎樣，這一節的確爲第一節所提的問題提供了答案，真正的答案。它指出羔羊的「創造者」是耶穌，告訴羔羊它與耶穌享有某種共同的東西，因爲耶穌的名字也叫羔羊。由於沒有顯而易見的修辭方法出現，這一詩節顯得更爲直截了當；但此節仍然包含一些複雜情形。首先這一「平實的」（literal）詩節描述了一種修辭範疇（figurative category）如何被創造出來的過程。它講述了基督是如何周密地設計行動——變成小孩，稱自己爲羔羊——如何建立種種關係的故事，而正是這些相互關係使詩的隱喻成爲可能。也就是説，雖然作者是在本義的層面上使用詞語，但卻要求讀者在修辭過程的意義上去理解它們。也就是説，要求它們以範疇和類似的方式而得到理解。

　　況且，當我們更進一步考察時，詩節並不像表面上看起來那樣缺乏修辭性。其用詞可以説很「質樸」，都是一些基本的人類行爲和簡單事物的詞：「告訴」，「叫」，「變成」，「保祐」，「羔羊」，「小孩」。但是每個詞都具有豐富的内涵：由辭格產生，從「本義」中引申而來。（我知道我本人的用詞存在着矛盾，這

一點我稍後再解釋。）每個詞都有着有趣的歷史，這顯示出它們具有修辭力量。最令人驚異的例子是bless（血）。「保祐」即是以撒血的宗教儀式清洗某物。現在當我們使用「保祐」時，大多數人定並不了解這一意義層面，但事實卻不可抹煞：這是一種修辭手段，其中 blood 一詞的某些意義被轉移到了施洗的行爲之中。這與詩非常吻合，因爲羔羊基督之間的主要聯繫之一是，二者都是血祭的祭品。

這一節中還有其他的詞在「本義」內顯示出了修辭意義。譬如，「溫柔」（meek）與「和藹」（mild）兩個詞現在用來描述個人的性情特徵。但二者歷史上卻與觸覺與感覺世界相關——二者一度意謂着「柔軟，滑膩」。其現代意義是其早期意的轉（trope），曾是物質性的東西被人化（humanized）了，變成了心理性的修辭語言。

「溫柔」、「和藹」這些消極、溫和的詞與「基督創造者」這個強有力的形象相結合，創造出一個複雜的基督形象。有意思的是，「創造」（make）一詞在歷史上具有「擠」與「壓」的意義；也就是說，它是施加於溫柔和藹的物質之上的。基督是萬物的創造者還是受别的事物塑造的柔軟的材料？詩的修辭語言暗示了這兩方面的内容。他具有塑造自己、選擇以甚麼面目出現（「他管自己叫羔羊」）的力量。這位强有力的「創造者」願意以天真純潔的羔羊的名字和品質出現。在此意義上說，詩歌成了一個關於修辭過程（figurative process）的故事，故事中基督在詩歌創造的行爲中製造了基督——羔羊——小孩三者之間的修辭聯繫而小孩則把這種修辭聯繫看成是自然而然，不可避免。對小孩來說，世界真的是純潔無瑕的。但是當我們考慮詩中的修辭手段時，這種純潔無瑕卻自我顯示爲修辭的功能，小孩語言的產物。即使是基本義上使用的詞也有修辭的力量，對小孩

所感知的世界起塑造定形的作用。

於是，我認爲作爲一般性原則，一個詞的修辭歷史（figurative history）是它意義的組成部分，因而適於作詩學的解釋，不管詩人自己是否意識到這一點。這些修辭格是語言自身對詩的意義所做的貢獻。也就是説，如果詞的基本義也具有修辭性的話，那麼詩歌交流的複雜性，不僅是詩人創造力的產物，也是建構於語言之中的各種轉義形式（tropes）之間相互作用的結果。這些轉義形式使語言中在具體的詩歌形成之前就已存在的意義可能性得到實現；而正是語言的意義結構使這些轉義成爲可能。《羔羊》一詩中最明顯的例子是，整首詩實際上建立以天真無邪來形容羔羊這個古老的擬人的基礎之上。這種修辭方法並非布萊克所獨創，幾個世紀以來它一直存在於我們的語言之中。在這種意義上説，詩的意義之所以成爲可能是因爲有了語言系統，有了這個系統我們的整個文化才有可能賦予經驗以意義；現在我們必須轉向這一層次——從詩轉向使詩成爲可能的系統——如果我們想理解修辭語言的全面影響的話。

以上分析的後果之一是，我們不得不面臨「基本義」與「修辭義」之間的對立這個問題。修辭似乎突破了基本義的防線，滲入其肌體之中。如果基本義在其形成之初本來就是一個轉義的話，那麼可以説修辭方法只不過是所有語言都具有的東西的一個突出代表。辭格要求在範疇與類比的複雜體系中得到理解：但任何語言的使用都是這樣。一個詞的意義是怎樣產生的？任何詞都不可能孤立地獲得意義，它只有與語言系統中其他詞相聯繫或者相區別時才有意義。「祝福」不是「詛咒」，但二者都是表示求神這種行爲的語詞系統的組成部分。二者都有意義，因爲每一個詞都與另一詞相立，二者屬於同一意義範疇。「祝福」意指「淨化的行爲」（the act of purification）僅僅因爲它

是某個聲音與意義系統的組成部分。其意義之間並沒有必然的聯繫，只是在英語使用者中形成了一種契約，「祝福」（bless）該指稱世界上的這種行為。即使有些修辭意義並沒有强有力的語源學根據，它也總是修辭性的，因為它必須依賴範疇與聯繫。因此，語言並不是給先在的事物命名的簡單過程，而是一個系統，通過這個系統我們賦予世界以意義。「祝福」並不是根據那個行為而來的，相反，我們認為那個行為是由這個詞「修辭」（figure）出來的，是由這個詞賦形，由它賦予意義的。根本不存在甚麽「本義」，只存在任意「指定」的意義。所以我們説修辭在一首詩中所產生的所有複雜意義都是任何語言的用法的一個組成部分。正如《羔羊》一詩的辭格建構了説話者所感知的世界，同樣地，語言產生意義系統，通過它我們建構起現實。

如果語言賦予經驗以意義，我們不得不視其為使我們的觀念得以實現的系統。語言乃概念之網，是一種價值體系，通過它我們去經驗現實。比如，在我們的文化中，不論男孩還是女孩都是在這種觀念中長大的：女孩與小貓、小雞、小狗和孤狸屬於同一修辭範疇。於是在想到女性時，我們每個人的思維都難以超越於這些修辭範疇之外。一些心理學家依然談論女性本質上是如何如何被動，如何如何溫順，除非她們的「女性特徵」（femininity）被否定，因而變得暴躁而潑悍。顯然，心理學理論在某種意義上就是對於這種修辭範疇的一種「解讀」（reading）。這種理會也許能得到許多研究與統計數據的證實，但它依然依賴建構於語言之中的某些偏見與價值體系。這種修辭體系如此頻繁地被重複以致它們不再是作為修辭格而吸引我們的注意，相反地，它們獲得了本義的某些力量，讓人覺得圍繞女性建立起來的這種體系合乎邏輯，自然而然。我們於是認為，修辭的棱角已被磨平，變得隱而不見。要使人記住，在我

們的語言中建立起來的「女性＝小雞」這種聯繫只不過是對人類行爲具有深遠影響的武斷的人爲指定是多麼因難！由於人類思維的這種健忘性，每當我們思維時，我們便會對這些文化偏見甚至是老生常談熟視無睹，當作理所當然的事情，除非我們對語言中所隱含着的權力（power）去進行反思。

甚至在那些對修辭持懷疑態度的思維領域，比如哲學和自然科學中，修辭也扮演着非常重要的角色。許多哲學家和科學家頑強地堅持着本義／修辭義之間的二元區分。對他們而言，每一種觀點都應該有個合適的命名，以便經驗和數據能得到準確的解釋。然而，各種各樣的修辭方法已經滲入哲學與科學思維之中，這是毋庸置疑的事實。當哲學家談論「和諧」或科學家談論一種理論的「優雅」時，他們即是在使用轉義這種修辭方法。甚至像「觀念」這樣的基本哲學詞匯也具有修辭的歷史——「觀念」（idea）來自於希臘文的「看」（to see）。正如德·曼（Paul de Man）所言，「一旦你願意得知其認識論内含，概念即轉義，轉義即概念」（Sacks 1978,21）。自然，隱含在概念之後的前提是，概念得自於經驗，但概念即轉義，所以是我們的範疇給予經驗以形式——它們對（我們所認爲的）現實進行界定，使修辭格得以實現的意義和價值體系同樣決定着我們認知世界的方式。

最近的心理學理論也證明，在潛意識（unconscious）領域，修辭也起着重要的作用，修辭學研究者早就認識到，修辭對讀者影響超出了理性的範圍。理由之一是，潛意識是以修辭的方式處理其材料的。當弗洛伊德試圖解釋夢的意義是如何被僞裝或轉換時，他描述了兩種功能——「認同」（identification）與「移置」（displacement）——很像隱喻（metaphor）和轉喻（metonymy）。由於我們不能直接面對潛意識的材料，夢必

觀念與另一觀念以相同的意義結構聯繫在一起（正如在隱喻中一樣）；而在「移置」中，意義通過二者之間的聯繫由一個觀念或物體轉向另一觀念或物體（正如在轉喻中那樣）。如果我們在夢中試圖接受親人的死亡，我們可能會夢見迷路或老被孤零零地隔離於人羣之外。這是對痛苦的隱喻式轉換（metaphorical transformation），因爲死亡是迷失或隔離的極端形式。它們具有相同的意義結構。另一方面，我們也許會夢見身處教堂或黑色汽車裏或者是穿着黑色衣服，會夢見與葬禮和死亡儀式相聯繫的所有細節。連這種情況下，我們創造了一個轉喻，夢裏的那些細節代表着我們無法直接面對的死亡恐懼。以上這些過程表明，修辭活動深深紮根於我們的思維活動之中，詩的辭格使我們與强大的心理力量建立起聯繫。

如果思維的所有層次都是修辭性的話，感知與理解活動中的權力（power）似乎存在於語言之中。我們一直在發展着的意象似乎描繪出一個被動的世界，人類通過語言給予這個世界以形式。但語言並不是一個獨立的，具有一切權力的實體。它是社會和政治生活之大結構的一個組成部分。它決定着我們的感知，但它同樣又爲社會語境（social context）所決定。也就是說，由於語言在感知中只起策略性的作用（strategic role），它必須受到制約，以服務於起支配作用的羣體（dominant groups）的需要。回到前面的例子，女性＝小狗＝小雞＝小貓＝狐狸，這樣的修辭體系並非描述女性的唯一可能的方式；但是長期以來建立的慣性聯繫，把它强加在我們身上，因爲它服務於一種强大的需要，想支配女性的男性的需要。這種修辭體系不僅具有修辭的力量，而且具有政治的力量。

早在古希臘的修辭學研究者就已經認識到修辭格中蘊含着力（force）。修辭格是口才的主要特徵，口才（論辯述）就是

力（force）。修辭格是口才的主要特徵，口才（論辯述）就是使聽衆相信一個論點真實性的能力。然而，修辭並不是通過嚴密的邏輯證明使人信服，而是求助於人腦中非理性的成份，因其多義性以及強烈的撫慰功能而大放異彩。修辭格強化了我們對主導思想體系的信念，因爲它們依賴於已廣爲接受的範疇和類比。在這種意義上，修辭格投合了我們想占有不證自明的真理的慾望。我們想認爲，我們的思維方式是唯一合理的方式；修辭格則力圖把體系視爲理所當然以使我們得到安慰，就像一個運動場，它允許在其界限之內的「費厄潑賴」（fair play）。

論辯述在我們文化中最強有力的例子是廣告，廣告非常廣泛地運用修辭的思維方式。在電視廣告中，修辭通常以視覺形式而不是語言形式表達出來，但起作用的思維過程則是相同的。屬於相同範疇的兩個形象相互聯接在一起，於是一個形象所引起的情感特徵會轉移到另一個上面去。例如：新麥當勞漢堡包的商品系列就依賴於非常強大的隱喻性聯繫。這種新麵包以一種新的形式包裝：熱肉與脆萬苣，西紅柿與奶油分開。包裝設計上的這個小小改進，其修辭的密集程度是令人難以置信的。這個新設計所帶來的問題（以及有必要進行這種修辭努力的理由）是，食者如何把所有這些東西弄到一塊而不致於弄得一團糟。因此廣告所要做的是如何用視覺可感的方式把這些「零零碎碎」的東西湊到一塊兒——一個小孩和一隻狗，兩個蹣蹣跚跚的滑冰者，甚至是羅密歐與朱麗葉（Romeo and Juliet）。這樣，人在相互接觸時表現出來的溫情與幽默就轉移到了組合三明治的行爲之中。如果對於一個新包裝設計來說，似乎有感情轟炸之嫌的話，廣告出現的密集程度卻暗示這個問題的重要性。觀衆會大叫：「讓我們休息會兒吧，這只不過一個新盒子而已」，然而這種卻已成爲視覺現實，一個我們自己幫助其出

現的修辭格。修辭手段的使用使我們成爲視覺聯繫所產生的意義的積極參與者。因此這個廣告在迎合我們的情感上顯得更爲有效。我們必須對畫面上的各種形象進行比較，找到它們（在組合體中）所屬的範疇，找出使隱喻成爲可能的類比。當然，這一點我們輕而易舉就能做到。那些範疇就在你的身邊，它們在建構一個合理隱喻的過程中非常可靠。因此這種商品在兩個層面上取得了成功，它完成了它努力尋求的那種情感聯繫，使我們毫不猶豫地感覺到這種商品的存在，更深刻的是，它進一步加强了我們對我們文化强大的思維與感覺系統的信賴。它使我們去啟用這些系統，對於我們的理解力而言，言些系統非常平穩地起着作用。

這些日子，公開帶有政治色彩的廣告俯拾皆是。許多商人把其廣品與自由女神像或國旗聯繫在一起，給人的印象是，他們的商品能傳達出與這些政治符號聯繫在一起的那種自由觀念。然而，即使是顯然非政治性的例子，如上述麥當勞的廣告，也服務於政治性的需要，因爲它以肯定而非批評的態度强化了既定的意義系統。因此，修辭被那些可以接近强大的話語形式的人們所控制。

但是，如果修辭方法依賴於一個既定的思維體系，那麼它們也向挑剔的讀者揭示，體系就是體系，它不是對現實的簡單反映。有些修辭格，特別是在詩歌中，使人們的注意力集中到它們自己身上，要求我們仔細考慮其意義是怎樣產生的。說回聲是山谷對羔羊叫聲「歡樂」的反應弄得不好便毫無意義，除非讀者進入一個創造性的情境之中，認爲「回聲」可以是「歡樂的」，如因大自然具有歡樂的靈魂，具有人的品質的話；而這正是說話者想信以爲真，想和讀者交流的。這裏我們依賴的是一種神話範疇（mythic category），常識會告訴我們這種範疇毫無意

義——無論如何，回聲無法感受歡樂。因此，這樣一種辭格使我們注意到，使它成爲可能的那個體系本身就是人思維的產物。修辭方法，特別是那些顯而易見的方法，是此體系中潛在的薄弱環節，是那些我們能清楚地看到其運轉過程的地方，那些告訴我們真理並非不證自明的地方。顯而易見的修辭格能使我們與作用於語言與文化之中幾乎隱匿不見的辭格，並因而與語言支配感覺的權力，協調起來。

但是，意識到這一點後又該怎麼辦呢？如果我們的思維總是在某個體系中進行，我們會因不斷重複這個體系所强加於我們身上的東西而受到譴責嗎？當然，修辭手段並不是對思維體系進行質疑的唯一途徑。政治權力、經濟權力或者性別權力的受害者經常因其殘酷的經歷而獲得我人爲贊賞的那種懷疑精神。但以這種批評的方式集中關注修辭的好處在於，它把語言置於我們關注的中心，因爲語言在各種權力形成的實施中起着核心的作用。語言和文化爲我們提供對我們自身及其經驗進行思考的方式。任何政治或社會規劃要想深深地影響我們的生活，都必須與語言的權力（the power of language）達成一致。

然而，修辭及其所隱含的體系不應被指責爲那些擁有權力的人控制我們的思想和感覺的洗腦工具。修辭及其體系在語言的所有用法中都是不可避免的，並不是那些擁有權力的人的私人財富。實際上，我們的文化並不是由一個大體系構成的，而是由許多相互對抗的思想體系組合而成，每一體系都有自己的一套修辭方法。麥當勞把設計新漢堡包與人類相聚的快樂聯繫在一起；你完全可以創造一個相反的隱喻（counter metaphor），讓機器人消費集成電路三明治。修辭語言是一套開放的體系。其組合的可能性並不局限於我們所熟悉的那些，它們所隱含的價值體系也不必是那些目前佔統治地位的價值

體系。

讓我們回到詩歌中的修辭方法這個問題，爲本文作結，我把它們稱作是「顯而易見的」（spectacular），用這個詞以暗示其與普通語言有別並非因爲它們是修辭性的，而是因爲其顯然如此。詩歌的兩大優點是，對豐富的富於挑戰性的稱格進行思考的快樂以及這些稱格對語言目的權力所具有的洞察力。當然，辭格的使用可能會誤導或者强化某些值得懷疑的價值觀；但是另一方面，我們也可以——實際上我們每天如此——用它們對那些價值觀進行質疑，用一些新的思想體系和價值體系去與之進行對抗。如果我們從修辭中學到了甚麼的話，那就是：意義是權力的產物，世界可以被塑造爲各種各樣的形或，語言是價值體系進行決鬥的戰場。修辭所提出的挑戰是，我們一方面意識到了它們在話語中的存在以及它們對於我們思想的影響，而另一方面我們自己又在不斷地製造修辭，爲我們自己的價值體系服務。

王宇根譯

參考書目

Beardsley, Monroe. 1958. *Aesthetics : Problems in the Philosophy of Criticism.*

Derrida, Jacques.1982. "White Mythology," in *Margins of Philosophy.*

Jakobson, Roman. 1971. "The Metaphoric and Metonymic-Poles." In *Critical Theory Since Plato,* edited by Hazard Adams.

Lakoff, George, and Mark Johnson. 1980. *Metaphors We Live By.*

Sacks, Sheldon, ed., 1979. On *Metaphor.*

7 表演 PERFORMANCE

賽耶（Henry Sayre）

　　一般而言，表演（performance）指的是發生在某一特定場合、特定地點的特定的行爲或行爲組合，如戲劇、音樂、體育等等。藝術表演則與諸如運動員和學生在比賽或考試時的表演不同，它更多地是由表演作爲對事先存在的、可重複的文本或樂譜的一次實現這一狀況所決定的。因而，有《哈姆雷特》，有許多場《哈姆雷特》的演出；有戲劇本身，也有對於戲劇的各種解釋。這種對於表演的「常識性」解釋包含了一個至關重要的假設，即作品本身不僅截然不同於其實際的或可能的實現形式，而且實際上超越了這些具體實現形式。那就是説它預設了甚至是證明了對上文的許多演出實現的可能性，並且可能包含着多種變異形式。

　　那麼，在傳統上藝術作品本身就比其具體顯現形式具有更優越的地位，表演只是一種次等行爲。可以説，在實際演出中，觀衆期待着經歷一系列不完美、誤讀甚至是完全錯誤的東西，而在假定的「完美」表演中這些是永遠不會發生的。換言之，每位觀衆都有一套關於「偉大」作品看起來或聽起來應該是什麼樣子的標準，並根據這種理論標準來判斷每一場演出。在這一點上與體育表演有相似之處。每位觀衆都以他或她所認爲的「偉大」作品應該如何表演的理想模式作爲參照來評判一個具體演出，這就像一位體育裁判裁判一項具體的運動項目（如體操、滑雪、滑水），他是以十分作爲十全十美的標準的。

　　當然，前提是假定觀衆處於這樣一種可以裁判的位置，能夠知道或理解與具體的表演相比，「偉大」作品的理想實現形式應該是甚麼樣的。對於一場具體演出，觀衆可能有兩種截然不同的方式來判斷他的期待。其中，主觀的方式實際上是一個著名説法的翻版：「我對藝術所知不多，但我知道我喜歡甚麼。」這種模式可能導致相當大的誤解，比如瓦格納（Richard Wagner）對貝多芬（Beethoven）的第五交響樂序曲的解釋，就其本身而言，這解釋極富詩意，但卻與閱讀貝多芬樂譜所預期的效果大相逕庭甚至毫無關係。作爲指揮家，瓦格納將自己不羈的浪漫感受融入了貝多芬的交響樂之中。另一方面，客觀的方式則可能希望確定貝多分的創作意圖。可能排斥瓦格納的解釋，因爲，別的不説，他甚至完全漠視樂譜的節拍規定。貝多芬交響樂另外一個更客觀的解釋者，比如托斯克尼尼（Toscanini），則會比瓦格納保持更連貫的節拍速度、更平穩的音域變化，他希望他的理解能與貝多芬自己的理解非常接近。

　　至少就貝多芬而言，客觀的視點似乎更有道理。一八一六年，卡爾·切尼（Karl Czerny）在演奏貝多芬的室內樂時不加選擇地使用踏腳，把在中央Ｃ之上的第一、第二音階移到第三、第四的位置，並作了其他一些補充和修正，當時在演奏現場的貝多芬勃然大怒。很快他又寫信給切尼道歉：「我昨天在火氣頭上説了那些話，事後感到非常不安。但你得原諒一個作曲家，他更願意聽到你完全按照作品演奏，不管就其他方面而言你演奏得多麼漂亮。」作品創作者的意圖與表演者提供的解釋之間的辨證關係，從來都是文學、音樂、歷史研究中的表演觀念的核心。值得注意的是，貝多芬自己並不指明他的意圖，相反，他堅持認爲創作意圖明顯地體現在樂譜之中——因此他才會要求切尼按照作品所寫的那樣來演奏。

　　這樣根據這種模式，好的表演將源於對樂譜或文本的認真鑽研與一絲不苟的忠實，它假定藝術家的用意體現於作品本身。實際上，傳統的文學史與文學批評研究很大程度上是爲了確定作品的本意。比如，多蘭（Madeleine Doran）對於伊莉莎白一世時期戲劇的經典性研究論著《藝術的嘗試》（*Endeavor of Art*），目的即是「對莎士比亞及其同時代劇作家所面臨並試圖解決的形式問題加以解釋和考察」。多蘭自己說得更明確，她的書旨在「想像性地重構他們藉以創作的藝術觀念、態度、品味、興趣的部分語境，並以此去解釋他們的問題。（Doran, 1963, 23）換句話說，文學史自然地傾向於對作品進行客觀解釋，它試圖理解作品的本意，以此爲表演提供依據。

　　在先鋒派藝術運動的現代作品中，尤其是在二十世紀一十年代未來主義的公開「宣言」和二十世紀二十年代達達主義的卡巴萊（Cabaret）中，表演觀念開始有了不同的涵義，六十年代中期以來漸呈上升趨勢，其發展頂峯是最終被稱爲「表演藝術」（performance art）的那種跨學科、多媒體的創作的出現。新型表演與傳統表演方式存在着某些區別，阿康西（Vito Acconci）七十年代早期在其表演藝術著作《習作》（*Learning Piece*）中直接表述了這些區別：

> 把一首歌〔李德拜蕾（Leadbelly）的《黑貝蒂》（*Black Betty*）〕的前兩段用磁帶放，重複地放並跟着唱，直到我學會了並產生了這首歌第一次表演時的那種感覺。
> 放下面的兩段；重複地放這四段直至學會。繼續放，每次加兩段，直到學會全歌。（Meyer 1972, 6）

　　初看起來，《習作》好像是由極乏天才的業餘模仿者對精采原作極其笨拙的模仿，極其沉悶的排練。但緊接着產生一個問

題，「真正的」藝術作品究竟是李德拜蕾的《黑貝蒂》還是阿康西的《習作》；其實，作品應由二者之間的有機關係來確定，因為我們的注意力分散於作為藝術主體的歌曲本身以及阿康西對它的闡釋二者之間。在阿康西顯然是外行的做法中，作品作為一個產品，作為一個「完成的」整體的興趣大打折扣了。我們不得不注意的是學習的過程。《習作》這一新作，是阿康西對事先存在的李德拜蕾的歌曲參與的直接產物。但阿康西的表演決不僅僅是對已有作品的傳統的表演、再現或闡釋：原作已被改變。對作品的個人性的不斷重複操練已成為作品本身。

「我做的」，阿康西一九七九年告訴來訪者，「是使任何藝術作品都做的事變得顯而易見——將個人創作作品置於公眾場合。」（White 1979, 20）此外，他還說這種行為「不是一種個人活動」，而是為觀眾的潛在活動「作出示範、樣板」。（Kirshner, 1980, 10）更恰當地說，《習作》是我們與所有藝術的關係的範本。它與傳統表演的不同，就正如巴爾特（Roland Barthes）在評論巴爾扎克的小說《薩拉辛》（*Sarrasine*）的論文《S/Z》中「可讀」文本與「可寫」文本的不同。對巴爾特而言，可讀的文本「是產品（products），而非生產（productions）」（Barthes, 1974, 5）其間存在着「一種惰性」，讀者變成「不及物」的、被動的接受者。而可寫的文本則旨在「使讀者不再是消費者，而是文本的生產者」。（Barthes 1974, 4）

於是，表演就開始指削弱文本權威性的那種作品。「原作」的概念——自足的，超越的傑作，具有某種可指認的意圖——被削弱了，而代之以多元的表演可能性。結果，表演藝術的實質常常顯得超出文學之外甚至是反文學的。也就是說，它似乎存在於非文本領域中，或者至多它所產生的文本只不過是某個更大的、更具跨學科性的文本的偶然產物而已。比如，阿康西

六十年代初開始作爲詩人進行創作，他借用詩人威廉姆斯（William Carlos Williams）的説法，把稿紙稱爲「運動場」。不過他很快意識到，「如果我把稿紙當作運動場，就沒有理由對運動加以限制，也沒有理由不去使用更開闊的場地（我最好走出去運動身體，不只是在紙上動手）。」（Kirshner, 1980, 6）墻壁、畫廊和公共空間很快起到「寫作」中稿紙所起的作用，不僅包括語言的書寫而且包括聲音和身體在空間中的物理運動。

思考表演一個更有效的方法是認識到，在其中，來自「外部」（文本的「外部」——產生作品的物理空間，它可能置身的其它媒介，觀衆不同組成成分所可能具有的不同的思維框架，以及歷史自身變化的力量）的潛在破壞力有了表現自身的機會。這一點不同於傳統表演，在傳統表演中，一個粗野的聽衆可能完全破壞人們對交響樂的欣賞，糟糕的演出可能更嚴重地損害《哈姆雷特》。相反，現代表演正關注於這種外部因素侵入時所帶來的衝擊力。

注重藝術「外部」甚於其内部自身的藝術趣味溯源於達達主義，尤其是在杜香（Marcel Duchamp）一九一七年所作的題爲「泉」的著名「雕塑」。杜香有一天沿街散步途中注意到在一家管道設備商店櫥窗中陳列的搪瓷便器，他把它買下來，標上「作者 R. Mutt,1917」，然後把它交給了「獨立者展廳」（Independents Exhibition）。儘管那裏的展覽原則上是「開放的」，説起來允許任何人提交任何他們喜歡的東西，然而杜香的這一作品卻被立刻拒絕了。後來開始謠傳「作者 R. Mutt,1917」實際上就是馬歇爾·杜香，作品才被展廳慎重地接受了。杜香的觀點是簡單的，也是破壞性的：許多因素決定了《泉》的相對藝術（或非藝術性），但這些因素卻幾乎與搪瓷便器自身形式特徵所固有的價值無關。甚麼使它成爲一件藝術品而不是

一個搪瓷便器？如果它是R.Mutt的作品它就只是一個搪瓷便器，而如果將其與杜香的名字連在一起就不一樣了嗎？抑或在展覽的博物館環境中，它才突然具備了藝術色彩，要求我們以不同的目光來審視它？對作品的判斷不應脚離語境，而應依據其「外部」條件。

就像杜香的便器衝擊傳統雕塑概念一樣，達達派詩歌，施威特（Kurt Schwitter）的《原始奏鳴曲》同樣也衝擊着自然語言：

Fümms bö wö tää Zää Uu,

               pögiff,

                        Kwii Ee.

Ooooooooooooooooooooooooooooooooo,

    dll rrrrr beeeee bö,

    dll rrrrr beeeee bö fümms bö,

      rrrrr beeeee bö fümms bö wö,

        beeeee bö fümms bö wö tää

                            (Motherwell 1951, 371)

諸如此類。這首詩之所以有影響不僅因其是一首公開的「噪音詩」（noise poetry, or bruitism），而且我們馬上感到僅僅將它作爲一個文字文本是不夠的，我們立即感到有朗讀它的絕對需要。藝術家莫霍利·納吉（Moholy-Nagy）曾回憶過施威特的表演，其中包括《俄桑那特》（Ursonate）：

在一次表演中，他向觀衆展示了寫
在一張紙上的僅包含一個字母的詩：

然後，他們漸漸增大的聲音「朗誦」它，從哨音發展成報警器般的尖叫，直到最後變成震耳欲聾的嚎叫。這不僅是他對社會狀況，而且也是對諸如「櫻唇」，「烏髮」，「潺潺小溪」之類墮落的詩歌的答覆。

唯一可能的解決辦法是回復詩的元素，回復到噪音，響亮的音節，這是所有語言的基礎。……他的Ursonate一詩持續三十五分鐘，包括四個樂章、一個序曲及第四樂章中的一個裝飾樂段。使用的詞滙是不存在的，然而也可以說是存在於一切語言當中；它們不合邏輯，只是一些情緒；它們以音樂式的語言震動刺激我們的聽覺。驚奇與喜悅來源於其結構及段落各個部分創造性的組合。（Motherwell, 1951, xxii）

這樣，詩歌就遠離了它的「樂譜」，其效果依賴於實際表演——這種效果在閱讀音樂樂譜時是無法得到的——存在於文學自身之「外」。雖然有人根據其結構術語的提示而傾向於稱之為音樂，但是它同樣也存在於傳統音樂的框架之外。它正是——並且一直都是——噪音，正如杜香的《泉》仍是一個便器一樣；但是在表演中，卻轉化為詩歌。

表演的這種轉化潛力是其主要特徵之一，也是表演本身的活力引起這麼多當代藝術家、作家興趣的主要原因。這種潛力最有趣的範例是由凱奇（John Cage）作曲，他的同伴、鋼琴家圖德（David Tudor）一九五一年在紐約的伍德斯多克（Woodstock）首次演奏的「音樂」短章。這個題為《四分三十三秒》（4'33"）的作品要求圖德坐在一架放在觀眾面前的鋼琴前，在四分三十三秒之內，打開、放下鍵盤蓋三次，象徵作品

的三個「樂章」。除此而外，他自始至終一動不動，實際上一個音符也沒有彈。其結果是，作品完全由它的「外部」構成——在伍德斯多克，樹叢間的風聲，屋頂上的雨滴，以及觀眾本身憤怒的、迷惑不解的沉思冥想。我們的注意力被引至作爲音樂的這些「噪音」，不是因爲這「噪音」固有的音樂性，而是因爲表演環境轉移了我們的注意，要求我們把它當作音樂。

　　這種外部因素對作品的侵入以及這種侵入所具有的轉換潛力，以表演藝術的戲劇性角度看來，顯得特別有趣。表演藝術家把自己區別於演員，因爲後者「假裝」自己是在與事件發生的真實時間不同的時間裏的另外某個人。比如，奧立佛（Laurence Oliver）爵士「變成」了哈姆雷特。但在不同於《哈姆雷特》的製作的表演中，表演者可以保持他自己的身份。貝克（Julian Beck）在談及《現世樂園》（Paradise Now）這一六十年代晚期由生活劇院（the Living Theater）實驗劇團演出的戲劇時説，他們意欲「使劇作不再是某種演出行爲實現的結果而是演出行爲本身 [,] ……每次表演我們（演員）經常經歷的並不全都是新的東西，而只是其中的某些部分是新東西。」另一個實驗劇團Mabou Minies的馬勒澤奇（Ruth Maleczech）則這麼説：

　　　　在別人的戲劇中扮演角色不再是有意思的了。同樣，對導演而言，對常常上演的戲劇作新的闡釋也是沒有意思的。有時得發生點別的事情——這不僅僅是因爲表演藝術，也是由於[作家／導演] 戈羅托斯基（Grotoski）的這個觀念：演員再也不必去理解作者創作時的意圖。一旦清楚了這一點，作品就成爲表演者自己的生活故事。這樣，語境就改變了，在這種變化了的語境中，你可以看到表演者的生活。除了我們自己，我們不用任何其他材料。（Howell, 1976, 11）

在這個意義上，如果一個劇團準備上演《哈姆雷特》，那就像有了一個去進行自我發現的場所。實際上，有幾個處於地地道道的騙子與表演藝術之間的劇團就是這麼幹的。尤其值得注意的是路德藍（Charles Ludlum）的荒誕劇《喋血舞台》（*Stage Blood*,1974），講的是一個演員家庭在一個小鎮上上演《哈姆雷特》的故事。

路德藍在這齣荒誕劇裏扮演演哈姆雷特的那個演員，他這樣解釋他的劇作：「我劇中的父親最近去世了，扮演喬特魯德（Gertrude）的我母親要和扮演克勞狄斯（Claudius）的那傢伙結婚，諸如此類。很難區分哪些情節是《哈姆雷特》的，哪些情節不是。演員不停地引用《哈姆雷特》的台詞，因此劇本是開放性的。」（Tomkins, 1976, 92）到了著名的「戲中戲」那一場，戲劇與現實的區別——這在《哈姆雷特》劇本本身就爭執不下——是如此混淆不清，以至於很難說清哪些情節來自於《喋血舞台》——且不說《哈姆雷特》——哪些情節來自於演這個荒誕劇的演員們的實際生活。如此建構起來的演出使得羅德藍對所建構的框架的「外部」世界進行發問，至少是象徵性地把外部世界引入了舞台世界——也就是說他們承認這種可能性。《哈姆雷特》不再是神聖不可侵犯的傑作，而是考察其表演者生活的工具。

六十年代末七十年代初，這種新的表演概念，這種把作品向其外部力量敞開的觀念，發生於將整個藝術政治化這個更大的背景之中，比如將其與諸如越南戰爭、水門事件、風起雲湧的女性主義運動緊密相連。理解這一點很重要。這種政治化傾向與當時佔據評論界主導地位的形式主義立場背道而馳，比如格林柏格（Clement Greenberg）堅持認為，每一種藝術形式

必須發現自己所獨有的特徵並發展這些特徵，將任何可能與其它藝術形式共有的特徵排斥出去。這導致一種沒有任何指涉性（referentiality）的繪畫——即一種故意避開「文字」成份的繪畫——而提供一種純形式的、或非主觀的藝術種類。波瓦利耶（Richard Poirier）在《表現的自我》（*The Performing Self*）一書中發現博爾赫斯（Jorge Luis Borges）、巴思（John Barth）和墨多奇（Zris Murdoch）等作家的小説有一種共同的傾向，他感到所有這些作家的小説中都存在某種「令人不愉快的假設」，認爲使小説（或詩歌）的形式特徵成爲小説（或詩歌）的題材這個問題本身是非常有趣的。對他們來說，文學「產生了自身的藝術世界」，必須極力避免「領域的混淆」——即：絕對不能把自己的作品與「生活、現實，和歷史」相混淆（Poirier, 1971, 31, 28, 29）。但是波瓦利耶認爲——在一九七一年所寫的那本書中——確實存在着一種明顯的領域混淆：

> 尼克松（Nixon）虛構的自我創造止於何處？作爲歷史上真實人物他又始於何處？尼克松曾三番五次地看電影《巴頓將軍》（*Patton*）而後命令出兵柬埔寨，旨在消滅那裏的越共國防總部——他告訴我們它在那裏，但卻從沒找到。在尼克松身上存在着上述區分嗎？
> 難怪任何關心政治的人現在都發現大部分文學批評的説法是極其荒謬和輕率的。爲甚麼要把小説家和戲劇家稱爲具有「創造性」的人，而實際上我們擁有魯斯科（Rusk）、麥克那瑪拉（Mcnamara）、基辛格（Kissinger）這些「創造之母」，在不斷向我們製造着越南戰爭的神話？（Poirier, 1971, 30）

對波瓦利耶而言，表演總是超越於批評理論對形式與結構的重視。因爲表演首先是歷史的——即不可避免地捲入當時的社會、政治事件之中——藝術家所使用的特殊媒介所具有的

形式特徵甚至可以説是表演行爲的障礙。波瓦利耶認爲，福克納（Faulkner）「就像孩子需要體育鍛煉一樣需要他的結構：在此基礎之上，他的作品才能美麗、蓬勃、迷人地自由翱翔。……結構甚至會成爲藉此進行寫作活動的必要條件」（Poirier 1971, XV）。

　　在女性主義運動中，表演爲其實踐者表達婦女在社會中的位置的極端個人化的甚至是甚爲激進的感覺提供了一種方式。也就是説，它是一種手段，允許婦女反抗爲其規定角色模式的社會結構。最早的一些女性主義表演發生在洛杉磯的婦女之家（Woman House）它是加里福尼亞藝術研究院（California Institute of the Arts）女權藝術計劃的產物，此計劃始於一九七一年，其發起者是夏皮洛（Miriam Shapiro）和芝嘉哥（Judy Chicago）。芝嘉哥在她的自傳：《穿越花叢：一個女性藝術家的奮鬥》（*Through the Flower*: *My Struggle as a Woman Artist*）中認爲，表演「似乎爲表達憤懣提供了最直接的方式。……表演在此計劃中是如此重要，因爲它爲折磨人的、未表達出來的憤懣提供了宣泄的途徑，從而開放了創作工作的全部激情。」（Chicago, 1977, 125－26）再則，由於七十年代早期表演相對而言還是一種「新」形式，幾乎融滙了它希望融滙的任何具有「挑戰性」的媒介形式，因而表演似乎沒有被更爲傳統的男性中心的藝術形態在形式方面的期待所污染。它爲藝術探索提供新的領域、幫助，不管是藝術家還是其他女性，建立和確定自己的身份。芝嘉哥解釋説：「總是男人體現了人類的狀況。從《哈姆雷特》到《等待戈多》（*Waiting for Godot*），人性的鬥爭體現於男性人物形象之中，由男性創造，反映他們自身以及別人的情況……我們道出了我們作爲女性的真實感受。」（Chicago, 1977, 128）

　　雖然就此而言，像安德森（Laurie Anderson）這樣的表演藝術家的作品並沒有立刻被指認爲「女性主義」，然而正是爲了避免成爲任何單個媒介形式要求的犧牲，她選擇了以多種媒介形式進行創作。她的作品被描述成「一個高度淡化的藝術搖滾音樂會」與「包含爲視覺與聽覺意象所強化和抵消的詩的概念的每個層面的、博大非凡的詩化讀物」的結合體，實際上她在著作中使每一種媒介形式互相碰撞、互相詆毀，甚至是互相扭曲。她的主要作品《美國，1－4樂章》（ *The United State, Parts 1-4* ）是由器樂曲、歌曲——既有全音階作品也有簡單的小調——叙述性獨白、詩歌、滑稽短劇、舞蹈、精心安排的視覺效果、電影以及多屏幕幻燈組成的一個大雜燴。她用了兩個晚上、七個多小時來演奏這個作品，不僅媒介方式互相衝突，作品的含義亦如此。「在我所有的作品中，」安德森解釋説，「我的全部意圖不是表現意義，而是製造一種現場情境。事實上我感興趣的是事實、意象以及互相衝突的理論，而不是提供答案。」（Howell, 1981, 6）這種作爲「現場情境」（field situation）的表演觀念把觀衆突出地推入到事件本身的中心，將其置於她所設置的兩難困境中。安德森不斷地製造令我們迷惑的作品情節，或向我們展示，我們的日常生活圖景——如此平庸，我們早已視之爲當然——是怎樣突然將自身轉變成令人困惑的神秘境地的。

　　例如，《美國》主要由一位晚上下班迷路的駕駛員以及她面對擋風玻璃上的刮水器來回運動的意象所構成。她戴着的護目鏡彷彿車的前燈，安德森説：「我在我的身體之中，尤如人們駕駛在他們的車中。」（Anderson, 1984, 未編碼）也就是説，身體簡直成爲不安份的思想的機械載體——然而大部分人開車時頭腦中都是一片空白，至少也是無所用心。我們從稱爲《問聲好》（ *Say Hello* ）的一章開始進入《美國》伴之以一幅裸體男女的繪

畫，男人的手高舉着作出問候的姿勢，這個姿勢與繪在探險者宇宙飛船（the pioneer spaceship）上的一模一樣：

喂！對不起，你能告訴我我身在何處嗎？
在我們國家，我們把表達着我們符號語言的人的圖片發送到外層空間。在這些圖片中，我們表達着我們的符號語言。
你覺得他們會認爲他的手會永遠停在那位置上嗎？
或者，你以爲他們會讀懂我們的符號語言嗎？在我們國家，説「再見」看起來就像説「你好」。
《問聲好》（Anderson, 1984, 未編碼）

安德森像擋風玻璃上的刮水器一樣揮動着她的琴弦，並且導演了這場與自己的對話，但當她唸加着重號的那段台詞時，她用電聲處理自己的聲音，使之聽來明顯男性化了，在許多人聽來就像是尼克松的聲音。儘管安德森只這樣説：「這是權威之聲，是一次製造共同聲音，製造一種《新聞周刊》式聲音的努力。」（Howell 1981, 8）這種男性化的權威之聲，可以幫助我們理解其後發射的阿波羅10號宇宙飛船上的圖像的全部意義。我們不僅面臨着一種可以從幾種相互矛盾的方式進行解讀的意象——「在我們國家，説再見看起來像是在説你好。」——而且這些矛盾信息是男性的。女性是被動的（迷失方向），而男性擔當主動的、用手勢示意的角色。他是符號的製造者，他是藝術家。作爲一個表演者，安德森的策略是揭示存在於所有表述方式——視覺的、語言的、姿態的、音樂的和技術的——中的權威與權力機制。如果，像一位評論家在分析《美國》的片段《問聲好》時所説的：「女性是被表述的；人們已經（並永遠）替她發言了」（Owens 1983, 61），那麼安德森的話語顛倒了這種情形。她只爲自己發言。

安德森的「明星」地位——她是華納兄弟公司的錄音藝術

家，並且最近成爲一名電影製片人——自然引起人們對她與她
試圖顛覆的權力機制的共謀關係提出嚴重質疑。然而這些疑問
是她試圖探索的領域的一部分，也是她提供給觀衆的「現場情
境」的一部分。實際上可以說，通過確定作品的相對價值，她
是在探索美國藝術的成敗問題，探求作品所示向的羣體——觀
衆——的作用問題。比如，安德森的表演是以廣爲接受的搖滾
音樂會的形式出現的，旨在利用與那種形式相適應的羣體感，
這種羣體感至少在伍德斯多克以及與越戰和平運動相聯繫的音
樂會時期即已出現，它是對如此徹底地決定着「明星」機制的個
性崇拜——偶像崇拜——的一種反動。安德森在努力重建這一
種感覺：作爲一名表演者，她不是爲我們説話而是與我們對話。

可能没有別的表演藝術家比安丁（David Antin）更專心
致力於重構這種對話精神了——即藝術家與觀衆之間的對話交
流。安丁自稱是「詩人」，但他的詩由即興創作的演講構成，一
般持續五十到六十分鐘，現場錄音，記錄時左右不留空白，不
用大寫字母和標點符號。他採用這種形式旨在盡可能地在白紙
上創造出「活」的聲音，其停頓、速度，以及演説的即興性本質
不僅旨在保證其生動性，而且旨在製造一種「身臨其境」的感覺。
對安丁而言，説話是社會賴以組成的一個基本的——如果不是
全部的話——概念或活動，並且，他與觀衆的關係也與安德森
不同。正如七十年代早期裏「女性之家」——這可以看作是正在
發展的女性主義團體的中心——的女性主義表演，安丁的説話
幫助我們確定我們自己及我們在社會中的角色。他的詩製造了
一種「現場情境」，從中我們可以認識到我們成爲羣體所面臨的
共同困境。此外，因爲這種表演是表演者與觀衆日常生活的一
部分而不是脱離於生活，因爲對他們而言，反起着一種催化與

轉化的作用（比如幫助他們確立新的角色和身份），因爲它有助於產生一種集體慶典或集體成就感，並有助於確立一個共同的任務或目標，所以，可以説，這種表演與儀式大致相當。

下文是安丁一九八四年所寫題爲「調諧」（Tuning）的談話錄中的一個片段，它與儀式表演直接相關。

當洛伊的女兒死後我們在音樂實驗中心舉行了一個紀念這個由詩人藝術家和音樂家進行表演和朗誦的紀念會。

試圖給尚處在可怕意外的震驚之中的洛伊和瑪麗友誼和安慰

紀念會在傍晚時舉行在一個曾經是海軍軍官保齡球室的陰暗憂鬱的小木屋中　此屋後來被重新裝飾有一黑色天花板紅色多紋地板用作一大學的藝術展廳在七十年代轉給了音樂系　　表演一個挨一個靜靜地進行没有長時間的停頓最後一個節目是波琳奧立佛洛斯表演的，其時波琳與由青年男女組成的一小伙人共同表演這些人散亂地分佈在房間裏　　波琳走到房間中心告訴我們怎樣表演這個節目　　我們都站起來與鄰居手拉手組成一個巨大的圓圈　　傾聽直到我們聽到一個能引起共鳴的曲子　　然後試着與此聲音相調諧當我們對調音滿意時就靜下來聽，選擇另外一個曲調試圖與之相諧

　　繼續這樣聽調諧安靜下來願意多久就多久　　直到我們感到放鬆　　我和一位衣着得體的青年歷史教授以及一位來自約拉一個旅行機構的迷人的黑髮姑娘手拉手　　我聽了一會兒可以分辨出從屋子裏不同地方傳來的嗡嗡聲　　我們可以聽到歷史教授清清嗓子開始哼出一個男中音的調子　　我想我可以在此加入進去　　我左邊的同伴開始哼出一段可愛的女中音　　房間周圍溫柔的聲浪此起彼伏另一些聲音或停滯於空氣中或漸漸寂滅然後又有另外一些第五和第八音程的聲音輕輕傳來打破了溢滿整個空間的合諧氣氛　　有一回一個清晰的女高音穿過房間飄蕩於空中　　我看見歷史教授哭了起來，我抓緊他的手試圖加入到幾乎超出我音域之外的一個高音中去　　歷史教授點點頭加入進來我左邊的黑髮鄰居在我頭頂上發出一陣笛子般的五度音　　房間四周人們哭着笑

着唱着溫柔的聲浪持續起伏如潮漲潮落如爬山漸行漸重至於
峯顛後漸歸於死寂死寂持續一段時間直到波琳感謝各位因爲
表演已經結束。（Antin 1984,1-2）

　　安丁在這裏描繪的——這是書的序論部分——是我們絕大
部分人都會感到難受的時刻，從面臨死亡的不適到不願公開表
演或導致我們的悲痛。然而表演藝術家、音樂家波琳・立佛洛
斯力圖做的是使觀衆克服這種不適。實際上她改變了參加紀念
會的人羣，使其與表演的關係不再是被動的而是主動的。他們
不再是觀衆而是一個共同表演的團體。

　　但這決不是這裏發生的唯一轉變。如果「調諧」成爲安丁爲
此藝術家與觀衆「走到一起」的表演活動所找到的隱喻，安丁的
文本自身也要求有某種「調諧」。看看安丁這個作品，没有人會
立刻感到輕鬆。隨着開始讀，難受的感覺加強了，因爲人們發
現自己在盼望着出現傳統書寫話語所具有的一些記錄——大
寫、逗號、句子、引號、等等。當然問題在於它並不是一個書
寫話語，而是別的甚麼東西。聲音的轉寫，這是正如安丁所説，
由「一個男人頭着地腳朝天發出來的聲音」。安丁超常規的語言
轉寫，特別是他左右不留空白，使之在長篇作品中非同尋常。
人們被它的作品搞得暈頭轉向（他一般的「長度」爲四十至五十
頁），根本無法停下來，因爲幾乎没有使眼睛放鬆一下的餘地。
閱讀他的作品的結果，特別是長時期的閱讀，是發現自己作爲
讀者經歷了與安丁在《調諧》序言中所描繪的那種轉變非常類似
的轉變：開始時極不適，甚至非常生疏，最後卻與文本——文
本所描述的事件——產生了比平常更深入、更富創造性的關係。
安丁的作品强迫觀衆參與其中，要求注意力高度集中——順便
説一下，這與作品通俗易懂的措辭是不相適應的。就好像爲了
讀懂安丁，你不得不將其轉化爲聲音，然而，你卻不能肯定你

正在説的到底是甚麼東西。另一方面，作品看起來也有點像詩，甚至有時念起來也很像詩：

> 　　　　　　　　　　　　　房間周
> 圍溫柔的聲浪此起彼伏另一些聲音或停滯於空氣中或漸漸寂
> 滅然後又有另外一些第五和第八音程的聲音輕輕傳來打破了
> 溢滿整個空間的合諧氣氛　　有一回一個清晰的女高音穿過
> 房間飄蕩於空中　　　我看見歷史教授哭了起來

　　我們可以發現詩的措詞（「溫柔的聲浪」），令人回憶起最優美的自由體詩，停頓（比如，在「氣氛」之後）蘊含着極為豐富的意義內容。但另一方面，它又像散文。不管它到底是甚麼，問題在於它無視一般的書寫符號。它是不那麼容易被概括的。

　　斯泰因（Gertrude Stein）有一次曾說，「一個長結構的句子應該把自己強加給你，使你自己知道你自己理解了它」（Stein, 1957, 221），實際上安丁文本的句子確實是夠長的。一個完整轉化系統在這裏誕生了：在奧立佛洛斯的表演中，安丁和其他被轉變了；安丁把最初的事件轉換成一個敘事；口頭的敘事又被轉換成文本；書的印刷的特性要求文本自身的轉變，需要不同於觀眾的另一種閱讀行為；閱讀本身又成為「傾聽」安丁的聲音，雖然他所談的「事件」已不再存在，安丁的聲音又轉變成我們自己的聲音。就此而言，表演最終可以被定義為一種產生轉化的活動，一種將藝術與其「外部」條件給合起來的活動，一種將其「領域」完全「開放」的活動。

杜玲玲譯

參考書目

Benamou, Michel, and Charles Caramello, eds. 1977. *Performance in Postmodern Culture.*

Goldberg, Roselee. 1979. *Performance : Live Art, 1909 to the Present.*

Loeffler, Carl E. 1980. *Performance Anthology : Source Book for a Decade of California Performance Art.*

Roth Moira. 1983. *The Amazing Decade : Women and Performance Art in America, 1970—1980.*

Schechner, Richard. 1977. *Essays on Performance Theory, 1970—1976.*

Vincent, Stephen and Ellen Zwcig. 1981. *The Poetry Reading : A Contemporary Compendium on Language and Performance.*

8 作者 AUTHOR

皮斯（Donald E. Pease）

　　在一般用法中，「作者」這一術語應用於許多活動領域。它可以指這樣一些人：興起一種游戲的、發明一種機器的、倡導政治自由的、思考某一公理的或寫一本書的。根據不同的場合和用途，該術語有始創、自主、發明、創造權威或原創等含義。一種將一個匿名者轉變爲個別主體的普通過程，將該術語與種種不同的活動聯繫起來。

　　在將普通的任何一個人轉變爲某一具體個體時，伴隨着它的一般用法，「作者」這一術語引起了一些曠日持久的爭論，即在這一轉變中。什麼是最關鍵的？這些爭論持續了若干世紀，在不同領域由於不同的關注而產生。但是，無論是政治家、經濟學家、神學家、哲學家或者藝術家提出這一問題，某些議題都是一樣的。個體是否部分或完全爲物質歷史環境所決定？人類自身是無窮盡的還是有限的？個體能將政治權威置於個人創造性之上嗎？人類自由的基礎是什麼？任何一個藝術家能聲稱其絕對的原創性嗎？

　　自「作者」的出現之日起，這些問題以及對它們的不同的文化反應就伴隨該術語而生。像其它有着不同用法的術語一樣，「作者」有時也允許根本矛盾的用法。在它剛出現的時候，「作者」（author）一詞與它的原先術語「作者」（auctor）交替使用。後者不像「作者」一詞含有文學創造的含義，而是恰恰相反，它與文化先祖的權威緊緊聯繫在一起。對該術語的種種不同的有

142

時甚至相衝突的含義進行整理的最好辦法是去參照歷史敍述。像大多數歷史敍述，這將跨越一片狹小空間內一段巨大的時間軌跡。結果是其歷史發展的寬闊輪廓變得愈加明顯。而下面將要闡述的只是形成該歷史發展的問題中的一部分。

另一個問題及當代圍繞它進行的爭論將爲這一簡短的敍述提供一個結論。「作者」死了嗎？這一問題是羅蘭·巴特（Roland Barthes）在《作者的死亡》一文中提出的，文章的標題已經預設了一個答案。但是福柯（Michel Foucault）不同意這一回答。並寫了《什麼是作者》一文。針對最近的歐洲大陸批評，他提出了一些問題，下面我們將涉及。因爲他們的爭論考察並推進了這些問題，關於該術語沿用過程中含義的討論將包括對這一段歷史的討論。

作者（authorship）這一觀念有一段很長的而且是衆說紛紜的系譜。從一開始，這一系譜就與個別「主體」的系譜聯繫在一起。不像其它工作意指一個作家的活動——如散文家，詩人或劇作家——「作者」這一術語提出了關於權威的問題，以及個體是否就是這一權威的源泉和產物。「作者」一詞源於中世紀術語 auctor，意指一個作家，他的話受到尊重和敬仰。從字源學上講，作者（auctor）一詞源自四個詞語：拉丁語中動詞agere，即「行動或呈現」；auieo，「捆紮」；augere，「生長」；以及希臘語中的名詞autentim，「權威」。在中世紀，三學科中每一個都有「作者」（修辭學有西塞羅Cicero，雄辯術有亞里士多德，語法有古代詩人）。四學科中也是這樣（天文學有普陀勒米 Ptolemy，醫學有康斯坦丁 Constantine，神學有《聖經》，算術有包伊夏斯Boethius）（見Minnis，1984，1—73）。作者（auctor）爲這些不同的學科建立了基本的原則和規範，並提出了更一般意義上中世紀文化的道德和政治

的權威。幾個世紀以來，通過以作者（auctor）確立的言辭來重新陳述這些問題，這些奠基者的權威得以持續，這要依靠中世紀文牘能夠闡明、解釋、大多數情況下則是解決歷史問題的能力。

這些重新陳述之所以享有權威，是因爲它們與衆不同地將偶然事件組織成一個確定的、能賦予它們意義的語境。這種以習俗或傳統的方式，賦予它們從意義的持續權威使得所有的材料都必須維持作者（auctor）的權力。在中世紀，這些權威著作和日常世界間的關係首先是寓言性的。世界上的事情以一本權威著作中所認可的方式發生，否則被認爲根本就不曾發生過。用寓言化的言辭來描述一件事，即是將個人生活領域中的事件移入實用權威的領域之中。隨着這一移置，事件成爲非人的——關於某人的精神探求而不是一個個體的個人傳記。這一個人移置的益處事實上是一種精神上的能力——能作爲一種神聖儀式的重演來體驗某人生活中的一件事。任何使這種移置能進入作者（auctores）領域的事件、事物、情感或思想，都延續着它們的文化權威。而中世紀文化中的個體只能以複述或改編古代作者（auctores）的言辭來詮釋他們的生活。只有君主，作爲神的代表，才能聲稱他的日常行動都是行使天職。通過將他的統治的上蒼意志聯繫於作者（auctor）特權，中世紀統治者認可作者（auctor）的文化權威。作爲源頭的是封臣和文化的權威書籍的作者，君主則是作者（auctor）的完美化了的文化形式。他的規範是他的經書，他的臣民被迫使他們的世界服從於那本書裏的經條。

作者的權力和君主的統治一直未受到質疑，一直到十五世紀末，人們發現了一個新世界，它的居民、語言、習俗和法令、地理、植物和動物的生活並不像作者（auctores）的書

中所描述的那樣。不像中世紀歐洲的人物和事件，新世界的居民和環境不能用習用的術語來解釋。探索者在作者的書中找不到他們在新世界中所發現的事物的先例。不再爲寓言式的構想而回到他們的古代文化著作，許多新世界的探索者創造他們自己的言辭（或借用本土的術語）來描述他們的發現。這一斷裂的結果之一是英語語彙的增加。如颱風、獨木舟、臭鼬等詞。另一個結果是作者（auctor）的文化權威的坍塌。一個相關的結果是現在的文藝復興史學家稱作的「新人」的出現，他們是指文藝復興文化中的一些個體，將來自新大陸發往家鄉的「新聞」轉變爲文化內人格化了的新代理人和全新政治行動的文化強權形式。這些新的文化代理人是「作者（authors）」即這樣一些作家。他們聲稱文化權威不依賴於堅持文化遺產而在於創造文學的能力。不像中世紀作者（auctor）基於天國的啟示構築其權威，一位作者（author）他自身能宣稱他的話語的權威性，並將個性建立於他編寫的故事之上。

更準確地說，作者利用了新世界事物和古代書本中的描述之間的不連續性來宣稱他們話語的前所未有的文化權力，以表現新的事物。作者與那些利用兩個世界間的這種斷裂的其它個體、探險家、商人、殖民者、貿易者、改革家和冒險家結成聯盟，佔據了文化主導地位。像所有這些其他的新人一樣，作者依靠在新大陸的發現來構築他們的文化權威。新大陸是新事物的源泉，而新事物促進了社會運動和文化變革。對新事物的認識依賴於一種對作爲文化知識源泉的寓言的不充足的供認。而中世紀寓言將一種文化中的人和他們的行動——不管如何不同和有條件的——都納入它的不變的類型學中。新的事物從這些文化類型學中而不是對應於它們來宣稱

自己的特殊性。通過發明新詞來描述新世界裏的事情，作者宣稱他們有權以他們自身的術語而不是以古代著述中的言辭來加以表述，他們的作品產生了這樣的讀者，他們懂得如何以他們自身的術語來界定自身。

自十五世紀到二十世紀的前五十年，「作者」一詞享有逐漸提高的社會地位。中世紀文化的封臣地位原先是授予給它們的作者（auctor）的，而作者（author）及其作品則意味着與封建君主強加的文化箝制的決裂。通過創造另一個世界（在那裏，作爲個別的人類主體能體會到在他們的文化世界中曾被否定的自主性），作者獲得了享有文化自由的權利。

作者的文化重要地位的上升是和作者（auctores）的地位的衰落聯繫在一起的。像任何自主的人類主體，作者是一個新生的政治文化概念，一開始就區別於作者（auctor）這個作爲半自律性範例的殘餘文化範疇。作者保證了個體決定他自己身份的能力。在一種他去革新而不再是繼承作者（auctor）的超驗文化目標的文化中，他能夠按照他自己的經驗行動。

如果説作者（auctor）基於天國的啟示來構築他的權威，那麼作者則通過發現新世界來獲得其權威，在那裏，本土環境與作者（auctor）的訓誡相衝突。作者（auctor）製造了一種文化。這種文化又重新製造了他們的教條。作者則首先從他們過去習慣於解釋（和想像地居住着的）其他土地的新世界圖景中製造了他們自己。

在歐洲封建制度潛在地進行着一場根本性的變革期間，作者的界定從未脫離過這一變革過程。一旦文化改造這一工作被認爲已經完成，那麼，作者的觀念也潛在進行着一場根本的變化。在對各種其它政治經濟的革新中，作者曾幫助影響過自一個封建的以農業爲主體的社會到一個民主的，以工業爲主體的

歐洲的這一歷史變化，但他卻不再是這一新出現的文化過程中的一部分了。隨着早期僅僅是被構想着的另一種文化的實現，作者的作品也潛在進行着一個相關的變化——從一種與其它文化活動的相互的日常聯繫變爲「天才」的領域，它完全超越了普通的文化工作。

像中世紀的作者（auctor）一樣。「天才」將他的工作的本質等同於上帝的法則。結果，天才的領域被界定爲完全自主的，不再受任何一種文化範疇的制約而是其創造性想像絕對自由的建構。天才粉碎了作者和文化的其它部分的相互聯繫。

可是當天才佔據了超驗文化這一領域時，他還是服務於一種文化功能。作爲能被一個文化居民取得的完美化的範例，天才在他出現於其中的文化裏行使着政治權威。但是，像中世紀的作者（auctor）一樣。他將這種權威界定爲超越整個文化環境的能力。

鑒於作者在他促動發展的文化中發展着，天才宣稱他區別於文化的其它部分。一旦被這樣加以界定，天才的作品爲一個工業文化中的其它形式的勞動提供了一個政治上極爲有用的對照。從他自己的想像物中生產出他自己的作品，天才視之爲「工業」勞動的對立物來進行「文化」運動。工業社會的工人不再管理他們勞動的方式和產品，而只是和資料打交道，爲別人生產商品。通過將非異化勞動與他的工作而不是普通勞動者的工作聯繫在一起。天才爲階級的劃分提供了一種强有力的辯護，即作爲個體，他們能擁有自己的勞動，而其他人則不能。如果說非異化勞動界定了天才的觀念，那麼它就成爲一種文化特權，一種產生自文化領域而不是普通日常世界的優勢。

創造其它的「原創」世界的天才與催生了另一種文化的作者

147

之間的差異至少強調了兩種相衝突的情緒。它們自一開始就爲作者和那種新出現的文化觀念「自主的主體」所共享。作者和個體都與社會生活中新出現的集體過程進行過合作。一旦這些集體社會過程被充分地物質化,作者和個體就表現出一種與社會越來越疏離的趨向。雖然與更廣泛的導致革命和內戰的社會運動相維繫,但作者創造性的工作已不能和這些社會運動的集體工作分開。只有一場社會解放運動成功地建立了一種有着自己法規的新的政府形式之後,一位作者的創造性勞動才可能作爲一種「天才」的工作從一種積極的社會生活中分離出來。作爲創造性生活的權威性源頭,天才標示着作者 auctor 在中世紀以後的文化世界的回歸。

要了解作者 auctor 是如何回歸的。我們必須回溯到一開始作者 auctor 是如何被推翻的。當歐洲人面對着被認爲與他們完全不同的這樣一些人、並認識到他們自己有成爲他者的能力時,他們開始懂得自己是屬於另一種自然的生物。原先的作者 auctor 也就被取消了。歐洲人自然觀成功轉變的基礎是新世界的發現,那裏的自然現象用作者 auctores 的術語根本無法解釋。這些嶄新的自然現象產生了「另一種自然」。在其中文藝復興時期的人們發現了他們自身。

最終這一「他者」內在的東西成爲了自主主體的基礎,但當它一露面,「另一自然」便被從事商業活動的新人們派上了用場。他們能用從新世界運來的食品、香料和貨物滿足它的胃口。另一自然中不能服務於商業用途的特性導致了歐洲政治的另一種形式。運用新世界作爲他們論證的不言自明的背景,像霍布斯、洛克這些政治家認爲,人在本質上像新世界裏的「野蠻人」。原始社會先於政治的,被剝奪了抗敵能力的自然人需要與君王制訂契約來保證他的「自然」權利和自由。

　　這些理論最後導致了遍及整個歐洲的內戰和革命。但所有這些都利用了歐洲人一種普遍的認同。即另一自然中的個體不再屈從於封建君王或他們的作者（auctores）的法則。而是迫切需要一種新的歐洲政治體制以實現自身。在它出現的過程中，新的政治體制要求對它的運轉給予一種完全區別於作者（auctores）所進行的說明。

　　正如我們所看到的，從作者（auctor）模式到另一個世界的另一種描述的轉變導致了作者（author）的出現。只要作者被捲入使新人和新法則得以產生的這一過程之中，他的創造力就被與一種旨在實現從未有過的身體政治的集體想像力聯繫在一起。當作者指出集體想像能使歐洲人從他們所承襲的世界中創造出一個他們所嚮往的世界時。一場革命或內戰就開始了。

　　一旦這些內戰成功地建立了新的統治形式，作者也就潛在進行着一場相關的變革。當作者的作品不再聯繫於一場社會解放運動時，它就被界定爲一種自政治領域內的解放。「天才」一同使得文化能夠從政治領域中游離出來。作爲先前文化認同過程的遺產繼承者，將作者（auctor）的創造力聯繫於一種建造城邦國家的奠基者的權威。天才構築了一個與政治經濟領域根本背離的文化領域，他稱之爲「純藝術王國」。在這一領域內，天才又恢復了以前爲中世紀作者（auctores）。所把持的權威，且提升爲整個文化的價值規範和源泉。

　　隨着天才作爲作者（auctor）將自己置於純藝術王國的統治地位，作者的職能也相應地發生變化——從製造另一個政治世界到製造一種政治世界的文化替代物，當文化領域將自己的活動完全從政治經濟的不同世界中區分出來之後，文化領域就越來越成爲自我指涉的。

在十八、十九世紀政治的和工業的革命進行期間，文化領域並不能從經濟政治領域中完全區分開來。但是在二十世紀，作者的才智被用來解釋經濟政治問題和嚴格的文化界的問題的毫不相關性。天才的被普遍認可的擺脫物質束縛的自由賦予文化自經濟領域的這一分離以權威。隨着這一分離，提供給一個作者作品的物質環境即經濟、政治、心理和歷史的條件都被否定了，否定了他們與作品相關的任何決定性聯繫。

文化自政治經濟領域的分離產生了一種在文化內部進行的更爲根本性的區分，即作者與其作品的分離。監察這一分離的文化人物既不是天才，也不是作者，而是文學批評家。被從文化領域內部的區分活動中生產出來，文學批評家監察着文化領域內部更進一步的劃分，並且警戒着這種區分的邊界：即將那些是文學的從非文學中區分開來。

文化活動中批評家職能與作者職能的區分重複了經濟領域內部工業勞動的劃分活動。但是，將作者與他作品的生產手段區分開來的不是工廠主而是文學批評家，他宣稱有權比作者本人更了解作品。批評家以這樣一種方式來詮釋作品以証明他的權威：即作者似乎是批評家詮釋活動的結果，不是作品的成因。

在一篇題爲《意圖謬誤》（1954,12）的文章中韋姆薩特（Wimsatt）和比爾玆利（Beardsley），兩位美國新批評人物，使降低作者地位這一批評家文本的職能成爲批評實踐中鮮明的一個組成部分，「從某種意義説，每首詩的背後都有一大堆關於生活、感受和精神體驗的記錄，但是在文字裏及詩歌的智力創作活動中永遠不可能也不必要知道這些。」在將批評家文本與作者作品進行區分時，新批評家們成功地排斥了作爲文化領域內的統治者的。作者的「天才」。在這一過程中，他們又製造了一個文化實體，「自主的」或「自足」的文學文本，它們被界定爲

是與周圍環境完全隔離的。在將文學文本排斥於作者的控制之外時，新批評家們所完成的只是一世紀前文化領域中開始的一場運動，那時「天才」一詞將作者的作品從社會經濟世界中分離了出來。

正像「自主」的文本一詞所意味的，新批評家將他們新近成功的文本置於一個遠離於任何純文本環境的法則、成規和限制的約束力之外。同樣是在戰後時期，當新批評家建構了這樣一種區分，即將文本環境與社會世界分開時，其他批評家卻在作者的作品的內部發現了一個批評層面。不再將批評家的工作與作者分離開來，這些批評家運用歷史主義、馬克思主義、法蘭克福學派和女性主義的構架，使批評層次回復到作者的作品那裏，因而將作者和批評家在一個共享的目標中聯結起來。批評家將作者的作品拉回到社會、經濟、政治和性別的語境中，然而正是從其中新批評家分離出了他們的自主的文本。通過把歷史語境還給作者的作品，這些批評家摧毀了新批評家關於天才的作品超越歷史語境的宣言。他們的批評將天才復原爲具體主體，爲其作品中所反映或折射出的社會經濟力量所決定。在分析市場經濟與以前被描述爲天才的「自由創造性遊戲」之間的複雜關係時，馬克思主義的批評家尤其注重作者的作品與對它的期待接受之間的明顯關係。心理分析學的、現象學的和女性主義的批評家同樣地重視關鍵的社會心理語境。因此在將超驗的天才復原爲一種文化上被嵌置着的人類主體時，這些批評家企圖倒轉文化領域內的區分活動所帶來的某些結果，不像新批評家的研究途徑，他們的批評產生於作品內部的這樣一個時刻：當作者開始在批評上懂得了社會，心理和政治的決定性力量時。

通過把作者和批評家表述爲社會進展過程的參與者而不是

一種業已建立的文化中的代表人物或一種文本環境中的偏狹自我，這些批評家恢復了作者和負有文化職責的批評家之間的社會心理的關係。

但是這些修正的努力最近受到了更新的批評家的反對，他們將文本建構爲游離於任何語境之外的而不是一種純文本的東西，並將「作者」一詞及它在文化中運用的歷史視作是對文本環境活動的阻礙。因爲這些更新的批評家中兩個代表人物的爭論導致了人們重新考慮「作者」一詞的文化價值，它將引出這一簡單譜系敍述的結論。

爲了使文本免受作者的沾染，像巴特（Roland Barthes）這樣的批評家聲稱：作者已經死亡。巴特所說的「作者」意味着對心理連續性、意義統一的渴求，所有這些都是一個自主的主體能從一種文本環境中得到的。由於作者已死，巴特提出了一個關於文學的新的定義：一種話語的遊戲，總是活動於其自身規則的邊緣，沒有任何作者，只有讀者，或者是巴特所稱的「書寫者」（scriptor），讀者被界定爲寫作遊戲的產物。

雖然巴特聲稱作者已死，但是他所製造的文本總是有個作者。在巴特的批評中，作者重新回來了——但是以巴特的關於寫作活動的原文本說明的被取代了的形式。由此看來，批評家才是作者自文本中分離出來這一活動的真正受惠者。只有批評家而不是作者和讀者才能提供對作品結構，不同文本層次部分間的內在關係及自作者到巴特稱作的「書寫者」的這一轉變過程的權威解釋。當不再有作者去要求消解文本字裏行間的矛盾使之成爲一個意向統一體時，批評家就可以按照他自己的術語來重新構造文本了。

巴特的《作者之死》出版一年之後，一篇標題引起許多爭論

的文章《什麼是作者》問世了。在作者的文化功能這一問題上，米歇爾、福柯又重新引起了後結構主義者（他們只相信文本肌質環境）與歷史主義者（那些堅信文學作品的社會政治語境者）之間的一場爭論。不像巴特、福柯承認作者在後結構主義者的評論中持續存在的必要性，而後結構主義者則完全否認作者的意義。

爲了闡明作者繼續在一種文化的物質生活中所扮演的關鍵角色，福柯視巴特的「作者的死亡」爲一種文學道德律令，並且指出，如果作者真的從文化中消失了，想像一下會有什麼後果。最起碼，對於批評來説將不再有任何保証。批評語言（它的指控、申辯、判斷的語滙）依賴法定系統（和與之相聯結的文化系統）爲它的保証。也就是説，沒有福柯這一名字連接於《詞與物》裏的話語，那麼就不再有人能對它們加以解釋，因此也就無法去驗証一種對它們的批評（或任何其它的評論）。作者的名字將話語轉化爲合法財產，合法財產這一概念又反過來支持涉及權利、自由、職責、限制、障礙、義務、懲罰這些觀念的相關話語，以及被它們所支持。作者的名字滲透合法關係的整個網絡，使話語在網絡形成的過程中產生力量。

對福柯來説，作者既不是游離於一種話語實踐之外的個體存在，也不是任何特定實踐活動中的行爲主體，而是具有一種可稱之爲「主體」的功能。福柯認爲，作者作爲對特定實踐中法規的支持，且作爲一種衆法則之間的關係，他監督並規範着所有的各種不同的情境，在其中任何文化主體都能夠行動。作者的名字由一種實踐（它的再生產由作者來保證）所生產出來，它將不相關的話語實踐轉變爲一種統一的文化領域，在這一領域之上，作者獲得了他的權力。

　　福柯聲稱，如果作者消失，那麼作者管轄下的整個文化領域也將消失。但福柯假設了一種不同的作者來解釋某些人物（像馬克思與弗洛伊德），他們的作品與整個文化領域是不連續的。這些作者不是在業已存在的話語實踐中起作用，而是在雙重意義上是原創性的：他們建立了前所未有的學科。不像其他文化主體，「原創型」作者進行的寫作實踐與後人的實踐活動也是不連續的。

　　在以對原創作者的描述結束他的文章時，福柯向他的讀者指示了一種了解他的著作話動的合適方法。對我們的敍述來說更爲有趣的是，他給讀者一種方法，將巴特的文本運用於一種文化戰略。「原創」作者，就他開創了一種與它自身法則不連續的學科而論，滿足了巴特所描述的寫作活動的基本衝動。但是，不像巴特、福柯的「原創」作者不會犯這樣的錯誤：即將這一衝動轉變爲典範式的要求，要求作者「消失」於這種連續性中。

　　巴特和福柯之間的爭論清楚地展示了作者在當代文化中所扮演的重要角色。當他們共同關注於作者時，好像作爲一個啓發性的概念，該術詞已接近它的邊界，他們的爭論使「作者」回到它與另一個術語「自主的主體」的關係之中。作者又重複了文化主體遭遇的困難，文化主體覺得自己既是寫作活動的立法者，又是被支配者。巴特對這種主體困境的解決方法是激進的，即將主體置於一種話語（文本）之中，這種話語廢除了法則和它們的立法者（作者）。福柯揭示了統治這一話語的法則，然後提出了一種話語的實踐——「原創」作者的實踐——它將使得每個主體以經歷這種困境（感到被他應該統治的話語所統治）來作爲自己的解決辦法。在被「原創」作者創造的話語中，那種話語的後來實踐者佔據的每一個鮮明的派生立場結果都成爲原初性的。

　　福柯的「原創」作者通過將作者名下的自我指涉性質轉變
爲一種計劃好的異質性。開闢了一個文化領域。在某種意義上，
「原創」作者綜合了傳統作者（那些開創一種新的文化實踐
的）和批評家（他揭示這種新的實踐的界限，自相矛盾和無
根據的假想）的文化職責。但是，就他開創了他自己的實踐
以及與之不連續的修正（暗地裏是批判的）實踐而言，原創
作者只是將另一種個別的批評話語揉合進他精心闡述內在區
分活動的手段中，這種區分對於新學科中文化生活的連續是
極其重要的。

　　福柯關於作者的重新界定並沒有真正把作者引入一種新的
文化力量的形式，事實上，它僅僅重申作者的這一特徵：作為
一種文化力量，在它的運用中是如此一般（什麼樣的持續發展
的文化實踐能宣稱自己有一種與以前實踐不連續的激活功能？
），其效果又是如此普遍以致於「原創」作家的作品不能從文化
領域中的任何其它權力運作中區別開來。

　　鑒於福柯想以「原創」作者來替代傳統作者，原創作者的實踐
只會使我們已經認識到的在術語中存在着的不可逃避的窘境得
以復活。這樣也給我一個機會去複述我上面所進行的歷史叙述。

　　「作者」一詞開始產生於人類主體感受到的壓制意識。作者
主體立場宣稱有權力去製造及廢除那些限制，這一權力的歷史
結果是自足的文化領域的出現。但是這裏一個想像性的場面表
現出，主體爲作者主體所引導，將經濟，政治或物質利益的表
現形式都排斥在文化領域之外。當面對完全被物質條件所決定
着的替代物時，作者主體（如「天才」）聲稱有權力去表述人類
有限性的物質條件，然後又發現自己被這種物質條件清晰地表
述着。作者主體聲稱有權力去超越這些對於主體權力的限制，
然後與那些在這一生產過程中合作的批評家一起，通過確認藝

術作品的整一，連貫和勻稱，證明其權力的有效性。

作者的作品獲得其自主性的代價是社會經濟和文本語境的分離，在這一分離過程中，視文本生產條件（法則、成規、一般假設）爲適用於文本的唯一法則。正如歷史主義批評家提醒我們的那樣，文本法則是日趨減少的非文本的經濟政治力量的翻版，而且文本自社會政治領域內的分離又重新製造了作者觀念中的決定性主體和被決定主體的普遍對立。

巴特提出一種解決這一對立的方法。通過與批評主體認同（他能闡明決定作者動機的法則）直到主體性目睹作者消失於決定他作品的寫作過程中，巴特製造了一種被它所投入的活動所影響的主體性。寫作自身只是一種歷史主義批評家所描述的作爲新出現的作者的文本翻版，這種新出現的作者取決於作者所協助決定的集體運動。

正如福柯所指出的，巴特想像力的代價是正當作者爲作爲一種控制力量的寫作過程所取代時，去恢復作者的功能。但是不再將「作者」重新置入一種社會經濟的（作爲與純文本相對的）過程中，福柯將寫作過程中運行的基本機制——「用一種不同方式置換」先前的——等同於「原創」作者的政治實踐。

在這樣做時，福柯並沒有面對作者的窘境，與之相反，他把文本有限性的條件——寫作過程自身的修正活動——界定爲原創作者決定性的文化實踐活動。因此在福柯的文本中，原創作者所做的無非是天才在「作者」一詞的譜系學中早就做過的一切，即他宣稱有權力去決定（以一種與他的實踐不相稱的形式）那些會決定他的東西。

一旦轉入修正的話語實踐領域，福柯的原創作者就能審察被組織成像一個文本的或話語環境的文化領域。換言之，他的「原創」作者扮演着作爲天才的作者的歷史角色，他管轄着文化

領域的邊界，使之免受任何一個作者都不能聲稱能生產的那些物質經濟條件的染指。正是文化領域從政治領域的分離使得新批評學派把文本與作者區別開來。就他被非文本的因素（被市場經濟、社會運動如此等等）所影響而論，作者不得不被從作品（它本質上是不受非文本物質所影響的）中分離出來。隨着作品最終與其作者的分離（通常伴隨着像巴特借自於社會運動的那種革命性的言辭），一部作品不再受文本之外條件所限制。後結構主義者的文本環境是被與作者相對的批評家或非作者主體所控制的。在文本語境領域內、批評家能做作者所不能做的事情，也就是説，能揭示文本語境中語言遊戲製造活動的法則。但是，這些語言遊戲中至少有一種文本語境將它的領域普遍化使之回到政治經濟領域（作爲話語）的趨向，使得前面描述過的反向運動得以復活。非作者的主體並不是一種事實上的現代存在物，而只是構成主體性的話語實踐的一種結果。像任何一個其它的話語效果，非作者主體也依賴於批評家的原文本來闡釋這些實踐的運作規則。但是，如果批評家的立場被認同於自我修正過程中的這些話語實踐的規則，那麼批評家就不能改變這些實踐活動。隨着批評文本在文化、經濟和政治領域內滲透，只有恢復一種作者的啟發性的概念才能促進一種天才的轉型。爲了成爲啟發性的概念，「作者」一詞不能再停留在被劃分成部分主體的狀態，不能把下列詞分開：作者（auctor）、作者（author）、讀者、批評家、決定的—被決定的主體。不管怎樣，圍繞「作者」一詞所進行的論爭或許能產生出一種物質實踐活動，避免文化領域中依靠人類主體性的細分所進行的區分活動。

馬向陽譯

參考書目

Abrams, M.H. [1953] 1977. *The Mirror and the Lamp.*

Althusser, L. 1971. *Lenin and Philosophy and Other Essays.*

Althusser, L., and Balibar, E. 1970. *Reading "Capital."*

Bathes, R., *S/Z* [1970] 1974.

————.[1973] 1975. *The Pleasure of the Text.*

————.1977. *Image-Music-Text.*

Baudry, J-L. 1974."Writing, Fiction, Ideology."

Benjamin, W. [1934] 1973. "The Author as Producer."

Coward, R., and Ellis, J. 1977. *Language and Materialism.*

Ducrot, O., and Todorov, T. 1972. *Dictionnaire encyclo pédique des sciences du language.*

Ellis, J. 1978. "Art, Culture and Quality."

Foucault, M. [1956] 1977d. *The Order of Things.*

————.[1969]1972. *The Archaeology of Knowledge.*

————.1977c.*Language, Counter-Memory, Practice.*

Freud, S. 1977. "Fetishism." In On *Sexuality.*

Genette, G. 1972. *Figures III.*

Heath, S. 1972. *The Nouveau Roman.*

————.1976."Narrative Space."

Hirst, P.1976. "Althusser and the Theory of Ideology."

Jakobson, R. 1971. *Selected Writings.*

Kristeva, J. 1975. "The Subject Insignifying Practice." In *Semi- otext(e).*

Lacan, J. 1977. *Ecrits : A Selection.*

————.1977. *The Four Fundamental Concepts of Psycho- analysis.*

Laplanche, J. and J. B. Pontalis. 1973. *The Language of Psychoanalysis.*

Leavis, F.R. [1952] 1962. *The Common Pursuit.*

Lévi-Strauss, C. [1958] 1968. *Structural Anthropology.*

Macherey, P. [1966] 1978. *A theory of Literary Production.*

Macksey, R., and E. Donato, eds. 1970. *The Structuralist Con- troversy.*

Metz, C. [1986] 1974. *Film Language.*

Williams, R. 1976. *Keywords.*

第二部分

詮 釋

INTERPRETATION

9 詮釋 INTERPRETATION
馬龍（Steven Mailloux）

當我回想高中時所學的那些
亂七八糟的東西，
我居然能夠想起——簡直是個奇跡：
不學無術未能傷我一根毫毛。
我會閱讀牆上的「天機」。

—保羅·西蒙（Paul Simon）:《柯達彩照》（*Kodachrome*）

閱讀牆上的文字。在教室裏分析詩句。在國會裏解釋條約。閱讀、分析、解釋：這是人們給予本文所要談論的話題「詮釋」行爲的三個不同的名稱。爲了深入探究這個問題，讓我們首先來追溯一下這個術語的來源。

根據《牛津英語詞典》（*Oxford English Dictionary*），動詞interpret 通常的意思是，「闡明（某個深奧或神秘的東西的）意義；使（字、詞、作品或作者的意圖）清晰或者明確；解析；解釋。」但這個動詞在早期還有另一個方面的意義，「翻譯」。由它派生出來的名詞interpretation可以同時指「翻譯的行爲」以及「翻譯出來的作品」（《牛津英語詞典》）。「詮釋」一詞本身則來自拉丁文的「interpretatio」，同時意指「闡發、解釋的行爲」以及「翻譯作品」。在拉丁修辭學中，interpretatio指的是「用一個詞來解釋另一個詞」，也就是「同義詞的使用」。Interpretatio又

159

是根據interpres引申而來，後者指的是「中介者、媒介物、使者」以及「外語的翻譯者、譯員」（Glare, 1982, 947）。因此，根據其語源，「詮釋」一詞的意義同時指向兩個方面：被詮釋的文本和需要這個詮釋的聽衆。也就是説，詮釋者位於被釋文本與對於這個文本的詮釋，以及被釋文本與需要這個詮釋的聽衆二者之間。

正是在此兩種詞源意義——對文本的翻譯和爲聽衆的翻譯——的基礎上，我們可以試圖把「詮釋」（interpretation）暫且定義爲：「詮釋」即「可以接受的、近似的翻譯」。但這個定義中的每一個詞都會令人提出新的疑問：（1）近似於甚麼？（2）怎樣翻譯？（3）對誰而言可以接受？下面，我們就圍繞這三個問題來對詮釋這一概念展開論述。

一 近似於「甚麼」？

翻譯總是一種近似物，也就是說，詮釋總是具有指向性。它總是力圖接近於某個東西；總是力圖指向甚麼東西：某種情景、行爲、姿態；繪畫、詩歌、小説、條約等等。這些詮釋對象我們稱之爲「文本」（the text）。任何東西都可以看作是文本，因而任何東西都可以成爲詮釋的對象。在此文中我們的注意力將主要集中在文字文本上，比如迪肯森（Emily Dickinson）的這首詩：

> 伯沙撒王得到一封信——
> 這是他收到的唯一的一封——
> 伯沙撒王的「信使」
> 在那件「不朽的作品」之中

得出結論
每一位頭腦健全的人
不必借助於特別的「眼鏡」
都能讀懂
寫在「天啓之牆」上的「信」——

如果我們把詮釋看作是對文本的翻譯，那麼顯然這正是一個需要翻譯的文本。實際上，這裏有兩個文本需要翻譯：迪肯森的詩以及詩所描述的「寫在天啓之牆上的……信」。正如那封天啓之「信」的字句殘缺不全一樣，在迪肯森的詩中，一些常用的文字文本的標記比如傳統的標點符號，也消失了。雖然迪肯森對破折號的獨特使用可以給我們一些啓示，但僅僅這一點並不夠。

這首詩本身是對一聖經故事的詮解。在《舊約・但以理書》（ *The Book of Daniel* ）第五章，巴比倫國王伯沙撒（Belshazzar）在一個盛大的宴會上下令把他父親從耶路撒冷聖殿搶來的金杯銀碗搬出來，好讓他的大臣、妻妾、妃嬪用來喝酒。忽然間，有一隻手出現了，用指頭在皇宮的粉牆上那燈光照得最亮的地方寫下了這樣的字："Mene, Mene, Tekel, Upharsin"。國王不懂是甚麼意思，他的百宮也無人知道那是甚麼意思。因此如何解讀這個文本在故事裏就變得至關重要。但以理（Daniel）被召來了，他是這樣解釋那封來自「使者」——上帝——的「信」的：

> 這些字的意思是：「數算，數算，稱一稱，分裂」。「數算」，意思是：上帝已經數算出你國度的年日，使國運終止。「稱一稱」，意思是：你被放在秤上稱了，稱出你太輕了。「分裂」，意思是：你的國要分裂，歸給米底亞人和波斯人。【註】

【註】譯文參見香港聖經公會出版的現代中文版《聖經》（1983）。—譯註

寫在牆上的三個字的字面意思是指三種重量單位：一「邁納」（mina），一「謝克爾」（shekel），兩「半邁納」（half-minas）。但以理巧妙地利用了這些字的雙關意義：第一個字與希伯來語動詞「數算」相似；第二個字，「稱量」；第三個，「分裂」。他利用這三個具有雙關意義的字把寫在牆上的信息解釋爲上帝對伯沙撒王的指控和預言。在此章的最後，預言終於得到了實現：「當晚，巴比倫王伯沙撒被暗殺。米底亞人大利烏（Darius the Mede）奪取了政權。「這裏所做的解釋是在一個政治壓迫的語境中進行的，牆上的字被詮解爲一種預言，對罪孽深重的壓迫者進行審判的預言：以色列被征服，猶太人受奴役，而現在他們的聖器又被褻瀆。對牆上文本的解讀既顯示了國王的罪惡，又宣告了他將受到懲罰（Buttrick, 1952, 418－33）。

有可能迪肯森也在用她的詩做同樣的宣言。可能是在一八七九年發生在她家鄉愛默斯特（Amherst）的洛索羅普大醜聞之後，她把此詩送給了她兄弟，並且在上面題寫了「靈感來源於我們的『鄰居』」的字樣。地方報紙把這一事件報道爲父親對女兒進行身體虐待，而那受指責的父親，洛索羅普（C. D. Lothrop）牧師，則以誹謗罪對報紙提出起訴。法庭四月十五日作出不利於洛索羅普的裁決，而迪肯森則可能是以此詩來記念這一事件。從這個傳記性角度來看，這首詩指涉的是法庭的裁決，法庭判決洛索羅普犯有「父權壓迫」的罪（Johnson, 1955, 1008－9；Leyda, 1960, 245－50, 257－59）。

從更普遍的意義上說，迪肯森的詩乃是以聖經故事對「我們大家」的良知所進行的一種諷喻，藉此上帝指出並警告我們的罪惡，也就是說，給我們每個人都發出了這樣的一封「信」。對詩歌的這種諷喻化處理是對文學文本的一種迻譯，而這個文

學文本自身則又是對一聖經故事的迻譯。正如迪肯森的詩近似於——指向——那個聖經故事，我對迪肯森詩的詮釋也同樣近似於或指向那個詩歌文本。

對「詮釋究竟指向甚麼」這個問題有多種不同的回答，在此回答的基礎上實際上可以形成一整套的詮釋「理論」，一整套關於讀者如何理解文本的基本理論。比如，我們可以說，我對迪肯森的閱讀接近的是詩歌的文本，正如但以理的解釋指向寫在牆上的文字這個文本一樣。這樣一種形式主義理論（formalist theory）會進一步聲稱，決定着我們詮釋的東西正是詮釋所接近和指向的東西，也就是白紙黑字的文本。而另一種完全不同的理論則認為，詮釋活動所力圖接近和指向的東西——比如迪肯森的讀者與但以理所力圖做到的——不是別的，完全是作者的意圖。這樣一種意圖論（intentionalist theory）接下來會說，詮釋受文字之中或文字之後的作者意圖所制約。迪肯森的詩與上帝的信都潛藏着他們的某種意圖，為了正確閱讀其文本，詮釋者必須去發現和解釋這些意圖。不管是形式主義理論還是意圖論都力圖為讀者與文本之間的詮釋關係找到一個穩固的基礎，不管他們找到的是文本還是作者之意圖。通常，這些理論不僅聲稱要描述（describe）詮釋活動發生的過程，而且要給它規定（prescribe）好為甚麼應該這樣發生的原因。這些理論可以稱之為「根基論」（foundationalist theories），它們是以這樣的面目出現的：既作為理解活動的一般理論，又作為正確詮釋的具體指導。稍後我們會探討這樣的理論保證在實際的詮釋操作中是否管用的問題。

二 「怎樣」翻譯

我們的第二個問題從詮釋的對象——文本及其意義——轉向詮釋活動本身，即轉向意義產生的過程。在前面解讀迪肯森的詩的時候，我使用過兩種詮釋方法，二者都建立在作者意圖理論的基礎之上：歷史化（historicizing）和諷喻化（allegorizing）。運用歷史化這種解讀方法，我認爲迪肯森的詩旨在具體影射洛索羅普牧師這一事件；運用諷喻化的方法，我認爲迪肯森試圖更爲抽象更具普遍意義地對我們所有人的良知進行思考。沒有必要在二者之間擇善而從，它們是平等而相互補充的；重要的是，我們必須能夠確認出爲了獲得這些不同的解釋而使用的具體策略。在歷史化中，我使用的是把文本置於它所賴以產生的歷史語境之中進行解讀這種策略；在諷喻化中，我使用了另一種閱讀策略，這種策略認爲詩歌可以超越具體的歷史語境，獲得另一種更具普遍性的意義層面。這些閱讀策略或者說詮釋成規（interpretive conventions）爲我們提供了一種對詮釋過程而不是詮釋對象進行描述的途徑。這就使我們得以描述詮釋活動究竟是如何發生的。它們強調的是在詮釋活動中讀者能夠做些甚麼而不是文本能給予讀者些甚麼。

至此我們已經展示了幾種不同的文本詮釋策略（strategies）。譬如，但以理使用語音的雙關或相似來解讀寫在皇宮牆上的文字，而我在本文一開始即運用了語源學的手段來考察「詮釋」這個術語本身的意義。不同的詮釋方法或策略與不同的詮釋理論聯繫在一起。在前面，我把對文本進行歷史化與諷喻化閱讀的方法與詮釋的意圖理論聯繫在一起。雙關和溯源（etymologizing）則不僅與意圖理論相聯，而且也常常與詮釋的形式主義理論相關。所有這些閱讀策略——歷史化、諷喻化、

雙關、溯源——都可以稱之爲進行正確詮釋的法則。然而，必須注意的是，在某種特定的語境中，這些方法並不具有同等的詮釋力，它們都有其各自最爲適合的語境。雙關也許在解釋喜劇時很合適但卻不適於解釋憲法。諷喻化也許適於解讀詩歌與《聖經》但卻不適於國際條約。在解釋像憲法和國際條約這些被認爲是更爲明確的法律文本時，人們經常提出所謂的中性原則（neutral principles）理論，以保證詮釋者不至於使用更爲文學化的詮釋方法。爲了保證詮釋的正確性，中性原則理論提出一些規則，比如緊摳「白紙黑字」的形式主義規則以及尊重作者原意的意圖主義的規則。這些規則或者說詮釋原則之所以被認爲是中性的是因爲人們認爲能夠以一種超越個人嗜好以及政治偏見的超然無執的方式去使用它們。以後我們還會重新回到這一點，並且將討論條約是否天生地就一定比文學文本更爲明確，詮釋理論是否實際上束縛着閱讀，以及在閱讀中能否避免政治的參與等一系列問題。首先讓我們來看看我們的第三個問題。

三 「誰」接受

我們可以從《哈克貝利·芬歷險記》（*Adventures of Huckleberry Finn*）裏的一個小小插曲開始：在馬克·吐溫（Mark Twain）這部小說的第十五章，敘述者哈克（Huck）與逃亡的黑奴吉姆（Jim）乘木筏順密西西比河漂流而下，一天晚上，他們迷失在一片大霧之中。吉姆找了整整一個晚上的哈克都沒找着，他以爲哈克肯定是死了。在一片絕望與精疲力竭之中，吉姆睡着了。就在這時哈克回到了木筏。當吉姆醒來，哈克大大咧咧地跟他開了個玩笑，力圖讓吉姆相信頭天晚上的一切痛苦和恐懼都不是真的，只不過是「做夢來着」。吉姆說既然是夢

的話他就要「想法子把它『圓一圓』」，因爲説不定這是「天上降下來的一個預兆」。當吉姆把這個本來不是夢的東西想方設法地「圓」好了時，哈克卻又力圖讓吉姆明白他不過是在開玩笑而已。哈克指着木筏上的那些碎枝爛葉和七零八碎的骯髒東西，還有那根折斷了的槳等所有可以證明頭天晚上發生的一切不是夢而是千真萬確的事實，説：「對了，很好，吉姆，到現在爲止，你圓得總算不錯……可是這些東西又指的是些甚麼呢？」這樣一來，吉姆對夢的詮釋就成爲十分荒唐的誤讀了。這正是哈克的看法，也正是叙述者哈克想讓他的讀者和他一道分享的看法，因爲只有這樣才可以看出他所發明的玩笑的高明之處。但是哈克讓吉姆對那些可以證明不是在做夢的證據重新解釋的要求卻得到了非常嚴肅的反應，使玩笑產生了適得其反的結果：

> 吉姆看看那堆骯髒的東西，然後又看看我，又回過頭去看看那堆東西……他瞪着眼睛瞧着我，一笑不笑，説：「它們指的是些甚麼嗎？我來告訴你吧。我因爲拼命地划木筏，又使勁地喊你，累得要死，後來我睡着了，我的心差不多已經碎了，因爲把你丟掉了，我真是傷心透了，我就不再管我自己和木筏會遇到甚麼危險了。等我醒過來的時候，看見你回來了，平平安安地回來了，我的眼淚都流出來了，我心裏有説不出來的感激，我恨不得跪下去親親你的腳。可是你卻只想方設法，編出一套瞎話來騙我老吉姆。那邊那一堆是些骯髒的東西；骯髒的東西就是那些往朋友腦袋上抹屎，讓他覺得難爲情的人。」【註】

如果我們把吉姆對夢的詮釋看作是一個誤讀，我們肯定不會認爲他對「那堆骯髒東西」的諷喻化的解讀有甚麼離譜的地

【註】　譯文參見張萬里譯本，上海譯文，1979。——譯註

方。我們明白吉姆的弦外之音，當然哈克也明白，因爲接下來他寫到吉姆「慢慢地站起身來，走到窩棚那兒去，除了這幾句話之外，別的甚麼都没說，就鑽進去了。可是這已經夠我受的了。我這下真叫我覺得自己太卑鄙，我恨不得要過去親親他的腳，好讓他把那些話收回去。」當吐溫先生讓那個小男孩繼續寫下去的時候，他巧妙地把整個事件轉化爲哈克與他内心深處的種族偏見作鬥爭的鮮明例證：「我呆了足足有一刻鐘，才鼓起了勇氣，跑到一個黑人面前低頭認罪——我到底那麼做了，以後也從來没有後悔過。」在對這一段落的詮釋之中，讀者可以看出哈克的「低頭認罪」是如何逐漸削弱了他心中的種族偏見，他對吉姆的尊重和喜愛又是如何削弱了他所屬的社會所具有的白人比黑人優越這種意識形態的。如果你同意吉姆雖然誤讀了那個「夢」但卻令人信服地解釋了「那堆骯髒的東西」，如果你同意我對吉姆的解釋所作的解釋，同意我對上引最後一段文字的詮釋，那麼對下面這個問題我們就達到了某種共識：爲了對這些不同的文本進行正確的解釋，甚麼東西最爲重要。正確的解釋就是那些被認爲準確、有效、可以接受的解釋。但緊接下來的問題是，對誰來說可以接受？我們或許可以從迪肯森的另一首詩中找到某種答案：

「瘋狂」是最爲神聖的「清醒」——
對於目光敏銳者而言——
「清醒」則是——十足的「瘋狂」——
總是「多數」
在此，「永遠」，佔上風——
若附和——則被認爲頭腦健全
若反對——立即會大難臨頭——
而身陷囹圄之中——

　　詩的主旨是，正確的解釋是如何確立起來，解釋是如何被確定爲正確還是錯誤，有意義還是無意義、頭腦清醒還是瘋狂的。照字面意思來解釋，它只不過是説意義存在於詮釋者而不在被詮釋的對象之中。詩進而認爲，是詮釋者中的多數決定着對意義產生而言甚麼東西最爲重要。自然，詩的意義並不止於此。迪肯森並不只是在描述「正確」詮釋必備的條件——多數原則——實際上，他是在對這個原則進行嘲諷和抗議。因此這首詩就把正確的解釋對誰而言可以接受的問題改寫爲關於詮釋的政治性，關於在歷史語境和權力關係中閱讀狀態的問題。這使我們的注意力由詮釋者與文本之間的相互關係向詮釋者與詮釋者之間的相互關係——也就是説，由文本與讀者之間是如何相互作用這樣一個詮釋學上的問題轉變爲：爲了論證或者反駁不同的解釋，詮釋者與詮釋者之間是如何相互作用這樣一個修辭學上的問題。

四　詮釋的政治性

　　當我們由文本閱讀的根基論（foundationalist theories）轉向處理詮釋爭端的修辭策略（rhetorical politics）時，我們並不會徹底擯棄前面三個部分所討論過的那些問題。在某種意義上説，我們只不過將要擴展一下探討的領域。當我們把注意力僅僅集中於文本、作者意圖，或者讀者的詮釋規範——正如我們在前面幾節中所做的那樣——的時候，我們顯示出這樣一種強烈的傾向性：把詮釋視爲僅僅牽涉到一個獨立文本（以及作者）與一個單個讀者的個體閱讀經驗。許多根基論者經受不住這種誘惑，完全忽略詮釋得以發生的社會政治語境，因而進一步加重了這個錯誤傾向。現在，通過把注意力轉向詮釋的修辭

性，我們將會看到詮釋這種說服行爲（persuasion）爲何總是具有某種政治的傾向性。

在前面的討論中，當我注意到詮釋行爲是如何發生於某種歷史語境和權力關係之中的時候，我曾暗示過詮釋的這種政治性。比如，在第一部分，我們看到但以理對牆上文字的解讀是如何在民族壓迫的政治語境中進行，以及迪肯森的詩是如何將一個聖經故事轉移到一個牽涉到家庭和性別的政治性的新語境之中。在第三部分，我們看到吉姆對夢的解釋以及哈克對此的反應實際上表明了馬克·吐溫對十九世紀美國種族關係這個政治問題的看法。在上述例子中，詮釋都發生在政治語境之中，每一個詮釋行爲都與那個語境中的權力關係直接相聯（不管具體涉及的是民族、家庭、性別、階級，還是種族）。

然而在這些例子中還有一個問題不甚明瞭：詮釋自身是如何被政治化，爲何閱讀總是力圖通過強制或說服的方式直接影響權力關係。這些影響有時微乎其微，不易覺察，比如學生請老師解釋一首詩，老師於是讓其接受某種解釋。這些影響有時卻十分明顯，當不同的解釋相互爭持不下，當實際上無法決定哪是正確解釋的時候。在這種情況下，缺乏說服力的解釋就會被淘汰。的確，在某些極端的詮釋爭端中，迪肯森看來是對的：

> 總是多數
> 在此，永遠，佔上風——
> 若附和——則被認爲頭腦健全
> 若反對——立即會大難臨頭——
> 而身陷囹圄之中——

大多數的詮釋爭端並不會導致對持不同意見者如此公然的壓

169

制。然而，這樣一首抗議多數對持不同意見的少數的暴力壓制的詩，卻一針見血地道出了事情的本質：任何詮釋爭端都涉及政治傾向性及其後果。

在有關文本閱讀的最後一個例子中，我將集中討論美國國會曾經辯論過的一個條約。但我想提醒讀者注意的是，辯論者在此使用的詮釋的修辭策略與大學講壇或者宗教會堂裏所使用的是緊密聯繫在一起的，它們之間並沒有甚麼不同。具體方法可能不盡相同，但是像解讀條約、解釋詩歌和詮釋聖經等活動都牽涉到對諸如文本意義、作者意圖、過去曾有過的解釋、歷史語境及詮釋方法等問題的爭論，都牽涉到詮釋的修辭策略。

下面所進行的對於修辭策略的分析將會回顧前面討論過的問題，並且將會證實前面所提出的一些看法。比如，我們會看到，前面描述過的那些詮釋理論在實際的詮釋爭端中是如何發生作用的。我希望表明的是，詮釋理論的功能與其説是對閱讀活動進行限定，還不如説它們是進一步爭論的源泉。也即是説，形式論、意圖論以及客觀論並不對詮釋的正確性提供保證，或者爲解決詮釋爭端提供某種規則；它們只不過爲爭論雙方提供更多的修辭策略，以使爭論能夠不斷繼續下去。

一九七二年，美國參議院批准了與蘇聯簽訂的《反彈道導彈條約》（ABM 條約）。條約第五款第一條有個重要規定：「雙方都不得開發、試驗或部署反彈道導彈（ABM）系統或其零部件，不管是建立在海洋、天空、外太空發射站的基礎之上，還是在地面流動發射站的基礎之上。」十三年來，歷經三屆政府，這個短短的條約文本都被解釋爲不僅禁止太空的軍事化，而且禁止任何以太空爲基礎的ABM系統的開發和試驗。

一九八三年三月二十三日，里根（Ronald Reagan）總統宣佈了他的戰略防禦即「星球大戰」（Star Wars）計劃。這是一

個旨在利用激光技術以建立以太空爲基礎的反彈道導彈系統的研究與發展計劃。總統許諾此計劃將在ABM條約規定的範圍內進行。但不久大家就明白，「星球大戰」的後期發展必將違反條約的規定。里根政府此時還是繼續堅持對條約五款一條的傳統解釋。比如，它在《一九八五財政年度軍備控制影響報告》中聲稱：「ABM條約禁止對以空間爲基礎的ABM系統或其零部件的開發、試驗或部署的規定同樣適用於以此爲目的的射線技術（directed energy technology）或任何其他有關技術。因此，當這些射線技術計劃進入應用試驗階段之時，它們就受到ABM條約的限制。」

這種解釋在整個一九八四年以及一九八五年的大部分時間裏一直沒有發生變化。接着，在一九八五年的十月六日，國家安全顧問麥克法萊恩（Robert McFarlane）對這一條款提出了一種新的解釋。在一次新聞發佈會中，麥氏聲稱條約「允許」使用「新的物理技術」包括激光（lasers）或射線技術對以空間爲基礎的ABM系統的開發和試驗。對條約的這樣一種激進的新解釋立即引起軒然大波。一家報紙這樣評論道：「由一位高級官員所作出的這種令人驚愕的聲明，這種一百八十度的大轉彎，對ABM條約的制定者以及其他軍備控制的支持者，對美國的歐洲盟國以及國會中支持軍備控制的議員來說，都是一個不小的打擊」（Oberdorfer 1985，A10）。

八天之後，國務卿喬治・舒爾茨（George Shultz）在一次北約大會的發言中又重新開始了這種新的解釋，顯然欲爲某種新的修正了的解讀打開一個缺口：「關於甚麼類型的開發和實驗是被允許的，特別是當涉及到建立在新的物理原則基礎之上的將來的系統或其零部件時，條約可以有多種不同的解讀方法。」一度是如此確定無疑的傳統解釋於是被宣告爲問題重重，

因而就爲某種新的、更少限定性的解釋的確立奠定了基礎，這種新的解釋使得以前禁止的東西現在變得合法:「基於對條約文本以及會談記錄的仔細分析，我們認爲，美國政府所作的更爲寬泛的解釋是有着充分根據的。」現在，對戰略防禦技術進行實驗室之外的現場試驗將不再受到ABM條約的限制了。在肯定了這種新解釋的有效性之後，舒爾茨接着力圖淡化這種新解釋與實際政策之間的聯繫及其後果:這種「寬泛的解釋」雖然「有充分的根據」，然而「卻一直爭而未決」，因爲，「我們的戰略防禦計劃是建立在，正如總統上周五所再次確認的，而且將繼續建立在與條約傳統的狹義解釋相一致的基礎之上。」（Shultz, 1985, 23）

然而，這種使新的解釋非政治化（depoliticize），使文本閱讀與政策制定相區別開來的企圖卻並沒有說服批評者。十月二十二日，國會的「軍備控制、國際安全與科學」委員會專門召開了一次辯論會，討論「ABM條約的詮釋爭端」。這次辯論會的記錄爲我們分析條約五款一條新與舊、「寬泛」與「嚴格」的解釋，並因而爲我們對此現象進行解釋，提供了一個非常有用的背景。只有當這種修辭分析是在我所勾勒出的歷史語境的範圍內進行時，爭論中所潛藏着的詮釋策略才能清晰可見。我們將會看到爲何求助於根基論並不能解決這一爭端，以及在具體的政治語境中，修辭性的詮釋論是如何發揮作用的。

辯論會上最爲坦率的政府方面的代表是國務卿的法律顧問索法爾（Abraham Sofaer）。索法爾用的是與他上司同樣的修辭策略，一開始就對傳統解釋的明確性提出質疑:「對條約的研究使我得出這樣的結論:條約的語言含混不清;寬泛的解釋更爲合理。」（《ABM條約》1986, 5）爲了給那種寬泛的解釋確立堅實的基礎，索法爾求助於好幾種詮釋標準:條約文本所使

用的語言、談判者的意圖、解釋的相應規範，以及令人驚奇的，談判結束以後最近才有的條約解釋成規。

這些詮釋標準的有效性取決於有關的詮釋理論的可接受性，正是這些詮釋理論決定着某種解釋是否正確。比如，形式理論爲求助於文本語言的做法提供理由，意圖理論則支持對談判者心理意圖的研究，中性原則理論則爲理解的法律規範提供合理的證據。儘管這些詮釋理論經常滑向根基論，但我們將會看到，在此將其視爲修辭策略而不是詮釋根據也許更爲合適。

索法爾借助於形式理論以開始他的論證過程，但並不只是新的寬泛解釋的擁護者才直接求諸文本。傳統的嚴格解釋的支持者同樣如此：ABM條約談判者的前法律顧問，萊茵蘭德（John Rheinlander），強調指出：「從條約文本，特別是五款一條，來看，禁令是非常明確的」（《ABM條約》1986，58）；兩位科學家，米克（Leonard Meeker）和迪迪仙姆（Peter Didisheim）在一份向上述專門委員會呈交的報告中聲稱：「條約術語的一般意義是不言而喻的。政府認爲條約准許對建立在新的物理學原理基礎之上的ABM武器及其零部件的開發和現場實驗，這並不是『令人信服』的解釋。」（《ABM條約》1986，117）與此相反，索法爾則反對任何認爲條約語言明晰和不言而喻的説法，通過對條約文本的不同部分進行形式主義的解讀，他發現了條約語言許多含混不清甚至互相矛盾之處。因此，他聲稱，條約簽署時的聯合聲明暗示着五款一條對「ABM系統」的界定僅僅適用於一九七二年時的技術水平，它並不適用於採用新技術，比如戰略防禦計劃所採用的技術、對此系統的開發與試驗。參議員海德（Henry Hyde）發現這種形式主義的分析很有説服力，聲稱「這些英文單詞的意義一望而知」，並且指出，「在英語與索法爾所作的解釋之間，據我看來，並沒有甚

麼矛盾；索氏的解釋與條約文本密合得天衣無縫。」(《ABM條約》1986, 25, 43)

其他人當然不會如此易於被說服，不久辯論的重心即由對條約文本的形式分析轉向了對談判者意圖的歷史探討。索法爾早就在其辯論中進行了這種轉向：「按照美國法律以及國際法慣例，一旦發現某一條款語義含混，必須到條約起草時的具體歷史語境中去尋找依據。因此，就目前的情形而言，一旦我們得出條約意義不明的結論，我們就必須求助於談判紀錄，看看哪一種解釋最為準確地反映出了談判雙方的意圖。」(《ABM條約》1986, 7)這種想獲得新的寬泛解釋的企圖受到了傳統的嚴格解釋的支持者兩個方面的質疑。其一，那種力圖尋找詮釋依據和規則的做法本身立即成為新的詮釋爭論的話題：萊茵蘭德聲稱索法爾的詮釋乃立足於「一種新的詮釋規範的基礎上，這種新規範簡直聞所未聞，為了達到自己所要求的某種解釋，竟然削足適履，對本身並不含混的條約文本進行任意的宰割。」(《ABM條約》1986, 173)其二，當索法爾開始找出文本背後隱藏着的意圖時，這種尋求新的詮釋依據的努力同時又引發了對另一個問題的爭論：即使談判者的意圖與條約文本的白紙黑字相比果真具有某種優先權，我們還是無法確定那些所謂的意圖究竟是些甚麼。

當談判者本人被拋擲於爭論相反的兩極時，關於談判者本來意圖的爭論就變得特別有趣。當時擔任ABM條約美方首席代表的史密斯（Gerard Smith）批評政府的修正論（revisionism），據他本人回憶，談判者當時的意圖是與傳統的嚴格解釋相脗合的。與此相反，同樣是當時美方代表之一、現為里根總統軍備控制特別顧問的尼茨（Paul Nitze）則強烈支持政府的新解釋。自然，當同樣是求之於談判者意圖的做法

得出的是兩種截然相反的結論時，這種做法本身是令人難以置信的。在下面這個尼茨與參議員漢密爾頓（Lee Hamilton）就此所進行的針鋒相對的辯論中，意圖論徹頭徹尾的修辭本質昭然若揭：

漢密爾頓先生：尼茨大使，對於您十三年來對此條約的解釋我大惑不解。如果我對您剛才所言領會得不錯的話——當然，也許是我理解得不夠——您曾暗示說，您被最近的官方解釋所說服，認為條約裏面包含着某些在您參與條約起草時您並不認為具有的東西，對不對？

尼茨先生：大致如此。我認為問題的關鍵在於人們難以準確地回想起十三年前究竟是怎麼想的。我知道在此之後我被人問起過與條約有關的問題，此條約與我現在所理解的談判紀錄是不一樣的。

漢密爾頓先生：噢，十三年來，對如此重大的問題，您一直保持沉默，這給我們大家的印象是，您默許了條約文本以一種嚴格的方式得到解釋這個事實，可是現在您不是又說律師已經讓您相信，您是在根本不知道作出了甚麼理解的情況下作出了上述理解的？（《ABM條約》1986, 41）

這兩個人之間的辯論表明，確認過去的意圖，正如理解現在的意義一樣，是完全依賴於「說服」（persuasion）這個具體的行動的。這個例子令人驚奇之處在於，被說服接受與過去截然不同觀點的人的本來意圖究竟是甚麼這個問題，本身就爭持不下，難以判斷。

但如果說詮釋的修辭性並不能從文本、意圖或者詮釋規則中得到永久保障的話，或許詮釋的歷史可以幫上這個忙。美國軍備控制與裁軍委員會前主任厄爾（Ralph Earle）在辯論會中在為傳統的嚴格解釋進行辯護時選擇的正是這一點：「在國際談判中要想達到一個毫不含混的協議，特別是在長達兩年半的

討價還價之後，必將是非常罕見的。但儘管如此，雙方信守了十三年之久的嚴格解釋應該比某些據稱與條約文本的語言不一致的論述更有分量。」（《ABM條約》1986，23）通過引證另一指導原則，萊茵蘭德把這一觀點進一步發展爲：「維也納公約以及美國法律⋯⋯都強調條約詮釋中雙方隨後的實際活動的重要性」，而「雙方隨後的實際活動，包括美蘇雙方的許多聲明，都進一步強化了對ABM條約歷史上嚴格詮釋的合法性」（《ABM條約》1986，173）。因此，求助於詮釋的實際歷史也許會起決定作用：嚴格解釋在傳統上一直是爲大家所接受（因而也具有優先權）的解讀方式。然而，政府的解釋實際上是個全新的解釋，這一點上是否已達到了某種一致的理解呢？

索法爾的回答是否定性的：「我們不接受這樣的前提，即認爲本屆政府正在偏離十三年來對條約解釋的一致性。」（《ABM條約》1986，40）實際上，寬泛的解釋並不是新解釋，而是舊解釋；政府的觀點與其說是對條約的重新解讀，還不如說是對被人遺忘的傳統的喚醒。索法爾用下面這個意味深長的結尾結束了他對條約解釋歷史長篇累牘的敘述：「『寬泛的』解釋具有與『嚴格的』解釋同樣堅實的基礎，它們都可以被稱爲『傳統的』或廣爲接受的。」（《ABM條約》1986，212）萊茵蘭德對索法爾所叙述的條約解釋的歷史進行了詳細的批評，但這絲毫也不影響下面這個事實：索法爾依舊能使之成爲他論證的有效組成部分（萊茵蘭德的批評見《ABM條約》1986，186－99）。

在經過激烈的修辭交鋒後，國會的這場辯論沒有取得任何實質性進展，其結束之處正是其開始之處：對ABM條約的解釋依然存在着激烈的爭論。文本是明確的，一方聲稱；不，它不明確，另一方回答。論戰雙方都提議，如果文本語義念混不明的話，那麼我們可以轉而求諸會談紀錄。還是毫無結果。既然

關於會談者意圖的紀錄本身就含混不明，我們不妨再去求助於條約長達十三年之久的詮釋歷史。但雙方還是可以求助於「同樣的」歷史來支持他們針鋒相對的觀點。求助於詮釋理論或詮釋原則也不能解決問題，因為這樣的話，詮釋理論本身又會成為新的爭論的來源，要麼因為理論本身，要麼因為對這些理論的實際應用。究竟哪種理論與詮釋爭端有關？一種相關理論的原則在實際應用前應該怎樣解釋？一旦得到解釋，這些原則又該怎樣用來控制詮釋實踐活動？即使這種相關理論顯而易見（比如，意圖論），即使其原則清晰可辨（發現談判者的本來意圖），即使這些原則因而可以被實際應用（只要去問一下談判參與者，去查一下會談紀錄即可），我們依然面臨着不得不對文本、對人的記憶、對歷史紀錄進行解釋和爭論的問題。

正是在這種意義上，我想指出，詮釋理論並非根基性的（foundational），而是修辭性的（rhetorical）；詮釋理論並不為保證詮釋的正確性而確立永恆不變的基礎或者指導原則，而是為進一步的詮釋爭論提供更多的修辭性材料。這種詮釋爭論徹底徹尾地是政治性的，這一點也許過於明顯，不值一提；但我想指出的是，「ABM條約詮釋爭端」確實比大多數其他的詮釋爭端具有更為濃重的政治色彩。為了替里根政府對條約的重新解釋進行辯護，海德議員指責批評者把文本閱讀與政治混為一談：「我們看到有許多人與戰略防禦計劃根本無關，然而他們卻準備接受某種解釋，以阻礙ABM系統的開發和試驗。」（《ABM條約》1986，43）這些「阻礙主義者」（obstructionists）之一的傑拉德‧史密斯從另一個方面提出了同樣的問題，他質問：「為甚麼政府要在離首腦會晤僅六周的時候宣揚這種新的解釋，而在此首腦會晤上ABM條約正是討論的重要內容之一？這麼賣力是在幹嘛？顯示男子氣概嗎？……或許這只是某種討

價還價的把戲，以便能在謹守條約毫無動作的蘇聯與爲了發展戰略防禦計劃而力圖對條約進行新解釋的里根政府之間達到某種調和與妥協，最終使美國從中撈到好處？」（《ABM條約》1986，22）。可以看出，在辯論的最後階段，文本詮釋與政治是無法分開的。的確，根基論的失敗是一個强有力的證據，表明詮釋爲何不可能以外在於社會政治文化的方式進行。里根政府一再强調「文本詮釋與政府政策之間的區別」只不過是試圖把文本詮釋與其所處的政治權力關係之語境在理論上分離開來的又一例證。就此而言，它不僅是糟糕的詮釋學，而且也是危險的政治學。

如果可能的話，我想事先避免對我的論點可能產生的誤解。當然我並不否定有效地反駁里根政府對ABM條約荒謬的新解釋的可能性。然而，爲了做到這一點，卻沒有必要走向根基論。相反地，爲了提出反對意見，你只須認真閱讀文本，考察作者的意圖，注意詮釋的傳統，以及喚起公衆的共識就行了——正如傳統的嚴格解釋的支持者在國會辯論中所做的那樣。然而，我想指出的是，所有上述活動，像政府的詮釋一樣，同樣具有政治傾向性，因爲這些努力都並非超然無執，而是有特定的指向性與目的性，想說服聽衆接受某種反軍事化的條約解釋方法。但用這種反軍事化的詮釋方法所得出的結果卻與那種軍事化的解釋方法一樣具有偶然性，一樣會引起更進一步的爭論。然而承認這種偶然性，承認任何詮釋都具有修辭性，卻並不意味着不採取某種立場。在詮釋活動中採取一定的立場（position）是不可避免的。況且，詮釋的這種歷史偶然性也並不是甚麼壞事，因爲這是詮釋所賴以立足於其上的唯一堅實的基礎。我們總是在某個特定時刻、在某個特定地方、面對某些特定的觀衆說話的。我們的信仰與承

諾並不因其無法超越具體的歷史情景而變得不那麼真實了。
這一點於詮釋同樣成立。如果沒有任何根基理論能解決詩歌
或條約的詮釋爭端，那麼我們就必須一直這麼爭論下去。實
際上，這就是我們所能做的一切。

王宇根譯

參考書目

Levinson, Sanford, and Steven Mailloux, eds. 1988. *Interpreting Law and Literature : A Hermeneutic Reader.*

Mailloux, Steven. 1982. *Interpretive Conventions : The Reader in the Study of American Fiction.*

Mitchell, W.J.T., ed. 1983. *The Politics of Interpretation.*

——. 1985. *Against Theory : Literary Studies and the New Pragmatism.*

Palmer, Richard E. 1969. *Hermeneutics : Interpretation Theory in Schleiermacher, Dilthey, Heidegger, and Gadamer.*

Rabinow, Paul, and William M. Sullivan, eds. 1979. *Interpretive Social Science : A Reader.*

Tompkins, Jane P., ed. 1980. *Reader-Response Criticism : From Formalism to Poststructuralism.*

10 意圖 ^[註] INTENTION

柏特森（ Annabel Patterson ）

「意圖」爲文學符號學中最有挑戰性的術語之一，倒不僅僅是因爲它不只是停留在文學學科局限之內的緣故。事實上，作爲一個技術性術語，最好説它的重要功能是體現在法律理論和話語中，它一直運用在刑法中，在誹謗案中則尤爲重要，而且在最近的關於美國憲法及其修正案的論戰中獲得了新的重要性。通過考察其中的蓄意或預謀成分，刑法中的「意圖」是一個用來區分一種犯罪「程度」與另一種的概念；而且在法律詮釋中它也是一個中心概念。這方面它與「文學」中的關注和分析有着很有意義的疊合現象。

十七世紀英國在星法院審理的一起較早的且有些特別的誹謗案就清楚了説明了這一點，即作者意圖並不能保護一位作家使他的作品免受人們種種不同的詮釋。在一六三三年，長老會改革家普林（ William Prynne ）被指控爲以一種隱晦的方式攻擊君主制而犯有「煽動誹謗罪」，因爲他印行了題爲《反戲劇》（ *Histriomastix*, 1633 ）一本書，提議廢黜戲劇和所有的演出，包括哪些爲過去的統治者所喜愛或參與過的，如羅馬皇帝尼禄（ Nero ）等。因爲當時的皇室成員醉心於宮廷戲劇，《反戲劇》一書被認爲「雖然不是以鮮明的方式，但是以一些範例和其它

【註】　本譯文中「本意」和「意圖」常交替使用，但在英文原稿中均指 Intention。——譯註

隱晦的方式向戲劇的觀衆演示這一點，向國王和王族施加壓力是合法的……」當普林宣稱他絕非此意時，法院的法官以意圖性的語言作出了裁決，雖然不是這方面真正的先例，但它成爲審查制度的歷史發展中後來許多的法律爭端的範例：

> 據説，他沒有壞的意圖，沒有惡意，但他會引起各種邪惡的詮釋。然而這不能使他受到寬恕，因爲他不應該寫下任何易引起歪曲的東西，不能使他自己的意圖被所有的讀者所正確地理解。（ Gardiner,〔1877〕1965 ）

換言之，本文一旦進入公共領域，就必然受到對大多數讀者來説最合理的各種各樣的詮釋，讀者只會根據局部情勢來決定文本的意義。

十九世紀以來，當律師糾纏於這樣一些問題如語言的不確定性，以前那些不再能解釋其意圖的立法者的文本，以及他們自身的職業範圍內法律的持久有效性或相反的歷史演變中各不相同的範疇時，意圖就變得越來越成問題了。普通律師想通過界定作者意圖來建立一部法律的「意義」的願望，或者説司法部長埃德溫・密斯想參照一七八七年憲法的幾個起草者的意圖來界定和規範美國憲法的願望，遇到了刑法運用中的一個問題，即認爲法律的意義和實際運用是隨時間變化着的。這與最高法院法官威廉姆・布萊南（ William Brennan ）的立場也是相左的，他認爲一七八七年以來的社會變革也應加以考慮，憲法理論也「需要隨着社會情勢的改變在其基本原則方面加以改變」。（ Brennan 1985 ）

正像普林的案子一樣，文學實踐中這種法規爭論也比比皆是。布萊南認爲憲法在文學研究中的意義首先是文本，也就是説，它是神秘莫測的。

像每一個有待閱讀的文本一樣，它不是水晶般透明的、措詞的意味很廣，其含義的界限並沒有清楚地標明。其威嚴的總則和崇高的宣告既是明晰的又是曖昧的，這種話語的模糊性引發了詮譯，引發了讀者與文本之間的交流。

當與一般意義上的文學文本相比時，憲法的根本區別在於就其實際運用來說，它必然付諸公眾，並要求一種職業化的讀者和最終的決定（「不像文學批評家，法官不能只認識到潛存於文本中的張力或揭示其中的曖昧性——法官必須解決這些問題」[2]），關於意圖和詮釋間爭論不休的關係問題，當代圍繞其意義進行的論爭提供了一個特別清晰的範例。布萊南對意圖的方法論表示不信任，他認為，發掘過去的作者的意圖是非常困難的。爭論的記錄中，能發現的是起草者自身對特別的憲法條款的意義和運用並未取得一致見解，並且將他們的差異隱藏在總則中。「當懸疑中的文本明顯不是公開的而是共有的，意圖這一概念就很成問題了。」「誰的意圖是貼切的這一點並不清楚——不管他是政府部門中的起草者、國會裏的辯論者還是批准者」（4）。對許多文學批評家來說，雖然共同面對一個過去的作者，視角問題可用這樣一句話總結：「我們兩個（或更多的）世紀之間的距離必然像一塊稜鏡折射出我們所能感知的一切。」

但是當布萊南堅決排斥一種輕鬆的歷史主義和一種粗俗的意圖化傾向時，他仍然堅信作為一個文本美國憲法還是包含着某種意圖的——改良社會——這反過來又並非是一七八七年局勢所能確定的，而是成為延伸到後來一系列發展（包括廢除奴隸制）的主要原則，這些發展都是當初所不曾預見到的。這一折衷並不能免除其內在矛盾，而是承認大革命時期的歷史環境對詮釋的某種影響，但也並非是去固定或限制它可能的含義。

而就它是根據讀者所認同的價值信仰形成而言，布萊南清楚地知道他關於憲法的解讀同樣也是主觀的。關於「死刑是殘忍而特別的刑罰中最突出的例子，這一點已爲第八次憲法修正案所指出，以及反對死刑是與修正案的『主要意思』相一致」的說法和詮釋，已爲最高法院繼而爲全國的大多數人所反對。布萊南也清楚地知道，在這個問題上，他是站在幻想主義者的少數人一邊；但是他的措辭使得對「本質含義」的籲求，與絕對同一真理的實踐以及限制和個人爲了防止誤解的必要說明：「正如我詮釋憲法一樣」之間趨於一種微妙的平衡狀態。（Brennan 1985, 14-16）

這樣一米，嵌置在現代法律論爭中的正是構成文學領域內關於意圖論爭的某些中心術語和矛盾。但在轉向這一著名爭端之前（它是如此迷惑人以致許多批評家已將它作爲不可解決的問題而棄之不顧），我們應當涉及一下意圖在其中有時充當一個技術性術語的其他領域。雖然一開始它們或許會使我們轉向，但是通過揭示文學論爭中運用的某些觀念的主宰地位，它們也同樣能說明文學實踐。例如，這裏就存在着某種哲學傳統。一個希望從圖書目錄裏得到幫助的學生會發現自己最終被圍繞在關於本意和意圖性的大堆說明中，這些說明已成爲邏輯學家和分析哲學家的主要產業。首先，在現象學或感知理論中，作爲一個術語，它有着高度專業化的使用方式，尤其在胡塞爾（Edmund Husserl）的著作中。胡塞爾用「意圖」大致指感知行爲和被感知的真實客體的關係。雖然人們有時試圖將這種用法與文學理論中的本意聯繫起來，但只要作簡單的觀察，就可清楚地看到這兩種用法是有根本區別的。

但是，關於意圖，哲學也提供了一種專注於行爲的解釋。人的意圖怎樣與其行爲相關聯，這樣深藏而不可回答的問題，

183

在早期文化中被認爲是由形而上學和宗教所把持，並引生了命運、謀略、自由意志、預謀等相關的概念，在今天看來，正像安斯康伯（Elizabeth Anscombe）的經典論文《意圖》（*Intention,* 1957）中所闡明的一樣，被認爲是關注於這樣一個問題，即從本意到行爲這一過程是如何被顯示出來的以及是否它們能被伴隨着話語的行爲（或是根據邏輯法則）説明其有效性。當我們將之隱約地與刑法裏的意圖相聯結時，一種關注行爲的研究途徑也會將之連接在一種關注文本的或詮釋的研究，這又部分地涉及話語行爲原理，這一理論爲邏輯學的一個分支，認爲某種言語，不管是口頭還是書面的，事實上都是行爲，或者說擁有「可致行爲性」。在六十年代，奧斯汀（J. L. Austin）在《怎樣運用言辭做事情》（*How to Do Things with Words,* 1962）一書中闡述了話語行爲原理，在當時影響極大，並極大地滲透進文學理論領域。它尤其使人們看到，對於任何成功的溝通行爲來說，制約着它的詮釋性成規是何等重要，而且溝通的雙方都必須遵循（在某種意圖性程度上）。當奧斯汀以不嚴肅的或不帶行爲結果的偽陳述的罪名將文學的溝通逐出話語行爲範疇之外時，另一些最終則感到「真實的」和「文學的」交流之間的分界線恐怕不能截然劃出。顯然，例如預期性的話語行爲，從邏輯上來說，和通過乞靈於一位繆斯（Muse），創作一部史詩來顯示一個人的意圖的話語行爲就沒有甚麼區別。

　　更直接地從古典美學問題入手，藝術史中有着關於本意的大量獨特的文獻。立足於美學，關於本意的某些傳統問題在喬哀斯（James Joyce）的《一個青年藝術家的肖像》（*A Portrait of the Artist as a Young Man*）中被委婉地戲劇化了。「如果一個人……瘋狂地劈着一大塊木頭……做成一幅奶牛的圖象，能

説它是藝術品嗎？如果不是，爲甚麼？」（Joyce 1988,214）換言之，一件藝術品可能没有藝術家的創造意圖而偶然地被創造出來嗎？最古老的藝術史文本之一，普利尼（Pliny）的《自然史》（*Natural History*）一書，記載了藝術化效果被偶然地取得的幾件軼事，從實際經驗方面向這一問題發難，而畫家普洛托吉尼斯（Protogenes）曾嘗試毫不費力地去再現一隻狗滿口唾沫的效果。他只是憤怒地將畫筆扔在紙上，瞬間的隨意行爲倒獲得了數小時殫精竭力不能得到的藝術效果。

這一問題的非經驗性的或理論化的表現型態表現爲對前概念或藝術作品中思想的關注，在柏拉圖、亞里士多德和後來所有的唯心主義美學看來，它是藝術家在開始進行實際的創造行爲時就存在於藝術家思想中的。相比於僅僅是物質化的產品（它被認爲必然是一種思想的不充分的表現），一種美學越是唯心主義的，它就越强調本意的價值。這一概念同樣表現在德達勒斯（Stephen Dedalus）對「當美學意象一開始被孕育時」出現的那種短暫激情的「神秘瞬間」的關注（「像一塊漸熄的煤塊」）（Joyce 1968,213）。喬伊斯發現，一般説來，浪漫主義美學都崇仰這一時刻，尤其是在雪萊（Shelley）的《爲詩一辯》中。

一種唯心主義美學，不管它是古典的還是浪漫主義的，通常都認爲作爲藝術的作品的身份都是自明性的。這樣一種觀點，通過一種對任何檢查先驗地加以排斥的界定，越來越被表述爲一種同義反覆式的語言，而喬哀斯又一次讓斯蒂芬侃談藝術作品的「不可捉摸性」和「無所不是」，這只能用一種附加的學術上的抽象語言來加以界定——整一、和諧、明晰。但是正因爲藝術史的首要任務是描述和評價一大堆不同時期的不同作品，作爲藝術它們的身份還不是自明性的，其特徵還不如説是變化着

的藝術趣味和標準，唯心主義者關於本意的概念像前概念或內在形式等常常爲對外在條件或一個特定藝術家接觸的原則的强調所取代，因爲任何藝術家都是嵌置在他所使用的這些藝術成規的地位的時代之中，並用以表現自身。它們包括拜占庭鑲嵌圖案或哥特式教堂的雕塑所表現出的宗教意圖、歐洲文藝復興時期保護人用以支持其藝術家並訓導其作品應該採取何種形式的法則、物質媒體（如被撐開的畫布）的限制（在這一背景上，藝術家習慣上不得不以此衡量他的技巧）。一種集體或私人所有制所規定的藝術間的區別性特徵，以及特定的「運動」或時尚如表現主義、未來主義或抽象派的意識形態。在這些條件或成規存在着的歷史時期，就任何人在最寬泛的意義上（作爲一位藝術家）持有某種藝術意圖而言，他只能有意識地活動於那些成規之中，或者乾脆抵制它們。因此，就理論上而言，是可以瞭解到就藝術實踐標準及其社會評價（標準是不斷地變化着的）與某一藝術家獨一無二的創作活動之間（就其有限意義上的獨特性而言）存在着另一個關於本意的範疇，它追隨着某些事件，可以從在多大程度上作者不同於他的同時代人這一點上加以識別，就像馬奈（Manet）之於莫奈（Monet）、塞尚（Cézanne）之於梵·高（van Gogh）。

　　當然，提及梵·高之名就涉及到了藝術史中通常不加考慮的關於意圖的另一個問題，即非理性意圖是一種對理性的顛覆，並決定性地改變着後者。就事實而言，任何一個梵·高晚期繪畫的觀賞者不可能不會感受到，被割下的耳朵、自殺，以及旋轉的風景無一不是某種需要宣泄的强烈衝動的表徵，正像柏拉圖的先知概念一樣，雖然它並不等同於「瘋狂地砍伐一塊木頭」，以一種特別的不經意的形式製造出强有力的作品。顯然，不管它有沒有臨牀意義上的精神混亂，這種藝術活動還是同樣可以

從文學作品中找到。自從弗洛伊德（Sigmund Freud）以無意
識來分析理性，尤其是自從弗洛伊德的作品本身也成爲需要詮
釋的文本之後，文學批評家才痛苦地或者説是欣喜地發
現：我們所説的總不是我們所「真正地」所要表達的，如果現實
是被嵌置在心理的深層結構而不是話語表層的話。

　　然而，如果説作爲一個術語和概念，「本意」所關涉的這個
巨大的問題已超出了文學批評和文學史的範圍，雖然在今天發
生在這一範圍內的事情在人們看來，顯得越來越可以理解。我
們最好先不討論這場論爭中衆所周知的最早文本，即文姆薩特
（W. K. Wimsatt）和比爾兹利（M. C. Beardsley）合著的著
名文章《意圖謬誤》（The Intentional Fallacy），最先於一九四
六年發表在《賽維納評論》（Sewanee Review），而是另一個文
本，其論述相當清晰，但它像現行的許多這方面的文章一樣，
需要我們不斷地加以修正。這裏所説的文本即是一九六五年爲
《普林斯頓詩歌及詩學百科全書》（Princeton Encyclopedia of
Poetry and Poetics）〔著者是斯泰門（R. W. Stallman），在此
之前，他曾就意圖問題寫過若干短論，包括其《批評家手册》
（Critic's Notebook, 1950）中的一章。〕該文本提出了一個宣
言，同時在新批評或藝術自足理論看來還需要進行補充：

　　　　作品一旦被創造出，它就有了其客觀身份——它獨立存在於
　　　作者及其他所宣示的意圖之外。就它是一件藝術作品而言，
　　　它本身就包含着自己爲甚麼是這樣而不是那樣的理由。最優
　　　秀的藝術家應該以這樣一種方式建構其作品，即拒斥任何詮
　　　釋，而只容納一種單一的意圖，它的單一意圖會產生一種單
　　　一的效果、一種統轄一切的意義及一個複合主題。就理論上
　　　而言，藝術品的所有部分都應該服務於整體功能。與作爲藝
　　　術的作品的客觀身份不相關的東西是那些將作品拉回到它所

源自的歷史、心理或創造過程中加以解釋的批評標準……。
除非結合於作品本身，否則，沒有一種關於意圖的判斷是相
關的，而即使是在這種情況下，它也純屬多餘。

對這段定義的解釋首先是它自身所鮮明地表現出的自我規
定的意圖，其次，是其唯心主義美學思想（這可由「就理論上
而言」幾個字來證實），它直接源自新批評的現代主義美學，
但又無力地求助於藝術家教條式的遁辭來解釋其自足的結構肌
質（「就其作爲一件藝術作品而言，它包含了它爲甚麼是這樣
而不是那樣的存在理由」）。

將這段代表六十年代中期美國學術界思想的文字與文姆薩
特與比爾茲利所著的更有創見（用文章裏的話來説，是更有顛
覆性的）文章相比較，你會大吃一驚。當他們就意圖問題作經
典表述時，他們發現了文體方面的限制，於是他們轉而求助於
一種更寬泛的形式，即以一篇文章的形式將這一問題放在他們
所處的整個文化中來加以討論。他們覺得很有必要從理論上來
駁斥浪漫主義美學，它們認爲現代主義詩學已經顯得過時。更
奇怪的是，這些新批評理論家以歌德（Goethe）和克羅齊
（Croce）的立場觀點來界定浪漫主義美學，通過強調他們思
想中的價值取向問題，他們宣稱，意圖是一個太受重視的範疇。
在文姆薩特和比爾茲利看來，歌德和克羅齊都認爲，一件藝術
作品的價值首先得弄清先於它的作者的設計安排，其次才是探
究藝術家將這種設計貫徹得怎樣。雖然承認一首詩不可能偶然
地誕生，但他們兩人並不想承認作者的意圖可用來作爲判斷其
藝術才能的一個標準。他們寧願宣稱，評價職能只是批評家的
一種壟斷，這些批評家所代表的角色現在則被重新加以界定，
被突出爲一種新興學科的一個必要部分，即學院化和職業化的

英語文學研究。

但是在《意圖謬誤》（ *The Intentional Fallacy* ）中有一點很少被提及。雖然沒有明確表示這一點，他們還是拒斥自浪漫主義傳襲下來的主體中心論。爲了建立一套公正客觀的批評規則，文姆薩特與比爾兹利將這一程序從文學傳記中分離出來，其主要議題不再是心理學，作者的聲音也不再是一首抒情詩裏的言說者，後者被設計出來並不是表現作者的思想情感，而應該說是一種戲劇化的演示。取消了作者是一首詩歌意味的持有者或對其負責這種舊觀念之後，文姆薩特與比爾兹利聲稱（就像普林所宣示的），任何文本一旦得以產生，就是社會的；當這一宣言被運用於詩歌時，事實上也就意味着它只能爲批評家所監護。整篇文章都堅持認爲，公共的和客觀的評價至少是可以想見的，一旦將作者的主體性從這幅圖景中驅逐得不能再遠時，這一良辰美景就最有可能到來。至於批評家的主體性問題，以及它如果可能被用來代替（或歪曲）公衆標準（布萊南曾部分涉及過的一個問題）則被置諸腦後。

文章中的另一處提示更是影響深遠：詩歌被界定爲「一種風格技藝，通過它一種意義的滙集得以一下子被融合起來」（2）。這裏的「一下子」文姆薩特與比爾兹利並不是以此意指它們如此緊凑一致以致能渾然天成，這是他們所竭力反對的傳統美學中强調作者主觀設計的一個概念。但是現在它與關於一首成功詩作的第二個定義聯結起來，即「一切不相關的都被排斥掉」（2）。而當相關性原則一開始被規定是指語義上的，看上去只是整一、和諧等等這些舊用法的替代物時，這又成爲《意圖謬誤》的信奉者用以排斥其它詮釋方法的一種原則。因此，當我們回頭再看這個問題時，會發現《普林斯頓大百科全書》在兩種不同的意義上使用着這個術語，它意味着：「與作爲藝術

準則的作品的客觀身份（不）相關的話，必須將它放回到它所產生的那個歷史的或心理的或創造性的過程中去。」

總之，儘管一開始是一套套的「至理名言」，比起他們的某些追隨者，文姆薩特和比爾茲利自身的意圖顯得有點不太連貫。重要的是必須注意到他們論證的出發點是評價性的，而且是特別關注於詩歌的，尤其是抒情詩，這給他們的理論所帶來的天然局限（儘管從未被作爲局限顯示過），使得他們一開始的論點比起後來被運用於文學研究中的一種風行的反意圖主義潮流顯得更有説服力。他們也很清楚他們爲當代詩歌所致力進行的研究與這些詩歌本身〔當然是以艾略特（T.S.Eliot）及其權威註腳爲代表的）之間的關係，似乎需要對批評程度進行新的思考，包括作品中内在因素與外在或先於作品因素之間的關係問題。他們當然也敏鋭地察覺到，意圖的概念在他們所從事的學科中是一個相當重要的理論糾結點，「就靈感、真誠性、傳記、文學史及學術」等問題，它蘊含着「許多特別的真理」（1）。他們公開承認這一點，「如果批評家的研究不涉及他們『意圖』觀念的話，壓根兒就不會再有甚麼文學批評問題的存在」（1）。

他們所不曾做的事，和最終他們所下的結論，及其對其可理解性的嚴重影響，都使得他們將評價的理論拓展到詮釋領域。雖然「意義」一詞不時出現在他們的文章中並最終在文中得以澄清，但這不是他們所想像出的他們所面臨的問題的中心，他們正是在美學領域中對它進行界定，而不是在詮釋學的領域内。

考慮到不斷變化着批評職能本身，這一轉變的出現可能是不可避免的。如果説評價是批評的第一要義，就像十九世紀早期蒲伯（Alexander Pope）在他的《批評短論》（*Essay on Criticism*）中所認爲的那樣，那麼到二十世紀中期，由於新批評的努力，即對詩歌疑難的特別關注，批評工作被首先認爲是

進行詳盡的註釋。意圖性問題因而被轉移爲這樣一個問題：是否作者的意圖可以或應該成爲一種意義闡發中的工具？作爲一種激進的批評，《意圖謬誤》一書事實上認爲（伴隨明顯的非意圖的反諷），它的作者並没有説出他想説的。相反，「他們真正想説的」只是「關於某一作者的生平資料，尤其是他的意圖」只是詮釋中並不重要的一部分。但是，對於這場普遍運用反意圖主義的轉變中，最艱辛的挑戰是來自赫希（E. D. Hirsh）的反應，在《普林斯頓大百科全書》面世後兩年，即一九六七年，他出版了《論詮釋的有效性》（ *Validity in Interpretation* ），在其中，他試圖建立文姆薩特/比爾兹利的立場。當他在原初闡述中的專注於評價性的做法與那種堅持虛假簡使的教條即認爲作者意圖與文本意義無關的普遍信條之間作出區分時，赫希知道，對於反意圖主義的評價性努力和詮釋性行爲來説，有一點是共同的，即文學的非人化，一場一開始由艾略特、龐德（Pound）和他們的追隨者所發起的運動。對此，赫希也發起了他自己的「爲作者辯護」運動（這是他在序言短論中的標題），以此作爲他的常識理論的一部分，即所有的詮釋都只是「作者的意義的一種建構」。（244）但同時他也相信客觀詮釋的可能性，這一概念很容易使人想到另一個同樣的問題，即文姆薩特與比爾兹利所信仰的客觀評價標準。布萊南關於憲法條文説明中隱含的自相矛盾在這裏又一次顯得更加突出了，之所以這樣説，是因爲對文姆薩特和比爾兹利來説，一個饒有趣味的問題只是怎樣去討論現代詩的某些類型，可現在在《詮釋的有效性》一書中卻成爲一個文學理論中重要的實踐操作問題，換言之，正像許多人求助於哲學家一樣〔在德國思想傳統中，胡塞爾和海德格爾（Heidegger）是作爲研究意識的哲學家，索緒爾（Saussure）是研究語言的，施萊爾馬赫

（Schleiermacher）、狄爾泰（Dilthey）和伽達默爾（Gadamer）則是詮釋學家），他通過討論文學文本是怎樣運作並影響讀者的來推導其結論。

關於批評方法，比起現代主義和後現代主義所持觀點的任何一種來說，在許多方面，赫希的著述都顯示出是一種過渡。在文學研究中，這方面最明顯的標誌是「文學」這一概念的被拆除，以及以一種「理論」的觀念去替代批評，並將詮釋問題提到一種更哲學化的抽象高度。在這種情景下，作為一種對人類主體性相關思想、對個性和對作為一種主體性焦點，或一個（甚至是部分的）能擁有個人意圖的自由寫作者個體的猛烈抨擊的結果（這也是對作者思想的抨擊），作者意圖這一概念已接受了這樣一種新的強大的受歧視形式。弗洛伊德曾將自我分成三個不同的心理職能層面來研究這種自我的不確定性，而馬克思和他後來的結構主義化的追隨者像阿爾圖塞（Louis Althusser）則因為它是一種資產階級虛偽意識的產物而對個體大加抨擊。然而，可能是對後現代主義形式的新理論最清楚的表述，則來自福柯（Michel Foucault），在他的《知識考古學》（*Archeology of Knowledge*）中他花了大量篇幅批判了所有以作者原創者或 oeuvre 的觀念來指導文本研究的做法（用赫希的話來說，是作者的意思的觀念），為了取代現代主義和新批評所提出的自足藝術這一觀念，福柯首先提出了自足話語。他告訴我們，「話語，並不是一大堆關於某種思想、知識、說話者的清晰展示，恰恰相反，它是一個渾然自足的整體，在其中，分散的主體和他與自身的不連續性是可以被決定的」：

　　因此，不用指涉某種思想，對某種陳述就可以作出分析，這並不要提出說話主體這個問題，他只是在他所說的話中顯示

或掩飾他自身，正在説話的主體有他的獨立和自由，或者他會不自覺地易使自己受那些他只是模糊地知道的東西的局限。事實上，這只是被嵌置在「有人説」（on dit）這個層次上。

比起新批評的詩歌言説者或戲劇化人物這種觀念，在趨向於非人化這一點上，有人説這種提法顯然前進了一大步，而且他也不會用來重新肯定黑格爾（Hegel）那套陳舊不可信的目的論，依照目的論，歷史自身被説成是有意圖的，這種意圖會通過人類行爲表現出來，福柯又補充説：「我們一定不會憑這就會理解到這一點，即一大堆匿名的聲音必須通過每個人的話語説出來。」（Foucault 1972, 55,122）

《知識考古學》最初於一九六九年在法國出版。顯然，這恰巧與解構主義的出現同步。解構主義的開山之作是德里達（J. Derrida）的《語文學》（*De la grammatologie*, 1967），其矛頭直指將意圖問題轉入形而上學領域的原初和確鑿或有根據的意義觀念。在它們中間，福柯和德里達爲反意圖主義提供了一個文學批評從未企求過的崇高哲學地位，這倒不是因爲其模糊的思想淵源（既是美學的又是詮釋學的）及無論是它的支持者和反對者都抓住了敵手論證中的弱點和反例這一趨向。福柯的匿名話語理論之所以有吸引，至少部分原因在於它一股腦兒清除了這樣一些問題：反諷與戲擬，作者思想的變化或自我矛盾，以及在這樣一些範疇間所進行的無休止的區分，像事實作者和隱指作者；人、製作者、僞裝者與魔幻化的自我表述，字面意義和文本意義；語言和言語、意思和含義、意識和無意識；一般意圖與特別意圖；意圖、動機和目的等。伴隨其非人性，福柯的分析完全是反詮釋的，因爲它否定了文化考古學者的任務是去發掘原創作者隱匿在作品中的意義，這樣一種研究途徑在福柯看來是寓言性的讀解。

　　然而，提出問題並沒有解決問題。一種對傳統觀念的猛烈抨擊，由於它的自身的極端主義，使得相關的但並未明確表示的趨向和結果一下子明朗開來。同樣地，福柯在重建語言和文化研究之前就開始進行他認爲很有必要的、起初的「否定工作」，相比於他爲這樣一種研究去發明更滿意的程序來説，前者完成得更爲出色和成功，雖然他和其他後現代思想家最終使現代主義的「文本」概念與某些人認爲的「自然」閱讀方式相衝突。毫無疑問，文學批評家和理論家不會以匿名方式出版他們的文章，而且他們自身的意圖是他們專業活動的複雜結構的一部分，這些活動當然能説明他們所採取立場的意義。很難讓人理解爲甚麼福柯的作品就應該被視爲是一個作品（oeuvre）來加以解讀，例如，早期作品就被作爲僅僅是一種初步的不充當的結晶加以諒解（或寓有反諷意味地爲作者本人所收回），而同樣的特權卻不能加於十七世紀的某位詩人或十九世紀的某位小説家身上。

　　而且甚至在解構主義批評家中間，某種疑惑也掩蓋了這樣一種事實，即意圖並不能如此輕易被打發，它不斷地擊敗給意義加括號這種最狡黠的企圖，或者是想粉碎在符號與所指間存在語義對應的神話，將批評從大段大段的工作中解放出來而服務於一種看來更「先進」的解構式審察，以及毀掉我們批評話語中、重要的隱喻中、遺傳史中，以及賦予自身力量的自足體中隱含的傳統價值判斷，如此等等。」這段話是德曼（Paul de Man）的《閱讀寓言》（ *Allegories of Reading* ）一書中的序言。他曾以一種要求非常複雜的技能對普魯斯特（Proust）的作品進行過一種繁複的解讀，這種要求包括解構式的衝動往往內嵌在我們語言結構中的一種意圖中心所擊敗。

即使我們能使自己避開意圖這樣的假問題，並將敘述者合適
地降到僅僅是作爲一個語法上先行詞的地位，即沒有它，敘
述就不會產生，但這時主體擔負着這樣一個職能，它不是語
法意義上的而是修辭上的，以這種方式它發出聲稱，也就是
說出某個語法單位。聲音一詞，即使在語法術語的意義上使
用⋯⋯它當然還是一種隱喻，暗裏喻示着謂詞結構中的主體
的意圖。（de Man 1979,6,16,18）

在這裏，德曼更深刻地認識到，「如果說解構只是對某種錯誤
的系統化特徵的識別，那麼，它就完全依賴於這種錯誤的預先
存在。」譜系或探源觀念出現在這場漫長論證過程的終端。「科
學哲學家像巴什拉（Bachelard）或維根斯坦（Wittgenstein）
都顯然依賴於詩人的心理失常」，通過解構普魯斯特的文本，
德·曼只是想以其特有的才能「作爲一個充滿活動的讀者盡最
大可能接近作者爲甚麼不得不這樣寫時的心理狀態」（17）。

這樣一來，當我們事實上又回到原來的出發點時，會覺得，
任何界定意圖及其在不久將來的文學研究中的職能的努力都不
應該比德曼所認爲的更卑微無用。當我們發現我們自己的結論
比起相關的立法或憲法問題不更重要，我們應該從這種想法裏
得到某種安慰，倒不是因爲我們不想立志去這麼做，而是因爲
在這個論題上我們不需要強求一致。當人們回頭去看過去的許
多關於意圖的爭論時，你會吃驚於這些爭論動輒就宣佈某些公
理、準則和禁忌。詩人可以是也可以不是人類的未被公開承認
的立法者，可是批評家和理論家卻尤其不喜歡這種飄移不定的
立法授權。在一般意義上說，每個文學個案都是不同的，好比
在藝術史中，同時對作者意圖的研究，對浦洛克（Jackson
Pollock）的方法卻不同於吉陀（Giotto）或梵·高；正如這篇
簡短的文章所顯示出的，如果討論者都能清楚看到「意圖」作爲

一個術語的不同用法之間的語義差別，那麼，意圖論爭中產生的許多火熱現象都是可以避免的。尤爲重要的是，我們現在才懂得過去四十年來多少的反意圖主義者都有其具體的思想淵源，尤其對應於文化環境的變更，且源自一種職業化的自身利益的考慮，這種利益植根於已成爲專業化學科的文學藝術批評領域中的現代主義的自我膨脹。光憑歷史視角我們就能看出，在下一個十年裏，文學意圖問題上的立場將顯示出遠離形式主義的同樣程度的回轉，趨向於在現在一般的文學研究領域中日漸明顯的歷史和文化理論。至於這一轉變持續時間的長短將完全依賴於文學分析的成就——在創造性和關鍵性的進程中出現的新的洞見的數量和質量——其中，反常規姿態將受到歡迎。

馬向陽譯

參考書目

Newton-de Molina, David. 1976. *On Literary Intention.*

11 潛意識 UNCONSCIOUS

梅爾茨（Françoise Meltzer）

作爲本文標題的這個術語是頗爲費解的。如果標題讀作「潛意識」（the unconscious），這個術語便成了名詞：指一個實體，一個事物。然而對此存在着不少爭議，許多人認爲「潛意識」絕不是一個事物或一個場所，因此它只用作形容詞：舉個例子，我們說，「潛意識的行爲」（unconscious activity），但從不說 the activity of the unconscious。

同樣複雜的還在於「潛意識」可以意指各種各樣的事物——可以指某人處於睡眠狀態，也可以指某人不瞭解事物真相；可以指某人處於昏迷中，也可以指某人有些渾沌無知，等等。然而，在這兒這個術語所能激發我們興趣的是，它在心理學方面的含義：使個人做出自己沒有意識到的活動的念頭。但在這個陳述中，我們也要面對任何涉及「潛意識」概念都存在的兩個關鍵問題：一、潛意識是指一個場所呢，還是指心靈裏某種力量的活動，因而它根本不是一種「狀態」而是一種「方式」呢？二、由於「狀態」指的是我們不知道的東西，那麼在第一種情況下，我們如何去證實「潛意識」的存在呢？我們應該帶着這兩個問題來閱讀這篇文章。有時，我們使用「潛意識」這個詞指的是一種狀態（實際上弗洛伊德[Freud]在德語中使用這個詞時指的就是潛意識狀態），但是應該強調，這種用法是出於句法的困難，這並不是說潛意識總是一個物體，或者說潛意識也許曾經是個物體。

　　儘管我們現在所討論的是這個術語的心理學含義，但是甚麼是潛意識從一開始就是一哲學命題。人類總是談到「未知的力量」，它強迫人們去做種種他沒想去做的事，使他們不由自主地去從事無望的或不可理解的活動。和神話一樣，大多數的宗教信仰建立於某種雖不可見卻仍被人們信奉的力量。人類思想中有未知部分或不可知部分這個觀點並不新鮮，我們並且可以把潛意識觀念與一定的神學信仰相脗合。

　　蘇格拉底曾宣稱存在某種隱藏着的知識，「未被心靈所察覺」，他的方法自我描述爲啓發問答法——一種引產，通過助產士的幫助，使潛伏的觀點或記憶進入意識層次。柏拉圖、亞里士多德、柏羅丁（Plotinus）、奧古斯汀（Augustine）以及阿奎那斯（Aquinas）（此外還可列舉出其他一些人名來）都關注過人類思想中深層的，且不能自發進入意識層次的那些方面。但是，法國哲學家笛卡兒對此提出了異議，他聲稱認識是唯一的，且與思想同一：「我所理解的有意識的經歷（思想）指的是我們自身經歷的每一件事，對此我們有清醒認識。」（Ricoeur 1974, 101）這個觀點認爲所有的精神現象都是已知的。正是這種必然性遭到了心理分析學的反駁。心理分析學包含了許多隱藏着的、我們所不知的思想痕跡（remains）。笛卡兒著名的二元論——肉體和精神的分裂——在很大程度上爲後來的包括心理分析學在內的思想方式所繼承。心理學（這門關於心靈的普通學科，在弗洛伊德發明他所稱之爲「心理-分析」的那套理論之前就已經存在）運用笛卡兒的二元論來假定精神的二元模式：已知部分和未知部分。換言之，笛卡兒並不像些人想要我們相信的那樣遠離心理分析學。

　　在十九世紀，人們對思想中的未知部分，即「黑暗方面」是甚麼這個問題重新產生了興趣，並成爲一股勢潮。盧梭、歌德、

黑格爾、謝林（Schelling）和柯爾律治（Coleridge）這些歸入早期德國浪漫派的人都提到了「潛意識」，儘管他們使用的不一定是這個詞本身。正如我們經常指出的，叔本華的「意志」和我們現在所說的「潛意識」有相似之處，他把意志看作一種十分强大、無所不在且不可避免的力量。尼采（Nietzsche）也有類似的觀點，他對弗洛伊德的影響也許遠比弗洛伊德願意承認的要大得多。

　　「潛意識」這個術語已涉及到哲學、文學、心理學和神學諸領域。一八六八年，隨着哈特曼（Eduard von Hartmann）的《潛意識的哲學》（*Philosophy of the Unconscious*）這本書的出版，「潛意識」在整個西歐的大衆中成爲一個非常流行的概念。在十九世紀七十年代，至少有半打書在書名上冠之以「潛意識」這個詞。自然，潛意識這個術語及其概念的確不是弗洛伊德發明的。當每個歐洲學術界人士對這個詞已司空見慣，並且在很大程度上已把它作爲一個可運用的概念來看待時，弗洛伊德提起了這個詞。那麼，爲甚麼我們會擔心「潛意識」一詞可能不被弗洛伊德的讀者所接受，尤其是在他的早期著作中呢？唯一的解釋只能是：弗洛伊德站在維多利亞時代的理論高度，持一種流行觀點並且把它宣稱爲天生的「性」觀點。這個觀點很難站得住脚，這是由於「潛意識」的特殊界定——正如哲學家利科（Paul Ricoeur）指出那樣，「潛意識」只是相對於「意識」的觀點才存在。利科指出潛意識無法觸摸到，由於人們不能完全證實它的存在，所以對此只是一種推斷。也就是說，根據定義，潛意識不可明見，它的存在由生活中那些沒有明確動機的事件暗示出來（比較完全的表現而言）。因此潛意識在康德那兒成了先驗主義的一部分：它是一種方式，我們以此來談論我們所不知道的事物。未知部分在其創立時就被聲稱爲性慾問題，這種看法

易引起爭論，因它無法得到證實，故此它遭到了加倍的攻擊。弗洛伊德的麻煩（他的擔憂並非沒有道理）就在於他把一抽象觀點看作天生的性慾問題，這是一個不受觀迎的論點，只是根據推測而來，並且只能憑藉日常生活中意識層面無法解釋的現象——諸如夢境、失言、雙關語、健忘、饒舌强制病、否認，以及，在這兒最重要的還有文學——的存在而得以證實。在我們着手研究弗洛伊德和心理分析學怎樣來分析文學作品之前，讓我們來更仔細地看看弗洛伊德對他最得意的觀點——潛意識——的實際的表述。

　　以上提到的利科的評論已提出了另一種困境：對潛意識的理解只能伴隨着甚麼是「意識」的界定才存在。換句話説，具有諷刺意味的是，潛意識只能在意識王國和法則裏加以描繪，得到理解。或者可用另外的方式來表述：未知（潛意識）注定要用已知（意識）的術語來表達。（應該指出，弗洛伊德用來説明潛意識的術語是 *das Unbewusste*，字面上的意義是「未知物」，它與知識的聯繫要比英語中的術語遠一點）。未知注定要用已知的術語來理解，這一點的重要性在於它正是心理分析學和文藝理論的相合之處：因爲弗洛伊德將注定要用聯想、隱喻、明喻、語言遊戲以及別的一些修辭方式來描述潛意識，也是因爲將來的批評理論將會選擇這些方式來閱讀那些弗洛伊德所運用的修辭比喻，這些方式最終將告訴我們有關修辭結構的「節儉」和叙事的内部工作狀況，就像這些方式説明心理學時那樣。

　　弗洛伊德也認爲潛意識是通過「溝」（gap）表現出來的，如剛才提到的記憶中的空白、失言、雙關和夢境。我們已經認識到，潛意識是無邏輯和非線性的，而意識則相反。換包話説，我們可以認爲，潛意識的存在可以從言談中有時流露出的無理智或强烈的感情中推斷出。我們應當明白，對於叙事和演繹故

事，這種「特性」並非不重要。但我們還是回到以上關注的問題上來。

如我們所説，當弗洛伊德開始談及潛意識，他必須同時談論意識。關於這個課題他第一篇重要的論文是《心理分析學中關於潛意識的一個觀點》（ *A Note on the Unconscious in Psycho-Analysis,* 1912 ）。在文中他把潛意識劃分爲三種類型：描述的、能動的和有系統的。他這樣來表達描述的潛意識：那些呈現在我們思想中的是意識（如正在進行的一次會談）；那些没有表露出來但可在記憶中復現的是前意識（如我們出生的日子）；那些潛藏着並且不能被任何意識行爲復現的是潛意識（如被壓抑着的童年時代的一種恐懼）。應當注意到，可描述的潛意識把自己納入了製圖學的方法，而且的確是建立在弗洛伊德的心理「地形」模型理論之上的。如下圖：

$$\frac{\text{CS}}{\text{UCS}} \quad \frac{（意識）}{（潛意識）} \longleftarrow （抑制障礙）$$

這個模型理論可啓發我們去發現弗洛伊德全部著作中「地形」的隱喻性：心理上空間與「層面」的空間觀點。當弗洛伊德在暗示「可描述的潛意識」時，（在本文中其與「地形」這個詞同義）我們就可得到這樣的圖形：「心理區域」、「心理地圖」、「未標明的區域」，「不可知領域」、被看作是「通向潛意識的捷徑」的夢以及潛意識自身，而潛意識是作爲通向起居室（意識）的一個前廳，起居室由一個警衛小心看守着，（這個警衛就是抑制障礙的化身，它不准潛意識思想侵入意識。）附加一句，正是在這種關於可描述的潛意識的討論中，弗洛伊德給我們提供了類似「神秘的寫作本」那樣的一個模型來比喻心理與記憶，寫作本是孩子用來寫字或擦掉字的一種玩具。所有的隱喻和明喻

都是從空間上來強調的，好像存在着一個心理地形，而潛意識就是其中的一部分。（確實，在其早期著作中，弗洛伊德試圖在精神中給潛意識定位——Frued1951，1：283－293）這樣，潛意識這個概念被看作接近於一個「事物」或一個「場所」。這兒，潛意識是一個名詞。而描述的潛意識，或說地形潛意識，是記憶、思想、願望、恐懼和夢的場所。它可以界定爲意識中所缺失的東西。

　　能動的潛意識則是一股能量而不是「場所」。應當記住，弗洛伊德是在十九世紀末期着手幹這項工作，並且他就是那個階段神經病學和生理學的產物。弗洛伊德提出了人類神經病學的模型理論——反射弧（如膝跳反射），即：緊張程度越來越大，它需要釋放，而這種消解是本能的衝動。這個模型在評論學上通常稱爲「水力系統」，因爲它假定了穩定靜止是令人滿意的，而緊張是引人厭煩的，因此必須找到一種排遣。（這跟水往低處流的原理一樣，如果水得不到排泄的話，就會積累壓力。）有好幾次，弗洛伊德把潛意識看作一系列的本能反應和能量的一種漲落。這好像是説潛意識是一震動着的能量中心，它活動着且很繁忙，卻隱藏於主體意識心理之外。換言之，這個模型強調潛意識的能量流動沒有被主體察覺，反之因爲主體沒有意識到並不意味着它並不存在。（心理分析學以此反駁了笛卡兒關於所有的精神活動都是有意識的那種假定。）心理活動可以在主體毫無認識的情況下進行，弗洛伊德在證明他的觀點時，指出了在催眠狀態下，一個主體受到暗示時所產生的反應。暗示來自意識層面，是催眠後的狀態，但主體在行動時卻不知道他爲何要這樣做。對弗洛伊德而言，諸如此類催眠後的行爲，這種主體在意識層面無法作出解釋的行爲，證明了潛意識的存在。

　　表明動力系統模型特點的主要活動是壓抑：潛意識「包含」有種種願望甚至於信息，而那些信息是主體沒有認識到的，也是他的「檢查官」（相當於起居室門口的衛士）在主體意識中極力壓抑的。偶而一些潛意識能量也會衝破「壓抑」進入意識層面（就像水向一堵危牆猛力衝擊一樣）。但是潛意識慾望總要在意識裏得到轉彎抹角的表現：如通過夢、口誤或雙關詞義，等等。這些現象是主體在主觀上沒有意識到的，他也讓聽者確信這只是巧合或僅僅意外而已。但弗洛伊德則認爲，這些對意識層面的「闖入」是種僞裝與歪曲，它們正好證實了潛意識活動的存在。如果說潛意識的描述模型是建立於地形圖隱喻之上的話，那麼動力模型則以水力隱喻的方式來加以說明：能量「流」，是「附着的」（依附於一個客體），是震動的；壓抑着的慾望「積蓄壓力」，並不時對抑制障礙施加足夠的壓力以求「發泄」（leak through），尋求「發泄口」；慾望被「取代」或「轉移」以消解緊張的情緒；創傷一再得到平復（在夢中或甚至在日常生活中）來使創傷侵入潛意識所引起的「緊張得到緩和」。重申一下，這個模型之所以稱之爲水力系統，是因爲它預先假定緊張是令人不快的，且總想找到一個釋放渠道。其對立面就是說平衡靜止是令人快樂的。弗洛伊德著名的「死亡本能」（在英語中更爲矯柔造作的表達法爲thanatos）就是指回歸「事物的早期狀態」，在人類有機體即爲前系統的平衡狀態。潛意識的動力模型，一如我們通常所稱呼的，是個經濟系統，因爲它描述了一個控制和交換的系統：緊張逐漸增加，爲了保持「有益的」平衡和靜止，必須盡力釋放入意識層面。

　　在早期弗洛伊德著作中的系統潛意識是相當模糊的（與動力系統差別不大），然而在二十世紀三十年代，弗洛伊德用這個詞來描述他思想的「三部分」模式，這是對地形模式的修改。

這個包含了著名的三個術語——本我、自我和超我——的修改
模式認爲：自我既是潛意識的一部分（現在所謂的「本我」），
也是意識的一部分（「超我」）。在二十世紀五十年代，這個修
訂模式，將美國學派與法國心理學派分隔開來，美國學派使用
了三部分模式，並且進一步發展爲這個模式所認可的「自我心
理學」。而主要在分析學家拉康（Lacan）領導下的法國學派則
把這種修訂看作是潛意識的自我壓抑，這個潛意識是作爲意識
的辯證否定的一個觀念。法國學派執意追求地形和動力模型的
「真正的弗洛伊德的回歸」。拉康進一步聲稱：弗洛伊德最偉大
的發現——潛意識——的確切證實，正在於弗洛伊德在他後來
的著作中將其壓抑。根據弗洛伊德自己的定義，在他的早期著
作中，潛意識指那種曾被發現後來總受壓抑的東西。因此，拉
康認爲，弗洛伊德「壓抑」他關於潛意識的發現的這種行爲，正
是遵循了弗洛伊德他自己所描繪的指導意識的那個法則。而因
此而來的通常用來描繪精神活動的那些隱喻和修辭手法的選
擇，在後來的心理分析學理論中在很大程度上已政治化了。

如果説，對心理分析學而言，諸如隱喻和另外一些詞語或
文學手法（一般指雙關、類似、修辭手段和比喻）是潛意識以
此來證明自身的方式，那麼，就不應當奇怪，許多文學批評家
一般把語言，有時專門把文學稱爲心理分析學的潛意識。在我
們考慮弗洛伊德求助於文學來舉例説明他最有價值的理論——
戀母情結時，我們就會發現以上觀點的力量。

「潛意識」這個觀念本身就有諷刺性：因爲它是抽象的，所
以它只能在具體的隱喻或類似中得到表現。文學及其神話的作
用就是爲心理分析學提供一些類比，即擴展了的隱喻。從心理
分析學的角度來説，文學就像夢，揭示了深層的潛意識活動。
俄狄浦斯的故事對希臘人來説，俄狄浦斯就是人類自由反抗命

運的問題：國王俄狄浦斯尋找他的城市遭受災害的原由，而他並未意識到他自己正是那個原由。畢竟，俄狄浦斯出生時的一個預言表明了這個嬰兒將要弒父娶母。俄狄浦斯越是要極力擺脫這種命運，就越是更深地陷入這個網中。在弗洛伊德看來，俄狄浦斯的故事反映了每個（男）孩子的潛在願望：和母親發生性關係以及相伴而來的排除父親以便取代他的位置。

正如人們可以想像的，弗洛伊德在把小女孩納入這種圖解時遇到了很多麻煩。女孩子是如何面對她們的潛在願望和她們的父母時的情形，是弗洛伊德從未完全理解的一個問題。尤其是他所堅持的陰莖嫉妒爲女孩子成長中的必要部分這個觀點，引起了並且繼續引起大量的異議。〔例如現代的卡倫・荷納（Karen Horney）和梅蘭涅・科萊恩（Melanie Klein）進行了重要的心理分析學研究，對陰莖嫉妒的普遍性提出了質疑。〕由於弗洛伊德拒絕放棄女孩子的戀母情結現象，使他得出了另外不爲人接受的觀點；因爲女孩沒有陰莖，對弗洛伊德來說，她是已被閹割的，因此她對父親加於男孩頭上的那種威脅（即閹割）無動於衷。弗洛伊德作出結論，女性從戀母階段中擺脫出來是非常緩慢的，因此與男孩相比，她較少成熟的正義感，且較少「文明感」（也就是說，較少意識到種種禁忌和文明行爲所帶來的壓抑），簡而言之，弗洛伊德堅持把男性範例加於女性的精神生活，因而他對大多數女病人進行的治療是失敗的。他給心理分析學所遺留下來的著名問題之一，就是在他給自己的朋友弗里思（Fliess）的信中說的：「女人想要甚麼？」

弗洛伊德在分析索福克勒斯（Sophocles）的偉大戲劇《俄狄浦斯王》時，認爲《俄狄浦斯王》用心理分析學的術語來說，就像夢的「明顯內容」。同夢一樣，俄狄浦斯王是一個僞裝，他不但隱藏而且揭示了一個「潛在」的心理分析事實，即弗洛伊德

所説的「俄狄浦斯情結」。在這裏，文學作爲心理分析學裏的潛意識，通過情節和角色奇跡般地顯示了甚麼在意識生活中是被壓抑的。應該補充一點：弗洛伊德對這戲劇的詮釋與希臘人的詮釋並不像初看上去那樣差別很大。對希臘人來説，就像對弗洛伊德一樣，俄狄浦斯的問題是至關重要的認識論問題——自我認識。俄狄浦斯發現他所尋求的「他者」（災害的原因）事實上就是他自己。簡要地説，他自身有一部分是他沒有認識到的。在這裏我們看到心理分析學從文學中汲取了重要的神話。同時我們還看到諸如「命定」、「命運」、「自知之明」和「他者」等觀念是互相關聯的，共同分擔了心理分析學所謂的潛意識。

　　然而弗洛伊德對文學的運用同時大大激怒了文學批評家，心理分析學對文學簡單而脆弱的理解，好比一個甜餅切製機，把偉大的文學作品任意納入心理分析學原理的模子裏。文學被視作不完整的，除非心理分析學「翻譯」並表達出它「真正的」內涵。

　　文學心理分析學方法另一個潛在問題是：它認爲一篇文章只是作者心理狀態的一個徵兆。例如，心理分析學家宣稱歌德（Goethe）這個偉大的德國作家因爲與其兄弟相爭才寫出了《浮士德》（Faust）。從最好的方面來説，這種方法最終告訴我們有關作者的一些事情（他的神經病、他着迷的情感、創傷等等），但是它卻幾乎沒能告訴我們任何關於作品的東西。另外，人們也會遇到對一個作家一無所知的情況，那麼如何去解釋他的作品呢？比如，如何看待荷馬（Homer）的《伊利亞特》（Iliad）？我們對荷馬此人幾乎一無所知。批評家經常憑藉一個特別無用的解決方法：對故事中的人物進行心理分析。所幸的是，這些簡單的方法正處於衰落中。像哲學家德里達（Jacques Derrida）指出那樣，心理分析學一旦發明了它自身，

它就在每處地方「發現」它自身。弗洛伊德是一個偉大的文學研究者，他無疑會對人們用我所說的心理分析學中的「甜餅製作機」方法對文學作品進行的大量分析感到震驚。但是不幸得很，恰恰首先是弗洛伊德的對於文學在心理分析中所佔地位的理解，助長了這種簡單主義。

以弗洛伊德自己對這種簡單主義的貢獻爲例，讓我們來看看他關於「恐怖」（The Uncanny, 1917）的一篇文章。這是一篇分析《睡魔》（*The Sandman*）的文章。《睡魔》是德國浪漫派作家霍夫曼（E.T.A. Hoffmann）的短篇小說。作品的主人公納塞內爾（Nathanael）是一年輕的學生，他總處於害怕失去眼睛的焦慮中。這種恐懼來源於一個令人害怕的律師，在納塞內爾還是孩子時，他爲他們家工作過。每當律師到他家來之時，納塞內爾便被强迫回自己的屋子上牀睡覺。如果納塞內爾堅持不上牀的話，保姆就會説睡魔要來攫取納塞內爾的眼睛，並且「把它們餵給他在月球上的孩子」。這樣，睡魔這個傳統的友好的形象——據説他把沙子扔進孩子的眼睛以幫助他們入睡——在幼小的納塞內爾的思想中漸漸與不祥的家庭律師等同起來。納塞內爾在他以後的日子裏一直對「睡魔」懷有恐懼（並且不斷地處於發現睡魔的恐懼中）。「睡魔」指的是那些職業與眼睛有關的人（比如：眼科醫生、兼售望遠鏡和透鏡等設備的眼鏡商）。不幸的納塞內爾最終從高塔上跳下來摔死，顯然是因爲他看到有個「睡魔」在下面命令他（或者説是等待他？）跳下去。

弗洛伊德認爲，這個故事的可怕在於納塞內爾對睡魔的恐懼既是不可理解的，又是不可思議地熟悉：用另一句話説，它分擔了潛意識。弗洛伊德認爲，心理分析學對這種恐懼提供了解釋，因此它抵銷了故事的可怕性。弗洛伊德告訴我們，納塞

內爾以爲他害怕的是失去眼睛，其實那種害怕是它物的一種替代（和僞裝），更本質地說，是恐懼閹割。弗洛伊德認爲，眼睛代表了它們眞正體現的東西——男性生殖器。爲甚麼弗洛伊德堅信這一點呢？他說，部分原因在於他的臨牀工作已在眼睛和男性生殖器之間建立了一種關係。而弗洛伊德相信，這種關係絕大部分是因爲他把霍夫曼故事的閱讀建立在他自己的俄狄浦斯心理分析學閱讀的基礎上。對弗洛伊德來說，俄狄浦斯跟納塞內爾進行的是同樣的替代：一旦了瞭了他自身的眞實情況，俄狄浦斯就用手指挖出了眼睛。弗洛伊德把這種自我懲罰看成閹割的「合適」的替換。這樣，潛意識信條（閹割是必要的懲罰）用挖出眼睛這種方式間接地（替代地）證明了它自身（像所有的潛意識思想一樣）。弗洛伊德把索福克勒斯的這部文學作品當作隱藏了潛意識願望的一個實證。那潛意識願望是存在於文本「之下」的。這種方法，以及俄狄浦斯神話的特殊模式，隨即成爲「閱讀」霍夫曼小說的模式。納塞內爾對他眼睛的煩憂實際上是閹割的焦慮，弗洛伊德如是說：恰像俄狄浦斯挖出眼睛正爲閹割的替代。弗洛伊德接着說，因爲這種替代具有普遍性（至少對男性來說），《睡魔》的讀者經歷了這種「可怕」——它很久以來即爲人熟悉（這裏指閹割的焦慮）卻被壓抑着且爲失去眼睛的恐懼所代替。弗洛伊德宣稱，我們既然知道了這點，故事的可怕就消解了。從某種意義上說，心理分析學對此已作出了解釋。文本的神經病症狀似乎也已「治癒」了。

對文學研究者來說，把虛構的文本視作基本上的症狀、被僞裝了的潛意識恐懼或願望這種方式常常是不充分的，也是不能令人信服的。此外，讀者的接受理論也有一些願意保留文本的恐怖，並且拒絕承認任何原則（尤其是文學研究之外的）都可宣稱去「譯解」文本「眞正的」意義的那種觀點。例如，如果心

理分析學通過表明愛倫・坡（Edgar Allan Poe）的故事爲一神經病徵兆來解釋其故事的怪誕（uncanny），那麼我們又該如何看待愛倫・坡的作品呢？這些都是文學批評家的顧慮擔憂。而同時還存在相對的另一擔憂：如果批評家自認爲他們的擔憂是公平的，他們可能會犯另一種簡單主義的錯誤；因爲他們若不願失去自己的地盤，他們就不得不很困難地在原則之間作出選擇。比如，文學在哪裏結束和批評從哪裏開始？文學批評家願意去討論的題目是甚麼，甚麼題目是無限制的？甚麼是「內在的」及甚麼是「外在的」？畢竟，文學理論在心理分析學理論中發現了自身，那麼爲甚麼不允許心理分析學在文學裏邊發現其潛意識呢？

讓我們來看看故事的講述這一專門方法，通過它文學理論在心理分析學中發現了自身。我們不會忘記，心理分析學實際上是一臨牀過程，不只是理論。這個過程在弗洛伊德的時代被稱作「談話治療」。病人通過自由聯想告訴心理分析學家種種思想問題，其講述轉而爲一故事：病人的故事是他或她童年記憶中片斷的重建。心理分析學的這個過程需要建立流暢的、有說服力的叙述，是對一生片斷的復合和叙述。心理分析的目的是隨着分析的進行使病人「重建」更好的、更爲連貫的故事。分析即叙述，而心理分析對象即叙述者。然後，心理分析家假定成爲這場叙述的讀者的角色，因爲他或她必須負責去解釋所說的一切；去保留叙述中重現的形象和事實，以及去評定其價值與作用；把夢當作文本來「閱讀」；總之，依次去重建生活的「情節」就如同它自身正被重建一樣。除此以外，心理分析學家必須「閱讀」叙述的「次要情節」——潛意識，因爲它可能在病人講述的故事中從其設定的僞裝和替代中自身得到重建。

如果我們說分析經歷的目的是創造一個生活之外的連貫的

且有邏輯的叙述，那麼我們可以補充説，心理分析學家充當的不僅是讀者也是批評家的作用。因爲心理分析學家首先必須「閱讀」或者解釋叙述。然後他或她必須説服其心理分析對象相信他或她自己經過修正的看法或解釋的準確性。最後，心理分析學家可寫下「病例研究」，重述病人的故事及心理分析學自身的故事。這樣，病例研究一種叙述的叙述，它試圖使讀者（比如，在這個場合，指其他的心理分析學家）信服其讀物的準確性。也許，心理分析學根本不在文學研究「之外」……，那麼……

　　前面部分不但涉及到「潛意識」這個術語的歷史，而且牽涉到使用它可以或者應該包含的文學及文學理論的一些方法、叙述結構；諸如隱喻和明喻這些修辭手法；諸如口誤、雙關、玩笑和「脱漏之誤」這些字面形式；諸如索福克勒斯的《俄狄浦斯王》這類文學作品在心理分析學中的主要運用——所有這些都描述了文學理論與心理分析學的潛意識這二者之間的聯繫的種種方面。

　　而由於法國心理分析學家和理論家拉康的工作，文學理論與心理分析學才不再是互相脱離的、偶而有一些共同之處的兩種研究。拉康視文學和心理分析學爲同一項目下的兩個系統，這項目同時尋求和提供了照亮人類思想的隱藏着的活動。這不是説拉康式理論避免了所有剛才提及的更爲「傳統化的」文學的心理分析方法的缺陷。但是讓我們首先來看看拉康視作問題的是甚麼及他所面臨的危險是甚麼。

　　我們已經提到，拉康認爲弗洛伊德最偉大的發現是由描述的或地形測量的思想模型描繪出來的潛意識觀念。在拉康看來，本我、自我和超我的三部分模型是弗洛伊德對他自己發現的一種壓抑。重複一下拉康的觀點：因爲弗洛伊德的潛意識被定義

爲受壓抑的東西，而又總是一再重複它自身的發現，其結果是再次抑制它自己，三部分模型是弗洛伊德的最初發現的力量和正確的表現。用拉康的觀點說，後來的模型經過修訂，這是因爲引進來的第三個術語（超我）是作爲當初被視作意識和潛意識之間的永恆的辯證法的綜合體。對拉康來說，這個綜合體試圖掩蓋弗洛伊德早期模型所描繪的動力潛意識與意識之間的緊張。早先提過的衛士，處於潛意識前廳與意識的起居室之間，好像突然變成了起緩和作用的第三個術語——在前面兩個「房間」之間的另一建築結構，它融合了二者的長處，同時隱蔽了潛意識的未知想法和意識的「行動表露」。不管怎麼說，這就是人們所認爲的拉康對後期弗洛伊德的看法。

在拉康看來，三部分觀點同時導向了自我心理學（其方向大多由美國心理分析學確立而被拉康所擯棄），因爲它促進或者說培育了作爲一個完整實體的自我或主體的幻覺（就拉康而言）；或者說培育了通過自我心理學的治療能力及其各種各樣的療法可被變成「整體」的自我的一個幻覺。而拉康又認爲，主體總是分裂的，沿着地形測量模型表明的線。主體由意識（可以接近的思想）和潛意識（不可接近的種種傾向和動力）組成。主體的潛意識即指未知，對他或她是陌生的（儘管是至關重要的）。因此，拉康認爲，「潛意識」的觀念立即、而且反過來，導向了「他者」的觀點。從而，拉康把主體的象徵符號定義爲S，它在自身裏分裂。與此有聯繫的，相關而來的是拉康認爲缺失（missing）構成了主體，主體則產生了願望。主體把願望作爲一種匱乏（lack）來經歷，匱乏是他或她要極力排除的。我們已可以感到主體思想活動的「液壓」觀點，從弗洛伊德式的意義上來說：拉康認爲由缺乏所構成的主體，會用平衡的達到（高興、或者願望的消失）來竭力克服願望造成的緊張。願望

使人類不同於野獸，後者經歷的是生物需求而非心理願望。主體感覺他或她所缺乏的東西留下了一個「溝」（gap），潛意識堅持要補上這個「溝」，由此潛意識與其他方面一道證實了它自身。

拉康堅定認爲思想的顯現應保留地形測量模型，我們從中可以看到他所堅持的辯證模型：潛意識和意識；主體和客體；願望和滿足；緊張和平衡；等等。辯證法的重要性在於我們可以看出黑格爾對拉康思想的重大影響。事實上，黑格爾的《現象學》中所體現的主人—奴隸的關係，爲拉康思想中主體的組成提供了範例。在黑格爾看來，主人—奴隸的衝突來自兩種意識間的對抗，每一種都企圖作爲一主要部分爲他者所承認。顯然，一者贏一者輸。勝利者將成爲輸者的主人。主人是被承認的一方，而奴隸是不被承認的他者，其唯一的目的是供養且通常支撐起主人。最終黑格爾認爲其作用會微妙地顛倒過來：奴隸因爲總在工作，是商品的製作者和生產者，他有目的。而主人，因爲他的勝利允許他可以這樣：在無所事事中獲得樂趣。他唯一的目的是消費奴隸（黑格爾使用了陽性代詞）所提供的商品，因此主人是無用的且必須依賴奴隸才得以存在。而另一方面，奴隸明顯被壓制：事實上，奴隸比被動的主人更爲獨立和自由。當我們重讀弗洛伊德式的潛意識時，這些粗略而簡單的關於黑格爾的譯解仍然可使讀者瞭解黑格爾對拉康的影響有多大。

在剛才描述的那種場合，「意識」這個術語很容易取代「主人」這個詞；而「潛意識」則可代表「奴隸」。換句話說，意識是心靈的主人：它是得到承認並且似乎是決定心靈活動的那部分。同時，潛意識就好比奴隸，是被壓制的那部分。但是當意識入睡時，潛意識就活動開了，並且不知不覺中抓住了意識。

潛意識進一步又產生出素材，這些素材可形成意識的存在與形式。潛意識，雖處於明顯的被壓抑狀態，實際上卻是主人，而意識主人卻是真正的奴隸。意識若沒有潛意識所供給的原料「商品」，它就沒有起作用的依據或者條件了。

對拉康來說，這種黑格爾範式也適用於自我和他者的關係。就像主人與奴隸那樣，辯證雙方（自我和他者）也不是由分離的、不相接近的部分組成的。拉康認爲，自我（subject）把自己的願望投射到他者上，而他者會在自我中發現自身。這不是探究拉康他者理論的全部複雜變更的場所。只需這麼説就足夠了：拉康用類似的（有時甚至是完全相同的）自我與他者的關係來顯現意識與潛意識內部的辯證法。拉康最出名的觀點是「潛意識是他者的論述」。要理解這句話，方法之一就是沿着下面建議的思路來閱讀：潛意識是自我對其自身沒有認識，以及它脫離自身當作他者來經歷的東西。根據自我用來觀察和投射的方法，他者會產生關於自我的潛意識願望和要求的關係的一條線索。拉康認爲，潛意識通常處於他者的地位，即自我沒有認識自身的位置。這樣，拉康所説的潛意識就和他者這個問題密切聯繫起來了：如果潛意識是自我沒有把它作爲自身一個方面而認識到的其中一部分，他者則是自我拒絕認識的自身。自我與他者互相牽連，一如潛意識在意識裏作爲他者而出現。

「潛意識與語言的結構相類似。」這是拉康的另一著名觀點。這裏，我們可以看出語言學對拉康的影響。語言學家索緒爾（Ferdinand de Saussure）和雅各布森（Roman Jakobson）兩人對拉康的影響最大。弗洛伊德自己對語言——特別是詞源學和語文學——也很感興趣。而拉康則堅信，如果弗洛伊德從現代語言學中受益的話，他肯定會得出與拉康一樣的結論，即語言與潛意識有相近關係。不管怎麼説，在這一點上，索緒爾對

拉康首先起了幫助。

在《普通語言學教程》中，索緒爾提出了一著名論斷：語言符號聯結的不是事物和名稱，而是概念和音貌。索緒爾把音貌稱作「能指」，把概念稱作「所指」。他所給出的例子是有形象的「樹」（能指），而與此相對應的概念則是一觀念或圖畫，即當我們想起「樹」（所指）時在我們腦子中幻想出的那個詞。拉康經常使用這些術語，即使如我們所見他對索緒爾式的符號作了一些更改。索緒爾聲稱能指產生意義不僅僅與所指有關，根據它們在句子裏的位置同時也與其他的能指有關。因此，拉康把潛意識比作能指活動，根據「意義鏈」中的位置產生了意義。這種看法導致拉康把能指放在首位；換言之，關鍵的是能指的位置產生意義，而不是通常説的意義（所指）。我們在此文後面會回到這個問題。

拉康結合了索緒爾式符號及其補充部分和雅各布森的工作。雅各布森在一九五六年認定語言有兩基本要素：隱喻和轉喻。隱喻提供了逐字的替代，而轉喻則提供了一相近的鏈條，指詞句的替換。雅各布森説，隱喻是「語義的」，而轉喻是「句法的」。拉康把這些作爲潛意識的修辭法。若我們還記得索緒爾的符號，要注意到這是引導它自身成爲弗洛伊德的地形測量思想模型的圖解：

$$\frac{\text{所指}}{\text{能指}} \qquad \frac{\text{意識}}{\text{潛意識}}$$

拉康運用了索緒爾的模型（倒轉）並且認爲潛意識的解剖圖是由規則系統界定的：

$$\frac{S}{s} \qquad （能指在所指之上）$$

就這樣，拉康採用了弗洛伊德的地形模型並把它轉換成語言學術語。當拉康說潛意識的結構與語言類似時，他意指着：正如自我具有內在的語言能力，使說法成爲可能一樣，潛意識也具有類似的內在能力。思想中存在着先天的結構，使語言的習得成爲可能，就如存在着先天的、導致潛意識形成的一種結構。隱喻和轉喻就屬於語言和潛意識的這種共有結構。願望（潛在的願望）決不可能得到滿足，它只被替換或代置，形成「能指鏈」，而能指鏈又總是（像潛意識一樣）留下自身的足跡但卻使我們困惑不解。我們也應明白。索緒爾沒在能指和所指間的障礙（那道「杠」），顯示了二者的分離狀態，它十分像地形模型中使意識和潛意識相分離的抑制障礙。這也是拉康所堅持的一個相似之處。

如我們已在腦中記住了這兩張「地圖」，我們就可以回到拉康對雅各布森理論的應用了。拉康認爲，（他採用了雅各布森的觀點）轉喻是一水平線上的能指鏈，它不能越過障礙而到達所指。對拉康而言，轉喻是願望的能指。所想望的總是被替代、被推遲，用另一種僞裝無休止地重複出現。用另一句話說，願望是從未改變的能指，它從未越過抑制障礙這道杠，儘管在每個場合它的意義（所指的東西）都明顯不同，事實上鏈條上的每個能指與它之前的能指有着同樣的意義：意味着願望的缺乏。另一方面，隱喻是一垂直的、不相近的結構，與其說是轉移還不如說是替代系統。拉康繼續運用索緒爾式的模型，他認爲可以這樣來表示：一個能指可以替代作爲另一個能指的所指，這樣的話，「杠」並未真正被越過，它只是在能指（S）掉到另一個能指的所指（s）地位時，克服了它而已：

我們（簡短地）進入了對拉康關於隱喻、轉喻及語言學概觀等觀點所進行的極其複雜的全部討論中，其意義在於表明修辭手法爲拉康提供了潛意識用以活動以及產生意義的模型。

應補充說明一下，列維-施特勞斯（Lévi-Strauss）的結構主義，它自身建立在索緒爾的術語學和方法的基礎上，同樣影響到拉康用來理解潛意識修辭的方法：作爲「深層結構」，它通過某些重複和變更範式來產生出意義。這些範式和每個術語的非「正式」含義形成了意義及其內部關係。因此，拉康聲稱，創造意義的是能指的運動——它的位置，而非所指。

爲了表明最後這一點，拉康「閱讀」了愛倫·坡的小說《失竊的信》（*The Purloined Letter*）。這個故事講的是，女王丟失了一封信，這封信若落入壞人手裏，將要危害到女王。拉康指出這封信的內容（它的所指，正式意義）不爲讀者所知。而重要的是信的位置——誰擁有了它，它藏在哪裏。從一人之手轉到他人之手的信的運行，就像上面作爲轉喻討論過的能指鏈。拉康指出故事中的每個個體決定於他或她與信的出現這種關係，而非信的內容。與此相比，自我決定於產生願望的缺乏，願望永遠被另外的東西（如丟失的信）所轉移和僞裝，並且這就是壓抑的證明。在拉康看來，坡的這部小說給我們顯示了一次潛意識的「課程」（lesson）：信的旅程，就像能指鏈，構成了當時的任何自我。故事結尾，當信已回歸正確位置，回到主人手裏，緊張才消解（回返到弗洛伊德的液壓語言），而平衡（快樂）才得以重現。信心循環則像能指的轉移（對拉康而言）；它回到「發送人」（女王）手中有一寓意：潛意識總要證實它的願望——不斷地通過轉移。拉康指出，「信總能到達目

的地」，我們可以理解成它暗示着潛意識總能達到目的，即使受到了阻礙。潛意識是「他者的講述」，因爲自我不知道他所想望的即他者所想望的。如我們所看到的，他者在拉康那兒是戀母情結的事件（父親是真正的「他者」）；而同時他者也是總不能被自我認識到（或是錯誤地認識到的，如拉康所説）的自身的一部分，因爲他不知道他者是他自身的一部分：他自己的潛意識。

拉康關於文學本文的觀點在文學理論上有很大的反響，他在語言學、哲學、精神分析學、文學和神學間轉換自如，預示出（實際上，可能很大地影響了）當今文學批評所進行的相似學科間的轉換。甚至那些對精神分析理論没有表現出絲毫興趣的批評家也和拉康一樣，把索緒爾的術語學應用於文學之本，或者使用某些字詞以賦予它們特定的拉康式的涵義（諸如「象徵的」或「想像的」或「鏡子階段」等詞）。拉康對文學理論的影響不可低估，他對後來的一批思想家如德里達、福柯、克里斯蒂娃（Julia Kristeva）、巴爾特（Roland Barthes）、德曼（Paul de Man）、詹姆遜（Fredric Jameson）這些人的影響也是不可估計的。同時還應記住，拉康是最初的和第一流的實踐心理分析家，是一個臨牀醫生，人類思想的每一顯示對他都可成爲理解心靈的另一線索。在這一方面及其他許多方面，他跟弗洛伊德很相像。和弗洛伊德一樣，對拉康而言潛意識表明爲一臨牀問題，是置於真實的、有活力的、有感應的病人的行爲之下的一種力量，而不僅僅是用不同方法設想出來的抽象概念。如果文學批評家最終是要面對文本，實踐中的心理分析學家就是面對病人及其潛意識所產生的願望具體顯現出來的困難。恰好處於這對抗中的「潛意識」以根本獨立的方式開始有意義和起作用。

這些就是潛意識觀點影響文學理論、哲學、神學和語言學的一些方式。至少，心理分析學已選擇了這些方式，運用這些原則來描述界定爲不可描述的事物：精神的未知部分以及「潛意識」這個術語所代表的活動。我們已注意到，因爲潛意識是一抽象物，思想中看不見的「場所」，或者是在意識之外流動的不可見的能量系統，它注定要通過分析學和擴展了的隱喻來具體地體現出來。然而其反面可能也是真實的。潛意識或許是我們設想不可知的和隱藏着的活動的方法。那麼，「潛意識」是否有可能成爲神話學的二十世紀版本，人類總是以此去解釋莫名其妙的事，用圖示的方法指出（或對心靈而言）最終保持神秘的「未知領域」？當我們討論或描述潛意識時，很可能我們所揭示的用來探究和解釋未知的及費解的東西的人類意願，比關於思想的任何系統或圖形都多。回到本文開頭的那個問題，關於未知的任何討論，不可避免地必定從已知中派生出來，因此它必然只是推測而已。並且，我們對於未知的推測方法有可能將在其自身內告訴我們心靈的結構和模式，及其局限和成見。

盛雙霞譯

參考書目

Archard, David. 1984. *Consciousness and the Unconscious.*

Derrida, Jacques. 1978. "Freud and the Scene of Writing." In *Writing and Difference.*

Freud, Sigmund. [1895] 1951. "Project for a Scientific Psychology."

——. [1912] 1958. "A Note on the Unconscious in Psycho-Analysis."

——. [1915] 1957. "Repression."

——. [1919] 1957. "The Unconscious."

Jakbson, Roman. 1956. "Two Aspects of Language and Two Types of Aphasic Disturbances." In *Fundamentals of Language*.

Lacan, Jacques. 1977. "The Agency of the Letter in the Unconscious, or Reason since Freud" and "The Direction of Treatment and the Principles of Its Power." In *Ecrits : A Selection*.

——. 1978. "The Unconscious and Repetition." In *Four Fundamental Concepts of Psychoanalysis*.

Ricoeur, Paul. 1974. "Consciousness and the Unconscious." In *The Conflict of Interpretations : Essays in Hermeneutics*.

de Saussure, Ferdinand. 1959. *Course in General Linguistics*.

12 確定性與不確定性
DETERMINACY/INDETERMINACY
格拉夫（Gerald Graff）

　　近來文學理論界最引起爭議的一個概念就是，文學文本具有一種基本的不確定性，這使任何作品解讀的對或者錯的可能性成爲了不可能。這樣也就容易發現，爲甚麼這個概念引起了那麼多的文學教師的恐慌，他們擔心，一旦文本解讀的正確性被否定了，那麼他們教學和探索實踐的基礎就會被削弱。例如，理論家赫希（E.D. Hirsch）就認爲:「没有意義的確定性，在闡釋中就不會獲取知識，也不能理解建立在文本解讀基礎之上的諸多人文主義原則。」

　　作爲對各種關於文學意義的不確定性理論的反應，赫希和另外一些人試圖闡釋「確定的意義」有時至少合理地歸因於文學作品的基礎。不管我們站在哪一方，甚至是幾方，我們都能夠從爭論本身獲取某些東西。同時，爭論也引出了關於意義的性質和文學的功能這樣一些基本問題。

　　雖然「不確定性」這個詞僅僅在最近才在文學批評中成爲一個流行術語，但必須指出，它早在上古時代就迷住了一些修辭學家和哲學家。從最早的記載始，人們就覺得文學擁有一個拒絕把握日常理性理解的維度。（在這裏我不考慮這樣一個事實：直到十九世紀後半葉，「文學」這個詞才成爲文類術語。以前，人們傾向於用「詩歌」指稱現在我們所說的「想像性的寫作」。）柏拉圖（Plato）在他的對話錄《伊安》（*Ion*）中，把典型的詩人描述成是一個「靈感襲來……發了狂」的人。在柏拉圖

看來，由於這個特性，使詩人不可信，只是證明他比哲學家更卑下。哲學家遵循的是一條更可靠、更理性的道路。公元一世紀有位修辭學家叫做朗吉弩斯（Longinus），他提出了「崇高」（sublime）的論點。這是一種更爲有益的看法，他描述說，偉大的寫作作爲一種超出平常理性水平之外的經驗，使情感發而不可遏。這種强有力的非理性因素作爲文學的特徵，由於文學和宗教經驗兩者的密切關係的存在而得到加强。如聖經故事，人們認爲文學作品可以具有各種不同的闡釋。

甚至十七、十八世紀新古典理性主義理論家都承認，任何天才的作品都很可能擁有某些「我所不知道的東西」（je ne sais quoi），這些東西是不能被減低到預先制定的規則裏的。直到浪漫主義時代，非理性才在文學界定上從邊緣地位變成中心。文學的一個明顯的特徵是它具有「暗示」意義的能力，這種意義不能純粹地被譯成推理和科學的邏輯命題。這個觀點現在變得更普遍了。

十八世紀後半葉之後，由於經驗科學的成長，社會的工業、商業和技術形態的膨脹，一種不同於早期的研究文學不確定性的方法得到鼓勵。由於現代科學和商業認同於清楚、明晰的思想和實際效率過程，詩人和文學家聲稱，科學和商業置之不理和低估的模糊、不確定、難記憶的意識領域和詩、評論有着更加特殊密切的關係，這已是自然的了。因此，詩學和文學的功能逐漸被界定爲是針對由科學家、商人和工程師所提倡的不含混的清晰性另一種選擇。

在二十世紀中葉的理論批評中，將文學確定爲科學的反面這種趨向引出了一個理論，即意義的「含混」（ambiguity）是好的文學作品的與衆不同的特徵。二戰後在英美興起的一個頗有影響的被稱爲「新批評」的批評派認爲，對於實驗報告和計算帳

目來説，含混可能是一個致命的缺點，但對於文學作品來説，它卻是必需的和有價值的屬性。科學直接借助於有一個意義而且只有一個意義的陳述命題的方式説話，而詩則間接地通過隱喻或形象説話。這樣便衍生了多重意義而不是限制了它的意義。正像一位名叫布魯克斯（Cleanth Brooks）的批評家所指出的：「科學的傾向是要求具有固定的術語，把它們凝固成嚴格的指稱（即對事物的指涉）；而詩的趨向正好相反，它造成意義的分裂。措詞經常處在不斷的修改過程中，甚至違背其字典上的意義。

難道含混真的像新批評所説的，是所有好詩的特徵？或者，它僅僅是某些批評家在特殊時候偶然喜歡上的某些詩的特徵？批評家把含混看作詩的主要特徵之一，這難道是詩本身的特性？或者，是批評家所處的文化境遇中的某個東西，它促使批評者以對詩歌賦予某些非科學的特徵來反對科學的斷言？縱觀歷史長河，「詩」和「文學」這兩個詞被用於不同種類的寫作形式中，這種寫作形式又具有不同的目的和意圖。任何人在所有時代和地方試圖給所有的詩和文學賦予某一種特徵和目的，都是不可能的。

一般説來，像「所有的好詩或文學都具有一個未知的X成分」這樣的斷言，不論「X成分」是指含混，還是不確定，或是其他單個特徵，對這種斷言保持一種謹慎的態度都是明智的。雖然新批評家過分誇大了含混作為所有文學的一個基本要素的重要性，但他們的主張也確實使讀者能夠以一種新的方法觀照文學作品，使他們能夠看到某些作品中以前的讀者所忽視的複雜性。

在過去的二十年中，希望強調文學要素拒絕明晰界定的批評家更傾向於説「不確定性」而不是「含混」。這個新的術語是否與早期的「含混」在意義上有重大區別呢？這個問題一直在爭論

之中。一些研究者認爲，不確定性這個新名詞僅僅是含混的另一代名詞。但是推崇「不確定性」的批評家堅持説兩者有根本的區別。這些批評家中最突出的便是所謂的解構主義批評家，他們從法國哲學家德里達（Jacques Derrida）和美籍比裔文學理論家德曼（Paul de Man）的理論中獲得一種基本觀點。

　　巴哈蒂（Timothy Bahti），這位傾向於解構主義的批評家，對新批評的含混和解構主義的不確定性兩者之間的區別提出了一個有幫助性的表述。巴哈蒂説，含混是指一種文本特徵，這種文本特徵不管多麼琢磨不定，但最後能夠通過解讀文本來描述。相反，「不確定」是指進入並且影響文本解讀的文本特徵。這樣，不僅是文學本身，而且文學的解讀也充盈了不確定性。換句話説，通過文學詮釋，不確定性這個概念擴大了含混的範圍，而文學本身，當然也就不確定的了。正像巴哈蒂所説：「對於新批評來説，文本本質上是含混的，對文本的詮釋卻不這樣。今天，文本是含混的而詮釋是不確定的。」

　　由於這些表述的提出，不確定性概念以一種不同於含混性概念的方式威脅到文學和文學詮釋的權威性。雖然「含混」代表文本中積極的有價值的文學文本的豐富性，不管這個文學作品是要表述關於人類存在的真理，還是文學闡釋者試圖理解文學作品的意義，「不確定性」卻表示了一個文本完成自己目的的有限性或者失誤這樣的事實。不確定性這個概念提出，文學詮釋活動受到很大程度的局限，這種試圖發現確定性意義的意圖實際上妨礙了文學事業的發展。含混這種特性是文學假定能夠掌握之後所賦予的特性，而不確定性卻使文學成爲犧牲品。

　　由於這諸多難點，很多文學教師都討厭並迴避上述問題。爲了更好地理解它們，我們最好從提出這樣的一個問題開始，那就是，文學不確定性概念是如何向我們對語言的確定性含義

通常理解的方式發出挑戰的。根據通常的解釋，我們通過推測說話者或作者的意圖而獲得話語的意義。我們的意圖是不是可以被知道呢？這個問題很久以來在哲學家和語言學家中受到廣泛爭議。起初的看法認爲，由於某種意圖是產生於某個人頭腦中的個體體驗，因此除了懷有這個意圖的人知道這個意圖是甚麼外，其他人一概不知。但是更深入的觀察和反映認爲，我們完全可以知道他人的意圖是甚麼，我們可以通過運用我們擁有的表達這些意向的方法來推斷我們的結論。

更具體地說，我們從各種情景的暗示中對說話者或作者的意圖作出判斷——如話語本身的形式和特徵、話語產生的環境、我們已經擁有的關於說話者和作者的信息。這種關於話語的情景的推斷，可以幫助我們對這種話語所屬的種類有個大致的瞭解，這些推斷就是我們所說的話語的「語境」。

當我們學習一種語言時，我們不僅學習大量單詞的意義和句子結構的基本形式，我們也無意中獲得了一套符碼，這套符碼可以使我們對某些特殊的詞和句子可能被使用的情景或語境作出推斷。沒有這些符碼，我們也許不能猜測任何話語的上下文語境，無法推斷任何意圖，因此也不能決定任何話語的意義。沒有那些能夠使我們確定語境的代碼，文本中的「白紙黑字」將不能告知我們任何東西。

爲了說明這一點，現舉如下一例：

跳到湖裏去

如果這句話是你的一位朋友用某種語調說出來的，你也許把它看成是對你過去的某些所言所行的善意的指責，你也一定不會把它看成是一個字面意義上的指令而付諸行動。然而，在

另外一種不同的環境下，你很可能就會認爲它是一種行動的指令。試想，這句話是一位救生員對你的呼叫，這時候在你面前正有幾個人正處在面臨被淹死的危險之中，而他們又正在喊：「救命！」注意，在這兩種情景下，因爲語句是一樣的，所以單單依靠語句本身無法確定它的意圖和意義。這兩種情景下的不同含義只有通過表達語句時的不同語境來得到解釋，一種是讓你推斷一種善意的指責，另外一種是使你認爲它是付諸行動的嚴肅的提議。<u>不同的語境決定了不同的意圖，因此也決定了不同的意義。</u>

值得注意的是上述兩種情況都是我們想像中的假設，線索也是可靠的，它使我們容易知道上下文語境是甚麼。但現在讓我們設想一種沒有足夠線索去推斷相關語境的情形。試想，「跳到湖裏去」這句話是我們在沙漠裏看到的一塊標誌，那麼它是甚麼意思呢？最可能的推斷就是，這塊標誌是一個荒謬的玩笑，我們無法決定它究竟是甚麼東西。它可能是一個地名，或者一塊指示方向的路標？或者，這句話可能是人們並不熟悉的編碼方式所表達的信息？只有進一步掌握語境的信息，才可以幫助我們理解這些不確定性，作出更自信的猜測。

換句話說，確定話語上下文語境是一個過程，這個過程就像任何解讀過程的其他部分一樣，依賴於推斷。因此它僅僅作爲我們討論的開始。我們總是能夠對任何話語的正確語境提出異議，這個異議便產生了不確定性的可能性。這一點對於文學解讀是很重要的，因爲文學解讀過程同樣依賴於推斷，就像我們解讀「跳到湖裏去」和其他日常話語一樣。在相當長的一段時間裏，正如我們很好地猜測出爲了確定的理解日常生活中的話語所需的語境，普遍的看法是，我們對文學的語境作出同樣好的猜測，可以達到同樣程度的確定性。對於確定文學作品的語

境來説，諸多「方法」是必要的工具——比如查閱作者傳記，考查那個時候社會和文化的背景，尋找作品語言更爲細緻的肌質，等等。只要我們具有了這些測定文學文本語境的方法，當異議的解讀出現時，我們就擁有了一個合意的試金石。

如果我們用來解決詮釋爭端的語境本身就是爭論對象的話，那麼上述觀點就很有問題。至少在有些情況下，情形就可能像在沙漠中遇到的標誌一樣。

當我們注意到，在語境中觀照文本而不是按作者所打算的那樣去觀照文本總是成爲可能時，不確定性這個問題變得更加複雜了。從這個意義上説，每次當我們從一個新的角度閲讀文本時，文本就呈現一種新的意義。例如，根據在第二次世界大戰中極權主義的經驗，我們能夠重新讀出莎士比亞作品中的恐怖因素〔如波蘭批評家科特（Jan Kott）所寫的一本書《我們當代的莎士比亞》（*Shakespeare Our Contemporary*）〕。我們能夠從那些本身並沒有明確表明政治性的作品中看出裏面所蘊含的政治傾向性，正如女性主義批評家能夠從那些並沒有直接表明性別觀念的作品中讀出性別觀念來一樣。我們能夠從哲學角度閲讀文學文本，或者以説話修辭角度閲讀哲學文本，我們也可以用社會或心理行爲方式來閲讀文本。

文學應當「當作文學」而不是哲學、政治學、歷史學、心理學來閲讀，有人反對上述閲讀方法。但是反對的同時出現了一個問題：那就是誰有權去限定這些範疇的應用呢？比如，誰説「文學」不是哲學的或政治的？或者哲學和政治不是文學的？近來文學理論家認爲，我們對文學、哲學和政治三者的區分不是從現實出發，而是從保護大學業已建立起來的學院式定義的需要出發去獲得。當這些理論家推斷文本意義的不確定性時，他們經常觸犯這些業已得出的學院理論，並要求獲得在跨範圍的

語境中閱讀文本的權利。

然而，有一個可能引起爭議的問題是，可以在某一語境下閱讀文本而不是官方制度化的語境下閱讀文本，這就使文本意義的不確定並不變得必然的了。一位評論《哈姆雷特》的批評家指出，在文藝復興時期對性別的看法使這篇作品有一個更完全的確定性的要求，儘管也許這種要求與莎士比亞的原來的意圖無關。某一文學文本與某些政治或哲學影響有着更完整的確定性關係。當然，關於那種關係是甚麼的爭議，從來沒有停止過。我們從不限制能夠適用了文本的語境的數量，這一事實使閱讀保持一種「開放的結束」（open-ended），但這種開放的結束並不和不確定性相混淆。

在文學作品中語境不確定性的例子之一，就是華滋華斯（William Wordsworth）的一首詩，叫做《睡眠封閉我靈魂》（*A Slumber Did My Spirit Seal*），這首詩成了近來批評界爭論的焦點：

　　睡眠封住了我的靈魂；
　　　　我沒有人世的憂惶，
　　她似乎超然物外，不可能
　　　　感覺到歲月的影響。

　　現在她無力了，也不能動彈；
　　　　她不再耳聞目睹；
　　捲在地球的日程裏滾轉，
　　　　混同了岩石、樹木。

評論這首詩的批評家分成兩派：一些人把這首詩當作我們所期望的主題來閱讀，這個主題就是，對一位婦女或女孩之死的悲悼；一些人把這首詩當作表達泛神論的宗教觀來閱讀。在

後一種閱讀方式看來，「她」的死亡被看成是自然生命的回歸，因此這樣的死亡也就被認為是令人高興的事。為了解決這兩種解讀的爭端，我們需要有一些理由選擇悲悼或泛神論這兩種語境中，究竟哪一種語境的可能性更大一些。但是我們又沒有能力解決這樣的爭端，而這恰恰是使這首詩引起爭議的東西。

　　一位名叫弗蘭（James Phelan）的批評家指出，我們之所以難以確定這首詩可能的語境，是因為我們缺少關於這首詩明確性的情緒化信號。如果華滋華斯以下列更具情緒化的方法寫這首詩，那麼其語境就可能更容易確定了：

> 捲在地球的日程裏愉快地滾轉
> 　混同了賜福於人的岩石、樹木

或者選擇：

> 捲在地球的日程裏陰鬱地滾轉
> 　混同岩石、樹木

　　另外一位名叫赫希（E.D. Hirsch）的評論家說，當華滋華斯寫這首詩的時候，傳記作者相信他是一名泛神論者，這就更可能使華滋華斯本人以第一種方式而不是第二種悲悼方式去閱讀這首詩。由於無法解釋為甚麼華滋華斯沒有給我們這樣的暗示：當一個人在無神論文化背景下寫作時期望表達他對泛神論的信仰。這樣，赫希的說法就顯得很不令人滿意了。甚至最樂觀的泛神論者也可能意識到無神論讀者並不把死看成是一件令人高興的事。因此這將不得不給出一個對主題的非同尋常的啓示：這樣除了把這首詩看成是不確定性的意義之外，就似乎別無選擇了。它證明了樂觀泛神論語境的正確性，同時也證明了

悲悼語境的正確性。一首具有不確定性的詩的好壞，依賴於作用在好詩上的判斷標準。

一些解構主義理論家認爲，由於任何求助於話語語境的固有的不可爭議性，《睡眠封閉我靈魂》這首詩的不確定性不僅僅是一個特例，這種不確定性也是在每次詮釋活動中所固有的特性。如果這僅僅是對它的唯一爭議，文學不確定性這一基本理論將是一個不強有力的問題，因爲它將置這樣的事實於不顧：我們至少經常對語境之間的區別作一可信或不可信的推測，並且這就是我們在詮釋時所必須做的。我們從來不可能確定爭議之外的話語的語境，這一事實並不特別讓人擔憂，因爲解讀文本並不要求不可爭議的證據，而只要求與反方相抗衡的理由和證據。但是文學意義的不確定有第二種看法，即這種不確定依賴於意圖本身的不穩定，以及與意圖有關的模糊要求和態度（不包括能讓我們推斷意圖的語境）。意圖作爲一種排拒確定性程式的方法，也許是複雜、矛盾和含混的。

再者，我們從日常話語中引出一個例子將可以幫助我們進一步研究我們的問題。假設有一個人說：「不用說，我們黨將在明天的選舉中獲勝。」「不用說」這個短語是我們爲了更明顯地表達我們的觀點而習慣使用的一種起強調作用的語調。然而，如果你仔細思考一下，你就會發現，在這個表述中邏輯和實際效果之間產生了一些令人奇怪的自相矛盾。如果真的是「不用說」我們黨將在明天的選舉中獲勝，那又爲甚麼要那麼焦慮地說這句話呢？如果在書面上這個陳述是不用說，我們就本來應當讓它處於不說的狀態。

如果我們看看「不用說」這個短語的習慣用法，以及與之相類似的句子如：「不必說」和「我幾乎不必說」，我們就會發現，當我們對我們所言之事感到沒有把握時，我們才下這種確定的

保證。在我們使用「我堅信」這樣的短語的時候，人們也看到同樣的自相矛盾。舉個例子説：「我堅信是吉姆偷了錢。」「我堅信」這樣的短語本用來加强這個判斷的可信度，但由於承認了這個判斷是出自主觀，事實又恰好削弱了它的可信度。僅僅是我相信吉姆偷了錢——也許我的感覺是錯的。正像「不用説」一樣，一個意在加强對判斷的表達；實際上恰好又削弱了它的表達效果。

作爲一種言語行爲，如果我們要問它的含義是甚麼，那麼我們就能看到不確定性概念作爲實例的傳播。在「不用説，我們黨將在明天的選舉中獲勝」這個句子中，是不是説話者相信他的黨可以獲勝？或者「不用説」意味着他不能確定他的黨一定能夠獲勝——甚至他可能在虛張聲勢，試圖給自己怯弱的心理打氣，希望他内心擔心的失敗的後果不要發生？如果我們僅僅把以上那句話當作是詞的組合，這個陳述的意義就是確定的，在這種情況下，以英語爲母語的表達者没有任何困難就可以理解這個句子。但如果把這個句子當成是一種意圖、態度或願望的表述，我們剛才提到的問題就出現了不確定性。這個表達對選舉作了自信的預測，但同時又因爲表達形式而使自身陷入疑難之中。

因此我們可以這樣認爲，陳述的意義並不在於充滿自信的預測，也不在於對這個預測的懷疑，更不在於這兩種情形的綜合。它的意義最後被延擱在這兩種情形的不確定性空間裏。否則，從「我堅信是吉姆偷了錢」這句話的語言組合看，幾乎没有比它更清楚更不模棱兩可的句子，但從表達意圖、態度和願望看，它的含義被延擱在「我堅信」這樣確定的同時又是不明確的複雜關係之中。

在這裏關鍵就是語言試圖建構一個權威，而這一權威又由

於語言本身的問題而受到削弱。我們用諸如「不用說」和「我堅信」這樣的句子，爲的是希望獲得我們說話的可信度。但是，像我們剛才所看到的，恰恰是我們所要求的表述的可信度又如此輕易地被反叛。這種思考語言的方式向傳統的文學研究前提發出了挑戰，因爲它採取了這樣一種態度：所要求的寫作實踐的權威性並不來自真理和世界觀的有效性，而僅僅來自語言和修辭的強制性力量。像「不必說」這種表述就是一種修辭力量的表現，它試圖通過使某一個人的話聽起來無懈可擊進而支配聽衆或讀者。然而，如果「不用說」僅僅是一種修辭的運作——一種語言的「修辭格」，那麼它揭示的那種顯明狀態並不通過真實世界來證實，也不是通過事物特性來證實，而是通過語言的虛置力量（fiction-making power）來證實。這種用表面的真實來隱瞞實際上的虛假，這就是語言的特徵。但一旦當我們看透了這個僞裝之後，我們就再也不會去接受這個要求了。

我們所關心的不僅是有關文本含義的理論，而且也包括閱讀文本的方法。它是這樣一種方法，它並不尋找文本的明顯的語境和表面的意圖，而是尋找那些被壓抑的和存而未說的疑點，並探究那些被壓抑的或「缺席的」因素是如何削弱和打開文本告知的東西。這種閱讀方式被描述爲「不合意願的閱讀」（reading against the grain）。在諸多方面它頗像精神分析學的詮釋方法，這種方法通過分析遠離我們的夢境和日常生活的表層內容，深入到被壓抑的和無意識的潛在內容，這個內容被認爲是在潛意識深處。

在壓抑心靈的某些古典作品中，爲了避免思考別的問題，我們便對某一個問題變得心神困擾。但是我們的行爲（或我們的夢）又破壞了我們的壓抑。這些行爲和夢能夠被受過訓練的精神分析學家所「讀出」。據近來的文學理論家說，無論是說還

是寫，都有某些相似的結構形式：爲了説出或寫出某個問題的某些方面，我們可能壓抑了關於這個問題的另外一些思想或情感。但我們的言詞又洩露了我們所壓抑的東西，這些言詞可以通過分析而閲讀出來。這種觀點威脅到了一種傳統的人文主義觀念，這種觀念認爲，偉大的文學表達了超越語言之外的人類生存狀況的真理。因爲如果表達「真理」的權威性並不依賴於它們與某些現實的一致性，而僅僅依賴於語言的强制力量，那麼傳統人文主義所一貫聲稱的文學作品是人類智慧的貯藏庫這一觀點就會受到懷疑。

不合意願的閲讀，使最具威望的文學作品也像「不必説」這樣的情形，在它們把自己作爲真理的表達的同時，又使自己表達的權威性受到懷疑。不合意願的閲讀，作品要告知的不是在作品中被發現的、傳統上表現的真理和價值，而是作爲表現自身狀態的游移的、不確定的特性。

從另一角度看，對於許多近來的理論家來説，我們所描述的作品意義和詮釋的問題不僅是指文學作品的特性問題，而且也是關於文學作品是甚麼的問題。文學作品使那些不確定的衝突「主題化」（thematize）（或把它們當作主題），而這些衝突是指文學作品要求告知真理、代表世界和事情的權威性的圖景，以及作爲語言和虛構又使這些要求陷入疑難這樣兩者之間的衝突。換句話説，這種理論是指，不僅文學作品是不確定的，而且在某種程度上它們又是對自己那種不確定性的註釋。

下面所舉濟慈（John Keats）的文本將有助於我們證明上述觀點並完成這次關於不確定性問題的討論：

這隻活生生的手，溫潤，而能
熱情地握住，如果它變冷
在墳墓裏冰冷地沉默

這樣纏住白天，這樣冷淬夢夜
你期望他們血液乾涸的心
在我血管裏，紅色的生活又如小溪流
你憑良知靜看，這是——
我舉起這隻手伸向你。

　　這個文本最令人感興趣的東西似乎是那個橫跨世紀深淵的
伸向讀者的那個動人而傷感的手勢。濟慈讓我們想像走向我們
的說話者——他想像中的將來的讀者，這樣好像超越了時間的
壓力和生死之憂。一位名叫李卜金（Lawrence Lipking）的批
評家說：「『這隻活生生的手』能夠像這首詩侵入讀者空間那樣
伸得很遠，或者抹去了詩人和讀者之間的距離。」詩人試圖在身
體上用他那隻手（「我舉手伸向你」）與我們接觸的這種渴望使
我們產生了一種奇怪的感覺——當那隻離開軀殼的靈魂之手伸
向我們的時候，我們並不會輕易地退縮，甚至我們有一種回觸
的感覺。這種怪誕的感覺可以由這個手勢的回應得到加強，如
麥克白斯太太（Lady Macbeth）那罪惡的雙手，或者麥克白斯
想像中移向短劍的那隻手（「過來，讓我抓緊它……」）。

　　但所有這些都是對文本有關情況的假設，而這個文本是不
能也不必假設的。第一，並不能從文本自身作出判斷，即不能
確定是否這些詩行爲濟慈所寫。當「『這隻活生生的手』片斷詩」
被發現時是在一八二一年，這時濟慈已經去世。而這節詩是被
潦草地寫在濟慈未完成的一篇敍事體散文草稿的頁邊上。這首
詩在濟慈的有生之年從未發表過，直到十九世紀末才公諸於世。

　　進而，李卜金指出，發現這首詩的學者佛曼（H.B.
Forman），別人曾揭露過他是一位僞造者和好做惡作劇的人，
而且，他曾經以一位富有詩才卻不被欣賞的詩人自居。把這些
背景材料加在一起，李卜金推測這首詩的作者可能是佛曼而不

是濟慈。

這個推測產生了一個令人感興趣的問題，如果我們把這首詩當作一件偽作而不是濟慈的作品來閱讀，詩作就會產生一些其他不同的意義嗎？這似乎說文本的意義能依賴於鈙寫文本的人。僅僅因爲濟慈是一偉大詩人，這首詩便呈現它的分量和感傷力，但是一旦當我們知道這是一件偽作之後，詩作無疑就失去了這些分量和感傷力。如果我們拿這節詩比作橫跨世紀深淵的向我們所作的手勢，那麼與一位不出名的偽造者相比，大詩人的手勢明顯就更具表現力了。

但是我們相信這節詩的言語行爲表達了一個伸向世紀深淵的手勢嗎？這種詮釋以爲，「你」在這節詩中意指讀者，或者是下幾代的讀者。另外一個事實是，濟慈在寫這節詩時正在創作一個劇本，這樣就造成了一個可供選擇的可能性：「你」不是指讀者而是指劇本中的角色，並且詩行本身是一種戲劇性台詞，它介紹了這個劇本內部的一些情況。然而在濟慈現存所有劇本中，根本無法找出與上述相類似的台詞。

有一個更大的可能性是指，「你」既不指劇中角色，也不是指將來的讀者，而是指一個特殊的讀者，她叫凡妮・白蘭妮（Fanny Brawne），濟慈曾經愛過她。正像李卜金所注意到的，在個人語境中閱讀這首詩，它似乎責怪凡妮「對她的情人漠不關心、冷酷無情。他有點幸災樂禍地以爲，當他走後，她將內疚和悔恨而痛不欲生。」實際上，這首詩的明顯的報復性主題（「當我死後你將難過」）是難以解釋這首詩是在一般意義上給讀者作介紹的台詞這樣的觀點的，除非我們把它們當作是被讀者忽視的對怨恨之情的怪誕表達方式。

正像李卜金所指出的：「這隻活生生的手」的含義及表達效果完全依賴於語境。然而在幾個可能的語境中我們不清楚應該

選取哪一種語境作爲理解文本的基礎。明白這一事實之後，李卜金總結說，這節詩是構成文學「鴨兔」形的一個基本例子，就是說從一個角度看這幅圖是兔子，而從另一個角度看又像鴨子。這是一件人工製品，它能夠用兩種完全相關但又相互排斥的方法去理解。

然而，我們試作這樣的假設，有一語境對我們大多數人來說會引起極大興趣，而我們又武斷地決定就根據這一語境來閱讀某一文本、分析語的不確定性，並把這一文本作爲大詩人渴望自己的詩能傳之後代的表述。這種閱讀，將會使文本意義在一種方式上表現爲不確定性，但同時又將產生另外一種不確定性。爲了明白個中原因，我們只需考慮在寫作文本時，作者給我們所作的暗示，而在上述文本中則聲稱把一隻「活生生的手」伸向了某個讀者。這樣在這種手勢中就產生了一個矛盾，因爲寫作無法做到和讀者建立一種直接的身體接觸。

因此，解構主義批評家卡勒（Jonathan Culler）認爲，濟慈的這個文本「直言不諱地推斷：我們能看到的正在伸向我們的那隻溫暖有力的手是不真實的。」即使濟慈一直還活着，他伸向我們讓我們看見的那隻手這樣的斷言，也將被這種能夠做出這種手勢的情形所掩飾，也即是說，在寫作中所做的手勢和寫作本身僅能在口頭上傳達一個被描述過的、文本化的手，而不是一隻「活生生」的手。

像我們先前的例子，這個文本與它本身要表達的意圖產生分離，並延擱在不可調和的願望之中。它在字面上表達了一個強烈的願望：直接與讀者「接觸」，然而能夠使這個願望得以表達出來的中介又使這一願望遠離我們。從字面上看，這首詩不能跨越世紀的鴻溝和願望與語言之間的深淵來從身體上與我們接觸，它只能間接地與我們「接觸」，這是一種文學打動人的方

式，一種不禁讓我們想起我們自己和使我們感動之物之間的距離的一種方式。這首詩向我們許諾了詩人的那隻活生生的手，同時又暴露了它完成這個許諾的無能。這種願望和完成這個願望的受挫之間的分裂，使其意義延擱在不確定性之中，這個分裂也正是這首詩最後意義所在（根據這種詮釋來看）。

上述討論留下了大量未予解答的問題。假設我們所探討的這種不確定性是真實的而不是我們在詮釋時強加在文本中的，那麼我們在文學文本中期望在甚麼範圍內發現同樣種類的不確定性呢？是否所有的文學意義（或文本意義）都是不確定性的？不確定性是否僅僅是部分文類的文本特徵而不是所有文類的文本所必須具有的特徵？

就「這隻活生生的手」這節詩來說，沒有人認為關於這個文本寫作的不確定性在所有文本甚至許多文本中充當了典型代表。關於確定相關語境問題上的不確定性是更加普遍的（可看前面《睡眠封閉我靈魂》這個例子），即使是在最能引起爭論的例子中，為甚麼喜歡這一語境而不是另一語境，其理由也通常是可以找到的。而且，在這個例子中我們已經處理了這樣的問題：在兩個語境很難作出確定的選擇，這種非確定性存在於一個更大的語境之中，而這個更大的語境的不確定性當然更少。例如，我們雖然不明白華滋華斯的《睡眠封閉我靈魂》是悲悼詩還是神祇慶典詩，但我們能夠確定死亡的發生，詩中之「我」在某種程度上受到這種死亡的影響。如果以上所述不明顯，或至少不會受到如此深入的挑戰和那麼令人不感興趣，那我們也能確定我們羅列出來的大量其他語境。與確定性比起來，我們自然更注意不確定性，因為前者作為一個問題，我們已經提出來並且已經解決了。但是不確定性幾乎不能作為一個問題提出來，

除非我們能夠看到使確定性表現出來的部分相反的背景。只有與華滋華斯的這首詩中所有其他確定性的東西對照，這首詩的不確定性才有意義。

有一種確定性，它產生於文本要求和這個要求的實際上不可能完成之間的分裂，這種確定性又怎樣呢？是不是所有文學在某種程度上都與「這隻活生生的手」這節詩的結尾那種虛僞的手勢有牽連呢？這種手勢要求傳遞一個活生生的人類現實，由於這個現實只能作爲由語言建構起來的例子，因此在提出這一要求的行動中這一現實又削弱了這一要求？有一種看法認爲，在文學的特性中，文學可能承擔了一個虛假的承諾。然而，在每一個文本中，並不見得這種「虛假的承諾」必然是有趣的和有意義的現象。回到我們先前的例子，在「不用説，我們黨將在明天的選舉中獲勝」中，短語「不用説」在言語行爲中，暴露了對問題的有趣的、富有意義的衝突，當然也可能是無意義的衝突。

我們可以設想這樣的情形，在這種情形中可能確實不用説我們黨將在明天的選擇中獲勝，這樣我們將不會對含混或不確定性產生特別的懷疑。「不用説」始終是起着一種修辭作用，但在這種情況下，這個事例的實際情況又證明了這一短語充當修辭作用的正確性。在討論這個問題的時候，一些理論家也許勉强承認這一點，他們認爲，在文學的文本中，任何修辭被「文本的實際情況」所證明爲正確的都是不可能的。這似乎是有點武斷的斷言——這種斷言更少基於文學的特性，而更多地基於一種引人懷疑的觀點，這種觀點認爲文學完全不同於科學和邏輯學。

無論如何，就那種武斷地產生於語言構建的自欺的不確定性來説，關鍵之點是這種不確定性的例子比起另外一些例子來似乎更有道理、更有趣。最有趣又似乎最有道理的例子（「這

237

隻活生生的手」）好像是這樣一些例子，在這些例子中，超越語言境況的願望是這個文本的明確的前提條件，根據在所有語言中呈現的主題來看，而這正好與那種歸因於文本的主題相反的。換一種說法，這種不確定性變得更加有趣了，爲了產生這種不確定性，趣味性更少的文本不得不依靠對所有語言來說都假定是這樣的某些東西。

　　然而，僅僅只有一部分這種更能得到證明的不確定性的例子，並且這部分例子依賴於早先的確定性背景。人們只有挖掘出了某一文本的意圖，才可以「不合自己意願」地閱讀這個文本。甚至可以說我們之所以不能從A、B和C中作出選擇，是因爲我們一直把自己限制在A、B和C的確定可能性的界域內。正像相信確定性意義和正確解讀的批評家一樣，堅持文學不確定性的批評家經常相信他們自己的解讀，對一種寫作時尚充滿自信，這是值得注意的。

溫立三譯

參考書目

Bahti, Timothy. 1986. "Ambiguity and Indeterminacy : the Juncture."

Belsey, Catherine. 1980. *Critical Practice*.

de Man, Paul.1979. "Semiology and Rhetoric." In *Allegories of Reading*.

Hirsch, E.D. 1967. "Objective Interpretation." In *Validity in Interpretation*.

Reichert, John. 1980. *Making Sense of Literature*.

13 價值與評價
VALUE/EVALUATION
史密斯〔Barbara Herrnstein Smith〕

導言

　　無論是在非正式的還是在制度化的語境裏，每當文學、藝術以及其它形式的文化行爲成爲討論的焦點時，價值與評價的問題都會被重新提起。此外，某些這類問題儘管在其傳統論述中陳腐守舊，懸而未決，卻值得注意地保留了在當代的影響力：例如，「經典」和「傑作」這類指稱的意義，文學作品的價值是「內在的」或者是「形式」的問題，是否文學判斷能夠宣稱「客觀有效」或者僅僅是「個人嗜好的表現」，是否存在基於「人性」普遍原則的潛在標準，等等。就在這些問題用一組或另一組術語系統陳述，並在至少過去兩百年間成爲西方批評理論的核心的同時，最近十年人們卻親眼目睹了兩種傾向的產生：即，對這些問題所採用的全新視角，以及爲了便於這些探討而戲劇性地轉換並擴展的議程。

　　這些新穎變化的興趣和研究源於許多源泉，其中有批評理論與近期社會、政治、文化研究的著作二者之間日益增長的相互作用。這種相互作用的一個重要結果就是人們已經認識到評價的運作不僅是某種個人的特質行爲，而且是機構與文化的特質行爲，還有在何種程度上價值本身也是此類行爲的某種產物。傳統的問題在這種普遍範圍之內的再形成，也反映了哲學以及

相關領域重要的思想發展：例如，各種形式的懷疑主義日益增長的主導性，特別是對於那些無論在科學、政治理論、倫理學，還是在文學批評中，傳統上曾經認爲是「真實」或「有效」的信仰和判斷進行懷疑。

在文學研究本身內部，這些問題與女性主義和馬克思主義批評家等特別利害相關，他們從一種或另一種視角出發，已經討論了那些標準的學術規範及其標準的理由的結構（排除、包含和優先）。並且，由當代批評研究，如接受理論、精神分析理論和解構主義所發展的各種概念和方法，在考慮價值與評價以及意義與解釋的問題時，已經證明是富於建設性的。

價值

猶如某些其它術語，像「意義」、「真理」、「現實」（在日常言語中有很強的流通性，而作爲哲學分析的焦點也有很長的歷史），「價值」一詞似乎命名了對於我們的思考如此根本的世界的某一方面——如此基本，與此同時又如此普遍——以致於既無法還原，又不能取代：它公然反抗把它分析爲簡單概念的嘗試，以及欲圖解釋的努力，定義它甚至意譯它似乎或早或晚都要回歸到這一術語本身。

就像從下文的摘引所能看到的，《牛津英語字典》通過用 worth 定義 value 或是相反來解決循環定義的問題：

VALUE

1. 特定數目或數量的等價物。（物質價值worth……）

2. 價值（worth）或價值性（worthiness）。【古】b.格鬥或作戰時的價值（worth）或功效；男性；勇氣。

3. 某物的相對地位，或是根據其假定的價值（worth）、

用途或重要性，對它所包含的東西的估價。……

WORTH

1. 金錢上的價值（value）；價格；貨幣。b.特定數目或數量的等價物。

2. 某物之內所包含的品種或估價的相對價值（value）（1961, 12：29-30, 326）。

好像英語的詞語形式 value 總是保留兩種相互關聯但多少有所區分的意義。其一是某物的物質或貨幣的等價交換：例如，市場裏某件物品的價錢，或正如有時所説的，它的「交換價值」。在另一種寬廣意義上，「價值」不是貨幣，也不明顯或必然是物質的，而是相關的數量或尺度的更爲抽象的問題。某物（或某人）價值的例子在這第二種更廣泛的意義上，包括在執行某種功能或滿足某種需要時它的相對有效性、它給予某人的相對滿意程度、爲了促成某種目的它的相對方便性或適用性，以及客體（或人）所列入的等級：例如，在戰鬥中力量與勇氣的級別，現在則是價值的過時意義「勇氣」；或是聲音持續的長度，即音樂中的音「值」；或是十分抽象的數字（numerosity）換算法，即我們談到的在一個數學方程中某些變化的「值」。這些例子表明，第二種意義上的「價值」所指的有點像相對（數量的）正性（positivity）。由於這兩種意義上的術語都包含兩個關鍵觀念，即參照和數量，它們相關於某種特別寬廣的實踐範圍和人類生活的領域，所以「價值」似乎命名了世界如此基本的一個方面是不足爲怪的。

這一術語的歷史同樣表明，「價值」長久以來具有「受到尊重」（假定是受到人的尊重）的意義（作爲其核心意義之一），與此同時，它仍舊時常被想像爲存在或體現於客體自身內部的

某種東西：一物的基本屬性或內在特性，換言之，不僅與它在市場上所能提取的金錢（或任何其它東西）的數量無關，而且與它所執行的任何功能、或者給予任何人的滿意程度，或者以任何此類或彼類的方式受到任何人的尊重（或，實際上，「有價值」或發現有用）等等全然無關。儘管不斷遭受置疑，這些後來的概念仍舊常見，而且該術語的大多數用途表明價值是事物的內在特性（就像後一種概念中的重量，我們現在視之爲缺乏判斷力的），或者它本身即某種無法言說的事物。當代對價值概念的討論，特別是在美學和倫理學學科中，被相關事實弄得錯綜複雜，即上述討論的意義遭到否定和反轉同樣十分流行，在那裏（「絕對的」、「基本的」、「內在的」、「純粹的」等等）某物的價值，如一件藝術品或一個人的價值，被嚴格地說成是關於它甚麼是獨一無二、不可測量、並且獨立自足的任何人對它的體驗（正如它的靈魂）。

在文學理論裏面，有一種觀念認爲，所有可以明確陳述的價值或興趣的源泉（如，市場價值、使用價值、歷史興趣、個人興趣和政治或意識形態興趣）已經遭受減損的背後，有某種特殊的價值在陳述某些文本，這一觀念引起了進一步的糾紛。這種特殊價值，通常被指稱爲文本的「基本文學價值」，或者文本「作爲文學作品的價值」，有時說它存在於文本純粹的「形式」而不是「材料」特性中，或是存在於它的「結構」而不是「意義」之內，或是存在於它的「潛在意義」而不是任何明顯的「題目」、「主題」或是表面「信息」裏面。這種特殊價值，對它的佔有有時被稱爲是從所有其他文本（如，那些「非文學」或「次文學」的文本）中間劃分出真正的文學作品，通常它也相關於某一文本的內在特性去創造某些純粹知覺/感官的滿足，與任何其他種類的興趣無關；或者某些純粹被動的和知識的滿足，與任何其他

種類的興趣無關；或者某些純粹被動的和知識的滿足，與任何對文本的實踐的、主動的或物質的反應無關。〔這些觀念參照了，並且明顯派生於純粹美學價值或「美」的概念，由康德（Immanuel Kant）在其《判斷力批判》（1790）中得以發展了。然而，這種特殊價值的觀念越來越同意懷疑式的細讀，帶着問題主要關注（a）當所有其他形式的價值和興趣的源泉遭到減損時，是否任何東西還被保留下來，（b）是否能夠正如所需地清晰有力地實際進行這些關鍵性區分，（c）是否多種類型的純粹反應以及由這些觀念所假定的體驗在人類中間全然可能。

雖然「價值」詞在單數的和所有格的形式（即，某物「的價值」）中特有地產生出來，但是把任何事物（包括一件藝術品或文學作品）的價值都還原爲某種單一簡單的特性或佔有似乎並不可能。因此，把「價值」視爲賦予各種不同的積極效果的一個普遍名稱有時是不無裨益的。至於文學，某一特定文本的「價值」，如勃朗台（Charlotte Brontë）的小說《簡·愛》（Jane Eyre）（儘管任何其他文本，不管是「文學的」與否，在這兒都一樣）於是或許可以視爲任何多義的，不同種類和形式的正性，它們產生於不同時代不同人物對文本的接觸：金錢的交易可以在各種市場內進行，它的效用在於實施並維持各種個人的和公有的規劃，它提供了各種知覺／感官快樂和興奮的場合，它將各種各樣的恢復和／或啓示傳遞給各種各樣的人，它引出對過去此類效果的記憶以及對未來效果的預期，等等。任何這些效果的選擇，或者所有這些放在一起的抽象觀念，或許就是某些人所指明的在某一特定時間構成的對其進行判斷或評估的文本的「價值」。

評價

關於文學，評價通常被看作個別人物的特定行為，或是新聞評論家或是其他人，主要是教師和學術環境中的讀者，其角色是作為其他人的寫作的評論者。評價行為也被典型地想像為採用了公開的文字陳述形式，如「這是英語中最偉大的抒情詩」或者「他的處女作更為有力，儘管對這部作品的認識或許富於想像了一些」。這種陳述通常是只要它們多多少少有效，就被認為是有趣的；而且只要它們正確地指出一部作品的客觀價值或是正確描述了與它的價值不證自明地相關的那些特徵，那麼它們就是有效的。最有效的判斷通常被認為由那些具有合適資格的人所做，這些資格包括銳利的文學敏感性、寬廣的文學經驗、對作品意義的恰當理解、以及從個人興趣或意識形態偏見中擺脫出來的自由。然而，正是這種人們熟悉的文學評價概念在近期的批評理論中已經受到懷疑。

首先，文學評價不再被認為局限於新聞業和學術「批評家」互不關聯的文字陳述中。對一部作品的評價更被看作一個連續的過程，通過某種廣泛多樣的個人行為以及社會和制度實踐得以運作。此外，「價值」和「評價」之間的關係本身也受到不同理解，作品的價值並非看作某些已經固定在其內並被特定的批評判斷所指明（「準確」或相反）的東西，而是視為大量不同的效果，這些效果恰恰被那些評價行為和實踐本身所創造和維繫。

因此，經過重新思考，文學評價會被看作包含如下幾個方面：

a　最初一部作品的作者的評價：例如，在《簡‧愛》的情形裏，那些難以計數、沒有言說的贊同與棄絕、喜愛與評估、考驗與修正的行為，構成了勃朗台寫作的全部過程，它在想像、寫作和修改的意義上就是文本。這也同樣說明，文學「批評」不

應看作與文學「創作」分離或對立，而是它核心的和不可避免的一個方面。

　　b 某人也許「爲她自己」所作的對某一文本數不勝數的隱密的、通常非文字的評價，例如，當她選擇它（當然，通常用來閱讀，但不是必然如此）優先於其他文本（或其他事），或者當她繼續閱讀它，而不是將它置在一旁，或者她保存它，而不是拋棄或賣掉它時；當然，或者如果某種偶然狀況誘發出這種行爲，當她專門描述（即，「賦予文字表達」）她對它的「價值」的一般看法時：或是在參照其他文本（或者完全是別的東西）時，這部作品對她來說怎樣合情合理和/或她是怎樣思考它類似地對其他人也合乎情理。

　　c 由各種各樣的人和制度進行的對一部作品許多不同的含蓄評價，正如可能會發生的那樣，他們出版它或購買、保存、展覽、引述、引證、翻譯、表演、戲仿、提及、模仿它，要麼在《簡·愛》的情形中，將它改編成電影，等等。所有這些節目在上演時都是意味深長的——而且的確，對於許多人來說它們使一部作品的各種積極效果成爲可能，並因而在某些社會或文化中產生、傳播並保留的價值。

　　d 對一部作品更爲明顯但是仍舊相對偶然、公開的文字判斷，由讀者和所有其他人在非正式的社會語境中作出、爭辯並磋商，而作品則以某種方式爲他們提供形象。正如（c）中所提及的那些含蓄和大量非文字的行爲，對於專門的判斷來說，這些非正式的「個人嗜好的表達」、勸告與推薦、捍衛與解釋，也是文化行爲和社會交往系統的一部分，通過它們，文本的價值不斷得以維繫——當然也不斷面臨挑戰和轉型。

　　e 學者、教師和學術或新聞業批評家多多少少職業化的行爲中所展示的高度專業化的評價的制度化形式；不僅僅是他們

正式的評論以及明顯的等級秩序、評價和再評價，還有授予文學獎金、授權和出版關於某些作品的文章、編纂選集、寫作導言、開設系裏的課程、開列班上的閱讀書目等諸如此類的行爲。

雖然我們對於文學作品的價值（這裏就正面效果而言）的體驗並不是「社會力量」或「文化影響」的某種簡單產物，但是文本同所有其他我們所考慮的對象一樣，仍舊由我們這些同類動物醞釀出它們重要價值與評價的標誌和符號，因此可以説文本在某種程度上總是爲我們事先評價好了。分類本身就是一種前評價方式，因爲那些標籤（我們在其下遭遇對象）在影響我們對它們價值的體驗時十分意味深長，時常突出了某些它們的可能效果，並且運作爲它們的某些功能執行的符號（實際是文化上經過證明的贊同）。

當然，「藝術」和「文學」的標籤通常是特殊榮譽的團體會員資格的標誌。然而，這些標籤或許贊同的特殊功能不是容易指明的，而是相反，是會引起反對地多樣的和捉摸不定的。在此範圍內（總是受局限的），「文學作品」與特定的一組期待和慾望的效果這兩種標籤的關係，主要通過上文描述的那些規範的（即，價值保持和價值傳播）行爲在社會中得以穩定化。儘管正如上文的分類所表明的，文本的評價決不局限於學術批評，然而學術機構合乎規範的實踐仍舊構成當代西方文化內部確實是文學價值的定義以及傳播的核心部分。

如上所言，「評價」可以理解爲包含範圍廣闊的實踐形式，這些形式並非全部是大衆的或公開的，並非全部是個人的，當然也並非全部是文字的。然而，一旦承認這種範圍，我們就會發現特殊的興趣通常指向那些是公開的和文字的個人行爲：即，那些明顯的價值判斷。當代的文學評論概念強調那些傳統分析中蔽而未明的判斷的兩個重要特徵。第一點，當我們提供

對某一文本的文字判斷時，我們總是在某種<u>社會的和/或制度</u>
<u>化</u>的語境中這樣做的：例如，在家庭成員中，對某個偶然相識
的人，在一間教室裏，或是在某些報紙或刊物的專欄內。第二
點，我們的判斷「力」在每一種意義上（即，對其他人來說它們
的意義和興趣以及感染他們的力量）將總是同其他事情一樣，
依賴那一語境的性質和我們同我們進行交談的人的關係。因此，
對於《簡·愛》價值的某種明確陳述由大眾傳播媒介進入一個關
係緊張的家庭關於趣味（taste）之不良影響的談話中間時，這
種陳述將會有某種趣味和效果，當它在某些大學英文系的課程
評議委員會會議上得到肯定時，它將具有某種相當不同的興趣
和效果；當它是由一名學生說給他（或她）的老師、或者一位
老師說給他（或她）的學生們、或者由一位學生說給另一位學
生，也許是他（或她）的室友時，情況也會有所不同；而且恰
恰是「他的」還是「她的」，在此類情形中其本身就會造成某種
差異。

當前的評價概念也強調評價者在進行價值判斷時所作出的
心照不宣的假設意義。因此，當某人說「《簡·愛》是偉大的」，
其他人總是有可能問，「偉大在甚麼？……與甚麼相比？……
對誰來說是偉大的？」如果詳加解釋諸如此類的問題的答案，
那麼評價以及作品本身的價值這二者的條件性就會昭然若揭：
即，顯然那一判斷暗指（並且能夠被重寫為）「《簡·愛》是偉
大的，當然在做某些事情（「做事情」此處包含對人有效果的意
義）並對某些人來說，要比許多其他文本好得多」，當然它也
暗指在做其他事情或是為其他人做這些事情時並非像其他文本
那樣好。

因此，在認識到放入價值判斷的心照不宣的假設這一過程
中，我們也能夠發現，當我們對某一文本作出明顯的文字評價

時，我們通常並非僅僅表達我們是怎樣「個人性地」感受到它的，而更是觀察這一文本對我們自身所產生的效果並估計（實際上，是預言）它對其他人的效果：然而這些人不是所有其他人，而是具有某些相關特質的有限的一類人，通常（儘管並非必然）是他們與我們共享這些特質。雖然這一羣人的有限範圍以及這些特質的性質通常只是含蓄未明的，但是它們對於評價的語境中〔就像同事和伙伴之間進行價值判斷的非正式交流中間，或是發表在此類雜誌如《藝術新聞》（*Art News*）或《科學的美國人》（*Scientific American*）上面的書評裏〕所有相關的人來説也許是足夠顯而易見的，而且實際上，它也可能十分清晰地這樣描述道，「這本書對於神經解剖學的專業人員來説是一部富於挑戰性的作品，但它不是作爲導論性書籍推薦給一年級醫科學生的」。

需要指出的是，上文描述了任何判斷如何能夠被重寫，以使某些心照不宣的假設變得清晰的過程，然而得出的結論並不是所有的判斷都因而應該被重寫。的確，繼續前面討論的不是「批評家應該總是使他們的標準清晰可見」，而是許多不同的觀點。其一是，當我們完全相信自己的假設多多少少被那些我們與之交談的人用同樣的方式加以理解時，我們就沒有必要詳細解釋它們——這也就是爲甚麼我們通常並不説明那些假設的原因。（按照諸如此類的常規裏面的「圭臬」，它似乎通常是指某人從那種作品裏尋找或期待的積極效果和/或他或她相信會產生這些效果的此類作品的特徵）。

其二是，某人的價值判斷可能對他或她的讀者來説有趣和有益，恰恰是在這一範圍內讀者（a）的確運用和評價者相同的方式將其假設視爲理所當然（即，尋找和需要同類效果）而且同樣（b）認爲他們在這一羣人之間，對他們來説，判斷是

暗中構成的，而且其特質是在其內暗中定義的——當然，或是
有興趣列入這些人中間。

於是，對於文學評價來說，某種早期的對性別含義的暗示
在這裏可以擴展。某人判斷的專用性對其他人來說（即，他們
如何能夠迅速地爲他們自己使用這些判斷）總是依靠他們享有
的一個人的特殊視角的程度，而這種視角本身又總是一個人相
關特質的某種功能；而且當然，性別猶如其他特質，如年齡、
經濟階級和區域背景，有時候同一個人作爲文學讀者的視角聯
繫密切。我們由此可以想像下列各種各樣的問題總是會由他或
她的讀者暗中加到某一文學評價者身上：「是的，假定一下你
和各種各樣你的同盟者們是誰（例如是男人／女人），這部作
品對於你們所有人當然易於照你所說的那樣有價值；但是，假
定一下我們（如，你的書評的讀者；你的學生）是誰，而且我
們中的許多人在其他身份中是女人／男人，那麼如何能夠很好
地預言它是否會恰恰以爲了我們的那種方式進行運作呢？」

這裏同樣需要指出的是，因爲文學的權威同其他任何合乎
規範的權威一樣，傾向於有差別地歸屬於一般的社會和文化主
導（即，其判斷具有制度化權力的人總是那些也是有社會和文
化權力的人）的許多方面，並且，因爲在我們自己的社會中，
一般的社會和文化主導也遵循同其他方面一樣的性別方面，所
以制度化的文學規範（學術成規、陽春白雪的批評標準，等
等）容易具有同其他偏見一樣的那些性別視角的偏見。

相關的第三點是，某人對價值的預言和推薦反映出高度的
專業化，也許甚至是特有的，那麼就此範圍而言，對於其他人
來說他或她的假設與興趣、用途和價值將會由此受到局限。它
們也許對某些人有益並適用，但是對於那些具有全然不同的假
設、期待和興趣的人來說，顯然是無力無用的——而且，由於

依賴評價的語境和評價者與那些人的關係，它們或許同樣是（正如在階級諂諛的展覽或是國家檢查制度行爲中所具有的）社會地和/或政治地傲慢自大或是暴戾壓抑。

有時可以說，在我們能夠評價一部作品之前，我們必須理解它的意義。然而，解釋和評價之間的關係比這種系統陳述所指出的要更爲複雜。一個文本的不同方面（包括諸如我們稱謂的它的「意義」方面）與我們不同的興趣和觀點相脗合時，這些方面對我們來說會更加可見、更富意蘊，於是文本的價值對我們來說就會有所不同。然而我們也更樂於以超越某些意義（即，寬泛的哲學意義或特定的歷史或意識形態意義）的方式來接觸某一文本，如果它的價值已經以某些方式標誌給我們（例如，「世界文學的一部傑作」，或者有所不同的，如「英國殖民主義的一部文獻」），那麼，我們對其效果的預期就由此會受到指導和局限。如上所言，我們對某一文本的解釋和我們對其價值的體會在某種程度上是相互依賴的。二者都依存於那些特定的假設、期待和興趣，我們正是通過它們來研究作品的。

對於那些把解釋和評價想像爲分別認同決定意義和内在價值的人來說，後者——即，關於某一作品我們個人的興趣、期待、假設和其他個人的傾向與慾望——將會被看作我們的「偏見」或「成見」，並由此被視爲阻止我們成爲「理想批評家」（能夠說出並傳播對作品進行「客觀有效」的解釋和判斷的那種人）的東西。正如上文已經表明的，可以確信，一名批評家如果從狹隘的專業化興趣和極度特殊的假設出發進行判斷，那麼他將不會獲得多少讀者，因爲他或她的預言和推薦對大多數其他人來說無力又無用。然而必須加上一點，如果我們能夠從我們所討論的文本中剔除所有假設、期待、興趣和其他個人化的特質，其結果不是我們會成爲完美的批評家，而是對我們來說從一開

始就沒有理由去研究任何文本，我們所能發現的任何文學作品
都會全無意義和價值可言。

宋偉傑譯

參考書目

Bourdieu,Pierre. 1984. *Distinction : A Social Critique of the Judgement of Taste.*

Mukařovský, Jan. 1970. *Aesthetic Function, Norm, and Value as Social Facts.*

Smith, Barbara Herrnstein. 1988. *Contingencies of Value : Alternative Perspectives for Critical Theory.*

Tompkins, Jane. 1985. *Sensational Designs : The Cultural Work of American Fiction, 1790-1860.*

14 影響 INFLUENCE

倫查（Louis A. Renza）

　　作爲文學批評的一個常用術語，「影響」展示了對從宗教神話到歷史事件的任一事物的研究——當這些事物對特定文學文本的創作或接受施加壓力的時候，它們通常被理解爲「文學」本質以外的因素。比如，有關阿當尼斯（Adonis）這個「垂死之神」的神話，纏繞着彌爾頓（Milton）之《利西達斯》（*Lycidas*）的創作（Frye 1963,119）正如喬伊斯（Joyce）的《尤利西斯》（*Ulysses*）自覺追溯着、同時也背離着《奧德賽》（*The Odyssey*）一樣。美國南部脫離聯邦的威脅導致惠特曼（Whitman）在其1855年版無標題的《自我之歌》（*Song of Myself*）中倡導聯合統一之文體。德國唯心主義哲學和相對論——兩種權威性的理性範例——分別引發了華茲華斯（Wordsworth）之《序曲》（*The Prelude*）的建構和托馬斯·品欽（Thomas Pynchon）小說的分裂的情節。總而言之，甚麼也不能阻止我們將對「背景」來源的分析看得比文學的偶然影響更爲重要。

　　但是，當一九七〇年代布魯姆（Harold Bloom）在「影響的焦慮」（the anxiety of influence）方面進行一系列研究之後，批評家現在大多只用此術語來表示過去和現在的文學文本之間、作者之間的往來關係。甚至在布魯姆以前，影響研究就常常承擔了追溯文本之屬類及主題之來源的任務，其中尤指（但不總是如此）從西方文學史已經確立的經典之作（包括神話）

中尋找依據。（這種實踐中最突出的例子是洛斯[John Living-
ston Lowes]的《通往樂園之路》[*The Road to Xanadu*]一書。）
同時因爲對文學著作在原版基礎上所進行的必要的校訂、更新
之情況的關注，這種批評類型具有保守的文化功能。當一位批
評家像施皮策爾（Leo Spitzer）這樣在評論惠特曼
（Whitman）的《從永不休止地擺動着的搖籃裏》（*Out of the
Cradle Endlessly Rocking*）一詩時使用這樣的術語：「其主題
……出自西方詩歌一五〇〇年的發展史」（1962, 21），那麼可
以説，他有力地維護了西方文學「傳統」的一致性和連貫性。

基於十九世紀歷史研究方面的語言學概念（Mailloux
1985, 633），以上這種傳統觀點認爲文學影響是對人道主義的
一種溫情的、恭謹的認同：它將世界轉換爲人類之象徵和相似
物的一種方式。最起碼，文學影響方面的舊式觀點確認了波普
（Alexander Pope）有關文本間關係的權威性的理想化觀念，
其批評主張，「當代」作者應該模仿偉大的經典之作，並在其「天
火」中純潔自身（An Essay on Criticism I, 181-200）。作者應該
追循經典大師的影響。確實，這些大師自己就經常提示着文化
前提在其作品中的權威性，不過這只是一種策略，用來使作品
中潛在的非正統的或不恭敬的內容合法化。但丁（Dante）以
其自創的有關維吉爾（Virgil）的家族禱詞爲《神曲》
（*Commedia*）之開篇。彌爾頓的「逆反」史詩援引了但丁（至
那時止）已完成的作品，還援引了經典之作，特別是聖經的《創
世紀》。在美國的經典著作中，《沃爾登湖》（*Walden*）以影射
傑斐遜（Jefferson）之《獨立宣言》（Declaration of
Independence）這一自明真理的方式來明確宣告自身的「開拓
者」地位（Thoreau 1985, 325）。

儘管對文本間關係的辨別存在許多不同之處，但今天的文

學批評仍然關注「有影響力的」文本之鏈及其維護的保守主義思想觀念。確認主題之間的類似，揭示文本之間及文本內部那種互相關聯的語言模式，似乎是激發批評的興奮點。甚至當布魯姆的主要批評先驅貝特（Walter Jackson Bate）將影響作爲過去與現在的文學文本之間用一種非連貫性關係來研究之時，也得承認有，關影響的模仿觀念是西方文學史的主要部分。直到十八世紀詩人才首次遭際「過去之重壓」；僅從那時開始，「當他將他所能做的一切與過去文學和藝術的豐富遺產進行比較時」，詩人才在寫甚麼及如何寫等方面體驗到「自信的迷失」（Bate 1970, 7）。

雖然布魯姆的絕大部分注意力集中於啓蒙運動以後的詩歌方面，但是他仍然將詩歌焦慮影響的發端定在貝特劃定的同一時期裏。不過布魯姆不僅指出，這種焦慮在影響詩歌的同時也同樣影響着小說與批評（而在貝特看來，啓蒙運動時期的小說缺乏「豐富的遺產」，批評則是對知識之歷史積累的一個轉換[1970, 8]），同時他也不同意貝特另一個觀點——此觀點認爲，那一時期的作者之所似突然體驗到詩歌之焦慮亦稱「自我意識」，首先歸因於他們所處的文學—歷史地位，其次歸因於新近改變的社會環境（Bate 1970, 49-54）——但布魯姆卻將這種突發現象歸因於有關詩歌想像的某種精神追求。社會或文學—歷史條件的改變充其量不過將這種精神追求從其唯心論壁櫥中釋放出來，比如，作者有一種重要的幻覺——認爲他能隨意擇定與其特定的想像相關的有影響力的先驅。總而言之，布魯姆認爲，後繼者即富於想像的雄心勃勃的浪漫主義詩人若不是懷有「第一個爲某物命名」的希望，並從而「背離連貫性」或反對有關影響的守舊觀念（1973, 78）的話，就無法開始創作。但是由於某些作家總是早已爲那「某物」命名，所以這個展望看來很

難實現。雖然布魯姆的年輕「強大」的後繼詩人能夠完成這個任務，但是「弱小」的不那麼重要的詩人卻只能接受（或繼承）公認的文學傳統中先在的經典著作的影響，並在其遺留下來的文學課題周圍繞圈子。

這些經典大師先前被詮釋成新作者應該模仿的理想範例，而現在，在布魯姆的反文學連貫性理論中，他們所扮演的角色卻是精神分析學意義上具有威脅性的父親。後來的作者不可避免地、卻又是不經意地發現他的先驅者像是一個父親形象，他通過表現在後來者文本中的想像的權力而顯現自身，且看來彷彿處於與繆斯母親結合的不穩定的陣痛之中（1973, 37），因此

> 這個詩人，他困在對那個具有閹割性的「先驅」的一種俄狄甫斯式敵對情緒之中，他想要從內部進入「先驅」，以修正、置換和徹底重鑄先驅詩歌的方式來創作，以便清除（先驅的）力量；在此意義上，所有詩歌都可看作對其它詩歌的改寫或「誤讀」或「有意誤解」，旨在抵制其它詩歌的強大壓力，使詩人為他自己的想像創造力清理出一塊地盤。（Eagleton 1983, 183）

需要強調的是，這種戀母情結是一種潛意識狀態而非自我意識狀態。後繼詩人遭遇到的是他所無法選擇的先驅者（1975b, 12），除非他想將之作為一道防線以便抵制心目中更為深刻的先驅。例如，索羅（Thoreau）所寫《沃爾登湖》（*Walden*）與已經確立、並有一段歷史距離的傑斐遜式文本建立聯繫，這樣便幫助索羅排除及壓抑了愛默生（Emerson）有關自然和自信的文章——這是更具影響力的類似作品。但這種抵制仍然屬於建構索羅之作品的有關誤讀的一種虛擬或「轉義」。這個作品和文本背景仍然應是它與先在的愛默生文本之

間在壓抑過程中形成的某種動態關係。

雖然我們必須承認對文本的「正確閱讀」確實存在，但實際上「正確閱讀」是不可能產生的，因爲文本的「意義」總是包含着對其它文本的（錯誤的）詮釋，同時由於這個文本也將成爲我們自己會與之產生必然聯繫的某個先驅，所以我們也誤讀了這個文本（Bloom 1975a, 107）：「對一首詩的詮釋必然總是有關那首詩對其它（先驅）詩歌的詮釋的詮釋。」（1975b, 75）再者，此誤讀有僅僅表現爲誤讀的勢頭。因此，啓蒙主義運動之後的詩歌或詮釋，在其更廣的誤讀控制方案中採用一系列轉義策略，用以維護其作者那種壓抑或誤讀其先驅的矛盾行爲。布魯姆將這些策略稱爲「修正比」（ratios）或「相關性事件」（relational events）（1975a, 28），將其歸納爲六種，並給它們取了深奧古典的名字——克里納門（clinamen），苔瑟拉（tessera），克諾西斯（kenosis），魔鬼化（daemonization），阿斯克西斯（askesis）和阿波弗里達斯（apophrades）。由於「修正比」旨在衡量「兩個或兩個以上的文本之間的關係」（1975a, 65），所以每個修正比依次表示在誤讀先驅文本方面的一種精神自衛及一種誤讀形式，以便促成詩人那種似乎是第一次爲「某物」命名的幻覺。

「克里納門」通過反諷之轉義來建構詩人的「反饋信息」，以便抵制和誤讀先驅文本。後繼作家通過揭示先驅文本相對狹隘的想像力之局限，來背離並避免其「偏執狀態」。他利用先驅文本的弱點來實現對其表現出的想像力的否定，似乎此否定不言而喻是出自先驅文本「那裏」。而後繼者自己的作品則恰恰包括這種否定（1975a, 67）。

「苔瑟拉」通過提喻法之轉義以及弗洛伊德主義的「自我背離」之自衛方式（1975b, 72），使後繼詩人得以跨越那種他起

初通過克里納門來揭示的有關先驅那種因過於理想化而「縮減」了的想像（1973, 66, 69）。在「重構行動」中，他進一步發現先驅文本的想像中由於疏略和否定而受到扼制的超越性内涵，發現其中反諷之欠缺及其不可靠的理想主義，從而使先驅文本的想像成爲他現在的著作中的一個「部分」。他的著作就此成爲一個「完整」想像或對先驅著作「後來居上的續完」（1975b, 72）。

　　雖然布魯姆將這些開創性的修正比限制運用在「强大」且「重要」的文學之中，但它們毫無疑問也適用於某些所謂的通俗小說。由於商業市場的競爭機制，這種小說在具有戀母情結特徵的創作環境中必然難以站定腳跟。因此，英國的婦女創作的神秘小說，比如克里斯蒂（Agatha Christie）的《鬧鐘》（*The Clocks*）也同樣體驗到影響的焦慮。她無可避免地與這類小說體裁方面的男性英國先驅道爾（Arthur Conan Doyle）爵士遭遇。於是她努力來擺脫他的「經典」影響——她在小說中塑造了一個代理作者波洛（Hercule Poirot），以便在其它神秘小說之語境中反省並取代先驅者「福爾摩斯」（Sherlock Holmes），她認爲那些神秘小說的大部分設想都充滿「荒謬怪誕的」、「不真實的」、「不可能發生的」、「沉悶」的情節（Christie, 1963, 116－17）。這種聯合性策略的强大動力使得她將道爾的真正的小說作品視爲「不可捉摸、充滿謬誤且大多出自人工斧鑿」（119），似乎它們根本沒有影響到她的作品。此外，克里斯蒂將波洛着力塑造成一個詼諧地認識到自身之自負態度的英雄形象，用以反對她的先驅者對潛意識裏自誇自大的道貌岸然的偵探英雄的那種一本正經的設計方式。然而在她對道爾之著作進行策略性削減（克里納門）之後，她的先驅者的意念仍然超越了削減而存在着。她還是要被迫學習道爾的「寫作技巧」及「『他的』語言的愉悅」（119）。不過，她採取類似於苔瑟拉的

257

方式來重構她的作品之精神——她將之移置到有關「犯罪虛構」的其它作品中，並使代理她的英雄推崇這些作品，其中尤指一個作品，「『一個經典之作，不過我想它現在幾乎已被忘卻了』」，而其想像的威力依然存在，「隱藏在對語言的精細而熟練的運用之中」（117）——成為她自己現今的著作的一個「已被遺忘」或被壓抑的提喻。

但是，與克里納門不同，苔瑟拉實行的修正要求將先驅之作品續完，且使這次續完看起來好像仍然位於被遺忘之經典之作中一樣：「仍然在早先之詩歌的內部」（Bloom 1975a, 68）。同時，後繼作家由於想要恢復僅屬於他的作品的想像，便接下去運用「克諾西斯」這一修正比——這是有關「毀滅」或「倒退」的精神自衛，通過轉喻的轉義方式進行：「作爲對影響的一種轉喻（metonymy），克諾西斯將先驅者豐富的語言倒空，正如對影響的反諷即對某種在場性的迴避和缺席一樣。」（1975b, 72）換言之，他將先驅之想像削減到無想像之地步。先驅著作與他自己的想像之間那種提喻式的相似之處看來不過是偶然性的、鄰近的、轉喻性的——似乎先驅根本就不存在。克諾西斯於是製造出一種幻覺，即後繼詩人的創作能力似乎是來自一個先於戀母情結之時代的、沒有競爭的充滿天趣的領域，「那時詩性體驗似乎是一種無止境的愉悅」（1975b, 72）。

馬克·吐溫（Mark Twain）的《密西西比河上的生活》（*Life on the Mississippi*）一書中的摘頁說明了這種修正比帶來的美好幻覺。在有過年輕領港員經歷的多年之後，他乘着汽船駛向密西西比河開始旅行。吐溫主要提到在「肯塔基本德鄉村」附近發生的一件事，那種「舊時代中怪異、悲慘的情景」（Twain, 1984, 229）。除了描寫手法上表現出新聞通訊式的簡潔以外，這一「情景」還明顯援引了一個文學先驅創作的故事，

而吐溫努力將自己同這先驅者分離。此即「坡（Poe）船長」事件——他「一斧頭從天花板砍進他妻子的臥室；當時她正在上面的臥舖上熟睡，而房頂之薄出人意料；第一斧便擊碎了腐朽的木板，將她的腦袋劈爲兩半。」不過雖然吐溫遭遇到這個先驅，他也確實已將與其作品有關的、出自愛倫·坡（Edgar Allan Poe）《黑貓》（*The Black Cat*）中的一椿事件削減爲一個「事故」。此外，吐溫不僅通過對坡之故事作縮小的或「現實主義」的描述，來拆散其作品與坡的野蠻而聳人聽聞的先例之間的聯繫，而且同時，他的地方色彩和地域觀念（「肯塔基」）也打破了坡那些沒有固定地點的故事所共有的明顯的唯心主義的浪漫色彩。

由於這種破壞僅僅導致後繼者「自我滿足之整體幻覺」（Bloom, 1975a, 68-69），所以他又採用「魔鬼化」的修正比及其誇張之轉義來壓抑他心目中之先驅著作的「傑出」的想像力。即使後繼者無法完全維持那種使先驅者變得微不足道或認爲他實質上根本不存在的幻覺，那麼他至少可以將先驅者想像的「高級的」抽象內涵，轉換到「低級的」幾近於人之慾望的地步；然後在此已受壓抑的不崇高之形象的基礎上，他得以推行他自己的「逆崇高」（Counter-Sublime）之想像——即將想像作爲一種獨立的、唯意志論的、實質上是非人之力量來表現（1973, 100-104；1975a, 98）。例如，坡早期所寫的一隻黑貓被殘暴扼殺的散文故事自身就是對柯勒律治（Coleridge）描寫一隻完全擬人化的白色信天翁被殺戮的一首詩進行魔鬼化誤讀的一個範例。總之，後繼者利用「魔鬼化」使先驅者的想像處於這樣的地位：它似乎壓抑了先驅者自身更深刻的內涵（1975a, 69）。

但是在同先驅者的傑出想像力作鬥爭的過程中，後繼者也很可能被削弱。基於這種情況，他將通過「阿斯克西斯」之修正

比來將這種鬥爭升華。他將攻擊轉而針對自己，並從囿於戀母情結的鬥爭中撤離以便達到詩性的「孤獨」狀態（1973，115-16）。同時，這種修正比還引發了後繼者對先驅者的馴服意識及「蒙恩的內疚感」（117），不過這僅僅出於破壞後繼者和先驅者共有相似的想像力之目的（119）。為了對付一個不可能通過想像之置換來征服的世界，後繼者和先驅者（此時也成為一種「對抗形象」〔121〕）的著作都同時使用隱喻（metaphor）來充實「與外在相對立的內部世界」（1975a，70），先後發揮作用來確立它們所信奉的詩性愉悅原則，用以反對外在世界遵循的現實原則。因為服從於先驅者的更具張力的自我中心式的想像力，後繼者的想像被削減，他在此充滿感情地認同於他的先驅者。他將先驅者之影響進行轉移、取代和置換而為世界的「一系列不相宜的事物」以及某種「替代的滿足」（1975b，73），從而將這兩派作者聯繫起來而不使其分離。正如史蒂文斯（Wallace Stevens）針對現代人的懷疑主義、轉而追循充滿浪漫主義想像的先驅者（由以愛默生和惠特曼為代表〔1973，134-36〕）之足跡來寫作詩歌一樣，後繼者承認他自身及其先驅者的詩性努力存在局限，但他潛意識裏仍然為自身複雜而充滿想像力的雙重心理所促動。

當然，這種局限感再次激發了詩人尋求絕對的獨創性的願望。作為實現此願望的最後的努力，他轉而使用所謂「阿波弗里達斯」或「死者的回歸」之修正比。作為比「苔瑟拉」更為深入的想像，「阿波弗里達斯」使後繼者能夠合併或吸收先驅者的過去的想像，並通過進一步轉換前提之轉義來製造某種「成為自己父親的父親的幻覺」（1975a，20），然後發揮那種想像就彷彿它從未發生過似的。通過這個修正比，後繼者的作品表現出：它已經認識到先驅者的想像本可以繼續發展，但其並不自

知的那些東西（1973, 147）。「對先驅者詩歌」的認同在此完成；這種認同通過一種自我陶醉式的佔有行為來抹掉先驅者的不同點（他性）。正如彌爾頓（Milton）認同於斯賓塞（Spenser）——這位後繼者從那先驅者富於想像力的作品中製造幻覺並尋找「隱藏的材料」，甚至確確實實抄襲（1975b, 126）。

　　總而言之，這種「相關性」策略構成一個推進的循環，從一個修正比運轉到另一個修正比，在「阿波弗里達斯」之後「整個循環再次從第一個修正比開始」（1975a, 70-71）。正像我們所看到的那樣，每一個修正 比都有其自身的局限，並因此而讓位給下一個修正比。為消除後繼者對影響的嫌惡，這些修正比不僅將詩歌（及文學傳統）揭示為义本之間及文本內事件之間無情的非連貫性，而且同時它們自身彼此相關，或是在浪漫主義之「詩歌危機」情況下（1975b, 96-97）作辯證組合，或是根據它們各自的原創力作等級排列。詩人絕對沒有那種毋需求助於這些修正比的職業自信。甚至在他六倍於前的「修正背景」以後，他那種「第一次見到所謂詩歌」的經驗，在職業上作為「〔與先驅者〕的關鍵性的頭次遭遇和反饋，給了他詩歌生命」（1975b, 18）並將繼續激勵作者奮鬥，它雖然十分虛幻，卻勉力促成他的徹底獨立，也即他想像力的自我在場性。

　　因此，布魯姆對文學影響的描述使個人性的或大眾性的文學史轉而進入一個充滿心理衝突的、不斷變更的「危險」地帶（1975a, 104）。僅僅由於想要寫作，後繼者便進入一場無休止的「內戰」，在其中他不斷運用修辭學武器——即隨其文本變動着的「自圓其説的轉義系統」（1976, 1）——以便征服和破壞形成其先驅者之文本的那個轉義系統。實際上，這種文學巫術也形成了布魯姆自己設計的轉義系統。他的理論著作不僅推翻了有關影響的一切理想主義和保守主義觀念，同時還反擊了那

種認爲他的批評對起源謬誤（genetic fallacy）懷有不可靠的迷信的批評指控及受其影響的其它觀念，並且認爲不可能判定一個文學作品的特定起源。甚而有之，它懷着復仇心理故意利用了這種起源謬誤。批評文獻也助長了這種起源謬誤，因爲它們自己也無法抵制影響（1975a, 64）。此即，它們都在潛意識中壓抑了那種基於以上情況、企圖通過沖淡批評價值及有關「其他」起源之影響的方式，來證實和控制自己的起源的動機。

在布魯姆的帶有戀母情結特點的循環系統中，這種關鍵的謬誤或幻想主宰了一切作品，包括詩歌作品和批評著作。甚至連布魯姆自己的理論都變爲一種轉義，此轉義反諷性地增強了其「批評機制」的效力（1976, 21）。同時，他自己顯然無法控制和洞察，這一機制的效力怎樣在潛意識裏滲透到他自己的理論中來。比如，他的修正比的那種自我內在封閉的、周而復始的運轉，甚至他在修辭上的攻擊性姿態和立場，難道不正是非同尋常地提示着（同時也壓抑着）坡（Poe）的《我得之矣》（*Eureka*）——這個同樣要求「一種完美的〔理論上的〕連續性」並力圖將自身解釋爲一首「詩」的美國先驅者的文本（Poe 1985,1269,1259）——中的觀點嗎？但是如果布魯姆出於自衛而將他自己的影響理論當成與其偏愛的先驅者有關的一首「嚴謹的詩」來誤讀（1973,13）——即作爲針對愛默生（Emerson）的《論自然》（*Nature*）一書的阿斯克西斯，他確實在別處將此書列爲坡之《我得之矣》一書的先驅——這種自我誤讀再次展現而非扼制布魯姆理論機制那種不受限制十分活躍的變動範圍。

那麼爲甚麼，布魯姆在他一九七○年代的影響批評著作中將「影響的焦慮」限制在啓蒙時期之後的文學中呢？不過，在很久以後發表的著作《摧毀神聖真理》（*Ruin the Sacred Truth*,1989）中，他明確將其理論之文學史範圍拓寬，囊括啓

蒙時期之前的經典文本。在這些更久遠的文本中他有力地確證了貝特（Bate）在文學影響方面的保守主義觀點，將這些文本視爲西方文學史的偉大成就。正如他早期所說，經典先驅者作爲啓蒙時期以前的詩人所極力仿效的權威形象而存在，特別是自從「權力」觀念自身，如阿倫特（Hannah Arendt）所言——變爲一種有關保存某個特定文化之古老起源的要求以後，更是如此。伴隨着對「每個成功時代之偉大範例」（Arendt 1977,119）的不斷複製，「傳統保存着過去，將祖先——那些首先創造並展示了〔文化的〕神聖起源並通過他們在以後數個世紀中的權威來擴大其影響的人——的表述從這一代傳遞到下一代」（124）。但是，啓蒙時期以前的文學也幾乎不可能像保守主義者或布魯姆早期的文學史綱領設想的那樣，會逃過屬於影響之焦慮的起源危機。

證據在於，比如，即使「古老」的亞歷山大派詩歌也反對那些構成其寫作傳統的「主要的」文學先驅者（Zetzel 1984,119）。與此相似，正如庫丘斯（Ernst Curtius）所言，後來的經典作家如但丁（Dante）「企圖超越奧維德 Ovid」（1963,18）和盧肯（Lucan 164），他爲此採用歐洲中世紀其它頌歌詩人的方式——這些詩人確實創造出一種出自詩歌之內在「超越性」的風格。更具有普遍意義的是，處身於「偉大傳統」之中的啓蒙時期以前的文本對其先驅者的誤讀是帶有攻擊性的而非畢恭畢敬的，這些先驅者被認爲早已被那種控制着正統神聖之標準的社會文化制度誤讀過。因此，但丁之基督教史詩的本國語表現方式本身即是一種轉義，是一種對維吉爾（Virgil）之經典的、教會式的「拉丁語」的取代及政治性的嚴肅誤讀。同理，莎士比亞，這位布魯姆明確指定屬於「巨人時代」……處在影響之焦慮成爲詩歌意識之重心之前（1973,11）的最偉大的經典作家，其

戲劇創作：用一種帶有意識形態動機的「通俗」文類及口語化方式寫作，以便逃避文藝復興時期那種根據別的文類的實踐制定出來的官方的「文學」標準。

事實上，我們可以將《哈姆雷特》當成莎士比亞之詩學抱負的本質表現來讀——確切地說，他在努力奮鬥以便瓦解（甚至消失）有關文學影響的保守主義觀念，而並非要表現那種維護保守觀念的文藝復興時期流行的有關模仿的文學觀念。哈姆雷特與其被謀殺的父親之間的關係暗示着後繼者面對其「魔鬼化」先驅者的時候產生的那種被壓抑的焦慮——此先驅者是一個幽靈，「會展示其玄奧的世界，並使〔後繼者〕精神苦痛，凍結〔他的〕年輕的血液……「（I.V. 14-16）。此劇通過一些躲閃措施實行了阿斯克西斯之修正比，所以在此過程中，所模仿的不是現實，而是莎士比亞想要運用自己的術語來描述現實的願望。比如，哈姆雷特與其父結盟以便向謀殺他父親的凶手克勞迪厄斯（Claudius）復仇。布魯姆認爲，克勞迪厄斯對哈姆雷特之父的謀殺、他的弑兄登基、他與哈姆雷特之母（其父之妻）的聯姻實際上在潛意識裏體現了莎士比亞的意圖：克勞迪厄斯是後繼者與其直接的先驅者之聯盟的替罪羊。克勞迪厄斯在戲劇中作爲哈姆雷特的叔叔也即轉喻的父親，像是一個托辭，使哈姆雷特——即莎士比亞後繼的詩性自身，以及哈姆雷特王之幽靈——即莎士比亞之「悲劇」中魔鬼化的先驅者——得以一同向權威形象之替代物尋仇（阿斯克西斯）：抵制文學先驅者，使其退位以便爲後繼者減輕尋找靈感之困難提供方便——因爲這位有着虛假合法性的先驅者爲其自身要求享有靈感。

確實，克勞迪厄斯能很方便地替代那個被降低、被政治性隱蔽起來的「克勞迪厄斯式」或專制式文學傳統（cf.III.ii. 419-20）莎士比亞認爲此文學傳統極端惡劣地控制着他對《哈

姆雷特》的創作，所以他的劇作十分尖銳地揭露了這一傳統，指出它通過誤讀已經削減了他的魔鬼化的先驅者之著作中那種富於想像的神思飛揚的内涵。總之，劇作中激勵哈姆雷特去復仇的主題，漸漸難以同莎士比亞那種創作此劇來反對形同於克勞迪厄斯式先驅的塞内加（Seneca）之復仇悲劇的復仇行爲分辨開來。換言之，莎士比亞認爲這些塞内加式的（Senecan）先驅——它們在一五八一年譯成英文，一五八九年納什（Thomas Nashe）將它們描述爲那個可能是基德（Thomas Kya）所寫的「《哈姆雷特》原本」的先驅者（Hoy 1963, viii）——已經侵佔或「消滅」了被《哈姆雷特》理解爲其合法的先驅文本的想像力：這些合法先驅文本是指全部古希臘悲劇，當然其中更接近的「《哈姆雷特》原本」叫做《俄狄甫斯王》（Oedipus Rex）。〔這些具有《哈姆雷特》所想望的文學來源和文學特徵的戲劇先例，對像莎士比亞這種文化程度的劇作家而言，擁有一副真正的幽靈樣的面孔。也即是説，它們是傳聞，甚至是仍然未毀但絕大部分未被翻譯過來的文本——作爲缺席的在場者——而存在於文藝復興時期的英國及西歐其它國家（Highet, 1957,120-21）。〕這種布魯姆式的比喻幫助我們對即使像波洛涅斯（Polonius）這樣的次要人物也有了特殊認識。波洛涅斯代表着比哈姆雷特報復性地揭露出來的克勞迪厄斯式觀念要明顯溫和得多的一些觀念。哈姆雷特對波洛涅斯——這個在劇中誤解了哈姆雷特之瘋狂的人——的「失手」殺害，實際上表達了莎士比亞對那種形如兄弟的、持克勞迪厄斯式/塞内加式觀念的人的貶低。這種人中像基德（Kyd），他藏在傳統之文學權威的「花牆毯」後面，但莎士比亞認爲他的想像顯然是注定要將《哈姆雷特》及其在克勞迪厄斯之前的先驅者對悲劇性「瘋狂」的更具匠心的表現誤讀爲純粹的「戲劇」事件——其中那種致命的縮

削絲毫沒有減少。

不過波洛涅斯的被殺還意味着哈姆雷特對克勞迪厄斯的謀殺在潛意識裏發生的突轉或偏移（克里納門）。爲甚麼後繼詩人不發動直接公開的戰爭來反抗那種隱含妒忌的文學保守主義中的專制主義典型，從而確立與他所嚮往的先驅者之間的聯盟呢？事實上，《哈姆雷特》差不多承認，它想從這一行動中撤出。考慮到戲劇風格而早早缺席的莎士比亞，通過垂死的哈姆雷特之口吩咐霍拉旭（Horatio），「請暫時犧牲一下天堂上的幸福……來講述我的故事」（V.ii. 361-62），從而將霍拉旭安排爲戲劇的「真正的」作者，而自己則主動從戲劇中消失。但是戲劇還是將作爲作者的霍拉旭替換了——是哈姆雷特而非偶爾才出現的霍拉旭控制着全劇的有效視點、控制着劇情發展及其「語詞，語詞，語詞」（II.ii. 196），即使他不在場時也如此。

布魯姆的觀點本身就是對瓊斯（Ernest Jones）有關《哈姆雷特》的典型的精神分析的誤讀（Jones, 1954, 90-102），據此觀點，將《哈姆雷特》中作者的引人注目的缺席同哈姆雷特在復仇問題上猶豫不決的態度合併起來一看，發現這些跡象顯然透露了哈姆雷特兼霍拉旭兼莎士比亞那種雖然懷着負疚感，但仍然希望實現的首先消滅先驅者的願望。後繼者起初的那種將自己同其合法的先驅者聯合起來反對某種（克勞迪厄斯式）替代物的願望，於是也隱含着與那個先驅替代者之間具有反諷性的認同——後者一直代替後繼者來排斥他自己的文學上的弒父願望。通過阿斯克西斯之修正比，哈姆雷特兼莎士比亞之合法先驅者被確認作「他的」焦慮之原由，及戲劇中哈姆雷特在復仇方面的無能之原由，及莎士比亞之所以不能帶着完圓的富於想像的權威性感覺來創作這個劇本之原由。在第三幕中，這個原由不但以更加苛刻難纏的幽靈形象出現（幽靈即一種地獄般的來

世的象徵，正如阿倫特所説，它曾在基督教「與世俗權力的爭鬥」中爲增強「宗教權威」而效力〔1977, 132〕），同時這先驅通過哈姆雷特口中塑造的父親形象——即作爲「對死後事物和未知世界的敬畏」（III.i. 78-79）而强制性反覆出現。

總而言之，由於《哈姆雷特》早已爲復仇方案所迫，不得不與其不可改變難以壓抑的詩性之父維繫着明晰關係，所以他根本無法完全壓抑自己的弑親慾望。這種情形在莎士比亞那裏表現爲一種包含千頭萬緒的兩難困境：此時在劇本的創作中是做一個名副其實的詩人呢還是相反。與其受壓抑的後繼者同樣，《哈姆雷特》也無法擺脫這個困境。結果它只能將這種充滿焦慮的哲學困境托付給處於相似境地的讀者的可能性理解，即托付給「强大」的傳統詮釋「武器」——「弗丁布拉斯」（Fortinbras）。不過《哈姆雷特》自身已放棄或幾乎扼殺了那種加强自己的獨創性權力的慾望，因此哈姆雷特便只好作爲一個不起眼的小角色，而莎士比亞作爲一個在其戲劇觀衆看來確已缺席的作者消失得無影無踪。

雖然仍然有人想要將《哈姆雷特》這個内在化的混雜錯亂故事誤讀成一場有關個人抱負的詩性磨難，但這個戲劇卻清楚表明，它十分適宜於論證布魯姆描述啓蒙運動時期以前之創作實況的影響理論。人們可以隨意舉出其它啓蒙時期以前的文學文本的例子，它們同樣在苦苦壓抑和克服那已經確立的經典傳統及先驅者個人。最起碼，布魯姆式的批評家成功地歸納出——啓蒙運動時期的文學作品是如何揭示「文思衰竭之焦慮」的自明跡象的、是怎樣以比「以前時代」之作品更如「艱巨」的方式來承受「過去之重負」的（Sherwin 1977, 4）；此歸納在此轉變爲一種歷史相對性事件，它引發而不是取消布魯姆更進一步的思考。再者，我們知道：布魯姆有關持續影響方面的隱含修正比的機

制會如何來誤讀其自身之內涵。甚至在其早期有關影響的批評著作中，布魯姆曾求助於猶太教神秘哲學（Kabbalah）和華倫天尼安時代之諾斯替教（Valentinian Gnosticism），並將之視爲啓蒙運動以前時代及後古典主義時期之「龐大」文學傳統的先驅——這意味着他自己努力搶在這一綜合傳統的前面，以免這傳統之影響造成的焦慮會蔓延到他所重點研究的啓蒙運動以後的文學領域中來。

此外，我們還可以運用另一種觀點，即弗洛伊德學説中的「家庭羅曼史」來描述一個文本的文學「影響」。布魯姆宣稱，一個作家的作品與其「曾有的年輕時期」——換言之即他自己的早期作品——之間也存在影響的焦慮（1975b,107）。基於這種上下文關係，克里斯蒂的《鬧鐘》（*The Clocks*）在道爾之先例的引力場中所受影響要小於她自己的早期作品給她帶來的影響——此時她通過波洛（Poirot）來貶低神秘小説作家奧利弗（Ariadne Oliver）的「年輕時」的作品（1963,117），然後讚揚托名爲某個當代美國女作家所寫、而實際卻是克里斯蒂自己「年輕時」作品之被壓抑化身的小説：「她在她的讀者心中喚起了多麼高漲的激情、多大的懸念啊！」（119）或許這種讚揚實際上表明，其自身不過是對弗洛伊德式焦慮的一種不同形式的遮掩？尤其是在克里斯蒂仍然苦於難以減輕同時期的競爭之時——那個「美國驚險小説」中強大的偵探主角「（在波洛）看來毫無意思」（118）。從《哈姆雷特》中更多的典型例子來看，作者之先驅也隱含着對同期的其它作者或文本的「二度修正」，這使我們得以按照弗洛伊德所描述的方案來考查文學影響——弗洛伊德在《圖騰與禁忌》（*Totem and Taboo*）中提到兄弟同胞之間逾越常理的、以冒充先驅之父的文學優勢爲目的的罪惡競爭。在過去和現在的許多文學作品中可以明顯看到這種競爭的

爆發：「我該怎麼辦，才能使我『自己』從我的同仁這羣喋喋不休的烏合之衆中，從流浪者的陋室裏脫穎而出？」（Bullis, 1986,7）在文學影響及其修辭術方面，布魯姆自己的最有啓發性的先驅者顯然包括一些同期的批評家——從新批評派和弗萊（Northrop Frye）到伯克（Kenneth Burke）、德曼（Paul de Man）及德里達（Jacques Derrida）（Lentricchia, 1980,326）。

於是，布魯姆的理論在此再次促進、看來卻又中斷了對其觀點的進一步探究——此觀點認爲所有文本的運轉模式都受到來自其它文本的精神之側風的控制。布魯姆這種無法給定一個完整統一的理論權威的猶豫不決的情形，無疑部分應歸因於他的自圓其說的前提，即影響如同詩歌一樣縮削了理論之假定的自主權。布魯姆也將自己對文學的「強有力」的誤讀自我界定爲批評史中邊緣性的虛構的謬誤。不過有人會問，這種自我界定的理論限制難道不正是一種抵制不良社會意識形態之影響的一種策略嗎？最起碼，在維護文學自身特徵這一方面，他有意拒絕「承認……超文學之強力的構成性作用」（Lentricchia, 1980,326），例如，他不認爲啓蒙運動時期，尤其是浪漫主義文學創作中出現的突發的破壞性焦慮是出自可能的政治原因。除了將「文學」作爲十九世紀浪漫主義文化中一種特別的「非異質」話語分隔開來以外（Eagleton 1983,18,19）此時的反封建的「資產階級」制度將文學權威這一論題純粹當作一個論題——當作某種需要克服的，而自身仍在努力掙扎以求恢復的「封建主義」的優越感。

布魯姆的理論將文學創作和接受中的焦慮之來源由特定的文化意識觀念氛圍轉換爲一種無休止的精神強力場，同時其理論並不希望將其自身觀念和假定強加於人。這種社會歷史之潛

意識暴露了布魯姆的資產階級偏見（他認爲詩歌和詩性本身是「財產」）（1973, 78），還明顯揭示了他的家長式的專制。因爲毫無疑問，他對文本關係的俄狄甫斯式即父子式的構想預設了一種「性別歧視觀念」、並在西方文學史中樹立了一種偏執的弗洛伊德主義之範式，它貶低並誤讀了女性作家在這同一傳統中的地位（Gilbert and Gubar, 1979,47）。再者，布魯姆作爲文學關係之焦慮的前提條件而提出的優先權，反過來揭示了他的範式在當代意識形態中由於無法保持阿倫特所謂「權威性」而暴露出來的無能——甚至連阿倫特先後對權威的描述也贊成而未反駁布魯姆對啓蒙運動以後文學文本的詩性影響之焦慮的可疑的論述（Lentricchia 1980,327-28；Donoghue 1984,133），她疏離了這一論題，並將「影響」本身看成一個歷史的相對的批評概念。由於無法將「過去的先決觀念」與有關權威的任何傳統觀念視爲同一（Arendt 1977,94），當代人便將獨裁主義與權威並爲一談，因此很容易疑心後者（及其詩性代表）可能事實上體現了前者。直到權威這一概念成爲一個貶義的社會用語時，有關權威的焦慮才發展到文學和批評等其它領域中來。同時在布魯姆這樣一個「自由世界」的美國批評家看來，任何認可傳統之連貫性的觀點都必然認可過去的作家或批評家的權威，這就意味着，話語意義在意識形態上必須服從於一個專制主義的話語制度。

布魯姆的民族主義和現代主義立場引發了，準確説來是，經過了政治性置換的他的文學焦慮之「冷戰」理論。同時，這一理論同他的反專制主義計劃的政治置換物之間在潛意識裏保持着聯繫：這是布魯姆在一九七〇年代後期有點典型多元論、有時甚至是有關激進的相對主義的「文學價值之無典型理論」（Smith 1983,11）的學術研究中呼聲漸高的要求，這種要求將

明顯削弱那種傳統——他的理論認爲此傳統自相矛盾地既壓制、又促使像他這樣的詩人和批評家來創作他們自己的「强有力」的作品。因此，布魯姆的理論著作既鞏固、同時又消解了有關文學規範的保守主義觀點（Lentricchia, 1980,330；參看 Leitch 1983,132）。通過使過去和現在的文本之間的關係變得複雜化，「影響之焦慮」顯然是想以重新强調這些複雜關係的方式來重新組織這些文本。換言之，布魯姆之理論實際上承認了它本身在文學影響之缺失方面的焦慮（cf. 克里納門），此影響之缺失歸因於現代主義時期對權威的删除，而這一删除顯然爲二十世紀早期作家如艾略特（T.S. Eliot）和龐德（Ezra Pound）所利用（cf. 苔瑟拉）。

不過我們不能低估布魯姆之系統陳述的謀略，因爲它們預料到了對其理論的這種同樣的「政治性」消解。畢竟，僅僅作爲政治無意識之原由的一個產物，一個作家或批評家與權威之間的情感聯繫會通過他或她的作品而清晰表達爲精神用語，所以這對布魯姆的影響研究來説仍然是完備的。因此，與布魯姆有關文學關係的帶有性別局限的俄狄甫斯式的理論相反，某些有影響的女性主義批評方式會設立一個有關女性作者先驅的反家長制的非暴力的、母權制的傳統。這一反論使女性作家得以背離、對抗並確認那種居統治地位的父權制文學傳統的意識形態影響——其中包括維護這一傳統的布魯姆的理論（Abel, 1981,433-34；Kolodny, 1980,464-65；Gilbert and Gubar, 1979,50）。不過把話説回來，布魯姆的理論早已「囊括」了這種女性主義修正觀——布魯姆的「前俄狄甫斯式」主張及「意識形態」策略曾經影響着它們（1）反諷性地複制那種理想主義或保守主義觀念之影響（並因而得以控制這一影響）；（2）準確地借用克納西斯及阿斯克西斯之修正比以便拒斥布魯姆的影

響觀念;（3）宣佈一種範式，它可以很便利地用一種觀念來替代那種想要爲某物初次命名的重要的富有想像的要求，比如說，「一種他們自己的文學」。

同樣，如果布魯姆的理論對現代主義時期文學影響之缺失作出認真的反饋的話，那麼它會採用在潛意識裏承認這種缺失的批評體制。在此過程中，它也有效地搶在了壓抑這一缺失的其它批評理論之前。由於聾人聽聞的布魯姆式觀念之影響，二十世紀的文學研究制度憑直感發現在精確嚴肅的文本統計學屬次上存在着「權威」觀念之缺失：這是對文本之匿名性——有效文本之迅速「機械性再生產」導致了這種文本匿名性——以下意識的領悟；也是由於過去及現在之文本在社會經濟背景下的激增而產生的文本異化感。通過這種方式，形式主義批評理論爲創立這個課題提供了一些方法，其中尤指通過設計一種針對唯一而獨立自足的詩性文本的反典型的方式（克里納門），來限制這種現代主義的文本激增。而另一方面，那些所謂「超越形式主義」的後現代主義理論卻很歡迎這種文本成堆的情況，它們以「創作」或典型多樣化（苔瑟拉）爲借口，將這種情形轉換成一種文本解放境況。但是，如果不考慮它們各有區別的理論及觀念方針，那麼，無論在新批評派之前或之後，各種批評（包括因其「超文學」之狂妄觀念而與布魯姆之批評觀相左的那些批評）都必然承認，他們帶有那種爲文學及其自身之批評研究開發新的文本領域的布魯姆式的要求。但進一步來看，這種開發卻反諷地使得這些批評所力圖壓抑的現代文本之焦慮情形更爲嚴重。因此，新批評主義導致了文學領域內批評文本的激增。即使是所謂的後現代主義批評——雖然它宣佈「那種」已經確立的文學典範是焦慮影響之主要起源——但這種批評實際上卻復原了一種更加不可捉摸、無法避免的先驅，「文本化」

（textuality）本身──它將一切事物迅速轉入文本，成爲「新的」批評研究之對象，又將「新的」批評領域中之所有開創，都稱爲某種「永遠且早已」過時的項目。

因此，「布魯姆已經説過」之記號也纏繞着布魯姆之同族批評著作及同族批評家。同他們的著作一樣，布魯姆的理論力圖避免那種文學影響方面僵化保守的專制性內容。事實上，布魯姆還是建構了一種可能性的消解因素，用以壓抑那種影響之焦慮，並對當代文學特性上的能量之退降公然宣戰。像這樣的特別關注，表明布魯姆在美國文學史中還有另一位可能的先驅。布魯姆未能成功地消除現代主義文本複雜性之影響，這種情形使人聯想起，亞當斯（Henry Adams）面臨新的現代主義强力時也未能成功地發展「教育」。布魯姆之理論機制是對亞當斯之「歷史動態論」（dynamic theory of history）的明顯誤讀──其本身是爲理解所有現代主義之「超世俗」强力而建構的，目的在於達成「在其極端矛盾方面的最大的綜合（Adams, 1973,407）。總而言之，布魯姆對亞當斯的克諾西斯（Kenosis），他對亞當斯優先的現代主義觀念和自相矛盾的綜合論的「倒空」，甚至他自己出於極端的獨立意識而聲明「倒空自身之觀念」（參看Bloom 1973,91），都很好地説明了他的影響理論那種奇怪的爲自己排除局限的情形。

但是布魯姆的轉義系統宣稱，要以犧牲其它有關現代主義文本氛圍之（更爲壓抑的）批評性誤讀爲代價，來變本加厲地反覆加强自身理論的合法性及認識價值。他的理論顯然力圖重新尋找那種藏在所有批評行爲、所有文本關係之後的一模一樣的人類關懷，尤其是在面臨當前現代主義已將「自我」削減而爲一個語言學上、意識形態上的空洞觀念的情況下更顯得必要。不過，與那種想要將已經消滅的「人道主義」重新組合之打算遠

不相同，布魯姆在修辭上將其它批評流派當作某些轉喻，主要用於加强屬於他自己本身之批評方案的那種自我本位的詩學觀念。甚至連對其理論的批評也被加工成某個前文本，從而使他的批評研究處身於構成唯一「嚴肅詩學」之過程。布魯姆主動期待着甚至懇求其學術讀者的反對意見，並通過那些誇張的有意背離的宣言（比如，詩歌作爲武器，詩歌作爲財產等等）十分策略地使其理論既區別於保守主義觀念，又區別於反保守主義觀念。

換言之，他的這種實踐積極尋求逃避過去、現在和未來的批評編碼；因此他的理論就其自身而言是完備的，同時它將其它批評流派轉換爲後繼者或對其自身先驅的模仿者，而且確實從它們身上看到了自己所造成的影響——總之，此理論冒充爲似乎是頭一次爲「影響」本身命名。比如，布魯姆的理論有這麽一種作用，即能夠將本來在歷史中居優先地位的、貝特（Bate）有關影響的相似觀點，轉換而成某種處在布魯姆觀念之後的過時看法。我們知道，貝特認爲「文學知識」或批評是一種不斷進步的過程，其創作情形也許與詩人的寫作有區別。但布魯姆認爲，貝特之流的批評文本只能作爲對某個先在的詩學文本的或「强」或「弱」的誤讀，或作爲對先在文本之逐漸累加的批評性詮釋而存在：「就像一個詩人必須通過對先驅詩作的發掘來表現自身一樣，批評家也是如此。不同之處在於，批評家有着更多的父母。他的先驅者是詩人和批評家。」（1973,95）按照布魯姆的更爲豐富的，帶有戀母情結之特徵的觀點，貝特在詩歌和批評方面的不同點必然成爲一種轉義，用以將他自身的閱讀方面的現代主義之重負、將他有關批評之影響的看法轉換而成他對啓蒙運動時期詩人在創作文本上的重負的看法。

而布魯姆理論的最後措施是超前誤讀。它的批評修正比已

部分構成對與其並肩的後結構主義思想之批評立場的抵制，其影響理論所持的詩性自我之概念，變本加厲地導致了在「自我實現」及理性中心之假定上的德里達式（Derridean）的批評。另外，正如德‧曼所說，由於已經證明這一「自我」並非僵化的經驗主義或心理學之對象，而是一種語言學策略或轉義，所以布魯姆的影響理論逃過了那種認爲他已承認某個理想化「主體」或中心「主題」的指控，由此也顯得他的理論「對傳統的顛覆比其口頭所宣稱的要更爲變本加厲」（de Man, 1973；274,276）。布魯姆自己顯然將影響概念當作一種屬於語言學之轉義的無情置換物來理解，並認爲此轉義解構了有關文學史的理想化的主體中心論觀點。不管詩人是否樂意，文學史變得不堪一擊，其中詩人之自我特徵在文本間被撕裂，成爲一種「詩歌內部」之不穩定狀態（Bloom, 1925a,114）。

因此，如果布魯姆仍然堅持認爲文本間的關係是由那種比「創作」上的「（德里達式）反模仿」之歪風有過之而無不及的「超模仿」影響組成的話（1975b,80），那麼他是不顧其自身的後結構主義觀念而這麼做的。再者，除了標明有關作家之影響體驗（愛默生、坡或亞當斯——哪一個是布魯姆自身的來源？）那種任意指定的來源以外，誤讀——其影響理論至爲關鍵的轉義類型——還必然構成某個未有定論的術語。作爲理論家，布魯姆只能從一個角度來解釋「誤讀」，此角度即指：一個偏執的、懷有成見的誤讀是可以被認知的。然而根據他自己的理論系統所說，誤讀卻只有當詩人或批評家並未認識到它是「誤讀」的時候，才能發生。所以這種認識將明顯削弱誤讀那種壓抑性的、卻又爲文本提供可行性的效力。因此誤讀必須將自身作爲非「誤讀」來誤讀。布魯姆通過誤讀而表達的影響觀念結果形成他的歷史，即將另一文本中的誤讀加以藏匿的又一種誤讀，

而他的理論正想通過定義來揭示這另外的文本。

從後結構主義者的觀點來看，布魯姆的影響理論及其不斷變動着的修正比機制最後歸結爲一種帶有戀母情結特點的「科學幻想」：這是一種有關其本身幻想的壓抑性理論，且因爲要清理自身來容納這種自我幻想而更加壓抑。不過即使德里達也認爲，「創作」之產生也總是出自那種自我實現的慾望——或按照布魯姆的說法，是出自作者（及讀者）強烈的文本獨立性要求。同時如果「創作」表現了這種強烈要求的話，那麼這種要求在此表現中會被一再重申和證實，因此這種「創作」也就成爲另一「後繼者的防線，因爲它尋求一種（創作）的完全早熟」，或力圖壓制「先在的陰影」（Bloom, 1975a,105）。

但是總的說來，布魯姆的影響理論不僅僅只是搶在了對它自身的潛在的批評的前面。它還爲其自圓其說的影響論及否定之分析提供了它自己的矯正法，即無論是後繼的詩人、批評家（包括影響理論家），還是他的唯一的或綜合性的先驅者、先在文本甚或文本語境，都不能一廂情願地主觀認定自己就是影響之有效代理。跟亞當斯的歷史動態論一樣，布魯姆的影響動態論之富有想像力的「失敗」觀點也落空了、其文學與文學史觀也落空了——這種處身於文學和文學史中的當代新人及批評家關於優先權的「浪漫要求」最終發覺已「瓦解……而爲一個悲劇性認識」（Hartman, 1975,50）。甚而有之，它對來自過去、現在及未來的文本之影響的内在抵制，表現爲一種無可奈何的空想，它在此過程中僅僅揭示了一種模糊不清的（無）空間可由現代自我來佔領：決不可從布魯姆喜愛的先驅者那裏借貸，因爲這樣雖然可以取得「片刻寧靜」，但卻總是「處於從某個過去向新階段的過渡，處於鴻溝之間的飛躍，處於向某個目標突進的氛圍之中」（Emerson 1957,158）。在此語境中，「影響」確實

成爲一個適用於其它聲音——其它文本——的術語，甚至還適
用於那些其自身也可能影響文學研究的其他學科。

張洪波譯

參考書目

Bate, W.Jackson. 1970. *The Burden of the Past and the English Poet.*

Bloom, Harold. 1973. *The Anxiety of Influence.*

——. 1975a. *Kabbalah and Criticism.*

——. 1975b. *A Map of Misreading.*

——. 1976. *Poetry and Repression.*

——. 1989. *Ruin the Sacred Truths.*

de Man, Paul. 1983. "Review of *Anxiety of Influence.*"

Hartman, Geoffrey H. "War in Heaven."

Highet, Gilbert. 1957. *The Classical Tradition.*

Kolodny, Annette. 1980. "A Map for Rereading : Or, Gender and the Interpretation of Literary Texts."

Leitch, Vincent B. 1983. *Deconstructive Criticism.*

Lentricchia, Frank. 1980. *After the New Criticism.*

15 修辭 RHETORIC
費什（Stanley Fish）

……在另一邊，

站起來的是彼列，他的舉止優雅仁慈，

從天上墜落的天使中，算他最優美。

他看起來很是鎮定自若，一副功勳卓著的樣子，

其實都是空虛的、偽裝的；他口甜

如蜜滴，愈壞的事，愈能被說出好的道理來。他在辯論中

圓熟地混淆是非。他的思想卑鄙，

……他用悅耳的甜言蜜語，

循循善誘的語調，這樣開始說道：

《失樂園》（*Paradise Lost*）第二卷，108-15,117-18）【註】

一

對於彌爾頓的十七世紀的讀者來說，他們一定會立即看出
這是一段出於修辭學家的藝術技巧與性情的簡短然而犀利的文
字。的確，在這短短的幾行中，彌爾頓試圖用巨大的修辭力量
滙聚並重申對修辭學的傳統爭論。甚至彼列起身的姿式也具有
反面意義：他甚至在開口之前就引人注目，正如將在第九卷中
出現的撒旦，也是挺身而起，並且走來走去，使得「在鼓起如
簧之舌／以前，他的姿勢、動作和身段／都贏得聽衆的注意」

【註】　本章中有關《失樂園》譯文均參考朱維之譯本（上海譯文，1984年）。

（673-74）就是説，他把聽衆的注意力吸引到他的儀態和外表上，這種對表面的東西（superficiality，按字面意義理解之）的暗示延伸到詞 act（舉止），即可以看到的東西。那舉止被稱爲「優雅」（graceful），這是我們在該段中發現一系列雙重含義（修辭言語的特徵之一）的第一個。彼列恰恰並不「優雅」；「優雅」只是他的表象。「仁慈」（humane）和「優美」（fairer）也是一樣。詩句對彼列所有表面美德的判斷呈現在第 110 行最後兩個詞——he seem'd——中，而且「好像」（seeming）這個詞的影響力覆蓋了下一個詩行，該行單獨看起來似乎「好像」是對彼列很高的讚美。在前面詩行的影響下，該行的讚美的肯定性由於每一個詞意義上具有兩重性而自我消解（詩句現在開始通過顯示外在與内在意義之間無處不在的分離而對其批評對象進行模仿）：「鎮定自若」（Compos'd）現在又傳達其輕蔑性的含義（貶義）：「裝模作樣」或「裝腔作勢」；「卓著」（「High」）同時又指誇誇其談的雄辯家喜愛採用的方式，並期待着與彼列卑下思想的反諷性的、使該詞含義顯得卑下的對照；「尊貴」（「dignity」）是一個詞源學的玩笑，因爲彼列毫不可敬；實際上，他只不過是下一行描寫的樣子，「空虛的、僞裝的」，有一種指責——對永恆的反修辭的老生常談的重複——認爲，修辭——精妙的説話藝術——全是賣弄，它不被任何與真實性有關的東西所支撐，除了自我空洞的矯飾之外沒有任何根基。蘇格拉底在柏拉圖的《高爾吉亞》（*Gorgias*）中聲稱：「修辭根本無需了解事實，因爲它已經找到一種説服方法，使得它在無知者眼中看來比真正知道事實的人知道的更多」，在《菲得洛斯》（*Phaedrus*）中，菲得洛斯承認：「想成爲雄辯家的人『無需』了解甚麼是真正的公正和真實，而只需了解對於大衆來説甚麼看來像是公正和真實。」

　　這種提及大眾粗鄙的耳朵的說法，表明修辭的缺陷不僅是認知性的（與真理和事實相分離）和道德性的（與真知和真誠相分離），還是社會性的：它迎合人的最壞的本質，並且使他們採取卑鄙的行爲，恰如在下一句連排的著名的詩行對彼列的描寫，「愈壞的事，愈能被說出／好的道理來」。彼列的身後站着詭辯家的行列——普羅泰戈拉（Protagoras），赫皮亞斯（Hippias），高爾吉亞，他們幽暗模糊的身影大部分由柏拉圖的著作而爲我們所知，在那裏，他們總是作爲理想主義者蘇格拉底的相對陪襯人物而現身。佔主導地位的柏拉圖哲學傳統對他們的評判，在此也是對彼列的評判；這些人思想卑下，只是注意使用可疑的技巧，他們受僱於人教授這些技巧；他們表現出來的危險也是彼列代表的危險：儘管他們思想卑下，也許正因爲他們思想卑下，他們討好取悅於公衆的耳朵，至少是那些烏七八糟（promiscuous）的大衆的耳朵（在反修辭姿態的表面下，總隱藏着强大的腐蝕性的高人一等的優越感），對這種成功的解釋是彼列現在開始實施的威力，——「循循善誘的語調」威力。「語調」（accent）在此是一個能引起共鳴的詞，它的另一種相關的意思是：「獨屬於個人、區域或國家 KI」（OED）。拿腔拿調說話的人是從一特定角度說話的，他試圖把聽衆的注意力吸引到這個角度上來；他以歌唱的韻律說話（從語源學角度說，「語調」意爲「講話中增加的歌唱」），正如彌爾頓不久將觀察到的「歌唱悅耳」（Ⅱ，556）。「循循善誘的語調」幾乎完全冗餘：這兩個詞意義相同，它們告訴讀者的是彼列將受到某種力量的威脅，這種力量並不受真（truth）和善（good）的約束。的確，彌爾頓認爲這股力量是如此危險，覺得有必要在彼列一結束講話的時候就提出一種矯正性的解釋：「彼列這樣强詞奪理地說了／一大套，無非是爲了偷懶求安逸」（Ⅱ，226-27）。

以免你没有注意到這一點。

我在這一段逗留這麼長時間，是因爲由此可以推斷出關於廣爲接受的修辭定義，大部分是否定性的，幾乎全部二元對立：内部的/外部的，深層的/表層的，基本的/邊緣的，直接的/間接的，黑白分明的/色彩繽紛的，必然的/偶然的，坦誠的/曲隱的，静止的/飛逝的，理智/情感，事物/言辭，現實/幻覺，事實/觀點，不偏不倚/盲目推崇。構成這一系列對立的基礎的——當然絕不是全部基礎——是三組基本的對立：首先，是兩種真理間的對立，一種是獨立於所有觀察視點而存在的真理，一種是當某一特定的觀察視點既經建立並爲大眾接受後呈現出來的顯而易見的真理；其次，是兩種知識間的對立，一種知識是真知（ true knowledge ），它獨立於任何信仰體系之外而存在，另一種知識，由於源於某個特定的信仰體系而不完善，有偏頗之處；第三，對立存在於這兩者之間，一是在理解和趨向真理與真知的努力中向外轉的自我或自我意識，一是自我或自我意識向内轉，轉向自己的偏見，——還談不上被超越——繼續通報它的每一個字、每一行動。以上的每一頁對立都與兩種語言間的一項對立依次對應。一種語言忠實地反映或報道事實真相，不帶任何個人或黨派事物或欲求的色彩；另一種語言，因受到個人或黨派事物或欲求的影響，爲它要反映的事實塗抹色彩或歪曲事實。正是對第二種語言的使用造就了修辭學家，而執着於第一種語言使人成爲真理的追尋者或事實真相的客觀觀察者。

正是這種對語言的可能性與危險性的了解，促成了一系列構造一種語言的努力，所有的perspectival bias（一個累贅的詞組）都被從該語言中逐出，在構造語言的努力中採取的模式有時是數學符號，有時又是邏輯運算，最近則是計算機的純形式

計算。無論努力將導致甚麼結果，或是像十七世紀的「規劃者」威爾金斯（Bishop Wilkins）那樣造出複雜的語言機器（*An Essay Towards a Real Character and a Philosophical Language*,1668）；或是從任何特定語言功能中抽取的語言「能力」模式的構造（喬姆斯基）；或是世界語與其他聲稱有普適性的人工語言的規劃（參見 Large, 1985）；或是哈伯馬斯式的「理想語境」（ideal speech situation）樣式，在這種語境中所有斷言表達「與……共同興趣有關的『合理的願望』」（Habermas 1975,108），努力背後的推動力是相同的；建立一種能擺脫偏頗，幫助我們首先限定然後確認甚麼是絕對的客觀的真理的交流形式，一種在其結構和操作中恰是修辭對立（antithesis of rhetoric）的交流形式。

儘管在從古典思想到基督教思想的變遷中存在許多變化，但一樣一直沒有改變的東西是關於真理與意義的基本幻像的修辭狀況。不論幻像的中心是一個個人化的神，還是一種抽象幾何推理，修辭都是一種把我們從那個中心拖開，並拖入其自己的具有不斷變化的形狀和閃閃發光的外表的世界中去的力量。

哲學與修辭學的爭論，歷經西方思想史的每次巨變而存活下來，持續不斷地向我提出在確切地表達平易質樸的真理與求助於「精緻的語言」——一種超越表述極限並以自己的形式取代現實的形式語言（Kennedy,1963,23）——的強烈而潛藏着的呼籲之間進行選擇的要求。

二

在這一點上，我的描述如上述選擇一樣已經被扭曲了（skewed），因為它暗示修辭學接受的只是消極的特性。事實上，從詭辯家到今天的反根基論者（antifoundationalist）中一

直都有修辭學的朋友，爲了回應現實主義者的批評，他們作出（並重複）了若干標準的答辯。其中有二個是由亞里士多德在《修辭學》一書中作出的。首先，他把修辭學定義爲一種才能或藝術，運用它可幫助我們注意到「任何特定的條件下說服的有效方法」（1335b）並指出作爲一種能力，修辭學本身並不與真理乖離。當然，壞人可能會濫用它，但是這畢竟「是對所有好的事物都可以製造出來的指責」，「使人成爲詭辯家的」，他聲明，「不是他的能力，而是他的道德目標」。

亞里士多德的第二個答辯是建設的，帶有更多的進取，它直接對修辭學最具毀滅性的一個特性作了回答：「我們必須能夠在問題的對立雙方使用說服術，不是爲了實踐中以兩種方式使用它（因爲我們不必使人們相信甚麼是錯誤的），而是爲了使我能清楚地看到事實本身」（1355a）。簡言之，若正確使用，修辭學是一種啓發式的方法，不是幫助我們歪曲事實而是幫助我們發現事實；關於同一事物種種對立觀點的陳述，將會向我們表明哪些觀點符合真理。通過這一論辯，正如狄克松（Peter Dixon）已指出的（1971,14），亞里士多德把修辭學搬出了偶然與空想的王國，使之重返被稱爲偉大的顛覆者的那個王國。

但是，如果這是亞里士多德辯護的力量所在，則也是其薄弱之處，因爲在進行這一辯護時，他强調了這樣一個假設——在這一點上修辭學總是被懷疑——即獨立存在的現實的要點可以被足夠心明眼亮（clear-eye）的觀察者察覺，而該觀察者又能夠通過清晰的語詞中介再現它們。這個較有力的答辯——因爲它擊中了對立的傳統的心臟——包括了對傳統的責難並使它們成爲一種主張。

那個責難認爲，修辭學只涉及可能性與偶然性的王國而放

棄真理，詭辯家及其後繼者回答說，真理本身就是偶然的事物，它根據不同的局部要求以及與這些要求，相聯繫的信念，而呈現不同的形狀。「真理是個別的、暫時的，不是普遍的、永恆的，因爲真理對每個人來說都是他能夠被説服接受的東西」（Guthrie,1971,193）。這不僅使修辭學——分析和表達局部需要的藝術——具有無人能夠忽視的論述形式，還使得對方的論述——正規哲學——離題，這恰恰是伊索克拉底（Isocrat）在他的 *Antidosis* 中的觀點。抽象學問如幾何學和天文學，他說，「無論對個人的還是公衆事物都没有任何用處……學習了它們之後……它們既不能陪伴終生也不能在我們做甚麼的時候有所助益，而是與我們生活的必需完全分離」（*Isocrates*,1962,2：261-62）。

伊索克拉底所做的（至少在修辭學的意義上）是通過使哲學採取守勢而改變哲學與修辭學之間的力量平衡。羅馬最有影響力的修辭學家西塞羅（Cicero）和昆提里亞（Quintilian）在伊索克拉底之後採用了同樣的戰略。西塞羅在其 *De Inventione* 的開篇中，詳盡闡述了後來在爲人道主義和純文學的辯護中每次都採用的神話。曾有這樣的時候，他說，那時「人類如同動物般在田野中逍遙自在地漫步」，「還没有宗教崇拜或社會責任的條理化的系統」（Cicero,1：2）。隨後，是一個「偉大而有智慧」的人「集合、聚集起」他的未開化的兄弟們，「把他們引見給每一個有益的，可敬的 Occupation，儘管起初他們因它的新奇而哭喊着反對它」。但是，他還是通過「理性和雄辯」（propter rationem atque orationem），贏得了他們的注意力並通過這些手段，「將他們從野性十足的化外之民，轉變爲仁慈友愛和溫文爾雅的種族」。從那時起，「許多城市拔地而起，……衆多的戰火熄滅了，……最強大的聯盟和最神聖的友誼不

僅是通過使用理性，還是通過使用雄辯更容易地結成的」（1:
1）。而在根基論者（foundationalist）的敍述中，（夢想、目
的、過程）的原始純潔性是在修辭學的塞壬的歌聲表現出太多
的甜美時崩壞的，在西塞羅的敍述中（後來被無數人重複）
（Lawson,1972,27），人類所有的美德，事實上人性本身，都
被雄辯的藝術從其本性原始和粗暴的狀態上歪曲了。重要的是
（這是我們將再度論及的一點），兩種論述都是關於力量的：
修辭學的力量；只是在一種敍述中，這股力量必須受到抵制免
得文明墮落，然而在另一敍述中，這股力量帶來了秩序和真正
的政治進程，而在此之前僅存在「物質力量」的規則。

　　兩種敍述間的差別幾乎不可能太大，因為處於危險中的不
僅是有關側重點或優先程度的事（因為它好像存在於亞里士多
德論證修辭與真理之間聯姻的努力中），且是世界觀的不同。
修辭學思想與根基論思想之間的爭論本身就是基本的
（foundational）；其內容是關於人類活動基本要素的不同意見
與關於人類天性本身的不同看法。在蘭海姆（Richard Lanham）
的有幫助作用的術語中，這是一個關於人類是嚴肅人還是修辭
人（homo seriosus or homo rhetoricus）的不同看法。嚴肅人
（homo seriosus or serious man）

> 具有一個自我中心的自我（central self），一個不可縮小的個
> 性（irreducible identity），這些自我融入獨一無二的、同類的
> 真正社會之中，該社會構成人類居住於其中的參照現實。這
> 個參照社會（referent society）反過來又被包含在一個本身成
> 為參照的物質自然界之中，它獨立於人類，站「在那邊」。

另一方面，修辭人（homo rhetoricus or rhetoric man）

是個演員，他的現實存在公開而有戲劇性。他的個性意識取決於日常的戲劇性再現的保證（reassurance）。……他的生活的最低公分母是一種社會環境。……因此，他不被歸於世界的單一結構，相較而言更歸於即將來臨的運動中的主流。……修辭人不是被培養用於發現現實而是操作它。現實是被接受爲現實之物，是有用之物。（Lanham, 1976,1,4）

由於修辭人操作現實，通過言辭建立起使他及同類必須回答的必要性與緊迫性。他操作或組合構造自己，同時構想並擔當首先成爲可能隨後又强加給已由他的修辭學劃定軌道的社會結構的角色。通過揭示某一特定情境下可用的説服方式，他對這些方式進行試驗，當它們開始合他心意時，他就與它們融爲一體（Sloane,1985,87：「修辭學在人本主義非常迫切需要的方面得到成功，即行家裏手的藝術創造方面」，又見Greenblatt,1980）。嚴肅人所懼怕的——偶然的、變化多端的、不可預料的東西對本質（essence）的堡壘的衝擊——正是修辭人所讚美和體現的。

這些關於人類天性的觀點哪一個是正確的呢？此問題只能從非此即彼的一個角度來回答，一方的證據會被另一方認爲是迷惑人的或只有利於自己一方。當歷史呈現變動不居的景象時，嚴肅人只注意到少數幾個基本主題的變奏；當面臨恆久不變的本質的問題與答案時，修辭人將如蘭海姆那樣作答，斷言嚴肅人自身就是最大的虛構成果；嚴肅性（seriousness）只是另一種類型，而非超脱於類型之外的狀態。這就是説，對修辭人來説，嚴肅人所援引（invoke）的區別（形式與内容，外部與核心，轉瞬即逝與天長地久），只不過是嚴肅性這個劇場的腳手架，本身即是他們所反對的東西的例子。另一方面，如果嚴肅人聽到這一論點，他會視其爲修辭學的操作與花招的又一例子，

是飛舞於常識面前令人憎厭的武斷，是 so's your old man 的辯論中的等價物。而且這還將進入——没有達成一致的前景——每一個人都稱言真理、誠實、語言學責任的指責和相互指責的無休止的循環之中，（他們稱：）「從嚴肅的前提說，所有的修辭性語言都是可疑的；從修辭學觀點而言，清楚明白的語言（的說法）對這世界似乎是不誠實的、虛假的」（Lanham,1976,28）。

這一切都過去了；西方思想史可以書寫爲這一爭論的歷史。事實上，這樣的歷史已經寫成多種而且可以預言各有不同的側重。一種書寫了多次的版本中，宗教信仰、魔法、語言符咒（所有幻想物的類似的令人懷疑的形式）的迷霧，被理性和科學的啓蒙運動所驅散，激情與隱喻同樣爲方法的精細化所抑制，不同（觀點）所產生的影響爲一種程序化的嚴密精確死和控制。在另一種版本（引申 Vico 致 Foucault 信中的一句所言）中，豐富繁茂與可能性的狂歡節般的世界被無情（souless）的理性優勢嚴厲地枯竭化了（drastically impouerished），這種理性是一種野蠻狹隘的觀點，它聲稱要成爲客觀的，並繼續以壓制性的姿態加強這一聲稱。在此，我不打算支持任一種歷史，或提供第三種歷史，或爲一種不連續的從認識論意義上無論是進步或曲折都是無害的（innocent）非歷史（nonhistory）而辯護。我只想指出，爭論持續到眼下的今天，而且它的術語就是那些在柏拉圖的對話和詭辯家的講演中可以找到的術語。

三

如我所說，修辭人的命運正在好轉，如在一個接一個的學科（discipline）之中有着被稱爲詮釋轉向的證據，關於能動性（activity）——包括它所擁有的事實，它所信賴的步驟，它所表達和擴展的價值——的任何領域的假定（givens）是社會地、

政治地被構成的認識，是爲人所改變而不是由上帝或自然提供的。經歷這一革命的，或至少是聽說到它的可能性的，最近代的（未必可靠的）領域是經濟學。關鍵文本是 Donald McCloskey 的《經濟修辭學》（*The Rhetoric of Economics,* 1985）。題目本身就有爭議性，因爲——如 McCloskey 指出的——主流經濟學家不願意認爲自己使用了修辭學，他們更喜歡認爲自己是科學家——他們的方法論能把他們同特殊興趣或特殊觀點的感染力分隔開來。換句話說，他們認爲他們學科的步驟將產生「知識於懷疑、形而上學、倫理道德和個人信仰」（16）。針對這一點，McCloskey通過下列方式作了回答，他聲明（以適當的詭辯術語）沒有這樣的知識可用，而當經濟學方法允諾提供這種知識時，「它所能提供的（並且）作爲科學方法論那樣重新命名的（是）科學家的，尤其是經濟科學家的形而上學、倫理道德和個人信念」（16），而非個人性方法既是一種幻想又是一種危險（作爲一種修辭術，它掩蓋了它的修辭學本質），作爲它的矯正方法，McCloskey提出了修辭學，如他所說，不是處理抽象真理，而是出現於清晰可辨的人際交談語境中的真理（28-29）。在那些交談中，總有：

> 或好或壞的特定論據。完成這些論據後，詢問最終的概括性的問題：「那麼，是真的嗎？」毫無意義。不論它是甚麼——有說服力的、有趣的、有用的，以及諸如此類。……沒有理由搜尋一種被稱爲真理的普遍特性，它只回答不可回答的問題：「上帝腦子裏想的是甚麼？」（47）

真正的真理，McCloskey 斷定，是「爲說服某些聽衆而作的斷言」，是上帝的視野不可冀及之處；「這不是值得羞恥的事實」，而是修辭學世界中，最低限度的事實。

在稱爲考慮 McCloskey 論點的第一次會議上，又一次在這個大陸上聽到類似的反修辭學的異議，這個大陸既是公元前五世紀的雅典又是一九八六年馬薩諸塞州的韋爾斯利。一位與會者談到了「通往極端相對主義的墮落之路（the prirose path）」。其他的發言聲明 McCloskey 的主張中沒有甚麼新東西（一種當然是正確的意見），每個人都已經了解它，無論如何，它沒有觸及到經濟學家實踐的核心。還有與會者援引了一系列的經驗活動與詮釋活動之間，論證與說服之間，可證實的過程與無秩序的理性主義之間的差別。當然，在那些早在修辭學的塞壬的歌聲珊珊遲來的經濟學家耳朵之前很久就聽到過它的學說中，這些異議的每一條都已被系統闡述過（或重新系統闡述過）了。人們總是提到（無論讚美或指責）的名字是庫恩（Thomas Kuhn）。他的《科學革命的結構》（*The Structure of Scientific Revolutions*, 1962）是在過去二十五年的人文科學和社會科學中最經常有爭議地引用的著作，它是徹頭徹尾的修辭性的。庫恩以審察和挑戰科學調查的傳統模式爲開端，在這種模式中獨立的事實首先被用客觀的方法收集起來，然後被織入自然的圖景，在其中自然本身在受控實驗的語境中要麼證實要麼拒絕。在這個模式中，科學是一個「累增的過程」（3），每一新發現爲「科學家世界的總成員中」增添「一個新的成員」（7）。這世界——科學家的職業性活動——的形態由已存在於更大的自然世界的（事實與結構的）形態，强制和引導科學家工作的形態所決定。

庫恩通過引入範式（paradigm）的概念，對這一敘述提出質疑，範式是一組不言而喻的假想和信念，研究工作在其中得以發展。假想而不是從對事實的觀察中得到的推論，是可能被觀察的事實的有決定作用的東西。隨之而來的是，當在不同的

範式下所作的觀察發生衝突時，沒有原則性的（即非修辭性的）方法來判別爭執。不能把相互對立的描述加諸事實的檢驗標準，因爲對事實的描述恰恰是它們之間正在爭論的。一方引用的事實另一方可能看作是一個錯誤。這意味着，科學不是在向對自然界的獨立判斷提出自己的敘述中發展，而是在一種範式的支持者能夠以使其他範式追隨者感到強烈壓力的方式，表述其方案的時候得以發展。簡言之，科學前進的「馬達」不是證實和證僞，而是説服。當意見相左時，「每一方務必努力，通過説服，改變另一方的看法」（198），並且當一方獲勝時，不存在可以提交結果的更高級法庭：「没有標準高於相關社團的贊同」（94）。庫恩問道：「難道能有甚麼更好的評判標準嗎？」（170）

那些被庫恩的科學進程修辭學化説法嚇壞了的人的回答，是可以預想到的；較好的評判標準應該是這樣的，它不爲某一特定的範式所控制，而是提供中立空間使競爭的諸範式能得到公平的評價。通過否認這種標準的存在，庫恩把我們留在一個認識論的和無政府的世界中。以色列的 Scheffler 説：

獨立和公共控制不再存在，交流已經失敗，事物的共同世界是一個幻想，現實是被創造的……而不是被發現的。……我們用一系列獨立的單元——每一單元中信念的形成没有經受系統化強制力量的強制——取代在追求真理中遵循客觀步驟的理性人的共同。（19）

當然，庫恩和那些他説服了的人已經對這些指責作出回答，但毋需説，辯論按本文讀者能容易地想像到的方式繼續着；而且辯論已經變得刻毒，因爲爭論的領域——科學及其進程——被投入大量的精力以至成爲修辭闡釋學熱心倡導者大概將不敢涉足的地方。

　　在他的論點中有一點，庫恩談到，他正進行批判的傳統中，科學研究被認爲出自「原始數據」或「原始（brute）經驗」；但是，他指出，如果那真是科學進展的方式，它將需要一種「中性的觀察語言」（125），一種沒有任何特定範式假想居間的記錄事實的語言。問題是「哲理性的調查仍尚未提供一點語言能夠做的可能相同的事的線索」（127）。甚至一種特別設計的語言都「包含了關於自然的許多例外」，——事先限定甚麼是能被描述的例外。正如人們不能（按庫恩的觀點）求助中性事實來解決爭議，所以人們不能求助於中性語言——以它記錄那些事實甚或記錄爭議的結構（configuration）。一種語言（自然的或人工的）提供給我們的不論是甚麼報告都將是關於世界的報告，因爲它是從某一特定情境內被觀看的；沒有其它的觀察（aperspective）方式來觀看，而且除了用來記錄的與情境無關的語言——一種有偏見的，修辭學的語言——沒有其它語言。

　　與《科學革命的結構》同年（1962）出版的一本書——該書的出版有重要意議，奧斯汀（J. L. Austin）以哲學上權威的所有力量指出了同一點。在這本名爲《語詞如何行事》（*How to Do Things with Words*）的書的開初，奧斯汀說，從傳統上看，語言哲學的中心只是庫恩稱爲不可能達到的那種表達類型，即一種獨立於語境的陳述以「他在奔跑」和「拉格倫王贏得了阿爾瑪戰役」形式的句子對同樣獨立的世界提供客觀報告（47,142）。這種表達，奧斯汀稱之爲「陳述性的（constative）」，負責對真理與逼真事物進行表達的要求（「陳述性的真理……『他在奔跑』依賴於他的正在奔跑」）；這些語詞（words）必須與世界相稱，如果做不到這一點，它們就會被批評爲錯誤或不精確。然而，有無數不能以這種方式評價的表達（方式）。例如，如果我對你說「我保證付你五美元」或「離開房間」，你若以說「真」

或「假」作答，將是奇怪的事；相反，對第一句話你會回答說「好的」或「那不夠」或「我可不想讓自己激動喘不過氣來」；對第二句話你會說「是，先生」或「可我正在等電話」或「你以爲你是誰」。這些回答和許多其他的回答，不是根據我的表達的真實性或準確度作出的評判，而是根據它給出我們在某些熟悉的社會結構（家庭的、軍事的、經濟的等等）中各自位置的恰當程度作出評判。因些這種表達類型——奧斯汀命名它爲「行動性」（performative）——的真正特性，進而其意義，依賴於它被產生和接受的語境。沒有甚麼東西能保證「我保證付你五美元」將成爲或聽起來像是諾言；在不同的環境中它可能作爲威脅或玩笑（如當我身陷債務困境說這句話時），而且在許多環境中它將被打算表示一種行爲卻被理解爲另一種行爲（如當你對我的可信度的評價比我對它的評價低得多）。當評判標準由逼真程度爲恰當程度取代時，意義變爲基本上與上下文有關的、潛在地如無數言者與聽者的處於某種境地的（和變化的）理解那樣可變了。

當然，正是行動性——它們的確切意義是有條件的，不能正規地約束——的這些性質對於它們被語言哲學家歸入「派生的」或者「寄生的」類別中——在那裏它們被安全地存放起來以防污染陳述性的核心類別。但是，在他的著作的第二部分，當奧斯汀將對行動性的分析擴展到陳述性，並發現在不同的上下文環境中它們都含義不同時，他消解的正是這種分離或隔斷的行動。考慮典型的陳述句：「拉格倫王贏得了阿爾瑪戰役」。它是真實的、精確的、忠實的報告嗎？奧斯汀說，它依賴於它被表達和接受的語境（142-143）。在高中課本中，由於該環境中對確切地說甚麼是一場戰役，甚麼是勝利，將軍的作用是甚麼等等的假設，這句話可能被作爲真理接受，然而在一部「嚴肅」

的歷史研究著作中，所有這些假設都可能爲其他假設代替，結果，甚至「戰役」和「取勝」這些概念都會有不同的樣子。被想像用來把陳述性和行動性區分開來的性質——對先已存在事實的保真度，對真理評判標準的可説明性——原來與行動性一樣有賴於特定的產生和接受件。「真」和「假」，奧斯汀作出結論，不是表示獨立不依的陳述性的表達和同樣獨立不依（freestanding）的事物狀態之間可能關係的名稱；相反，它們是上下文有關地產生的表述，與本身不亞於前者地上下文有關地產生的事物狀態之間關係的特定環境下的判斷。在該書末尾，陳述性被「發現」是行動性的一個子集。由於這一發現，語言的正規核心完全消失，並被易受每　環境的巨變而影響的表述的世界替代——這個世界，簡言之，是修辭人的（環境）世界。

　　這是奧斯汀在試圖通過援引嚴肅與非嚴肅表述之間另一區別而孤立（從而保持）修辭人時，堅持的一個結論。嚴肅的表述是言者承擔責任的表述，他說的是真話，因而你能夠通過在語境中考慮地的詞語推斷他的意思。非嚴肅表述是在「取消（abdrogate）」言者責任的環境中產生的表述，因而人們不能有任何把握——即，沒有無事實根據推測的機會——斷定他是甚麼意思：

> 一種行動性表述將，例如，是……虛僞空洞的，假如由演員在舞台上説出，或假如由詩中採用，或在獨白中説出。……這種環境下的語言以不嚴肅的方式使用，但是以寄生於其正常使用之上的方式被使用。……這一切正被我們從所考慮的事中逐出。我們的行動性表述……將按在普通環境中作出時（issue）那樣被理解。（22）

　　於是區分介於如奧斯汀後來指出的被「限定於其由來」（61）

——爲顯明的意旨所固定——的表述之間，而且表述的由來已被戲劇性的或文學性的舞台裝置的屏幕遮蔽。這一區分和它出現的段落，在 一九七六 年德里達（Jacques Derrida）對奧斯汀的著名的（和令人讚賞的）批評中被採納。德里達發現奧斯汀致力於反對其最好的洞見而且恰恰忘記了他承認的，即「不恰當的言行（交流誤入歧途，走向未打算前往的方向）是一種惡疾，所有的（言語）行動是它的後裔」（Derrida, 1977）。德里達不管這一承認，繼續認爲不恰當的言行——那些表述的限定由來被搞混，必須由詮釋成規（interpretive conjecture）進行建構的情況——是特別的；反之，根據德里達的觀點，不恰當的言行本身就是原始狀態，因爲任何意義的判定都總是在一種關於言者意圖的解釋性建構中進行的。簡言之，沒有普通的環境，只有那些無窮無盡的、變化多端的環境，在這些環境中基於舞台佈置之中的演員冒險，對基於其他舞台情境中的演員所作的表述作出解釋。整個世界，如莎士比亞所說，是個舞台，在這個舞台上奧斯汀承認的「危險的特性」不是緊緊固守普通環境中的普通語言，就能擺脫的甚麼東西而是任何交流行動中「內在和積極的條件」（Derrida,1977,190）。

在載有德里達文章英譯文的同一本書上，西雅爾（John Searle），奧斯汀的一個學生，用澄清這一特定的辯論從屬於我們已經追尋過其結構的古老辯論的方法作了回答。西雅爾的策略是基本上重複奧斯汀的觀點並宣稱德里達忽略了它們：「奧斯汀的想法只是這樣；如果我們想知道是甚麼造就了一個諾言，最好不要從演員在舞台上所作的諾言開始我們的調查研究，……因爲從某些相當明顯的方面來講，這種表述不是諾言的標準樣式」（Searle,1977,204）。但在德里達的論辯中，「明顯」的那一類屬正是受到質疑和被「解構」的東西。我們認爲日常語

境下發出的諾言比舞台上作出的更直截了當——更少蒼白。儘管這是真的，但這（德里達會說）只是因爲日常生活在其中進行的舞台佈置在實際上看不見的地方太強有力——即太具有修辭性——因此，他們使之成爲可能的意義是富於經驗的，如同他們是直率的並不爲任何屏幕從中隔開。「明顯」不能用來同「舞台化」相對，如西雅爾所假定的，因爲它只是已經格外成功的舞台活動（staging）的成就。人們不能逃入基本交流和常識的保護所躲避修辭學，因爲不論碰巧以甚麼形式出現，常識總是一種修辭性的——不完全的、黨派性的、有偏見的——結構。這不意味着，德里達趕快又說，所有的修辭性結構都是相同的，只是它們同樣是修辭性的，同樣是一些有限的可被質疑的觀點的結果和延伸。一齣戲劇中一種表述的「引用」——在引號中的非直接的狀態——和哲學書的引文或法庭上的作證書不同；只不過這些行動性人（Perfomatives）中沒有一個人比其他的人更嚴肅——更直接、更少中介、更少修辭性。

　　人們承認這些斷言：修辭人的熟悉世界充滿角色、情境、策略、干預，但不包括決定性角色（master role）。沒有包容諸種情境的情境，沒有繞過所有策略的策略，沒有不擴大爭論領域的對爭論領域的干預，沒有超越於「僅僅修辭學的」能夠被指認和把握的優勢觀點的中立的合理觀點。事實上，解構主義和後結構主義思想在操作中是一台修辭學的機器：它系統化地斷言和論證所有現實的、間接的、建構的、不完全的、社會地形成的性質，而不論它們是現象的、語言的或心理的。解構一個文本，德里達說，就是「以最切近細節的和內在的方式對其概念的結構化體系從頭至尾進行處理，但同時，從一個確定的外部視角確定它不能命名或描述這一歷史可能已隱瞞或拒絕的東西，歷史通過這種與它有利害關係的抑制方法，把自己構成

爲歷史」(1981,6)。「外部視角」是這樣的視角, 通過它分析家
事先(通過其贊成修辭學的或解構主義的世界性觀點的長處)
知道文本表達的一致性(在這個意義上, 體制和經濟也是文
本)存在於它所不承認的矛盾之上, 存在於對其自身立足點的
可疑的修辭的抑制之上。解構性的閱讀將把這些矛盾表面化,
將這些抑制曝光並因此給只有通過遮没所有可能威脅它的被排
除在外的重點和興趣才能獲得的統一性「製造麻煩」。

　　這一在某些東西幫助之下實施的行動也没有超越修辭學。
德里達式的解構没有爲獲得真理而揭開修辭性操作的蓋子, 相
反, 它連續地揭示了修辭性操作的真理, 這一真理是, 所有操
作, 包括解構操作本身, 都是修辭性的。像德曼(Paul de
Man)宣稱, 如果「一次解構操作爲了其目標總是不得不揭示
出隱藏在假想單一的全體之中的種種連接和破碎的存在, 則必
須注意一個新的單一的全體(a monadic totality)不是作爲解
構性姿態的遺產而留下的。因爲解構的過程是揭示一個「能被
稱爲與正被解體的系統有關的自然的破碎的階段(fragmented
stage)」, 總存在這樣的危險, 「自然的」模式將「用與之有關的系
統取代在解體時助它有一臂之力的系統」(de Man 1979, 249)。
避免這一危險的唯一方法是一遍又一遍地實施解構性行爲, 把
每一新出現的星座交付給使它顯露出來的同一個疑心的詳盡閱
讀, 並且抵制將真理納入正軌的誘惑, 它將每一件事都是修辭
性的這一真理修辭化了。人們不能止息, 甚至在洞見中也無處
止息。從本質上説, 修辭學的敲擊必須連續進行下去, 無休止
地重複一種順序, 按這一順序, 「堅實大地的誘惑」之後跟着的
是「接踵而來的非神秘化」(Ray 1984,195)。當德曼讚許地
引用尼采對伴隨着「隱喻、轉喻和擬人的移動大軍」——其來源
已經(並且必須)被遺忘的修辭性的建構——的真理的身份的

認定，他没有使尼采的文本免除其本身的腐蝕性效果。「一部如《關於真理與謊言》（ *On Truth and Lie* ）的文本，儘管它正統地把自己表示爲一種文學性修辭的非神秘化，但仍完整地保持了文學性，並且其本身即是欺騙性的」（113）。「修辭學方式」——解構的方式——是一種「無窮反思」的方式，因爲它「從來不能逃脫它所宣示修辭學的欺騙」。

四

　　然而，從知識分子（intellectual left）的觀點來看這正是解構實踐的錯誤所在，他們中的許多人同意尼采把真理和現實看作修辭性的敍述，但發現許多後結構主義者的論述把這一敍述當作逃入理想主義和形式主義新變種的一條道路。例如，蘭特奇亞（Frank Lentricchia）在德曼的一些文本中發現一種置「論述於能對歷史不承擔責任的領域中」的意圖，並擔心我們正被請入「完全可預言的語言學的深奧晦澀的王國」——「不可判定事物的淨化的區域」，在那裏，每一文本「同時無休止地講着同一個關於它自身兩重性自我意識的故事」（1980,310,317）。特里・伊格爾頓（Terry Eagleton）的評價更加嚴厲。提及緊隨尼采思想之後，修辭學——「被有腐蝕作用（abrasive）的理性主義嘲弄和斥責了幾個世紀——通過在每一理想主義者的規劃中發現自身，實施了它「遲到的可怕的報復」，伊格爾頓抱怨許多修辭學家似乎滿足於在此止步不前，滿意於「揭下所有權力（power）的假面，露出其自我理性化的本來面目，揭開所有學問的假面，指出它只不過是笨手笨腳地使用隱喻的傻瓜」（1981,108），作爲「所有意識形態的强有力的非神秘化者」而起作用的修辭學，其效能只不過是做思想的外形並且結束於爲「政治的慣性」提供「最終的意識形態的闡述（rationale）」。「從

市井退到研究室，從政治學退到語言學，從社會實踐退到符號學」，解構的修辭學將尼采思想的解放諾言（emancipatory promise）變爲「意識形態力量（nerve）的重大失敗」，使自由主義的經院派人物得到重複地揭露「庸俗商業與政治的虛張聲勢（hectorings）」的精英人物般的快樂。在對本雅明（Walter Benjamin）和他的有影響的著作《文學理論：導言》（*Literary Theory : Introduction*）的研究中，伊格爾頓都竭力主張回到西塞羅式的伊索克拉底的傳統，在這一傳統中，修辭藝術與某一政治理論的實踐是不可分割的，「說服技巧同真實存在的問題和有關聽衆是不可分離的」，技巧的應用的「決定受到即將到來的實際情境的密切影響」（601）。簡言之，他提倡能做實際工作的修辭學，並引了口號「黑色是美麗的」作爲例子，他說這口號是「具例證性地修辭性的，因爲它使用同義格（figure of equivalence）產生特定的彌散和超彌散效果而不直接關注真理」（112）。這就是說，那些說「黑色是美麗的」人對這一斷言（它並非陳述性的）的準確度不十分感興趣，而對它可能引發的驚愕、義憤、急迫、團結一致等反應感興趣，這些反應可能反過來調動「那些根據一系列可以證明爲無根據的（Falsifiable）假說被相信的做法使之成爲合乎心意的東西」（113）。對他的目標的確信使伊格爾頓對那些對他們來說所以論述的修辭術只是給自身增添佐料的某種東西，只是被一遍又一遍地進行親膩地、糾纏不休地證明的某些東西的人感到不耐煩。他說，這不是「從某一確定的理論或方法問題出發的事；它是從我們想做的開始，然後尋找哪些方法和理論將最有效地幫助我們達到那些目的」（1983,211）。簡言之，理論本身即修辭術：有效性是偶然環境的一種功能的修辭術。是結果——局部語境的特殊目標——決定了理論的引用，而不是理論決定目

標和借以達到目標的方法。

然而，還有那些左派（those on the left），對他們來說方向是相反的，是從對修辭術反常性（pervasiveness）的理論性認識到一種設想和實現這一設想的具體步驟。在他們看來，發現（或重新發現）所有的過程進而發現所有學問都是修辭性的，會導致，或應導致採用一種至少可以減弱甚至可能根除修辭術危險的方法。這一方法有兩個階段：首先是揭露階段，它產生於一般的懷疑，在這一懷疑中，一旦認識到正統觀念和力量的調配的基礎不是理性或自然，而是一些修辭性/政治性日程（agenda）的成功，則所有的正統觀念和力量調配都受到約束。以這一意識武裝起來的人繼續揭示偶然性，因而揭示不論甚麼把自己表現爲自然的和不可避免的值得懷疑的基礎。到此爲止這只是解構的過程，但鑒於解構性實踐（至少是耶魯學派的實踐）除了無休止重複的原因之外似乎不再產生任何東西，一些文化革命者在其中辨出比較積極的殘餘物：現在控制着我們的支配和壓抑結構的鬆弛和減弱。其論證是通過屢屢地揭示已建立起的結構（政治的和認識的）的歷史的和意識形態的基礎，人們開始對意識形態的影響敏感起來，並開始開拓能對這些影響進行爭論的空間；隨着這種敏感性、敏銳程度的增長，爭論的領域也將擴大直到它包括了授與當前勢力以假造的合法性的假設的根本結構。簡言之，聲明是：對尼采/德里達思想的基本的修辭性的洞見能做基本的政治性工作；開始意識到萬事都是修辭性的是反擊修辭學的勢力，從它的力量之下把我們解放出來的第一步。只有當深深的牢固樹立的思想方法成爲懷疑的目標時，我們才能「甚至設想生活能夠不同和更好」。

上段的最後一句話摘自戈登（Robert Gordon）題爲《法律理論的新進展》（*New Developments in Legal Theory*）

（1982,287）。戈登正作爲批評性法律研究（Critical Legal Study）運動——發現了法律推理的修辭學特性，並忙碌地以對法律過程假設的無偏見的操作感興趣的面目出現的一組學院派法學家——的一員而寫作。戈登文中充斥包圍或監禁（enclosure and prison）式的詞匯；我們被「鎖閉進」一個我們不相信的信仰系統中：我們「被遣散」（也就是説，被變得更少靈活性）；我們必須「逃出」（291），我們必須按照常識中世界的樣子「解除對世界的管制」（unfreeze the world as it appears to the common sense）（289）。將幫助我們去「逃出」去解除管制的是「支配我們生活的信仰結構未在自然中發現，結構是歷史的偶然事件」的發現，因爲這一發現，戈登説，「具有非凡的解放性」。問題是，那解放的內容是甚麼？假定一個徹頭徹尾修辭性的世界，那些站在戈登一邊的人通常回答説解放將採取增強和擴大一種心智能力的形式，這種心智能力堅守，因而能夠抵制，將征服我們的日程（agenda）的感染力。這種心智能力已接受了許多提名，但最常用的提名是「批評性自我意識」（critical selfconsciousness）。批評性自我意識是一種在任何「關係結構」（scheme of association）——包括那些某人發現是有吸引力的和強迫性的，其堅決支持者致力於使之從視野中消失的關係——中進行辨別的能力（在一些人身上受壓抑，在另一些人身上得到發展）。這一主張是如它執行這一消極性任務（negative task）一樣，批評性自意識參與系統闡述，不是爲某一政黨而是爲全人類服務的關係結構（思想和政府的結構）的積極性任務。

幾乎不必再説，這一主張扭回了理性主義和普遍論（universalism）的批評性、解構性計劃着手進行非神秘化的方向。這一計劃首先拒絕當前生活的合理信仰是合理化的，並展

現出現實結構是修辭性的，即，有偏見的；然後它轉過來試圖用偏頗的洞見（insight of partiality）建立一些對某一特定視野來說較少偏頗較少先入為主的東西，一些更關心普通人的需要的東西。就這一「轉向」帶來的邏輯結論而言，在一種修辭性地發表的批評的結尾處，它終止了對全部反修辭性姿態和排斥行動的再虛構（reinventing）。人們在哈巴馬斯（Habermas）的著作中清楚地看到了這一點，他是一個思想家，其廣泛傳播的影響是（至少）自柏拉圖開始的傳統的耐久性的一個證明。哈巴馬斯的目標是造就他稱為「理想語境（ideal speech situation）」的東西，在這一環境中，所有斷言不是發自某一特定願望和策略的角度，而是發自所有派別都贊同的普遍合理性的角度。在這樣的環境中，除了對所有斷言的普遍合法性的斷定（claim）之外，其它任何東西均不予考慮。「除了更好的論辯，沒有其它的力量被運用；……結果是，除了尋找真理的合作性研究之外，所有其它的動機均被排除在外」（1975,107-8）。當然，在我們現在居住的世界中，沒有如此純淨的動機，但是不過，哈巴馬斯說，甚至在最被曲解的交流環境中，在所有的表述後面仍存在着基本的推動力（impulse）：「傳遞一個真實（wahr）陳述的意圖，……以使聽者能夠與言者分享知識」（1979,2）。如果我們能從話語——表演中只排除那些反映基本目標的意圖——欺騙、操縱、說服的意圖——那麼理想語境就差不多建立起來了。

這是哈巴馬斯稱為「普遍實用主義（universal pragmatics）」的計劃，名字本身就道出了其內容。哈巴馬斯認識到，如所有現代和後現代語境主義者（contextualist）所認識到的，語言是社會現象而不是純形式現象，但他認為語言應用的社會的/實用主義的方面，本身「可進入形式分析」（6），因此，就有

可能建立一個與喬姆斯基（Chomsky）語言能力（competence）相並行的普遍的「交流能力」（29）。根據這一交流能力的規則和規範而產生的句子將不依賴於「特定的關於認識的先決條件（epistemic presupposition）和變化的語境」（29）而是依賴於不變的語境（語境的語境 the context of contexts），在這種語境中先決條件構成成功言語的普遍可能性的基礎。「關於言語行為的一般性理論應該……描述……規則的基本系統，使得成熟主體（adult subject）的控制可達到這種程度：它們能滿足在各種表述中語句恰當運用的條件，不論語句可能屬於哪一種特定語言，也不論表述可能被植入（embedded）哪種偶然的語境」（26）。如果我們能在那樣一個基本系統的水平上進行操作，「偶然的語境（accidental context）」的歪曲的可能性將被中性化，因為我們總是覬覦本質性的東西——通過一種人與人之間的（非偶然的）真理的理性合作而建立起來。一旦言者面向這個目標而背離其他目標，傾向於普遍性的理解，他們將不會進行欺騙和操縱。一組明曉的主觀性（a gronp of transparent subjectivities）將聚集在一個明曉的真理和一個權力意志（will to power）已被消除的世界的形態之下。

在他最近的著作《文本的力量》（*Textual Power*）中，Robert Scholes 考察了理性主義認識論，在其中一個「完全的自我面對一個堅實的（solid）世界，直接地、精確地理解它，……用一種透明的語言完美地捕獲它」，他還宣稱它徹底失卻了榮譽以至現在「成為環繞我們的廢墟」（132-33）。在某一範圍內可能是這樣，但是哈巴馬斯的著作和他獲得的聽眾的事實表明，即使現在那些廢墟正在收拾起來，並在為人熟悉的反修辭結構中重新挺立起來。看起來宣佈任一種觀點的死亡都將是不成熟的，看起來在傳統的新聞報道之後，在世界的某一角落

想像中已被放棄的問題正在得到至少看起來是新的答案。只是在近期，理性主義——根基論者思想在公開場合的命運已經隨着如布魯姆（Alan Broom）的《美國心智的閉塞》（*The Closing of the Americam Mind*）和赫希（E.D.Hirsch）的《文化能力》（*Cultral Literacy*）等書的出版有了有利的轉變，這兩本書（布魯姆的書更直接地）對「極端文化相對主義」的「新正統性」提出質疑，並且重新斷定——儘管以不同方式——規範標準的存在。在許多方面，這些書被作爲對常識的回歸受到歡迎，假如公衆要逃避無秩序的黑夜，則這種常識是必須的。人們能夠期待管理者和立法者提出基於布魯姆論點的革新（可能甚至是淨化）（反修辭主義的修辭性力量總是被復蘇），人們還叮以期待會有許多聲音發出來反對肯定會被稱爲「新實證主義」的東西。這些聲音中將包括一些我們已經記在這裏的意見，還包括其他一些確實值得記載的意見，但它們只能在一張並不完全的名單中被提到。修辭學二十世紀復興的全部歷程應以有這些人物而自豪；柏克（Kenneth Burke），他的「戲劇主義（dramatism）」遠早於今天被稱爲先鋒派；布思（Wayne Booth），他的《小説修辭學》（*The Rhetoric of Fiction*）在使對小説進行修辭分析成爲正統分析的過程中具有非常重要的地位；巴赫金（Mikhail Bahktin），他對獨白式（monologic）和對話與多元話語（heteroglossic）過程的對比匯總了修辭學傳統中的諸多立場；羅蘭‧巴爾特（Roland Barths），他在「快樂（Jouissance）」的思想下爲修辭學的趨向制定了（非）基本原則以抵制終止和擴大游戲；種族方法論者（ethnomethodologist）（哈羅德‧加菲克爾 [Harold Garfinkel] 和他的同事），他們在每一個按推測爲受規則約束境中發現了「ad-hocing」原則（完全是錯誤的詞）的操作；

Chaim Perelman 和 L.Olbrechts-Tyteca，他們的《新修辭學；一篇關於辯論的論文》（*The New Rhetoric : A Treatise on Argumentation*）爲厭倦總是鬥用亞里士多德的自稱的（would-be）修辭學家提供了一部複雜的現代原始資科集；史密斯（Barbara Hernnstein Smith），她在支持問心無愧的（unashamed）相對主義的過程直接正視並駁倒了那些在失去了客觀標準的世界中爲自己心靈（和更多東西）擔憂的人的異議；詹姆遜（Fredric Jameson）和懷特（Hayden White），告訴我們（在其他事情之中）「歷史⋯⋯對我們來說是不可進入的（unaccessible），除非以文本化的方式；因此，我們要進入歷史和真實（the real）本身必須經過其先前的文本化」（1981,35）；面向讀者批評家，如霍蘭德（Norman Holland），布萊克（David Bleich），伊塞爾（Wolfgang Isel）和堯斯（H.R.Jauss），他們把重點從文本移到對文本的接受展現了對無窮盡的上下文環境的解釋；無數的女性主義毫不留情地揭開男性霸權結構的面紗，並揭露出法律和政治系統理性化的故作姿態是修辭性的；同樣無數的 composition 理論家在「過程，而非結果」的口號之下，堅持交流的修辭性，並爲發生中如何教人寫作的方法中的深遠變化而辯論。這張名單已使人望而生畏了，但它還可以一直延續下來，它爲 Scholes 的作爲競爭對手的認識論已被擊敗的論點，以及爲格兹（Clifford Geertz）「某物正在以我們所想像的方式發生」（1980）的宣稱（他還是他所報道的轉變的支持者）提供了支持。

但是從這篇文章整理的證據來看，似乎某些事總是按我們想像的方式發生，而且似乎總是同樣的一些事——關於人類生活，及其諸種可能性的兩種觀點之間的激烈爭論，沒有一種觀點能佔據完全的和持久的優勢，因爲在每一次獲得成功表達的

時刻，每一方都反過來轉向另一方。因此，布斯在《小說修辭學》和《反諷的修辭術》（*A Rhetoric of Irony*）中都被迫通過顯明地（sharply）區別修辭學的合理使用與兩種極端的情況（「不可信敍述者」和「不穩定反諷」）來限制修辭學的力量；一些讀者反應批評解構了文本的自主與自足性，但在此過程中，不再給自主的和自足的主體以特權；一些女性主義者對本質論者（essentialist）在女性理性或非理性的名義下，向「男性理性」的主張提出挑戰，而這種所謂的女性理性顯然也是本質論的；詹姆遜指示了歷史的敍述性以表明有一種叙述是真實和一致的。至此，有人可能談及壓抑者的歸來（因此求助於弗洛依德Freud，他的著作與影響將是我尚未開筆的著作中的一章），如果不是那樣被壓抑者——不論它是不同的事實，還是它被消除的期望——總是如此接近地表（the surface）以至幾乎不需要開掘。我們所有的似乎是一個充滿「喧嚣與騷動」的寓言故事，它表明它自己，表明一種植根於無所不包（inconclusiveness），植根於存在最終定論的不可能性的持久性（durability）。

　　然而，一篇文章中心需有人來作最後定論，我把它交給羅蒂（Richard Rorty）。羅蒂本人是支持修辭學思想的反本質主義的大師；他的新實用主義與庫恩和其他要使我們對超越的絕對（transcendental absolutes）的研究感到厭倦的人聯合起來並把已經通知我們的實踐的籲求和目標交給我們（儘管這樣做看來是多餘的）。然而，我指派來作總結的並不是作爲善辯者（polemicist）的羅蒂，而是作爲我們認識論狀況（epistemological condition）的活躍編年史家的羅蒂：

> 有兩種思考事物的方式。……其一，……認爲真理是表述與被表述者之間的縱向關係。其二，……橫向地將真理視爲我們對我們先輩對他們先輩的再解釋所作的再解釋進行再解釋

的一長長鏈條中的頂峯。……這是把真、善、美看作是我們努力尋找和揭示的永恆事物，還是將其視爲我們經常不得不改變其基本設計的人工製品之間的區別（1982,92）。

這是嚴肅人與修辭人之間的區別。這種區別將一直保持下去。

葉彤譯

參考書目

Guthrie, W.1971. *The Sophists.*

Howell, W.S. 1956. *Logic and Rhetoric in England 1500-1700.*

——. 1971. *Eighteenth-Century British Logic and Rhetoric.*

Kennedy, George. 1972. *The Art of Persuasion in the Roman World (*300BC-AD300).

——. 1963. *The Art of Persuasion in Greece.*

Murphy, J.J. 1966. *Rhetoric in the Middle Ages.*

Nelson, John S., Allan Megill, and Donald N. McCloskey. 1987. *The Rhetoric ofthe Human Sciences : Language and Argument in Scholarship and Public Affairs.*

Ong, W.J. 1985. *Ramus, Method, and the Decay of Dialogue.*

Perelman, Chaim, and Lucy Olbrechts-Tyteca. 1969. *The New Rhetoric : A Treatise on Argument.*

Puttenham, George. 1936 ; 1970. *The Arte of English Poesie* (London, 1589).

Quintilian. *Institutio Oratoria.*

Smith, Barbara Herrnstein. 1988. *Contingencies of Value : Alternative Perspectives for Critical Theory.*

Tuve, Rosemond. 1947. *Elizabethan and Metaphysical Imagery. Renaissance Poetic and Twentieth-Century Critics.*

Vickers, Brian. 1988. *In Defence of Rhetoric.*

White, Hayden. 1973. *Metahistory : The Historical Imagination in NineteenthCentury Europe.*

第三部分

文學・文化・政治
LITERATURE, CULTURE, POLITICS

16 文化 CULTURE

格林布萊特(Stephen Greenblatt)

「文化」（culture）這個術語不常用於文學研究中，實際上這一術語表示的確切概念是最近才具有的。頗具影响的人類學家泰勒（Edward B. Tylor）在一八七一年寫道：「從廣泛的人種論的意義上說，文化或者說文明是指包括知識、信仰、藝術、道德、法律、風俗及社會成員所得到的其它能力和習慣的那種複雜的綜合體。」這樣一個概念怎麼會對文學專業的學生有用？

答案可能是，它並沒有用。畢竟，泰勒使用的這個術語含糊而籠統，幾乎無所不包，那些似乎被排除在外的極少的東西實際應用中已被非常迅速地重新包括進去。然而我們可以得到某種安慰，「文化」這個詞至少不指稱物質實體——桌子、黃金、谷物或手紡車——但被男男女女使用的這些實物當然接近於任何特定社會的中心，因而我們相應地也會談及這樣一個社會的「物質文化」。就像「意識形態」（作爲一個概念來說，它是與之密切相連的）一樣，「文化」是這樣一個術語，它不斷被人使用，然而含義不明，是對人們隱約領悟到的社會精神氣質的一種模糊表達，例如：貴族文化，青年文化，人類文化。這些表達並沒有甚麼特別的錯誤——沒有它們，我們通常甚至不能說出三個連續的句子——但是它們幾乎從來都不是一種創新批評實踐的主幹。

怎樣才能使文化這個概念對我們產生更大幫助？我們可以從思考這樣一個事實開始，這一概念表示的兩種看起來截然相

反的東西：約束力與靈活性。它是形成某一特定文化的信仰與
實踐的總和，是一種滲透一切的控制手段，是用以控制社會行
爲的一套規則，是個體必須遵循的典範的全部。這些限制不一
定很偏狹——在某些社會，例如美國社會中，就顯得很寬泛
——但也不是無邊無際的，超出限制外的後果將是嚴重的。對
於那些游弋於一種特定文化限制之外的人最有效的懲戒性措施
可能並不是由嚴肅的文化保護者提供的公開懲罰——流放，囚
於瘋人院，監禁勞役或處以死刑——，而是看起來不關痛癢的
反應：一個輕蔑的微笑，介於親切和嘲諷之間的大笑，一番交
織着輕視與寬容的憐憫，一陣冰冷的沉默。應該補充的是，文
化的邊界通過從最激烈的（巨大的公衆崇拜，閃光的獎金獎
品）到比較溫和的（一次崇敬的注視，一個仰慕的表示，幾句
祝賀的話）一系列獎勵機制被更明確地加強了。

　　這樣我們就邁出了探討文化對於文學研究作用的嘗試性的
第一步，因爲西方文學長期以來一直是通過獎懲來強化文化邊
界的重要機制之一。這在那些明確地用於美刺的文學種類，比
如諷刺文和頌詞中最爲明顯。這些類型的作品當它們第一次出
現時往往顯得極爲重要，但隨着它們所針對的那些個體的消失，
這些作品的力量也迅速消失；當作品所表達和執行的模式與限
制發生重大變化時，文學的力量也隨之陸續減退。這些作品現
代版本的注脚可以告訴我們那些被忘却的名字和年代，但它們
自身已不能使我們重新體會到它們曾經給予讀者的歡樂與痛苦
了。文化作爲複雜綜合體的自覺意識可以通過引導我們重構這
些作品所賴以存在的邊界來幫助我們重新喚起那些感覺。

　　我們可以通過強調那些被美刺這種特定文學活動所含蓄地
強化了的信仰和實踐而做到這一點，即我們可以就面前的作品
向自己提出一系列文化性的問題：

這部作品看起來實施那些行為種類、那些實踐模式？

讀者為甚麼會在某一特定時間或地點對這部作品產生強烈興趣？

我的價值觀和隱含在我正在閱讀的作品裏面的價值觀存在着差別嗎？

誰的思想或行動自由可能直接或間接地為這部作品所限制？

這些問題促使人們去注意那些尚未被注意到的文學作品特徵。一個完整的文化分析最終需要突破文本邊界的限制，建立起文本與價值觀、風俗、實踐等諸文化要素之間的聯繫。然而這聯繫並不能代替對文本的細讀，文化分析需要借鑒對文學文本進行的細致的形式分析，因為這些文本所有的文化特質不僅是由於涉及到了自身之外的世界，而是因為它們自己成功地融入到了社會價值觀和語境之中。世界上充滿了文本，其中大部分如果脫離了它們的直接環境就不可能讓人理解，為了恢復這些文本的意義，為了弄懂其完整的含義，我們必須重構產生它們的直接語境。藝術作品正是由於在其自身內部直接或間接地包含着這種語境特徵，因而即使當產生它們的條件消失時仍能生存下去。

然而也不能把文化分析解釋成與藝術作品內部的形式分析相反的外部分析。同時，文化分析原則上必須反對那種對作品內外進行嚴格區分的做法。為了構建泰勒那種「複雜綜合體」的設想，有必要使用任何一種可能的方法。如果對某一文化的探索導致了對產生於這一文化之中的文學作品的更進一步理解，那麼對這部作品的更仔細閱讀也會導致對產生了這一作品的文化的進一步理解。這使得文化分析看起來好像是文學研究的僕從，但是廣義上的文學研究是為文化理解服務的。

我會重新回到與內部分析相對的外部分析這一問題，但首先還是讓我們繼續探討文化作爲强制系統的這一觀念。這個系統的運行明顯地表現在像蒲伯（Pope）的《致阿卜兹諾博士書信》（*Epistle to Doctor Arbuthnot*）或馬維爾（Marvell）的《賀拉斯的頌歌》（*Horatian Ode*）之類的詩歌中，這些作品嚴厲指責了某些被憎恨的個體身上的遲鈍，讚揚了某些被讚美的個體身上的美德。實際上，在這裏文化接近於其早期含義「修養」（cultivation）——行爲準則的内化與實踐。這種含義超出了諷刺文和頌詞的限制，特別是在那些行爲舉止成爲區別人的身份地位的嚴格標準的歷史時期。

比如，莎士比亞的《皆大歡喜》（*As You Like It*），奧蘭多（Orando）悲慘抱怨的不是被剝奪繼承遺產——奧蘭多接受他哥哥作爲長子繼承家庭全部財產的社會習俗——，而是被禁止學習貴族階級的行爲舉止：「父親在遺囑上吩咐你好好教育我，你却把我培育成一個農夫，不讓我具有或學習任何上流人士的本領。」【註一】莎士比亞鮮明地指出奧蘭多身上内在良好教養使他自然超越了他的農夫式教育，但也同樣鮮明地指出奧蘭多的貴族教養需要規範，並得通過一系列磨煉才能實現。在亞登森林（the Forest of Arden），當這年輕人爲他年邁的僕人亞當（Adam）乞討食物的時候，他上了關於禮貌的一課：「假如你不用暴力，客客氣氣地向我們説，我們一定會更客客氣氣地對待你的。」【註二】這教訓具有一種特殊的權威性，因爲它是由劇中處於社會秩序中心的人物——被流放的公爵——給予

【註一】莎士比亞：《皆大歡喜》，朱生豪譯，吳興華校，見《莎士比亞全集》
　　　　第3卷（北京：人民文學出版社，1991），頁105下。
【註二】同上，頁138。

的。但是,《皆大歡喜》的整個世界是在表達一種人類行爲的文化符號,從羅瑟琳(Rosalind)關於求婚禮節煞費苦心的嚴格訓練到牧人生活的低下然不失其尊嚴的社會階層,甚至單純的村姑奧德蕾(Audrey)也從老於世故的小丑試金石(Touchstone)那裏上了關於禮貌的一課:「把你的身體站端正些,奧德蕾。」【註】這種儀表舉止方面的教育毫無疑問地產生了喜劇效果,這教育是文化適應過程中雛形狀態的法規,在劇中它幾乎到處發生,在潛意識的層次上更爲強烈,例如,我們自覺地和他人保持的距離,或我們坐下時放置自己雙腿的方式。莎士比亞巧妙地模仿了這一過程——比如試金石關於侮辱的詳盡規定——他自己也參與了其中,因爲他的劇作不但描繪了那些自身文化邊界處於妥協狀態的人物形象,而且還幫助觀衆建立、保持這個邊界。

因此,藝術成爲文化傳播的重要因素,它是人類的生活模式代代相傳的重要途徑。有的藝術家對此十分自覺,文藝復興時期詩人斯賓塞(Edmund Spenser)寫道,他的宏篇鉅制浪漫史詩《仙后》(*The Faerie Queene*)的目的是要「塑造一位德高望重、溫文爾雅、訓練有素的貴族紳士」。這樣一個形象包括了成百個隱喻的意象,遍佈於複雜的情節結構中,我們對這個形象理解的深度依賴於我們對斯賓塞全部文化背景掌握的程度:從亞里士多德差別細微的道德等級體系到宗教啟示錄式的夢幻,從宮廷高雅精致的設計到愛爾蘭的社會暴行。更準確地說,我們需要掌握這個由混亂的動機和慾望組成的矛盾的文化混合體是如何爲斯賓塞產生出一系列相互制約的模式或道德秩序,如何產生出一整套與無政府狀態、暴亂和混亂相對抗的道

【註】同上,頁195。

德約束力來的。

　　僅僅從文化所施加的約束力來談《仙后》顯然是不妥當的，因爲這篇關於騎士和貴婦無盡漫遊於幻境的虛構史詩自身又是如此地追求着無拘無束的靈活性。回到開始時的反論：如果文化是一種制約機構的話，那麼它也是靈活性的調節器和保證人。沒有靈活性，制約力實際上毫無意義；只有通過即興創作、實驗和交流，文化的邊界才能被建立起來。顯然，不同的文化在靈活性和約束力的比率上存在着巨大差異。某些文化夢想着強制實際絕對的秩序和完全的靜止，但即使是這些，如果它們要一代代繁衍下去，也不得不受一些細小的運動標準制約，不管是如何小心翼翼或極不情願。相反，有些文化夢想着絕對的運動，完全的自由，但它們也常常會爲了生存而屈服於某些限制。

　　在環境變化莫測、後果無法預料的情況下，建立起來的只能是一個臨時的結構，以容納某一特定文化中的大部分參與者。一個根本不能適應或全然違背所有現存模式的生命，將不得不當作一個非常事件來處理——被逐、被殺或被尊崇爲神。然而，大部分個體滿足於即興創作，大量藝術作品，至少是在西方，主要與這種即興創作有關。小說對個體與佔統治地位的文化模式達成妥協的諸多模式尤爲敏感，像狄更斯（Dickens）的《遠大前程》（*Great Expections*）和艾略特（Eliot）的《在市場上》（*Middlemarch*）這樣的作品，對適應社會所必需付出的痛苦、難堪及空虛進行了出色的探討。

　　這些小說把這種適應過程作爲一種社會性的、含情脈脈又富於理智的教育來描繪，在描繪過程中實際上體現了它們自己在文化中的位置，因爲藝術作品自身即是教化的工具。它們不僅被動地反映佔支配地位的靈活性與約束力的比率，還通過其自身的即興創作幫助塑造、表達、重建這個比率。這意味着，

儘管對創造性有一種浪漫的崇拜，大部分藝術家却只是對廣爲接納的主題進行改編的天才製作者。甚至那些我們特別敬畏尊崇、因拒絕重複其文化的陳詞濫調而獲得贊美的優秀作家，也不是絕對的背叛者或純粹的創造者，而只是富有特殊才華的即興作者。因此狄更斯只是對那個時代的普通作者爲混飯回而粗製濫造的情節誇張的作品進行了熟練的改編，而莎士比亞則從人們熟悉的神話以及家喻戶曉的歷史記叙中借用了大部分情節和大量人物形象，斯賓塞則只是把意大利詩人阿里奧斯多（Ariosts）和塔索（Tasso）首次講述並講述得極好的文化故事修改成適於自己文化的形式。

這種借用並非是想像力貧乏的証明，也遠非創造力枯竭的徵兆——我使用了狄更斯，莎士比亞和斯賓塞的例子恰恰因爲他們具有我們語言中最豐富、最充沛、最有創造性的文學想像力。它標誌着我已指出的文化靈活性的更深一個層次。這種靈活性不是偶然運動而是交流（exchange）。一個文化就是爲了對物質財物、思想和人通過奴役、接受、婚姻進行交流而建立的特殊協商網絡。人類學家通過一個文化的敘事作品——神話、民間傳說和宗教故事——主要關注這個文化的親屬系統：其家庭關係概念，對某些婚姻的禁令，以及結婚法規等。這二者是相互聯繫的，因爲一個文化的敘事作品就像它的血緣關係結構一樣，是支配着人類靈活性與約束力的普遍準則的關鍵標誌。優秀的作家正是這些準則的主人、文化交流的專家，他們創作的作品是爲社會能力與社會實踐進行積累、改造表述和溝通的結構。

任何一個文化中，都有一個由引起人們慾望、恐懼和野性的無數符號滙集而成的基本符號系統。通過建構故事，掌握有效的意象，特別是由於對語言這個在任何文化中都是最偉大的

集體創造物所具有的敏感性，藝術家們對這套象徵系統駕輕就熟。他們從文化的一個區域汲取象徵材料並將其移植到另一區域之中，增强它們的感情力量，改變它們的意義，把它們與從另外區域中拿來的材料聯繫起來，在一個更大的社會結構中改變它們的位置。比如拿莎士比亞的《李爾王》（*King Lear*）來說，劇作家借用了一個常常被人提起的古代大不列顛國王的僞歷史（pseudo-historical）故事，把那個社會對於血緣關係的嚴重焦慮與國内騷亂聯繫起來，將激烈的懷疑主義與富於啟示意義的宗教期待矛盾地强行混合在一起，然後把這些東西改變成悲劇快感所能產生出的最强烈的體驗交還給觀衆。一種精微的文化分析將關注到莎士比亞素材的各種來源，這樣就會超出於劇本的形式界限之外——比如，指向文藝復興時期年邁的父母爲其子孫所作的法律安排，或指向那一時期的兒童撫養狀況，或指向關於違背規則的行爲甚麼時候是合法的這一當時面臨的政治辯論，或指向對即將來臨的世界末日的斷言。

現行的文科教育結構常常爲這種文化分析設置這樣一個障礙：將文學研究與歷史研究分離開來，好像二者是完全不同的學科，但是近來歷史學家對社會實踐所具有的象徵意義層面愈來愈敏感，而文學批評家近年來也對象徵性實踐活動所具有的社會歷史意義層面愈來愈有興趣。這樣就使學生有可能對某一文化的復合體作出更進一步的理解，不管是在單個課程還是在整個學習計劃中都是如此。即使沒有完整的課程安排，對文化分析的方法而言仍有大量工作可做，主要依靠對藝術作品可能具有社會功能提出新的問題。實際上，即使人們對產生一個文學文本的文化素材獲得了深奧微妙的歷史感，爲了理解文本所形成的文化作品，研究這些素材結合方式和表達方式仍然是必不可少的。

藝術傑作也不是文化素材循環的中繼站。當物質、信仰、
實踐在文學文本中被表達、被構想、被完成的時候，往往會出
現一些不可預料且令人困擾的東西。這個「東西」既是藝術力量
也是植根於歷史偶然性中的文化力量的標誌。有時我在寫作中
曾產生這樣的感受，好像藝術一直加強在文化中佔主導地位的
信仰及其社會結構，好像文化一直都是和諧的而不是動盪的、
鬥爭激烈的，好像藝術生產和構成社會的其他生產與再生產之
間必然地存在着相互肯定的關係。有時，確實存在着這種簡單
而舒適的關係，但這却決不是必不可少的。藝術家通過小說這
一方式調整並影響其文化制約力，使得在主要系統中極少彼此
交流的諸要素強烈地互相影響，藝術家的這種能力具有動搖這
種肯定性聯繫的潛力。其實，在我們這個時代，大部分文學專
業的學生向那些置身於某一特定時空邊緣位置的作品，那些猛
烈攻擊其自身文化邊界的作品，表達出最高的敬意。

在莎士比亞創作生涯的最後，他決定利用他同時代人對於
探索新世界的濃厚興趣。他的劇作《暴風雨》（*The Tempest*）
包含了許多從探險家與殖民地開拓者的作品中提取出的細節，
將這些細節巧妙地移到神秘的地中海島域上，並且與維吉爾
（Vigil）的《伊尼德》（*Aeneid*）的回聲、甚至魔術的口頭傳
說等交織在一起。劇作重復了歐洲了圍繞他們在新發現的土地
上的合法性及開化作用開展的辯論，實際上把普洛斯彼羅
（Prospero）描繪成不僅僅是一位有權力指揮這片土地上的武
裝力量的顯赫公爵，而且還是一位有能力——劇中稱作「法術」
——指揮超自然力量的巫師，以此強化了上述辯論。然而這強
化產生了一種奇特的不和諧效果：巫術給人印象深刻而合法性
則顯得不那麼清晰。

劇中巫師普洛斯彼羅像島的前任統治者、遭人痛恨的女巫

西考拉克斯（Sycorax）一樣異於他人，但可以肯定，劇本沒有對普洛斯彼羅的統治提出挑戰，莎士比亞所處的文化也決不鼓勵對合法統治者提出挑戰。然而在這個由不同文化素材交織而成的矛盾混合體中，傳來一個奇特的不合諧音，即「野性而醜怪的奴隸」凱列班（Calican）的聲音：

> 這島是我老娘西考拉克斯傳給我而被你奪了去的。你剛來的時候，撫拍我，待我好，給我有漿果的水喝，教給我白天亮着的大的光叫甚麼名字，晚上亮着的小的光叫什麼名字：因此我認爲你是個好人，把這島上一切的富源都指點給你知道，什麼地方是清泉鹽井，什麼地方是荒地和肥田。我真該死讓你知道這一切！但願西考拉克斯一切的符咒、癩蛤蟆、甲蟲、蝙蝠，都咒在你身上！本來我可以自稱爲王，現在却要做你的唯一的奴僕；你把我禁錮在這堆岩石中間，而把整個島給你自己受用。【註】

當然，凱列班沒有獲勝。要想補償凱列班的要求，需要從不同的文化——我們這一時期的後殖民地加勒比地區及非洲的文化——選取不同的作家，重寫莎士比亞這一劇作。但即使在莎士比亞生活的詹姆士一世時期強有力的文化制約下，藝術家想像力的靈動使他在王侯力量下表現出潔身自愛，從而記錄下一個聲音，一個被錯置、被壓抑、在那個時代其他任何地方都很難聽到的聲音。如果解釋普洛斯彼羅的力量是文化批評的任務，那麼傾聽凱列班的聲音也同樣是其任務。

杜玲玲譯

【註】莎士比亞：《暴風雨》，朱生豪譯，方平校，見《莎士比亞全集》第1卷（北京：人民文學出版社，1991），頁19－20。

參考書目

Bakhtin, Mikhail. 1968. *Rabelais and His World.*
Benjamin, Walter. 1968. *Illuminations.*
Elias, Norbert. 1978. *The Civilizing Process*
Geertz, Clifford. 1973. *The Interpretation of Cultures.*
Williams, Raymond. 1958. *Culture and Society, 1780-1950.*

17 規範 CANON

居羅利（John Guillory）

「規範」源於古希臘 kanon 一詞，意爲用作測量儀器的「葦桿」或「木棍」。後來 kanon 又發展成爲「規則」或「法規」這樣的引申義，並作爲本義流傳下來，進入現代歐洲語言之中。對文學批評家來說，這個詞義第一次顯示它的重要性是在公元四世紀，當時「規範」用以表示一系列的文本或作者，特別是指《聖經》和早期基督神學家的著作。在這種語境中，「規範」對使用者顯示了一個擇優原則，一些文本或作者被認爲比另外一些文本或作者有更大的保存價值。在回顧這個規則時我們容易發現，那些從聖經規範中被排除的希伯萊經典著作——就如我們所知的《聖經》——由於教義的緣故而受到排除。因爲早期基督徒必須確定它的「真理」是甚麼，他將用甚麼來教導他的信徒，很多作者相信他們是像馬太（Matthew）和保羅（Paul）那樣的基督徒（例如，公元一世紀的諾斯蒂派基督徒（gnostic Christians），但我們發現他們的著作並沒有歸入最終定稿的《新約》中。在某一時期，聖經規範變得自我封閉，永遠不變了。同樣，大量早期基督教神學家被排除在最後的「教會神父」的名單之外，因爲他們傳播的教義和基督教的正統觀念不一致。所以，早期基督教的「規範制定者」並不關心文本有多麼華美，也不關心文本感染力可能有多大。他們是爲着這樣一個明確的觀念而行動的，即文本如何「合乎」他們宗教社團的標準，或者是否符合他們的「規則」。他們最爲關注的是把邪妄和正統區別開來。

近年來許多文學批評家確信，「規範化」的文學文本精品（傳統所稱的「古典」精品）運作在某種程度上就像聖經經典的形成。這些批評家在價值判斷的客觀性領域發現一個政治內涵：一大批人從文學規範中被排除出去。由於這個問題的爭議產生了大量有爭辯的著作，這使我們認爲，這個爭議是二十世紀批評史上最重要的事件之一。即使批評家總是爭論個體作家的有關優點，但前幾十年並不一定就表明規範形成本身這個問題是有爭議的。規範形成的批評家把他們的問題建立在一個令人困擾和無可爭議的事實之上：如果你掃視一下西歐所有偉大的經典作家的名單，你將會發現其中很少有女人，甚至很少非白人作家和出身寒微的下層作家。這是一個簡單的事實，爲此我們將怎樣解釋這種現象呢？

明顯有一個排除過程正在運作——但這是一個甚麼過程呢？我們一旦思考這個問題，就被迫考慮一些令人驚異的假說。儘管他們創作的作品可能一直是偉大的，但它們並沒有受到保護而無法經典化？難道是因爲這些作品的作者都不是上層階級、白人、男性？現在把這些偉大作品從它們本不應該是晦澀的狀態中重新恢復過來，這可能嗎？文學批評家早就知道很多作家的名聲是隨着歲月的變化而浮沉的，並知道箇中原因極爲複雜。把判斷行爲（act of judgment）與性別、種族和階層類別互相關聯，這可能嗎？如果這是可能的，那麼規範組成的歷史就會作爲一種陰謀，一個不言而喻的、審慎的企圖出現，它試圖壓制那些並不屬於社會的、政治的，但又是強有力的羣體的創作，壓制那些在一定程度上隱蔽或明顯地表達了佔統治地位的羣體的「意識形態」的創作。作爲這種假說的結果，許多新的研究項目被人們承擔下來，而這，確實使大量已被人們遺忘的作品重見天日。然而這些作品比人們預想的要更少。如果情

320

況真的是這樣，即在西方歷史中那些排除在外的作家們一直在
與那些著名的規範作家一道創作出了偉大的作品。一會兒我將
立即回到這個令人困惑的問題上來。在這個問題上我們需要更
爲仔細地考慮擇優本身的過程。一部作品是怎樣成爲規範的？
一部作品又是怎樣成爲經典名著的？

　　對於很多讀者和批評者來說，回答上述問題是根本不存在
困難的。因爲他們將作這樣的回答：僅僅由於某些作品被大家
承認，所以這些作品是偉大的。在有一天當有兩位聰明的讀者
對某一特殊作品或作者的偉大性產生了意見分歧之前，你可以
保留這個極爲簡單的看法。在這一點上，對這個問題判斷的對
錯你將會作怎樣的決定呢？這樣，就出現了幾種可能性。我們
可以說讀者之所以對文學作品的有關價值發生爭執，是因爲文
學作品就像其他藝術品一樣，不管它可能意味着甚麼，但從來
不能單從「美學」根據出發作出評判。在這兒當代規範批評認爲，
規範形成的進程總是被強有力的個人興味所決定，這就是爲甚
麼女人，黑人或其他受支配的羣體所創作的作品沒有出現在規
範中的原因。如果你願意，現在讓我們想像這種評判的情形，
正如以下兩派爭議所暗示的那樣，一方相信偉大作品之所以偉
大是因爲它本身就是偉大的，另一方認爲評價作品總是憑個人
興趣、帶着個人偏見的。

　　我們首先來看後一種觀點，這些批評者認爲，對文學作品
的評判是通過某種秘密和排他的選票而進行的。某些高貴的人
爲了決定哪些作品可以成爲規範，哪些不可以成爲規範，他們
聚集在一處進行投票。從這個想像的情景中我們便立即可以明
顯地看到，如果作出決定的人都是男性、上層人物或者白人，
那麼他們所認爲好的作品一定是那些反映了他們的社會地位、
信仰和意識形態的作品。但如果另外的社會羣體參與了作品的

擇優過程，規範便變得真正的富有代表性了；它將代表由不同社會羣體所構成的社會整體的特性和興趣。然而，按照這種爭論，一個人從來不能確信文學作品實際上的偉大性，但可以通過估量而確信這一規範是具有一定的代表性的。我們把這種通常被人們稱之爲「開放規範」（opening the canons）的觀點叫做規範的自由主義批評。它最終建立在代表民主制的標準基礎上，在那裏，人們通過某種共同的決策程序來解決分歧，這種程序總是力圖保障少數人表達自己的權利。

在自由主義批評之外很多新的計劃和綱要得到發展，就像我們熟悉的如婦女研究（Women's Studies）和美國黑人研究（Afro-American Studies）一樣的少數課程革新的計劃。你幾乎不能低估這種發展的有益影響，至少學生已從過去所認爲的只有某些人才能產生好的作品，才能評判它們這樣的錯誤觀念中省悟過來。規範批評强迫教師面臨過去被認爲太簡單的文學教學問題。然而，我們一直想知道，由一個共謀的情形而轉變成了表述的情形，這樣是否自由主義批評精確地描述了作品規範化的歷史進程呢？例如，我們注意到儘管這種批評可以很好地解釋兩個社會羣體之間的價值判斷的分歧，但是如果不求助於那種被它看作無益於世的審美價值的概念，那麼它就不能很好地解釋在同質的社會羣體之內的分歧。這一問題給我們指出了這個自由主義批評的極大矛盾性：如果想聲稱以前某些非規範性作品就像那些規範作品一樣好，它就必須偷換一個真正具有文學價值的概念。否則自由主義批評試圖給不同社會羣體建立不同的標準，並且沒有理由認爲這些不同標準不會重新回到這個社會中社會羣體的等級制度的老路上去。情況確實是這樣，這些不同標準經常被認爲是分離的，但又不是等同的。

現在規範保護者可以重新進入討論之中。他們說一些作品

比另外一些作品更好終歸是事實。現在讓我們想想保守主義批評是如何想像批評情景的：他們指出這樣一個事實，即偉大作品並不通過讀者與作品同時代的單個「選票」而獲得規範性。相反，一部規範的作品必定意味着代代相傳，後來的讀者不斷地証實對作品偉大性的評判，好像幾乎每一代都重新評判了這部作品的質量。即使我們將問題分解成這種情況：簡單懶惰地接受前輩價值評判的慣常影響，但有一些作品確實在西方歷史上顯示了其強大的威望。「從荷馬到喬哀斯（Joyce）」所有的作品都是規範之作。很少有讀者認爲，甚至是那些把文學看成「非規範性」的最強有力的鼓吹者，也不認爲這些作品就像佔統治地位的羣體的意識形態表述一樣，是極爲糟糕的。這是否意味着對作品的評價有一個客觀的標準呢？如果有，這個標準又是甚麼？不幸的是，我們縱觀從柏拉圖到亞里士多德到現在的美學史，關於甚麼是偉大的作品我們就會發現有許多不同的而又相互排斥的標準。更糟糕的是，同一部作品因爲用了不同的無法共存的評價標準而受到截然不同的評判。規範保護者就關於甚麼是偉大作品毫不猶豫地提出了新的標準，這個標準説明規範性作品的幸存者並沒有求助於自由主義批評的共謀的理論。但這些標準也許又會變得像他們過去所替代的標準那樣陳舊過時。

　　想建立一種永久的文學偉大性和重要性的尺度明顯是不可能的。作爲對這一看法的反應，不管在概念化的術語中這種價值的本質能解釋得如何好或如何壞，規範的保守防衛最後都必須依賴於對規範性作品内在價值的信任。在這一點上我們能着手重構一個完全不同於自由主義批評家所想像的評判圖景，如果沒有那個建立在爭議之外的關於甚麼是偉大作品的批評標準，規範的保護者又怎知一部作品是偉大的呢？在這裏規範保

護者必須通過一個鮮明的同義反覆斷言：不管是否任何特殊的
讀者認識到它的偉大性，規範性作品一定都是偉大的。這就好
像我們設想作品一直是被一個高級超凡的法庭作出裁決的，當
然除了歷史時期的特殊偏見，除了專門對於個人的評判缺陷，
這個法庭是只考慮作品本身的。從這種意義上我們可以設想，
就是當兩位讀者產生意見分歧時，兩者中的一人必定是對的。
由於通過求助於一種隱在的更高層次的價值判斷標準，致使這
種分歧得到削弱，而那種價值判斷標準不受時空限制，因而它
能適用於一切時間和空間。

　　當然，你肯定會堅持認為這種超凡的法庭是不存在的，就
分歧來說，根本就沒有你所要求的第三方，那麼僅僅為這樣我
們就不該承認價值評判的狀況就正是分歧的可能性嗎？無論如
何，這種規範的傳統保護者如果沒有變得像自由主義批評家的
爭議那樣易受攻擊，他就不能拋棄超凡的評判態度的虛構性。
這些自由主義批評家總是提醒保護者，儘管有客觀現實的外衣，
但判斷總是屬於某一羣體，是屬於某一時某一地的。

　　如果我們不能通過秘密地求助於一種超越的價值判斷標準
而使我們人的狹隘觀念合理化這種方式得到解脫，那麼我們是
不是不得不回到那種共謀的情形中去呢？難道我們不得不認為
沒有美學價值的領地，或者在藝術作品中的興奮體驗只能使我
們簡化為尋找反映在作品中的社會認同和社會信仰的興奮狀態
中？在這一點上我們必須過渡到價值問題的其他方面，比如藝
術作品給我們留下了哪一種興奮這樣的問題，並作出一個關於
規範問題的臨時性結論。我寧願認為評判問題是出現在規範組
成語境中的錯誤問題。受保護的文本精品確實充當了判斷行為
的先決條件，而這確實是複雜的社會活動和心理活動；但這些
行為又是必需的而不是足夠構成規範形成的進程。某個個體評

判説某部作品是偉大的，這對於保護這部作品來説毫無用處，除非這個評判是在一定的語境下作出的，在這種情景裏保證作品的再造，把它繼續介紹給後來的讀者是可能的。被保護的作品比讀者對文本馬上作出反應有其他更爲複雜的社會語境。

那麽，規範形成的進程是在甚麽語境或體系下發生的呢？我們知道對於聖經規範來説它的公共機構就是教堂。假設教堂是作爲一種公共機構，而教堂要麽屬於這個公共機構，要麽不屬於這個公共機構，那麽在這種語境下規範擇優過程必定採取這種嚴格的形式：它要麽包括，要麽排除，此外無他（按教條主義根據）。每一個所謂的基督教聖經的文本都被徹底地包括或者排除。但這個過程對文學規範同樣起作用嗎？在哪種意義上說文學規範對追加文本變得「封閉」的了？相反，歷史事實是，有些作品正繼續加入這個規範的行列之中或從這個規範行列中被排除出去。如果是這樣，文學規範與基督教聖經規範比起來就必定是很不相同的了。我們可以推測這樣一個道理，關於文學作品（不管個人判斷體現甚麽偏見和缺陷）的評判行爲比起教條的或意識形態的評判有一個不同的社會内涵。也許擇優過程從來不會像這種情形：特權階層通過仔細檢查這些作品的社會淵源，或者評估它們的意識形態的純度來負責對作品進行篩選。

在這裏我想回到我早些時候提到的那個問題上去，但我不想作仔細考查。我以爲，如果規範形成的歷史真的是一個嚴密的排除過程，那麽就應該從現行被壓制的、從規範中排除的歷史中找出大量作品。應該說我們將會發現許多這類像我們今天認爲是規範的作品。例如，許多女性主義批評家注意到，大多數規範性作者都是男人，而有人發現十八世紀以前幾乎沒有規範性的女性作家，像《諾頓英語文學選集》（*Norton Anthology of English Literature*）第一版中，根本没有收入一七五〇年以前婦女寫的作品。然而，經過二十年的研究，僅僅少數幾個女性作家在後來版本中才從被排除的陰影中復原出來。在十八世紀以前（不是以後），女性作家的偉大作品在規範中缺席的原因，實際上是容易確立的：在這以前的女性作家很少。如果總的説來僅僅只教給男人寫作，或者僅僅男人才是處在可以以寫作謀生的社會位置上，那麼婦女就幾乎不能創作偉大作品。因此認爲十八世紀以前把婦女作品從規範中排除掉是慣常的做法，這在歷史上是一個錯誤。相反，十八世紀中葉後，越來越多的婦女受到閱讀和寫作教育，女性作品開始出現在規範之中了（例如瓊·奧斯汀[Jane Austen]的小説）。這並不是説男性批評家對女性批評家出現的各種表達尺度毫無反應，而是説比起把女性作品從規範中排除出去，這些尺度更成功地或者從根本上阻止了女性對「各種」文學類型的寫作。如果情況不這樣，那麼人們將能發現其他不應壓制的瓊·奧斯汀和艾米麗·迪肯森等（Emily Dickinson）；但假如這些已被遺忘的大作家還存在，那麼我們又打算如何解釋奧斯汀和迪克遜的規範性呢？

顯然文學規範是不能通過上述這種方式製造出來的，它被認爲是由批評家和規範保護者共同生產出來的。是到了拋開自由主義和保守主義的想像性的評判情景的時候了。自由主義規範並不代表假民主的立法機關的社會選民。也不代表遠離社會公平狀況的徹底的美學價值。讓我們重構一幅歷史圖畫，看它是如何被製造、播散、再現、重讀、重教給下代和下一時代的。一旦當我們用這種方式開始考慮問題，我們就能聯繫我們剛剛注意的事實——十八世紀以前女性作家的相對缺席——作品如何變成規範的全部問題。規範批評家帶來的從最後不變的偉大文本精品中排除掉的才真正是從歷史的語境中文學生產方式和

文學本身排除掉的東西。爲了懂得確定文學規範形成的歷史背景，我們必須把文本的生產和接受史看作它的歷史。我們必須懂得文學的歷史不僅是我們讀甚麽的問題，也是誰讀誰寫的問題，在甚麽社會背景下讀寫的問題；它也是一個創作的是哪一種（或流派、風格）的文本，是爲甚麽讀者而創作的問題。爲了達到對規範組成的歷史性的理解，我們必定能夠提出和回答所有這些問題。

《聖經》規範和文學規範兩者之間的相似性已被證明受到最大程度的誤讀。但否定這個相似性並不意味着把文學從意識形態地中孤立出來，或從廣大的社會關係領域中隔離開來。而是應該注意到寫作和閱讀是一種社會實踐活動，它們在歷史上是如此緊密相聯的以致根本無法區分開來。因此人們不能簡單地評說規範組成的接受史。就像其他的任何社會實踐，閱讀和接受受各種控制方式和規律形式支配。在某個時候如果不再教給婦女閱讀，或通過各種社會壓力使她們對寫作失去勇氣，那麽這一事實就會告訴我們關於那個時候男人和女人之間的關係的一些問題，也會告訴我們社會作爲一個總體的某些問題。這一事實告訴我們，某種知識——閱讀和寫作能力——在那個社會裏分佈是相當不平等的；並且這種不平等的分佈在某些方面不像財富的不公平分配。人類並不是生來就具有閱讀和寫作能力的；這些技能只能通過後天獲取。甚至當他們在獲取這種技能的時候，創作文學作品的能力不僅是一種才能而是可能表達了某一個人的社會觀點。因此，作爲一種高雅的標誌，十八世紀早期（連接家庭結構和婦女社會角色變化的一個獲取物）有文化的中層婦女被允許和鼓勵寫作，但是仍然發現很少有機會出版她們創作的作品。甚至十八世紀末，比如，對婦女來說，創作那個時候相當流行的文學類型小說比創作長詩或哲理散文更

容易（那就是，更少在社會上被禁止）。瞭解這一事實的重要性是爲了説明，在任何現實社會中，閲讀和寫作的社會實踐都是系統的、有規律的。因此，這個規律的社會效果也被社會制度的協調運作所製造，而不僅僅是由個體的評判行爲所製造。

　　假如這個結論是對的，那麼把美學價值的哲學問題從規範形成的歷史問題中去掉應該是可能的（這並非説人們對哲學問題是説了甚麼也不能作歷史的説明）。規範形成問題是這些情況的大規模的歷史的一個方面，在這種情況下，社會組織和規約着讀寫實踐（這也許是我們自己時代的一個例子，相信我們希望無論對甚麼，無論何時，無論怎樣，都可以完全自由地去閲讀和寫作）。我們現在正處在這樣一個通過鍛煉規則的地方認識主要社會機構，這個地方就是學校。從西方早期歷史看，寫作本身不久後開始作爲保存口頭作品的方式，傳播和保護作品的工作限定並屬於了學校。對個人作品的價值判斷，保存的適用性總是被學校的制度化語境和需要及它的社會功能所決定。而且，學校並不僅僅作爲一個保存作品的機構而出現。相反，學校還具有一般的傳播各種知識的社會功能，包括怎樣讀寫和讀寫什麼的知識。

　　很久以來文學史家就知道，我們所謂的規範形成的進程是在古代學校裏第一次出現，而這種學校又與傳播怎樣讀寫的知識的社會功能相聯繫。文本的選擇是這種目的的手段而不是目的本身。因此學者教授總是對發現和保護這些最好的作品感興趣，而不管這些作品可能來自哪裏，並確切地履行傳播我們稱之爲文學的那種知識的體制化功能。擇優和保護的過程起初有它明確的在那種體制中的動機，僅僅後來要求某些作品在每時每地都要有價值，以此來保護規範化的進程才成爲可能。就像我們所看到的這種體制中的動機今天也保持這樣。規範的問題

是一個教學大綱和課程安排的問題，是作品被作爲偉大作品來保護的方式問題。你也許可以拿學校這種體制下的功能和自由主義的功能相對照，在這裏按理想說來所有東西都得到保護，對好書和壞書的保護方式根本就沒有區別。

現在讓我們更全面地思考一下學校作爲知識傳播的社會功能這一問題。偉大的文學作品被這種機構限定爲一種知識，但這種知識並不馬上那麼容易使學生受影響而進入學校。它作爲一種更初級的知識而傳播，而這種知識僅僅是如何閱讀和寫作的知識。現在，如果在語言上文本像口語一樣去閱讀，那麼偉大作品本身從初級知識到中級知識的轉變就會相對更容易一些。但實際上，這兩種語言極少相同，因爲口語連續不斷地在變化，並在某些階段變化極快。僅僅在幾代或一兩個世紀中，它就可能改變到這樣的程度：閱讀用某種語言寫成的古代文學很可能就像讀另外一種語言了（就像每一個高等學校的學生所知道的第一次閱讀莎士比亞的人）。如果我們考慮語言變化的長遠影響，一個值得注意的變化認同了我們的看法。學校把已成文本帶進與口語的接觸中，並且由這個接觸產生了小說。例如，對早期教師來說，第一次着手保護古希臘古典詩歌和戲劇的古希臘人文主義時代學者發現，早期語言比他們自己那個時代所說的語言更好、更純潔、更正確。他們把他們所說的語言看成是一種由開始純潔、正確標準的退化。所以他們試圖從他們所保護的文本中，抽出那些經典的、有水準的用法——句法、詞滙、正字法，簡言之，用語法來淨化他們的當代語言。通過學習閱讀，也逐漸瞭解希臘和羅馬時代。那麼，學習閱讀，在古希臘和羅馬時代（以後也這樣）也開始意味着學習一種更爲正確更爲高雅的語言，一種符合語法規範的語言。保護的進程因而一開始就不僅在文字上也播散的那種體制下的計劃所控

制，而且被語法規則的言語所統治。兩個項目都由課堂借助於文學作品大綱來承擔。

這一點在許多年前就被文學史家居蒂烏斯（Ernst Robert Curtius）所發現，也在他的《歐洲文學和拉丁中世紀》（*European Literature and the Latin Middle Ages*）的研究中觀察到，「在古代，一位典型作家的概念被定義在一種糾正話語的批評標準的語法批評標準中。」經過一段時間，保存在作品中的語言和連續不斷變化的口頭語言之間的聯繫產生了第三種語言，即兩種語言的差異之間的融合或折衷。這第三種語言，即人們所説的「淨化」的語言形式，開始成爲僅僅那些進入學校的人的所有物。因此在古代羅馬，上層階級使用一種越來越少的「普通」羣衆能聽懂的拉丁語。這個語言王國裏出現的社會分層的結果並不是直接由文學作品本身產生的，也不是由文化意識形態的旨意產生的，而是由它們所屬學校的社會功能產生的。

出乎意外地，在學校機構內，文學課程的社會功能在二千年後的今天仍以許多同樣的方式在起作用。古希臘人文主義學者所稱的「語法」一直被我們以同樣的名稱認可，不過現在我們也把它叫做「標準英語」，作爲當代口頭英語和我們規範性文學中文學英語兩者的語言折衷，現代化學校對這種標準英語加以傳播。對「標準英語」的提倡始於十八世紀，那時在不列顛人和殖民者中，人們講很多不同的英語方言。當突然出現的中層階級開始獲得更多的教育時，隨着他們中一部分人力量的逐漸強大，它就會按受一種更純淨的上層階級的語言作爲表達他們的政治和社會抱負的手段。英語文學作品第一次收入包括各種文學流派的最好的精品的選集中；這些選集看起來很像我們今天的《諾頓選集》或《牛津選集》（Norton or Oxford anthologies），在學校裏作爲一種教學和傳播標準英語的手段而被使用。它甚

至不是當時的教師以今天我們這方式「詮釋」這些文本的做法；更確切地説，文學文本被提供作爲符合英語語法規則的説和寫的範式。

在我們時代如何閱讀與寫作、如何詮釋文學文本的教學，這一事實已被教育制度的高低水平所分隔，這可能使我們對規範形成的真正歷史動機和文學、語言及社會結構三者之間的關係失去判斷力，最重要的是，我們業已完全認識和解釋了文學和社會兩者之間的關係，這種關係由作爲語言控制機構的學校所傳播。文學和語言通過歷史一前一後向前行進，昨天的文學變成了今天的語法。根據哪些羣體進入學校，每一羣體又有多少人進入學校，社會語言伴隨成文的文學因此趨向於內部分層。自從十八世紀以來，語言的社會分層大致爲階層等級一致，越來越少的性別——因此在後兩個世紀中產生了大量的規範婦女作家。（這並不意味着閱讀和寫作法規的體制不對從事創作的婦女繼續施加特殊的强制性影響，而是説規範形成的進程並不能將婦女排除掉是值得注意的。）如果教育體制現在變得這樣複雜，以致文學和語法兩者之間的歷史關係容易被忘記，那麼這種健忘的原因之一是，語法現在已經有效地被編纂和被常規化在一個更低的水準之上，這樣，爲了教學根本就不再需要使用規範的文學文本了。但這種情況由於這樣一個事實使它本身成爲必需，這一事實就是，古代的英語文學作品在語言上離我們太遙遠了，它不能作爲現代語法模範。因此，「正確」的英語這一概念是逐漸建立在十八和十九世紀書面散文而不是中世紀或文藝復興時的作品基礎之上的。這種情形的重要性之一在於，近百年來主要規範作品被限定在這個系統的高水平的大綱上，然而在更低的水平上由於有關語言的簡單化，規範本身已漸漸被一系列可用於傳播基本文學的兒童和青少年作品所取代（在

這個問題上可考慮亨利[O. Henry]的短篇小說、羅賓遜[Edwin Arlington Robinson]的詩或者塞林格[J.D. Salinger]的《麥田守望者》[*Catcher in the Rye*]）。當學生們（當然不是每一個人）開始研究二級或這一體系大學水平的主要規範之作時，那麼他們能夠獲得一種曲解，認爲語言很可能比簡單的文學或低水平的標準英語更偉大。他們學習了說與寫的「文學」風格，而這種風格決不僅僅是像一直被用於作文課上的散文範式的精確再造。這種複雜的語言工具以許多方式得到標示——比如，通過這種能力認識規範文學中的引語，這種認識微妙地播散了教育獲取物的標準。伴隨由學校對真正知識的傳播，不管別的個體可能做甚麼，這個語言工具也是學校爲個體所做事情的一個例子。現在，像一個再造社會秩序分層結構的社會機構一樣，學校還在繼續發揮作用。在這種機構內部，文學課在很大程度上履行生產與衆不同的語言和知識形式的功能。

在這一點上你也許會問：製造和再造社會分層的語言分層真的會是學校規範教學課程的唯一功能？是不是很多老師不相信他們在社會上起了一種放寬的、漸進的作用，特別是通過他們對文學作品的教學起到這種作用？我提出這樣的議題並不是否認教師文學教學的其他高尚的和解放的意圖。我僅堅持說學校機構和社會秩序兩者之間的關係，它允許前者僅像滿足後者的要求那樣的方式存在。如果每一個人都獲得同樣的普通知識（跟技術專門化相對），文學教育的社會影響將可能會相當不同。但這樣的平均的教育經費的分配比起古代羅馬「民主化」教育制度來，我們今天沒有更大的特色。例如，我們知道，機能文盲率在美國一直是很高的，我們就像遠離一個平等的醫療保險制度那樣，我們離真正的民主化的教育制度太遠了。同時我們是否必須說，等到學校獲得了一種新的社會功能，文學課的

社會影響才沒有毒害作用？

爲甚麽我認爲這樣的結論不是必然的有幾個理由。首先，教師和學生不是不可能更應意識到學校機構和他們所讀文本之間的關係不是不可能的。這個意識應該產生對某些實際問題的更好的理解。而這些問題又是與教育的社會效果有關的，在這兒我提個建議，這個建議足以代替一種更完整的分析。從任何程度上說，給文學課程賦予特性都不再值得也不在合乎需要，好像所有的規範作品都共同具有一些內在特徵一樣（即，任何除可能的興奮之外的東西都可以在閱讀這些作品時體驗到）。文學教師總是通過尋找每一部規範作品中同樣的解放的旨意（message of emancipation），或與苦悶的壓力合作的同樣的暗示，來反抗某種制度下的壓力，反抗它所處社會的社會秩序（我們在大學中發現的兩種自由主義景象）。我們必須意識到，對個人作品影響來說，這兩種特徵都誤解了規範形式——大綱、課程、教學本身——的社會影響。「偉大作品」的閱讀不是處在自身的無拘無束狀態中，也不必使人陷入意識形態的幻覺之中。文學作品可以表達許多不同甚至相互矛盾的事情，這些事情關係到許多不同社會問題。個人作品的社會效果可以簡單地被確認爲是漸進的或倒退的，這似乎是相當靠不住的。發現他們如何說比發現這些作品規範化的秘密，也許是更重要的。這一點在我們的社會和體制化的歷史上，我相信以任何方式抵制勻質的規範化作品都是十分重要的。並且對勻質化的作品來說，其挑選辦法是賦予它們以歷史意義。文學規範本身就是歷史事件中值得考慮的一部分，歷史性並不真正被規範作品的不朽所超越。規範本身就是一個歷史事件，它屬於學校的歷史。如果現在沒有必要重新考慮和修正文學課裏我們所做的事，這個計劃所承擔的不僅是閱讀新的作品，或非規範性作品（兩者都應該

承擔），而且是以一種更好的方式進行閱讀。在這裏我的意思
是指，在作品所處時空中按作品所言所行進行閱讀，而且讀出
那些意義和意義之間的區別。當然這個意義是由於它們業已成
爲規範作品而把意義歸因於這些作品的。

　　我在這裏提議的適於教師的問題在近來的實踐中一定不是
陌生的，作爲讀解的根據，它參與了一個復原歷史語境化的一
般運動。由於它是特指教學實踐，因此目前的爭議參與了這場
運動。然而，由於受短文的篇幅所限，將難以充分説明構成任
何文學文本閱讀的戲劇化方式的區別。而且，通過對一個文本
的一瞥進而對這種自我反映的批評實踐作一表示，可能是值得
的。鄧恩（Donne）的《規範化》（"The Canonization"）至少
從一九四〇年代開始，在建立文學研究大綱方面起到相當獨特
的作用。

The Canonization

For Godsake hold your tongue, and let me love,
　　Or chide my palsie, or my gout,
My five gray haires, or ruin'd fortune flout,
With wealth your state, your minde with Arts improve,
　　Take you a course, get you a place,
　　Observe his honour, or his grace,
Or the Kings reall, or his stamped face
　　Contemplate; what you will, approve,
　　So you will let me love.

Alas, alas, who's injur'd by my love?
　　What merchants ships have my sighs drown'd?
Who saies my tears have overflow'd his ground?
When did my colds a forward spring remove?
　　When did the heats which my veins fill
　　Adde one more to the plaguie Bill?
Soldiers finde warres, and Lawyers finde out still

Litigious men, which quarrels move,
　　Though she and I do love.
Call us what you will, wee are made such by love;

　　Call her one, mee another flye,
We' are Tapers too, and at our owne cost die,
And wee in us finde the' Eagle and the Dove.
　　The Phoenix ridle hath more wit
　　By us, we two being one, are it,
So, to one neutrall thing both sexes fit.
　　Wee dye and rise the same, and prove
　　Mysterious by this love.

Wee can dye by if, it not live by love,
　　And if unfit for tombes and hearse
Our legend bee, it will be fit for verse;
And if no peece of Chronicle wee prove,
　　We'll build in sonnets pretty roomes;
　　As well a well wrought urne becomes
The greatest ashes, as halfe-acre tombes,
　　And by these hymnes, all shall approve
　　Us *Canoniz'd* for Love:

And thus invoke us; You whom reverend love
　　Made one anothers hermitage;
You, to whom love was peace, that now is rage;
Who did the whole worlds soule contrast, and drove
　　Into the glasses of your eyes,
　　（So made such mirrors, and such spies,
That they did all to you epitomize），
　　Countries, Townes, Courts: Beg from above
　　A patterne of your love!

在這裏我不打算詮釋這首詩，而僅把它放進歷史語境中作

爲它的規範性的反映，把它作爲一種詮釋的前提。《規範化》作爲一個人們所謂的「玄言」詩的例子，對大學生來說是相當熟悉的。這個標示是指深奧的哲學或神學概念和每天的生活體驗這個領域（通常是指情慾）——表面上詩的主題——這兩者之間內在關係的某些特徵。因此，通過這種隱喻，這時情人犧牲了他們塵世的追求而尋找一種超越愛的目標，因而能與聖人合而爲一。與這個流派有聯繫的其他詩作最遲產生於從一五九〇年代到一六五〇年代的英格蘭。它產生於各種社會語境之下，它由這些也許並未認爲自己屬於一個單獨的文章寫作「流派」的作者所寫。十八世紀，爲了不適宜地把這些原則和一種建立在句法清晰度和概念簡明化的句法基礎之上的詩體實踐相比較，這種寫作風格代表了一種詩歌「流派」。（實際上這樣的實踐反映了一種不斷發展中的英語語法規範的標準化，這個規範不允許像文藝復興時期用法上有那麼多的自由。）在這個自由主義批評革命以後，「玄言」詩被遮掩了，在某種意義上變成了「新規範」詩。由於其中原因太過複雜，故在此無檢驗（但關係到從十八世紀詩體實踐的轉向）。浪漫主義詩人，特別是柯爾律治（Coleridge）帶着極大的熱情重讀那些詩。不過這種積極的重估不足以重建它們的規範地位，因爲它不足以影響學校大綱中所包含的東西。再者，二十世紀的某些詩歌（艾略特的早期詩歌）聲援了這種玄言詩，但後來這種派性鬥爭本身不足以改革學校的規範教學大綱。直到艾略特本人（他本身是現代主義詩人）開始在大學裏接受教育，恢復玄言詩的地位才變得更有可能了。

　　兩種規範轉型的理由很多，爲了更確切些，讓我們又一次強調教師必須支持更爲廣闊的自由主義文化判斷（讀者和作者羣體）。在學校裏，對現代主義詩歌教學的抵制實際上是極嚴

重的，它部分源於現代主義詩歌的語言障礙，這一障礙偶然被玄言詩本身分享了。文學大綱很久以來就被作爲一種生產標準英語的手段，作爲一種文明的、受過教育的語言。然而這個大綱爲甚麼應該屈從於概念上的晦澀難解，語法上的面目全非，語言上無法接近的詩歌呢？爲了明白爲甚麼教學大綱真的屈從於這種方式，我們要注意的是，在二戰時，播散標準英語的計劃在教育制度的初級水平上成功地完成了。在成功的同時，大量的學生也更容易進入大學了。這是一個有歷史意義的時刻，這時候可以說現代主義（和玄言）詩變成了規範。

通過一場衆所周知的「新批評」運動，這種修正後的規範被設置在大學英語系的課程裏。這個「新批評」運動是對民主化綜合力量的反應，這個民主化由於在新的規範裏發現了一種新的意義而改變了教育制度，而這種意義既是對那些大量開初對文學研究不感興趣的學生的文學教學，同時不僅生產這種標準英語，還做其他更多的東西。這「更多的東西」包括介紹比標準英語更綜合更複雜的文學語言。這一語言的綜合性在「細讀（close reading）的實踐中受到嘲笑。學生瞭解到詩的語言不能像普通語言那樣釋義，因爲它充滿了密集的比喻、反諷和「自相矛盾」。同時人們認爲「新批評」僅描述了文學自身——這種特殊語言的化身，除了大部分學生注定要回返的那個領域，無疑這是一個更高更好的領域。

在這裏人們可能開始明白，我們所稱的鄧恩的「規範化」的經典閱讀是如何出現的。這一閱讀在布魯克斯（Cleanth Brooks）很有影響的《這精巧的骨灰盒》（*The Well Wrought Urn*）這冊書中，充當了典型的例子（鄧恩的詩給了布魯克斯以主題）。對布魯克斯來說，鄧恩的代言者的反諷完全被引向了污穢的政治、經濟和其他相似的領域。比如說布魯克斯把對

情人世界的評價放在對他們從那個退出的世界之上，「情人正在變成隱士；發現他們並沒有失掉這個世界，但他們彼此又獲得了這個世界，這個世界現在已變成一個更激烈更有意義的世界了。」但這個結論僅僅是這個故事的一半：布魯克斯繼續把詩本身和情人的退隱等同，繼續把隱退當作意圖的合法性來閱讀，認爲詩應屬於比普通語言或普通人類追求更好和更高的世界：

> 這首詩是一個斷言教義的例子，它既是推斷又是對推斷的實現，在這首詩中，詩人在我們面前建造了一個「漂亮的房間」，詩人說情人們對這個房間非常滿意，詩本身又是——只精巧的能容下情人骨灰的骨灰甕，它將在與王子的「半畝之墳」（ half-arce tomb ）的對比中顯得不再痛苦。

因此鄧恩詩進入規範允許了一種適於教師的實踐，這一實踐估計了詩的語言價值在純標準英語之上，並同時限制了對組成文學作品的研究進程來說對這一語言的接近。像許多批評家現在所認爲的，爲了把規範作品匀質化並把它作爲超越詩歌語言的代表，新批評家簡單地從文學存在的所必需的根由中，從歷史本身根除了文學。讓我們把布魯克斯式的閱讀放在一起，這種閱讀把情人的隱退當作超凡的、理想的、近來的意圖來閱讀，這個意圖試圖賦予馬羅蒂（ Arthur Marotti ）的《約翰·鄧恩：排外詩人》（ *John Donne: Coterie Poet* ）以歷史含義。馬羅蒂認爲，爲了完全正確地理解這首詩，我們有必要明白當時產生這首詩的社會景況。鄧恩的詩，像其他的與他同齡的人的詩，在一個紳士朝臣的自由文化環境中作爲手抄本傳播，這些紳士朝臣彼此用詩傳達他們的信息以及他們的社會優越性、他們的願望、他們的雄心、他們的失望。在這種語境下馬羅蒂認爲人們經常以一種間接的時尚用性愛征服（ erotic conquest ）的語

言表達伊莉莎白和詹姆士一世時代宮廷朝臣的複雜的政治欺騙。（這並非說詩根本與愛無關，而是說發生在文藝復興宮廷溫室環境下的愛，也變成具有政治意義的事了。）後來這些詩的刊印，使它們解語境化（decontextualized）了，抽出它們真實的政治內涵，並因此允許出現的超人間之愛變成理想化並不作爲反話來理解。因此馬羅蒂特別反對布魯克斯對《規範化》這首詩重新賦予其歷史意義：

> 在它起初的語境中，「規範化」傳播了一個很不相同的信息（而不是布魯克斯所爭論的）。鄧恩的讀者知道，他正表達他對那個詩中他假裝不理睬的公衆世界的渴望，比起形式主義批評家和那些利用業已解讀的文學和思想史的學者的閱讀，他們更希望把這首詩當作一首具有反諷性、在美學上更複雜的作品來閱讀。

用馬羅蒂的而不是布魯克斯的方式重讀鄧恩的詩不會影響這首詩的規範性這一事實，而僅影響其規範性地位的意義。如果可以這麼說，當在社會和純文學歷史的完全語境化時，這首詩並不是更沒趣而是更有趣了（更具諷刺性，在美學上更綜合）。而在每一首規範性詩歌中這種複雜性是否能歸納爲同樣的意義，這仍是值得懷疑的。我們說那才是真正的複雜性，因爲它從歷史本身的極爲複雜的根據中產生出來。

因此，通過堅持文學作品的特殊歷史性反對規範的均勻化的壓力，通過抵抗規範形式的旨趣而提前確定作品意義，這也許可能不僅獲得學校提供的知識而且獲得關於這種知識的知識，而這是一種閱讀實踐如何被制度和社會功能所規定和强迫的知識。這並不意味着我們能夠對待非規範性作品好像它們與某一流派無關一樣去閱讀規範性作品。相反，一直保持一種清

醒的認識態度，意味着我們作爲社會個體、作爲一種教別人閱讀的人以及作爲怎樣閱讀的人，我們會擁有控制我們行爲的社會效果的機會。

溫立三譯

參考書目

Baym, Nina. 1978. *Women's Fiction: A Guide to Novels by and about Women.*

Brooks, Cleanth. 1947. *The Well Wrought Urn.*

Curtius, Ernst Robert. 1953. *European Literature and the Latin Middle Ages.*

Fiedler, Leslie, and Houston Baker, eds. 1981. *Opening Up the Canon: Selected Papers from the English Institute.*

von Hallberg, Robert. 1985. *Canons.*

Kermode, Frank. 1983. "The Institutional Control of Interpretation." In Kermode, *The Art of Telling: Essays in Fiction.*

Macherey, Pierre, and Etienne Balibar. 1981. "Literature as an Ideological Form: Some Marxist Propositions." In Young, ed., *Untying the Text: A Poststructuralist Reader.*

Marotti, Arthur. 1986. *John Donne, Coterie Poet.*

Showalter, Elaine, ed. 1985. *Feminist Criticism: Essays on Women, Literature, Theory.*

18 文學史 LITERARY HISTORY

帕特遜（Lee Patterson）

　　儘管我們對它很熟悉，「文學史」這一術語却隱藏着一個經常沒被認識到的模糊。一方面，它的通常意義指文學的内在的或内部的歷史，對文學整體或者是專門的文學體裁（詩歌、戲劇、小説）、類型（敍事詩、喜劇詩、田園詩），或者形式（怨憤詩、十四行詩、頌歌）的叙述性描述，這種描述要麼涵蓋廣闊的歷史時間領域，要麼把自己限制在一個特定的歷史時期之中，文化史就是根據這些特定的時期而得到分期的。從這個意義上説，文學史只不過是文學的歷史（history of literature）。然而這一術語也描述了一種批評實踐，不是關注作爲一種自足文化活動的文學的歷史，而是關注作爲寫作集合體的文學與作爲事物系列的歷史之間的關係。這一外在研究就是去闡明形成、支配、佔有文學文本或是被文學文本所表達出來的力量——是甚麼東西使它成爲這樣而不是那樣——以及這些力量對文學施加影響的途徑。雖然實際上所有的文學研究都牽涉到這兩種活動，然而内在與外在的二元區分，不論從理論上還是從歷史上都是有用的。因爲雖然每一實踐活動都在相同的文學史著作中出現，雖然每一方法都帶有它的擁護者，但幾百年來文學研究的主流傾向於首先由外在轉向内在然後再回歸外在。這裏，我們正是在文學史的歷史（history of literary history）這個意義上來討論這個問題的。

　　外在的歷史主義這一概念形成於十九世紀，它負載着許多

規劃上的困難，這些困難實際上變得如此難以駕馭，以至於已變得聲名狼藉。它的中心弱點——得之於當時佔統治地位的科學實證主義——是它依賴於機械的因果解釋模式。這一弱點從兩個方面顯示出來。首先，十九世紀的文學歷史主義的一個廣爲接受的觀念是，歷史能夠獲得一種客觀性和可靠性，這種客觀性和可靠性是其他的文化闡釋形式，諸如文學批評所達不到的。人們也可以說，雖然主觀性也可成爲對文學文本的理解，但是歷史提供可以控制闡釋的事實，美洲的發現、英國國內戰爭、法國大革命，這些都是歷史事實，都有一事實性和客觀性，是世界上的存在物，可進行精確和仔細的描述。它們作爲歷史記錄的一部分而存在。只要人們具有足夠的勤奮和紀律，他們便可以精確地重構歷史事件，而反過來支配對文學文本的解釋。這樣的重構通過界定可能意義的參照系，表明文本可能或不可能具有的意思。

第二，出於用歷史語境去提供闡釋可靠性的願望，十九世紀的文學歷史主義決定論認爲，文化的每一部分都受到整體價值的支配。因此它尋找着時代精神，尋找那些支配了某一歷史時期文化活動的價值，以同類甚至是整體的術語來構建其決定性的歷史語境。這一關於過去的同類性闡述是民族愛國主義所激發的，它壓制了一個文化整體中不同的聲音，歷史學術研究的發展伴隨着民族統一的運動，尤其在德國這點毫不奇怪。然而完全不同於强調文化和諧的政治議事日程的是，促使這一事實成爲可能的是方法論上的實證主義，它認爲歷史是客觀的，而文學却是主觀的。這一關於統一化了的過去的建構不論是像丹納（Hippolyte Taine）的《英國文學史》（*History of English Literature*, 1864）那樣地包羅萬象，還是像特雅慈（E. M. W. Tillyard）的《伊莉莎白世界描畫》（*Elizabethan World Picture*,

1944）那樣地具體，這些著作都基於歷史材料的方法論構築一個歷史時期意識，然後把歷史意識放回到文學之中，結果便是，文學不能表達除「歷史」所認可的東西之外的事情。文學批評若首先隸屬於歷史學家所作的奠基，然後才可以擴展文本的意義。讓我們再重複一遍，那種對歷史可能性的強調來自於在「客觀」的歷史和「主觀的」文學之間劃分的未經驗證的界限。

文學批評作爲一個學科在二十世紀前半期的發展帶來了一個不可避免的，針對於歷史性特權的反應。然而有趣的是，這一反應既沒有對二元區分自身的合理性提出挑戰，也沒有對客觀性的優點（更不必說可能性）提出挑戰。相反，文學批評尋求去樹立自身的權威，宣稱文學是像歷史一樣的研究對象，於是它就可以像歷史事件一樣得到精確和詳細的描述。這一策略的早期例子是由俄國形式主義發展出來的。一九二一年雅各布森（Roman Jakobson）（Eichenbaum, 1965, 107）把當時的文學歷史主義比作：

> 打算去逮捕某一個人的警察，在任何情況下，他都會抓住任何一個和所有恰巧在場的人，也包括那些經過那一街道的人。文學史家使用了任何的東西——人類學、心理學、政治學、哲學。與文學科學相反，他們創造了一個學科混和物，他們似乎忘記了他們的文章已進入了相關學科的歧途——哲學史、文化史、心理學史等等——忘記了這些學科把文學僅僅當作有缺陷的第二手的材料來使用。

激發雅各布森的目標的——如他的隱喻所暗示的——是這樣一種願望，希望把文學從無知的功能主義者的手中挽救出來，這些人不能認識使文學文本與其他寫作形式相區別的特殊品質。根據他的觀點，目前的文學史把文本簡化爲「有缺點的」和

「第二手的」東西，先前原因所導致的結果，只是一附帶現象。文本自身，根本就沒有甚麼價值，它只不過是歷史學家力圖恢復的更大目標的一個簡單癥象：正如丹納所説的，「文學的紀念碑」都是有價值的，因爲通過他們「我們可以追尋許多世紀前人們的感覺和思維方式。」（丹納1900，1：1；丹納下意識地增加説，這一方法已被成功地嘗試和尋找到了。）儘管其用詞比較陳舊，丹納的關於文學典型功能的支配性觀念在二十世紀前半期的文學研究中實際上是無處不在的：根據這些研究，鄧恩（Donne）表明文藝復興的新哲學是如何對所有的東西都產生懷疑；拜倫典型地代表了浪漫主義的奢華；梭羅（Thoreau）是美國自我實現的經典例子。況且，由於文學歷史家不能夠決定是甚麼實際上構成了文學的終極原因。他們只好求助於從其他學科中取得分析方法：因爲他們對他們研究對象缺少一種特別的方法——雅各布森的「文學的科學」——他們運用不合適的方法去分析文本，使他作一個獨立研究對象的文學消失了，力圖解釋文本的存在，這些文學史家實際上將文本分爲與其他學科毫無聯繫但與決定性的歷史語境必然相聯的一系列效果。

爲建立文學的科學，形式主義希望在現在大學職業化世界的語境中，尤其是在與文學的科學對手，歷史的聯繫中去補救那些令人遺憾的缺欠。爲達到這一目的，有必要去描述文學的本質特徵，那正是文學研究的目的。為此形式主義堅持認爲文學文本首先必須定義爲一個藝術品，一個根據結構的内在規則組織起來的複雜的結構體。文學寫作與其他寫作相分離，因爲它以一種獨特的、自我反射（self-reflexive）的方式使用語言：用雅各布森的話説，文學爲了詩學功能而抑制了語言的其他功能，例如情感功能或指稱功能。詩學功能，指的是語言指向自己的能力。這種自我反射性可由多種方式獲得：言步（meter）

344

韵脚（ rhyme ）、多義性（ ambiguity ）、paranomasia、聲音符號（ sound symbolism ）——實際上，包括被修辭學家區分爲修辭手段的所有方式。這種自我反射性，並不僅僅局限於詩，因爲文學散文也與其他寫作形式相區分，本質不是因爲它的虛構性，而是因爲爲了建構複雜而均衡的語言作品，它使用了多種文學形式。對另外一個俄國形式主義者什克洛夫斯基（ Victor Shklovsky ）而言，「世界文學中最典型的小説」是精雕細琢的《商策傳》（ Tristram Shandy ），因爲它充滿了佈局的匠心——揭示了——控制着所有小説創作的修辭技巧（ Shklovsky 1965, 27-57 ）。簡單地説，形式主義確認文學爲一種寫作，主要關注的既不是與世界的聯繫，也不是與讀者交流，而是關注於寫作自身的成規——即形式。所以，任何不把上述考慮置於其關注中心的作品不可避免地削弱了其文學性（ literaniness ）。

以形式主義觀點看，構成外在文學史的不同術語形成了一悖論，堅決抵制一切形式的努力：「文學」和「歷史」標明了兩種極難相融的文化生產模式，因而要求迥然各異的分析程序。正如雅各布森所言（ 1960, 356 ）詩性功能，「通過增強符號的可知性，深化了符號與事物之間基本的二元對立」——也就是説，深化了寫作與世界之間的分裂，而這正是文學史家所力圖超越的，或者用美國新批評的最主要理論家文姆薩特（ W. K. Wimsatt ）的話説（ 1954, 217 ），「在大多數話語中，我們直接看透（ 詞與物之間的 ）區別，但是詩歌通過強化語言媒介卻加大了其自身與其所指物之間的區別。像似性（ iconicity ）加大了差異性。」另一方面，歷史文本却遠遠不是可以聲稱超歷史價值的自足的文學作品，它的意義來自於特定的歷史時刻，而且只有根據這一特定歷史時刻才能判斷它是否繼續有意義。它是

地方事件的見證人，它是必須以它所證實的事件才能取得意義的文獻。更有甚者，關鍵問題是，歷史文本受其作者具體的、決定性的意圖所制約。歷史文獻的作者並不力圖創造出一個超然無執的藝術品，他創造出作品是爲了爲這個世界做點實事，是爲了參與以及塑造他的時代的歷史過程。其結果是，他的文本並不能以文學動力學的方式得到理解，並不是作爲受文學生產的規律所制約的具有內在一致性的語言作品而存在，而每時每刻都必須參照並且按照它所力圖實現的工具性目的而得到理解。

相反地，形式主義者對文學作品自我指涉性（self-referentiality）的強調使任何想根據作者的具體歷史意圖去理解文學的努力都行不通。一方面，在進入文學話語體系時，每位作者都採用非常傳統的符指方式（modes of signifying）——通過敍事結構，外部結構方式（韵體、戲劇結構、長度等等）、意象類型，等等——這些方式具有內在於文學體系的意義。另一方面在創作藝術作品時，作者——不管他或她是怎樣理解作者的職責的——處於一個超然無執的觀察者的位置，他更多地關注文本作爲具有內在一致性的客體的需要，而較少關注作爲增強某些在歷史上決定了的觀點和價值的工具的需要。然而，應該補充的是（特別是對於美國新批評），形式主義從來就不擁護「爲藝術而藝術」的享樂主義，但是它一向受到這種指責。相反地，俄國和美國的形式主義都堅持認爲，文學是世界上的一支人文力量，是批評家以强大的未曾經檢測過的阿諾爾德式的人道主義（Arnoldian humanism）來理解的一種使命，認爲文學是有關人類狀況的永恆真理的携帶者。與形式主義的非歷史主義傾向（ahistoricism）相一致，這些真理被理解爲並非只是有局部的相對價值，相反地，它適用於一切時代。

由於文學寫作所有的非歷史性，任何把文學局限於歷史解

釋因果過程的企圖一定會失敗。由於歷史文獻不可避免地依賴
於特定歷史時刻的歷史事件，它們可以由支配歷史解釋自身的
相同的規則而得到解釋。但是文學完全逃避解釋。相反地，不
僅以其自身獨特的方法取得意義，並且不僅僅指向局部的歷史
過程也指涉到隱含於人類整體狀況之內的超歷史價值。其結果
是，就如文化研究的悠久傳統所堅持的那樣，文學文本從來不
能作爲局部歷史原因的結果而得到解釋，而只能被詮釋爲一個
文化意義的承載者。雖然文學不可避免地由歷史母巖中抽取出
來，它從來不可能根據其來源而得到充分理解，不管學者是怎
樣仔細地想重建這種來源。就如韋勒克（René Wellek）所說
（1982, 72），他用一個可尊敬的直接性表達了一個最近很少
有學者表達，然而却堅强地支配了文學批評實踐的廣闊領域的
觀點：「我們必須承認一部偉大藝術作品的最終的不可解說性，
天才也不例外。」就最大的意義說，堅持文學寫作的特殊性，
（不管它的特殊性得到怎樣的界定），有助於切斷文學本文和由
其他事情構成的語境之間的原初聯繫，在這語境之內去替換文本
要求我們運用對其本質特徵有削弱作用的粗糙的理解技巧。

　　通過在文學和歷史之間樹立起一個不可逾越的藩籬，形式
主義實際上極力排除了寫作外在文學史的可能性。當然，這並
不是意味着這種文學史已經停止寫作。但它確實失去了自信。
結果便是作品去尋找描述文學文本與其「背景」的聯繫。一方面
是對一段時期主要作品的敍述；另一方面，經常是笨拙地堆在
作品的開頭，是對文化和社會思潮的粗略觀察。將這兩種觀察
聯繫起來的環節是很不清楚的。「一個新的閱讀羣的升起」是慣
用的伎倆（此文類的另外例子，在很大程度上由於他知其不可
爲而爲之，便是露易斯[Lewis, 1954]），但是雖然形式主義責
問文學歷史的外在模式，他們同時又將其當作內在實踐而使之

347

合理化了。例如，俄國形式主義者認爲，由於文學是「一個自我組成的社會現象」，它的歷史就應當按照艾欽鮑姆（Boris Eichenbaum）所説的「文學形式的動力學」的方式去寫，這意味着不停地替換一個已趨衰竭的文學技巧，用一個新的技巧去努力維持日常經驗的「陌生化」，這正是文學所力圖達到的。同樣地，爲了尋找他所稱的「真正的文學史，而不僅是文學對其他形式的吸收的歷史，弗萊（Northrop Frye）在他的《批評的解剖》（Anatomy of Criticism）中既提出了對文學結構（如模式、符號、神話和文類）的共時（synchronic）描述，又歷時性（diachronic）地將這種結構分成五個維科式（Viconian）階段（神話、羅曼司、高級模仿、低級模仿和反諷），這五個階段勾勒出西方文化的作爲一下行的不斷重複的螺旋的軌迹。

儘管弗萊野心勃勃，他的神話却是建立在與那種視野更窄，目的性更弱的學術工作同樣的觀念基礎之上。可討論的，内在的文學史——作爲文學的歷史的文學史——已經成爲戰後的主要的學術成果。例如，一個有代表性的名單或可包括：伍爾夫（Rosemary Woolf）的《中世紀英國宗教抒情詩》（English Religious Lyric in the Middle Ages, 1968）、凱納（Alvin Kernan）的《墮落的繆斯：英國文藝復興的諷刺文學》（The Cankered Muse : Satire of the English Renaissance, 1959）、普萊斯（Martin Price）的《走向智慧之宮：十八世紀文學史的程序和能量》（To the Palace of Wisdom : Order and Energy in Eighteenth Century Literature, 1964）、貝托夫（Warner Berthoff）的《現實主義的激情：美國文學：1884－1919》（The Ferment of Realism : American Literature, 1884-1919, 1981）和薩克（Peter Sacks）的《英國輓歌》（The English Elegy, 1986）。所有這些著作都基於一個同樣的假設即存在着一種特殊的東西

叫做文學，它有自己的內在的歷史，並且他們的內容和組織結構都被他們所力圖解釋的材料所決定。作爲依賴於英國和美國文學的最初文本的第二位的寫作形式，文學史必須使自己適合構成文本自身的類型（歷史階段）和範疇（模式、文類和形式），用另外的說話，文學史既與它想知道歷史事件（文字）的依賴關係作爲真正歷史的、認知的活動而得到合法化，而從那個歷史事件中去獲得其組織原則。

通過把文學界定爲其研究對象，文學史家爲自己提供了一個題材（Fach）——一個主題——與其他的學科相同的題材。但是在指明這一對象在本質上和其他形式的寫作不同的過程中，他們建立了一個界綫防止落入完全是歷史敍述的窠臼。實際上，當然，文學定義的武斷性對文學史家來說是令人爲難的事情。布朗（Browne）的《宗教醫學》（*Religio Medici*）傳統上被當作一個文學文本，但是斯萊德（Spratt）的《宮廷社會史》（*History of the Royal Society*）只認爲處於背景地位；卡萊里（Carlyle）的 *Sartor Resartus* 是文學作品，但馬克思的《路易·波拿巴的霧月十八日》（*The Eighteenth Brumaire of Louis Napoleon*）却不是。不管進行這種鑒別是怎樣困難，任何文學理論的本質論者都必須將其斷定爲絕對的。如果在這些種類的文獻中存在一不可逾越的鴻溝，那麼文學史家怎麼去彌補那些差異更大的空隙，比如在艾略特的《荒原》（*The Waste Land*）文學史家將其作爲現代主義的典型代表的文本之間，與他們通常忽略了的由一九二六年大罷工所產生的作品之間？而且，並更嚴重地，文學的本質化使將其當作社會實踐的一種形式，將其當作特定歷史時刻、特質活動和文化活動的一部分來理解成爲不可能。

如果文學與寫作都被重新置於一種非文學的語境中，被犧

性的東西正是把「文學」當成一個特殊的寫作類型這種觀念。這一變化引發了另一更大的批評，一個對於主觀性的文學研究與客觀性的歷史科學之間的差異的抨擊，這一差異是促使文學批評家將「文學」樹立爲與其他文化活動形式相分離的研究對象的原動力。在六十年代後期和七十年代，通過兩個非常不同興趣之間的交互作用，這些變化獲得完成，一方面是解構的文本分析，雖然有時似乎只是形式主義的翻版，但實際上它暗中顛覆了形式主義者的許多深度的假設。另一方面是政治性批評，堅持說文學學者不可能擺脫一切社會聯繫而進入美學的王國之中。這些運動的聯合結果具有兩方面，首先，文學批評家認識到文化研究中的客觀和主觀形式的區分是不可能繼續下去了，每一歷史敍述的構成都必須求助於完全是詮釋性的實踐活動，而這正是文學批評的特徵。其次，「文學」這一術語被揭示爲功能性的而不是本體性的，這個術語所指明的寫作之所以與其他種類不同，並不是由於它的本質而是由於其文化功能。換句話說，一件作品是「文學」不是因爲它擁有其他作品所缺乏的特性，而是因爲它的讀者將其這樣認爲——原因是多方面的——視爲文學。

　　這些批評進入美學研究的第一步，始於由索緒爾（Ferdinand de Saussure）的《普通語言學教程》（*Course in General Linguistics*，1916）所引發的關於語言本質的討論，六十年代結構主義將其變成文學批評的中心。索緒爾顯示出語言與世界的聯繫不能被理解爲一個反映的過程——每一個詞都指向其相應的事物，就像常識所假設以及修辭學所教的那樣——相反，這種聯繫只是類比性的：一方面是語言，及其生成意義的差異系統；另一方面是客觀物質世界，對人而言，它只有按照語言所投射於其上的意義生成系統才能得到理解。隨之而來

的認識是確認了語言和世界之中並不是一一對應關係——一個陳述只有當它反映了世界時——而是約定俗成的關係：一個陳述只有當它與某些佔支配地位的寫作方式相符合時才成爲真的。真理是被創造的而不是被發現的，它並不是世界的特性而是陳述的特性。總言之，陳述並不是指向而是構成事實：一個事實之所以重複，不是由其在世界的存在所決定，而是由使其成爲可能的服務於某個話語之內的散亂的實踐活動所決定的。

至少從文藝復興以來，支撐「文學」這一範疇的觀念是事實和虛構二者之間的對立：如西丁尼（Sidney）曾經説過的（1965, 123），詩人與歷史學家和哲學家相區別是，因爲他「不肯定任何束西，因而從不撒謊。」但是由索緒爾開始的「語言學的轉向」不是通過質疑文學的虛構性而是通過質疑其他寫作形式的事實性的方式，已經顛覆了這一假設。因而德里達（Jacques Derrida）指出：哲學這種寫作形式並不像人們所認爲的那樣，總是以絕對理性的名義，不僅壓制了其對它所指責的「文學」中存在的修辭方法的依賴性，而且壓制了它與語言無法克服的千絲萬縷的關係。懷特（Hayden White）揭示，歷史寫作同樣地被「轉義」（tropes）所控制，這種修辭格式不僅僅是潤飾，更爲深刻地，它構成了歷史敍事的結構。庫恩（Thomas Kuhn）指明，物理科學的歷史不僅僅是真理等待着去被逐步發現的過程，而是在一廣泛的社會力量的壓力下，以一個解釋範式（paradigm）到另一個解釋範式的逐漸轉變過程。總之，這一解構運動把所有這些自我指稱的人文科學——它們的名字暗示了它們對指涉性的強調，揭示了一些話語，不僅依賴於文學一向據爲己有的文學技巧，而且也宣告了一個真理，這個真理本身是由它被告知的話語所構成的。突然之間，所有形式的寫作都被揭示爲遠離真實世界，它們就像文學那樣，

被置於語言的牢籠之中。

　　但是如果不存在一絕對的本質把一種寫作界定爲文學，把另外一種界定爲非文學，如果不管付出了多大努力去發現，不存在本質性的「文學性」——只要有了這個東西，一個文本就被接納進入文學規範之中——那麼，我們要「文學」這個詞又有甚麼用呢？如果它並不指稱世界上的某個客體，即使有了這個名字又有甚麼用？由威廉斯（Raymond Williams）所率領的不少文化批評者已經有力地論證了這一術語在本質上是有着社會功能。威廉斯指明，「文學」這一概念在歷史上形成於十八世紀末和十九世紀初。因爲當時這一概念與它合法的哲學父親——美學的概念——一起將自身確立爲這樣一種領域，在那裏，對形式美和真情實感超然無執的關注可以與資本主義消費無休無止的商品化隔離開來。當然，隨着時間的發展，「文學」這一概念，也服務於其他的，不那麼超脫的目的，其中主要是把一種形式的寫作作爲受到了良好教育的富人的特權而把另外的形式蔑視爲「通俗的」。「文學」已經被吸收進資本主義運轉的機器之中，並且已經「不可避免地成爲」，正如威廉斯所説（1977, 151），「特權階級的新工具，成爲一種特殊的商品」。近些年，批評家用充分的例子表明「文學」概念是怎樣以輕蔑的態度被利用去指稱那種處於文化邊緣和政治壓迫地位的人們的寫作——比如，婦女、黑人、同性戀者和第三世界的成員。並且，更能説明問題的是，因爲「文學」作爲一個概念通過它整個文學批評機制（包括文學史）使其自身得到合理化，顛覆其存在的理由，已經排除了最強大的意識形態障礙，而進入一種新的批評模式和批評趣味的領域之中——包括電影研究、一般文化批評、性別研究，等等——而這些研究領域的「文學性」則一點也不明顯。

　　儘管這種整合傾向有時使英語學系感覺到成爲一種威脅，

重組文學和其他寫作形式的聯繫實際上已經造成了向外在文學歷史主義的回歸，而專業的文學研究正是從這裏首先開始的。但這是一個有差異的回歸——或者至少它應該這樣。正如原來所推測的，外在文學歷史主義的主要特徵並不是作爲享有特權的解釋範疇的特殊歷史結構，甚至也不是（如雅各布森所論的）對一個範疇混合體的革新。實際上，這種形式的文學史的本質特徵是它對解釋這種觀念本身，對文化生產的因果模式的無所不在的依賴性：先有歷史，後有文學。因此近些年出現的遠離更爲「唯心」的解釋範疇（傳統文學、思想史、分期意識），而傾向於更加「唯物的」結構，尤其是社會所決定的性別解釋模式和以經濟爲基礎的政治對立物——的轉變，其自身並沒有帶來對文學實踐有意義的重新定義。

然而，導致了這些轉變的，是由解釋思潮所引起對哲學的重新反思。通過堅稱所有形式寫作都和現實保持相同的距離，如詹姆遜（Frederic Jameson）（1926, 205）所簡要説明的，解構已經建立起來，一種：

> 方法論的假設，藉此人文科學的研究對象的……都被認爲構成了如此多的有使我們去分析和闡釋的文本，它們與對那些研究對象的舊有看法非常不同，正如我們用這種或那種方式試圖去瞭解的現實或存在或物質一樣。

解構主義所認爲的所有寫作都與它們力圖去表現的東西保持着距離的觀點，既包含着作爲一個客觀性學科的歷史主義的垮台，又確認了：每一種文獻，不管它與所表現事件靠得多麼近，其本身都是一個有待闡釋的文本。用另外的話説，把處理客觀事實的歷史主義凌駕於依賴對文本進行主觀解釋的文學批評這種傳統態度，再也無法堅持下去了。同樣地，再也不可能

認爲一個歷史客觀的王國能夠去衡量文學文本解釋的正確性，因爲歷史自身正如用它來衡量的文學闡釋一樣是闡釋活動的產物。文學和歷史自身面對的材料，無以辯駁的差異性沒有著作所共享的東西那麼重要，二者之間的共同性使這兩個事件所使用的方法在本質上是相同的。於是對傳統上被當作歷史相對主義的特徵因果解釋模式的追求——它使其與文學批評相區別、相對立，但文學批評貶值——現在被闡釋的實踐所代替，這種闡釋實踐適用於歷史研究的整個領域。

這並不是說解構主義關於寫作即缺失的教條可以完全被文學史家所接受。解構主義對文本性的強調包含着如德里達所稱的（1978, 298），「一個真正橫切面，它處處表現它自己」，這就必然使恢復進行外在研究的文學史家力圖爲文學批評在其中要找根據的事件世界的努力落空。但這並不是說事件，甚至是那些陳年舊事，被隔離進了一個非常稀少的文本性毫無關係的王國之中。實際上，我們知道過去，不僅僅是詢問現存文本對它的表述，也通過它對我們生活的決定性影響。《紅色英勇勳章》（*The Red Badge of Courage*）也許在某種程度比美國內戰還要可感，但內戰在我們閱讀克倫（Crane）的小說的當代世界是永恆的存在——如神話和影響二者一樣。即使是那些處理年代和地域距離都很遠的材料的學者，也實際上是在處理他們自己所處的文化巖層，並且他們所達到的理解不僅受當代趣味，也受他們所欲努力發現的過去的影響。實際上，過去和現在之間的這種連續性，不僅沒有削弱文學史家的努力，而且還是它使其成爲可能。但它確實把某種東西強加於其上，使之昭示於衆，並再將其包含在他們的闡釋活動之中。

也許比這些方法論問題更主要的是，文學範疇的崩潰使文學史家有可能看出，最好不要把文學理解爲區分的或者分離的

活動，而相反地將其理解爲諸多文化生產形式中的一種，通過它，男人和女人創造了他們的世界。文學生產根本不會與世界分離，它自身便是社會實踐的一種形式：文本不僅反映社會現實，而且創造現實。在這種本質上是人類學的視角的影響下，近來文學史家力圖把文學文本重新置於一個更大的文化結構之內，因爲它們本來就是其中一部分。顯而易見的例子包括格林布萊特（Stephen Greenblatt）對文藝復興時期戲劇和宗教假設之間的類比，這兩種文化形式其明顯的差異掩蓋了其深刻的類似性——格林布萊特（1986, 326-45）所稱的維持和顛覆二者的辯證法，經自身構成文藝復興文化的中心動力。用樣地，蒙特斯（Louis Montrose）（1983, 61-94）根據性別和權力的複雜性，閱讀《仲夏夜之夢》（*A Midsummer Night's Dream*），這種複雜性滲透進了一個政治世界之中，在那裏統治者是一個女性，這種複雜性不僅可見於文學中而且可見於對依莉莎白式（Elizabethan）主題的精神夢幻世界的當代報告中。在《慾望與家庭小説》（*Desire and Domestic Fiction*）（1987, 164）中，阿姆斯特朗（Nancy Armstrong）解釋了十八和十九世紀的小説爲何會躋身於諸多散亂的結構之中，它們聯合起來「創造出充斥於工業化社會機制之中的男人和女人」。米歇爾（Walter Benn Michaels）在《金本位與自然主義的邏輯》（*The Gold Standard and the Logic of Naturalism*, 1987）按照資本主義意識形態解釋了一種特殊文學形式的發展。但是却避免了將一種要素視爲主要的（基本的）而將其他要素貶爲第二性的「超結構」。相反，他把世紀之交的美國文化當作一個單一的符號整體去解讀，於是概括起來説，這種把文學批評和歷史研究同視一種以產生新形式的作法之所以成爲可能，是因爲它不僅吸收了其他形式的文化產品，而且吸收了所有形式的社會行爲。書

之創作，既不反映歷史之形成，也不與歷史之形成平行；相反，其自身構成了和代表着物質生產活動，正如貝魯姆（Caroline Bynum）在解釋激勵她去探索中世紀晚期宗教女性的個人簡歷和神秘寫作時所使用的方法時說（1987, 299）：「我的方法清晰地表明，文化實踐和文化符號都被嵌置在此文化中，與之無法分離。」

這一本質上是人類學的文化概念，對文學史家的價值是不可否認的，使他們將文本置於其意義生成的更大語境中，這一更大語境構成了文化整體。但這一概念也有脆弱性——比如，貝魯姆（在本評論中提到的一個歷史學者）的作品明顯地沒有他的文學同事的作品那麼可靠，這並非巧合。顯然，文學批評者需要去繼續思考成為（他們也應當成為）一個歷史學家的要求是甚麼。其一，文化的人類學概念傾向於去鼓勵一個社會行動的觀點，它會允許物質力量完全被象徵性需要所吸收。儘管這這一點千真萬確，正如薩林（Marshall Sahlins）所說，（1976, 207－7）「物質的結果依賴於它們的文化氛圍」，「人類在生產中的實際利益是象徵性地構成的」，然而，對作為符號文化的關注能夠使文學思想對物質完全起阻礙作用。結果便是回到完全文本化了的歷史，在那兒行動具有象徵性意義但沒有實際結果，歷史是由一些姿態而非實際行動組成。這一衝動也被福柯式（Foucauldian）概念——對近來文學史家是有核心的重要意義——所激勵，被看作根據支配性和從屬性結構組織起來複製了作為一個整體的社會的結構，因而就沒考慮到可能會對權力關係進行改革甚至顛覆的外部聯繫。個體總是被陷置於構成自身連續性的話語之內。確實，即使是談及個體也變得很成問題。因為優先權必須給予使行動成為可能的社會領域，而不是給予實施這一行動的全體。更有甚者，由於這一文化概念

鼓勵與文學和歷史的經驗材料之間的象徵性和表述性關係，某些深思熟慮的方法論實踐因而得到鼓勵：由於這一歷史價值模式，任何單項的文化實踐都可以被用去代表每一其他的項目，於是在文化岩層的任一點上對歷史精神（geistesgeschichtliche）的探索都將揭示出使整體組織起來的原則。這不僅導致了建立在非常有限證據之上的大而空的結論，而且產生了這樣一些歷史作品：它們從文化提取出異質成分和差異性，這就預示着發生變化的可能性。

最後，以一種熟視但並非無睹的方式作結，文學史家必須繼續尊敬過去所具有的永恆能力，將其視爲不僅僅會造成歧解而且會頑固地抵制理解。文學史家知道，也許知道得太清楚了，並沒有適應於所有「理論」方法論的萬靈金丹，能夠使他們既能探知到文學，又能探知到歷史的真理。但他們也不應該忘記，他們必須考慮到各個方面，特別是那些理論上問題重要但道義上又必不可少的問題。六十多年前，費茲加（Johan Huizinga）（1959, 61, 49）論述說：「當代人是他自己文化精神的叛逆者，如果他明知它們只不過是神話，而仍然去創造神話的話。」於是「不帶任何個人觀點，盡可能好地理解過去的真誠關係是能夠使該工作成爲歷史的唯一的事情」。當文學史家進入一個後現代時期時，我們根本弄不清楚，他們能否割棄費茲加所說的令人棘手的迫切需要。

吳戈譯　王宇根校

參考書目

Baldick, Chris. 1983. *The Social Mission of English Criticism, 1848-1932.*

Newton, Judith. 1988. "History as Usual? Feminism and the 'New Historicism.' "

Norbrook, David. 1984. *Poetry and Politics in the English Renaissance.*

Patterson, Lee 1987. *Negotiating the Past: The Historical Understanding of Medieval Literature.*

Sammons, Jeffrey L. 1977. *Literary Sociology and Practical Criticism.*

Simpson, David. 1988. "Literary Criticism and the Return to History."

Williams, Raymond. 1977. *Marxism and Literature.*

19 性別 GENDER

傑琳（Myra Jehlen）

　　就像莫里哀（Molière）筆下的資產階級紳士有一天突然發現，自己原來一直以爲只是在講話，而事實上是在使用散文一樣，文學批評家最近也認識到，他們在其最平常的關於人物、情節和風格的解釋中，也在使用着性別的語言。【註】

　　這些批評家現在發現，批評分析的術語、批評分析的指涉和暗示以及其結構，都與關於性別身份的性質的假設相聯結，這些假設組織甚至提出了批評觀。當我們說某些詩節奏「雄勁」（virile），某些詩富有「嬌柔的女性味」（feminine）時，當包斯威爾（Boswell）審慎地闡釋說：「人們肯定承認，約翰遜（Johnson）的語言太富有男性氣概以致於不適於溫柔精緻的女性寫作時，「男性」和「女性」的常規意義已與生理性別脫離了

【註】　Webster 的 *New World Dictionary*，學院版第二版（New York：World, 1968），給性別下的定義是：「一種形式上的類別，名詞和代詞（通常伴有修飾語）以此分類、變化詞尾或變化形態，從而控制某種句法關係：性別雖然不是英語的形式特徵，但有些名詞和代詞第三人稱單數可根據性別的有無來區分（男人或他，陽性；女人或她，陰性；門或它，中性）。在大多數印歐語言和其他語種中，性別（gender）與生理性別（sex）沒有必然聯繫。」這最後一句強調，是性別而不是生理性別表明性別身份及其相關特徵。在下面的討論中，我們將闡釋這樣一種觀點：性別身份與「生理性別」沒有「必然聯繫」。這個觀點隱含在從「性別」的角度分析文學的批評中。換句話講，生理性別不直接或根本不會產生在常規上與它相關的各種特徵。是文化、社會和歷史而不是天性規定了性別。

359

本質聯繫，構成了文學現象觀。假定這些意義是分析的術語而不是分析的對象，那麼，這些意義以及與之相關的看似由它們解釋而實際上是由它命名的文學觀，就都是在未經審查的情況下起作用的。包斯威爾沒有想到要去扭轉他定義的方向，他沒有引用男性的常規定義來界定約翰遜使用的語言的局限性，而是列舉了約翰遜的語言來界定常規男性的局限性。但是，這樣一種顛覆已在最近的批評實踐中流行開來，文學分析正反省和質詢它自身的性別修辭學。「男性的」、「女性的」這些被那位十八世紀的讀者來講，却成爲需要批評尺度的首要對象。

包斯威爾把男性當作既定之物，表明了這樣一種傳統觀念：即認爲男人與女人的差異是由組織文化秩序的自然因素造成的。約翰遜宣稱：既然他自己「太男性味兒而不適於女性寫作」，那麼反過來，女人也太女性味而不適於從事男性的事業；「『先生』」，約翰遜致函包斯威爾道：「『女人佈道就像狗獨用後腿走路，這事她做不好，但你會驚異地發現，她畢竟還是做了。』」（Boswell, 327）

也許，由於站着走路的狗還相當少，但越來越多的女人却走上了佈道壇，因此，最近對於約翰遜的觀點即性別植根於生理學，我們不能不重新思考。性別不是生理事實而是文化觀念，這一革命性的見解正隨着有關階級身份、種族身份、民族身份或宗教團體的相似論證而逐漸佔了優勢。將女人的特徵非自然化，是把所有人類特徵的範疇非自然化的一個方面，後者已顯現於社會建構和語言建構中。

把文學與社會發展過程聯繫起來，賦予文學一種相對性。如果性別是培養的而不是天生的，那麼，小說中按慣例歸入男人和女人名下的性格特徵便反映了歷史和文化而非本性或天性，並且，小說、詩歌和戲劇都不是永久無限的或超驗的。相

對歷史觀促成這樣一種批評，它在哈姆雷特的性格特徵中，看到的不是普遍男性更不是普遍人性的圖畫，而是對英國文藝復興時期英國年輕男性貴族的傑出反映和細緻描寫（統治階級的年輕男性就是全體的代表，這是其他特有的觀點中最典型的假設）。如果文學論及性別、階級和種族，那批評家就必須研究歷史和意識形態。事實證明，批評家和作家一直以為，他們用一種獨立的藝術語言，進行超驗的創造和闡釋，但事與願違，他們一直談論着當代的文化智慧。

並非所有的批評家都像莫里哀筆下的喬丹先生（Monsieur Jourdain）一樣，在知道他們視為理所當然的説活方式本身就構成一種陳述時，還興高采烈。那位雄心勃勃的資產者認為，他的談話通過參與周圍的文化而得到了提高，而一些批評家却擔心，談論性別與談論階級和種族一樣，會使文學消失。他們擔心，閲讀關於社會的文學，會因為使文學意義更加特殊化，而把文學簡化成特定之物。但是，我們也可以反過來説，揭示文學語言的社會文化假設，實際上使閲讀更複雜了。因為，當我們把小説中的人物看成是普遍的，這些人物就包含了不同類別人物身上的特殊品質特徵——就像哈姆雷特被看成是人類狀況的具體表現所造成的結果一樣。具有諷刺意義的是，這種超驗的特徵反而掩蓋了人類差異的複雜性。要詳細分析那些特殊之物，批評家必須集中注意差別、條件以及人類差異的特殊性。意識到文學和文學批評自身的性政治的這種批評，反對超驗幻想，肯定爭論和相互作用的永久複雜性。

在此，有必要更明確地説明，談論性別並不意味着只談論女人。性別作為一個批評術語，只在性別缺席因而實質上女人也消失了的情況下才呼喚女人。並且，性別將女人提出來，不只是為了女人自身的利益，而且也是為了顯示男性性別特徵，

説明男人和女人的性本質都不是天生的而是後天培養出來的。在這種意義上，（文化）性別與生理性別相對，正像文化與自然相對一樣。因此，性別與生理性別本質的關係就是未知的或者可能是不可知的：無論如何，我們怎能在文化之外談論人類呢？從性別的觀點看，身份是一種角色，性格特徵不是自發的特質而是敍述的功能與手段。行爲規定行爲者而不是相反。性別不是人類天性的範疇，它意味着歷史而非天性。

在表面看來最普遍的寫作中心揭示出性別的任意性，已經成爲向某種觀點挑戰的手段，這種觀點認爲男人是超驗的人類規範的具體表現，它遭到反對的首要之處就是它對女人不公正。女性主義者提出性別來作爲文化和社會分析中的根本問題和重要範疇的過程中，重寫了女人的相對身份問題——這同樣也是男人（是男人而不是人）的問題。因此，性別作爲一個總是暗含在各種研究中的問題出現了。它是至今爲止被常見假設的預定性所隱設的文學之聲。作爲批評範疇，它成爲一個外在的透鏡，或者說它成爲撥開迷霧，透視未被看到的自我與社會的幽深處的途徑。簡而言之，性別觀增進了批評意識，以下試作此分析。

《哈克貝利·芬歷險記》（ *The Adventures of Huckleberry Finn* ）是一個男人寫的關於一個男孩的書，它與女人寫的書或寫女人的書一樣，多半是性別批評的對象。馬克·吐溫（Mark Twain）的這部最著名的小說是一篇經典性的文本，用書本所定義的術語來講，它是一篇規範的文本。小說講述一個青少年走過坎坷泥濘路，歷經種種磨難最後長大成人，它是美國傳統中的重要作品，是一部明確表達並幫助定義主流價值觀和世界觀的著作。這一類型的作品以及其中的主要人物自稱表現了普遍的人類狀況。有種很流行的批評觀認爲，《哈克貝利·

芬歷險記》之所以是「偉大的著作」，是因爲它支持「個人自由」，
（Smith 1958, xxix），這個觀點假定，個人是一個遠離社會，
能自由規定他自己的自足體。注意，在前面這些句子中，人們
不能用「她自己」或「她」代替「他自己」或「他」，人們也不能表示
那個有代表性的個人是黑人或是亞洲人。因爲具有闡釋其他的
範疇的性別或種族，觸犯了對個人自我主權的界綫。另一方面，
當白種男人的規範並不完全排斥其他身份範疇，那麼，不詳細
闡釋其他身份範疇，就意味着將他們全部納入了白種男人的規
範中。哈克的個性超越了所有他這一階級和這一代人的特殊性。

　　哈克與哈姆雷特有些相似，不過，哈克不是王子，事實上
他與王子相反，處於社會最底層。在 Hannibal 社會，哈克的
地位連奴隸都不如，奴隸至少在社會中可以扮演一個有用的角
色，但像哈克這樣貧窮的白人，充其量是一個没用的討厭鬼。
哈克是鎮上一個醉鬼的兒子，目不識丁，又髒又窮，對於受點
教育，掙筆財產或提高地位都一概無知，他缺少所有常規價值。
但是，正因爲他没有常規價值，才使他更生動地成爲個人價值
的具體表現。哈克的社會特徵與風度體面的喪失，將他與社會
的隔離戲劇化了，使他成爲個人主人的象徵。就個性而言，哈
克超越了他的貧窮（正如哈姆雷特——一個失敗的王子，超越
了他的高貴一樣）。小說一開始，哈克就脫穎而出。他以離開
寡婦道格拉斯家和村莊爲起點，由於他用他的普遍原則反對他
所屬的階級和種族的基本信條，這就使他置身於更爲激進的背
叛之中。恰如哈姆雷特在丹麥宮廷斥責腐敗墮落而成就英雄主
義一樣，哈克也通過拋棄上流社會假斯文的虛僞，成就了英雄
主義。

　　儘管小說系統地將哈克與社會範疇社會作用分隔開來，但
它實際上再次證實了一種範疇和作用，即似非而是地運用措詞

描述超然性。哈克通過拒絕錯誤的社會價值觀終於成爲一個完美的人；但問題的關鍵是，在我們的文化中，定義一個男人是否完美的標準，不是女性，不是非女性，甚至不是反女性。事實上，在哈克的第一階段，當他離開村落時，他就走進了性別的困擾中。

哈克的航程開始於密西西比河中游的島上，他在那兒碰到逃跑出來的吉姆。這個低賤的男孩與逃奴聯合起來，認爲在繼續開始奔向自由之路前，最好謹慎一些，看看是否有人正追捕他們。爲此哈克必須回去偵察一下。爲了避免被人認出，他還得化裝。當地女孩戴的那種深色女帽似乎是達到目的的最理想手段。於是，哈克就戴着女帽，穿着女式長袍出發了，一路上牢記着自己是女孩。很幸運，哈克走進鎮上的第一家住着一個異鄉的中年婦女，哈克自稱叫威廉士（Sarah Williams），又詐稱，他母親病了，所以來尋求幫助。當他們坐下閑聊時，那女人提起話頭，説街坊鄰里正謠言四起，都傳説哈克·芬失踪並很可能被害的消息。最初人們都以爲兇手是逃奴吉姆，但現在村民又趨於相信殺人犯是哈克窮困潦倒的父親。因爲他也失踪了。不過，懸賞三百美元捉拿逃奴的告示已經貼出，她自己很有希望掙到這筆錢，因爲她看見島上——那正是哈克和吉姆紮營的地方——有炊煙。今晚，她丈夫將划船去那兒。

哈克被這可怕的消息攪得心緒不寧，他試圖穿針來加以掩飾。她的女主人羅夫塔斯（Judith Loftus）驚異地看着他的花招。過了一會兒，一隻老鼠從牆洞裏伸出鼻子來，女主人就藉口前些時傷了胳膊，請哈克扔鉛塊砸老鼠。自然，哈克敏捷地扔了過去，於是她又重新拾起鉛條扔回坐着的哈克。哈克兩膝一夾，接住了它。這時，羅夫塔斯夫人就勝利地宣稱，她不再受人愚弄了，哈克根本不是女孩而是從虐待成性的主人家逃出

來的學徒工。哈克的謊言破產了，只好承認了這一新的身份。
羅夫塔斯夫人給他提了許多好建議，然後送他離去。哈克急急
慌慌趕回島上，叫吉姆趕快，他們必須馬上離開這裏：「連一
分鐘也不能耽擱了，他們追咱們來了。」

這最後一句話值得整個批評應有的注意。吉克對吉姆說，
「他們」追「咱們」來了，但是，這裏的「他們」當然只是在追吉姆，
實際上，用種族甚至階級的觀點來看，「他們」也包括了哈克，
但哈克當時已經認同於黑奴而脫離了他所屬的那類人。在此之
前，當哈克聽到有關交出吉姆就能得到一大筆錢的消息時，他
毫不爲之所動，以致於朱迪斯・羅夫塔斯不得不向他解釋說，
儘管街坊們認爲那黑奴不是兇手，但是那筆錢還是足以刺激人
們繼續尋找綫索。「嘻，你真是好傻！」她嘲笑哈克說。而這時
哈克的確很傻，因爲他把自己從種族主義和貪婪的罪惡中拯救
了出來。

這一章使哈克的道德與政治高度都達到了頂點，在小說的
其他部分，他不再上進反而後退了。這是一個男孩抛棄自己既
定身份，重新塑造一個更公正更完美的自我的原型形象。不過，
那種種僞裝女性的行爲，其作用是甚麼呢？哈克爲甚麼要假扮
成女孩來度過他在拒絕自己天生的身份時所遇到的危機呢？這
一行爲有甚麼效果呢？

首先我們應注意，書中情節並沒有要求這種女式裝束。既
然馬克・吐溫把朱迪斯・羅夫塔斯說成是異鄉人，那麼哈克完
全有理由一開始就裝成逃跑出來的學徒。也許可以這樣解釋，
把哈克變成女孩，給吐溫提供了一個嘲笑女性的機會——在整
部小說中，他時不時要這樣做一下，比如嘲笑亡故的年輕女詩
人 Emmeline Grangerford 令人落淚的小說是女性感傷。但是，
如果這就是僞裝的啟示，那麼它完全產生了適得其反的效果。

因爲，在羅夫塔斯的廚房裏，那個被嘲笑的人物正是哈克自己。當朱迪斯説哈克不會模仿女性時，她暫時但却激烈地顛覆了性別性質。哈克原本可以挽回面子的事實即他太男孩氣以致於不能成功地模仿女孩，並不能把他從失敗中拯救出來。在這一章的最後，羅夫塔斯夫人送哈克離去時，她顯然認爲哈克即使扮成男人也没有獲得成功的能力：「如果你碰到麻煩，就捎話來，」她説，「我會盡力幫助你。」憑藉這一短暫的轉變，女性特徵甚至使母性層面有所發展，而這一層面在馬克・吐溫的其他作品中幾乎不爲人知。「沿這條河道……步行，穿上你的鞋襪」，這話的口氣對於在其經驗裏多是責備阿姨而不是贍養母親的男孩來講，聽起來一定是不太習慣的。

母親般的羅夫塔斯是整個場景和哈克的導演；但最令人意外的是，她也是她自己的導演，在她掌握了女性特徵本身時，這一點就更爲顯而易見了。當她解釋她如何通過哈克對女性特徵的無能表演而識破哈克的僞裝時，她分析女性行爲就像一個局外人。也就是説，吉克脱離了貧窮白人的無知，哈姆脱離了「黑色的」迷信，這時，他們已脱離了「個人」（the individual）。羅夫塔斯與哈克的對話到本章末尾幾段的間隔中，常規女性特徵與小説裏描述的有機的宗教或騎士道德一起，成爲社會的建構物。

作爲一種社會建構物，女性特徵也有其規範。朱迪斯・羅夫塔斯對哈克説：女孩會穿針，她總是張開雙膝接東西，這樣東西就掉進裙子裏了。並且女孩扔東西總是扔不準。羅夫塔斯夫人對女孩必須怎樣扔東西的精確描述，暗示她同樣熟悉男孩應該怎樣做。由於她把女性看作一種角色，所以她能詳述女性的特徵，這勢必意味着，男性也是一種角色。根據這一邏輯，任何一個人，無論男孩女孩、男人女人，只要知道規則，就可

以扮演。比如她假裝自己打不中老鼠，就是在扮演。正因爲她裝得像女性，才逼使哈克暴露了他的男性身份。在朱迪斯·羅夫塔斯對哈克女性行爲的批評中，她把女性行爲叫做表演。

這一章的開頭提出了這樣的觀念，即女性特徵是一種情景，將我們置於她的門口：「『進來，』那女人說，我就進去了。」哈克剛喬裝打扮成薩拉·威廉士，就接受了第一課——如何做才是女孩。他原本打算打聽到消息就離開，但好心的羅夫塔斯夫人却不願聽到假薩拉獨走夜路的事。薩拉·哈克必須等着男人——朱迪斯的丈夫——回來伴他（她）同行。在這個由舞台側置換的場景裏，男人等在那兒扮演他們的角色。雖然是羅夫塔斯夫人發現了吉姆的藏身之處，但按常規，她得派她的丈夫，「他或其他男人」，去逮住吉姆。

這一章的末尾，朱迪斯警告哈克不要在女人面前裝女人，她好心地說：「你裝女孩裝得很不像，可你要哄男人家，那也許還行。」這是全書高潮的來臨，顛覆了女性特徵，使之從先天生成轉化成後天習養，從生理性別轉化爲社會性別，這不僅是對男性權威的致命一擊，而且也是對性別本身權威的致命一擊。如果女人比男人更瞭解女性特徵，那只能意味着女性特徵是表演而不是人類的自然模式。

性別的正統性不是自給自足自圓其說而是二元對立的，是各種關係的組合。對女人而言，女人的自我界定與男性的界定之間相互依賴的關係顯得尤其真實，因爲女性那極受限制的視域完全可由男性來彌補。女性特徵被植入生理領域，它首先或至少已向男人表明了自己的身份。男人代表了女性特徵中的理智、理性，並且，女性特徵作爲男性特徵的重要成分，男人掌握了它關鍵的符碼。如果女人生下來就是女人，而不是後天變成女人的，那麼男人應是女性特徵最權威的裁判。

當朱迪斯・羅夫塔斯告訴哈克，女人能認出他缺乏女性特徵，但他可以哄哄男人時，她假定，女性特徵不是對社會秩序的反映，相反它創造了社會秩序。因此，形成女性特徵的最初動力不是生理而是意識形態。羅夫塔斯在有限的範圍裏描述的女性特徵：縫、織、拙於投擲，作爲一系列非天性的行爲，代表了與男性特徵相反的關係。這些行爲規定了一個有意爲之的立場。羅夫塔斯教導哈克説：用綫穿針，別用針去就綫；「拼命」掄去你的胳膊，但重要的是「別砸中老鼠，應該離它六、七碼遠」。女孩就該砸不中老鼠。更確切地講，當砸不中老鼠不是一次偶然事件而是慣有行爲活動時，砸不中就暗示在理論上有擊中目標的能力。當然，我們不能把這一點解釋爲，哈克作爲男孩可以在擊中和擊不中之間選擇，而女孩只能擊不中。擊中和擊不中的方法以及在二者間選擇的必要性都是由控制整個局勢的女人來解釋的：「當你穿針時我就認出你是男孩，然後我又想出其他法子來加以證實。」

正如朱迪斯・羅夫塔斯的界定那樣，女性特徵是女人所做的事情。也就是説，它是一種綜合性活動，由女人表達得好、不好以及根本不能表演的所組成。男性特徵是相同且相反的情形：穿針是男人不能熟練進行的行爲，哈克沒有穿針的技巧，並且他還暴露出他通常都是穿着褲子，用合攏雙膝來接球。因此，羅夫塔斯就認出哈克是男孩。確實，人們可以猜想，眼光敏銳的羅夫塔斯夫人會比她的丈夫更快地識別出一個着男裝的女孩，但這一點不能否定她對哈克貝利的警告的意義：性別是培養的而不是天生的。之所以如此，部分原因是由於敏銳的觀察力包含於女性特徵的表演，尤其是性別的表演中。

不過，羅夫塔斯夫人能很快識別出僞裝的男孩或女孩的另一個原因，是她的意識形態立場。在前一章的末尾，哈克出發

回村莊前，吉姆批評穿着袍子正練習走路的哈克：他「說我走起路來不像女孩；她還說我的手不能老是提起袍子往褲袋裏插。」吉姆的指教是負面的，整個僞裝也同樣如此，其意圖不是要表現而是欲隱藏，即遮蔽「真正的」男性特徵。但是，從朱迪斯·羅夫塔斯那裏，哈克明白問題在於表現而不在於隱藏。表現意味着建構。以此推論，男性特徵也是一種建構物。羅夫塔斯夫人重新命名哈克是男孩，讓男性特徵回到他身上，他的依據不是傳統獨斷專行的術語，而是哈克的表演方式。

實際上，正是哈克在性別的基本領域界定自我這種革命，爲他在種族的基本領域界定自我的革命作了準備。這兩次轉變其步驟是相同的，都是從性別和種族的本質主義轉到對性別和種族的社會文化解釋。當哈克動地驚天地叫道：「他們追咱們來了！」此時，他拋棄了自我而成爲自身種族的迫害對象。不過，這並不是說，他現在就把自己當作黑人了。相反，他是意識到，在保守的南方，黑奴身上的黑色不是指那種生而有之的特徵，而是意味着一種情勢，一種也能折磨貧困的白種男孩的壓迫勢力。

小說一連串的事件——白種男孩哈克與逃奴吉姆在島上相遇；哈克扮成女孩去到羅夫塔斯的廚房；哈克和吉姆逃離小島，逃避奴隸販子——使得這中間的一章不僅起着催化作用而且起着中介作用。正是在哈克性別身份的臨時變更以及朱迪斯·羅夫塔斯提出有關性別身份的種種問題這樣一語境中，哈克永久地獲得了一個新的社會身份，他恢復了未受質疑的男性，以新的社會身份比以前更爲激烈地質疑其他文化成規。可以說，在他完全與吉姆認同的那一刻，他和他的故事觸及到了當代文化意識形態的根源並躍回到一個相反地帶，這一地帶標誌着非超驗性，標誌着文化和意識形態想像力的外在局限。

這樣的時刻很難維持長久，許多研究馬克‧吐溫和《哈克貝利‧芬》的學生都注意到，小說在前半部分令人眩目地抨擊當時的信仰和既定習俗之後，又退回到一個令人失望的傳統結論中。並且，沿此思路，哈克的同謀吉姆，其性格也蛻化爲成規老套的黑人形象。不過，本文的主旨不在分析《哈克貝利‧芬》這部書，而在運用性別這一批評術語。性別不但能闡明與之相關的主題如浪漫愛情和家庭的文學處理方法，而且能闡明那些顯然與生理性別身份完全無關的主題和形式問題。比如，我們可以成功地審視 Widow Douglas 或 Emmeline Grangerford 的文學處理方法，以及馬克‧吐溫通過後者來嘲笑的當代女性寫作傳統，然後將這些審視的過程和結果與《哈克貝利‧芬》小說聯繫起來。在朱迪斯‧羅夫塔斯一章中，在哈克男扮女裝時，性別問題以更普遍的範例形式出現了，作爲一種深層結構，其細節恐怕連馬克‧吐溫也不能完全理解。

這些細節與小說前半部分的整個主題有關。小說的前半部分描述哈克先生所屬的社會階層，進入一個閾限狀態的歷程，在那一狀態中，他的道德哲學和自我身份都不穩定。哈克通過進入朱迪斯‧羅夫塔斯的女性世界而進入一個更加不定的狀態，這不是偶然的。並且，在朱迪斯對女性特徵的非本質性作了陳述後，哈克就與黑奴完全認同了，這也不是偶然的。在這一過程中，性和種族不完全類似：哈克在遇到朱迪斯‧羅夫塔斯之後，不容置疑地永遠地成了一個男孩，人們實際上難以想像男孩能與女孩認同，他們只會想到男孩保護女孩。與之相反，哈克從朱迪斯‧羅夫塔斯那兒學到的最後一課，不是朱迪斯想教給他的，因爲朱迪斯拼命想抓吉姆，使他再成爲奴隸。這些錯綜複雜的事件最終歸結爲一點，即思想和寫作的組織過程，顯示了性別基本的或不言而喻的特點：將哈克置入深深的性別

困擾中，他的男性特徵的短暫消失，甚至後來不能維持假象而對缺失的彌補，啟發了哈克以及馬克・吐溫的想像力，使他們重新思想個人身份和社會意識形態的基本原則。當小說無法通過哈克言說時，它通過朱迪斯・羅夫塔斯言說，好像小說自己找到了女性的聲音和語言來言說男性詞滙不能表達因此也不知道或者不知道它知道的事情。「性別」這一術語使批評同樣也能做上述的工作，使它能提出新問題，發現闡釋的新層面。在閱讀朱迪斯・羅夫塔斯這一章時，性別這一論點的提出，在一個變得寬廣的領域，影響着讀者的闡釋。這一領域最終困繞着整部小說，在其中心，哈克男扮女裝的事實不再被看成是隱瞞或抹去男性特徵，便男性特徵更疑惑難測，而是變成了一種新的能量。只要男性特徵完全被看成是器官性的，那麼不用提出有關男性特徵等問題，哈克的花布袍子女帽最終都象徵了他被閹割。我們知道，閹割是一種古老的焦慮，但它也允諾救贖。在這方面，這一章完全是救贖的過程：哈克由於是十足的男孩而無法扮成女孩。但是，當問題不是擁有男性特徵而是證明男性特徵時——無論是生理方面還是意識形態方面——救贖便不能完成。相反，越是直接詳述男性特徵的特點，或者把羅夫塔斯對女性特徵的描述反過來看，男性特徵就變得越是任意偶然，隨心所欲，令人懷疑。

當哈克扮成女孩坐在羅夫塔斯夫人的廚房裏時，甚麼都不再給定，因此，甚麼都無所謂了。性別的確定性爲一般的文學以及《哈克貝利・芬》的其餘部分，提供了一個動態自我的支點。即使短暫地取消這一支點，也會加速哈克其他身份的不穩定性。哈克離鎮出遊的前期就走進了一個不定的範圍，在那一聲驚呼「他們追咱們來了」中，範圍的確定值或不定值最爲明顯。通過以第一人稱複數的形式加入逃奴的行列，哈克穿越了宇宙般廣

大無邊的距離。這一距離需由附加的性別批評觀通過連接這一章的開頭（哈克離開女人進入世界）和結尾（哈克完全脫離了他的文化和社會）來衡量和釋讀。最後，當哈克拋棄了「貧窮白人」意識形態的武裝，他當然又將穿上常規男性特徵的盔甲。但是，即使他暫時推遲回到常規男性特徵上去，這一事實也判斷出他離經叛道的激進度，顯示了它的恐怖的程度。

換句話說，性別作爲他者的試金石，是根深蒂固的假定的功能。如果不質疑階級和種族而質疑性別——把性別從公理轉變成批評術語和細讀對象，這在邏輯上是行不通的。將性別引進到批評討論中，擴大了批評的關注和範疇，產生了新的文化意識的解釋，這種文化意識也是一種新的自我意識。

從性別的角度，批評家能看得更深更廣，但這種角度也可能顯得更易受阻，準確地講，批評觀的推進似乎阻礙了它，或者說，在批評家和文本之間，產生了新的障礙。在分析性別概念使朱迪斯·羅夫塔斯一章更複雜化時，這一討論已產生了一些問題和思想，它們是馬克·吐溫在寫作時不可能清醒地考慮到的。在未來的一部描寫一個男孩和女孩行爲舉止剛好相反的小說中，吐溫表示他完全理解：性別是意識形態。當他栩栩如生地描寫道：「如果忽略生理性別，只考慮事務性事實（the business facts）的話，那 Hellfire Hotchkiss（女孩）就是鎮上唯一的簡努瑞納（genuwyne）男孩，而 Thug Carpenter（男孩）則是唯一的簡努瑞納女孩。」（Gillman, 109-10）實際上，性別身份的「事務性事實」是對性別的最好定義，而朱迪斯說的女孩怎樣成爲女孩，男孩怎樣成爲男孩的話，可以看成是一個早期草稿。不過，在《哈克貝利·芬》一書中，沒有迹象表示出這種理解，有的只是相反的理解。當敍述者直接描寫女人時，她們與其說是女性特徵的實施者，不如說是它的化身，也就是

說，她們或像 Emmeline Grangerford 一樣傷感愚蠢，或像 Widow Douglas 一樣酷愛虛僞。整部小說中，做女人不是值得驕傲的事。

朱迪斯·羅夫塔斯十分令人欽佩，這點並不成問題，成問題的是書中沒有點明而我們却閱讀到的她的自我界定和她支配的場景。文本中這些評論術語的明顯缺席，暗示閱讀將閱讀者本身的觀念摻入進作家的世界。「性別」這一術語改變整個批評事業的其中一個方面，就是它對那些暗示作了直接的回應，儘管這只是關於閱讀和文本相互關係的修正的理解。由於性別的意識形態是所有思想的根本，但大多數思想家却並沒有認識到這一點，因此，性別批評常常遇到敵對的勢力，人們必須在閱讀時去尋找性別；除非性別明確地顯示在小說或詩歌中，那它是很少自我出現的。另一方面，「闡釋」（interpretation）是一個極其含混的詞，既有翻譯又有解釋的意思，文學闡釋也不可避免地包括這兩方面。如果批評家把自己局限在他們閱讀的文本所明白表示的那些話中，那麼，他們的闡釋就只是順應文本，而不是建（重或解）構本文。文學批評是參予而非反映，性別閱讀使其完全明白了。

莫里哀筆下的資產階級紳士興奮地發現，當他講話時，他使用的是散文，這一發現與那說話必須使用語言的說法，旗鼓相當。「性別」這一術語在文學批評中是指一種關注，也是指一套詞滙——馬克·吐溫可能會稱它是事務性詞滙（a business vocabulary）——這種詞滙把它所具有的意義歸結到所說或所寫的每件事情上。

陳慰萱譯

參考書目

Christian, Barbara, ed. 1985. *Black Feminist Criticism.*
de Lauretis, Theresa, ed. 1986. *Feminist Studies, Critical
    Studies.*
Hull, Gloria T., Patricia Bell Scott, Barbara Smith, eds. 1982.
    *All the Women Are White, All the Blacks Are Men, But Some
    of Us Are Brave: Black Women's Studies.*
Keohane, Nannerl O., Michelle Z. Rosaldo, Barbara G. Gelpi,
    eds. 1982. *Feminist Theory: A Critique of Ideology.*
Miller, Nancy, ed 1987. *The Poetics of Gender.*

20 種族 RACE

阿皮厄（Kwame Anthony Appiah）

> 前進！前進！
> 自南往北，自東往西──
> 前進！前進！
> 加固地盤，拓展地域──
> 世界是真正主人的帳篷！
> 衝出去，佔領每個地方，
> 世界是薩克遜種族的世界！
> ──馬丁・泰伯（Martin Tupper）: "The Anglo-Saxon Race"

　　這些名言登在一八五〇年出版的一本名叫《盎格魯-薩克遜》（*The Anglo-Saxon*）的新刊物上。儘管這本刊物的出版只持續了一年，但它所持的觀點，却以一種抽象的方式得到了重大的發展，即它使受過教育的英國男人和女人思考起他們自身以及是甚麼使他們成爲英國人。這種發展本身是北美和歐洲廣泛的思想運動的一部分。泰伯（Tupper）詩中所表達的思想，對現代社會文化的形成起了決定性的作用，作爲這種文化的繼承者，大多數二十世紀的讀者，不僅僅指歐美而是全世界的讀者，都想當然地會對泰伯所意指的「種族」產生一系列的設想。那些設想，形成了一種新的種族理論，它從根本上表明了我們對文學──實際上是對大多數象徵性的文化──的現代理解；儘管，正如我們將看到的，事實上其中許多觀點已被正式拋棄了。

　　種族理論所採取的特殊方式是全新的，這自然並不意味着

它沒有歷史先例。幾乎遠在最早的人類著作中，我們就可以發現一些這樣的觀點，它們很好地闡述了「我們自己」和其他文化中的人之間的差別。和現代的種族理論一樣，這些學說在界定「他者」時通常主要強調身體形貌，而在解釋不同羣體中的人表現出不同的方式和自然能力的原因時，通常主要強調共同祖先。

如果我們把那些有共同血統的、以某種聯繫居住在一起的、人類的任何一個羣體（不管其結構如何鬆散），都稱之爲一個民族（a people）的話，那麼，我們可以說，每一種對其他民族（peoples）有所認識的人類文化，似乎都能解釋不同民族間在相貌、習俗和語言上的差異。西方思想家所追憶的古代兩大文明——古希臘和古希伯萊的文化也正好說明了這一點。公元前五世紀，希伯克利（Hippocrates）認爲正是希臘貧瘠的土地使希臘變得越來越強大而獨立，他試圖以此來說明希臘人比（西）亞細亞人（假想中的）優越。這種觀點把一個民族的特徵歸結到環境，以便使下述情形成爲可能：如果他們的子孫遷移到新的環境，他們就會有所變化。

儘管幾個世紀以來，在每個共同世代的開端，希臘人有一個普遍的看法，即無論是南方黑色的「埃塞俄比亞人」還是北方金髮的「西徐亞人」都比他們劣等，但是人們並不普遍認爲這種劣勢是不可扭轉的。畢竟，受過教育的希臘人都知道，荷馬（Homer）在《伊利亞特》（Iliad）中就已描繪了「完美無瑕的埃塞俄比亞人」和宙斯及其他奧林匹斯山林一塊宴飲的情形；並且，在前蘇格拉底的智者學派的作品中就存在着這樣的看法；決定一個人價值的不是膚色，而是個人特徵。

另一方面，《舊約全書》認爲，民族之間的差異，與其說存在於相貌、習俗中，還不如說存在於人們由於有共同祖先而與上帝建立的關係中。因此，在《創世紀》（Genesis）裏，耶和華

（Jehovah）對亞伯罕（Abraham）說：

> 你要離開本地、本族、父家，往我所要指示你的地方去。我
> 必叫你成爲大國，我必賜福給你，叫你的名爲大。

從亞伯罕和耶和華訂立契約或達成協議的那一刻起，亞伯罕的
子孫在歷史上就有了一個特殊的地位。自然，正是他的孫子
——雅各（Jacob）獲得了以色列這個稱呼；雅各的子孫遂成了
「以色列人」。

《舊約全書》裏有許許多多羣體的名稱。其中有些羣體我們
仍然熟悉——敍利亞人、亞述人和波斯人；有些就不那麼熟悉了
——迦南人、腓力斯人和米堤亞人。以上的許多羣體是用地球
上許多不同民族的系譜來解釋的，並且，他們顯然不反對被看
作人類的始祖——亞當和夏娃的後代，更多是被看作出自諾亞
（Noah）的後代。正如以色列人是「閃米特人的兒子」，人類「家
族」中其餘的都可看作是含（Ham）和雅弗（Japheth）的孩子。

而在談及這些不同民族有不同的特徵和祖先時，《舊約全
書》根本上持上帝中心論，認爲他們與希伯萊人本質上的差異
在於他們没有以色列的後代、子孫所享有的和耶和華的那種特
殊關係。幾乎没有迹象表明：早期猶太作家發展了關於生物遺
傳和文化遺傳的重要關係的任何一種理論，而上帝根據這些遺
傳創造了不同的人。事實上，在這個上帝中心論的框架中，只
有上帝的契約才是至關重要的，而强調先天和後天的特徵之間
的差別則是不合時宜的。

在理解泰伯的種族思想時，我們不應該想當然地套用希臘
人的環境決定論和希伯萊人的上帝中心論，後者强調民族凝聚
力的重要性。一旦我們把泰伯的打油詩看作現代的其中包含一

些可被我們理解的思想，我們就可以推測，泰伯是因爲考慮到薩克遜種族先天的能力，所以才斷言世界是「薩克遜種族的世界」。因爲，到泰伯的時代，對於「甚麼使之成爲一個民族的獨特的現代理解——從我們現代的種族觀點來談的一種理解——正開始有所變化：本質上它已被賦予了一個生物遺傳的科學新概念，即使它繼續起着一些希臘人和希伯萊人的思想中民族觀念所曾起過的作用。而我們將會看到，在民族（nations）生活中，它同時與另一種新理解——民族（a people）即國家（nation）的理解，以及對文化功能的理解（尤其是對文學功能的理解，從我們的目的而言）——交織在一起。

简而言之，與希臘人和希伯萊人不同，泰伯即我所説的種族主義者。一如大部分中世紀有教養的維多利亞時代的人，他相信可以把人類劃分稱之爲「種族」的小羣體，由於這些種族裏的所有成員在内部互相分享某種基本的、具有生物遺傳性的、道德和智力上的特徵，因此他們不能與任何其他種族成員分享。人們所認識的種族裏的每個成員和其他人共享的那些特徵，有時也被稱作那個種族的本質；對於那些想成爲種族成員的人來説，這些特徵是必不可少的，也是重要的，並且應該把它們結合在一起。

不同於希臘人與希伯萊人，種族主義者認爲，種族本質不僅僅指那些顯而易見的特徵——膚色、頭髮——我們正是在這些外形特徵的基礎上來辨別亞裔美籍人和非裔美籍人，在種族主義者眼裏，所謂的「黑人」，並不單純指他們遺傳了黑色皮膚和卷髮：隨膚色而來的還有其他重要的先天特徵。到十九世紀末，大多數西方科學家（事實上是大多數有教養的西方人）都認爲種族主義是正確的，而理論學家則試圖對許多特徵（比如，包括文學「天才」、智力和誠實）作出解釋——通過假定這些特徵是伴隨着一個人的種族本質而來的（或者實際上是這個種族

本質的一部分）這種方式。

二十世紀繼承了這些觀念；但十九世紀是文學研究中對種族關注最盛的時期。因為，到我們自己的年代，種族這個概念應在文學研究中佔一席之地——更別提把它作為一重要概念——的思想已受到來自多方面的攻擊。或許最令人驚訝的是以「科學」名義發起的攻擊。在我們這種社會，大多數人喜歡以種族來論他們特徵的重要方面，許多人知道在生物學和人類學中存在着相當廣泛的一致性，而讓他們感到震驚的是：「種族」這個詞，至少在用於極不科學的討論時，是絕無科學所認可的真實可言的。

僅僅聲明存在着一個種族本質解釋不了 個民族（a people）的道德、智力或者文學才能，科學家已經放棄了這些。他們還相信諸如黑人、高加索人和蒙古人這樣的分類從生物學角度來說是無關緊要的。首先，因為對許多人來說，任何這樣的一種分類都是不適用的；其次，因為甚至當你根據膚色和頭髮成功地把某人歸入一類，那個類別也未能提供大多其他的生物性特徵。即使那些仍在使用「種族」這個術語的科學家也一致承認，關於種族的許多被普通信奉的觀點是錯誤的——通常是大錯特錯了。

但是，一旦承認種族本質上是虛幻的，並且承認了種族所被信奉的絕大部分是不可靠的，自然就可以繼續討論種族思想的一些藝術性細節了。因為，種族和巫至少在下述方面是相似的：儘管巫如何地不可信，但對它的信奉就如對種族的信奉一樣，對人類社會生活曾經起過（在許多社團中還繼續起着）深刻的影響。我們從泰伯及其同代人中所看到的種族主義是真實的，這足以彌補種的虛幻性。

如果我們自思應該怎樣闡述一些劇本——諸如：莎士比亞的《奧賽羅》（ *Othello* 1603 ）、《威尼斯商人》（ *The Merchant*

of Venice, 1597）和馬洛（Marlowe）的《馬耳他的猶太人》
（*The Jew of Malta*, 1592）——對不同民族間的差異這個問
題的操作，我們就能明白在從古代社會的觀點到我們在泰伯詩
中看到的種族主義這個漫長的過程中所發生的轉變。

　　以上的各個戲劇，對中心人物——奧賽羅、夏洛克、巴拉
巴斯——所充當的角色，我們僅能用一個民族（a people）
——摩爾人或猶太人——的套式加以理解；如果輕率一些，我
們極可能把這模式構想成單個種族主義者。因此，細緻地分析
是很重要的。從一開始，我們就應認識到：在莎士比亞作品中
的英國，猶太人和摩爾人都只是藝術中的真實。在莎氏時代，
即使英國確有小部分的猶太人和黑人，他對「摩爾人」和「猶太
人」的態度似乎也並非根據這些人的經歷。此外，儘管存在着
下述事實：在現代西方復興的第一個偉大時期，出現了越來越
多的關於黑膚色的外國人的有利用價值的消息，但在創造這些
藝術形象時，有關黑人和猶太人的確實報道並沒有起到重要的
作用。更確切地説，似乎正是基於那種認爲摩爾人和猶太人都
非基督徒的神學的本質觀念，才形成了這些模式。摩爾人以黑
膚色異於他人，而黑色在基督教的插圖中是和罪過與邪惡聯繫
在一起的；而猶太人則是因爲他們的本性，如馬修（Matthew）
在解釋這種殘暴行爲時指出，他們是「基督的殺手」。

　　那麼，就有理由來闡釋這些伊莉莎白時代的套式了，我們
可能會很自然地把它看作我所説的「種族主義者」，看作更少地
植根於天生的性情，更多地植根於視摩爾人和猶太人爲異教徒
和無信奉的觀念，這種觀念認爲他們靈體上的差異正是沒有信
仰的標記（而非原因或結果）。然而，從某種意義上説，這些
戲劇的創作目的是爲了强調至今仍存在的莎士比亞的威尼斯的
摩爾人，或者是馬洛的猶太人與泰伯那種盎格魯-薩克遜主義

者眼中帝國主義化的種族之間的差異，其中最能說明這個問題
的是莎士比亞的《暴風雨》（ *The Tempest* ）這是一部沒有明顯
套用這些熟悉的「種族」套式的戲劇。

如今，我們習慣於把凱列班（Caliban）納入殖民對象來
闡釋，考慮到這個戲劇的歷史背景，這是有時代性的。一六一
一年，正是大力向海外擴張時期，在詹姆斯一世宮廷裏首次演
出了《暴風雨》。從兩幕間歇的迹象可以充分表明：莎士比亞關
於「野蠻的和受殘害的奴隸」的觀點是由當時談及了「民族」
（nation）本質的小冊子和哲理散文以及那些描述了歐洲人與
新大陸的土著居民之間的衝突的旅行記錄提供的。

凱列班，如普洛斯彼羅（Prospero）所斷言的，是一「天
生的魔鬼」（從字面上來說，或許是這樣），「教養也改不過他
的天性來」（第四場，第一幕，188-189行）。如果說凱列班是
典型的殖民地屬民，那麼，只能用凱列班不可救藥的魔鬼本性
來對普洛斯彼羅作爲殖民者的那種罕見的暴行進行辯護。當然，
因爲通常需要得到辯護的不僅僅是殖民主義。對非白種人——
非洲人和印第安人——殖民時特殊的暴行也需要一個正當的藉
口。正因爲凱列班是不可救藥的魔鬼，所以當普羅斯彼羅完全
把他作爲奴隸來殖民時，普羅斯彼羅才會博得我們的同感。米
蘭達（Miranda）初次跟凱列班談話時，清晰地表明了這一觀點。

> 可惡的賤奴，不學一點好，壞的事情樣樣都來得！我因爲看你
> 的樣子可憐，才辛辛苦苦地教你講話，每時每刻教導你這樣那樣。
> 那時你這野鬼連自己說的甚麼也不懂，只會像一隻野東西一樣
> 咕嚕咕嚕；我教你怎樣用說話來表達你的意思，但是像你這種
> 下流胚，即使受了教化，天性中的頑劣仍是改不過來，……

這裏折射出了被殖民的男性主體的後期形象——他慾壑難填、野性未馴，學習殖民者的語言是爲了表達他自己卑劣的用意。這種折射可以引導我們以《盎格魯-薩克遜種族》（Anglo-Saxon Race）裏勝利者的種族主義來理解這段話。如果我們明瞭這種後來發展爲種族主義的學說在十七世紀是怎樣保證了對屬民的統治，那麼强調它的差異是很重要的。

在《暴風雨》中，「種族」這個詞僅用於這種場景，而無此準備的現代讀者恐怕會有所誤解。因爲，在伊莉莎白時代使用「種族」意味着——如《牛津英語詞典》（*Oxford English Dictionary*）告訴我們的——「自然的或者天生的性情」。在談及凱列班的「種族」時，米蘭達只是重申了她早期的觀點——她堅持認爲凱列班的個人本性是不可更改的：他將不會學「任何一點好」，因爲他的天性使然。當然，對泰伯而言，「種族」不僅是一種天生的或自然的品質，與此對立，它又是整個民族（a whole people）所共享的品質。

有趣的是，人們可能把《暴風雨》讀作殖民主義的一種諷喻，而直到十九世紀，這種可能性似乎才引發了對此劇的象徵的闡釋。從十九世紀中葉起——即帝國主義勢力的頂峯期，《暴風雨》在英國的多次公演，逐步反映了對屬民的本質和公平對待殖民這些不同觀點的日益高漲。而且在十九世紀晚期——尤其是在達爾文（Darwin）的《物種起源》（*Origin of Species*）的影響下——「原始」人羣成爲一個生物化的概念時，我們發現，《暴風雨》的演出映射了當時的思想。在社會達爾文主義年代，凱列班確實是進化理論中「遺漏的環節」（英國演員 F. R. 本森，十九世紀九十年代在英國巡迴演出中扮演了這一角色。爲了演好這個角色，他仔細觀察了動物園中各種各樣的驢子）。如果説凱列班是「遺漏的環節」，那麼他的形象無疑可作爲殖民者統

治的一個合適對象。到十九世紀末，對這個人物的理解在被看作下等人和殖民對象之間前後擺動，這個事實恰恰表明了逐漸地從生物學角度來研究種族的趨勢，它承認一種懸擺：或認爲土著人（natives）與統治者的種族在根本上是相同的（因此，不但有可能上升爲統治者，而且至少在潛在方面有可能被奴役），或認爲是不同的（因而永久地成爲統治者的自然屬民）。

在莎士比亞戲劇的這些維多利亞新式閱讀中，莎士比亞對於不同人的差異的理解與圍繞着泰伯的思想有着明顯的差距。

從文學目的來說，開始於十九世紀初的種種發展還有另外一個現實的原因：種族成爲歐洲和北美（實際上還有不受「西方」文化影響的地區）巨大的寫作領域的一大重要主題，並且在構築情節時，種族常了起着關鍵的作用。

蘇格蘭小説家和詩人斯各特（Sir Walter Scott）一八一九年出版的一部小説《艾凡赫》（*Ivanhoe*），其故事主題是不列顛的「遠初」居民——盎格魯-薩克遜人——和諾曼統治者之間的敵意，一〇六六年統治者威廉通過對英國的征戰使他們產生了這種敵意。故事的背景爲盎格魯-薩克遜種族和他們講法語的諾曼統治者之間有天生的反感（這似乎没有甚麼歷史根據）；而對這情節的理解部分取決於我們認識到盎格魯-薩克遜人和諾曼人之間的鬥爭，不是簡單的窮人和被壓迫者反抗富裕的壓迫者的鬥爭，而是爭取盎格魯-薩克遜的民族（或相應地稱之爲種族）獨立的鬥爭。「猶太人以撒」（Isaac the Jew）這個人物和他女兒麗蓓卡（Rebecca）的出場增强了此書的種族主題；就像諾曼貴族是没有法制的腐敗的典型，盎格魯-薩克遜人是高貴的被壓制的典型，以撒則是一個貪婪的，在女兒與金錢之愛中作痛苦抉擇的典型。

　　原則上講，一些種族比其他種族優越這個觀點即使得不到一致承認，種族理論也應有所發展。但是却没有。即使基督教的傳統堅持所有的人類擁有共同的祖先，並且啟蒙運動强調了理性的普遍性（甚至在它對正式的基督教義持批評觀點時），到十九世紀中期，認爲所有的種族擁有相同的能力這個觀點也顯然是少數人的觀點。甚至那些堅信所有的人類擁有同等權力的人，在很大程度上也承認非白種人既無白種人的智力，也無白種人的生命活力：人們一致認爲，其中最優秀的是來源於德國民族（peoples）的印歐人。英國和北美有更爲狹隘的一個觀點：益格魯-薩克遜人是德國羣體中最優秀的一支。

　　實際上，十九世紀種族學科的中心議題之一就是爲甚麽白種人比其他人優越；而幾乎同樣讓人感興趣的是應該怎樣判定其他人居於白種人之下。儘管在多數種族理論中不可避免地包含了道德評價的因素，但是種族主題决不需要簡單地鑒定一個種族是邪惡，還是善良，認清這一點是十分重要的。在《艾凡赫》中，主人公艾凡赫是西德利克（Cedric）的兒子，是一個益格魯-薩克遜「民族主義者」，他希望重建薩克遜的君主制度，他忠貞不渝地跟隨諾曼國王、勇猛者理查德，去推翻腐敗的諾曼貴族在國王參加十字軍遠征時對國家的統治；這個情節的關鍵點是：儘管斯各特時代的背景是根本上反對閃米特人的，但以撒的女兒麗蓓卡護理好了艾凡赫，兩人並且相愛了。然而，一如我們所見，這本書不但依存於種族感性中自發的情感（the naturalness），而且依存於維繫着的一定的種族界限：儘管麗蓓卡是一個更爲充實的人物，而和艾凡赫結婚的却是洛依娜（Rowena），益格魯-薩克遜的女英雄。在一定意義上説，由於種族觀念，麗蓓卡被排除在配偶之外，在書的結尾，她和她父親在英國消失了。

　　《艾凡赫》之後四十年，即一八六二年發表了《莎拉姆波》

（Salammbô），這是法國小説家福樓拜（Gustave Flaubert）創作的一部類似的種族羅曼史，發生在古代迦太基。即使這部作品寫的主要是文明人與野蠻人之間的衝突——法語單詞「野蠻」（既是名詞又是形容詞）出現了238次，是所有名詞和形容詞中出現次數最多的——小説中也經常提及坎佩尼人、加勒曼特斯人、高盧人、希臘人、伊比利亞人、盧西塔尼亞人、利比亞人、黑種人、努米底亞人、腓尼基人和Syssites，這些人羣通常是根據身體和道德特徵來界定的。

《艾凡赫》和《莎拉姆波》都取決於用十九世紀的種族思想重構歷史。但在歐洲世界帝國的全盛期，由於大歐勢力瓜分了世界（也由於作爲歐人後裔的美國人憑其先進的軍事設備征服了美國土著人），提出「白人」的種族優越性來作爲帝國主義在同一時代獲得勝利的一種解釋，這是很普遍的。並且，這些勝利成爲文學基本領域的主題。

在美國，比如在庫珀（James Fenimore Cooper）非常著名的「皮襪子叢書」（Leatherstocking Tales）中——從《先鋒者》（*The Pioneers*，1823）到《獵鹿將》（*The Deerslayer*，1841）——美國邊境的慶祝活動（其本身是一大重要的文學主題）揭示了「紅人」失敗而白人勝利這個總的主題。庫珀的文體在許多方面使人聯想到斯各特，而且事實上庫珀幾乎不能逃脱斯各特浪漫作品的影響：因爲這些作品都屬於美國十九世紀上半葉最受歡迎、最暢銷的小説之列，它們一而再地被改編，搬上美國舞台，並且出版了無數種版本（這在前版權年代是較爲容易的）。斯各特引起了美國人的興趣，部分原因在於下述事實：不同於《艾凡赫》，他的許多創作致力於建立蘇格蘭的而非英國的民族感性（national feeling）。諸如在《紅酋羅伯》（*Rob Roy*）這樣的冒險故事中，斯各特讚頌了蘇格蘭邊境人民及其

生活，在他們的世界中用浪漫主義手法構想出的景色和粗獷的「男子漢」氣質極易在想像中轉化爲北美拓荒者的艱苦生活。

就像斯各特對於猶太人的表述一樣，庫珀關於印第安人的形象，儘管模式化了，卻仍有不同類別：邦珀（Bumppo）是庫珀所塑造的一個人物，他不同於「印第安好人」和「印第安壞人」。前者比如欽格庫克（Chingachgook），他是邦珀的印第安同伴，他會聯合白人和其他紅人交戰；後者通常指全體印第安人，他們由於不存在欽格庫克所表現出來的那種高貴天性，所以缺乏文明。在庫珀的種族規劃中（不同於托馬斯·傑斐遜），印第安人比「白人」的地位低，但比「黑人」的地位高：在庫珀眼中，印第安人有時是「天生的紳士」，黑人則幾乎總是讓人討厭的。我們可能會認爲，在庫珀看來，黑人起着猶太人在《艾凡赫》中所起的作用：每一個場景的主要情節是以一個種族（如：盎格魯-薩克遜、紅人）對抗另一種族（諾曼、白人），後者統治前者，而第三個種族（猶太人、黑人）則提供了與前二者都不同的一個着眼點，它使我們得以理解前兩個種族成員間的相通之處，儘管他們的衝突處於情節的核心。那麼，在這種場合，如我們提議的，種族的等級制度遂成了構築情節的一個本質要素。

在種族主義統治着政治的社會中，種族成爲文學的一大中心主題是十分自然的。或許，較令人困惑的是，其中許多決定了我們對甚麼是文學的理解的作品，在主題上竟也執着於種族問題。然其原因不難找到：它在於產生在十八世紀和十九世紀思想中的雙向聯繫，一方面是種族和民族性（nationality）的聯繫，另一方面是民族性和文學的聯繫。簡而言之，民族（nation）是介於種族概念與文學思想之間的一個術語，是理解二者關係的關鍵。

這些聯繫中的第一層，即民族與種族間的聯繫，確是不難理解。在舊大陸，民衆是君主制度的世襲屬民，那樣，歐洲的

新興民族從譜系的角度來構想他們自己便成了很自然的事。當然，十八世紀的民族理論家還必須對民族和國家作出明確的劃分，這是因爲在十八世紀的歐洲，甚至連語言和政治的邊界二者之間也沒有相近的關係。（重要的是記住世界大部分地區所維繫着的這種關係已經定形了。）現代歐洲的民族主義產生了德意志這樣的聯邦，它一直企圖去建立與民族性（nationalities）相應的國家：民族性被構想爲擁有同一種文明，尤爲突出的是擁有同一種語言和文學。並且由於政治地域與民族性不相對應，十八世紀的理論家被迫在民族與國家（the state）間作出區分：前者被認爲是一自然統一體，後者被認爲是文化的產物，是人爲的製作。

十九世紀的，隨着自然科學的影響日益擴大，人們漸漸地從生物學和人類學的角度來思考人類自然的一面——「人類天性」。那麼，不可避免地，人們越來越多地把民族看作一生物單元，並把它界定爲隨共同血統而來的共享的本質。

然而，在歐洲（特別是在英國）的思想中，種族和民族越來越多的區分是個錯綜複雜的過程。十九世紀英國的盎格魯－薩克遜主義深深地紮根於有關英國政體的歷史觀點中：在這個令人迷惑的過程中，上升的商人階級憑藉盎格魯－薩克遜主義改變了英國的君主制度，從以前的封建君主制轉變爲一六六○年在王朝復辟中建立的「君主立憲制」（constitutional monarchy）。在圍繞這一發展而展開的討論中，十七世紀自由的盎格魯－薩克遜人民接受了神話學觀點，一○六六年諾曼征戰前的一個時期，他們一直處於國會的統治下。盎格魯－薩克遜的制度，不但日益用來說明英國人對自由天生的熱愛，而且日益被看作人民反對王權，要求自由這種古老權益的支柱。

神話學是針對着作爲中世紀主流的歷史編纂學提出來的，它把不列顛國王的歷史——這同時是傑佛利（Geoffrey）一一

三六年發表的一部有影響的作品的名稱（*History of the King of Britain*）——追溯到布魯特斯（Brutus），他是特洛伊的伊尼亞斯（Aeneas）的孫子。是傑佛利創建了阿瑟王（King Arthur）——尤什本掘根（Utherpendragon）的兒子——的故事，並使之成爲英國神話中永恆的一部分；此外，他的作品對於提供一個框架起了一些重要的作用，在此框架中，已在英國的第一個盛世時結合到一起的不同文化支流——羅馬、薩克遜、丹麥和諾曼——能被納入單個的統一的歷史中。

一六〇五年，理查德·威斯特根（Richard Verstegen）發表了他頗有影響的《衰落文明的重建》（*Restitution of Decayed Intelligence*），他宣稱，英國的益格魯-薩克遜人的過去就是德國人的過去，他們與德國部落有同樣的語言和制度，早在許多世紀以前，泰克吐斯（Tacitus）就已描述過德國部落的勇敢和巨大的獨立性。威斯特根認爲，這些部落也是丹麥人和諾曼人的祖先，因此他們對不列顛的侵犯在本質上並未打破英國人作爲一個德國民族（a Germanic people）的統一體。當然，這個觀點的大意是爲十七世紀提供了如《英國國王史》（*History of the Kings of England*）爲中世紀所提供的那樣一個框架：在此框架中，英格蘭人民被作爲一個整體來考慮。

美國革命前夕，益格魯-薩克遜的歷史編纂學和關於益格魯-薩克遜的法律、語言和制度的研究，被建成了學術性的職業：並且有關自由的益格魯-薩克遜歷史的觀點很自然就引起了托馬斯。傑斐遜（Thomas Jefferson）這種人的興趣，而益格魯-薩克遜的重建將擺脫君主制度的永久控制，發展爲一種專制。益格魯-薩克遜主義很容易就擴展到了美國，其佔統治地位的文化將自己想像成與英國的一樣，甚至在革命之後。而傑斐遜自己無疑是益格魯-薩克遜學者，他爲維珍尼亞大學

（University of Virginia）設計的一門課程就包括了盎格魯-薩克遜語言的研究，因為，他認為，「用那種方言『來閱讀』遺留給我們的歷史和法律」的學生，「在學習語言的同時」將「吸取他們政府的自由原則」。

而第二層聯繫——民族與文學的聯繫——的深層特徵或許比較難理解。並且我們的出發點是為了理解民族文學思想在民族文化觀念的發展中所起的作用，可以在赫爾達（Johann Gottfried Herder）的作品中看到這一點，他對民族文學進行了首次真正理論上的闡述。

從某些方面來說，赫爾達是現代民族主義第一位重要的哲學家，一七六七年，他在《記德國新文學：拾零》（*On the New German Literature: Fragments*）中提出：語言不只是「科學和藝術的工具」，而是「它們中的一部分」。赫爾達關於Sprachgeist（從字面上來說，指語言的「精髓」）的觀點體現了這樣一種思想，即語言不單純是說話者互相溝通的中介工具，而是民族性的神聖本質。赫爾達本人認定在民族詩歌中民族語言是最為精粹的：民族詩歌不僅指他搜集的民歌中的通俗之作，而且指那些偉大詩人的創作。民族主義在十八世紀和十九世紀早期的出現，依賴於一個共同文化的過去在想像中的重建，很大程度上，這個過去被赫爾達，更早一點是斯各特這樣的文藝學者刻意描述為一種共享的傳統。斯各特在他的《蘇格蘭邊地歌謠》（*Minstrelsy of the Scottish Border*）的前言中聲明，此書的目的是「要對我的祖國的歷史有所貢獻；我國獨特的面貌如舉止態度、特性等日益與她的兄弟國家（比如英格蘭）相融合並消解了。」文學歷史，像民間文化的搜集一樣，從一開始就是替民族建設服務的。

後赫爾達派認定民族文學即種族的核心，把這個觀點強加

於民族的種族觀念，我們就能夠從種族角度去理解那些自十九
世紀中葉起盛行於最初的現代文學史家著作中的文學。偉大的
英國散文學家和文人托馬斯·卡萊爾（Thomas Carlyle）在一
八三一年寫道：「民族詩歌的歷史即它歷史的本質。」這僅是以
種族歷史認同民族詩歌史的一個步驟而已。丹納（Hippolyte
Taine）的不朽之作《英國文學史》（*History of English
Literature*）十九世紀六十年代在法國出版，這可能是第一部英
國的現代文學史，在書開頭有這樣的句子：「通過研究他們的
文學可知，德國在一百年裏改變了歷史，法國則是六十年裏。」
但他後來又這樣告訴我們：

> 一個種族，像古雅利安人，從恒河分散到遠及海布里地羣島，
> 在每個地區定居下來，而這時的每個階段，雖經歷了三千年
> 革命的改造，卻仍然體現於它的語言、宗教信仰、文學、哲
> 學以及血液與智力的共同體中，直到今天後者還把其後代結
> 合到一起。

總的來說，通過研究改變了歷史原則的種族文學所揭示的是這
個種族的「道德狀態」。正因爲此，丹納發現，用有關薩克遜人
的一章來開始對英國文學作研究是很合適的；所以丹納的《歷
史》卷一中的第一章，根本不是從英國，而是從荷蘭開始下筆的：

> 當你航行在北海，從斯克特到日德蘭半島，你標下的第一個
> 地方的面貌特徵是沒有坡度；多沼澤、水域和淺灘；河水很難
> 前流，起着緩緩的黑色的長波……

根據丹納的觀點，在第一個興盛期開端即佔領了荷蘭這個地區
的「薩克遜人、盎格魯人、朱特人、弗利然人……（和）丹麥

人「都是英國人的祖先，但由於他們以德國血統自居，所以在以後幾頁對這個「種族」的描述中，丹納同時涉及到一些泰克吐斯所提到的他們的特性。

英國民族是作爲盎格魯-薩克遜種族而凝聚在一起的，這一觀念正好解釋了丹納的以下論斷。丹納認定，英國文學不是起源於文學的先祖——希臘和羅馬的古典文學，雖然它們提供的許多模式和主題，體現於最出色的英國詩作中；也不是起源於意大利模式，雖然它們對莎士比亞和馬洛的戲劇影響很大；而是起源於《貝奧武甫》(*Beowulf*)，這是用盎格魯-薩克遜語言創作的一首詩，是喬叟(Chaucer)、斯賓塞(Spenser)和莎士比亞都無所知的一首的。

然而這一論斷是很有代表性的。十九世紀，在英國的大學裏普及英國文學的教學時，爲了研究《貝奧武甫》，要求學生學會盎格魯-薩克遜語言。這樣，英美大學生建立選擇甚麼樣的文學作品進行研究的標準時，盎格魯-薩克遜主義起了關鍵作用。而畢業於這些大學的教師去高等學校執教時隨身帶來了盎格魯-薩克遜的標準。

我們必須探討一下種族問題在文學研究中的最後一個作用，這個作用在最近關於美國文學的許多著作中表現得大爲明顯。那也就是指美國文學和文學研究是怎樣反映了種族(ethnic)集團的存在的，從某種意義上說，這些種族集團，是種族歧視的產物。因爲，儘管種族觀點看起來如何神秘，我們却不能否認這個明顯事實，即有一些天生的特徵(比如說黑皮膚)比另一些特徵(比如金色頭髮)更能產生深刻的心理上、經濟上以及其他的社會效果，尤其在那些不僅僅有許多種族主義者而且有許多種族歧視者的社會。確實，在美國目前的社會生活中，關

於種族所説的許多觀點，儘管其作爲生物種族來理解確實錯了，但它可被解釋爲記錄了社會集團——美國黑人、亞裔美國人、猶太美國人——的真實情況，他們的生活經歷和政治關係決定於種族歧視固習的存在。

近年來，文學研究中以種族觀點來理解種族特色（ethnicity）最突出地反映在美國黑人文學批評的發展中。至今仍在追隨這一觀點的任何人都預料到，美國黑人的民族主義觀點（我們可以把其起源追溯到泰伯之前）持久的趨勢是一直伴隨着對黑人民間音樂、詩歌及歌謠中表達出來的非洲文化遺產的喜愛。到美國黑人被看作一獨立的民族時——隨着種族主義的上升，這個觀點日益無法避免——十九世紀思想把民族主義作其獨立地位的反映。黑人民族主義一旦採取了這種形式，由一種種族的民間藝術所構成的民族文學應該被看作黑人民族精神的最高表達，這同樣是不可避免的。像杜波依斯（W. E. B. DuBois）那樣的知識分子先鋒，從十九世紀晚期起，就試圖把黑人文學（letters）的種族傳統表述爲赫爾達式民族觀點的自然表達，就像首先把其他東西等同於「詩歌」（poesy）中的表達一樣。

爲甚麼説對黑人文學創作的歷史的認同不僅僅是非裔美國人文學批評的核心，而且是他們的文化核心，這兒還有另一個理由：因爲，幾乎在新大陸有了非洲血統的民族的整個階段中，一個强有力的歐美文明傳統就一直否認黑人對「藝術和文學」有所貢獻。在將種族定爲生物的概念之前，有影響的人對「黑人的才能」（capacity of the Negro）天生能創作文學這一點就開始表示出懷疑，甚至在啓蒙時期（它强調了理性的普遍性），諸如法國的伏爾泰（Voltaire）、蘇格蘭的休謨（David Hume）和德國的康德（Kant）這樣的哲學家，也和新大陸的傑斐遜一樣，否認非洲血統的民族有文學才能。並且，如我們

所看到的，一旦種族被定性爲生物學術語，那種認爲黑人低下的觀點很容易導致下述看法：黑人在文學上無所作爲是種族本質必不可少的一部分。

爲了回敬這麼多人對黑人的攻擊，從第一個美國黑人詩人，十八世紀晚期居住在波士頓的惠特萊（Phillis Wheatley）起，美國的黑人作家就努力通過寫作和發表文學作品來證明「黑人的才能」。此外，美國黑人所發表的絕大部分作品（即使它們不直接針對種族歧視的神話學觀點）在主題上都涉及了種族問題，這是毫不奇怪的，因爲在這些國家，黑人直到十九世紀中期還一直受着種族奴隸般的統治，而在許多地方直到二十世紀六十年代，黑人在法律上仍被作爲二等公民來對待。

尤其是近年來，在美國大學英語系所建立的研究文學的標準中，盎格魯-薩克遜主義的作用更爲突出，種族歧視尤爲普遍，對此的承認使得許多學者支持在那標準中應包含美國黑人的作品，部分原因在於他們最初的排除是種族歧視的表露。但它也使另外一些人支持這種認可美國黑人的寫作傳統，擁有它自己的大多數作品，它們可作爲它自己的一個標準來研究。許多持這一觀點的人——比如「黑人美學運動」（Black Aesthetic Movement）中的批評家——很大程度上受到了黑人民族主義的激發，而這種民族主義，部分是對種族歧視的一個回擊；其他人對黑人標準的認同是因爲他們認出了黑人作家創作的正式面目，其來源於對黑人文學前身和非洲人或美國黑人的大衆（folk）傳統的自覺認識。儘管關於美國黑人文學傳統的種種爭論可以從被忽視的有美學價值的文學傳統的存在這個角度來記述，但是美國黑人的標準不免仍是一政治問題。盎格魯-薩克遜主義者的民族主義政治把美國黑人的文化從正式的美國標準中排除出去，而美國人的種族關係政治總是不可避免地要把

他們包含在內。

　　不同種族（people）間的差異，就像單個社會中社團間的差異一樣，在我們思考「我們」是誰時，在建立我們的價值時，在評判我們類似存在的一致性時，都起了關鍵的作用。在最後的一個半世紀，種族主義民族主義通常聯繫在一起，密不可分，他們在我們考慮種種差異時也起了關鍵的作用，並且由於現代民族主義的一大貢獻是把文學看作民族生活的中心，這個時期種族便成了文學及文學思想的中心。現在看來，泰伯詩中的種族主義是可笑的，儘管這種看法隨英帝國主義應受譴責的泛濫而來，但是在我們自己的世紀，種族主義在美國南方製造了慘劇，支撐着南非國家的種族歧視，並且導致了仍讓人難以想像的納粹大屠殺的恐怖事件。不幸的是，對這些精神迫害的普遍嫌惡並不意味着種族歧視已告終止。並且，只要它繼續存在，種族思想極有可能將繼續佔領人們的頭腦，不僅在十九和二十世紀的文學史中，而且在將來的文學創作和文學批評中。

　　　　　　　　　　　　　　　　　　　　　盛雙霞譯

參考書目

Gates, Henry Louis, Jr. 1986, *"Race," Writing and Difference.*

Gayle, Addison, Jr. 1972. *The Black Aesthetic.*

Horsman, Reginald. 1981. *Race and Manifest Destiny: The Origins of American Racial Anglo-Saxonism.*

Hunter, George K. 1978. *Dramatic Identities and Cultural Tradition: Studies in Shakespeare and His Contemporaries.*

Kohn, Hans. 1967. *The Idea of Nationalism.*

MacDougall, Hugh B. 1982. *Racial Myth in English History: Trojans, Teutons, and Anglo-Saxons.*

Taine, Hippolyte A. 1897. *History of English Literature.*

21 族羣 ETHNICITY

索羅爾（Werner Sollors）

如果某人僅僅是一個斯巴達人，一個資產者，一個無產者，
或一個佛教徒，那麼他幾乎就甚麼都不是，甚至根本就不存在。
——喬治·德弗羅（Georges Devereux）

一

給「族羣」本身下定義意義不大，因爲它並不是指某個物自
身，而是指一種關係：族羣通常以對比爲基礎。如果所有人類
都屬於同一個種族集團，則毋需「族羣」這一術語了，儘管我們
仍然會以別的方式，如年齡、性別、階級、出生地，或黃道帶
等，來區分自己。種族、人種（racial）和民族特徵建立在對比、
否定的基礎上，或建立在種族心理學者德弗羅（Georges
Devereux）所稱的「疏離」（dissociative）特徵之上。據此看來，
族羣「在邏輯上和歷史上有關『A 是 X，因其不是 Y』這一斷言
的產物」——此命題使X性（Xness）的確認十分容易。同樣地，
將 X 定義爲非 Y 的做法有誇大二者差別之危險，因爲這樣一
來，如果X認爲自己是人的話它會因而將Y認爲非人。除非通
過對其相反觀念「B是Y，因其爲非X」的有效採納來對那個等式
進行補充，否則對比鑒定可能否決了不同組織所共有的人性，
並且會劃定一個象徵性的邊界綫，就像人與物、生與死之間的
界綫一樣（Devereux 1975,67）。「X≠Y」是最基本的種族表達

式。在希臘語 ethnos——英語 ethnic（種族的）及 ethnicity
（種族）便是由此而來——的廣義,「一般人」,與狹義,「他人」,
特別是「非猶太人」（希伯萊語稱「非猶太人」爲goyim）、「非基
督徒」、「異教徒」, 或「迷信者」, 其間顯然存在着矛盾。在當
今世界, 這種區別通常建立在不屬於某個種族集團的個體與種
族集團之間（即圈內與圈外之間）的對立的基礎之上。

「人種」（race）一詞（可能是從「生殖」[generation] 派生而
來）在當代美國式用法中, 往往被認爲比「族羣」（ethnicity）
更爲嚴密, 更爲「客觀」, 或者更爲真實。然而, 在「愛爾蘭人種」
或「猶太人種」這些用法中, 「人種」一詞, 只不過是現在被更頻
繁地使用的（由於三、四十年代法西斯主義者對「人種」一詞的
濫用）「種族」這個術語的十八和十九世紀的同義詞。
（ethnicity這一被棄而不用的英語名詞在第二次世界大戰中獲
得新生, 它與國家社會主義者藉其名義來實行其種族滅絕政策
的那個詞相比, 似乎更爲中性化。）「人種」同樣有「人類種族」
以及「我族」或「他族」, 意即「我們」或「非我」的廣狹二用。當今
美國, 被稱爲「人種」的往往是國家中最壞的種族因素。它被用
來製造差別, 這些差別建立在諸如「黑≠白」或「紅≠白」這些概
括性命題的基礎之上, 這些命題在此特定的文化語境中標出了
比諸如「猶太人≠基督徒」等對立式更爲出格的錯誤界綫——
「猶太人與基督徒」在美國（特別是四十年代末以來）可能被統
一歸於「白人」的範疇之內, 但在納粹的「人種」理論中, 二者却
是根本對立的。

自美國和法國大革命以來, 種族與民族主義（一種相似現
象, 但它強調的是領土）一道廣爲傳播, 並且在政治史上一直
保持着強大威力。貴族政體是通過直接的、個人性的知識和家
庭關係來組織其統治, 這顯然超越了國家及語言界綫, 而資產

階級權力則依賴於那些從未謀面，但感到能夠通過文學而聯接到一起的人們所共享的某種利益：因此報紙、廣播、宣言、流行歌曲，同戲劇、詩歌、史詩和小說一樣，在維護那種歸屬感（資本主義時代把這種歸屬的需要向地球各邊遠角落輸送）中扮演着重要角色（Anderson, 1983）。種族和種族中心主義因而被描述爲當代歐洲和北美最成功的輸出品。現代化和都市化過程削弱了家庭的、職業的，以及地方的這些特定形式的歸屬感，但同時又加强了更一般更抽象的歸屬感，比如對種族和國家的認同感。在舊的封建或殖民秩序中，國家和種族的觀念尚未形成，而在新系統中這些力量迅速擴增並要求大衆對其絕對忠誠──資産階級革命或民族獨立運動清晰地劃定了新舊兩種體制的界綫；具有諷刺意義的是，資産階級革命正是以純潔、真誠和原創性的名義，以其所反對、所逃避、所對立的東西形成了其自身的「種族」策略的。例如，「美國佬」（Yankee Doodle）是與美國脫離英國而獨立有關的一首原型歌謠的名字，然而它却可能正來源於英國（Sonneck, 1909；Vail, 1937；參看 Twain 1979, 201）。種族觀念之流傳及深入人心正是在抵制的過程中實現的（這已確證無疑），德弗羅富於啓發性將這種現象稱爲「對抗性接受」（antagonistic acculturation）（Devereux, 1943）。

特別是自赫爾德（Herder）和格林兄弟（the Grimms）之後，有種觀念佔據着絕對優勢。這種觀念認爲，一個民族是通過由神話、歌謠及民間信仰等組成的潛意識文化而凝聚在一起的，這種潛意識文化是大衆藝術形式之原始種族土壤，這種大衆藝術形式在一定條件下可臻藝術之極境。其結果是，作爲文學研究術語的「種族」極大地激發了文化斷片的累積，這些文化斷片展示了原創性、情感凝聚力，以及某一特定集體的歷史深

度，特別是在其獲得新生的情景中更是如此——不管是從默默無聞、壓抑、閉塞、依賴的狀態中重見天日，抑或是從先前的某個更大集體中脫離出來，「民間」的文學史傳統在納德勒（Josef Nadler）卷帙浩繁的《德國種族及地區之文學史》（*Literaturgeschichte der deutschen Stämme und Landschaften, 1928*）一書中得到充分證實後，可能會受到批評，因爲它將語言、人種和地域精神視爲強制性的永恒力量，將壁壘森嚴的德國文學之德國性誇大爲具有三重價值。其一，德國的原創性在德國對其他民族的影響中可以得到證實和說明：因此「浪漫主義」被定義爲「東方的德國化」。其二，出於淨化之目的，來自德國邊界之外的影響或被忽略（比如內維爾 [Henry Neville] 的《松林島》[*Isle of Pines*]，即施納貝爾 [Johann Gottfried Schnabel] 的《石崖島》[*Die Insel Felsenburg*] 一書之原型），或僅僅被視爲需被克服的外來障礙（比如策森 [Philipp von Zesen] 的法國文學樣式）。其三，德國文學史上許多差異和矛盾之處（比如，施特拉斯布格 [Gottfried von Strassburg] 與格里梅爾斯豪森 [Grimmelshausen] 之間的差異）都被抹去，從而得以描述同質性的文學「部落」，比如阿爾薩斯人（Alsatians），巴伐利亞人（Bavarians），或西里西亞人（Silesians）；這就是納德勒眼中的德國。對部族隔離中的文學討論因而依賴於諸如「根」、「血緣」、「本土」，以及「德國人種」（此概念同樣屬於「是其所非」式概念，它是「德國」，乃由於它是「非英國」、「非法國」、「非斯拉夫」）等概念。具有種族特色的寫作方式，即使沒有得到像納德勒那樣系統性的應用，也經常處於將某種概括作爲通向文本的即使不是唯一的也是主要途徑的危險之中（作者是X，意味着他不是Y）；然而讓這種X性處於中心地位可能會導致循環和重複，因爲它首先顯示的正是此X性，此性

質累積起來可能會達到某種神秘的、反歷史的，甚至幾近永恒的地步。文學在使種族區分的現代過程自然化的過程中起着重要作用，並可能幫助製造一個幻覺，即認爲某個（種族）集團「自古以來」就是「自然」存在的。

二

馬克·吐溫（Mark Twain）的小説《亞瑟王朝廷上的康尼狄格美國佬》（*A Connecticut Yankee in King Arthur's Court* [1889] 1982：如果無特別的説明，本文所有引述皆根於這兩種版本；本文結尾附有此書的情節概述）爲通過對經典的美國文本的閲讀來考慮「族羣」（在比此書作者的祖先那個時代更爲寬泛的意義上）問題提供了諸多可能性。此書沒有集中談及當今實有種族集團，而是講中世紀亞瑟王時代；同時恰恰由於此書與當今的種族敏感區有着明顯的距離，它才對闡明現代種族進程有用。相反地，種族這一概念也還有助於理解小説形式上的差別以及小説的衆多主題：從文化種類到同化到種族滅絕。馬克·吐溫並未使用「種族」一詞，但其小説充滿了具有種族特色的事件。「美國佬」（Yankee）一詞的内涵包括與英國人、美國印地安人以及美國南方人的一系列象徵性的對立。「人種」一詞以廣狹兩種方式出現：當漢克·摩爾根（Hank Morgan）同芬（Huck Finn）一樣，「爲人類感到羞恥」（103; cf. 41）時，他將他自身與亞瑟王朝的臣民一起視爲不幸的人類之一部分；而當他將亞瑟臣民説成「那個人種」（193）或「一個無知的人種」（123）時，他將自身從亞瑟子民中分離出來，並暗示他並非亞瑟子民，而屬於一個不那麼無知的人種。

詮釋者對此書爭論不休：它是對中世紀之大不列顛、對維

多利亞時代的英國的一種諷刺，還是對馬克·吐溫時代的美國
的一種諷刺？它是對人類進步及必要的改革的一種輕快幽默的
讚揚，還是對那個充滿大規模核子毀滅及大量的種族滅絕現象
的世紀的一種苦澀陰鬱的預期？馬克·吐溫的讀者是該伴隨愉
快的漢克·摩爾根（豪厄爾斯[William Dean Howells]稱其為
「歡快的英雄」[324]，羅傑斯[Will Rogers]和克羅斯比[Bing
Crosby]將其搬上了銀幕，同時還激發了瓦利[Rudy Vallee]那
個名為「康尼狄格美國佬」的輕唱樂隊的產生）一起歡笑呢，還
是應該悲傷，當他們為小說同時所表現的現代化的無力及其血
淋淋的後果而沉思的時候？

　　一八八六年吐溫寫道：「這個故事並非特意諷刺，更準確
地說，它是一個對比……它將（兩個時期）直接並置以強調兩
者的突出特點」（296）。敍事者在小說中一再思考將他十九世
紀的現實世界哈特福德（Hartford）與十六世紀的肯姆拉特
（Camelot）區別開來的那種對比。例如：

> 這是一個多麼徹底的倒退呵；各種華而不實，雜亂無章的事
> 物亂糟糟地混雜在一起；各種相互對立，無法調和的事物荒
> 唐地雜湊一塊——偽造的奇跡之家變成了真實的家，中世紀
> 隱士的洞窟變成了電話廳！（130）

　　此衝突不僅是一種自覺的主題，而且是小說的形式特徵，
其中的對立與不協調既是主題又是結構——比任何情節發展、
形式構成以及視點更為重要。摩爾根的第一人稱單數「我」通過
與陌生者的遭遇不斷得到加強和界定，如果不是為其所建構
的話。

　　小說始於時間對立和階級對立這個前提：漢克首先是一個
孤獨的，與時代格格不入的資產者，是亞瑟王封建專制下的不

列顛社會中的一個個體。然而，這種對立同樣也採取了一種民族的，似乎是超歷史的形式，因爲這些對立通常源於當代，往往是美國（相對於英國而言）特有的文化模式，與六世紀沒多大關係。此小說將時間間隔擴展（或縮小）爲某種種族對立，小說同時也求助於一些邊界劃分的策略以幫助得到這樣一種印象：作爲種族集團的亞瑟王朝臣民，不僅是美國人的先驅，而且是其絕對的對立面；他們之間的這種對立與美國的種族分化相似，這個時間旅遊者同時也像是一個不能適應其寄住社會的外國移民。這種對立也還包括對手之間互相的吸收同化，所以這個美國人具有並接受了許多他所反對的亞瑟子民身上的特質。

這種對立區分策略所得到的一個修辭學的獎品，是使用否定性範疇去描述國家或集團。例如，作爲「老世界」一個「特殊的」對立物，美國被認爲是一個沒有中世紀、沒有國王、沒有主教的國度。在小說中，漢克對肯姆拉特的描述就採用並變換了這一模式。「這裏沒有肥皂、沒有火柴、沒有鏡子——除了一種金屬鏡，其作用和一桶水差不多」（35）。「城堡中甚至沒有鐘或通話管……這裏沒有書、筆、紙或墨水，在被他們認爲是窗子的缺口上也沒有玻璃……而糟糕透頂的是，這裏沒有任何糖、咖啡、茶或煙草」（36）。這美國佬還有些想入非非地抱怨肯姆拉特是沒有彩色石印圖畫的地方，並且認爲那裏的纖綿畫不過是他所熟悉的，貼於他在東哈特福德家門上，寫着「上帝保佑我們家」的彩色平版畫的可憐的（字面意義是「可惡的」）代用品（36；參看18，116）。漢克的否定性範疇主要是一種現代的事物和發明物的範疇（其中以讀寫設備及殖民地時期的奢侈品尤爲突出）；它們是將他所熟悉的美國文化與陌生的不列顛文化區分開來的標誌。這個美國佬特別喜愛新近的革新；他想在他的新環境中複製它們。甘斯（Herbert Gans）將類似的對

象徵符號和客體的依賴稱爲「象徵性種族」，它幫助移民及其後代在被同化的同時，維持着一種「真正的」種族內聚力之幻覺（Gans 1979）。

在富有中世紀騎士之風範的語言（馬洛里 [Thomas Malory]《亞瑟王之死》[*Morte d'Arthur*, 1470] 一書中的冗長引述便是最好的體現）和漢克的美國方言之間存在一種時間衝突，小説在此時間衝突的基礎上把敍述風格的可能性發揮得淋漓盡致。在時間的錯置中，這個美國佬固守着給人起綽號的現代習慣，稱波利特（Amyas le Poulet）爲「克萊倫斯」（Clarence）（68），稱阿麗桑德（Alisande）爲「山迪」（Sandy）（62），稱加雷斯（Gareth）爵士爲「蓋瑞」（Garry）（48），並用「經全民選舉的老板」描述他自己在亞瑟王朝廷中的地位。吐溫樂此不疲地在小説中堆積與時代不符的矛盾以產生喜劇效果：朗斯洛特（Launcelot）爵士和騎士前去救援——騎着自行車（217）；山迪（Sandy）爲孩子命名爲「塞却」（Hello Central）以紀念漢克對電話的解釋（234，77）；熱衷於討論棒球（39，71，72）的漢克還介紹了貝西默斯（Bessemers）隊和烏爾斯特（Ulsters）隊（232）；他十分慶幸「默林（Merlin）股票大跌」（39，227）並説着滿口的股票交易語言（98，109，237－38）；他愉快地發現費伊皇后（Queen Morgan le Fay）不懂照相（雖然她假裝懂），因此試圖用一把斧子來照相（96－97）；他在與薩格雷蒙（Sagramour）爵士及其五百名騎士的戰鬥中使用套索（223）和騎兵所用的左輪手槍（226）；他使那個站在一根柱子上不停地彎腰鞠躬的可敬的隱士斯蒂萊兹（St. Simeon Stylites）去踩縫紉機踏板並每天製作十件移民衣店裏時髦的亞麻布短衫（120; cf. 266）。

漢克不時顯示，他的幽默是促進人類進步之利器。比如，他寫道，哈迪（Sir Ozana le Cure Hardy）爵士

在紳士行列當中，其特長是宣傳帽子。他身披鋼鐵打製的時下最漂亮的甲冑——甲冑之上本來該戴個頭盔；但他根本沒有，戴的是一頂熠熠生輝的高頂禮帽。這是你想也想不到的西洋景。這是我暗地裏的一個計謀，即讓騎士時代顯得滑稽和愚蠢，以便消滅它。（112）

喜劇因而可能以進步和推動時代前進之名義被用於一個破壞性的目的，並支持對現代美國佬的技術以及對「黑暗」時代進行攻擊。種族隔離進程之採取喜劇形式與權力鬥爭有關，正如漢克所深深認識到的那樣。然而他通常只將他的權力要求表現爲反對基督教會貴族統治的迷信和倒退的一般意義上擁護共和的鬥爭。

他的努力重複了從英國到美國的歷史發展進程：漢克是一個新的佩因（Tom Paine），是另一個弗蘭克林（Benjamin Franklin）——使用技術、新聞、不斷完善的獨立，以及平易的幽默來重新發明美國。這樣，漢克就因反對英國人而成爲美國佬。他的計劃一度似乎幾近成功：

法律面前人人平等，稅收平等。電報、電話、留聲機、打字機、縫紉機，以及成千種便利的蒸汽和電力服務設施應發揮效用。我們應有一兩隻汽船浮於泰晤士河（Thames）上，應有蒸汽動力之戰艦，並開始製作以蒸汽爲動力的商船；我還要準備一支遠征隊去發現美洲。（228）

文明的未來顯然與技術、與美國、與美國佬的進步綁繫在一起。當面臨將與國王一同被絞死的威脅時，漢克回答：

> 世上沒有甚麼能救英國國王；也不能救我，這一點更爲重要；
> 不僅對於我更重要，而且對於這個國家——這個地球上唯一
> 一個預備盛開文明之花的國家。（216）

集體之未來似乎依賴於這個將自己視爲新社會之化身的個人（68；參看68n7vs.385），雖然集體性代表的是一種不願接受創新的倒退力量（41）。當認識到他是一個民族中孤獨的先驅者有可能成爲好的「共和材料」（173，138）時，他爲康尼狄格憲法所鼓舞，此憲法召喚公民在必要時改變政權形式：

> 那個認爲自己已看到國家的政治外衣之破舊，却仍然無動於衷不宣揚換新衣的公民，是不忠的；他是叛逆。即使他可能是看到這一衰落的唯一的人，也不能成爲他不去行動的藉口。
> （67）

在肯姆拉特，漢克仍然忠於康尼狄格憲法。但他單槍匹馬，如何能夠更換這個中世紀英國的破舊的政治外衣呢？這個孤獨的漢克確實向英國騎士階層發出了挑戰：「我站在這兒，不怕與英國騎士制度作對——就算他們不是一個一個的來，而是成羣結隊的來！」（226）

漢克所採取的象徵性步驟不僅想引導黑暗中的英國去發現現代美國文明，使其從殖民地走向獨立：在中世紀重新創制現代機械（與魯賓遜[Robinson Crusoe]在其島上的情形明顯相似[36]），向騎士制度挑戰，弘揚共和制；同時，漢克還想重演法國大革命，再次徹底結束封建制度。在「我」和「這些人」的典型的對立之中，他相信：

> 所有革命如想成功，必須以流血開始，不管以後會發生甚麼

事情。因此，這些人所需要的，是恐怖的統治和斷頭台，而我對他們而言是不合適的。（101）

不管合不合適，他已經證明，與封建制這「延續了上千年」的另一個恐怖統治相比較而言，那種「我們一直被教以要爲之顫慄和哀悼的暫時的恐怖」只是個「短暫的微不足道的恐怖」（66）。他一針見血地質問：「斧頭下迅速的死亡，與飢餓、寒冷、侮辱、殘酷和心碎所造成的同生命一樣漫長的死亡相比，哪個更可怕？」（66）。根據從貴族意識到人種觀念，從恐怖統治到大規模毀滅這一發展軌跡來看，這一點對於「種族」而言具有特別重要的意義（Arendt 1944, 42-47; Adorno 1941, 129; Nolte 1987, 29）。

然而漢克既不是一個階級也不是一個政黨，甚至也不是一個革命小團體，而僅僅是一個人。除克萊倫斯和山迪（這兩者都有狹隘的政治觀點）之外只有那些非常優秀的男孩才可被選爲他的跟隨者，因爲「所有其他人都是在迷信的氣氛中出生並成長起來的。迷信滲透在他們的血液和骨髓裏⋯⋯男孩則不同」（242）。只有對年輕人開展美國化運動，在「訓練七到十年」以後，他們才是可靠的；否則這個美國佬就無法使亞瑟子民相信他像讚賞飯店午餐一樣讚許的「美國式共和國」的妙處。亞瑟子民的封建秩序不會簡單崩潰。這十分麻煩，因爲對這個時間旅遊者漢克來說，空想社會主義和現代革命所僅能展望的進步時代早已是歷史事實。畢竟，馬克・吐溫不僅將唐・吉訶德（Don Quixote）把現代世界帶到騎士風範之理想國中去的企圖作了倒置，而且將十九世紀所流行的烏托邦式著作跨越時間的設想作了倒置，比如貝拉米（Edward Bellamy）的《百年一覺》（*Looking Backward: 2000-1887* [1888]），此書使一個人

進入未來（正如在吐溫的計劃中有一本命名爲「1988」的著作一樣）。里德（John Reed）在俄國革命後的口號是：「我已經看見了未來，它行得通。」漢克的格言應該是，「我已經看見了過去，它行不通。」就這個美國佬而言，過去不是歷史性的（與他相連），而是「倒退」（與他不同）。這種態度在急躁的現代化鼓吹者以及那些他以其名義並爲其利益而鼓吹的人們（遺憾的是，這些人却氣人惱火地堅持其落後性）之間造成了深刻的對立。

　　如果亞瑟子民和這個美國佬之間的對立被一概表現爲一種時間之對立的話，此書將是一本簡單得多的著作。但是，具有諷刺性的是，歷史的發展不大考慮作者。雖然他在其序言中（只有美國版中才有）宣稱他不怎麼在乎歷史之精確度：「完全有理由指出，在那個遙遠時代的無論何處，如果那些[粗野的]法律或習俗之一缺乏的話，其位置將由更糟糕的法律或習俗來充任」（4）。一四八五年在加克斯頓（Caxton）出版的馬洛里《亞瑟王之死》一書，是美國人有關現代進步觀念的具有劃時代意義的里程碑（在書中古騰堡[Gutenberg]和報童比國王還偉大[184，148]），而馬克·吐溫將馬洛里僅僅作爲「中世紀的」原始形態來使用。儘管存在種種有關進步的高調，從中世紀到現代的歷史發展也完全不是一種綫性發展，而是一種尖銳的勢不兩立的對立。美國之前或一八七九年以前的所有歷史陷入了一堆有關散亂過去的散亂剪貼（或「羊皮紙文獻」[10，292，394]）之中：公元513年、倫敦塔、十字軍東征、《神曲》（*The Divine Comedy*）、《坎特伯雷故事集》（*Canterbury Tales*）、農民戰爭、法國大革命史前史、英國喬治時代、《雙城記》（*A Tale of Two Cities*）、《基度山恩仇記》（*The Count of Monte Cristo*）、托馬斯·卡萊爾（Thomas Carlyle）、阿諾德

（Matthew Arnold），以及許多其他因素滙成了馬克·吐溫所謂的「六世紀」（66n，96，107，116，184，235）。

既然漢克所遭遇的不是「歷史」而是「落後」，那麼它就是古代英國和現代英國所共有的特徵。因爲如果過去是落後的，那麼各種各樣的「落後」，其實質都是一樣的——此時所有「歷史的」對立都消失了。因此漢克極討厭山迪「對其島國的本土居民，無論是古代還是現代的，總是恪守着的、無論是其外部形式還是內部心理或道德內容都任其所是不願更改的等級制度的深深的崇敬」（105；着重號爲作者所加）。看來馬克·吐溫所攻擊的靶子不只是中世紀的英國，還包括現代英國（參看411，314）。這對這部關於時間旅行者的小說具有顛覆性的意義。

這個描述漢克跨越空間走向英國的小說被部分地解構了，因爲他在肯姆拉特所發現的不僅是前美國或非美國現象，而且顯然包括美國種族問題。吐溫的六世紀的英國貴族與美國印地安人相似。漢克顯然將亞瑟子民當作「白種印地安人」（19）——這是豪厄爾斯對此小說的評論中提到的一個詞語（324）。敍事者是又一個哥倫布（Columbus）（29－30）；他的有關日蝕的預言，摘自歐文（Washington Irving）關於哥倫布的報告（262－63）。這是個使他在亞瑟子民中樹立起權威的預言，他根據美國移民時期的時尚將此事稱爲他的自我的「建立」（31）。漢克進一步談到在他們旅行之前——其時亞瑟子民常常不得不長時間忍飢挨餓——他們儲藏食品「以避免出發前可能的禁食期，此舉頗有印地安人和熱帶林莽人之風」（64）。漢克有一個說法僅僅出現在此書之美國版中：「我像一個被剝去頭皮的人那樣高興」（54；英國版作「切腹剖腸」）。美國印地安人的原型觀念被應用到圓桌騎士身上：「事實是，它恰恰像科曼切族人（Comanches）的一種奢華的宮廷，那裏有一個

美國印地安人的妻女不願意將一頂帽子扔向腰間掛着最大的戰利品的牡鹿」（73－74）。貴族所說的下流話「可能會使一位科曼切族人臉紅」（26）；「美國印地安人式的集會和社交活動大得嚇人」（198）；互相競爭的魔術師「穿得特別怪誕，就像印地安巫醫所穿的那種東西一樣花俏和愚蠢」（132）。馬克·吐溫就這樣將印地安人和貴族聯繫在一起。此小說中有一與他的詼諧小作《法國人和科曼切人》（*The French and the Comanches*）相似的段落（65－66），在一八七八年的筆記本中他寫道，──正如威廉斯（James D. Williams）所提到的那樣──英國人是一個「非常優雅、純潔、高尚的民族，」但是，直到十九世紀，此民族都一直「僅在蕭蕭尼（Shoshone）印地安人的基礎上小有進步」（364n7）。因此「中世紀英國」對漢克來說是另一個「金色西部」，在此他暗示的是格里利（Horace Greeley）的著名勸誡，「去西部吧，年輕人，同國家一起成長」，因爲他這樣說：「請看，這裏充滿着機遇，那些具有知識、頭腦、勇氣和創業精神的人可以在此揚帆起航，與國家一道成長」（40）。人們被勸誘着將這個小說當作白人殖民者處置美洲土著的浪漫曲來讀，漢克在其中扮演白人的角色──作爲仁慈的現代化的鼓吹者和武力破壞者──而亞瑟子民則是印地安人。漢克在某種意義上說也是一個美國佬，因爲據推測，「美國佬」（Yankee）一詞在詞源上是 English 一詞的印地安式發音以及 white man （白人）一詞的含糊替代物。

　　吐溫的同時代讀者與他一樣，也關注着時間與種族這兩個範疇，同時也被提醒注意到在現代──中世紀的衝突中白人-印地安人之間的遭遇。例如，《波士頓周日論壇報》（*The Boston Sunday Herald*）在一八八九年十二月十五日寫道：

正像那個康民狄格美國佬回到亞瑟王的宮廷時代去一樣，他也許同樣會走進當今世界，走進中亞或非洲，甚至走進我們這個聯邦國家的某些地方，發現他自己處在與一三〇〇年前非常近似的社會環境之中，進而會同樣創造出他的令人驚異的世紀的奇跡。因爲存在這樣一個事實：當庫欣（Frank Hamilton Cushing）用兩個蕃茄罐子和一根繩子做成的傳音電話使祖尼印地安人 [Zuni Indians] 大爲震驚時，他們認爲他是一個魔術師，並因之而審判他。（332）

在評論馬克·吐溫對亞瑟子民之愚蠢和頑固的描寫時這位評論家指出，這些

特徵同樣適用於達科他印地安人（Dakota Indians）部落，適用於並不比他們文明多少的敵人，即那些草原上的牛仔；適用於田納西州（Tennessee）和喬治亞洲（Georgia）的山地居民，甚至適用於我們大城市貧民區中的野人。（323）

白人的工業技術和印地安人之間的對立引起了另外的種族對立，比如居統治地位的美國人和阿巴拉契亞山地居民（Appalachians）之間的對立；東部人和牛仔之間的對立；本地居民和移民之間的對立；或「發達」國家和「發展中」國家之間的對立。對這些對立的關注因而要求讀者將一些種族主義的和殖民主義的解讀强加於其上（402; Placido 1978; Cunningham 1987, 157-71）。

對處於現代主義時期的美國種族作家來說，關於中世紀的隱喻同時也能用來表明已經逝去的種族之過去。例如，在《希望之鄉》（*The Promised Land,* 1912）一書中，俄裔猶太傳記作家安丁（Mary Antin）將移民描述爲時間之旅，並集中表現象徵性地跨越幾個世紀的電話中所存在的矛盾：

單是我的年齡，我的真實年齡就足以成爲我爲甚麼要寫作的
理由。正如我想要證明的，我是在中世紀開始生活的；而我
依然活着，同屬於你們的二十世紀，並爲你們最新思想而激動。
（Antin 1912, xxi）

非裔美國知識分子也同樣借用中世紀和現代之間的區別來
表現他們的種族的歷史。因此洛克（Alain Locke）在劃時代
的文集《新黑人》（*The New Negro,* 1925）的序言中寫道，每一
次遷移浪潮「對黑人來說不僅是一場從鄉村到城市的解放鬥爭，
而且是一場從中世紀美洲到現代的解放鬥爭」。（Locke 1925,
6）。所有這些對一個「没有中世紀」的國家而言是有點奇怪的
（參看304-5; Thomas, 1973, 246; Cahan, 1986, 53-54;及Bourne,
1977, 250）。

馬克·吐溫所極力展示的美國內部錯誤的種族界綫，標誌
着那個美國佬與戰前南方奴隸制之間的象徵性的對立。亞瑟王
的暴政被一再想像爲大批的「奴役」，在漢克看來，「貴族……
不過是奴隸主的代名詞……奴隸制令人憎厭的特點是其實質」
（136）。然而封建制度與資本主義種族奴役之間的類比，被
一個在內戰前的密蘇里州（Missouri）長大的十九世紀作家從
一個特定視點加以發展，並受到人們的指控，認爲他是在指桑
罵槐，亞瑟王的中世紀僅是其「名」，而蓄奴的南方才是其「實」。
按照哈里斯（Joel Chandler Harris）的舅舅雷穆斯（Remus）
的説法，漢克·摩爾根稱亞瑟王的首席魔術師爲「默林」（Brer
Merlin）。他進而記起了美國內戰（174-75：暗示着亞瑟王的
農民和南部佃農之間的某種相似，並公開將那些亞瑟子民與南
部的那些「可憐的白人」進行比照）（172）。

史密斯（Henry Nash Smith）提醒讀者，南方式的奴隸制

在中世紀的英國並不存在（412）。然而吐溫這個小說用很長的篇幅來展現國王和漢克有關奴隸制及奴役行爲的經歷。吐溫在採用廢奴論者的情節綫和修辭的時候，顯然考慮的是十九世紀美國而非中世紀的英國：這裏有用鐵鏈繫在一起在監獄外做工的一羣囚犯（110）、有被虐待的母親（111）、有漠不關心的旁觀者（111）、有分裂的家庭（111－12）、有使用警犬的追捕（195）、有拍賣（200－201），還有「物」與「人」之間的修辭學對立（與《湯姆叔叔的小屋》[*Uncle Tom's Cabin*] 相似）。通過並置奴隸制物景（一次拍賣或一次嚴酷的懲罰）與國家的象徵（國旗、議會，或國會大廈）而表現在反奴隸制文學中，美國自由的華麗辭藻與奴隸制的殘忍之間的鮮明對比也同樣在這部作品中出現，只不過經過了改編的適應——英國！

> 我設法不看這些蒼涼破敗的人。他們坐在那兒，奇拉着腦袋坐在地上，默默無語，毫無怨言，悽悽慘慘。而與此形成醜惡對比的是，不到三十步開外，一個喋喋不休的演講者正對着另一撥人發表演說。虛僞地讚美着「我們光榮的英國式自由！」（199；參見 382；Ball, 1836, 91-95；Stowe, 1852, 1:178；Brown, 1853, 217；Child, 1858, 122-23；和 Twain, 1979, 414, 501, 503, 506）。

那所謂的「英國式自由」在這個小說的上下文一直是模糊不清的。漢克宣稱：

> 只要我還好好地活着，我早晚得要那個奴隸制度的命，我已經志在必行了；但我得好好修理它，以便在我判它死刑的時候它會服從國家的指揮。（111）

漢克還試圖勸説國王廢除奴隸制（203），同時國王還遇到過與芬相似的困境（168），不過他很貴族氣派地解決了這個問題。漢克的廢奴論使他成爲一個「北方佬」，因爲他不是一個擁護奴隸制的聯邦之叛逆。

「中世紀英國」爲美國奴隸制的幻影所遮蔽，馬克・吐溫這一文本展現了這一點。於是漢克在書中談到了他和國王爲人奴役的事並且評論説——之所以如此是因爲他們不能證明他們自己是自由人——「一千三百多年後，在我自己那個時代，在我們那個國家的南方，也有過這麼一條該死的法律……」（200）。那種證明自由身份的要求——正如威廉斯（James D . Williams）所詳盡説明的（381-82）——來自鮑爾（Charles Ball）《美國的奴隸制》（*Slavery in the United States,* 1836）一書的敍述馬克・吐溫讀過此書（200n1），並計劃把它用作小説的附錄（381），並且從中吸取了情節因素（200）和部分描述（110－11）。在這些章節中，漢克確實以吐溫所假定的非裔美國奴隸的口氣説話，從而賦予這部小説以明確的多種族、多聲調的特徵（參看Blassingame 1985, 81-82; Andrews 1986, 81-86）。

難道漢克這個被認爲是跨越了大西洋，跨越了一千三百年時間的人，會走得比一八五〇年的梅森-狄克森分界綫（Mason-Dixon line）之南端還要遠？他在亞瑟王的英國批評得最嚴屬的，正是他自己的國家、自己的時代的特點，只不過這些特點被投射在一個遙遠的過去、遙遠的大陸上。至少就此而言，他將亞瑟子民作爲一個替罪羊，對於被指責的那個歷史問題來説，他們完全是無辜的。居住於馬克・吐溫的中世紀世界中的居民可以稱爲「白人眼中的亞瑟子民」，他們不僅代表現代英國人，而且代表美國印地安人以及奴隸主，而漢克則扮演

着雙重角色，他既是試圖使印地安人「文明化」的白人殖民者，又是後來想要重新結束非洲奴隸制的美國廢奴主義者（見《倫敦每日電訊報》[*The London Daily Telegraph*]對此小説的評論。330）。

三

出現在這個小説中的穩定因素是存在於世界與世界之間的分界綫，而不是任何有關「美國佬」或「亞瑟子民」的特定歷史文化内容。就此而言，此書闡明了巴斯（Fredrik Barth）的論題，即種族以分界爲基礎，而不是以「它所包含的文化内容」爲基礎（Barth 1969, 15）。種族界綫的建立是一個一般性的過程，它試圖無視一個基本事實，即所有的人——雖然外表迴異——至少就作爲人而言，都是一樣的。擁護分界的語言策略將其他人同發言者疏離至如此之遠，似乎他們根本就不是人而是其他物種（結果是在作品中往往出現動物意象）。他們被定型爲幼稚、迷信、野蠻、骯髒或無知。在某些極端的例子中，他們被視爲無生命的死物（things）而非有生命的生靈，這是人們爲種族滅絕式大屠殺所準備好的修辭學策略。許多這樣的語言策略都可以在馬克·吐溫的小説中找到豐富的例證。

漢克經常使用動物意象，或者是一般地説「這些動物不能思維」（129；也見36，46，94），或者是具體地將亞瑟子民視爲或比照爲兔子（41）、驢子（56）、蟒蛇（64）、蛤蚌（65）、牡驢（139）、老鼠（87）、蝙蝠（96）、馬（97）、豬（102）、鮰魚（198）或獼（76）。當他觀察「幼稚的」亞瑟子民時（19，20，25，40，56－57，70，117，179），或當他嘲笑那種「可憐的處於青春期的六世紀生活方式」（207）時（顯然這是從一個

比之更好的「方式」的角度居高臨下地觀察到的），漢克常常扮演着成年人的角色。他將國王描寫成一個孩子，而將自己描寫成孩子的母親（154，155）這是對父權制最好的註釋和説明。

敍事者將亞瑟子民看作野蠻人（30，36，34），因此他的任務就是制定計劃來「教化和提高」他們（78）。在這些計劃中衞生學總是一個特別重要的部分（就像當今所謂的「種族衞生學」所暗示的那樣）。在漢克看來，這些「野蠻人」是骯髒的、亂糟糟的（247），應在他們中間傳播肥皂和牙刷的福音（99－100）（這是對華盛頓〔Booker T. Washington〕的著名運動的一種預期），爲達此目的漢克雇用了一個傳教騎士團。漢克寫道，傳教使團成員之一的泰勒（La Cote Mail Taile）「使盡了各種商業花招，甚至試圖去爲一個隱士清洗；不過那隱士死了。這確實是一個糟糕的失敗，因爲現在那東西（animal）將被追授爲烈士，並在羅馬歷書的聖人傳中佔據一席之地。」（80）

非人性化在那些構建分界的意象中達到極致，那些意象將亞瑟子民視爲木偶，物品或死的東西這不僅適用於其根深固的統治系統和發展系統（142），而且適用於人自身：他們被視爲「資產」（71）、「自動機器」（89）、「自動玩偶」（201）、「笨蛋」（100）、「香腸肉」（104）、「軟體動物」（141）、「碎片」（158），同時他們還長着「像烘鷄蛋餅的鐵模一樣的面孔」（170）。在商業語言中，騎士——遊俠被用來同豬肉進行比較：「騎士——遊俠還比不上豬肉呢；因爲不管發生了甚麼，如果豬肉保存下來，總會給人帶來些好處；一旦市場倒閉，捲進騎士-遊俠這個亂紛紛的漩渦中的話，則每個騎士腦袋尚且不保，還談甚麼資產？只剩下殘兵敗將的一堆垃圾和一兩桶破銅爛鐵」（98）。漢克老是這麼想。

儘管小説運用了一系列的方法將亞瑟子民定型並將其與美

國佬區分開來，但它同時也顯示出二者之間廣泛的相似之處。雖然亞瑟子民已被發明爲「非美國人」，但這美國人在許多方面却與其相似。馬克・吐溫在整部書中提供了許多有關亞瑟子民被成功地同化的證據，通過這種同化，一些亞瑟子民不僅採納了這美國佬的技術革新，還採納了他動人的慣用語。因此漢克自豪地說，「『付帳』（paying the shot）很快將成爲一個普通用語」（193）。雖然這美國佬喜歡扮演亞瑟子民所應當追隨的超人角色，但這種同化在某種程度上來說，是相互的。一開始，在他批評的山迪的語滙中包括「用益權」（usufruct）一詞（75），但他後來却同樣地使用了這個詞（140）。當然，與山迪的聯姻同時也就是象徵着與「亞瑟主義」（Arthurianism）的聯姻，在小說的後記中他還曾狂熱地夢到過她。

　　比這種合作形式的同化更普通的是對抗性接受過程；根據這個過程，在種族對抗中，手段和目的都可從對手吸取。被界定與Y對立的X，在對抗中變得有些像Y了。吐溫特別指出那個美國佬做着與他所批評的亞瑟子民同樣的事，使用着同樣的非人性化詞滙。在書中，教會是永久的罪惡之源，而漢克却恰恰以教會方式爲模本進行他的事業：他秘密地工作，訓練「使團」（147），並稱他的一個手下爲「賣宗教書籍者」，即賣《聖經》的人（80）——這些都表明他爲了傳播其信條，採用教會式的用語。漢克是弗蘭克林（Franklin）所謂的自我實現之人的化身；但他却揪出並嘲笑、污辱道林（Dowling），那個莫名其妙地出現在六世紀的「自我實現的人」。漢克所鄙視於擁護奴隸制之集團和貴族階級的是「那種佔有者與生俱來的老毛病，即認爲自己是超人」（136）：然而這美國佬却毫不猶豫地自命爲那個可以提升迷信的亞瑟子民的「超人」（28）。爲了與迷信作鬥爭（我們記得「種族」曾是異教徒迷信的同義詞）並重新建立

基於政治認同之基礎上的共和政體，他不僅採用合理的論爭與革新，還採用觸目驚心的杜撰的奇跡（可以說是騙術）以滿足他無止境的現代娛樂需求，並同時愚弄亞瑟子民。在要求變革和奪取領導權的鬥爭中，漢克使用的恰恰是他所批判的敵方所使用的手段。因此，他強調中世紀英國文化將人看作動物，以此動員我們邈視中世紀英國——好像他就不是以同樣的態度看待英國人似的。在許多這樣的例子中，人們感覺到亞瑟子民好像是那美國佬隱藏着的自我的鏡象：漢克將他所拒絕承認的自己身上的任何東西都叫作「亞瑟子民的」——並試圖破壞它。爲了拯救「人性」和「文明」，他準備在修辭策略上將和他自己同樣的人從共同的人類範疇中清除出去，然後消滅。

儘管表面上看他很少遇到任何反抗，他的行爲却慢慢使一些亞瑟子民的組織得以形成對抗入侵者的權力基礎。教會、騎士團和默林（Merlin）成功地反抗了這個美國佬，並迫使他決一死戰。由於他們運用了他們各自的手段作戰——宗教禁令、巨大的自我犧牲和成功的魔法——所以他們實際上打敗的是那美國佬。漢克也許使亞瑟子民現代化了，因爲他們現在是「非美國人」了——組織起來反對他的亞瑟王的原教旨主義信徒。

當我們回到漢克事業的性質以及小說的結局這個問題的時候，「對抗性接受」（antagonistic acculturation）是值得考慮的。因爲這美國佬的對手，那些臆造出的「亞瑟子民」，是一個包括各種成份的，模糊不清的組合，諸如中世紀英國與現代英國、法國舊式政體、美國印地安人和南方奴隸主等；由於漢克自身的特徵與他所反對的對象有許多相同之處，所以這種對抗更具荒謬性而不僅僅是一種毫無希望的烏托邦。這美國佬幾乎不像是民主共和新體制的化身。例如，當列·費伊皇后（Queen Morgan le Fay）午餐後處死一名樂師時（83-84），漢克

（他的姓與皇后的名正好相同）並未出來抱不平，以激起這位
在一頓不滿意的午餐之後將她的廚子扔進烤爐的貴婦人身上所
具有的反奴隸制的同情心，而是明確地表示贊同皇后，甚至還
允許她「把整班樂隊都絞死」（85）。如果這看起來還有點像是
《愛麗絲漫遊奇境記》（ Alice in Wonderland, 1865）中的黑色幽
默的話，則漢克還對幽默作家迪納丹（ Dinadan ）爵士（見24
－25）──他在著作中寫了一個老笑話（48），這是在亞瑟王
的英國出版的第一部書──採取了行動，他決定:「我要查禁此
書，絞死作者。」（228）這並不是那由古騰堡所開創並由弗蘭
克林所繼承的歷史的一個里程碑！當漢克出於煩惱想要「絞死
全部人類種族」（174）時，這也許不止是說說而已，不管實施
絞刑的那個劊子手究竟還是不是「人類」的一部分。漢克──通
常對全人類滿懷希望，但有時却爲之感到羞耻（41及103）
──更喜愛熱鬧的壯觀而非系統化的改革項目，更喜愛巴納姆
（ P. T. Barnum ）式馬戲表演而非政治──他甚至在最後的
「努力」失敗之後（258），不惜冒着再來一次的危險。

　　早先，漢克評論山迪的文章時用的詞滙（75）中有「大規
模毁滅」（holocaust）一詞；而在講述他的一個奇跡時，他使
用了一個令人驚奇的繞口令式的德語詞滙，在其中我可注意到
那個極爲激烈的主題以及 Massenmenschenmoerder 一詞
（125，對「集團謀殺」[mass murderer]一詞的笨拙的翻譯）──
──這是說話者的最終命運。在對他的五十二個男孩進行訓話時，
他令人毛骨悚然地宣稱:

　　英國騎士可以被消滅，但不會被征服。我們知道面臨的是甚麼。
　　如果這些人中有一個還活着，我們的任務就沒有完成，戰爭
　　就沒有結束。我們要全部消滅他們。（響亮持久的掌聲。）
　　（250）

漢克作爲現代世界的使者來到一個時間被移置了的地方，很快在他自己那個環境之間建立起分界綫，將自己看作象徵進步的普羅米修斯（Prometheus）（402），而把亞瑟子民視爲落後的種族集團。這種對立的策略還使他變得與那些他認爲他反對的非常糟糕的東西相像。爲了與封建制度的「僵化」體系（87）作鬥爭，他最終將騎士變爲「雕像」——通過電刑，通過強光「使他們變成石頭，你可以這麽説」（253-54）。這是公然違反自我保護、違反現代化、違反多數人民主政治這種理性主義的行爲。因爲小説中「亞瑟子民」與美國印地安人之間那種象徵性的相似，這最後一戰的暴行喚起人們對十九世紀大屠殺或卡斯特（Custer）最後抵抗的印象；同時因其與南部奴隸主之間那種隱喻性的關聯，它還使人想起美國內戰。不管馬克・吐溫之意圖是否出於一個偉大的目的爲第二個「恐怖時代」進行辯護；此小説是嚴密的種族分界的例證，這種界限劃分最終既是嚴格的，又是致命的。

四

　　一個經典的文本闡明了幫助建立種族對立的象徵性過程。雖然種族問題通常只是與某些作者的作品有關——這些作者的祖先使其成爲各自種族集團的成員——分離感的產生却與許多文學文本有關（並且其本身就爲這些文本所支撐）。因此對文學中「種族性」的研究，將不只是在據説是X集團之後代的作者的文本中，搜索有關 X 集團之 X 性的證據，也不只是支撐被認爲是立足於種族基礎之上的整個文化的十九世紀的淨化模式。儘管經常被稱爲是對過去獨一無二的種族規範的抨擊，當代的淨化模式也許仍是其對立面的複製，因爲它同樣集中關注

於作者的X性，以之作爲文學評判以及文學傳統的建構之基礎。種族淨化這一概念是個現代發明，一開始對許多作者而言並不適用。在對文學研究狹窄的種族方法的批判方面有許多著名的先驅者，比如歌德，不過他提出的「世界文學」這世界主義的概念在現代制度化的學術生活中收效甚微。儘管建立了一些系科來進行總體文學和比較文學的研究，文學研究仍然主要是在國家的和種族的範圍內進行。

通過對經典文本和非經典文本進行多方面的研究，現代種族的虛構特徵會變得更清楚了。母題和主題的研究可能會對理解那種想像性的象徵性的結構有用，這種結構加強（有時甚至是製造了）統治者以及被統治者的集團意識，或爲其準備好充滿敵意的對立；同時，此研究還可能揭示，那種現在經常是處於孤立狀態的不同種族之文學研究在甚麼程度上可能享有共同的文學語言。形式分析可能會顯示種族及種族中心主義觀念與現代形式的一致性，從而有助於消除那種認爲種族意識與現代主義互相對立，或認爲現代主義削弱了種族性的錯誤觀念；這種研究還可能描述出在給定文本（源於任一種族）中的多聲調多種族因素，而不是吸收作者「所屬」某個種族集團的作品。正在創作中的新歷史主義的作品，可能會避免將某些文本緊緊密封於不同的「純粹的」種族圈子內，並拋棄那種認爲來自一個種族團體的作者只能被來自同一種族團體的其他作者影響的虔誠信念；的確，比較的方法有助於我們對那種反對分界的文學傳統的理解，並顛覆那種以種族（或納德勒所說的反歷史的部落）爲基礎的觀點，藉此具專業水平的讀者常常在藝術市場中劃分自己的領地。雖然種族性已經成爲當代世界文學中一個潛在性的最有趣的研究課題，並爲在比較的基礎上研究偉大的作品開闢了許多新的可能性，但毫不誇張地説，它也可能給文學

讀者帶來許多非常糟糕的東西。

CY概述

在開始的時候，小說的敍事者在和域堡（Warwick Castle）遇到了來自康州的摩爾根（Hank Morgan）。這個美國佬向他講述自己的故事，一開始是口頭敍述，接着是根據一部手稿，此手稿構成了書的主幹部分。摩爾根這個柯爾特槍械廠的監工，像變戲法一樣被從一八七九年的康州給弄到了五一三年的亞瑟王的英國。這個足智多謀的美國佬給中世紀的英國帶去了一整套現代政治經濟改良思想（比如廢奴、普選和自由貿易）和工業技術發明。小說的許多篇幅用來表現這個美國佬的現代發明（報紙、電話、電報、縫紉機、廣告、自行車、牙刷等等）與他逍遙於其間的那個輕信的世界之間的對立。他找到了一個忠誠的追隨者，「克萊倫斯」（Clarence），還有一個同伴兼愛人「山迪」（Sandy）；他還訓練了五十二個小男孩，組成一個優秀的馬戲團；但他與教會及魔術師默林（Merlin）結了仇。在全英國實行禁令後，摩爾根決心對這個國家的整個騎士階層全面開戰。由於使用了現代的戰爭手段——從無綫電通訊到炸藥和快發火槍——他、克萊倫斯，和那些孩子一起幾乎成功地摧毀了整個英國的騎士階層，但却發現他們自己被困在屍體散發出來的致命的毒氣之中。手稿以克萊倫斯講述默林神奇地使這個美國佬沉睡了十三個世紀而結束。小說還包括馬克·吐溫所寫的一個後記，敍述那位美國佬的精神錯亂和死亡。

張洪波譯

參考書目

[Adorno, Theodor W., Max Horkheimer, et al.]. 1941. "Research Project on Anti-Semitism."

Andersen, Benedict. 1983. *Imagined Communities.*

Arendt, Hannah. 1944. "Race-Thinking before Racism."

Barth, Fredrik. 1969. *Ethnic Groups and Boundaries.*

Bourne, Randolph S. 1977. *The Radical Will.*

Cohen, Abner. 1974. *Urban Ethnicity.*

Devereux, George [s]. 1975. "Ethnic Identity: Its Logical Foundations and Its Dysfunctions."

Devereux, George [s], and Edwin M. Loeb. 1943. "Antagonistic Acculturation."

Ellis, Havelock. 1893. "The Ancestry of Genius."

Gans, Herbert J. 1979. "Symbolic Ethnicity: The Future of Ethnic Groups and Cultures in America."

Locke, Alain. 1925. *The New Negro.*

22 意識形態 IDEOLOGY

卡瓦納（James H. Kavanagh）

「意識形態」這個術語包容了所有與語言的文化複雜性相聯繫的難題：它有豐富的歷史，在其中它具有不同的、有時相矛盾的含義，進而言之，這個詞的大部分變化和内在的張力都被它在當代美國政治話語中所具有的單一的權威的意義而遮蔽了。所以，在討論「意識形態」在當代批評中的應用之前，有必要辨別在傳播更廣和更有影響的大眾傳媒語言中這個詞是如何被應用的。

我們很可能在報紙和新聞節目的政治分析中碰到這個詞，它被用來指某種連貫的體系嚴密的政治觀點。在此意義上，意識形態很明顯是一個貶義詞，經常用來鑒定某個人，這個人希望把抽象的、極端的、政治和理性的魔念强加給「中庸的」（moderate）主流政治制度。因而這就產生了一些具有「意識形態」的右派或左派（如勃克 [Robert Bork] 或卡斯特羅 [Fidel Castro]），他們也就很可能把事情搞亂，而絕大部分通情達理的明白人（和政治家）則相安無事，因爲他們「沒有」意識形態。在這種語言中，「意識形態」作爲「實用主義」、「常識」甚至「現實」的反義詞而起作用。

對意識形態的類似理解可以在文學批評的某些變形中找到，尤其是那些受四、五十年代英美新批評影響的文學批評，它們傾向於把文學文本的形式複雜性孤立起來，進行價值評判。這種傾向在學院中現在已經喪失了大部分影響，但是在一般文

化中仍保留十分強大的力量，這也許是因爲它便於適應前面提
到的權威政治語言理論吧。在這種批評中，我們認爲文學作品
的意識形態方面好的話，與作品的美學價值無關；壞的話，會
損壞它的美學價值。在這種批評術語中，意識形態不幸而貿然
侵犯了那些認爲文學作品應當具有充分的「創造性」和「想像性」
的觀點和教條。這個方面的批評，也就成爲既形成了政治語言
理論又形成了文學語言理論的總體框架的一部分，在此框架内，
「意識形態」被賦予了否定的價值，經常被認爲與像「常識」、「創
造性」這樣一些具有肯定價值的概念毫無關係。

　　要一個美國學生忘掉「意識形態」一詞的這種顯要意義幾乎
是不可能的，這種顯要意義還將繼續不間斷地得到爲數衆多而
又强大的傳媒機構的鞏固。意識形態的這種幾乎等同於「政治」
的習慣意義，在很難證明它們有更細緻的區別的情況下是有用
的，這種情況下面將詳加闡述。但是，這顯然不是當代文化批
評中的「意識形態」的含義，所以，爲了理解它的更爲錯綜複雜
的歷史和在批評理論中的應用，必須努力暫時把這個概念的顯
要意義撇到一邊，就像它從來如此。「意識形態」最初被十八世
紀末的法國理性主義哲學家用來定義「思想的科學」（science of
ideas）和「思維的哲學」（philosophy of mind），以與古老的
形而上概念相區別。在這個哲學傳統中，它與「認識論」之類的
概念相聯繫。不過「意識形態」的最有影響的進展當然是在政治
理論話語中，尤其是在馬克思的理論中取得的。在出人意料地
到達形式更新的美國文學批評之前，它在馬克思主義理論中經
歷了漫長而複雜的旅程。也許「意識形態」是在馬克思主義中獲
得了最有力的發展，因爲馬克思主義總是力求不僅僅是狹隘的
「政治」的理論，而且是一種更全面的能夠理解具體社會中的政
治、經濟和文化因素之間的重要關係的理論。事實上，「意識

形態」成爲了這樣一個概念——通過它，馬克思試圖用不同的方法清楚地表達文化領域（包括「思想」但不限於思想）和政治經濟領域（包括生產）之間的關係。在《德意志意識形態》（*The German Ideology*）中，馬克思和恩格斯清楚地表達了意識形態的第一個引起爭論的定義和鑒定方法，它仍然影響着左派的文化分析。在後來的著作中，馬克思和/或恩格斯提出了關於如何理解意識形態的更多樣也更少系統化的建議，這就使這個繼續在後來的馬克思和非馬克思話語中都獲得了發展的術語的應用，產生了一系列磨擦。

那麼，簡要地指出在馬克思主義傳統和被認爲受馬克思主義影響的社會學內部對意識形態的主要強調方面，可能會有所幫助。這將要求撇開在我們的文化中繼續得到鞏固的另一個意義解釋，明確地說，即將「馬克思主義」等同於「蘇聯」的簡單方便的解釋。我們必須記住，無論如何，馬克思主義首先是一個複雜的社會學說，在多種多樣的文化、歷史語境中，它已經引發了，並且還將繼續引發廣泛的政治運動，但馬克思主義並不等同於任何一個政治運動。儘管大衆傳媒和可敬的北美知識界不斷指摘馬克思主義是某種「俄國」或「非美國」現象，但馬克思主義其實是西方知識傳統結出的一個碩果。實際上，馬克思主義對每個現代社會——包括本文將簡單陳述的美國，都已產生了強大而互不相同的影響。像對別的理論一樣，我們要能夠直面它的邏輯和爭論，而不是通過宣佈它的理論的民族特徵來理解和評價馬克思主義。

對馬克思主義理論而言，每一個歷史上的社會都是由它的階級結構和比「政權方式」更爲廣大更爲基礎的關係網所嚴格界定的。也就是說，每一個社會，都體現了佔有和控制生產財富的主要渠道（在我們的社會，是大工業機構）的統治階級和依

靠出賣勞動力給統治階級以謀生的生產階級或工人階級之間的特定關係。正是在這種歷史的特定的階級關係（現代社會，資本和雇傭勞動之間）基礎之上，進行着構成了一個社會的所有財富的產品和服務的生產（和不平等的分配／盜用）。所以，哪怕僅僅是爲了保證這種物質財富生產方式的連續性，每一個社會都必須首先保證其自身的這些階級關係的再生產。產品和服務的生產，在農莊經濟中要求首先有地主和奴隸；在資本主義經濟中要求首先有資本投資者和雇傭工人，而一個社會的持續穩定則要求其所有階級的成員都樂於接受階級關係的既定結構。（這並不妨礙一個單獨的社會主體試圖去改變他／她的階級地位。個人的社會變動，絲毫不能改變一個社會的階級結構。）

顯然，任何劃分的階級的情形都包含了任何時候爆發公開衝突的內在張力。所以每一個社會都有一定的鎮壓機器（警察、軍隊、法庭），它能夠用來控制周期性發作的社會緊張局面，迫使社會主體接受他們在兩個階級之中的從屬和支配的關係。但是，經常依賴軍隊，依賴「官方」的力量去保證社會階級關係的穩定再生產，這個方法既昂貴又不奏效。實際上，這是一個軟弱的社會政權的標誌，在這社會政權中，被統治的大多數人（也有一部分來自統治階級的人）感到他們是處在一個不公正的環境中，並試圖有所行動而改變它。另一種情形則好得多，那就是其中的每一個人——來自統治階級和被統治階級都一樣——認爲和感到當前的社會關係制度是基本上公正的（即使對他們並沒有做得如此好），和／或比任何可能的選擇都要好，和／或不可能有任何變動。在這種情形下，是意識形態而不是軍隊，成爲控制社會矛盾和階級關係再生產的首要方法；如果說，社會運用暴力機器，去面對公開的反抗，它則用意識形態

機器去將不同階級的成員塑造成甚至連想都不去想反抗的社會主體。

當意識形態控制了社會再生產，再生產過程就變得對統治階級大有好處：從屬階級的成員將會願意聽任他們的社會劣勢，試圖盡可能去得其所能得，和通過比較容易控制的個人方式如野心、暴力、自暴自棄（包括犯罪）來表達他們的不滿。同時，統治階級的成員自己也更易於相信他們的財富和權力畢竟是公平所得，相信他們所管理的世界是所有可能的世界中最好的，相信他們能夠稱心如意地消除所有那些麻煩而又不切實際的想法，即關於如何用不同的方法組織社會和社會財富的再生產的想法，和消除那些僅僅只是剝奪他們的權力和財富而不會對任何人有益的陰謀。在這種情形下，即使存在很多的個人不滿，保障階級關係的社會制度也能保持穩定。在這種情形下，面對菲律賓的貧窮和飢餓，馬科斯夫人（Imelda Marcos）個人收藏的鞋將被痛斥爲放蕩；但甚至面對美國的窮人和無家可歸者時，唐納德·特朗普（Donald Trump）的私人不動產累積也會被廣泛地尊敬爲企業家熱情的標誌。在有必要面對窮人和無家可歸者對產生窮人和無家可歸者的社會制度的堅決反抗時，與其四處佈滿警察，還不如讓每一個人都念着「你不能戰勝市政廳」或「窮人將和我們在一起」或「每一次革命只會導致更糟的暴政」更有效、更有欺騙性。或者，就像一個激進的文學批評家所說的，在一個值得注意的不那麼緊張的語境中：「意識形態最終比法律更有影響。很難設想法律竟能禁止文學教授們去關心文本以外的東西。」（Franklin 1972, 115）。

這就給我們帶來一個問題，即在當代文學或文化分析中，意識形態概念是如何起作用的。一個作家已就意識形態評論道：「歸根結底建立一個社會是可能的，因爲其中的個人都會在他

們的頭腦中帶着那個社會的某種圖景」（Mannheim 1964, 23）。這種觀點，連同「他們在意識形態中的位置」這樣一個重要補充，可以用作當代意識形態理論的一個好介紹，當代意識形態理論試圖理解現代社會用以提出「現實」、「社會」和社會主體的「自我」等互相鞏固的説法的複雜方法。當馬克思和恩格斯最先形成意識形態的批評標準時，英美的主要階級是大量的不識字的農業工人或第一代城市工人，還沒有普及的大衆教育或政治選舉，沒有大衆娛樂設施，只有一個社會機構——教會——它影響每一種文化實踐，並在話語、儀式和想像中給每一個人提供對世界和社會的判斷。所以，理解意識形態的第一次馬克思主義的嘗試就不可避免地被一個關於社會成員的相對簡單的心理學所限制，並被歐洲宗教意識形態中的緊緊纏結在一起的哲學和政治的批評所控制。這種方法傾向於將意識形態的鑒定和觀念論的批評融合在一起，所以「意識形態」被視爲一種思考方式，它將思想錯誤地理解爲社會的決定性的具體歷史形式，反之却不然。在這個意義上，「意識形態」指泛義的認識論的錯誤，並不是一個新的、更多地基於經驗形式的——有時被稱爲「科學的」——思考方式就可以避免這種錯誤，如果不能實際上根除這種錯誤的話。從他們著作中另外的觀點來看，馬克思和/或恩格斯用「意識形態」來談論適用於具體的社會類型、具體的階級利益的具體的「意識的形式」（forms of consciousness）。在後一種用法中，「意識形態」從指「真實」的反面轉而指那些具體和獨立的「使人感覺到社會衝突並要論個輸贏的形式」，這種形式宣揚特殊的社會歷史的利益，就像是在表述自然而普遍的人類需要一樣。

　　主要來自阿爾圖塞（Louis Althusser）的著作的當代馬克思主義理論，已經根據精神分析所提供的關於主體建構的更爲

複雜的觀點，和根據近代資本主義社會中發展形成的更爲精細的意識形態實踐，重新研究了意識形態概念。在此框架內，意識形態指一個豐富的在具體的物質實踐中逐漸形成的「表述體系」，這種「表述體系」有助於使個體變爲社會主體，這種社會主體能自由地將與他們的社會世界和他們的位置相適應的「圖景」內在化。意識形態給社會主體提供的並非一套狹隘的政治觀念而是界定真實和自我的參數的基本框架；它構成了阿爾都塞所説的社會主體「與真實的『體驗』（lived）關係。」

我們現在知道「征服」（subjection）的過程主要是通過像引導理性的興趣一樣引導潛意識的恐懼和慾望而起作用的，也知道它是通過繁多的分離，通過具有內在聯繫的複雜的社會機構實現的。意識形態作爲「一套思想」比起它作爲表述、感覺和想像的體系，遠不是那麼穩固。後者作爲不可避免的、自然的和「現實」本身的必要功能，明白地鼓勵一個男人或女人去「洞察」其在歷史的特定社會形態中的具體位置。這種「洞察」優於和先於社會主體用以「思考」社會現實的任何方法，這種「洞察」好像是通過隨意的形象想像來形成的，就像它通過對政治理論的嚴肅關注而形成一樣。因而，文學或文化研究中的意識形態分析，就與制度的和/或文本的機構相聯繫，而這種機構作用於讀者或觀衆對自我和社會秩序的想像觀念，並以此號召或懇求（或「詢喚」[interpellate]，像阿爾圖塞所説的，用了一個綜合了「召喚」[summons]和「呼叫」[hail]的意義的準法律學術語）他/她進入社會「現實」和社會主體性的具體形式。

雖然根植於對以階級爲基礎的歷史的理解中，當代意識形態理論也認識到社會「現實」和主體的感受方式是建立在各種不同的體系之中的。在社會的各個具體方面，性、種族、宗教、地區教育和倫理的差異，就像階級差異一樣，連成了一個決定

因素之網，意識形態如何形成對現實的「體驗」關係受其影響。任何具體的社會都包含一系列的意識形態和社會主體，而這個領域易於形成一個不對稱的必須不斷地被重新判斷的整體，易於形成一個在其中絕大部分的意識形態處於與統治的意識形態的不平等、從屬關係的位置上。我們社會中有影響的意識形態實踐（文學、電影、音樂等等），也就必須涉及這些「差異」的整個領域，並且經常非公開地強調階級問題（這不是說它們不影響社會階級結構的再生產）。現代文化文本被體驗為心理學的和個人的事件，被指向刺激和/或焦慮的激發和平息（或者，用文縐縐的方式說，是智力的探索）。在美國，當代形態的意識形態分析也就容易集中於研究性別差異的意識形態工作，一種經常圍繞這種文本事件的工作。

在理論上，意識形態分析向建構主體的所有社會意義系列的差異開放。當然，在任何實際的社會歷史情況下，一些差異將會比另一些差異更具社會意義。在美國，意識形態分析大規模地轉向性別分析，我想，部分地是由於當代北美的女性主義政治和話語的不確定的但真實的收穫，它針對以階級為基礎的政治學和話語的缺點。也許值得着重指出：這個缺點幾乎標誌着階級作為一種重要的社會現實的消失，正是社會意識形態的成功建構了「對現實的體驗關係」，在此關係中，「階級」確實難於被「看見」和「把握」，通過這種關係，階級差別的一般結構也就得到更為隱秘的再生產。

現在我們可以評論在「意識形態」的這種用法和我在這一章的開頭所描述的更為普遍的用法之間的明確差異。在我對這個術語的詳細說明中，「意識形態」並不與「常識」或「現實主義」對立，並沒有非意識形態的社會話語這樣一種東西。確實，「現實主義」（無論是在政治還是在文學中）現在都可以理解為意

識形態的實用形式。如果一個人堅持認為她/他（或一個已知的文本）是「非意識形態的」，因為她/他（或它）否認任何連貫的政治理論，那麼她/他就傻得像堅持認為她/他是「非生物」，因為她/他並沒有關於細胞形態的一致理論一樣。意識形態是作用於並通過每個社會主體起作用的社會進程，就像任何其他社會進程一樣，每一個人都「身在其中」，不管他們是否「知道」或理解這一點。它具有產生對社會主體而言能夠承擔和接受的明顯「現實」的功能，彷彿這種「現實」不是社會地產生的，全然不必被「弄懂」。堅持「非意識形態」的主張並不能表明一個人從意識形態那兒獲得自由，却表明一個人陷入了一種具體的十分狹隘的具有嚴密的社會遮蔽功能的意識形態——甚至對遵奉它的個體也遮蔽起一個人的社會和政治地位的特徵和特性，這種意識形態還妨礙對建立了一個人的社會生活基礎的現實進程的認識。

　　指出「意識形態」的這個用法與一些我們也許既可以在馬克思主義話語中，也可以在文學批評話語中碰到的其他用法之間的區別是很重要的。在此，意識形態是一個分析的範疇，不同於「政治」，儘管它與之相關。意識形態是社會實踐的一個重要層面或「例證」（instance），它處於包括政治在內的社會實踐的發展之中，就像出版社和電影製片廠隨着同一領域內的政治團體的發展而蓬勃發展一樣。事實上，這不只是一個類比而是一個例子：電影製片廠和政治團體都是當代馬克思主義理論所說的各有區別的意識形態機器和政治機器。這兩種機器之間有廣泛的內在聯繫和能互相貫通，但是，每一個機器所生產的社會產品或效果，仍有足夠的可辨別的相對獨立性和特殊性，所以一個嚴密的社會理論必須能夠彰明這個重要的區分，以便細緻地抽出這些重要的關係。在這件事情上，我們可以說，如果

說舊的意識形態理論太易於將意識形態包攝在政治之下，那麼新型的意識形態理論則易於通過輕視政治的獨立性和/或通過忘却辨清意識形態和政治效果之間的關係而矯枉過正。至少對這種寫作者而言，意識形態僅僅是通過使我們關注文化文本與政治學、權力和/或階級等問題的關聯而維持它的邊界——使之免於變爲一種社會心理學。

當然，困難在於具體說明這些聯繫時保持分析的和歷史的謹慎。意識形態效果並不等同於政治效果，而是以特有的複雜方式同政治效果相聯繫或隸屬於它。這些關係有時候是公開的，有時候是隱秘的；它們能夠非常密切，甚而緊扭在一起；它們可以在單個文本的水平上合作，或僅僅通過貫穿於文化中的相似的文本策略的聯合生成物而合作；它們常常加強，但有時也有助於破壞主體對一種既定的社會政治秩序的接受。這種多重性潛在於意識形態運作中的矛盾的政治影響，是發生在政治實踐中的正在進行的衝突的「另一種」表達或移置——它與那些衝突共存或比之更尖銳——正是這些衝突構成了劃分爲階級的社會形態，所有這些社會實踐都在其中發展。

我們生活的社會有種種不斷變化的社會機器，這些機器有沉重的意識形態功能：家庭（在危機中）；教會（現在爲數多、半競爭的）；學校；體育；電視網絡；公共電視；有綫電視；好萊塢（觀衆衆多的）電影；獨立的、外國的和「藝術」（受過教育的觀衆）電影；更不用說不同的「文學」文類：從「嚴肅」小說和戲劇到「通俗」小說、科幻小說、科幻小說、西部小說、連環漫畫雜誌，諸如此類。這些機構中的大部分顯然都在盡一切努力否定「政治」，避免去思考誰應當控制政府權力，但如果真的認爲它們與那些直接涉及公開的政治問題的機構截然不同，那就會可笑了。一部出色的影片並不像一場戰爭演說那樣發揮作用，

雖然實際上電影的引導能對更多的人發揮更好的作用。關心重
大政治制度的美國人口所佔的百分比正在下跌（參加一九八八
年選舉的選民僅有約百分之五十）；每個單個的美國國民只是
被動地涉及或關心一些重要的意識形態機器。正在下降的政治
興趣並不意味着制度不起作用了；相反，它標誌着制度正運行
得非常好，謝謝你——它通過意識形態的詢喚/臣服機器在更
多的時間對更多的人起作用，而不僅僅進行那些政治説服。

實際上，社會主體的非政治化正是美國意識形態整體運作
所幫助加強的主要政治效果之一。美國的政治過程正使自己越
來越突出地表現爲——可以説主要是得益於社會制度的穩定性
——意識形態對政治的優越性，表現爲勢均力敵的機會之間的
競賽，而非政治措施之間的選擇，表現爲建立在像感覺良好的
速食商業一樣富有特色的意識形態引導基礎上的領導人選舉。
意識形態和政治的這種相對獨立性，允許我們去幻想美國娛樂
和公共關係工業的一些意識形態設施能夠用於十分不同的政治
效果——用於加強政治意識、歷史感、公共責任感，和每個人
有權幫助決定自己和民族的經濟與社會命運這樣一種意識。當
然，這就要求社會意識形態機器能夠在不同類型的社會中，用
不同的結合方式與不同的政治和經濟機器並列發展。正如阿爾
圖塞所説：

> 在階級社會中，意識形態是統治階級根據自己的利益調整人
> 類對其生存條件的關係所必需的接力棒和跑道。在無階級社
> 會中，意識形態是所有人根據自己的利益體驗人類對其生存
> 條件的關係所必需的接力棒和跑道。（1970，235-36）

這段引文的含義——即甚至在馬克思所斷定可能和必然的
無階級社會中，意識形態也是一個必要的方面——這就使這種

理論同那種將意識形態界定得與「真理」或「科學」毫無關係的理論之間顯出了清楚的差異。以前絕大多數變形的馬克思主義在「幻想」或「神秘化」的框架內認識意識形態，而爲了提高到一個更準確的社會認識，必須摒棄這些。在很多方面，這些馬克思主義接受了一種柏拉圖式的評價意識形態的認識論準則，這個準則不能辨別意識形態實踐所產生的富有特色的意識形態效果；同樣，我們堅持這種柏拉圖主義無效的觀點遠遠地得到了在激進的社會理論內部經常出現的歷史批評的反應。「詩人……他無所承諾也就從不撒謊……一場戲劇正在開始，出現了用巨大的字母寫在一扇古老的門上的 Thebes（底比斯），但是，連小孩也不能相信那真的就是底比斯。」（錫德尼爵士 [Sir Philip Sidney]：《爲詩辯護》[*The Defense of Poesie*]）

在我們的框架之內，被界定了其社會功能的意識形態的主要之點，也不是「給出知識」或製造某物的精確「拷貝」，而是建立、調整和/或改造社會主體性。這種獨特的意識形態效果不是理論的而是實用的，它使不同的社會主體都感到暢快，並在一個既定社會的界綫內行動（或不行動）。意識形態話語和實踐總是包含或傳達某種「知識」，但並不就是產生知識的工具，也不應當用那些術語來判定它。其實，有另外一些錯綜複雜地聯繫在一起的社會實踐——也許可以證明等同於「科學」或「理論」——把產生知識作爲它們的首要目的，但是這些不同的實踐並不是意識形態的對立面，也不能取代它。意識形態是「社會性」本身的必要因素，「社會的歷史生活的本質結構……爲了培養人、改造人和使人們能夠符合他們的生存條件的要求，任何社會都必須具有意識形態。」（阿爾圖塞1970，234-35；強調從原文）。那麼，從這些方面看來，具體的意識形態話語和實踐的難題並不是它們是意識形態的，而是它們如何「培養、改

造或武裝」男人和女人去適應何種「生存的社會條件」。這種由
意識形態分析提出的問題很少是：「一個指定的意識形態話語
或實踐能準確地表現底比斯、紐約或摩納哥嗎？」而更多地是：
「在指定的情況下，能動（錯誤）地表現底比斯、紐約或摩納
哥而又恰如其分，對一個指定的意識形態實踐的主體所產生的
效果是甚麼？」

　　當然，依據語境、觀衆以及文學批評研究和再現文本，並
將它們同別的文本和社會實踐相聯繫的結構話語的方式，對這
種問題能有不止一個回答。通過研究當代意識形態理論如何處
理一個具體的文化文本《蜘蛛女之吻》（*Kiss of the Spider
Woman*），就可以很容易地把握這一點。首先，這部影片展
示了名叫「好萊塢」的這樣一個意識形態機器的複雜性——「好
萊塢」一詞現在指的不是一個小城市而是一個跨國工業。當前
電影製造的嚴厲的財政束縛，使電影完片之前的借貸越來越複
雜，這既說明了錢的各種來源，又表明我們對一種具體的意識
形態機器的社會性「臣服」，這種意識形態機器總是（有時甚至
是比較「進步」的娛樂事業）要求我們爲了娛樂遵奉資本來源各
方的簽約。這部電影在屏幕上打出了三個單獨的製片單位：
「島嶼・艾萊芙出品」；「聯合者：電影達拉斯，投資基金之一」；
「HB電影公司出品」。這些貸方似乎表明了一個資本主義的真
正的跨國集團在支撐電影：英國的（島嶼影片公司，即愛爾蘭
唱片公司的分支，生產了大量「芮蓋」[raggae]音樂），美國的
（電影達拉斯，一個以德克薩斯爲基地的投資團體），以及巴
西的（HB電影公司，大概是巴本柯[Hector Babenco]，這部
電影的巴西導演的一次冒險）。再加上，這部電影是以一個阿
根廷作家普格（Manuel Puig）的小說爲基礎的，是由那些炙
手可熱的、「有銀行擔保的」美國青年演員精心演出，這些演員

能形成對財政上非常重要的美國大眾市場的吸引力。這樣，它的成功部分地是由於它機智地商定了具有大眾效應的複雜經濟前提，任何當代意識形態實踐都需要這一點。

這些代理人制定電影的重大決策，就像它是一個具體的生產模式中的一種意識形態產品；但是他們也不解釋它作爲一個文化「文本」的意識形態效果——作爲「意義」和/或「經驗」的頂峯被感受的一系列表述。這終歸是一部電影力求的，我想也是主要想贏得的「政治」進步和審美趣味的（先鋒或後現代）效果。它是一個左派拉美作家的作品，也許更明確地說是左派拉美導演的作品。普格是一個公開的同性戀作家，他在軍事專政的年代裏被迫離開阿根廷。他早期的一部小説，半自傳的《被海渥斯所背叛》（*Betrayed by Rita Hayworth*），講述了一個小男孩的故事。這個小男孩由於周末和母親拜訪了一些電影明星，便對漂亮女性的屏幕形象產生了幻想。巴本柯從前的電影《皮克托》（*Pixote*）描述了一個無家可歸的、被遺棄的，實際從事男性賣淫的巴西街頭男孩的生活。領銜角色由一個真正的街頭男孩扮演，這個街頭男孩只是自由世界拉美防區的千百萬流浪兒童中的一個，現在大概頂多十六歲，正面臨着司空見慣的命運——被槍斃。換而言之，這兩部從前的作品都用原型的和啟發的方式表現出直面社會問題的願望；都在尋求用文化的語言去幫助加深對近來被粉碎了的可笑的拉美準法西斯政權的政治挑戰。這部電影也就部分地是拉美革命歷史進程的產物。在這種語境之中，事實上，《蜘蛛女之吻》公開地用不同的方法探索了意識形態用以運作於社會主體性，和用以嘗試把包容於意識形態和政治之間的五花八門的、奇妙的，和不可預料的各種關係向觀衆（甚至好像它代表了互相公開的角色）公開的各種不同的方法。

這部影片描繪了瓦倫適納（Valentina），一個拉美革命家和由於同性戀而被監禁的莫利納（Molina）之間的同室難友關係。這種關係是通過莫利納「講述」一部電影來傳達的，那是一個第二手的故事，有助於「消磨時光」和將瓦倫適納從被打的疼痛和中毒的折磨中解脫出來。莫利納所喜愛的那部電影，實際上構成了我們所看的這部影片的大部分，它原來是關於貪婪而好說教的猶太教徒與在被佔巴黎的英雄的德國軍官之間的較量的影片。雖然對瓦倫適納和觀衆而言，莫利納對這樣一部影片的認同看來很可笑，甚至令人震驚，但我們馬上就明白了莫利納實際上不是用那種方法「看」電影的。莫利納把戴猶太便帽的猶太教徒看作戴着土耳其帽的土耳其人，把德國軍官看作穿着時髦制服的勇敢的年輕戰士。當瓦倫適納指出它實際上是一部納粹影片，莫利納回答道（重複了那些在文本研究和建構他們的主體性的方法中找到了緊張的愉快的人的「批評」的典型抱怨）：「看，我並不解釋電影。它只是毀滅了激情……那只是背景。這正是重要片斷開始的地方——關於情人的片斷。」莫利納僅僅把這部影片看作和欣賞爲一個「羅曼司」，一種鞏固和重建了一種身份、一個現實的意識形態引導，在其中，愛情、美人或尋找一個出色的男人（對他而言是得到一個習慣上有女性變態的男人），這才是真正重要的。

那麼，這種情形完全掩蓋了政治上「嚴肅」的馬克思主義革命家和一個任性的天真的「墮落的」同性戀/「羅曼蒂克」者之間的典型區分，當我們得知莫利納對瓦倫適納的好意是典獄長爲了從瓦倫適納那兒獲得其同志的情報而策劃的陰謀時，這個結構似乎更牢固了；作爲當密探的交換，莫利納被許諾提前釋放。歸根到底，對莫利納來說，瓦倫適納的政見和歷史「僅僅只是背景」。

　　但是意識形態和意識形態運作的效果却出人意料。正是因爲莫利納浪漫的思想方式和他講了一個浪漫的電影故事，他和瓦倫適納更接近了，他們每個人都學會了尊重和接納對方的意識形態。把瓦倫適納拽進這個浪漫幻想故事，不可避免地促成了莫利納對瓦倫適納的愛；輪到瓦倫適納，他也確實通過莫利納的感情和物質上的支持（這正是最初的動機），獲得了幫助和鼓勵，並認爲這種（事實也正越來越如此）真誠的坦率和敏感表達了莫利納本人的另一種堅強。在莫利納同意充當瓦倫適納的革命小組的通訊員，瓦倫適納允許莫利納進入他的身體從而進入莫利納的浪漫想像時，他們之間的意識形態共謀終於得到了鞏固。兩個主體的位置都被改變了，但哪一個也沒有被否定。莫利納把一種新的政治信仰帶進了他的生活，直到他被瓦倫適納的同志槍斃，提醒了警察去懷疑——一點不錯，雖然並不完全如所預料——「他比我們所懷疑的陷得更深。」（警察以爲莫利納「已經同意如果需要就由他們[革命者]除去」，雖然對觀衆而言，革命者槍斃他是因爲他們錯誤地但情有可原地認爲他把警察領來了。」）

　　至於他自己這方，瓦倫適納已被殘忍地拷打，用他自己的話說，他盜用了浪漫幻想的力量，進入了電影中的電影「蜘蛛女」以逃避新傷口的疼痛，而更多的政治上的令人沮喪的失望也許會由此加重。觀衆也許會發現他/她自己陷入了一個童話中，這個童話顯示出了意識形態與政治的某種令人吃驚的互相串通的關係，其中一個社會主體的浪漫思維方式被從它最初與之相互作用的政治聯繫中分離出來，變成了革命者的政治信仰的觸發因素；另一個社會主體的革命的意識形態也易於接受體現在浪漫幻想中的希望，接受了另一種「對現實的體驗關係」的革命的可能性。

　　就像我在上面所提到的，一個複雜的投資人之網——包括語境、觀眾、組織結構話語和實踐的影響——有助於決定任何一部文本的「意義」。在當前美國意識形態的條件之下，並不是所有的觀眾都能同時像我那樣地領會《蜘蛛女之吻》。確實，美國文化意識形態的現狀可以用最近發生在布魯克林（Brooklyn）的套間裏的下面這段對話爲其縮影。當時，普埃爾托‧里坎（Puerto Rican）一家，他們的客人和幾個土木工程學會會員正在看《魔鬼續集》（Demons Ⅱ）的錄相：

年輕人：這是一部好影片，但還是不如《魔鬼》好。

客人：我沒有看過《魔鬼》。

年輕人：噢，它像《萬聖節前夕》（Halloween）。你看過《萬聖節前夕》吧？

客人：不，沒有。

年輕人：那麼，噢，它像《榆樹街的惡夢》（Nightmare on Elm Street），你看過那部電影吧？

客人：不，從沒看過。

年輕人：你從未看過《榆樹街的惡夢》？那麼你不知道弗雷聚‧克魯格（Freddy Kruger）？好，它像《黑色星期五》（Friday the 13th）。你一定看過傑森（Jason）的《黑色星期五》。如果你不知道弗雷聚，你一定知道傑森！

客人：我也從未看過《黑色星期五》。

年輕人：那麼你是甚麼人？一個共產主義者？

　　這種反應肯定地表明了它對「標準」地感受或理解文化文本的美國方式的衝擊，和它對最隔離的社會主體的牢固的把握；

它也表明「標準」的感受方式其實對《蜘蛛女之吻》的研究並非更「自然」、「自發」或更「顯而易見」，也並非更少「政治化」。對這部電影的任何感受方式都受制於觀衆和語境的更早的意識形態結構，受制於電影的以含有政治意味的方式直接進入競相去「説明」和「解釋」——實際上是製造——它的意義和/或價值的組織話語之網。學院派的文學或文化批評僅是這樣一種組織話語，其中有爭議的理論——像作爲本論文基礎的自覺的意識形態理論——比權威的西斯格爾-和-埃伯特（Siskel-and-Ebert）式的批評話語更大範圍地維護它們自身。這種權威話語產生了一種觀衆、一個語境，和一個在其中統治的政治格局顯得像「標準」本身一樣的文本；文本的任何別的社會政治的細微差別都被反映得既不可感——「只是背景」——也不可能被嚴肅地對待——這是魔鬼的意識形態效果。本論文的「話語」試圖使這種細微差別變得像它們應有的那麼「顯而易見」；這些話語的遇合際會標誌着在一個愉快的/漂亮的/幻想的文化文本之上的意識形態鬥爭，將被用來肯定或對當時的自我意識與社會秩序，加以挑戰——通常是一種關於「顯而易見」者的鬥爭。

另舉一個簡短的、更爲直接的，甚至更爲「大衆文化」的關於意識形態和政治之間的鬥爭的例子。它是關於意識形態和政治之間的鬥爭的關係，關於政權如何去界定甚麼「顯而易見」有助於決定誰來統治，它也是關於誘導的意識形態組織與專制的意識形態組織之間的相對力量的，通過它我們能夠提供在一九八四年總統競選活動期間斯普林斯廷（Bruce Springsteen）的「意義」的廣泛的廣告化爭論。這是威爾（George Will），美國有名的保守派傻瓜所寫的一部書引發的，書中把斯普林斯廷當作美國夢的光輝榜樣來寫，所謂美國夢即如何以艱苦的工作、雄心和自由施展的才能去積累財富的夢想，即使不能肯定地夢

想成真，這也給工人階層的美國人以希望。這種斯普林斯廷式
的艱苦奮鬥後來被用進里根（Ronald Reagan）在斯普林斯廷
的家鄉新澤西的演說中，里根試圖挪用文化偶像斯普林斯廷作
爲一個里根式的小伙子。在晚間新聞聯播中，國家傳媒馬上在
其後加上了很多的片斷，接見斯普林斯廷的音樂迷，這些人宣
稱對他們而言，斯普林斯廷確實是顯而易見的美國社會實情的
另一種證據：如果他不去做，別的任何人都可以去做。所有這
些大吹大擂的宣傳終於指點了斯普林斯廷本人去提醒他的音樂
會觀衆們，他的歌（像《我的家鄉》）的歌詞根本不能說明美國
夢的持久性；去把音樂會的收益贈送給團結基金會；去對工人
說團結起來反對工廠關閉，告訴他們：「漲得無邊無際的是物
價，而失業正在使人們的家庭、婚姻和那些正努力獨自帶大孩
子們的單身母親遭受打擊。」

　　利害攸關的是，一個有魅力的文化偶像的巨大吸引力和他
所創造的瘋狂流行和令人愉快的文化本文（搖滾歌曲），是如
何被盜用來支持具體的政治和社會經濟的綱領。對里根和威爾
而言，斯普林斯廷和他的作品明顯地鞏固或明顯地質疑了美國
夢嗎？他和他的歌表明了美國是所有人的希望之地或是許多人
夢想消滅的地方嗎？在這種情形之下，對斯普林斯廷的重複，
如果多少不那麼廣告化，「作者」的直接介入致使右翼宣傳員多
少打消一點盜用他的作品的企圖，則這結果多少可以被描述爲
一種和局。但甚至這樣一個豐產的著名「作者」的公開評論，也
不能完全地抹煞一個更爲豐產的更有影響的意識形態機器的影
響，這個機器不斷地使觀衆和語境準備好去接受任何文化信息
——總是已成的、肯定北美資本主義的明顯優越性的。斯普林
斯廷終歸是那種意識形態機器和構成它的各種工業的產物；他
是以允許無限制的私人財富積累和暢通無阻的私人投資自由爲

基本政策的社會經濟制度的受益人——這個政策不可避免地產生了大量的失業、貧困和痛苦；他是美國夢的一個偶像，這美國夢並不是專屬美國人或里根的，而是美國資本主義意識形態的代表兩黨的柱石，這個夢想當時（一九八八年的總統選舉）被自由的民主黨人像迪卡克斯（Michael Dukakis）甚至傑克遜（Jesse Jackson）等熱烈地贊成和提倡。如果說這並不是爲了討論斯普林斯廷的某種極左評論，他已變得直率和令人耳目一新的進步，但却是爲了認識一種社會文化的實情——即他和他的作品以他能（並且確實能）影響但不能完全控制的方式，陷入了決定它的意義的意識形態機器和意識形態的鬥爭；也是爲了認識到進步的意識形態的鬥爭不可避免地面對社會和階級權力的頑固的結構，並只能在緊要的關頭以一場同等直率同等頑固的進步政治鬥爭克服它們的固執。這難道不顯而易見嗎？

　　總而言之，「意識形態」指的是必不可少的實踐——「表述體系」是它的產品和支撐物——通過這種實踐，不同的階級、種族和性別的個人，同社會歷史的綱領保持着具體的「體驗關係」。意識形態分析專門研究那些「體驗關係」和表述體系如何被制定、改變以及同具體的政治綱領的聯繫。更負責任的意識形態分析研究也試圖改變有影響的意識形態總體同具體的政治綱領之間的關係。因爲如果沒有強大的有影響力的意識形態引導方式來發動，就不會有成功的政治綱領。所以，各種文學文本和文化文本構成了一個社會的意識形態實踐；文學批評和文化批評構成了這樣一種活動：以它自己粗陋的方式，既服從於，也有意識地去改變那種必不可少的社會實踐的政治影響。

申潔玲譯

參考書目

Althusser, Louis. 1970. "Marxism and Humanism". In *For Marx.*

——. 1971. "Ideology and Ideological State Apparatuses". In *Lenin and Philosophy.*

Belsey, Catherine. 1980. *Critical Practice.*

Eagleton, Terry. 1976a. *Criticism and Ideology.*

——. 1976b. *Marxism and Literary Criticism.*

Jameson, Fredric. 1981. *The Political Unconscious.*

Kavanagh, James H. 1985. "Shakespeare in Ideology". In *Alternative Shakespeares.*

——. 1982. "Marxism's Althusser: Toward a Politics of Literary Theory."

Marx, Karl. *The Eighteenth Brumaire of Louis Bonaparte.*

Marx, Karl, and Friedrich Engels. *The German Ideology.*

權當後記 某人閱讀

IN PLACE OF AN AFTERWORD
SOMEONE READING

蘭特利奇（Frank Lentricchia）

　　史蒂文斯（Wallace Stevens）曾講過一個小故事，當我重新講述這一故事時，我不得不對它的情節安排做些變更。這個故事（史蒂文斯的以及我的）實際上是一個「軼事」（anecdote）. 此詞源於希臘文的anekdota，意指未曾公之於眾的東西。比較而言，我們更熟悉這個詞在英語裏的意義：一般說來，乃指對某個著名人物生活中有趣小事添油加醋式的（gossipy）敘述，而此著名人物一生的主要經歷一直就是公衆談論的中心。這還不夠：此人的經歷——當他同時也是某種表率和模範時——通常是他所屬的文化理想化的故事的集中表述和縮影。於是，像所有的軼事一樣，我頭腦中的這一個如果不能表達出超越於軼事自身之外的甚麼東西的話，它也就不成其爲軼事了。因而我們可以說：所謂軼事就是未曾公之於衆的小故事，有趣而頗具傳記色彩，顯然代表着某個更大的故事，一個由它引發出來的圍繞着某個中心而四處瀰散的社會傳記——在軼事之光的燭照之下，小故事顯示出大故事的菁華與本質，並且同時它已成爲一個大衆文本（public text）的注解；迄今未曾公之於衆的東西公開化了。軼事的講述者必須能夠預見那個包容性很強的大的傳記性敘事（biographical narrative）之中所隱含着的文化精神，他所要講述的軼事正是建立在這種文化精神的基礎之上，其效果完全是政治性的：以激起大傳記

（master biography）的方式激發社會羣體身上的叙事感
（narrative sense）。軼事以這種激發大傳記的方式幫助我們
記憶。而這樣激活起來的記憶則成爲支撐我們的基本文化假設
的主要力量。

當喬治・華盛頓還是個小男孩的時候，有一天他砍倒了他
祖父園裏的一棵櫻桃樹。通常，美國人一下子就能明白這個故
事的含意；根本不必把故事講完，根本不必講出那最後的點睛
之筆，國人肯定明白，這個故事要説的是：政府與人民之間的
關係是坦率的，真誠的，因爲美利堅合衆國的締造者是誠實的。
合衆國之父，我們的首任總統，是不可能説謊的。沒有隱藏的
動機，沒有秘密的謀劃。沒有必要成爲偏執狂，我們的政府是
個民有、民享、民治的政府。下面是另一件軼事（虛構，故事，
謊言）：一天，我的祖父，我母親的父親，一個七十有九的老
人，在紐約州由提卡（Utica）八月中旬的暑熱之中（他身着
約翰褲，似乎忘記了酷熱），一邊叼着烟斗（但却不吸）坐在
他的門廊上搖搖晃晃，一邊把他孫子（那時是十三歲左右）的
注意力引向街對面的那個人：此人也坐在他的門廊上，既沒搖
晃也沒吸烟，蜷縮成一團，就好像於瑟瑟發抖於嚴冬凜冽寒風
中之一八句老翁。我祖父一面頻頻點頭，一面用烟斗指着「這
個美國佬」——他確實是這樣稱呼那個人的（他説的是意大利
語），在「這個」與「美國佬」之間還加進了一個很刻薄的很難翻
譯的形容詞）以一種我事後才弄明白的狡點的語調，説：La
vecchiáia è'na carógna。這是我祖父生活經歷中的一件小事，
也許它本身還是挺有趣的。肯定會有趣，如果你能翻譯那句意
大利語的話——但它是否很典型，很具代表性？在與他關係親
密的人眼中可能如此。雖然我家有些人會懂得這句話的真正含
意——許多第一代意大利裔美國人同樣懂得它的含意，但第二

代意裔美國人懂得的就要少些，而我們這一代則更少了——但是你可能並不明白到底是怎麼回事（這件軼事到底是在講些甚麼？），然而這並不是你的錯。我母親的父親已經去世，那些能準確地記得他的細節的人（以及像他那樣的意大利移民），我到哪裏才能找到你們呢！不久，這件事將成爲我個人獨有的記憶了，因爲不久它就會失去我們這些「好事者」，（anecdotalists）希望我們的故事所具有的東西——某種能夠激起文化記憶的社會形式：叙事更新（narrative renewal）和社會內聚力再陳述（restatement）的行爲。我對史蒂文斯的故事比我剛才所講的我祖父的故事更易接近這種說法心存疑慮。在史蒂文斯的故事中没有意大利語的困擾，但它的語言對我們來說同樣陌生，其表述能力同樣處於困境之中。

所以當軼事講述者與其潛在的聽衆之間的關係不再爲某個單一的神話所連接時，軼事也就會失去其修辭的力量（rhetorical power）。軼事將成爲只獨自面向自己的自主性的東西，而不是像比喻和寓言那樣既具有文學性又具有社會性的一種文學形式。如果軼事果真具有獨立的頭腦的話，它們可能會說，噢，我們可並不喜歡美學自足性（aesthetic self-sufficiency）之類的現代文學理論；尊敬的讀者，還是讓我們恢復我們的本來面目吧。關於喬治·華盛頓的軼事自然不斷地爲美國歷史的政治歷程所沿續，雖然在水門事件之後的美國（post-Watergate America），有關櫻桃樹的軼事其可信性可能已經大爲降低。但是誰來繼續有關我祖父的文化故事呢？我祖父的生平對誰重要？它可能會表達甚麼？究竟是誰維持着軼事的生命力——是它的第一位創作者還是其文化內涵的賦予者（很少有與其第一位創作者相同的情況）？其文化內涵的賦予者通過爲我們提供軼事的寓意的方式使我們不自覺地與隱藏其

後的文化權力（cultural power）緊緊綁縛在一起。

令人奇怪的是，雖然從其本性上說軼事似乎依賴於某個既定的穩定的外在敘事，但實際上它却是在文化危機的緊要轉折關頭起作用，這時那種穩定的外在敘事似乎悄然隱退，其吸引力彷彿蕩然無存——以書面的、高雅的文學形式出現的軼事更是如此。軼事創作者的作用（或願望）在於以回溯和再創造社會羣體基本故事的方式來表述這個羣體。給我們講述我們認爲已經知道的東西是其溫和的修辭風格（小花招）的結果——他希望能在文學與社會和歷史之間建立起聯繫，他力圖重新激活隱藏於文學之後的社會歷史語境，這種社會歷史語境的缺失正是他之所以要講述那個小故事的動力。軼事創作者的記憶行爲具有創造性，批評性和謹慎性：他所做的暗示總是讓我們一起回憶起甚麼，把它牢記在心，並且去想見那幅更大的圖景。因此軼事講述者乃一位深謀遠慮、意謂深長的老師；他知道他並不能獨自做到他想做的事情；他的最大願望是激發起讀者的興趣，讀者的凝聚力將存在於對某種社會圖景的共同承諾，存在於集體敘事（collective narrative）永恒的生命力之中。

下面就是我一開始就想告訴大家的那個小故事，是由華萊士・史蒂文斯首先講述的，題目就是「罎子的軼事」（Anecdote of the Jar）：

> 我把一隻罎放在田納亞，
> 圓圓的罎子，置於山巔。
> 它使凌亂邋遢的荒野
> 圍着山峯排列。
>
> 於是荒野向罎子湧起，
> 匍匐在四周，再不荒莽。

罎子圓圓地置於地上
如港口般屹立於空中，巍峨莊嚴。

它君臨四面八方。
罎是灰色的，光禿禿，未施彩妝。
它無法產生鳥或樹叢
不像田納西別的事物。【註】

以這首史蒂文斯所作的奇怪的小軼事詩（anecdotal lyric）開始
我們的討論好處在於，它迫使我們不得不從一開始就面對某種
困境：聲稱美學自主性（aesthetic autonomy）的現代文學理
論，以及由此引起的試圖把所有關於文本的評論都置於或者局
限於文本的形式要素之中的批評立場，對此詩而言都是不合適
的（不合適但却充滿生命力）。在其自身給人以深刻感受的隱
喻之中，古典的形式主義閱讀實際上是一種「細」讀（close 讀）
——一種力圖貼近文本的慾望，這種慾望的邏輯暗示着它在閱
讀結束時會自行消解（self-effacement）；同時，與這種邏輯相
反，它又會把自己精心編織於一個比被閱讀的文本更爲複雜的
操作網絡之中（有點像形式主義的反對者的做法）。使形式主
義在美國聲名大噪的新批評（New Criticism）雖然五十年代末
即已宣告了其自身的消亡，但（不用說）它的影響依舊存在，
它已經成爲大學本科文學教學的基礎，已經成爲一種普遍接受
的常識，因此，美國新批評的意識形態後果是，在普及高等教
育的條件下，通過剝奪青年讀者積極參與塑造其文化以及「民
有、民享」的社會的權利——也就是說，通過剝奪讀者處於

【註】 譯文參考了趙毅衡譯史蒂文斯詩二首，收入《我聽見亞美利加在歌
　　　唱——美國詩選》（北京；人民文學，1988）。——譯註

文化中心位置的故事講述者的權利，繼續維持着浪漫主義對於天才的崇拜：對於其初衷完全是民主的這樣一種批評方法而言，這無疑是一個奇怪的反諷（irony）——其目的是爲了使閱讀古典作品成爲每個人應有的權利，甚至成爲那些早期教育並沒有使其具備閱讀莎士比亞和彌爾頓（Milton）的能力的人的權利；然而仔細回想一下，這的確又是一個在意料之內的反諷，因爲這種新的形式主義閱讀方法同時又把自己界定和評價爲僅僅用於解釋（explication）的次要的（secondary）閱讀方法。因此當新批評教我們如何閱讀時，它同時又教我們如何使我們的閱讀能力臣服於，如何使我們自己匍匐在，一個基本的、至高無上的寫作（writing）的「創造性」權威之前。

　　因此，在此隱秘難解的、謎一樣的軼事（就像史蒂文斯所講的那一個一樣）迫使我們以細讀的全部狂熱投身於形式分析之非常時刻，我們却被引出了形式主義所具有的隔離自己的觀念之外。軼事詩（最多）不過是一個邊緣性的、離心的文學類型，但是其離心性（eccentricity）也許能把文學形式最典型的特徵——文學形式（作爲文學形式）對形式主義者隔離文本的做法的反抗——一直向前推進，其結果是：總會有甚麼東西存在於文本之外。作爲一種元文學的（meta-literary）現象，軼事詩這種形式集中體現了被稱爲「文類」（genre）的文學結構與社會生活結構的緊密聯繫。史蒂文斯詩的標題以及第一行促使我們想像出一個外在於文學的（extra literary）圖景：「我把一個罈放在田納西」，但這首詩並非關於一般罈子（a jar）的軼事，而是關於這個罈子（the jar）的軼事。不管其意義產生的目的多麼特別（stylized），不管如果以現實主義標準衡量又會是多麼荒誕，第一行詩所描述的行爲無論如何必須想像爲似乎具有代表性（typical）。當某人把某一單個的物體放在某一

具體的地方（放在那個「山巔」）時這個小故事中的小小行動就開始，但是詩歌的標題却要求我們把這個特殊的行爲以及由這個特殊的「我」所放置的這個特殊物體想像爲乃是某個無法感知、無法直接描述出來的一般的（generic）東西的具體表現：一般的行爲，一般的物體，一般的「我」。況且，這個軼事顯然並不集中關注人這個行爲主體，這個放置罐子、沒有他罐子可能就無法放置（因爲罐子不能自己放置自己）的行動者。這個軼事不是有關放置的行爲，而是有關罐子自身：罐子生平的一個片斷。這首未曾公之於衆的詩歌所屬的那個更大的叙事與罐子的理想形式，與罐子的共性（jarness）而不是它的個性（thisness）有關。顯然，罐子的理想特質存在於那個更大的叙事文本之中，而這個被放在田納西（Tennesse）的具體的罐子則是這個更大的叙事文本的一個例證。如此説來，標題中介詞（of）的意思不是「有關」（about），而是近似於「屬於」（belonging to），就好像罐子真的能講話，好像這首詩真的是罐子所講述的關於它自己的故事。

但是如果説我們確實從柏拉圖那裏學到一點有關理想事物的知識的話，那麼可以説我們學到的是，在理想事物之中或者説對理想事物而言根本不存在時間的觀念：理想的東西幾乎無故事。然而在軼事中沒有叙事、沒有時間這個維度可不行；史蒂文斯所該講的這個軼事並沒有令我們失望：它最初是作爲對某個行爲以及那個行爲所產生的效果或後果（consequences）的描述而出現的——而不是對罐子的描述（也不是對罐子的後果的描述：這可是一個荒誕然而却非常神秘的觀念的荒誕的表述）。罐子與人這個主體的聯繫在史蒂文斯詩中是必不可少的（至少目前仍然如此）；這是一首關於罐子放置行爲（jar placing）後果的詩（或者説第一句是如此）。熱誠的形式主義

批評家能夠注意到但他（作爲一個形式主義者）却不能對此刻開始作用於他身上的經濟學一類的問題（questions of an economic sort）作出反應；看來，沒有甚麽比馬克思所描述的作爲資產階級文化特徵的「商品拜物教」（commodity fetishism）現象離此詩的形式和内容所形成的文學肌質更遠的了：這似乎是一種形式主義的經濟學，一種對於商品本身的迷戀，與它賴以產生的人文社會過程似乎了無指涉。難道罐子的後果可以與產生並支配它們（比如説，把它們置於田納西的山巔）的有目的性的人文過程分開考慮？怎麽可以認爲人類勞動所產生的無活性產品（inert product）其自身就具有某種後果，似乎事物具有自己的意圖和目的？這些正是史蒂文斯詩歌迫使我們提出的問題，因爲實現放置行爲的「我」在第一行之後便隱而不見了。於是，人這個行動者就成爲一個全能的旁觀者，一個遙遠的聲音，一個無偏無執的局外人：罐子不知怎地具有了自己的意圖和目的。是「我」（把罐子）置（於山巔），但却是「它」使（凌亂的荒野有了秩序），是「它」君臨（四面八方），是「它」無法產生（鳥或樹叢）。這一切行爲都是罐子實施的。這隻罐子以及任何其他罐子都具有的特性，必然牽涉到人活動，但這個事實在此詩的第一行之後却隱而不見了。如果迫使一個形式主義批評家去談論内容（史蒂文斯的詩使其別無選擇），他將不得不走向最受人文主義讀者（humanist reader）青睞的「普遍化」（generalization）方法：放置罐子的一般活動變成了具有原型意義的（archetypal）人類行爲，而不是由具體社會情境所決定的行爲；那個被稱爲「罐子的軼事」的軼事/比喻/寓言牽涉到人類活動類型（叫它甚麽好呢？）的後果，這種人類活動是爲罐子所具有的品質最好地命名和具體化了的——並不是隨便哪隻罐子，而是爲「灰色」（grayness）和「光禿禿」（bareness）所

修飾着的那種罐子。於是這個故事變得越來越奇怪了：一個像「灰色的」「光禿禿的」罐子的人類行爲？

　　放置壇子的行爲被置於某種語境之中（contextualized），而且幾乎是個非常具體的語境——其四周爲荒野所環繞；行爲的後果爲行爲賴以發生的自然背景所燭照。在此形式主義的重要時刻，我們已經注意到：我們被迫走出把文學視爲分散、自足個體——單個的，隔離的文本——的滙集這種形式主義的文學觀念，而走進另一種文學觀念之中——這種觀念由弗萊（Northrop Frye）在五十年代所倡導，並欲以之代替曾風靡一時的形式主義批評——這種觀念認爲，文學文本並非獨立自主的實體，所有文學文本都是某些文學樣式或文學類型的典型例證，這些文學樣式或文學類型在每個歷史時期都存在，它們滙集起來，暗示着一個包括文學結構、神話和性格類型的自足的語言世界（這是弗氏對文學理論的最大貢獻）。文學乃由文學產生。根據這種觀念，我們立即就能把「罐子」和「荒野」轉換爲藝術與自然之間具有生成性的結構對立（generative structural opposition），這種對立在田園詩（pastoral mode）中是無所不在的；儘管從封閉的、非時間性的孤立文本世界向封閉的、非時間性的自足文學世界的轉向不得不小心從事，因爲進行這種飛躍實際上不得不有意忽略「田納西」這個詞：這是個政治意味很強的詞，與統治權與主權有關，意味着從荒野之中抽象出社會秩序。那麼，是不是放置罐子的行爲只是第二位的（second）放置和第二位的秩序化行爲（ordering），只不過是另一個第一位的（original）國家放置（state placing）這種政治行爲的回聲重複？我們的形式主義，具有某些人文主義色彩的形式主義，現在似乎是在滿足美國研究（American studies）中歷史主義的需要（historicist interests）了。

451

　　穿越形式主義時期而走向文本之外的不管甚麼地方却非常困難：文本的森林（textual woods）如此招人喜愛，如此茂密而幽深。我們力圖與之和諧相處，以期能窺其全貌，但我們發現，甚至走出詩歌的第一節也是很困難的。對立很容易找到，也許是太容易了：罐子對荒野，正如藝術對自然，文化對自然。但如何解釋邋遢而不修邊幅的（slovenly）自然呢？被詩中唯一重要的韵律替代（metrical substitution）所强調和突出的引人注目而富於刺激性的對於規範（decorum）的這個小小突破，把我們引入語源學的（etymological）考察之中（史蒂文斯對語源學的偏愛幾近瘋狂），在此我們不僅發現我們期望發現的東西（「不整潔，特別是在衣著或外表上，大多懶散」），而且還發現了與之密切相關的另外兩種意義：名詞形式的sloven，法蘭德斯語（Flemish）中指邋遢的女人；其形容詞形式意思是「未開墾的，未開發的」（既適用於農業的層面，又適用於社會的層面）。因此，文化對自然有如高雅對粗俗，男性對女性？女性本質上是邋遢的嗎？這首詩有這個意思？我們最好還是更仔細地考察一下這首詩的視點（point of view）：主要採用的是全知全能的（panoramic）視點，但在兩個關鍵地方視點却受到了限制。在第一節中，在某個時刻我們是從罐子的視點來看的，它拒絕把它對自己美好外形的自豪感獨自保存在自己心中，它自鳴得意地把自己看作是散佈秩序的核心，是獨一無二的地形座標，我們看到荒野被剥奪了存在的自由而被賦予秩序：「它使凌亂邋遢的荒野，圍着山峯排列」；在第三節中，我們又經歷了一次荒野的視角：全知全能的叙述者站在荒野的立場説話。當我們注意到在詩歌的最後，史蒂文斯把自然的缺失（absense of nature）描述爲自主的藝術之罐的重複特徵，並因而讓自然作爲最後的發言者時，對於他的詩歌的一個長期爭

論不休的問題——詩人站在藝術一邊還是站在自然——也就自然而然地消失了。自然：女性化，富於創造性，柔順；罈子：一個既不進也不出的容器——剛硬，不屈，爲一種古典的子宮嫉羨（a classic case of womb envy）所左右：「它無法產生鳥或樹叢/不像田納西別的事物。」

形式主義者對「罈子的軼事」遲早會得出龐德（Ezra Pound）晚年對其《詩集》（Cantos）所得出的令人傷心的同樣結論：它不連貫。而且更糟糕的是：這隻罈子同時又是一個「港口」（port）（避難所？大門？但是爲誰？）。原來的「罈子」與「荒野」之間的結構性對立（作爲實體的名詞間的對立）轉變爲動詞或行爲之間的對立：罈子「取」（take），荒野「與」（give）。罈子取得了權力——「君臨一切」（最高權威，支配權，絕對的佔有）。誰對這種權力負責？當然不是「我」；是罈子。我們再也不能迴避語調（tone）的問題；關於文學宇宙（literary universe）的假說再也幫不了我們的忙，有關文學結構的知識在此也無益於我們的視聽——甚至弗萊的也不行。從本質上説，結構主義者無法對付非重複性的獨特的語調特質（textures of voice）；從本質上説結構主義者是沒有語調的（tone-deaf）。那麼我們該怎樣對付主要是體現在round（圓圓的）這個音節之中的「罈子樂章」所具有的複沓音調呢？這樣一首短詩中居然出現了這麼多的round：surround（環繞），around（周圍），round（出現過兩次），ground（地面）。Round這個居心叵測、侵略成性的語音在聽覺的層面上引發了詩歌的所有重大主題，凝聚在一個關鍵詞的身上：dominion（支配）。支配一切，君臨「四面八方」——everywhere/air/bare——要是沒有連續而來的這三個韵脚，整首詩在節律上就是一片空白，因此這幾個音節必然具有震聾發瞶之效：一

個浸透一切的整體，一個冷冰冰的權威。罎子滲透到了一切可惡的事物之中。在罎子這個語音霸權主義者（aural imperialist）的世界裏，除了一個字母外，幾乎沒有甚麼理性的東西：g-round一詞中的 g。這個瘋狂而敏銳、潛在而驚人的空洞的意義是進入詩人全知全能視點，進入他的鐵板一塊的結構體至關重要之處：超越於一切之上，無偏無執，既不站在罎子一邊又不站在自然一邊，詩人從一種近乎調侃的鎮靜（關於他我們還可以補充説，他甚麼也不在乎）寫下了下面這行詩，最好是按照費兹【註】的語調來讀：

The jar was round upon the ground
罎子圓圓，置於地上。

弗萊關於文學形式宇宙（literary universe of forms）的結構主義假説（它總是，同時是，我們重要的理論選擇之一）促使我們把史蒂文斯的詩看作是傳統的田園詩（pastoral）的變體，把史蒂文斯本人看作是站在自然與自發性（與藝術、文化，以及系統的文學性相對而言）一邊。但是詮釋的關鍵卻並不真正在於他所使用的文類本身，而是在於他所使用的獨特、怪異、令人稱奇的語調特質（tonal textures）——在於罎子對自身的嘲弄（「圓」這個詞的聲音可以説是罎子基本外形特徵的回響），在於沒有任何文學傳統可以支配的那種個性才能之中。然而，得出這樣的結論後，我們卻並沒有因而更接近於回答這首詩所提出的最爲迫切的形式問題：這首詩究竟是一個關於甚麼的軼事，究竟有何值得警惕的故事嵌陷（embedded）在最

【註】　W. C. Fields（1880-1946），美國著名雜耍演員。——譯註

後一行詩中（「不像田納西別的事物」）；對於我們這些實際的以及潛在的罈子放置者（actual and would-be jar placers）而言，聽來越來越像是一個公開的警告（finger-wagging warning）。如果無論我們對田園詩的結構性知道多少我們都不可能推測這首詩的語調特質，如果這個語調特質似乎只是詩人在處理這種文類時的獨創，那麼我們或許需要對此詩做更深入的考察。突然之間，下一個詮釋步驟實際上已經自動地呈現在我們面前，這是我們迄今最爲誘人的選擇。似乎有必要這樣來發問：「罈子的軼事」在史蒂文斯的整個創作，在他整個作品的固有的獨特的文學宇宙中，佔有甚麼樣的位置？我所說的作品整體並不是指寫於不同時期的所有文本，而是指相互呈現給對方、似乎是在單個的表述行爲中同時完成了的、帶有詩人主體視野（vision）的文本整體 [不知怎地，這種視野似乎能囊括一切，總是出現於構成整體的每一單個文本之中，成爲塑造一切的在場（presence）]。

「罈子的軼事」在史蒂文斯的作品中出現於兩種語境（context）之中。首先，此詩於一九一九年首次發表在門羅（Harriet Monroe）所編的《詩刊》（Poetry）上，作爲一組詩的一部分。以後他對這些詩做了一些調整，其中之一便是「罈子的軼事」，另外還有一首是《草中的藍玻璃》（The Indigo Glass in the Grass），史蒂文斯將後者稱之爲「微不足道」（trifle）。而這種把詩歌視爲「微不足道」，視爲支離破碎的玩具的自嘲觀念在「罈子的軼事」中以某種調笑的方式穿透自身，因而同時又具有某種超越單純調笑的意義。體現於這組詩中的奇異的和諧來自於調侃的語調與一本正經的嚴肅語調二者之融而爲一——「罈子的軼事」比任何別的一首都更爲完美地體現了這種融合。在另外一些地方，史蒂文斯的罈子詩與另外好幾首

早期詩歌在一起，它們的標題中都有「軼事」一詞；而後在其晚期作品中，這首詩又加入了他的連續性的令人難解的玄想詩系列（meditative strain）之中，這種玄想的特質實質上出現於他所寫的每一件作品之中。在此語境中，罐子與許多其他的東西緊密相聯，如眼鏡、碗、詩性意象、思維本身，甚至是詩歌；在其中晚期的創作中，罐子還與一些大的抽象概念，比如「英雄」「大人物」相聯：所有這一切都是系統化的努力的表現，都是對結構、系統、理性的創造，都是——用一個對史蒂文斯而言至關重要而又矛盾重重的詞來說——「抽象」（abstraction）的結果。但是：

> 當我說
> 「根本不存在像真理這樣的東西」時，
> 葡萄似乎更為肥碩。
> 狐狸也跑出了它的洞。
> …………
> 它裝模作樣，裝模作樣
> 但其本性只是一個勁地長。
> …………
> 你必須重新變得懵然無知
> 用懵然無知的眼睛重新審視太陽。……
> ………………
> 用新的眼睛來看，太陽是多麼清靜：
> 幽遠的太空亮潔如洗
> 使我們的心纖塵不染，萬念俱寂……

　　最後一句的省略號並非由我所加；乃史蒂文斯自己所為：這個微妙的能指（signifier）表明了一種敬畏之情，這種敬畏之情是產生省略號之前詞語的原動力，但卻無法用語言表達出

來，無法訴諸具體的意象。省略：不是一些詞語被略去，而是
這些詞語根本上就不可能存在。一九一九年，詩歌和哲學中的
現代主義革命正如火如荼，羅伊斯（Josiah Royce）重演了桑
塔雅納（George Santayana）對惠特曼（Whitman）的攻擊，
認爲惠特曼是位粗野的詩人；認爲對於純感覺（pure
perception）的狂熱追求——自然的事物，肥碩的葡萄，澄靜
的太陽——是現代主義時代的特徵：感覺成爲意識的最高表現
形式，感覺者（「我們」）與被感覺者（「太陽」）在超然孤寂的
「看」的過程中合而爲一。省略號所代表的這個無法言説的時刻，
這種超越於理性之上的對於第一感覺的狂熱慾望，將使再現
（representation）——我們的歷史，我們的傳統以及所有其他
習慣上被認爲是人類特性的東西，所有橫亘在我們與太陽之間
的東西——蕩然無存（使我們「纖塵不染，萬念俱寂」）。史蒂
文斯、畢加索（Picasso）、艾略特（T. S. Eliot）以及勞倫斯
（D. H. Lawrence）等作家和藝術家對感覺、意象、非理性，
以及原始性的興趣都是現代主義文藝運動的符號語言，其關鍵
和核心在於對社會學家稱之爲現代化的東西的厭惡。現代主義
希望退避到一個非常原始的非人化的世界中去，在那裏我們將
——如果真的有這種可能性的話——擺脱現代化的一切病態，
而進入一種直接以形象（vision）爲媒介的狀態。就此而言，
桑塔雅納用以描述那些憎惡現代化的現代作家時所用的那個詞
——「野蠻」（barbaric）——是很公允的。但這種説法同時忽視
了現代主義者感到身處異域從而留戀原始時代這一感情層面
（「你必須重新變得懵然無知」）：他們意圖懸置（suspend）一
切社會關係，這倒並不是因爲他們是反社會的（antisocial），
而是因爲他們發現自己置身於其中的社會似乎對其身心的健康
發展設置了重重障礙。

因此罋子在史蒂文斯那裏是西方富人所稱的現代世界的替代物（代表）；罋子插足其間，把人與自然間離開來；它們代表着使人感到虛假和造作（「現代化」）的一切東西。對史蒂文斯和艾略特這樣的作家而言，現代生活與死亡難以區分。罋子就像史蒂文斯「關於我們氣候的詩」（The Poems of Our Climate）中的碗：冷冰冰，冷冰冰的瓷器，低而圓……一隻清光可鑒的碗；在其四周，時光變作了一隻白蒼蒼的碗，世界也成爲一個白蒼蒼的世界，完美而無人性。我們並不想要這樣的世界。因爲不完美才是我們的樂園：

> 當樹幹初禿於十一月
> 漸漸露出黝黑的姿容，人們才初次
> 懂得
> 離心乃造化之基。

如果「離心」（ the eccentric），或者非中心化（uncentered），是「造化」（design，也可直譯爲「設計」）的基礎的話，那麼史蒂文斯在此就是在冒天下之大不韙而把 design 重新定義爲沒有先在概念、目的與計劃的某種意圖：無法約束、沒有意向性的意圖。如果離心，或者非中心化，同時又是對通常被理解爲「結構」（模型，模式）的 design 概念的一種顛覆的話，那麼可以説，它就是抹除了古典結構性的設計或模式——未曾結構然而仍在某種程度上被結構了的結構。離心乃 design 之基。Design 來自於拉丁文的 designare，而 designare 又來自於 signare，其名詞形式是 signum（意爲標記或符號）。離心 design 就是未曾設計的符號，令人吃驚，甚至可以隨意而爲。離心 design 是不可避免、自發而生的；它是一種決定一切的形式，然而却是自由的形式。罋子却不是這種形式；它們是最爲強烈

458

的意圖的產品；它們具有結構中心。更有甚者，它們甚至能使像荒野這樣難以駕馭的東西「圍着山峯排列」，使其模仿它們的圓形結構。罎子能使荒野圍着自己轉；罎子能使地面成爲它的鏡子。罎子是毫無幽默感的自戀者（humorless narcissists），認爲自己沒有根基。它們被捲入一個暗中進行的秘密的叙事（「情節」「密謀」）之中：這種叙事（narrative）到底是甚麼呢？

從視詩歌爲一個封閉的、孤立的語言系統，一個建立在自身之上的世界，向視其爲作品整體中之小片斷的轉變（這正是我在前面所描述的），在某種意義上說，根本就談不上是一種轉變：因爲作品整體，如果理解爲一個沒有時間性的整體，與單個的詩一樣地封閉和孤立。引進一個叫作「詩人」（the poet）的東西作爲作品的創造者也就是引進一個主體，它在任何時候都擁有一切，表達一切；於是我所做的對史蒂文斯創作生涯的時間上的區分（「早期」，「中期」和「晚期」）就確實沒有理由存在了──它們毫無意義。在這種詮釋語境中，甚至連「生涯」（career）這樣的說法也沒甚麼大意義，因爲這個詞暗示着一種想塑造自己生活的決定性願望，力圖使一個秩序化了的叙事運動起來，通過把你的生活故事化而將其納入你的控制之中（納入藝術之中）。這樣來閱讀單個的詩或者整個作品，正如我所做的，是在尋求一種自足的系統（self-sufficient system）。在這種情況下，引入「詩人」並不是引入一個需要被比如說階級，或性別，或種族（或三者同時）這些範疇區分，需要在歷史中定位的人類主體；而是引入某個「角色」（an agent），其功能是激活某種語言機制，這種機制一旦被激活，就像一架謹守規則的機器一樣神秘地自動運轉。在單個詩和作品整體這兩種情況下，語言系統都必須被處理爲好像它就是其自身存在的原因。這樣把「詩人」作爲創作者來處理是一種必要的虛構（在某些時

候我們不得不引入某人），但在另外的某個層面上他又必須是真實的（畢竟存在着「華萊士・史蒂文斯」這樣一個真實的人：生於一八七九年，畢業於哈佛，在雙親中比較喜歡母親，已婚，曾就職於一家保險公司並且一下子就喜歡上了它，經常携夫人去弗羅里達度假，聽大劇院周六下午演出的廣播，沒有離婚，賺了不少錢，死於癌症，而且或許在臨終前改變了其宗教信仰，——如果你相信爲他送終的修女的話；我是信的）。華萊士・史蒂文斯這樣的「詩人」是不受上述限制的。對熱誠的系統批評家（critics of system）而言——如果根據其行動而不是其名稱，所有的結構主義者都是這種批評家——他是一位生活於理想境地的語言實踐者。

然而，像我這樣老是問一些有關敍事的問題（不管是隱秘的還是別的）實際上是在走向歷史，或者至少是處於（或似乎處於）歷史閱讀的邊緣。即使是最熱誠的形式主義批評家也會騙人；歷史使他們這樣做。我並不那麼虔誠；迄今爲止我已作了兩三次弊，至於究竟是幾次我不敢十分肯定；我提起了田納西和美國研究（American studies），玷污了形式分析的純潔性，——也許更糟糕。我忍不住想提醒大家注意，「田納西」（Tennesse）是一個印第安部落切洛奇（Cherokee）的地名——一個名叫塔納西（Tanasi）的切洛奇村子——的英語化。沒有必要爲印第安人以及失去的荒野過分感傷。顯然，我指的是，首先是荒野，接着是印第安人，遭到了「我們的先輩」（誰的先輩）的蹂躪和屠戮。田納西最終制服了塔納西，但印第安人仍保留了一小部分屬於自己的政治區域；他們經常相當激烈地爲此區域內的領土糾紛而互相爭鬥。首先，他們在荒野上發展了自己的文化；其次，我們把我們的文化凌駕於其上：我們替代了他們，將其犁翻於地下。因此我不禁要問，放置罋子的

行爲是不是緊接上面兩種行爲的第三種放置行爲？是不是代表了一種與美國歷史發展進程難以區分、不斷重複的支配性行爲？

我還引入了羅伊斯以及他對現代主義的看法——他不喜歡現代主義但他清楚它的底細——我記下了兩個日期：一九一三，這一年羅伊斯發表了我前面引用過的那種觀點；以及一九一九，這一年史蒂文斯發表了「罈子的軼事」。一九一九已成爲發生於急風暴雨式的先鋒現代主義運動（avant-garde modernist upheaval）這個歷史語境內可讀的詮釋事實（readable fact for interpretation）：這即是詩的直接文化語境；詩發表的日期使這個語境環繞於詩的周圍。「田納西」更難讀。它肯定是個必須經過詮釋的詞，但却是個拒絕進行形式主義解讀的詞；儘管事情並非完全如此，如果我們把形式主義對背景的遺忘，像田納西遮蔽塔納西那樣把背景遮蓋起來的這種做法也看作是一種「解讀」（reading）的話。在史蒂文斯詩中，「田納西」看來就像一個決定一切的歷史和政治術語（term），毫不含糊地誘使我們對詩歌進行歷史化的解讀，但也許「空隙」（gap）這個詞比「術語」（term）更爲恰當。對「田納西」進行這樣歷史化的解讀有沒有甚麼限制？可以向前追溯到甚麼時候？可以追溯到切洛奇印第安人時代嗎？它又可以向前追溯到甚麼時候？或許一直可以追到越南。

在龐德所激起的令人爭論不休（同時也充滿創造性）的意象主義運動（imagist movement）蓬勃興起這種直接的文化語境中，史蒂文斯對虛構（artifice）的批評滙入了當時對傳統「文學」觀念的更爲普遍的批評潮流之中。並非簡單地批評文學本身，而是批評十九世紀末和二十世紀初佔統治地位的詩學理論和實踐；這時那些日後成爲現代主義主要旗手的人正在成長，

並且開始閱讀大受敬重的「當代」（contemporary）詩歌——這是一種與現實主義小說語言中日益增長的獨特性（經常是過於艱澀）成反比的日益加劇的對文學語言的含混性不斷追求的文學實踐，或者說對於龐德、佛洛斯特（Robert Frost）以及其他人而言是如此；文學性（literariness）受到驚嚇，誠惶誠恐地龜縮進上流社會賣弄風情的閑適安靜的客廳之中。正如佛洛斯特一再指出的，這種越來越含混的語言除了在書本外從來就沒存在過：無論如何，真實生活中的人——他指的是那些不是生活在雅文化圈子中的人——從來就不那樣說話。就此而言，現代主義詩歌運動是英國浪漫主義，特別是華滋華斯式（Wordsworthian）浪漫主義的復蘇。龐德對葉芝（W. B. Yeats）早期詩歌的修正採用的是華滋華斯在《抒情歌謠集》（*Lyrical Ballads*）序裏對格雷（Thomas Gray）富於傳奇性的批評的同樣的方式；史蒂文斯在晚年創作的《高級虛構札記》（*Notes Toward a Supreme Fiction*）中採用的也是這種方式，他不僅提起了華氏對格雷使用古奧難懂的詞語的批評，而且變本加厲，有過之而無不及。史蒂文斯寫道，「太陽必須沒有名字」，甚至連「太陽」二字也不能有，這兩個字與「費巴斯」（Phoebus, 希臘之太陽神）一極虛假——文學與社會中的這種神性客體正是華滋華斯富於革命性的諷刺對象。太陽就是太陽，應該讓其自由存在，「在困境中自由地存在」。詞語就像罐子：雪萊（Shelley）認爲真理是無形象的（imageless）；史蒂文斯這位現代主義詩歌的漠視者，似乎認爲真理是完全寂然無聲的。

　　華滋華斯對格雷的批評是當時更大的浪漫主義批評的一個組成部分：把「陳詞濫調這個魔鬼『從世界中』驅除出去」。並非要使世界陌生化（make the world strange），而是要去發現存在於世界中的陌生性（strangeness）：一個完全是現實主義的

認識論觀念在龐德和休姆（T. E. Hulme）意象主義的理論前提中得到了重演。（「如果現實果真與感覺和意識直接相聯的話，藝術就無用武之地了」，休姆寫道，「或者我們都將變成藝術家了。」或者正如龐德所要求於意象的：「直接處理『事物』，不論是主觀的還是客觀的。」）從認識論上說，一個鮮明的現實主義觀念，同時也是一個倫理的和政治的觀念。華滋華斯的批評，像佛洛斯特後來對矯飾的語言的批判一樣，同時也是對一個階級（社會和文學）觀念的批判。站在一個新興階級（「邊緣」的階級）的立場上（佛洛斯特則可能是這個階級在美國最爲典型的現代主義代表），華滋華斯認爲，特權階級詩歌所使用的語言一點也不像自然狀態下在農場勞作的真實生活中的人所說的語言，也不像被異化勞動弄得感覺遲鈍的新興城市工人所使用的語言。特權階級的詩歌——佛洛斯特在這一點上特別強硬——沒有表現力；在豐富多彩的真實世界裏沒有與之相應的所指物（referent）（甚至在特權階級自己的世界裏也没有）。史蒂文斯對語言没有佛洛斯特那麼傷感，他通過在趾高氣揚而空洞無物的「港口」（port）周圍（舉止風度，馬車，句法）佈下一個樸實的句子（「我把一隻罐放在田納西」）隱約地對這同一問題提出批評。新的詩歌將可能對我們的意識進行清洗——「洗靜」虛飾和具有污染作用的社會話語（social discourse），把我們帶入（或幫助我們重新見到，確認出）社會之外，帶入由格雷所代表的階級所統治和開發的「天地」（ground）之中。華滋華斯關於詩人的理論（作爲社會變革的鼓動者，他「用激情和知識把遍佈於整個地球之上的人類社會這個龐大帝國聯結在一起」；他「不只是爲詩人寫作，他爲所有的人而寫」）所具有的社會的以及社會主義的内涵（social and socialist implications）被雪萊一語道破：「道德的最大秘密是

愛；或者說，走出我們的本性之外，使我們自己與另一個和我們很不相同的人合而爲一。一個人要想品德高尚，必須廣泛而又深入地想像和思考；他必須把自己置於另一個或另外許多個人的位置上設身處地地去考慮。」作爲對華滋華斯、佛洛斯特和龐德所反對（理由各異、目的也各異）的詩歌的支持者，罐子顯示了與毀滅性力量的親緣關係（罐子無法「產生鳥或樹叢」）。罐子不是愛之精神而是抽象之精神的代表。從華滋華斯到史蒂文斯，在浪漫主義的詞滙裏，「虛飾」（artifice）與「抽象」（abstraction）是同義詞，是政治鬥爭的軼事中的關鍵詞滙。

史蒂文斯的罐子是一個美國式的罐子，樸實，灰顏色，「未施彩妝」，不是格雷式，也不像濟慈（Keats）的希臘古甕（Grecian urn）那樣精雕細刻，而在某種程度上可以說罐子是對濟慈著名的頌歌以及濟慈本人的某種評論：不是那種焦躁不安，充滿火藥味的評論，而是一種自我界定式的評論，一種非常貼近自身的政治批評。這隻罐子在史蒂文斯身上沒有激起那種濟慈式的對於自我死滅的渴望，因而也就沒有那種濟慈式從自我死滅中再生的渴望，沒有那種當意識到古甕的生命是一種死寂的生命時的濟慈式的震顫。史氏的罐子沒有濟氏的那麼吸引人還有另一層原因。它不像濟慈的古甕那樣代表着西方文化遺產的雙重性，也許古甕之所以值得爲這種文化氣氛所圍繞，是因爲它（對濟慈而言）同時又有被復興，被保存的價值，因而值得與這種文化氣氛緊密相聯。史蒂文斯也不是在重演詹姆斯（Henry James）對美國文化太單薄因而無力支撐真正「偉大」作品的批評。史蒂文斯的表述形式與濟慈的相近，但其美國背景使其無法能從他所屬的非特權階級中脫離出來，而加入前資本主義時期（precapitalist）帶着傳統重負的地主貴族階層（除了在南方外；在此相當相當少，美國沒有這種記憶）。從

史蒂文斯的角度重讀，濟慈對於死亡的慾望是一種社會死亡和再生的慾望：不是變爲同性戀者（a sod）或者夜鶯，而是變爲一個紳士。

從這種文學與社會歷史的雙重角度來看，史蒂文斯的詩立即成爲一首美國式的詩，它起着元詩（metapoem）作用，是一個關於浪漫主義以及早期現代主義詩學這個更大的文化故事的軼事，一個要求創造一種與官方文學相對立的文學，要求對那個更大的文化故事進行批判性價值判斷的反詩學（antipoetics）。史蒂文斯稱之爲「罎子的軼事」的那種文學批評不是針對希臘古瓮以及格雷詩歌的批評，而是對於古老樸實的民土的美國罎子的批評；可以看出，他堅持認爲這樣就能產生某種起反作用的作品，這種作品是歐洲經典的階級關係術語（經典的馬克思主義術語）所不能解釋的。在社會變動的關鍵時刻，華滋華斯和濟慈對英國社會既感到悲哀又感到安慰——他們可能會説：「這個罎子是他們。」史蒂文斯身上也有一些華滋華斯和佛洛斯特那樣的對普通人民的感情，在他的詩中，他慶賀「懵然無知」，把它作爲到達真實的真正捷徑，他曾以一種自我慶賀的方式説過他一直像一個意大利移民那樣工作，但他卻從來也不想用真實生活中人們所使用的語言進行寫作，像雪萊（Shelley）一樣，他從來沒有這樣做到——他對民主的神話並不多愁善感。他迫使我們説：「這個罎子就是我們。」不管這個「壇子的軼事」究竟是一個關於甚麼的軼事，有一件事情是肯定的：與那個關於我們國家的締造者不可能説謊的軼事不同，這個軼事似乎並沒有經過精心謀劃以使我們對自己保持良好的感覺。

如果華萊士・史蒂文斯能活到我們的越南時期（Vietnam period）的話，他也許對梅勒（Norman Mailer）一九六七年

提出的這個問題有個正確的答案:「我們爲甚麼要到越南去?」
如果他早在我們對東南亞的軍事干預之前就忘掉了他所知道的
東西的話, 也許黑耳(Michael Herr)會在他的《電訊》
(Dispatches, 1970)這本書的結尾處提醒他説(如果他能活這
麼久的話):「越南越南越南, 我們都去過越南。」黑耳也許在
某種程度上明白他所説的話, 因爲他讀過史蒂文斯, 是史蒂文
斯教他明白我們一直身在何處;他寫道:「一旦被定位, 柯三
(Khe Sanh)就變成了華萊士・史蒂文斯詩中被置於山巔的罐
子。它君臨一切。」黑耳所使用的「被殖入的罐子」(planted jar)
這個乖僻得近乎完美的隱喻, 如果會讓史蒂文斯覺得這是對他
的詩的非常尖刻的解讀, 那麼它也許會同樣喚醒史蒂文斯對自
己在哈佛求學時充滿强烈哲學思辯色彩的生活的朦朧回憶。詹
姆斯(William James)從其深刻的政治覺醒出發, 一八九九年
三月一日在其《波士頓手札》(Boston Transcript)中反對我們
對東方的首次帝國主義入侵:「我們正在掐滅這些不幸的人民
的健康生活之每一胚芽⋯⋯。我們在散播我們的理想, 殖入我
們的秩序, 强行推銷我們的上帝。」也許詹姆斯是這樣來結束他
的信的:「菲律賓菲律賓菲律賓, 我們都去過菲律賓。」

　　我在一節中普遍使用的假設性的「如果」(ifs)以及虛擬性
的「也許」(mights)也許(may)表明我受到了聲名狼藉的政
治批評(bad-faith political criticism)的某種誘惑:要求歷史的
客觀規律把自己呈現給像我這樣的讀者, 這樣他就只需照搬不
誤, 把這些規律作爲像「罐子的軼事」和《電訊》這樣的文本的真
正成因。詹姆斯和史蒂文斯當然沒有讀過黑耳;黑耳的確讀過
史蒂文斯, 但却沒有理由認爲他也讀過詹姆斯。我之所以把黑
耳、史蒂文斯和詹姆斯三人放在一起作爲一個單一的散漫的羣
體(a single discursive body)來考慮, 僅僅因爲我是以某種特

定的方式去閱讀他們的；我提到了他們的羣體，我說他們「可以放在一起」考慮，然而這種羣體在其結構上却有某種欺人的性質；它的消極性使得進一步解釋的行爲軟弱無力。所以我所使用的假設性和虛擬性的詞語也許要以另一種方式去把握，它僅僅作爲表明在詮釋行爲中我們身處何方的一種標記：不是站在現實主義的堅實土地上（terra firma），而是身在意識形態的激烈競爭（ideological contest）之中，以尋求我們文化自身歷史的意義。我把黑耳、史蒂文斯和詹姆斯三人（三者的順序是由後往前倒着排的，這是閱讀的一種典型方法：通過我們自己的文化去解讀前人）視爲來自於美國反帝寫作傳統（tradition of American anti-imperialist writing，一種統一的文化實踐）的三種聲音，這種寫作打破了哲學、詩歌和新聞的界限，乃一種政治批評話語（discourse of political criticism）。

史蒂文斯的詩是關於那個政治故事的軼事，但是去尋找本世紀頭二十年美國的反帝國主義和孤立主義（anti-imperialism and isolationism）——當時史蒂文斯作爲作家還未成名——以作爲他的詩的政治成因是荒謬的，然而更荒謬的也許是去尋找歷史影響的客觀規律了。這兩種做法都希望在文學文本裏面找到政治現實的直接反映，這是一種歷史主義的粗俗形式（a vulgar form of historicism），不斷地爲馬克思主義的批評家所使用（儘管並不限於他們），他們把文學文本的「時間」與政治歷史「時間」等同起來，似乎詩可以由菲律賓事件直接產生。與此相比，各種粗俗的形式主義（vulgar formalism）却更爲有用；它們至少抓住了問題的關鍵，把重心放在文本的獨特性上面；從文學方面去尋找文學文本的原因更容易使人信服，似乎文學真的是自生自長的。就我們正討論的史蒂文斯的文本而言，這些原因也許是：史蒂文斯運用語言的功底；田園詩的一般歷史；

史蒂文斯整個作品的內在要求；浪漫主義的文學—歷史力量；現代主義文學論爭、宣言和實驗（意象主義的道德要求）第一次浪潮的衝擊。作為這些「原因」的一個「結果」，「罎子的軼事」似乎必然具有那個時代的特徵：要求文學不受「外在」壓力的影響而保持其獨立的完整性。但這是不可能的：文化實踐既不可能自主（autonomous）也不可能同質（homogeneous）。在所有的差異都受到尊重的情況下，文化活動有時被某些行為，如閱讀、再講述（retelling）、或者文化羣聚（cultural constellating），聯繫起來，就好比黑耳寫到越戰時記起了史蒂文斯，我在分析史蒂文斯時想起了黑耳和詹姆斯反帝國主義的努力；好比我把作為一個作家的史蒂文斯放置在詹姆斯和黑爾「之間」，放置在我們一八九八年四月二十一日對古巴的首次干預和一九六一年四月二十一日對古巴的第二次干預「之間」。當一個講故事的人使我們相信，文化實踐中獨特、完整的東西（像高雅的現代詩寫作）乃是使所有的文化實踐活動都連結成一個相互關聯的整體——不是一個早就存在，等待我們去確認其存在的整體，而是一個需要講故事的人以其獨特的方式使其顯現出來的整體——的文化情節（cultural plot）的一個組成部分時，他所講的故事也就達到了最佳效果。我認為，這些文化情節越難以被發現，我們也就越發相信它們的存在；如此說來，包括詹姆斯、黑耳和史蒂文斯在內的文化情節還是不要被人發現為好。

　　沒有甚麼東西比當代文學理論與文學實踐更像達黎洛（Don DeLillo）在《拉特納之星》（*Ratner's Star*）中對那個可怕的恐怖情景所進行的有趣的軼事化與擬人化的處理了，這種恐怖與現代主義的夢想根本上難以區分。還是讓我們來看一看達黎洛的「高級抽象指揮官」（Supreme Abstract Commander）

吧：一位叫做丹特（Chester Greylag Dent）的人，「不屬於任何組織和國家」，生活在一核潛艇裏面，在海下三萬五千英尺的深處（「在那黑暗寒冷的地方漫無目的地漂游……地球上最安靜的地方」），有一位閹人（eunuch）造訪了他，與他談起了一個對「抽象的經濟權力」（abstract economic power）很感興趣的名叫 ACRONYM（首字母縮略字）的國際卡特爾（cartel）；老得幾乎透明；曾經因其數字與邏輯學方面的著作而獲得過諾貝爾文學獎，「其風格可以被最好地描述為分散得還没有達到令人泄氣的地方」；他是這樣來回答你是幹甚麼的這個問題的：「我想我自己是高級抽象指揮官。我就是幹這個的」；他視我們這些俗人為「並非由不同種族與民族組成的集合體，而是顯示了相同的分類學類型（taxonomic classification），既現存的地球—行星型的一個羣體」；他從來不笑，與此相反，當他受到這種情緒的控制時，他會不由自主地使用諸如「真高興」，「真令人高興」之類的表達法——切斯特·格雷拉戈·丹特先生相信他之所以「不止一次地」被認為是「世界上最偉大的人」的原因與「我所選擇的生活」有關，「把我自己懸置在海洋永恒的黑暗之中。在急速跳動於淤泥中的頭腦簡單的永不見光明的小生物的包圍下生活」；當有人問起他的圍巾時他説那是從「索薩里托（Sausalito）的這位老兄」手裏買的。

　　當他願意的時候，達黎洛可以激起人們對抽象（abstraction）的恐懼，這種恐懼無法擺脱，活躍於黑耳在關於MACV（Military Assistance Command, Vietnam）的作品中所描述的那種要命的作品之中，或者活躍於把越南重新描述為「專門為了清晰的交流，至少是在軍事成員以及神奇的MACV成員中間進行交流而設的」軍事競技場這一類繪畫式的作品之中。「神奇的」（fabulous）這個詞恰到好處：關於一個

神話（fable），而不是關於越南人，製造和强加一個與越南人無關的神話：「由於戰爭中大多數新聞報道都是在那種語言（MACV，I Corps，II Corps, DMZ）的框架中寫就的，要想從閱讀報紙上的故事而獲得越南是甚麼樣子的信息，就像要從報紙中聞出越南是甚麼味來同樣不可能。」像史蒂文斯和達黎洛的一樣，黑耳的寫作也旨在成爲一個反話語（counterdiscourse），以削弱抽象的以及起支配作用的話語的力量——高級抽象的以及起支配作用的話語的力量——高級抽象指揮官，不管是叫作罐子，統治階級，柯三，還是叫作MACV，或帝國主義。這些反話語最深刻的替換價值含蓄地表現在（很少明確表達出來）對於獨特性（particularity）的渴求之中；在其視覺與聽覺方式中；在關於「索薩里托的這位老兄」的小片對話中。對於「鳥或樹叢」這樣的小生命體而言，它們本不應該受到帝國主義暴力的傷害，但實際上却並非如此。

達黎洛毫不掩飾自己的幽默，他的幽默同樣體現在一些別的故事裏面，這些故事並不可笑，但在對體系（system）和紀律（discipline）——這些與現代化同時出現的可怕的政治伴隨物——的嫌惡與抨擊上面，却與詹姆斯和福柯不謀而合。福柯的紀律化的社會與詹姆斯的系統化的生活是歷史過程所孕育出的兩個孿生兄弟，他們認爲現代化的代價是自我決定能力（self-determination）的喪失；早在福柯之前，詹姆斯就抨擊了這種體制化的生活（institutional life）對人類的規範作用，抨擊它「强行在別的事物身上打下自己的烙印，力圖把一切都秩序化、權威化，頤指氣使；概括起來説，就是試圖通過使人類生活體系化的方式規範一切，支配一切。」在監管和計算機信息庫這個患偏執狂的時代（paranoid age）之前，詹姆斯滿懷希望地寫道：「我反對一切形式的大（bigness and greatness），

而贊同在一切個體上都起作用的看不見的分子似的微小的力，它們像無數柔軟的根鬚或者涓涓細流一樣悄悄地流淌進世界的每一個罅隙之中，然而它們却能摧毁人類最堅固的紀念碑，如果給它們時間的話。」詹姆斯相信世界的最高主宰會失敗，而歷史最終會把個體推向顛峯。

福柯對個體的生存並不樂觀。紀律爲了控制個體，會秘密地侵蝕個性（individuality）的根基。紀律帶着我們穿越現代化的大門，進入安全的港灣，在此，我們對個性研究得越多就越容易控制它。福柯開出的解藥是寫作（writing）：不是作爲保存身份（identity）和肯定個性（voice）的場所，而是作爲一個你隨時可以逃避進去的迷宮（labyrinth），「迷失自己」；在那裏，在迷宮中，你根本不必有甚麼自我（自我這種可以確認的連續性原則，其存在是危險的）──把你自己給「寫」掉（write yourself off），可以説，「寫作就是爲了去掉自己的面孔」。「不要問我是誰，不必要求我一成不變：整理檔案之類的事還是讓官吏和警察去幹吧。」如果對詹姆斯來説，「個性」在哲學的層面上還是肯定性的──一種自由和解放──是自由的樂土，是個人和「完整身份」（full identity）的場所的話，那麼對福柯而言，未曾紀律化的（undisciplined）處於混亂狀態的個性，也許正是某個體系未曾預料到的結果，這個體系會把個性作爲知識和權力（對於傳記的紀律化的借用）的對象而將其生產出來，但富於諷刺意味的是，與規範化的主體（normalized subject）相反，它會在自身內激起一種内向探索的慾望，在此内在世界裏，某種越軌的自我（deviant selfhood）也許會孕育出一種陰晦的（sullen）抵禦機制來，以抵制這樣一種世界：在這個世界裏，偏執狂（paranoia）是理性而不是瘋狂。

史蒂文斯進入了詹姆斯和福柯的世界；他對體系和管制

（surveillance），對一切身着變化多端的現代僞裝的「警察」持警惕態度。但是，他却像普勞斯彼羅（Prospero）那樣呼喚着他的阿瑞耶（Ariel），而阿瑞耶則很少有不回答的時候，有時還會給他帶來意想不到的禮物【註】在各種形式的罎子、眼鏡、碗等意象之後，在（男性）英雄和（男性）主角之後——他們都可能是「抽象」意義上的——那個胖女孩出現了。她是誰？肯定沒有哪位「冷漠的中心人物」來「召集我們」，没有「受所有人仰慕」的經典人物——這些大人物，他們也許會呆在咖啡館裏，但我們將永遠見不到他們。相反地，我們將看到「盤子裏裝着鄉下乳酪/還有一隻菠蘿放在桌子上。」如果運氣好的話，我們會聽到某人——可能是個大人物嗎？——談論「那位會做漂亮圍巾的索薩里托人」。在史蒂文斯如此富於隱喻（allegorical）色彩的所有軼事肖像（anecdotal portraits）之後，這位姍姍來遲的胖女孩似乎是真實的：不是文學虛構，不是人們心中的期望——她是一個可以被期望到的現實，而史蒂文斯正是在他最爲動人的抒情詩中期待着她的出現，但遺憾的是，史蒂文斯的寫作並不能擔保這個女孩真的會出現。任何寫作都不能。

用「罎子的軼事」所使用的關鍵動詞來説，這個胖女孩只「與」（give）而不可「被取」（be taken）。她拒絕在軼事詩中展露自己的芳容，於是她等待着浪漫的純抒情詩人的出現。編織在史蒂文斯所講的「罎子的軼事」這個故事中的最隱秘的教訓是必須放棄行動，放棄行動的文類（the genre of action）——講故事——而去尋找感覺（aesthesis），這是表達贊美之情的最值得敬畏的中介。史蒂文斯所講的旨在反對故事的故事

【註】　Prospero 是莎士比亞戲劇《暴風雨》（*The Tempest*）中的殖民者，
　　　　Ariel 則是他的奴隸。——譯註

（story against story）表明了對抒情詩的渴望：一種抒情策略
（politics of lyricism），在詹姆斯、史蒂文斯、黑耳以及福柯
等人那裏導向一種指令（directive）——不要把個體的人編織
進社會體系之中，甚至不要編織進敘事的文學體系之中；不要
用美帝國主義的繪圖法（American imperial cartography）去爲
越南重新編碼（reencode Vietnam）。發現這個胖女孩並不是
要强加一個情節（plot）在她身上——而是爲了發現一個「活動
的背景」，並非完美無缺，但生氣勃勃而不拘一格；背景是活
動的，因爲我們自己也在動。看，她出場了：

　　胖女孩，水靈靈，我的夏，我的夢，
　　爲何總是發現你與衆不同，看見你在那
　　活動的背景之中，不斷變化，無窮無盡？……
　　你彎腰工作，焦躁不安，心滿意足，孤影煢煢，
　　你比自然更自然可愛。你
　　是那脚步盈盈，無跡無踪的幽靈……

　　　　　　　　　　　　　　　　　　王宇根譯

譯後記

　　這本譯文集是一九九二至一九九三年春季我在北京大學比較文學研究所開設的理論翻譯的研究生課程的成果。參加翻譯的同學均爲選修該課的北大中文系和比較文學研究所的研究生。

　　這門課不是研究翻譯理論，而是理論的翻譯。翻譯理論與翻譯實踐之間有着天壤之別，人們歷來對這兩者之間的區別看得很清楚，似乎沒有甚麼疑問，但是歸根結底它是一枚硬幣的兩面，沒有翻譯實踐，如何侈談翻譯理論。中國歷代關於翻譯的言談都是收錄在譯著的序文跋語中的。只有在翻譯過程中，人們才開始注意到翻譯中的問題並將其歸納爲理論，確實感受到「名物不同，傳實不易」。現代的翻譯理論亦多出自翻譯工作者，起碼是出自有過翻譯實踐的人。提出譯事楷模爲「信達雅」的嚴復即是從事翻譯事業的身體力行者。而文學理論翻譯又不同於文學翻譯。文學翻譯已有定規，不論强調「信達雅」中的任何一字或三者的結合，總之是一般允許譯者憑藉自己的文字能力在再現上把握住語言，避免譯文佶屈聱牙，譯文在保存原作的豐姿上，力求易解。理論翻譯卻沒有定規，八十年代西方理論在大陸中國流行一時，大批的理論翻譯書籍競相問世。引進新興學理，注重翻譯以借鏡，本無可非議，但翻譯的質量層次不同，我們常常看到許多的理論翻譯著作裏充滿着長長的歐化句子，繞來繞去，譯者譯得辛苦，讀者讀得費勁。有時讀者下狠心花一個下午也讀不出個子丑寅卯，陷入一連串的深奧術語

之中，不知所云。平心而論，理論著作就是比文學作品要難懂，不然的話，歌德也不會說「所有的理論是灰色的，生命之樹才是常青的」。有時理論書籍，即使是讓操母語的人來讀原文，如果他不是專家的話，也是一樣看不大懂。當前理論的難譯是眾所周知的，因為西文的許多詞滙在中文並不存在，譯者必須「創造」新的中文名詞，例如 discourse、signifier、speech act，等等。而術語的漢譯又沒有定規，往往靠譯者自己對原文的揣度把握而定。用通俗易懂的方式再現原著的學術思辨風格實在不易。翻譯之艱辛只有當人動手做時才能體會到，而這門課的宗旨就是強調「動手去做翻譯」(to do translation)。

至於到底如何教授理論翻譯以及如何設立預期的標準，在授課之前我心裏並沒有把握。傳統的翻譯課的教授方法是強調精確，教師在黑板上寫下例句，然後逐步逐字逐句地講解每個詞的譯法和詞的搭配，學生課後做一段或兩段的漢譯英、英譯漢的練習。然而這種方式對文學理論翻譯的教學並沒有多大幫助，因為理論的翻譯講求大量的閱讀，並且要求修課者已經具有較好的理論水平和英語/漢語的基礎，畢竟這不是一門大學三年級英語專業的翻譯課。一日在好友夏曉虹家聊天談及此事，這樣可以達到教學目的又能為學術界作出些貢獻。教授理論翻譯的最好方式應該是翻譯實踐，在實踐的過程中獲得經驗，即「譯文學書」。朋友之間的商談往往要比一個人的苦思冥想更有啟發，於是我採納了曉虹的建議，初步定下授課計劃。

選擇《文學批評術語》一書為本課主要閱讀和翻譯的資料並非偶然。與一般的文學術語辭典不同，這本書不是對術語的界定，而是批判性地檢驗術語的詞源和歷史沿革的意義，從廣泛

的文化視角提出當前文學理論界正在思考的問題。讀完這本書之後，我們很難用一兩句話來説出書中術語的「確切」意思。這本書「複雜化」了我們原來對術語的理解，動搖了我們過去以爲是穩定和不容置疑的基本概念，我們的立場也隨之發生變化——如果我們依靠這些術語來界定我們的基本概念的話，那麼對這些術語的解析就無異於使概念形成的基礎受到挑戰，我們必須重新思考我們自己在批評中的立場和角色。例如，在西方批評語境中，這些術語已經不斷地受到質疑，那麼把它們移植到中國文化語境中又會發生甚麼變化呢？我們面臨着太多的問題，而這本書所起的作用就是促使我們們去認真思考。

在教學中，我們把《文學批評術語》一書看作是當代批評理論的實例，着重對原文的理解下功夫，就閱讀資料提出問題，並且一同探討過程中遇到的困難。課後教師針對學生的具體情況逐個進行輔導，彌補了上大課的缺陷。在集體研討和翻譯的過程中，我們每個人的收穫都不小。

翻譯雖説無需構想，但也是難關重重，文字之間存在着文化距離，字句的意義多歧，我們作爲譯者，理解和表達能力也不盡完善，因而某種程度上的「訛」實爲難免。唯一值得安慰的是，我們可以説，我們盡了力。

張京媛

參考書目

Abel, Elizabeth. 1980. "[E]merging Identities: The Dynamics of Female Friendship in Contemporary Fiction by Women." *Signs* 6.

———, ed. 1982. *Writing and Sexual Difference*. Chicago: University of Chicago Press.

ADM Treaty Interpretation Dispute: Hearing before the Subcommittee on Arms Control, International Security and Science of the Committee on Foreign Affairs, House of Representatives. 1986. 99th Cong., 1st sess.

Abrams, M. H. 1977. *The Mirror and the Lamp: Romantic Theory and the Critical Tradition*. New York: Oxford University Press.

Adams, Hazard, ed. 1971. *Critical Theory since Plato*. New York: Harcourt Brace Jovanovich.

Adams, Henry. 1973. *The Education of Henry Adams*, edited by Ernest Samuels. Boston: Houghton Mifflin.

[Adorno, Theodor W., Max Horkheimer, et al.] 1941. "Research Project on Anti-Semitism." *Zeitschrift für Sozialforschung/Studies in Philosophy and Social Science* 9.

Aiken, H. D. 1955. "The Aesthetic Relevance of Artists' Intentions." *Journal of Philosophy* 52.

Althusser, Louis. 1970. "Marxism and Humanism." In *For Marx*. New York: Vintage.

———. 1971. "Ideology and Ideological State Apparatuses." In *Lenin and Philosophy*. New York: Monthly Review Press.

Althusser, Louis, and Etienne Balibar. 1970. *Reading "Capital."* London: New Left Books.

Anderson, Benedict. 1983. *Imagined Communities: Reflections on the Origins and Spread of Nationalism*. London: Verso.

Anderson, Laurie. 1984. *United States*. New York: Harper and Row.

Andrews, William L. 1986. *To Tell a Free Story: The First Century of Afro-American Autobiography, 1760-1865*. Urbana: University of Illinois Press.

Anscombe, G. E. M. 1957. *Intention*. Ithaca: Cornell University Press.

Antin, David. 1984. *Tuning*. New York: New Directions.

Antin, Mary. 1912. *The Promised Land*. Boston: Houghton Mifflin.

Arac, Jonathan. 1979. *Commissioned Spirits*. New Brunswick: Rutgers University Press.

———. 1987. *Critical Genealogies*. New York: Columbia University Press.

———, ed. 1988. *After Foucault*. New Brunswick: Rutgers University Press.

Archard, David. 1984. *Consciousness and the Unconscious*. Lasalle, Ill.: Open Court.

Arendt, Hannah. 1944. "Race Thinking before Racism." *Review of Politics* 6.

參考書目

———. 1977. "What Is Authority?" In *Between Past and Present: Eight Exercises in Political Thought*. New York: Penguin Books.

Aristotle. 1907. *Theory of Poetry and Fine Art*, translated by S. H. Butcher. New York: Dover.

———. 1927. *Poetics*, translated by W. Hamilton Fyfe. Cambridge: Harvard University Press.

———. 1946. *The Works of Aristotle*. Vol. 11. Translated by W. Rhys Roberts. Oxford: Oxford University Press.

Armstrong, Nancy. 1987. *Desire and Domestic Fiction*. New York: Oxford University Press.

Auerbach, Erich. 1953. *Mimesis: The Representation of Reality in Western Literature*, translated by Willard Trask. Princeton: Princeton University Press.

Austin, J. L. 1962. *How to Do Things with Words*. Cambridge: Harvard University Press.

Bahro, Rudolph. 1978. *The Alternative in Eastern Europe*, translated by David Fernbach. London: New Left Books.

Bahti, Timothy. 1986. "Ambiguity and Indeterminacy: The Juncture." *Comparative Literature* 38.

Bakhtin, Mikhail. 1968. *Rabelais and His World*, translated by Hélène Iswolsky. Cambridge: MIT Press.

———. 1981. *The Dialogic Imagination*, edited by Michael Holquist, and translated by Caryl Emerson and Michael Holquist. Austin: University of Texas Press Slavic Series, no. 1.

Baldick, Chris. 1983. *The Social Mission of English Criticism, 1848–1932*. Oxford: Clarendon Press.

Ball, Charles. 1836. *Slavery in the United States: A Narrative of the Life and Adventures of Charles Ball, a Black Man*. Lewiston, Pa.: Shugert.

Barth, Fredrik. 1969. *Ethnic Groups and Boundaries: The Social Organization of Culture Difference*. Boston: Little, Brown.

Barthes, Roland. 1967. *Writing Degree Zero*, translated by Annette Lavers and Colin Smith. New York: Hill and Wang.

———. 1972. "The Structural Activity." In *Critical Essays*, translated by Richard Howard. New York: Hill and Wang.

———. 1974 *S/Z*, translated by Richard Miller. London: Jonathan Cape.

———. 1975. *The Pleasure of the Text*, translated by Richard Miller. New York: Hill and Wang.

———. 1977. *Image, Music, Text*, translated by Stephen Heath. New York: Hill and Wang.

———. 1979. "From Work to Text." In *Textual Strategies*, edited by Josue V. Harari. Ithaca: Cornell University Press.

Bate, Walter Jackson, 1970. *The Burden of the Past and the English Poet*. Cambridge: Harvard University Press.

Baudrillard, Jean. 1981. *For a Critique of the Political Economy of the Sign*. St. Louis: Telos Press.

Baudry, J-L. 1974. "Writing, Fiction, Ideology." *Afterimage* no. 5.

Baym, Nina. 1978. *Women's Fiction: A Guide to Novels by and about Women*. Ithaca: Cornell University Press.

Beardsley, Monroe. 1958. *Aesthetics: Problems in the Philosophy of Criticism*. New York: Harcourt, Brace and World.

Belsey, Catherine. 1980. *Critical Practice*. London: Methuen.

Benamou, Michel, and Charles Caramello, eds. 1977. *Performance in Postmodern Culture*. Madison: Coda Press and the Center for Twentieth Century Studies, University of Wisconsin-Milwaukee.

Benjamin, Walter. 1968. *Illuminations*, edited by Hannah Arendt, translated by Harry Zohn. New York: Harcourt, Brace and World.

———. 1973. "The Author as Producer." In *Understanding Brecht*. London: New Left Books.

———. 1977. *The Origin of Germanic Tragic Drama*, translated by John Osborne. London: New Left Books.

Berthoff, Warner. 1981. *The Ferment of Realism: American Literature, 1884–1919*. Cambridge: Harvard University Press.

Blackmur, R. P. 1952. *Language as Gesture*. New York: Harcourt Brace.

———. 1955. *The Lion and the Honeycomb*. New York: Harcourt Brace.

Blassingame, John W. 1985. "Using the Testimony of Ex-Slaves: Approaches and Problems." *The Slave's Narrative*, edited by Charles T. Davis and Henry Louis Gates. New York: Oxford University Press.

Bloom, Harold. 1973. *The Anxiety of Influence*. New York: Oxford University Press.

———. 1975a. *Kabbalah and Criticism*. New York: Seabury Press.

———. 1975b. *A Map of Misreading*. New York: Oxford University Press.

———. 1976. *Poetry and Repression: Revisionism from Blake to Stevens*. New Haven: Yale University Press.

———. 1989. *Ruin the Sacred Truths: Poetry and Belief from the Bible to the Present*. Cambridge: Harvard University Press.

Booth, Wayne, C. 1961. *The Rhetoric of Fiction*. 2d ed. Chicago: University of Chicago Press.

———. 1974. *A Rhetoric of Irony*. Chicago: University of Chicago Press.

Boswell, James. [1799] 1960. *Boswell's Life of Johnson*. London: Oxford University Press.

Bourdieu, Pierre. 1984. *Distinction: A Social Critique of the Judgement of Taste*, translated by Richard Nice. Cambridge: Harvard University Press.

Bourne, Randolph S. 1977. *The Radical Will: Randolph Bourne—Selected Writings, 1911–1918*, edited by Olaf Hansen. New York: Urizen.

Bové, Paul A. 1986. "Agriculture and Academe: America's Southern Question." *Boundary 2*.

———. 1986. *Intellectuals in Power: A Genealogy of Critical Humanism*. New York: Columbia University Press.

———. 1988. "The Foucault Phenomenon." Introduction to Gilles Deleuze, *Foucault*. Minneapolis: University of Minnesota Press.

Brennan, William J., Jr. 1985. "The Constitution of the United States: Contemporary Ratification." Speech Delivered at Georgetown University, Washington, D.C., 12 October 1985.

Brooks, Cleanth. 1947. *The Well Wrought Urn*. New York: Reynal and Hitchcock.

Brooks, Peter. 1984. *Reading for the Plot*. New York: Alfred A. Knopf.

Brown, William Wells. 1853. *Clotel; or, The President's Daughter*. London.

Bullis, Jerald. 1986. "Up The Creek." *Boston Review* 11.

Buttrick, George A., et al., eds. 1952. *The Interpreter's Bible*. Vol. 6. New York: Abingdon.

Bynum, Caroline. 1987. *Holy Feast and Holy Fast: The Religious Significance of Food to Medieval Women*. Berkeley and Los Angeles: University of California Press.

481

參考書目

Cahan, Abraham. 1986. *Grandma Never Lived in America,* edited by Moses Rischin. In-
dianapolis: Indiana University Press.

Canguilhem, Georges. 1978. *On the Normal and the Pathological,* translated by Carolyn
R. Fawcett. Dordrecht: D. Reidel.

Cavell, Stanley. 1979. *The World Viewed: Reflections on the Ontology of Film.* Enl. ed. Cam-
bridge: Harvard University Press.

Chicago, Judy. 1977. *Through the Flower: My Struggle as a Woman Artist.* Garden City:
Anchor Books.

Christian, Barbara, ed. 1985. *Black Feminist Criticism.* New York: Pergamon Press.

Cioffi, Frank. 1976. "Intention and Interpretation." In *On Literary Intention,* edited by
David Newton-de Molina.

Close, A. J. 1976. *"Don Quixote* and the 'Intentionalist Fallacy.'" In *On Literary Intention,*
edited by David Newton-de Molina.

Cohen, Abner. 1974. "Introduction: The Lesson of Ethnicity." In *Urban Ethnicity.* Lon-
don: Tavistock.

Coward, R., and J. Ellis. 1977. *Language and Materialism.* London: Routledge and Ke-
gan Paul.

Culler, Jonathan. 1975. *Structuralist Poetics: Structuralism, Linguistics, and the Study of
Literature.* Ithaca: Cornell University Press.

———. 1981. *The Pursuit of Signs: Semiotics, Literature, Deconstruction.* Ithaca: Cornell
University Press.

Cunningham, Roger. 1987. *Apples on the Flood: The Southern Mountain Experience.* Knox-
ville: University of Tennessee Press.

Curtius, Ernst Robert. 1953. *European Literature and the Latin Middle Ages,* translated
by Willard Trask. New York: Harper and Row.

De George, Richard and Fernande, eds. 1972. *The Structuralists: From Marx to Lévi-
Strauss.* Garden City: Doubleday.

de Lauretis, Theresa, ed. 1986. *Feminist Studies, Critical Studies.* Bloomington: Indiana
University Press.

Deleuze, Gilles. 1983. *Nietzsche and Philosophy,* translated by Hugh Tomlinson. New
York: Columbia University Press.

———. 1988. *Foucault,* translated by Sean Hand. Minneapolis: University of Minnesota
Press.

DeLillo, Don. 1976. *Ratner's Star.* New York: Alfred A. Knopf.

de Man, Paul. 1979. "Semiology and Rhetoric." In *Allegories of Reading: Figural Lan-
guage in Rousseau, Nietzsche, Rilke, and Proust.* New Haven: Yale University Press.

———. 1982. "Epistemology of Metaphor." In *On Metaphor,* edited by Sheldon Sacks.
Chicago: University of Chicago Press.

———. 1983. "Review of Harold Bloom's *Anxiety of Influence.*" In *Blindness and Insight:
Essays in the Rhetoric of Contemporary Criticism.* 2d ed. Minneapolis: University of
Minnesota Press.

Derrida, Jacques. 1973. *Speech and Phenomena—and Other Essays on Husserl's Theory of
Signs,* translated by David B. Allison. Evanston: Northwestern University Press.
Originally published as *La Voix et le Phénomène* (Paris: Presses Universitaires de
France, 1967).

———. 1977. "Signature Event Context." *Glyph* 1.

———. 1978a. *Of Grammatology,* translated by Gayatri Spivak. Baltimore: Johns Hop-
kins University Press. Originally published as *De la grammatologie* (Paris: Seuil,
1967).

———. 1978b. *Writing and Difference,* translated by Alan Bass. Chicago: University of

Chicago Press. Originally published as *L'écriture et la différence* (Paris: Seuil, 1967).

———. 1981. *Positions*. Chicago: University of Chicago Press.

———. 1982. "White Mythology: Metaphor in the Text of Philosophy." In *Margins of Philosophy,* translated by Alan Bass. Chicago: University of Chicago Press.

Devereux, George. 1975. "Ethnic Identity: Its Logical Foundations and Its Dysfunctions." In *Ethnic Identity: Cultural Continuities and Change,* edited by George de Vos and Lola Romanucci-Ross. Palo Alto: Mayfield.

Devereux, George, and Edwin M. Loeb. 1943. "Antagonistic Acculturation." *American Sociological Review* 7.

Dixon, Peter. 1971. *Rhetoric*. London: Methuen.

Donoghue, Denis. 1984. *Ferocious Alphabets*. New York: Columbia University Press.

Doran, Madeleine. 1963. *Endeavors of Art: A Study of Form in Elizabethan Drama*. Madison: University of Wisconsin Press.

Douglass, Frederick. [1845] 1968. *Narrative of the Life of Frederick Douglass*. New York: Signet.

Dreyfus, Hubert L., and Paul Rabinow. 1983. *Michel Foucault*. Chicago: University of Chicago Press.

Ducrot, O., and T. Todorov. 1972. *Dictionnaire encyclopédique des sciences du langage*. Paris: Editions du Seuil.

Eagleton, Terry. 1981. *Walter Benjamin: or, Towards a Revolutionary Criticism*. London: Verso Editions.

———. 1983. *Literary Theory: An Introduction*. Minneapolis: University of Minnesota Press.

———. 1976a. *Criticism and Ideology*. London: New Left Books.

———. 1976b. *Marxism and Literary Criticism*. Berkeley and Los Angeles: University of California Press.

Eco, Umberto. 1976. *A Theory of Semiotics*. Bloomington: Indiana University Press.

Eichenbaum, Boris. 1965. "The Theory of the 'Formal Method'." In *Russian Formalist Criticism: Four Essays,* edited by Lee T. Lemon and Marion J. Reis. Lincoln: University of Nebraska Press.

Elias, Norbert. 1982. *The Civilizing Process*. Pantheon.

Ellis, Havelock. 1893. "The Ancestry of Genius." *Atlantic Monthly* 71.

Ellis, J. 1978. "Art, Culture and Quality." *Screen* 19, no. 3.

Ellison, Ralph. 1964. "The World and the Jug." In *Shadow and Act*. Reprint. 1966. New York: Signet.

Emerson, Ralph Waldo. 1957. "Self-Reliance." In *Selections from Ralph Waldo Emerson: An Organic Anthology,* edited by Stephen E. Whicher. Cambridge: Riverside Press.

Empson, William. n.d. *The Structure of Complex Words*. Norfolk: New Directions.

Fiedler, Leslie, and Houston Baker, eds. 1981. *Opening up the Canon: Selected Papers from the English Institute*. Baltimore: Johns Hopkins University Press.

Fiscal Year 1985 Arms Control Impact Statements. Submitted to the Congress by the President Pursuant to Section 36 of the Arms Control and Disarmament Act (March 1984).

Foucault, Michel. 1971. *L'ordre du discours*. Paris: Gallimard.

———. 1972. *The Archeology of Knowledge and the Discourse on Language,* translated by A. M. Sheridan Smith. New York: Harper and Row.

———. 1977a. *Discipline and Punish: The Birth of the Prison*. Translated by Alan Sheridan. New York: Pantheon.

————. 1977b. "Intellectuals and Power." In *Language, Counter-Memory, Practice*, translated by Sherry Simon and edited by Donald F. Bouchard. Ithaca: Cornell University Press.

————. 1977c. "Nietzsche, Genealogy, History." In *Language, Counter-Memory, Practice*, translated by Sherry Simon and edited by Donald F. Bouchard. Ithaca: Cornell University Press.

————. 1977d. *The Order of Things*. London: Tavistock.

————. 1977e. "What Is an Author?" In *Language, Counter-Memory, Practice*, translated by Sherry Simon and edited by Donald F. Bouchard. Ithaca: Cornell University Press.

————. 1978. *The History of Sexuality*. Volume 1, *An Introduction*, translated by Robert Hurley. New York: Pantheon.

————. 1980. *Power/Knowledge: Selected Interviews and Other Writings, 1972–1977*, edited by Colin Gordon. New York: Pantheon.

————. 1983. "The Subject and Power." Translated by Leslie Sawyer. In *Michel Foucault: Beyond Structuralism and Hermeneutics*, edited by Hubert L. Dreyfus and Paul Rabinow. 2d ed. Chicago: University of Chicago Press.

————. 1985. *The History of Sexuality*. Volume 2. *The Use of Pleasure*, translated by Robert Hurley. New York: Pantheon.

————. 1986. *The History of Sexuality*. Volume 3. *The Care of the Self*, translated by Robert Hurley. New York: Pantheon.

————. 1988a. *Politics, Philosophy, Culture: Interviews and Other Writings, 1977–1984*, edited by Lawrence D. Kritzman. New York: Routledge.

————. 1988b. *Technologies of the Self: A Seminar with Michel Foucault*, edited by Luther H. Martin et al. Amherst: University of Massachusetts Press.

Franklin, Bruce. 1972. "The Teaching of Literature in the Highest Academies of the Empire." In *The Politics of Literature: Dissenting Essays in the Teaching of English*, edited by Louis Kampf and Paul Lauter. New York: Pantheon.

Freud, Sigmund. [1895] 1951. "Project for a Scientific Psychology." In *The Standard Edition of the Complete Psychological Works of Sigmund Freud*, translated and edited by James Strachey. Vol. 1. London: Hogarth Press and the Institute of Psychoanalysis.

————. 1957. *The Interpretation of Dreams*. London: Hogarth Press and the Institute of Psychoanalysis.

————. 1977. "Fetishism." In *On Sexuality*. Harmondsworth: Penguin.

————. [1912] 1958. "A Note on the Unconscious in Psychoanalysis." In *The Standard Edition of the Complete Psychological Works of Sigmund Freud*, translated and edited by James Strachey. Vol. 12. London: Hogarth Press and the Institute of Psychoanalysis.

————. [1915] 1957. "Repression." In *The Standard Edition of the Complete Psychological Works of Sigmund Freud*, translated and edited by James Strachey. Vol. 14. London: Hogarth Press and the Institute of Psychoanalysis.

————. [1919] 1957. "The Unconscious." In *The Standard Editon of the Complete Psychological Works of Sigmund Freud*, translated and edited by James Strachey. Vol. 14. London: Hogarth Press and the Institute of Psychoanalysis.

Frye, Northrop. 1963. "Literature as Context: Milton's Lycidas." In *Fables of Identity: Studies in Poetic Mythology*. New York: Harcourt, Brace and World.

————. 1957. *Anatomy of Criticism: Four Essays*. New York: Atheneum.

————. 1971. *The Critical Path: An Essay on the Social Context of Literary Criticism*. Bloomington: Indiana University Press.

Gans, Herbert J. 1979. "Symbolic Ethnicity: The Future of Ethnic Groups and Cultures in America." In *On the Making of Americans: Essays in Honor of David Riesman*. Philadelphia: University of Pennsylvania Press.

Gardiner, S. R., ed. 1877. *Documents Relating to the Proceedings against William Prynne*. London. Reprint. 1965. Camden Society Publications, n.s., vol. 18. New York: Johnson Reprint Corporation.

Gates, Henry Louis, Jr., ed. 1986. *"Race," Writing and Difference*. Chicago: University of Chicago Press.

Gayle, Addison, Jr. 1972. *The Black Aesthetic*. Garden City: Doubleday, Anchor Books.

Geertz, Clifford. 1973. *The Interpretation of Cultures*. New York: Basic Books.

———. 1980. "Blurred Genres: The Refiguration of Social Thought." *The American Scholar* 49.

Genette, G. 1972. *Figures III*. Paris: Editions du Seuil.

Gilbert, Sandra M., and Susan Gubar. 1979. *The Madwoman in the Attic: The Woman Writer and the Nineteenth-Century Literary Imagination*. New Haven: Yale University Press.

Gillman, Susan. 1989. *Dark Twins: Imposture and Identity in Mark Twain's America*. Chicago: University of Chicago Press.

Glare, P. G. W., ed. 1982. *Oxford Latin Dictionary*. Oxford: Oxford University Press.

Goldberg, RoseLee. 1979. *Performance: Live Art, 1909 to the Present*. New York: Abrams.

Goodman, Nelson. 1976. *The Languages of Art*. Indianapolis: Hackett.

Gordon, Robert. 1982. *The Politics of Law*. New York: Pantheon.

Gramsci, Antonio. 1971. *Selections from the Prison Notebooks*, edited and translated by Quintin Hoare and Geoffrey Nowell Smith. New York: International Publishers.

———. 1973. *Letters from Prison*, edited and translated by Lynne Lawner. New York: Harper and Row.

Greenblatt, Stephen. 1980. *Renaissance Self-Fashioning: From More to Shakespeare*. Chicago: University of Chicago Press.

———. 1986. "Loudun and London." *Critical Inquiry* 12.

Guthrie, W. 1971. *The Sophists*. Cambridge: Cambridge University Press.

Habermas, Jürgen. 1975. *Legitimation Crisis*. Boston: Beacon Press.

———. 1979. *Communication and the Evolution of Society*. Boston: Beacon Press.

Hartman, Geoffrey H. 1975. "War in Heaven." In *The Fate of Reading and Other Essays*. Chicago: University of Chicago Press.

Heath, Stephen. 1972. *The Nouveau Roman: A Study in the Practice of Writing*. London: Elek Books.

———. 1976. "Narrative Space." *Screen* 17, no. 3.

Herr, Michael. 1978. *Dispatches*. New York: Avon.

Highet, Gilbert. 1957. *The Classical Tradition: Greek and Roman Influences on Western Literature*. New York: Oxford University Press.

Hirsch, E. D. 1967. "Objective Interpretation." In *Validity in Interpretation*. New Haven: Yale University Press.

Hirst, P. 1976. "Althusser and the Theory of Ideology." *Economy and Society* 5.

Horsman, Reginald. 1981. *Race and Manifest Destiny: The Origins of American Racial Anglo-Saxonism*. Cambridge: Harvard University Press.

Howard, Roy J. 1982. *Three Faces of Hermeneutics*. Berkeley and Los Angeles: University of California Press.

Howell, John. 1976. "Acting/Non-acting." *Performance Art* 2.

Howell, W. S. 1956. *Logic and Rhetoric in England, 1500–1700.* Princeton: Princeton University Press.

———. 1971. *Eighteenth-Century British Logic and Rhetoric.* Princeton: Princeton University Press.

Hoy, David Couzens, ed. 1986. *Michel Foucault: A Critical Reader.* Oxford: Basil Blackwell.

Huizinga, Johan. 1959. "The Task of Cultural History." In *Men and Ideas,* translated by James S. Holms and Hans van Marle. New York: Meridian Books.

Hull, Gloria T., Patricia Bell Scott, and Barbara Smith, eds. 1982. *All the Women Are White, All the Blacks Are Men, But Some of Us Are Brave: Black Women's Studies.* Old Westbury: Feminist Press.

Hulme, T. E. 1924. *Speculations.* New York: Harcourt, Brace.

Hungerland, Isabel C. 1955. "The Concept of Intention in Art Criticism." *Journal of Philosophy* 52.

Hunter, George K. 1978. *Dramatic Identities and Cultural Tradition: Studies in Shakespeare and His Contemporaries.* Liverpool: Liverpool University Press.

Iser, Wolfgang. 1974. *The Implied Reader.* Baltimore: Johns Hopkins University Press.

Isocrates. 1962. "Antidosis." In *Isocrates,* edited and translated by George Norlin. Vol. 2. Cambridge: Harvard University Press.

Jakobson, Roman. 1956. "Two Aspects of Language and Two Types of Aphasic Disturbances." In *Fundamentals of Language.* The Hague: Mouton.

———. 1960. "Linguistics and Poetics." In *Style in Language,* edited by Thomas A. Sebeok. Cambridge: MIT Press.

———. 1963. *Essais de linguistique générale.* Paris: Editions de Minuit.

———. 1971a. "The Metaphoric and Metonymic Poles." In *Critical Theory since Plato,* edited by Hazard Adams. New York: Harcourt, Brace, Jovanovich.

———. 1971b. *Selected Writings.* The Hague: Mouton.

Jameson, Fredric. 1972. *The Prison-House of Language: A Critical Account of Structuralism and Russian Formalism.* Princeton: Princeton University Press.

———. 1976. "The Ideology of the Text." *Salamagundi,* nos. 31–32.

———. 1981. *The Political Unconscious: Narrative as a Socially Symbolic Act.* Ithaca: Cornell University Press.

Jardine, Alice. 1985. *Gynesis.* Ithaca: Cornell University Press.

Johnson, Thomas H., ed. 1955. *The Poems of Emily Dickinson.* 3 vols. Cambridge: Harvard University Press.

Jones, Ernest. 1954. *Hamlet and Oedipus: A Classic Study in the Psychoanalysis of Literature.* New York: Anchor Books.

Joyce, James. 1968. *A Portrait of the Artist as a Young Man,* edited by Chester G. Anderson. New York: Viking Critical Text.

Juhl, P. D. 1980. *Interpretation.* Princeton: Princeton University Press.

Kavanagh, James H. 1985. "Shakespeare in Ideology." In *Alternative Shakespeares.* London: Methuen.

———. 1982. "Marxism's Althusser: Toward a Politics of Literary Theory." *Diacritics* 12, no. 1.

Kennedy, George. 1963. *The Art of Persuasion in Greece.* Princeton: Princeton University Press.

———. 1972. *The Art of Persuasion in the Roman World (300 BC-AD 300).* Princeton: Princeton University Press.

Keohane, Nannerl O., Michelle Z. Rosaldo, Barbara G. Gelpi, eds. 1982. *Feminist Theory: A Critique of Ideology.* Chicago: University of Chicago Press.

Kermode, Frank. 1983. *The Art of Telling: Essays on Fiction*. Cambridge: Harvard University Press.

Kernan, Alvin. 1959. *The Cankered Muse: Satire of the English Renaissance*. New Haven: Yale University Press.

Kirschner, Judith Russi. 1980. *Vito Acconci: A Retrospective, 1969 to 1980*. Chicago: Museum of Contemporary Art.

Kohn, Hans. 1967. *The Idea of Nationalism*. New York: Collier Books.

Kolodny, Annette. 1980. "A Map for Rereading: or, Gender and the Interpretation of Literary Texts." In *New Literary History* 11.

Kott, Jan. 1974. *Shakespeare Our Contemporary*. New York: Norton.

Kuhn, Thomas. 1962. *The Structure of Scientific Revolutions*. Chicago: University of Chicago Press.

Lacan, Jacques. 1977a. "The Agency of the Letter in the Unconscious, or Reason since Freud." In *Ecrits: A Selection,* translated by Alan Sheridan. New York: W. W. Norton. Originally published as *Ecrits* (Paris: Seuil, 1966).

————. 1977b. "The Direction of Treatment and the Principles of Its Power." In *Ecrits: A Selection,* translated by Alan Sheridan. New York: W. W. Norton. Originally published as *Ecrits* (Paris: Seuil, 1966).

————. 1978. "The Unconscious and Repetition." In *The Four Fundamental Concepts of Psychoanalysis,* translated by Alan Sheridan. New York: W. W. Norton.

Lakoff, George, and Mark Johnson. 1980. *Metaphors We Live By*. Chicago: University of Chicago Press.

Langbaum, Robert. 1972. *The Poetry of Experience: The Dramatic Monologue of Experience in Modern Literary Tradition*. Chicago: University of Chicago Press.

Lanham, Richard. 1976. *The Motives of Eloquence*. New Haven: Yale University Press.

Laplanche, J., and J. B. Pontalis. 1973. *The Language of Psychoanalysis*. London: Hogarth Press.

Large, Andrew. 1985. *The Artificial Language Movement*. London: Basil Blackwell.

Lawson, John. 1972. *Lectures Concerning Oratory,* edited by E. N. Claussen and K. R. Wallace. Carbondale: Southern Illinois University Press.

Leavis, F. R. 1962. *The Common Pursuit*. London: Peregrine Books.

Leitch, Vincent B. 1983. *Deconstructive Criticism: An Advanced Introduction*. New York: Columbia University Press.

Lemon, Lee T., and Marion J. Reis, eds. 1965. *Russian Formalist Criticism: Four Essays*. Lincoln: University of Nebraska Press.

Lentricchia, Frank. 1980. *After the New Criticism*. Chicago: University of Chicago Press.

————. 1987. *Ariel and the Police*. Madison: University of Wisconsin Press.

Levinson, Sanford, and Steven Mailloux, eds. 1988. *Interpreting Law and Literature: A Hermeneutic Reader*. Evanston: Northwestern University Press.

Lévi-Strauss, Claude. 1968. *Structural Anthropology,* translated by C. Jacobson and B. G. Shoepf. Vol. 1. London: Allen Lane.

————. 1977. *Tristes Tropiques,* translated by John and Doreen Weightman. New York: Pocket Books. Originally published as *Tristes Tropiques* (Paris: Plon, 1955).

Lévi-Strauss, Claude, and Roman Jakobson. 1962. "Charles Baudelaire's 'Les Chats'." *L'Homme*.

Lewis, C. S. 1954. *English Literature of the Sixteenth Century, Excluding Drama*. Oxford: Clarendon Press.

Leyda, Jay. 1960. *The Years and Hours of Emily Dickinson*. Vol. 2. New Haven: Yale University Press.

Lipking, Lawrence. 1981. *Beginning and Ending Poetic Careers*. Chicago: University of Chicago Press.

Locke, Alain. 1925. *The New Negro*. New York: Boni.

Loeffler, Carl E. 1980. *Performance Anthology: Source Book for a Decade of California Performance Art*. San Francisco: Contemporary Arts Press.

Lukács, George. 1971. *History and Class Consciousness: Studies in Marxist Dialectics*. Translated by Rodney Livingstone. Cambridge: MIT Press.

McCloskey, Donald. 1985. *The Rhetoric of Economics*. Madison: University of Wisconsin Press.

MacDougall, Hugh B. 1982. *Racial Myth in English History: Trojans, Teutons, and Anglo-Saxons*. Montreal: Harvest House; Hanover: University Press of New England.

Macherey, Pierre. 1978. *A Theory of Literary Production*, translated by Geoffrey Wall. London: Routledge and Kegan Paul.

Macherey, Pierre, and Etienne Balibar. 1981. "Literature as an Ideological Form: Some Marxist Propositions." *Praxis* 5.

Macksey, R., and E. Donato, eds. 1970. *The Structuralist Controversy*. Baltimore: Johns Hopkins University Press.

Mailloux, Steven. 1982. *Interpretive Conventions: The Reader in the Study of American Fiction*. Ithaca: Cornell University Press.

———. 1985. "Rhetorical Hermeneutics." *Critical Inquiry* 11.

Mannheim, Karl. 1964. *Ideology and Utopia*. New York: Harvest.

Marks, Elaine, and Isabelle de Courtivron, eds. 1980. *New French Feminisms*. New York: Schocken.

Marotti, Arthur. 1986. *John Donne, Coterie Poet*. Madison: University of Wisconsin Press.

Marx, Karl. 1963. *The Eighteenth Brumaire of Louis Bonaparte*. New York: International Publications.

———. 1977. *Capital*, vol. 1. New York: Vintage.

Marx, Karl, and Friedrich Engels. 1970. *The German Ideology*. New York: International Publications.

Matthiessen, F. O. 1960. *The James Family*. New York: Alfred A. Knopf.

Meltzer, Françoise. 1987. *Salome and the Dance of Writing: Portraits of Mimesis in Literature*. Chicago: University of Chicago Press.

Metz, C. 1974. *Film Language: A Semiotics of the Cinema*. New York: Oxford University Press.

Meyer, Ursula. 1972. *Conceptual Art*. New York: Dutton.

Michaels, Walter Benn. 1987. *The Gold Standard and the Logic of Naturalism*. Berkeley and Los Angeles: University of California Press.

Miller, Nancy, ed. 1987. *The Poetics of Gender*. New York: Columbia University Press.

Minnis, A. J. 1984. *Medieval Theory of Authorship*. London: Scolar Press.

Mitchell, W. J. T., ed. 1983. *The Politics of Interpretation*. Chicago: University of Chicago Press.

———. 1985. *Against Theory: Literary Studies and the New Pragmatism*. Chicago: University of Chicago Press.

———. 1986. *Iconology: Image, Text, Ideology*. Chicago: University of Chicago Press.

Montrose, Louis Adrian. 1983. "'Shaping Fantasies': Figurations of Gender and Power in Elizabethan Culture." *Representations* 2.

Motherwell, Robert, ed. 1951. *The Dada Painters and Poets: An Anthology*. New York: Wittenborn.

Mukařovský, Jan. 1970. *Aesthetic Function, Norm and Value as Social Facts,* translated by Mark Suino. Ann Arbor: University of Michigan Department of Slavic Languages and Literature.

Murphy. J. J. 1966. *Rhetoric in the Middle Ages.* Berkeley and Los Angeles: University of California Press.

Murray, Albert. 1973. *The Hero and the Blues.* Columbia: University of Missouri Press.

Nelson, John S., Allan Megill, and Donald N. McCloskey. 1987. *The Rhetoric of the Human Sciences: Language and Argument in Scholarship and Public Affairs.* Madison: University of Wisconsin Press.

Newton, Judith. 1988. "History as Usual? Feminism and the 'New Historicism'." *Cultural Critique* 9.

Newton-de Molina, David, ed. 1976. *On Literary Intention.* Edinburgh: Edinburgh University Press.

Nolte, Ernst. 1987. "Zwischen Geschichtslegende und Revisionismus? Das Dritte Reich im Blickwinkel des Jahres 1980." In *"Historikerstreit:" Die Dokumentation der Kontroverse um die Einzigartigkeit der nationalsozialistischen Judenvernichtung.* Munich and Zurich: Piper.

Norbrook, David. 1984. *Poetry and Politics in the English Renaissance.* London: Routledge and Kegan Paul.

Oberdorfer, Don. 1985. "ABM Reinterpretation: A Quick Study." *Washington Post,* 22 October.

O'Hara, Daniel T. 1985. *The Romance of Interpretation.* New York: Columbia University Press.

Ohmann, Richard. 1971. "Speech Acts and the Definition of Literature." *Philosophy and Rhetoric* 4.

Ong, Walter S. 1958. *Ramus, Method, and the Decay of Dialogue.* Cambridge: Harvard University Press.

———. 1982. *Orality and Literacy.* London: Methuen.

Owens, Craig. 1983. "The Discourse of Others: Feminists and Postmodernism." In *The Anti-Aesthetic: Essays on Postmodern Culture,* edited by Hal Foster. Port Townsend, Wash.: Bay Press.

Palmer, Richard E. 1969. *Hermeneutics: Interpretation Theory in Schleiermacher, Dilthey, Heidegger, and Gadamer.* Evanston: Northwestern University Press.

Patterson, Lee. 1987. *Negotiating the Past: The Historical Understanding of Medieval Literature.* Madison: University of Wisconsin Press.

Peirce, Charles Sanders. 1931–58. "The Icon, Index, and Symbol." In *Collected Works,* edited by Charles Hartshorne and Paul Weiss. Vol. 2. Cambridge: Harvard University Press.

Perelman, Chaim, and Lucy Olbrechts-Tyteca. 1969. *The New Rhetoric: A Treatise on Argument.* Notre Dame: University of Notre Dame Press.

Pitkin, Hanna. 1967. *The Concept of Representation.* Berkeley and Los Angeles: University of California Press.

Placido, Beniamino. 1978. *Interpretazioni di Twain.* Edited by Alessandro Portelli. Rome: Saveli.

Plato. 1935. *Republic,* translated by Paul Shorey. Cambridge: Harvard University Press.

———. 1952. *Gorgias,* edited and translated by W. C. Helmbold. Indianapolis: Bobbs-Merrill.

———. 1956. *Phaedrus,* edited and translated by W. C. Helmbold and W. G. Rabinowitz. Indianapolis: Bobbs-Merrill.

參考書目

Poe, Edgar Allan. 1985. "Eureka." In *Edgar Allan Poe: Poetry and Tales*. New York: The Library of America.

Poirier, Richard. 1971. *The Performing Self: Compositions and Decompositions in the Languages of Contemporary Life*. New York: Oxford University Press.

Pope, Alexander. 1979. "An Essay on Criticism." In *The Norton Anthology of English Literature I,* edited by Meyer Abrams, E. Talbot Donaldson, et al. Fourth edition. New York: W. W. Norton.

Pound, Ezra. 1968. *Literary Essays of Ezra Pound*. New York: New Directions.

Poussin, Guillaume T. 1843. *De la Puissance Américaine*. Paris.

Price, Martin. 1964. *To the Palace of Wisdom: Order and Energy in Eighteenth-Century Literature*. New York: Doubleday.

Princeton Encyclopedia of Poetry and Poetics. 1965. Edited by Alex Preminger, Frank J. Warnke, and O. B. Hardison. Princeton: Princeton University Press.

Propp, Vladimir. 1970. *Morphology of the Folk Tale,* translated by Laurence Scott. Austin: University of Texas Press.

Puttenham, George. [1589] 1970. *The Arte of English Poesie*. Cambridge: Cambridge University Press.

Rabinow, Paul, and William M. Sullivan, eds. 1979. *Interpretive Social Science: A Reader*. Berkeley and Los Angeles: University of California Press.

Ray, William. 1984. *Literary Meaning*. Oxford: Oxford University Press.

Reichert, John. 1980. *Making Sense of Literature*. Chicago: University of Chicago Press.

Rich, Adrienne. 1979. *On Lies, Secrets, and Silence*. New York: W. W. Norton.

Ricoeur, Paul. 1974. "Consciousness and the Unconscious." In *The Conflict of Interpretations: Essays in Hermeneutics,* edited by Don Ihde. Evanston: Northwestern University Press.

———. 1984–88. *Time and Narrative,* translated by Kathleen McLaughlin and David Pellauer. 3 vols. Chicago: University of Chicago Press.

Riell, Peter Hanns. 1975. *The German Enlightenment and the Rise of Historicism*. Berkeley and Los Angeles: University of California Press.

Robbins, Bruce. 1986. *The Servant's Hand*. New York: Columbia University Press.

Rorty, Richard. 1982. *The Consequences of Pragmatism*. Minneapolis: University of Minnesota Press.

———. 1986. "Foucault and Epistemology." In David Couzens Hoy, ed., *Michel Foucault: A Critical Reader*.

Roth, Moira. 1983. *The Amazing Decade: Women and Performance Art in America, 1970–1980*. Los Angeles: Astro Artz.

Royce, Josiah. 1968. *The Problem of Christianity*. Chicago: University of Chicago Press.

Sacks, Peter. 1986. *The English Elegy*. Baltimore: Johns Hopkins University Press.

Sacks, Sheldon, ed. 1979. *On Metaphor*. Chicago: University of Chicago Press.

Sahlins, Marshall. 1976. *Culture and Practical Reason*. Chicago: University of Chicago Press.

Said, Edward W. 1975. *Beginnings*. New York: Basic Books.

———. 1978. *Orientalism*. New York: Pantheon.

———. 1983. *The World, the Text, and the Critic*. Cambridge: Harvard University Press.

Sammons, Jeffrey L. 1977. *Literary Sociology and Practical Criticism*. Bloomington: Indiana University Press.

Santayana, George. 1957. *Interpretation of Poetry and Religion*. New York: Harper and Row.

de Saussure, Ferdinand. 1959. *Course in General Linguistics,* translated by Wade Baskin. New York: The Philosophical Library.

Schechner, Richard. 1969. "Containment Is the Enemy." Interview with Judith Malina and Julian Beck. *Drama Review* 13.

———. 1977. *Essays on Performance Theory, 1970–1976.* New York: Drama Book Specialists.

Scheffler, Israel. 1967. *Science and Subjectivity.* Indianapolis: Bobbs-Merrill.

Scholes, Robert. 1985. *Textual Power.* New Haven: Yale University Press.

Shelley, Percy Bysshe. 1840. *A Defence of Poetry.*

Sherwin, Paul S. 1977. *Precious Bane: Collins and the Miltonic Legacy.* Austin: University of Texas Press.

Shklovsky, Victor. 1965. "Sterne's *Tristram Shandy:* Stylistic Commentary." In *Russian Formalist Criticism: Four Essays,* edited by Lee T. Lemon and Marion J. Reis. Lincoln: University of Nebraska Press.

Showalter, Elaine, ed. 1985. *Feminist Criticism: Essays on Women, Literature, Theory.* New York: Pantheon.

Shultz, George. "Arms Control, Strategic Stability, and Global Security." Address before the 31st Annual Session of the North Atlantic Assembly, San Francisco, 14 October, 1985. *Department of State Bulletin* 85, no. 2105.

Sidney, Sir Philip. 1965. *An Apology for Poetry,* edited by Geoffrey Shepherd. London: Nelson.

Simpson, David. 1988. "Literary Criticism and the Return to 'History.'" *Critical Inquiry* 14.

Skinner, Quentin. 1976. "Motives, Intentions, and the Interpretation of Texts." In *On Literary Intention,* edited by David Newton-de Molina.

Sloane, Thomas. 1985. *Donne, Milton, and the End of Humanist Rhetoric.* Berkeley and Los Angeles: University of California Press.

Smart, Barry. 1983. *Foucault, Marxism, and Critique.* London: Routledge and Kegan Paul.

Smith, Barbara Herrnstein. 1983. "Contingencies of Value." *Critical Inquiry* 10, no. 1. In Robert van Hallberg, ed., *Canons.*

———. 1988. *Contingencies of Value: Alternative Perspectives for Critical Theory.* Cambridge: Harvard University Press.

Smith, Henry Nash. 1836. *Slavery in the United States: A Narrative of the Life and Adventures of Charles Ball, a Black Man.* Lewistown, Pa: Shugert.

———. 1958. Introduction to *The Adventures of Huckleberry Finn.* Boston: Riverside Press.

Sonneck, Oscar George Theodore. 1909. *Report on "The Star-Spangled Banner," "Hail Columbia," "America," "Yankee Doodle."* Washington, D.C.: Government Printing Office.

Spitzer, Leo. 1962. "*Explication de Texte* Applied to Walt Whitman's Poem 'Out of the Cradle Endlessly Rocking.'" In *Essays on English and American Literature,* edited by Anna Hatcher. Princeton: Princeton University Press.

Spivak, Gayatri. 1987. *In Other Worlds.* New York: Routledge and Kegan Paul.

Stallman, R. W. 1950. *Critic's Notebook.* Minneapolis: University of Minnesota Press.

Starobinski, Jean. 1971. *Les mots sous les mots: Les anagrammes de Ferdinand de Saussure.* Paris: Gallimard.

Stein, Gertrude. 1957. *Lectures in America.* Boston: Beacon Press.

Stowe, Harriet Beecher. 1852. *Uncle Tom's Cabin; or, Life Among the Lowly.* Boston: Jewett.

Summers, David. 1985. "Intentions in the History of Art." *New Literary History* 17.

Taine, Hippolyte A. 1897. *History of English Literature,* translated by H. Van Laun. London: Chatto and Windus.

Thomas, William I. 1973. "Life History." *American Journal of Sociology* 79.

Thoreau, Henry David. 1985. *Walden.* In *Henry David Thoreau.* New York: The Library of America.

Tillyard, E. M. W. 1944. *The Elizabethan World Picture.* New York: Macmillan.

Tomkins, Calvin. 1976. "Ridiculous." *New Yorker* 52.

Tompkins, Jane P. 1985. *Sensational Designs: The Cultural Work of American Fiction, 1790–1860.* New York: Oxford University Press.

———, ed. 1980. *Reader-Response Criticism: From Formalism to Post-Structuralism.* Baltimore: John Hopkins University Press.

Tuve, Rosemond. 1947. *Elizabethan and Metaphysical Imagery: Renaissance Poetic and Twentieth-Century Critics.* Chicago: University of Chicago Press.

Twain, Mark. [1889] 1982. *A Connecticut Yankee in King Arthur's Court,* edited by Allison R. Ensor. New York: Norton.

———. 1979. *Mark Twain's Notebooks and Journals.* Vol. 3, *1883–1891,* edited by Robert Pack Browning, Michael B. Frank, and Lin Salamo. Berkeley and Los Angeles: University of California Press.

———. 1984. *Life on the Mississippi,* edited and introduced by James M. Cox. New York: Penguin American Library.

———. 1985. *Adventures of Huckleberry Finn,* edited by Walter Blair and Victor Fischer. Berkeley and Los Angeles: University of California Press.

Vail, R. W. G. 1937. "Yankee Doodle." *Collections of the Rhode Island Historical Society* 30, no. 2.

Vickers, Brian. 1988. *In Defence of Rhetoric.* Oxford: Clarendon Press.

Vincent, Stephen, and Ellen Zweig. 1981. *The Poetry Reading: A Contemporary Compendium on Language and Performance.* San Francisco: Momo's Press.

von Hallberg, Robert, ed. 1984. *Canons.* Chicago: University of Chicago Press.

Wellek, René. 1982. "The Fall of Literary History." In *The Attack on Literature and Other Essays.* Chapel Hill: University of North Carolina Press.

White, Hayden. 1973. *Metahistory: The Historical Imagination in Nineteenth-Century Europe.* Baltimore: Johns Hopkins University Press.

———. 1988. *The Content of the Form.* Baltimore: Johns Hopkins University Press.

White, Robin. 1979. "Interview with Vito Acconci." *View.* Oakland: Crown Point Press.

Wilden, Anthony. 1972. *System and Structure: Essays in Communication and Exchange.* London: Tavistock Publications.

Williams, Raymond. 1958. *Culture and Society, 1780–1950.* London: Chatto and Windus.

———. 1977. *Marxism and Literature.* Oxford: Oxford University Press.

———. 1979. *Politics and Letters.* London: New Left Books.

———. 1983. "Structural." In *Keywords: A Vocabulary of Culture and Society.* Rev. ed. New York: Oxford University Press.

Wimsatt, W. K. 1954. *The Verbal Icon: Studies in the Meaning of Poetry.* Lexington: University of Kentucky Press.

Wimsatt, W. K., and Monroe C. Beardsley, 1946. "The Intentional Fallacy." *Sewanee Review.* In David Newton-de Molina, *On Literary Intention.*

Wolff, Janet. 1984. *The Social Production of Art*. New York: New York University Press.

Woolf, Rosemary. 1968. *English Religious Lyric in the Middle Ages*. Oxford: Clarendon Press.

Wordsworth, William. 1800. Preface to the Second Edition of *Lyrical Ballads*.

Young, Robert, ed. 1981. *Untying the Text: A Poststructuralist Reader*. Boston: Routledge and Kegan Paul.

Zetzel, James E. G. 1984. "Re-creating the Canon: Augustan Poetry and the Alexandrean Past." In *Canons,* edited by Robert von Hallberg. Chicago: University of Chicago Press.

作者簡介

Kwame Anthony Appiah is professor of philosophy at Duke University and the author of *Assertion and Conditionals, For Truth in Semantics,* and a forthcoming book titled *In My Father's House: Essays in the Philosophy of African Culture.*

Paul A. Bové is professor of English at the University of Pittsburgh and author of *Intellectuals in Power: A Genealogy of Critical Humanism.*

Stanley Fish is Distinguished Professor of English and Law, and chair of the department of English at Duke University. His books include *Surprised by Sin: The Reader in Paradise Lost, Self-Consuming Artifacts, Is There a Text in This Class?* and *Doing What Comes Naturally: Change, Rhetoric, and the Practice of Theory in Literary and Legal Studies.*

Gerald Graff is John C. Shaffer Professor of Humanities and English at Northwestern University. He is the author of *Literature against Itself: Literary Ideas in Modern Society, Poetic Statement and Critical Dogma,* and *Professing Literature: An Institutional History.* He is also the editor, with Reginald Gibbons, of *Criticism in the University* and, with Michael Warner, of *The Origins of Literary Studies in America: A Documentary Anthology.*

Stephen Greenblatt is The Class of 1932 Professor of English Literature at the University of California, Berkeley. He is the editor of the journal *Representations* and the author, most recently, of *Renaissance Self-Fashioning: From More to Shakespeare* and *Shakespearean Negotiations: The Circulation of Social Energy in Renaissance England.*

John Guillory is professor of English at The Johns Hopkins University and the author of a forthcoming book titled *Cultural Capital: A Study of Literary Canon-Formation.*

Myra Jehlen is professor of English at the University of Pennsylvania. She is the author of *Class and Character in Faulkner's South* and *American Incarnation: The Individual, the Nation, and the Continent.*

Barbara Johnson is professor of romance and comparative literatures and Mellon Professor of the Humanities at Harvard University. She is the author of *The Critical Difference: Essays in the Contemporary Rhetoric of Reading* and *A World of Difference,* and the translator of Jacques Derrida's *Dissemination.*

James H. Kavanagh is associate professor of English at Carnegie Mellon University and the author of *Emily Brontë.*

Frank Lentricchia is professor of English at Duke University and the editor of *South Atlantic Quarterly.* His books include *After the New Criticism, Criticism and Social Change,* and *Ariel and the Police: Michel Foucault, William James, Wallace Stevens.*

495

Thomas McLaughlin, professor of English at Appalachian State University, is the author of the textbook *Literature: The Power of Language*.

Steven Mailloux is professor of English at Syracuse University. He is the author of *Interpretive Conventions: The Reader in the Study of American Fiction* and *Rhetorical Power*, and co-editor, with Sanford Levinson, of *Interpreting Law and Literature: A Hermeneutic Reader*.

Françoise Meltzer teaches literary theory at the University of Chicago, where she is professor of comparative literature. She is the author of *Salome and the Dance of Writing: Portraits of Mimesis in Literature* and the editor of *The Trial(s) of Psychoanalysis*.

J. Hillis Miller is UCI Distinguished Professor of English and Comparative Literature at the University of California, Irvine. His most recent books are *The Linguistic Moment: From Wordsworth to Stevens* and *The Ethics of Reading: Kant, de Man, Eliot, Trollope, James, and Benjamin*.

W. J. T. Mitchell is chair of the department of English at the University of Chicago and the author, most recently, of *Iconology: Image, Text, Ideology*. He is the editor of *Critical Inquiry* and has edited four collections of essays from that journal: *The Language of Images, On Narrative, The Politics of Interpretation*, and *Against Theory: Literary Studies and the New Pragmatism*.

Annabel Patterson, professor of English and comparative literature at Duke University, is the author of *Hermogenes and the Renaissance: Seven Ideas of Style, Marvell and the Civic Crown, Censorship and Interpretation: The Conditions of Writing and Reading in Early Modern England, Pastoral and Ideology: Virgil to Valéry*, and *Shakespeare and the Popular Voice*.

Lee Patterson is professor of English and chair of the Center for Medieval and Renaissance Studies at Duke University. He is the author of *Negotiating the Past: The Historical Understanding of Medieval Literature* and editor of *Literary Practice and Social Change in Britain, 1380–1530*.

Donald E. Pease is the Ted and Helen Geisel Professor of Humanities at Dartmouth College. He is the author of *Visionary Compacts: American Renaissance Writings in Cultural Context* and co-editor, with Walter Benn Michaels, of *The American Renaissance Reconsidered*.

Louis A. Renza is professor of English at Dartmouth College and the author of *"A White Heron" and the Question of Minor Literature*.

John Carlos Rowe is professor of English at the University of California, Irvine, and the author of *Henry Adams and Henry James: The Emergence of a Modern Consciousness, Through the Custom House: Nineteenth-Century American Literature and Modern Theory, The Theoretical Dimensions of Henry James*, and, forthcoming, *At Emerson's Tomb: The Politics of American Literary Modernism*.

Henry M. Sayre is associate professor of art at Oregon State University. He is the author of *The Visual Text of William Carlos Williams* and *The Object of Performance: The American Avant-Garde since 1970*.

Barbara Herrnstein Smith is Braxton Craven Professor of Comparative Literature and English at Duke University. Her books include *Poetic Closure: A Study of How Poems End, On the Margins of Discourse: The Relation of Literature to Language*, and *Contingencies of Value: Alternative Perspectives for Critical Theory*.

Werner Sollors is professor of American literature and language and of Afro-American studies at Harvard University. He is the author of *Beyond Ethnicity: Consent and Descent in American Culture* and the editor of *The Invention of Ethnicity*.